HEYNE

STEFANIE LASTHAUS

DIE
SAPHIRTÜR

Roman

WILHELM HEYNE VERLAG
MÜNCHEN

Der Verlag weist ausdrücklich darauf hin, dass im Text
enthaltene externe Links vom Verlag nur bis zum Zeitpunkt
der Buchveröffentlichung eingesehen werden konnten.
Auf spätere Veränderungen hat der Verlag keinerlei Einfluss.
Eine Haftung des Verlags ist daher ausgeschlossen.

Verlagsgruppe Random House FSC®N001967

Originalausgabe 08/2018
Copyright © 2018 by Stefanie Lasthaus
Redaktion: Catherine Beck
Copyright © 2018 dieser Ausgabe by
Wilhelm Heyne Verlag, München,
in der Verlagsgruppe Random House GmbH,
Neumarkter Straße 28, 81673 München
Dieses Werk wurde vermittelt durch die Agentur
EDITIO DIALOG, Dr. Michael Wenzel
Printed in the Czech Republic
Umschlaggestaltung: Nele Schütz Design, München, unter Verwendung
von shutterstock (dip, Andreiuc88)
Satz: Christine Roithner Verlagsservice, Breitenaich
Druck und Bindung: CPI Clausen & Bosse

ISBN: 978-3-453-31937-0

www.heyne.de

Für Jörg

absolution and a frozen room
are the dreams of men below
i try to grab it but the touch is hot
the mirror collapses, but the image came not
i'm scared of the darkness in the light
i scare myself because i know i'm right

(from: Ministry, »Burning inside«)

Prolog

Hampshire, England. 1954

Messerschnitte hätten nicht mit dem Regen mithalten können. Er schlug hart gegen die Windschutzscheibe und wurde vom Sturm kerzengerade zur Seite gedrückt, sodass sich ein unregelmäßiges Muster bildete.

»Sollte ich diesen Abend nicht überleben, dann versprich mir, dass du mich verbrennen lässt.« Seine Worte mischten sich mit dem Geräusch des Regens. Er musste sich konzentrieren, um die Umrisse der Straße zu erkennen. Scheibenwischer und Scheinwerfer hatten kaum eine Chance, und die Tachonadel zitterte knapp über zwanzig Meilen pro Stunde. »Ich ertrage die Vorstellung nicht, wochenlang steif in der Erde zu liegen.«

Er hörte ihr Lächeln, wagte aber nicht, seine Aufmerksamkeit auch nur eine Sekunde von der Fahrbahn zu nehmen. Dabei hatte sie alle Aufmerksamkeit verdient, schließlich war sie die schönste Frau der Welt.

Sanft berührten ihre Finger seine Hand, dann lachte sie leise. »Auch auf die Gefahr hin, dass dich das überrascht, Schatz, aber: Du übertreibst.« Sie streichelte über die weiche Stelle zwischen Daumen und Zeigefinger und machte ihm Gänsehaut.

Wenn es nach ihm gegangen wäre, hätten sie noch Stunden durch den Regen irren können. Neben ihm saß die Frau, die er über alles in der Welt liebte, und ihre Nähe entschädigte für das, was noch auf ihn zukommen würde. »Ich befürchte eher, dass ich untertreibe. Wenn das so weitergeht, kommen wir vor morgen früh nicht an, und ich kann die Stelle vergessen.«

»Es ist höhere Gewalt, da kannst selbst du nichts machen. Was denkst du, werden sie mit dir anstellen?«

»Mich ertränken beispielsweise.« Mit einer Kopfbewegung deutete er nach vorn. »Wenn das so weitergeht, gibt es auch morgen noch zahlreiche Gelegenheiten dafür.«

Nun beugte sie sich vor und hauchte ihm einen Kuss auf die Wange. »Dann werde ich sie davon abhalten und ihnen erzählen, wie dumm sie wären, wenn sie den großartigsten Mann der Welt nicht unter Vertrag nehmen.«

Blind berührte er ihre Wange und das weiche, kurze Haar. Wie konnte man mitten im schlimmsten Unwetter Englands und zudem in einem Auto, dessen Heizung nicht richtig funktionierte, nur so glücklich sein? Sollte ihm die Stelle verwehrt werden, da er es nicht rechtzeitig nach Hause schaffte, um die Entscheider kennenzulernen und zu beeindrucken, dann würde er ein Haus an der Küste für sie suchen. Eines, in dem sie lachen, sich lieben und später ihre Kinder aufwachsen sehen konnten. Zu seiner Überraschung stellte er fest, dass ihm diese Möglichkeit ebenso gut gefiel. »Ich liebe dich bis zum Wasser und über die Wellen hinaus ...«, flüsterte er ihren ganz eigenen Schwur.

Sie antwortete nicht.

Nun blickte er doch zur Seite – und keuchte. Niemals hatte er so viel Angst in ihrem Gesicht sehen wollen. Ihre Hände lagen auf der Scheibe des Seitenfensters, ihr Mund war weit aufgerissen ... und dann krachte ein gigantischer Schatten gegen das Auto und schleuderte es von der Fahrbahn.

Die Welt verschob sich, verschwand unter Chaos, Lärm und Bewegungen. Der Aufprall war nicht mal das Schlimmste, obwohl er ihm die Luft aus der Lunge presste und dafür sorgte, dass seine Sicht verschwand. Es wurde schwarz, doch in der Dunkelheit explodierten grelle Blitze, die ihm Angst machten. Etwas drückte gegen sein Bein, seine Finger fanden glitschige Haut, und irgendwas schrillte so laut, dass er die Hände gegen die Ohren pressen wollte. Doch er konnte nicht, seine Arme waren eingeklemmt.

Ihr Schrei überlagerte all das. Sie schrie und schrie und schrie, und dann verstummte sie. Schlagartig, als hätte jemand sie verschwinden lassen. Eine weitere Bewegung, noch ein Krachen, Reißen, ein seltsames Gurgeln, das er nicht zuordnen konnte, und dann: Stille.

Sein Herz begann zu rasen. Er riss einen Arm los, tastete nach ihr, fand die Haut, die Nässe darauf und ihre Finger. Sie waren warm, lagen aber still. »Liebling?« Seine Stimme zitterte so sehr, dass er wie eine Maschine klang. »Liebling, was ist mit dir?« Er tastete weiter, ihren Arm hinauf, dann ihre Schulter. Etwas stimmte nicht. Die Knochen waren nicht da, wo sie sein sollten, dafür war überall um ihren Körper Metall. Viel zu eng. Ihm wurde übel. Er würgte, blinzelte und versuchte, etwas zu erkennen. Vergeblich. Säure schoss ihm in die Mundhöhle, als er weitertastete. Nun roch er auch das Blut und begriff, dass die Nässe auf ihrem Körper kein Wasser war. »Liebling, sag was. Bitte.«

Sie gab noch immer keine Antwort. Er fand ihren Hals und tastete nach der Schlagader. Nichts. »Sag was!« Nun brüllte er. Licht flammte auf, irgendwo außerhalb des Wagens, und schickte Nadelstiche in seinen Kopf. Vor ihm bog sich Metall in unnatürlichen Winkeln, und dicke Glassplitter hingen im gerissenen Rahmen. Er schrie, vor Kummer und nach Hilfe, und er schrie noch immer, als eine Stimme in der Nähe antwortete, irgendeinen Unsinn über Stillhalten, Unfall und Rettung. Es interessierte ihn nicht. Er tastete weiter, und endlich begann die Ader unter seinen Fingern zu pochen.

1

Drei Jahre später

Ich will nicht schlafen. Es ist so dunkel und kalt, seitdem sie weg sind.«

Isla ließ das Buch sinken, das sie gerade in das Regal mit den Blumen- und Sternschnitzereien hatte einsortieren wollen, und drehte sich um. »Wer ist weg, Kätzchen?«

Ruby saß aufrecht in ihrem Bett, nur auf den ersten Blick störrisch – die Haltung war Teil ihrer Erziehung. Teil der Gesellschaftsschicht, in der sie lebte und die sie vom Säuglingsalter an in Regeln und Vorschriften gehüllt hatte wie ein Labyrinth aus Stein, das letztlich nur auf eine ganz bestimmte Weise durchquert werden konnte und ansonsten mit Mauern aufwartete, an denen man sich schmerzhaft stieß. Sie war ein folgsames Mädchen, doch manchmal, viel zu selten, schimmerte ihr Dickkopf durch. Sehr zu Islas Erleichterung. Es gab Tage, an denen sie sich bei dem Gedanken erwischte, die Kleine möge doch mehr Kind sein: lauter und widerborstiger, mit Farbspritzern auf den Wangen und von Süßigkeiten verklebten Lippen.

Ruby hatte die Bettdecke mit beiden Fäusten umklammert, als wollte sie mit aller Kraft gegen die Müdigkeit ankämpfen, die ihre Augenlider bereits erreicht hatte. In ihrem weißen Nachthemd und mit dem sorgfältig ausgebürsteten braunen

Haar ähnelte sie einer Puppe. Einer Puppe aus viel zu dünnem Porzellan, das brechen würde, wenn man sorglos mit ihr umging.

Jetzt holte sie Luft und riss die Augen noch mal weit auf. »Die Träume.« Sie senkte den Kopf, als würde sie sich schämen. »Ich kann doch nicht mehr träumen«, nuschelte sie und rutschte tiefer, bis sie in einer Wolke aus Weiß zu verschwinden drohte.

Isla überlegte, wie sie auf so eine Idee kam und was sie ihr am besten antworten sollte. Dabei betrachtete sie das Buch in ihrer Hand: *Der Korridor ohne Wiederkehr.* Die Abbildung auf dem Deckel zeigte eine Holztür, neben der ein Teddy mit nur einem Auge lehnte. Entweder war er sehr groß oder aber die Tür winzig, denn seine Ohren befanden sich auf einer Höhe mit dem oberen Rahmen. Vielleicht sollte sie Rubys Bücher genauer durchsehen und das eine oder andere aussortieren. Bei einem solchen Titel war es kein Wunder, dass ihr Schützling an solch absurde und fast schon gruselige Dinge glaubte.

Sie stellte das Buch an seinen Platz, stand auf und strich ihren Rock glatt. Dann ging sie zu Rubys Bett, zog sich den Korbstuhl heran und ließ sich darauf nieder. Das Licht der Nachttischlampe malte ein Muster auf die Bettdecke und floss über ihre Finger, als sie den Stoff ein Stück nach unten zog.

Rubys Gesicht kam wieder zum Vorschein. Die Müdigkeit verwandelte das Bernstein ihrer Augen in mattes Braun.

»Jeder Mensch träumt, Ruby«, sagte Isla und lächelte, während sie die Kissen ordnete. Sie konnte nicht anders, da das Mädchen sie anblickte, als wäre sie in der Lage, sämtliche Monster der Welt mit einer Handbewegung zu beseitigen. In Rubys Leben war sie die Heldin, und manchmal befürchtete sie, diese Rolle nicht ausfüllen zu können oder eine Grenze zu übertreten. Schließlich war sie nicht Rubys Mutter und musste eine gewisse Distanz wahren.

Nicht jedoch, wenn es darum ging, ihr die Angst vor dem Schlaf zu nehmen. »Die meisten Menschen können sich nur nicht mehr an ihre Träume erinnern, wenn sie aufwachen. Und wenn sie es tun, verblassen die Bilder ganz, ganz schnell wieder. Fast so, als hätten wir sie uns nur geliehen, um einen kurzen Blick darauf zu werfen, ehe wir sie zurückgeben müssen. Aber das ist gut so. Überleg mal, was alles in unseren Köpfen herumschwirren würde, wenn wir morgens noch genau wüssten, durch welche Landschaften wir nachts gestreift sind.« Sie lächelte breiter. »Was für ein Chaos wäre das! Da bliebe kein Platz mehr für wichtige Dinge, die wir lernen wollen. Wegen denen du nun übrigens schlafen musst, weil du das sonst morgen im Unterricht tust. Und wie soll ich das dann deinen Eltern erklären?«

»Aber früher hab ich geträumt, und ich wusste auch immer noch ganz viel!« Stolz schimmerte durch ihre Worte, wurde aber schnell von Zweifeln abgelöst. Letztlich waren die Müdigkeit und Islas Argumente zu stark. Ruby drehte sich auf die Seite und kuschelte sich tief in ihr Kissen. »Kannst du nicht hier sitzen bleiben? Neben meinem Bett?«

»Ich weiß genau, was du vorhast. Du willst dir noch eine Geschichte ergaunern, hab ich recht?« Isla tupfte Ruby auf die Nasenspitze, und die Kleine vergrub sich kichernd weiter in den Kissen.

»Du machst aber das kleine Licht an?«

»Natürlich.« Isla löschte die Lampe neben dem Bett, beugte sich vor, zögerte und strich Ruby schließlich über das Haar. Das

Mobile über ihr klackte, als sie daran stieß, und die Holzfische schlugen gegeneinander. »Schlaf gut. Wir sehen uns morgen.«

Ruby antwortete etwas Unverständliches, sank weiter in die Daunen und kurz darauf in den Schlaf. Ihre Atemzüge wurden bereits regelmäßiger, ehe Isla das Zimmer verlassen hatte.

Sie betätigte die Lampe neben der Tür. Sanftes, orangefarbenes Licht schimmerte, zu zart, um die Dunkelheit zu vertreiben, aber trotzdem warm inmitten der Ansammlung von Schatten, in die sich das Zimmer verwandelt hatte.

Isla trat auf den Gang und zog die Tür ins Schloss. Erst jetzt bemerkte sie, dass sie den Atem angehalten hatte.

Noch wusste sie nicht so recht, ob sie sich Sorgen um Ruby machen sollte. Die Kleine war bereits blass und schmal gewesen, als Isla ihre Stelle im Haushalt der Austins angetreten hatte, mit für Kinder ihres Alters ungewöhnlichen Violettschatten unter den Augen. Isla argwöhnte, dass die sich in den vergangenen Wochen kontinuierlich weiter vertieft hatten, doch sicher war sie nicht. Vor allem, da Alan und Victoria Austin, die Besitzer von Silverton House und Rubys Eltern, nichts zu bemerken schienen und sich erst recht nicht darum sorgten. Isla hatte Rubys Blässe vor einigen Tagen bei Victoria angesprochen, doch lediglich zur Antwort erhalten, dass Ruby die zarte Haut ihrer Großmutter Isabell geerbt hatte, die von Natur aus schmal gebaut und bei bester Gesundheit sei.

»Sie isst und schläft doch vollkommen normal, nicht wahr?«, hatte Victoria gefragt, in jenem Tonfall, der andeutete, dass jede weitere Nachfrage als Kritik aufgefasst und entsprechende Konsequenzen mit sich bringen würde.

Isla hatte sich daraufhin in der Hausbibliothek vor das Porträt von Lady Isabell Austin gestellt und die Frau mit dem Spitzen-

kragen und den eng stehenden Augen betrachtet. Der Greif-
vogelblick wurde durch die Überlebensgröße noch betont. Sogar
der Bilderrahmen wirkte düster.

Isla konnte sich regelrecht vorstellen, wie Isabell durch Silverton geschritten war. Damals hatte es sicher eine ganze Ar-
mada von Dienstboten gegeben, die sich um die Herrschaften
kümmerten und Ärger bekamen, wenn sie es nicht schafften,
ihnen jeden Wunsch vom Gesicht abzulesen. Vielleicht hatte
Lady Isabell extra für solche Vorkommnisse einen Damenrevol-
ver im Strumpfband getragen!

Heutzutage gab es lediglich Hannah, das Hausmädchen,
und Isla, die sich um den Unterricht und die Erziehung von
Ruby kümmerte. Und das, so glaubte sie, nicht ausschließlich,
weil die Austins versuchten, an eine Vergangenheit anzuknüp-
fen, die sich bereits vor Jahren in den Erinnerungen der Menschen verloren hatte, sondern weil Ruby zu jung für sie war.
Beziehungsweise sie zu alt für ihre Tochter.

Isla drehte sich um und ging den Gang hinab, der von auf alt
getrimmten, jedoch hochmodernen Lampen erhellt wurde.
Nach der breiten Treppe durchquerte sie die große Halle im
Erdgeschoss und bog links ab.

Am Anfang ihrer Zeit in Silverton hatte sie den Austins Bericht erstattet darüber, wie der Abend mit Ruby gelaufen war,
doch mittlerweile schien man ihr zu vertrauen und entließ sie
am Abend ohne Kontrolle in ihre vier Wände.

Nach einer Probezeit von einer Woche hatte Isla ihr geräu-
miges Zimmer samt eigenem Bad in dem Anbau bezogen, der
sich hinter dem Haus befand und erst zu sehen war, nachdem
man es halb umrundet hatte. Vielleicht hatte sich der Erbauer
deshalb kaum Mühe gegeben, sein Erscheinungsbild an das mit

Türmen, Balustraden und Erkern verzierte Haupthaus anzugleichen. Wenn die Sonne schien und den Anbau erstrahlen ließ, kam er Isla wie eine Überraschung vor. An trüben Tagen oder in der Dunkelheit schien er sich dagegen verstecken zu wollen. Aber er gehörte ihr, zumindest vorübergehend, und sie war froh über die Privatsphäre. Unter der Woche wohnte sie hier, und jeden zweiten Samstag setzte sie sich in den Zug und fuhr die knappen vier Stunden nach Hause.

Sie seufzte, als sie sich noch einmal umdrehte und die Halle betrachtete, in die das halbe Haus ihrer Eltern gepasst hätte. Dann bog sie in den Westflur ab und verzichtete darauf, das Licht einzuschalten – mittlerweile konnte sie den Gang blind entlanglaufen. Ein Schemen riss sie aus ihren Gedanken. Auf Kopfhöhe glomm etwas Rötliches auf, und sie zuckte zurück.

»Himmel!« Sie stieß den Atem aus. »Du sollst doch nicht im Haus rauchen.«

Allmählich gewöhnten sich ihre Augen an die Dunkelheit, und Hannahs Gesicht schälte sich heraus. Als die Zigarette ein weiteres Mal aufleuchtete, verlieh die Glut ihren Augen etwas Dämonisches.

»Merkt doch eh niemand.« Das unbekümmerte Schnauben passte nicht zu ihrem Anblick. »Die Einzige, die um diese Zeit hier rumschleicht, bist du.«

»Allerdings bin ich nicht die Einzige, die den Rauch riechen wird, wenn der sich erst mal festgesetzt hat.«

Hannah hob eine Hand und äffte Isla nach, indem sie Daumen und die anderen Finger mehrmals zuschnappen ließ, während sie das Gesicht verzog. In den ersten Tagen auf Silverton hätte sich Isla darüber geärgert, doch mittlerweile wusste sie, dass dieses Verhalten ebenso zu Hannah gehörte wie der dichte

Pony, der ihr bis in die Augen hing. Sie hatte sich gewundert, dass die Austins ausgerechnet jemanden wie Hannah einstellten, um das Haus in Schuss zu halten und das Essen auf den Tisch zu bringen. Sie hatte eine raue, rotzige Art und machte keine Anstalten, es zu verbergen. Doch sie war eine großartige Köchin, wohnte in der Nähe, war bereit, auch außerhalb ihrer Arbeitszeiten einzuspringen, wenn Not am Mann war, und erledigte offenbar alles zur Zufriedenheit der Austins.

Isla wäre beim Einstellungsgespräch nur zu gern dabei gewesen. Selbst wenn Hannah nicht rauchte, strahlte sie etwas aus, das besser hinter die Theke eines Pubs gepasst hätte. Vielleicht wegen ihrer stets rauen Stimme, ihrem Mund, der mit der vollen Unterlippe herausfordernd wirkte, oder der Tatsache, dass sich Hannah einen Dreck darum scherte, was andere von ihr dachten. Isla konnte sich niemanden vorstellen, an dem die schlichte Arbeitskluft mehr wie eine Verkleidung gewirkt hätte.

»Was machst du überhaupt noch hier?«

»Überstunden schieben.« Hannah stellte sich auf die Zehenspitzen und drückte die Zigarette an einer Wandlampe aus. »Passt ganz gut, die Jungs können mich eh erst später abholen. Waren noch unterwegs.«

Hannahs Jungs waren eine Gruppe junger Männer, die Victoria Austin einmal als *räudig* bezeichnet hatte. Sie tauchten regelmäßig mit zwei von Rostflecken übersäten Autos auf und waren auf dem Grundstück der Austins alles andere als gern gesehen. Doch auch das schien Hannah nicht zu stören. Isla wusste, dass ihre beiden jüngeren Brüder Teil der Truppe waren, den Rest kannten die Geschwister aus dem Kinder- und Jugendheim, in dem sie aufgewachsen waren.

»Okay, dann einen schönen Abend«, sagte sie, da ihr nichts

anderes einfiel. Es war nicht ihre Sache, wenn ihre Kollegin permanent an der Toleranzgrenze ihrer Arbeitgeber entlangbalancierte.

Hannah schnalzte mit der Zunge. »Ach komm schon, Isla, mach nicht so'n Gesicht. Ich reiß nachher die Seitentür auf und sprüh mit Parfum. Es wird riechen, als hätte die Oberfee persönlich gefurzt. Niemand wird auch nur eine Zigarette auf dem gesamten Anwesen vermuten.«

»Mach das besser, ehe die Austins durch die Motorgeräusche deiner Jungs geweckt werden und in die Halle kommen, um ihnen zu sagen, dass sie das Grundstück sofort zu verlassen haben.«

»Ah, daher weht der Wind. Mach dir da mal nicht ins Hemd, sie halten unten an der Einfahrt. Ich muss nur auf die Scheinwerfer achten.«

Isla schüttelte den Kopf. »Ach, Hannah. Ich will doch nur nicht, dass es hier im Haus knallt. Bisher haben die Austins dir viel Narrenfreiheit gelassen. Warum nutzt du das so aus? Möchtest du deinen Job denn gar nicht behalten?«

»Doch, klar.« Hannah streckte sich. »Und das werd ich auch. Warum, glaubst du, haben sie jemanden wie mich eingestellt und kein scheues Reh oder ein glupschäugiges Huhn, das am besten noch Haube trägt, einen Knicks hinlegt und zu sabbern beginnt, wenn es Anweisungen hagelt?«

»Das frag ich mich wahrscheinlich öfter als du«, murmelte Isla laut genug, dass Hannah sie hören konnte.

Die schlug ihr gegen die Schulter. »Ich verrat dir, warum. Wenn die guten Austins eines nicht leiden können, dann ist es Tratsch. Damit meine ich nicht den über andere ihres Stands. Den lieben sie mehr als ihre Kohle. Nein, ich mein die Sorte, bei der sie im Mittelpunkt stehen. Genau der Tratsch, der unter diesen Hausmädchen-Hühnern dauernd die Runde macht. Die kennen sich alle, und wenn nicht, finden sie einander mit dem Gespür eines halb verhungerten Bettlers. Was, denkst du, geht ab, wenn die aus ihren Arbeitsuniformen hüpfen? Sie hocken im Dorf zusammen und erzählen sich alles, aber auch alles, was sich in ihren Hohlköpfen festgesetzt hat. Obs nun wirklich passiert ist oder nicht, wer weiß das schon. Vor denen ist nichts sicher, und keiner mit Geld hat auch nur die geringste Chance, dabei gut wegzukommen. Ich kann solche Pseudo-Liebchen nicht leiden, ich kann Tratsch nicht leiden, und ich tratsche nicht. Unsere herzallerliebsten Austins wissen das, und so, wie es scheint, gäbe es über sie einiges zu tratschen. Sonst würden sie mich ja nicht machen lassen.« Schulterzucken. »Jemand, der die Klappe hält, ist ihnen wohl wichtiger als ein bisschen kalter Rauch.«

Isla glaubte ihr. Hannah hielt ganz sicher nicht mit der Wahrheit hinter dem Berg. Im Gegenteil, wahrscheinlich rückte sie damit öfter raus, als andere es hören wollten, aber eben nicht zum eigenen Vergnügen. Auf ihre schroffe Art war sie ihr dadurch sympathisch. »Ich hoffe wirklich für dich, dass du recht hast. Also dann bis morgen.«

»Bis morgen.«

Isla winkte und ging den Gang hinab, blieb vor der Seitentür stehen, schloss sie auf und betrat ihr Reich.

Mit nur einem Schritt wechselte sie von einer Welt in die andere. Sie ließ die Angestellte und Aufsichtsperson für Ruby in dem altehrwürdigen Herrenhaus zurück und wurde inmitten der hell getünchten Wände zu Isla Hall, die sich darauf freute, mit einem Tee auf ihr Sofa zu sinken. Beinahe war es, als würde sie eine Reise durch die Jahrhunderte machen, bis sie in der Zukunft Silvertons landete, die ihre Gegenwart war.

Wie so oft blieb sie stehen und betrachtete das Zimmer. Sie mochte die Einrichtung und die erhabene Atmosphäre des Hauses, doch ihr kleines Reich strahlte etwas vollkommen anderes aus. Hier dominierten weder Stuck noch schweres Holz, das sie an regnerischen Tagen nahezu erdrücken konnte, sondern klare Formen. Die Austins hatten dem Zimmer eine solide Grundausstattung verpasst, und Isla hatte nach der Probezeit einen Teil ihrer persönlichen Dinge hergeholt: Bilder, Zeichenmaterial, ein paar Grünpflanzen und Bücher.

Sie ging zu der winzigen Kochzeile, die sie selten benötigte, da sie meist im Haupthaus mit Ruby aß, setzte Wasser auf und schlüpfte in etwas Bequemes. Kurz darauf kuschelte sie sich in die Kissen, blies die Dampfschwaden über der Tasse weg und dachte an Rubys Worte.

Ich kann doch nicht mehr träumen.

Sie musste herausfinden, was es damit auf sich hatte. Vermutlich hatte Ruby sich das ausgedacht, aber andererseits sah ihr so etwas nicht ähnlich. Isla nahm einen Schluck und starrte auf der Suche nach einer Erklärung ins Nichts. Ruby sah kränklich aus, selbst für ihre Verhältnisse, das konnte sie nicht leugnen. Irgendwas stimmte nicht. Sollte sie diese Sache morgen noch mal ansprechen? Einerseits wollte sie die Fantasien der Kleinen nicht bestärken und ihr womöglich Angst machen, andererseits wollte sie, dass es ihr gut ging. Schließlich hatte sie eine Fürsorgepflicht Ruby gegenüber. Sie war ein liebes Kind, und manchmal juckte es Isla in den Fingern, nicht nur ihre Bettdecke festzustecken, sondern sie auch zu umarmen. Jedes Mal sagte sie sich, dass es ihre Pflicht war, Abstand zu wahren.

Sie hatte ihre Regeln: für Ruby da zu sein, aber ihr nicht näherzukommen, als ihre Eltern es taten. Vertraut sein, aber nicht die Vertrauteste in der überschaubaren Welt der Kleinen. Nur so konnte sie weiterhin professionell arbeiten.

Vorsichtig atmete sie den Minzduft ein und nahm noch einen Schluck Tee, in Gedanken bei Rubys Worten. Sie selbst hatte sehr intensive Träume, seitdem sie hier lebte. Zwar verblassten sie so schnell wie sonst auch, doch in den Minuten nach dem Aufwachen – manchmal auch nur Sekunden – kam es ihr oft vor, als müsste sie nur eine Hand ausstrecken und die Bilder in ihrem Kopf würden zurückkehren. Nur einen der Schleier zerreißen, die sich schnell davorschoben, um noch einen letzten Blick auf das Ganze zu werfen.

Sie stellte die Tasse ab, stand auf und ging zu dem Vorhang, der eine Nische von dem restlichen Raum trennte. Darin befand sich ihr Bett. Mit dem Buch vom Nachttisch machte sie es sich wieder auf dem Sofa bequem. Der violette Einband schimmerte, als sie das Gummiband abzog und es aufschlug. Bleistiftzeichnungen bedeckten die Seiten, so zart, als hätte sie das Papier schonen wollen … oder als wäre sie nicht sicher, ob das, was sie da zeichnete, für eine Erinnerung bestimmt war.

Sie blätterte zum letzten Motiv und betrachtete es genauer. Die Linienführung war nicht so sicher wie sonst. Sie hatte es gezeichnet, während sie halb benommen auf ihrer Bettkante hockte. So wie das vorherige Motiv auch, und das davor. Es war der Mann, den sie in ihren Träumen gesehen hatte. Mittlerweile konnte sich Isla nicht mehr an die Traumbilder erinnern, aber sie hatte schon vor Jahren gelernt, dem zu vertrauen, was ihre Hände nach dem Aufwachen zu Papier brachten.

Nachdenklich betrachtete sie die gerade Haltung des Mannes,

den stolzen Schwung seines Halses sowie die angedeuteten Schraffierungen darüber. Sein Gesicht sah sie nie – oder sie hatte es beim Aufwachen bereits wieder vergessen –, obwohl sie wusste, dass sein Haar dunkel war. Es war nicht zu leugnen: Unter einem Mangel an Träumen litt sie ganz sicher nicht. Immerhin waren die Menschen, die sie in ihren Träumen traf, netter als die Austins.

Das ist auch nicht weiter schwierig!

Sie versuchte, sich an mehr als dieses Bild zu erinnern, doch erfolglos. Aber sie wusste, dass sie den Unbekannten bereits zweimal in ihren Traumwelten gesehen hatte. Oder es waren zwei Männer, die sich verdammt ähnlich waren, sich ähnlich bewegten und dasselbe ausstrahlten.

Isla verzog die Lippen. Da lebte und arbeitete sie in einem alten Herrenhaus, nur um nachts von dunkelhaarigen Fremden zu träumen. Besonders rühmlich klang das nicht.

Sie lachte leise, legte das Zeichenbuch beiseite und widmete sich wieder ihrem Tee. Träume bot Silverton genug. Sie musste nur einen Weg finden, Ruby davon zu überzeugen.

2

Am nächsten Morgen riss Hannah sie aus dem Schlaf, ehe ihr Wecker eine Chance dazu bekam. Isla hörte sie fluchen und schimpfen, dann ertönte ein dumpfes Geräusch, eine Art Donnern. Es wiederholte sich und pendelte sich in einem stetigen Rhythmus ein, immer wieder unterbrochen von Hannahs Verwünschungen.

Isla seufzte und sah auf die Uhr. Ihr blieben noch zwanzig Minuten, bis sie aufstehen musste, aber nun war sie ohnehin wach.

Sie gähnte, strich sich die Haare aus dem Gesicht und setzte sich auf. Endlich konnte sie die Geräusche zuordnen: Hannah klopfte neben dem Haus Teppiche aus und ließ jeden in der Nähe wissen, wie ungern sie es tat. Hier hinter dem Anbau konnte sie das guten Gewissens machen, die Austins würden es nur mitbekommen, wenn sie bereits in aller Frühe draußen unterwegs waren, und dazu gab es keinen Grund. Vermutlich waren sie noch nicht einmal wach. Die zwei erschienen am Morgen stets gemeinsam und zogen sich an den meisten Abenden auch gemeinsam zurück, es sei denn, Alan war mit seinen Freunden unterwegs. Isla vermutete, dass es Gewohnheit war und nicht geschah, weil sie so sehr aneinander hingen. Ihre Ehe schien generell von Gewohnheit geprägt, nicht von Leidenschaft, und erinnerte Isla oft an ein Theaterstück, in dem alles glänzen und glitzern musste und jeder Handgriff, jedes Wort und sogar jeder Blick nach langem Einstudieren saß.

Sie zog ihren Bademantel über, ging zum Fenster und öffnete es. Wie erwartet, stand Hannah breitbeinig vor einem Teppich, der über einer Stange baumelte, und drosch mit aller Kraft darauf ein, während sie ihn verfluchte. Immerhin hatte sie keine Zigarette im Mundwinkel. In einiger Entfernung bewegten sich zwei Gestalten in den Rosenbeeten des Anwesens – die Austins. Entweder waren sie zu weit entfernt, um Hannahs Morgenhymne zu hören, oder sie hatten sich entschieden, darüber ebenfalls hinwegzusehen. Vielleicht nahmen aber auch die kostbaren Rosen ihre gesamte Aufmerksamkeit in Anspruch.

Die Rosenbeete waren nicht nur der ganze Stolz, sondern auch das Herzblut des Paars. Die halbe Gegend wusste, dass Victoria und Alan sich bei einer Zuchtrosenausstellung kennengelernt hatten, und seitdem hatte ihr Hobby einen festen Platz in ihrem Tagesablauf eingenommen. Manchmal lag Isla die Bemerkung auf der Zunge, wie schön es wäre, wenn sie ihrer Tochter ebenso viel Zeit widmen würden.

Sie erinnerte sich noch gut an ihr Vorstellungsgespräch. Victoria hatte sie im Salon empfangen und von Hannah Tee servieren lassen. Nach kurzer Zeit war Ruby ins Zimmer gestürzt, sichtlich neugierig ob der fremden Person, die vielleicht in Zukunft auf sie aufpassen sollte.

»Hallo«, hatte sie geflüstert und dabei den Kopf gesenkt, da sie wohl wusste, dass sie eigentlich nicht hätte herkommen sollen.

Victorias Tasse schepperte auf dem Unterteller. »Wie lautete unsere Abmachung, Ruby?«, fragte sie im selben Ton, mit dem sie Hannah angewiesen hatte, den Tee auf die Anrichte

26

zu stellen. »Du wartest, bis ich dich abhole und dir von Miss Hall hier erzähle.«

»Ja.« Ein schüchterner Blick traf Isla und brachte sie zum Lächeln. »Aber ich wollte …«

»Wollen«, sagte Victoria, »bringt uns nicht weiter, Ruby. Ein fester Zeitplan dagegen schon. Und der bestimmt, dass ich mich nun mit Miss Hall unterhalte, dann müssen dein Vater und ich uns um die neue Rosenlieferung kümmern, und anschließend habe ich Zeit für dich. Und nun geh bitte auf dein Zimmer.«

Ruby hatte gehorcht, aber in Islas Richtung geschielt, bis die Tür ins Schloss gefallen war.

Später hatte Isla erfahren, dass Victoria sehr spät schwanger geworden war. Oft war es kaum zu übersehen, dass sie mit den Gedanken, Wünschen und Träumen ihrer Tochter nichts anfangen konnte. Von ihrem Mann ganz zu schweigen. Die zwei schienen froh zu sein, jemanden gefunden zu haben, der zwischen diesen beiden Welten tanzte. Lebte. Manchmal sogar vermittelte. Isla war nicht nur Lehrerin und Erzieherin, sondern auch Botschafterin geworden. Es machte ihr nichts aus, allerdings beschlich sie immer öfter das Gefühl, dass sie und Ruby eine andere Auffassung von Botschaften hatten als das Ehepaar Austin.

An ihrem zweiten Arbeitstag hatte Victoria Isla ermahnt, im Rosengarten besonders vorsichtig zu sein, und dass jede noch so kleine Beschädigung Konsequenzen nach sich ziehen würde. Isla hatte entschieden, die Rosen Rosen sein zu lassen, schließlich war das Grundstück groß genug. Vor allem, da die Rosen sich als Konkurrenten für Ruby entpuppten.

»Starrst du mir etwa auf den Hintern?« Hannah riss sie aus

ihren Gedanken. Das Klopfen hatte aufgehört, sie stand schwer atmend vor dem Teppich und starrte mit gerunzelter Stirn zum Fenster.

Hastig schüttelte Isla den Kopf, tippte sich zur Antwort an die Schläfe und schloss das Fenster.

Es war kühl geworden im Zimmer, und sie entschied, heiß zu duschen, ehe sie das Unterrichtsmaterial durchging.

Eine halbe Stunde später betrat sie das Haupthaus und nahm einen Umweg, um frische Luft zu schnappen. Hannah war in der Zwischenzeit mit dem Teppich fertig geworden, lediglich die Austins hielten sich noch immer in den Rosenbeeten auf. Isla war das nur recht. Sie frühstückte ungern unter den Blicken der beiden und ließ erst gar nicht zu, dass sie bei Rubys Unterrichtsstunden anwesend waren. Das hatte sie gleich zu Anfang höflich mit dem Hinweis unterbunden, dass es Ruby nur ablenkte.

Der Himmel über ihr schwankte zwischen fahlem Blau und einem Grau, das beinahe weiß wirkte. Die Luft war kühl, und bis auf einige Vögel war es still. Isla legte den Kopf in den Nacken und atmete tief durch. Die Sonne ließ sich nicht blicken, doch die Wolkendecke war so filigran, dass sie bald aufreißen und die ersten Strahlen durchsickern lassen würde.

Langsam schlenderte sie um das Haus und musterte die weitläufigen Rasenflächen. Zweimal pro Woche kam ein Gärtner, hielt Gras und Hecken in Form und kümmerte sich um das private Waldstück, entfernte abgebrochene Äste oder fällte hin und wieder sogar einen morschen Baum.

Im Windschatten des Hauses sowie im Pavillon standen weiße Teetische samt Stühlen. Manchmal, wenn Ruby an einer längeren Aufgabe arbeitete, machte es sich Isla dort mit einem

Buch gemütlich oder genoss die Ruhe und den Luxus, nicht wie zu Hause in die Wohnung der Nachbarn oder auf eine Betonwand zu starren. Hier gab es keinen Verkehrslärm, der Boden wurde nicht von vorbeirasenden Zügen erschüttert.

Trotzdem fragte sie sich, ob diese Abgeschiedenheit für eine Sechsjährige auf Dauer wirklich gut war. Seit sie auf Silverton arbeitete, war nur einmal ein anderes Kind zu Besuch gekommen. Eines Tages würde sie das den Austins gegenüber ansprechen, aber erst musste sie ihre Position im Haus festigen. Sie war nicht so blauäugig zu glauben, sich von Anfang an dieselben Freiheiten herausnehmen zu können wie Hannah, auch wenn eine Hauslehrerin sicherlich schwerer zu finden war als ein Zimmermädchen mit Kochkünsten.

Sie machte sich auf den Weg ins Haus. Das Esszimmer war verlassen. Auf Rubys Platz stand benutztes Geschirr, umrahmt von einem Meer an Physalishüllen. Ruby liebte die mandarinfarbenen, säuerlichen Beeren über alles, und wenn sie nicht auf dem Speiseplan der Austins standen, tauchten sie manchmal wie durch Zauberhand beim Frühstück neben Rubys Teller auf. Isla vermutete, dass Hannah dahintersteckte, sprach sie aber nicht darauf an. Ein goldenes Herz passte nicht in ihr Image, sie würde es auf jeden Fall abstreiten.

Eier, Speck und Brötchen unter den Platten waren noch warm, in einer Kanne wartete frischer Tee. Isla bereitete sich die erste Tasse zu, häufte sich Eier auf ihren Teller und bestrich ein Brötchen mit Marmelade, ehe sie sich setzte und die Unterlagen für den Unterricht durchging. Zwischendurch warf sie immer wieder einen Blick auf die Standuhr. Fünf Minuten, ehe der Unterricht begann, brach die Sonne durch die Wolkendecke und schickte einen Lichtstrahl über das Tischtuch. Isla nahm es als Signal zum Aufbruch und fegte die Krümel zusammen. Noch immer fühlte sie sich nicht wohl dabei, es Hannah zu überlassen, ihr schmutziges Geschirr abzuräumen. Aber so war es in Silverton nun einmal geregelt. Zudem musste sie sich beeilen, wenn sie auch in Sachen Pünktlichkeit ein gutes Vorbild sein wollte.

Als sie den Raum betrat, in dem der Unterricht stattfand, wartete Ruby bereits an ihrem Platz. Sie hatte ihr langes Haar zu zwei Zöpfen geflochten. Das Kleid in Pastellfarben war adrett über die Knie gezogen, der Kragen saß tadellos. Vor ihr lagen Schreibheft und Stift.

Isla lächelte. Sie konnte sich nicht vorstellen, warum ihre Vorgängerin mit Ruby nicht zurechtgekommen war. Die Kleine war eine aufmerksame Schülerin und folgte sämtlichen Anweisungen mit einer Mischung aus Eifer und Neugier.

Der Raum war karg eingerichtet, um *Ruby den Ernst des Unterrichts zu vermitteln*, wie Victoria gesagt hatte. Neben zwei Tischen und Stühlen gab es ein Buchregal und ein reich verziertes Pult mit einer Schublade, deren Knauf so antik und gebrechlich war, dass Isla bis heute nicht gewagt hatte, sie aufzuziehen und nachzusehen, was Rubys Eltern als geeignetes Unterrichtsmaterial erachtet und darin verstaut hatten.

»Guten Morgen.« Isla schloss die Tür hinter sich und sah zum Fenster. Die Vorhänge waren aufgezogen und ließen die Sonne herein. Sie wünschte sich, die Strahlen würden Rubys Haut erreichen und ihr etwas Wärme schenken. Die Schatten unter ihren Augen waren kaum schwächer geworden, sie war noch blasser als am Vorabend und sah fast schon krank aus.

»Guten Morgen«, sagte Ruby, legte die Hände auf den Tisch und betrachtete ihre Nägel. Sogar ihr Blick kam Isla trüb vor.

Wenn sie es nicht besser gewusst hätte, würde sie sagen, dass Ruby eine gute Portion Schlaf fehlte.

Aus einem Impuls heraus berührte sie ihre Stirn. »Geht es dir gut, Kätzchen?«

Rubys Wimpern senkten sich kurz und flatterten dann wieder empor. »Ich glaube, ich habe zu viel heiße Schokolade beim Frühstück getrunken. Hannah wollte mich überreden, Tee zu trinken, aber ich mag doch keinen Tee, ganz ganz ganz sicher. Ich mag nur heiße Schokolade. Keinen Tee!« Sie sah auf ihren Bauch, als könnte der ihr mehr verraten. Ihr Blick glitt zur Seite und dann wieder zu Isla.

Die betrachtete den Teddybären, der neben Ruby auf dem Stuhl hockte, ein Bein in der Luft. Er war hellbraun, hatte nur ein zerrupftes Ohr und machte den Anschein, als hätte ein Tier ihn quer durch das Haus geschleppt. Isla hatte ihn noch nie zuvor gesehen. Er unterschied sich deutlich von der adretten Sammlung, die sich in Rubys Zimmer auf dem Regal und neben dem Kopfkissen reihte, und sie wunderte sich, dass Victoria ihn überhaupt duldete. Vermutlich war der Bär Rubys erstes Stofftier gewesen und hatte schon ein paar Jahre auf dem Buckel.

»Und wer ist das?«

Ruby folgte Islas Blick. »Jem«, sagte sie zögerlich, als müsste sie erst noch überlegen, ob sie dieses Geheimnis wirklich preisgeben sollte. Sie nestelte am struppigen Arm des Bären und wirkte überzeugt, zu viel verraten zu haben.

»Gem? Wie der Edelstein?«

»Nein, einfach wie Jem.« Ruby starrte auf ihre Lackschuhe und schlug die Füße mehrmals zusammen.

»Nun, wenn er dich nicht ablenkt, kann er gern bei dir sitzen bleiben.« Sie sah noch mal zum Fenster. Die Sonne lockte und brachte das Grün des Gartens zum Strahlen. Einer Eingebung folgend, ging Isla zum Regal und zog die Bücher heraus, die sie heute benötigte. Sie wirbelte herum und stemmte den Stapel in die Höhe, bis Ruby zu kichern begann.

»Ruby, ich habe es mir anders überlegt. Nimm deine Sachen, wir verlegen den Unterricht nach draußen. Die Sonne meint es heute gut mit uns, und es wäre schade, sie zu verpassen. Na, was hältst du davon?« *Außerdem brauchst du dringend ein wenig Farbe auf den Wangen.*

Ruby blickte von Isla zu ihrem Stoffbären, nickte in einer Mischung aus Aufregung und Gehorsam, nahm ihre Schreibutensilien und stand auf, wobei sie darauf achtete, mit dem Kleid nicht an der Tischkante hängenzubleiben. Isla folgte ihr, die Bücher auf dem Arm. Ruby hielt sich kerzengerade, so wie Islas Vorgängerin es ihr beigebracht haben musste, die sie nur aus Hannahs Erzählungen kannte, in denen sie keine sehr rühmliche Rolle einnahm. *Knitterhaken* war noch der netteste Ausdruck, den Hannah für sie übrig hatte. Die Mittvierzigerin hatte eines Tages das Haus verlassen, da es ihr angeblich zu abgelegen und Ruby zu anstrengend gewesen war. Hannah vermutete, dass die erhofften Gehaltssteigerungen ausgeblieben waren und das schnöde Geld letztlich dafür gesorgt hatte, dass sich die endlosen Wiesen und Wälder rund um Silverton für die Dame in einen Flickenteppich aus Einsamkeit verwandelten.

Als Ruby sich der großen Tür in der Haupthalle näherte, begann sie zu hüpfen. Unwillkürlich atmete Isla auf. Wenn die frische Luft das Leben nicht zurück auf ihre Wangen zauberte, stimmte wirklich etwas nicht, und sie musste nach dem Unterricht mit den Austins reden. Es war ihr ohnehin schleierhaft, dass ihnen der Zustand ihrer Tochter nicht auffiel oder sie ihn nicht ernst nahmen. Es war eine Sache, zu alt für ein Kind zu sein, doch eine andere, seine Fürsorgepflicht zu vernachlässigen.

»Was ist denn hier los?«

Ruby erstarrte, ein Bein noch in der Luft. Sie ließ es langsam sinken, streckte den Rücken und hob das Kinn, als würde jemand hinter ihr stehen und ihre Haltung korrigieren.

Victoria Austin stand am Fuß der Treppe und sah ihre Tochter an, beide Hände in die Hüften gestemmt. Die Finger verschwanden in Schleifen aus apricotfarbener Seide. »Warum bist du nicht in deinem Unterrichtsraum?«, fragte sie so schneidend, dass sogar Isla zusammenzuckte. »Du kannst nicht einfach tun, was du willst, Ruby. Du hast deine Pflichten. Jeder von uns hat welche, dein Vater, ich. Jeder. Davon bist du nicht ausgenommen, Ruby Imogen.«

Ruby schluckte hörbar, senkte den Kopf und knibbelte an ihrem Kleid herum, hörte aber sofort auf, als sich Victoria räusperte.

Isla trat vor und kämpfte gegen den Impuls, sich zwischen Ruby und ihre Mutter zu stellen. »Ich habe entschieden, dass wir den Unterricht heute nach draußen verlegen und das Lernen mit frischer Luft verbinden. Guten Morgen.« Das Höflichkeitslächeln fiel ihr schwer.

»Miss Hall.« Victoria klang nicht im Geringsten überrascht, sie hatte sie schon längst bemerkt. Umso erschreckender fand Isla, dass sie ihre Tochter so rügte. »Wenn Sie der Meinung sind, dass die Lernergebnisse dieselben sind, dann tun Sie, was Sie für richtig halten.« Sie wandte sich ab und machte sich auf den Weg in die obere Etage, ohne ihre Tochter noch einmal anzusehen.

Ruby starrte auf einen Punkt vor sich, ihre Fröhlichkeit war verschwunden.

»Na komm«, sagte Isla und legte eine Hand auf ihre Schulter. »Lass uns die Sonne genießen.«

Ruby lief ein paar Schritte mit gesenktem Kopf, doch dann kehrte ein Teil ihrer Energie zurück, und sie streckte beide Ärmchen in die Luft.

Der Anblick ließ Isla schmunzeln, doch gleichzeitig empfand sie eine Sehnsucht, die sie vor Silverton niemals gekannt hatte. In den vergangenen Wochen hatte sie sich gefragt, wie es gewesen wäre, in einer solchen Umgebung aufzuwachsen oder einfach in einem anderen Haus. Wie es wäre, frei zu sein, ohne die Befürchtung, dass ihr Anblick ihre Eltern traurig machte und daran erinnerte, dass sie zwei blonde Mädchen hätten haben sollen. Geblieben war ihnen nur eines.

Isla schüttelte den Gedanken ab. Dafür war jetzt nun wirklich weder Zeit noch Raum. Sie holte Ruby ein und führte sie zu der windgeschützten Terrasse an der Ostseite des Gebäudes. Von hier hatten sie einen wunderschönen Blick über das Gelände, durch das sich in einiger Entfernung ein Bach schlängelte. Die Sonne verwandelte das Wasser in etwas Kostbares, Geheimnisvolles. Isla ertappte sich dabei, wie das Silberband sie hypnotisierte, während Ruby Buchstaben auf die Seite malte.

Die Luft hatte sich erwärmt, die Wolkendecke wies nun unzählige Löcher auf. Sie wuchsen mit deutlichem Tempo. Ruby hatte sich mit gerunzelter Stirn über ihr Aufgabenheft gebeugt. Als sie vor lauter Konzentration seufzte, erinnerte sie an ein Wesen aus einer anderen Welt, zu zart, um in dieser zu bestehen.

Einem Impuls folgend, beugte sich Isla vor und kniff ihr vorsichtig in die Wange. »Was ist los, kleiner Vampir? Schon müde?« Sie behielt die Stelle im Auge, die sie berührt hatte, und war erleichtert, dass sich die Haut dort verfärbte. Gleichzeitig schalt sie sich eine Idiotin. Was hatte sie auch erwartet? Dass sie mit einem untoten Mädchen am Tisch saß? Im schlimmsten Fall litt Ruby unter Blutarmut und würde ein Eisenpräparat zu sich nehmen müssen.

»Ein bisschen«, murmelte Ruby und rieb sich geistesabwesend über die Wange, während sie ein gleichmäßiges N in ihr Heft schrieb. »Das ist immer so, seitdem alles schwarz ist, wenn ich schlafe.«

Die Beiläufigkeit, mit der Ruby ihre fehlenden Träume erwähnte, machte Isla wieder mal stutzig. Die Kleine arbeitete zügig, mit ihrer Konzentration stand alles zum Besten. Trotzdem sah sie aus, als hätte man ihr eine enorme Menge Blut abgezapft.

Oder sie nächtelang vom Schlaf ferngehalten.

Gab es eine Krankheit, die sich auf Träume auswirken oder sie unterdrücken konnte?

Isla dachte an ihre eigenen Träume hier auf Silverton, an den Fremden darin. Sie hatte es auf die ungewohnte Umgebung geschoben, vor allem aber auf die Erkenntnis, dass sie sich offenbar doch mehr nach jemandem sehnte, der zu ihr gehörte, als sie zugeben wollte.

Sie spürte Wärme auf ihren Wangen und hielt das Gesicht der Sonne entgegen. Ein Seitenblick verriet ihr, dass Ruby auf ihrem Stift kaute und nichts mitbekommen hatte. Gut. Später würde sie einen Ausflug in die umfangreiche Bibliothek der Austins unternehmen, sich ein Naturkundebuch für Rubys

Unterricht besorgen und dabei einen Blick in die medizinische Sektion werfen. Sie war keine Ärztin, aber es konnte nicht schaden, nach einer Verbindung zwischen Krankheiten und Träumen zu suchen.

Nachdem sich Isla durch den dritten Wälzer gearbeitet und dabei dem Gefühl nach eine Handvoll Staub eingeatmet hatte, ging ihr auf, dass ihre Idee nicht gut durchdacht war. Sie hatte auf eine möglichst rasche und am besten noch simple Lösung für Rubys Problem gehofft, ohne dass sie jemanden hinzuziehen musste, wusste aber mittlerweile nicht mehr weiter.

Das nennt man dann wohl Selbsttäuschung, meine Liebe.

Sie klappte *Edmunds Enzyklopädie der Krankheiten* zu und betrachtete den golden schimmernden Schnitt, ehe sie über den Buchdeckel strich. Das Leder war in einem wunderschönen Blau gehalten, dick und reich verziert. Isla fuhr die Ränder der Prägung nach, einer von einer Schlange umwundenen Geraden: der Äskulapstab.

Dies war ihr Lieblingsplatz im Haus. Wenn Silverton ihr gehören würde, hätte sie bereits viele freie Tage hier verbracht. Die Buchsammlung war sicher nicht die größte in der Umgebung, aber groß genug – und lange nicht so gut abgestaubt wie der Rest des Zimmers.

Offenbar mag Hannah Bücher ebenso wenig wie Teppiche.

Die Bibliothek war eine eigene Welt. Ein Reich aus Zauber, Goldschimmer und Geheimnissen, bereit, entdeckt zu werden. Die Regale reichten bis zur Decke, wo sich Stuckornamente miteinander verschlangen. Das Holz besaß einen Schimmer, der es bei dem geringsten Lichteinfall erstrahlen ließ, und die Begrenzungen der Regale gingen in geschnitzte Blattornamente über. Der Teppich lud geradezu ein, die Schuhe auszuziehen und die Zehen hineinzugraben. Jemand hatte tropfenförmige Kristalle auf eine Schnur gezogen und vor das Fenster gehängt. Tagsüber fingen sich in ihnen Sonnenstrahlen, wurden gebrochen und warfen ein Spektrum aus Farbtupfern quer durch den Raum. Sie tanzten, sobald einer der Kristalle in Schwingung versetzt wurde, und Isla konnte nicht genug von dem Farbspiel bekommen. Es war, als fänden die Lichter ihren Weg direkt in ihr Herz, um ihren Tanz dort fortzuführen.

Doch nun war es Abend, und sie hatte anderes zu tun, so gern sie einfach weiterhin in der Sammlung gestöbert hätte. Also stand sie auf und nahm das Buch an sich, um es zurück an seinen Platz zu stellen, als die Tür sich öffnete und Victoria eintrat.

»Oh, Miss Hall. Suchen Sie etwas Bestimmtes?« Sie hatte ihr Tagesoutfit gegen ein elegantes Abendkleid getauscht, so wie immer. Selbst wenn sie zu Hause blieb und niemanden außer ihrer Familie und den Angestellten sah, legte sie Wert auf ihr Äußeres. Oder, wie Hannah mal gesagt hatte: »Sie hasst stinknormale Dinge nicht nur, sondern hat fast so viel Angst vor ihnen wie vor dem Alter. Darum säuft sie jede noch so ekelhafte Brühe, mit der ihr alter Quacksalber ihr das Geld aus der Tasche zieht.«

Und es stimmte, Victoria wirkte sogar dann perfekt, wenn sie mit ihren Rosen beschäftigt war. Ihre Haut war dezent gebräunt, und ihre Haare, deren Kastanienfarbe so sehr an Rubys erinnerte, mit perlenbesetzten Nadeln hochgesteckt. Weitere Perlen zierten Kragen und Saum ihres Kleids in Mitternachtsblau.

Wie immer, wenn sie überraschend auftauchte, verspürte Isla den Drang, in einen Knicks zu sinken, sich zu verbeugen oder zumindest zu salutieren. »Guten Abend. Ich habe nur was nachgeschlagen.« Sie deutete auf das Buch in ihrer Hand.

Ein argwöhnischer Blick. »Und, haben Sie gefunden, wonach Sie gesucht haben?«

»Leider nein.« Isla gab sich einen Ruck. »Es geht um Ruby. Sie ist sehr blass, und ich habe das Gefühl, dass es schlimmer geworden ist. Sie hat mir erzählt, dass sie schlecht schläft. Also nicht wirklich schlecht«, verbesserte sie sich. »Vielmehr glaubt sie, nicht zu träumen. Ich habe überlegt, ob das ein Hinweis sein könnte auf …«

»So ein Unsinn.«

Erstaunt über den schroffen Ton schloss Isla den Mund. So hatte die stets um Etikette bemühte Victoria noch nie mit ihr geredet.

»Vielleicht kümmern Sie sich lieber um den Unterricht meiner Tochter, anstatt diese Flausen zu verstärken oder sich sogar anzumaßen, hier Ärztin zu spielen«, fuhr Victoria fort.

Isla blinzelte und nickte. Dann erst begriff sie, dass soeben ihre Arbeitsweise kritisiert worden war. Das wollte sie weder auf sich sitzen lassen noch Rubys Problem herunterspielen – vor allem, da sie nicht verstand, warum Victoria so aufgebracht reagierte. »Machen Sie sich keine Sorgen um den Unterricht, ich lege die Inhalte stets für eine komplette Woche fest und habe daher Zeit, um nebenher andere Dinge zu lesen.« Sie zögerte. »Aber Ihnen ist doch sicher aufgefallen, wie ungesund Ruby aussieht?«

Victoria presste die Lippen so fest aufeinander, dass sie einen Atemzug lang fast so weiß waren wie Rubys Wangen. Dann schoss das Blut zurück, und mit ihm eine Strenge, für die es keinen Grund gab. »Mir fällt vielmehr auf, dass Sie eine blühende

Fantasie zu haben scheinen, und ich bin nicht sicher, ob das für den Umgang mit meiner Tochter förderlich ist. Konzentrieren Sie sich besser auf das, wofür mein Mann und ich Sie eingestellt haben, und füllen Sie Rubys Kopf nicht mit derartigem …«, sie suchte nach einem passenden Wort. »… Schrott.« Sie fuhr mit einer Hand durch die Luft. Eine Haarsträhne löste sich und fiel in ihre Stirn, direkt neben die Ader, die dort pochte. Victoria schien es nicht mal zu bemerken. »Wenn Sie Ihre Stellung behalten möchten, rate ich Ihnen, diesen Unsinn zu vergessen.«

Unwillkürlich trat Isla zurück. Mit einer Drohung hatte sie beim besten Willen nicht gerechnet. Es war völlig übertrieben. Wäre es Victoria wirklich lieber, wenn sie Ruby lediglich unterrichten und sich davon abgesehen nicht weiter um sie kümmern würde?

Sie überlegte noch, was sie erwidern sollte, als Victoria ihr das Buch aus der Hand nahm. »Das stelle ich für Sie zurück. Sie haben doch sicher noch zu tun.« Ihr Tonfall gab Isla das Gefühl, eine Leibeigene und keine Angestellte zu sein. Doch sie wusste, dass es nichts brachte, einen Streit vom Zaun zu brechen. Immerhin ging es um Ruby und nicht um ihren Stolz. Um den konnte sie sich später kümmern, wenn sie herausgefunden hatte, warum Victoria so empfindlich war.

»Ja, das habe ich in der Tat«, sagte sie steif, verabschiedete sich und verließ den Raum. Ihre Schritte hallten ungewohnt hart im Gang wider. Aus ihr unbegreiflichen Gründen hatte die Hausherrin erreichen wollen, dass sie Rubys Schlafprobleme möglichst rasch wieder vergaß.

Erreicht hatte sie das Gegenteil.

3

Das Blau war unbeschreiblich schön und schimmerte wie die größte Kostbarkeit der Welt. In seinem Inneren waren Sterne gefangen. Sie begannen zu tanzen, während das Blau sich bewegte, kleiner und kleiner wurde, bis Isla erkannte, dass es ein Stein an einer Silberkette war. Sie baumelte um einen Hals.

Isla hob den Kopf und sah wie durch einen Schleier das Profil eines Mannes mit kurzen Haaren. Er wirkte nachdenklich.

Nein, nicht nachdenklich, sondern angespannt oder … vorsichtig. Als wäre er auf der Hut. Er nahm den Anhänger und ließ ihn unter seinem Oberteil verschwinden.

Isla wollte die Trübung beseitigen, die sie für einen Schleier gehalten hatte, doch vergeblich. Es sah weiterhin aus, als würde man ein altes Foto betrachten. Im Hintergrund erkannte sie Möbel vor einer Wand mit verhaltenem Muster, von links fiel Licht durch ein Fenster.

Isla betrachtete die Hände des Mannes – groß, mit kräftigen Fingern –, die nackten Unterarme sowie die Kinnlinie, an der sich eine Schnittwunde entlangzog, wahrscheinlich von einer Rasur. Selbst von der Seite konnte sie erkennen, dass er die Lippen aufeinanderpresste. Dann lächelte er. Sie bemerkte es zunächst kaum, aber plötzlich wirkte er jünger, anders, und sie überlegte, ob es sich um den gesichtslosen Fremden handelte, von dem sie bereits geträumt hatte. Derjenige, zu dem sie sich so sehr hingezogen gefühlt

hatte, dass sie verwirrt aufgewacht war und sich wünschte, weiter-
träumen zu können.

Jetzt wollte sie ihn näher betrachten, doch die seltsamen Schleier
in der Luft wurden dichter. Der Mann wandte sich weiter ab und
fing etwas auf.

Jemanden. Ein Kind. Er wirbelte es herum. Haare flogen, ein
Fuß streifte eine Lampe. Klirrend fiel sie zu Boden und zerbrach.
In das Gelächter des Kindes mischte sich das des Mannes, dunkel
und ausgelassen. Seine Bewegungen wurden langsamer, und er
ließ das Kind wieder zu Boden. Ruby? Isla konnte das Gesicht
nicht erkennen, aber es schien jünger zu sein, die Wangen voller,
die Nase runder. Ein Mädchen.

Der Mann ging vor ihm in die Knie. Es griff sich an die Brust
und hob etwas in die Höhe.

Die Szene verschwamm, und Isla fand sich vor einem Haus
wieder. Eindeutig Silverton, nur sah der Garten anders aus, und
der Wald ragte weiter in das Grundstück hinein. Ein Paar stand
neben der Auffahrt: die Austins. Victoria sagte etwas, doch Isla
hörte nichts. Alan dagegen starrte in die Ferne, als wäre er gelang-
weilt und würde nur seine Zeit verschwenden, wenn er sich mit
seiner Frau unterhielt. Wo war der dunkelhaarige Fremde geblieben? Und das Mädchen?

Isla wollte auf die Austins zugehen, doch Victoria bedeutete
ihr, stehen zu bleiben. Das milchige Weiß der Luft wurde dichter,
verwischte zunächst die Austins samt Wiesen und Haus und
machte sie unsichtbar. Auf einmal fühlte sich Isla leicht, so als
gäbe es keinen Boden unter ihren Füßen oder auch keine Füße
mehr. Fast so, als schwebte sie.

Isla erwachte und erschrak dabei so sehr, dass sie sich kerzengerade aufsetzte. Ein Buch rutschte von ihrem Schoß zu Boden.

Ihr Blick fiel auf die Lampe und die so vertraute Zimmereinrichtung. Augenblicklich entspannte sie sich wieder. Sie hatte geträumt, besonders intensiv. Mal wieder. Die Bilder waren auch jetzt noch in ihrem Kopf, vor allem der Mann. Sie war sich sicher, dass es sich um denjenigen gehandelt hatte, dem sie schon vorher in ihren Träumen begegnet war. Nur hatte sie dieses Mal sein Gesicht gesehen, ansatzweise im Profil, verborgen hinter Nebelschwaden.

Am liebsten hätte sie die Szenen notiert, ihn gezeichnet oder die Geschichte aus ihrem Traum auf dem Papier fortgesetzt, doch ihr Block lag in ihrem Zimmer – und sie saß neben Rubys Bett.

Ein Blick auf die Uhr verriet, dass sie für eine knappe halbe Stunde eingenickt war, doch selbst das hatte für einen dieser unglaublich lebendigen Träume ausgereicht. Wahrscheinlich beeindruckte das Leben auf Silverton sie mehr, als sie sich eingestehen wollte.

Isla unterdrückte ein Gähnen. Ihre Beine kribbelten, und sie reckte sich vorsichtig, um Ruby nicht zu wecken, ehe sie aufstand, um das Buch zurückzustellen.

Ruby schlief tief und fest, kein Laut war zu hören. Isla trat an das Fenster und starrte hinaus, während die letzten Traumbilder verblassten. Dort hinten hatten die Austins gestanden – oder war es nur Victoria gewesen? Hatte sie ein dunkelblaues Kleid getragen oder ein silbernes? Isla fuhr sich über die Stirn. Schon erinnerte sie sich nicht mehr richtig. Was in Traum-Victorias Fall auch kein Beinbruch war.

Aus der unteren Etage kam Licht, Victoria und Alan waren also noch wach. Victoria hatte sich wie oft kurz die Ehre gegeben, Ruby eine gute Nacht gewünscht und ihr das Kissen so sehr aufgeschüttelt, dass es wieder plattgedrückt werden musste, um bequem darauf zu schlafen. Offenbar glaubte sie, sich wie eine Mutter zu verhalten. Vielleicht glaubte sie sogar, ihre Tochter mehr als alles andere zu lieben – und möglicherweise tat sie das sogar. Falls ja, hatte sie eine seltsame Art, es zu zeigen. Oder schlicht keine Ahnung von Kindern. Sie erinnerte Isla an Mütter vergangener Zeiten, die es als ihre Pflicht betrachtet hatten, Kinder zu gebären, aber nicht, sich mit ihnen zu befassen. Victoria hatte sich mit einigen Floskeln verabschiedet, die vor allem einstudiert klangen, und war hinausgerauscht, ohne Isla eines Blickes zu würdigen. Der schwere Duft ihres Parfums war zurückgeblieben. Selbst jetzt hing noch immer ein Rest in der Luft. Die Note passte nicht in ein Kinderzimmer.

Isla hatte das Spielzeug in die Holzkiste und Bücher sowie Stofftiere zurück an ihren Platz geräumt. Lediglich Jem, der Teddy mit nur einem Ohr, saß auf dem Boden zwischen Bett und Regal. Die Bordüre auf der Tapete schimmerte dunkel. Sie war mit einem Rosenmuster bedruckt.

Isla legte den Kopf in den Nacken und genoss die Stille.

Vollkommene Stille.

Viel zu still.

Sie sah zum Bett. Ruby lag auf dem Rücken und hielt wie so oft die Decke mit beiden Fäusten umklammert. Isla zögerte, trat näher und lauschte. Es dauerte einen Moment, aber dann hörte sie es: Atemzüge.

Puh!

Einen Augenblick lang hatte sie wirklich geglaubt … Sie

schüttelte den Kopf. Natürlich ging es Ruby gut. Sie durfte sich nicht verrückt machen lassen.

Nachdenklich betrachtete sie das helle Gesicht und die auf dem Kopfkissen ausgebreiteten Haare. Ruby sah aus wie eine Modellpuppe, die jemand dort platziert hatte, um ein Kind zu imitieren.

Der Gedanke machte Isla stutzig. Aus einiger Entfernung hätte man Ruby wirklich mit einer Puppe verwechseln können. Sie lag ganz still, nicht mal ein Finger zuckte. Ja, sie atmete, doch so flach, dass man genau hinsehen und lauschen musste, so zerbrechlich waren die Geräusche. Als ob sie verstummen würden, wenn ein Windhauch durchs Zimmer strich.

Isla setzte sich wieder in den Sessel. Die Polster strahlten noch immer Wärme aus, trotzdem fröstelte sie. Ruby war so bleich, beinahe wächsern im Nachtlicht. Isla atmete flach und wagte nicht, sich zu bewegen, bis ihre Arme zu kribbeln begannen und ein Fuß einschlief. Angestrengt rief sie sich ins Gedächtnis, was sie zum Thema Schlaf und Träume zusammengesucht hatte. In der Bibliothek hatte sie nichts wirklich Hilfreiches gefunden, wusste nun aber, dass manche Schlafphasen durch Augenbewegungen gekennzeichnet waren. Diese sogenannten REM-Phasen bildeten je zusammen mit Non-REM-Sequenzen einen Schlafzyklus, der in der Regel achtzig bis hundertzehn Minuten dauerte. Wenn sie sich richtig erinnerte, gab es pro Nacht vier bis fünf solcher Zyklen.

Da Ruby erst vor knapp einer Stunde eingeschlafen war, konnte es also gut sein, dass die REM-Phase noch bevorstand. Isla ärgerte sich, nicht mehr über Schlafrhythmen oder Schlafstörungen gelesen zu haben, doch sie hatte vorrangig nach Informationen über Träume gesucht.

Waren diese REM-Zyklen stets gleich lang? Sie musste es unbedingt noch mal nachschlagen. Aber jetzt war sie eh schon wach und hatte genug Zeit, um Ruby zu beobachten und darauf zu achten, ob sie sich im Schlaf bewegte.

Sie sah auf die Uhr und wieder zum Bett, während sie versuchte, eine bequemere Position zu finden. Nach einer Weile begannen ihre Augen zu tränen, und sie blinzelte, um wach zu bleiben. Doch Müdigkeit war ein Raubtier und ließ sich nur vorübergehend zurückdrängen, um dann ganz in der Nähe zu lauern. Isla gähnte, bis ihre Kiefergelenke knackten, streckte ihre Finger, zählte die Bücher auf dem Regal, versuchte, ihre Beine möglichst lange waagrecht von sich in der Luft zu halten, zählte ihre Zehen – was natürlich kompletter Unsinn war, sodass sie sich anschließend selbst einen Vogel zeigte –, rief sich den Text ihres Lieblingssongs ins Gedächtnis, versuchte sich an Fingerschattenfiguren und flocht kleine Zöpfchen in ihr Haar. Die Nacht schien kein Ende nehmen zu wollen. Als Isla irgendwann feststellte, dass erst fünfzig Minuten vergangen waren, überlegte sie, ob sie nicht besser aufgeben und Ruby ein andermal beobachten sollte.

Sie stand auf, obwohl ihr Körper protestierte. Die Farben verschwammen ebenso wie die Gegenwart, und Isla sank in einen Zustand zwischen Trance und Anspannung. Sie musste durchhalten, für Ruby, und genau das würde sie auch tun.

Von draußen drang der Schrei eines Tiers herein, vermutlich einer Katze, als Isla feststellte, dass sie bereits zwei Stunden ausharrte. In all der Zeit hatte Ruby sich weder bewegt noch tiefer geatmet … noch hatten sich ihre Augen hinter den geschlossenen Lidern bewegt.

Kein einziges Mal.

Rubys Atemzüge waren noch immer regelmäßig. Isla streckte eine Hand aus, zögerte und hielt sie flach über die leicht geöffneten Lippen. Augenblicklich spürte sie Luft ihre Haut kitzeln. Fast hätte sie vor Erleichterung aufgelacht, ärgerte sich aber vor allem über sich selbst. Sie durfte keine Hirngespinste entwickeln, sondern musste ihre Gedanken ordnen. Diese Nachtwache hatte eine erschreckende Erkenntnis mit sich gebracht: Ruby hatte keine Anzeichen einer REM-Phase gezeigt, es hatte nicht die geringste Spur einer Bewegung ihrer Augen gegeben. Nicht für eine Sekunde. Stattdessen lag sie nun, nach einem kurzen Zucken, wieder da wie tot. Was stimmte da nicht? War Ruby wirklich unfähig zu träumen? War so etwas überhaupt möglich, und falls ja, welche Folgen hatte es, abgesehen von dieser geisterhaften Blässe?

Bisher hatte sie Ruby nicht geglaubt, und auch jetzt war sie nicht sicher, was sie tun sollte. Sie hatte keine Ahnung von derartigen Dingen und würde Antworten auf diese Fragen sicher nicht in der Bibliothek finden. Möglicherweise gab es ja Menschen, die weniger träumten als andere? Seltener? Allerdings … Sie drehte sich noch mal zu Ruby um. Je länger sie ihr bei ihrem unnatürlichen Schlaf zugesehen hatte, desto fremder wirkte das Kind auf sie.

Isla trat wieder ans Bett. Mit einem Anflug von Schuldgefühl zupfte sie die Decke zurecht. »Schlaf gut, Kätzchen«, flüsterte sie.

Keine Reaktion. Natürlich. Ruby blieb in ihrem puppenhaften Stadium, eine kleine Schönheit in Licht und Schatten.

Isla zögerte und drehte sich um. Im Augenwinkel glaubte sie, etwas an der Wand schimmern zu sehen, doch als sie genauer hinsah, war da nichts.

Es wurde wirklich höchste Zeit, ins Bett zu gehen. Momentan konnte sie das Rätsel Ruby nicht lösen, und nach der Reaktion von Victoria in der Bibliothek lag klar auf der Hand, dass sie bei ihren Arbeitgebern nicht auf Hilfe hoffen konnte.

Auf Zehenspitzen schlich sie hinaus und zog die Tür hinter sich zu.

Das Haus lag im Halbdunkel. Vereinzelte Lampen in den Fluren, an der Treppe sowie in der Halle schimmerten gegen die Dunkelheit an, ohne sie vollständig zu vertreiben. Die Austins ließen sie jede Nacht brennen, und Isla hatte nie nach dem Grund gefragt. Nun kam es ihr zugute. Trotzdem war es, als würde es in diesem Haus Dinge geben, die sich tagsüber ihren Blicken entzogen und in der Nacht auf all jene lauerten, die nicht in ihren Betten lagen.

Bei der Vorstellung bekam Isla Gänsehaut. Selbstverständlich gab es keine Kreaturen, die im Verborgenen lebten! Wenn etwas auf sie lauerte, dann die eigenen Hirngespinste, geboren aus Müdigkeit wegen der langen Wache an Rubys Bett.

Sie huschte die Treppe hinab und wagte erst, normal zu atmen, als sie den Gang erreichte, der zum Anbau führte. Plötzlich scheute sie davor zurück, sich noch mal umzudrehen, aus Angst, etwas hinter sich zu sehen, das nicht sein konnte.

Oder durfte.

Mach dich nicht verrückt. Da ist nichts, und das weißt du ganz genau.

Sie erreichte die Tür und drehte den Knauf mit mehr Schwung als nötig. Im Zimmer schaltete sie das Licht ein und verriegelte hinter sich. Endlich konnte sie sich entspannen und lehnte sich an die Wand. Ihr Atem ging schwer. Am liebsten hätte sie über sich gelacht, um diese dumme Angst zu vertreiben. Aber sie wartete, bis das Brennen in ihrer Brust nachließ, und versuchte, an Alltägliches zu denken.

An ihr Bett, das auf sie wartete. Den weichen Stoff ihres Nachthemds. Den Unterricht morgen, den sie zum Glück bereits vorbereitet hatte. Wenn sie ihn wie geplant abhalten wollte, musste sie sich dringend noch ein paar Stunden Schlaf gönnen.

Sie wollte gerade zum Fenster gehen, um die Vorhänge zu schließen, als ihr etwas auffiel. Abrupt blieb sie stehen und sah sich um – noch wusste sie nicht, was ihre Aufmerksamkeit geweckt hatte, aber es brachte etwas in ihrem Hinterkopf zum Klingeln. Eine Erinnerung.

Sie ging noch mal zurück zur Wand und ließ den Blick durchs Zimmer schweifen. Alles war so, wie sie es verlassen hatte, sogar ihre Hausschuhe lagen noch mitten im Raum. Und trotzdem …

Sie schloss die Augen, wartete einige Sekunden und öffnete sie wieder. Ein Bild flackerte vor ihrem geistigen Auge auf, flüchtig wie ein Vogel, im Augenwinkel wahrgenommen.

In dem irrsinnigen Wunsch, den Gedanken besser greifen zu können, biss Isla die Zähne zusammen.

Im Hintergrund erkannte sie Möbel vor einer mit verhaltenem Muster verzierten Wand, von links fiel Licht durch ein Fenster.

Und plötzlich wusste sie, was sie aufgeschreckt hatte und nicht mehr loslassen wollte: Dies war das Zimmer aus ihrem Traum. Die Ausmaße stimmten, der Aufbau mit der Nische, in der sich ihr Bett befand, sogar der Lichteinfall durch das Fenster war am Tag derselbe. Nur Möbel und Tapete sahen anders aus. Hier hatte in ihrem Traum der dunkelhaarige Mann gestanden und das kleine Mädchen umarmt.

So abwegig war das nicht. Natürlich träumte sie von Dingen, die sie erlebte oder sah. Die ihren Tag beeinflussten. Und da sie seit ihrer Ankunft bis auf manche Wochenenden jede Nacht hier verbracht hatte, konnte sich die Umgebung hervorragend in ihre Träume schleichen. Warum das Zimmer mit anderen Möbeln und einer seltsamen Tapete bestückt gewesen war, wusste Isla zwar nicht, aber seit wann waren Träume logisch?

»Was ist hier überhaupt logisch?«, murmelte sie, nahm ihre Hausschuhe und schlüpfte hinein. Victoria Austins Reaktion in der Hausbibliothek jedenfalls nicht. Es wollte Isla nicht in den Kopf, wie man die Gesundheit des eigenen Kinds so abwiegeln konnte. Wenn Ruby ihre Tochter gewesen wäre, hätte sie schon längst einen Arzt aufgesucht, selbst auf die Gefahr hin, dass ihre Sorge übertrieben war. Besser, ein fremder Mann hielt sie für hysterisch oder viel zu fürsorglich, als dass einem kleinen Mädchen etwas fehlte, das möglicherweise ernsthafte Schäden nach sich ziehen konnte.

Wenn sie sich doch nur besser auskennen würde! Doch niemand konnte von einer Hauslehrerin verlangen, medizinisches Fachwissen mitzubringen.

Fachwissen!

Sie fasste sich an die Stirn. Das war es!

Nur weil sie in den Büchern nichts gefunden und Victoria sich als zusätzliche Hürde entpuppt hatte, bedeutete das nicht das Ende ihrer Suche. Immerhin gab es mehr Quellen, die sie anzapfen konnte, sobald es Tag war.

4

 nd dann sagten sie, dass es kein Problem wäre, sie kennen meinen Vater gut und würden darauf vertrauen, dass sein Sohn ebenso talentiert und eifrig sei. Sie sagten wirklich *eifrig*, Isy!«

»Aber das ist doch …«

»Nein, das ist nicht gut.« Andrew klang ernsthaft verzweifelt. Er verwirrte Isla. »Aber ich dachte, du hast den Job?«

»Natürlich habe ich den Job. Aber wieder nur aus Vitamin-B-Gründen.« Der schwerste Seufzer ganz Englands erschütterte die Leitung. »Wie soll ich jemals beweisen, dass ich mehr bin als nur der Sohn eines der besten Neurologen des Landes? Sobald jemand herausfindet, dass mein Vater Professor Curtis ist, steht die Tür bereits offen. Oder jemand hat das Schloss entfernt, damit man sie nicht wieder schließen und jederzeit einen Fuß dazwischenschieben kann. Es ist nahezu unmöglich, ohne Dads Einfluss klarzukommen.«

»Ich versuche, Mitleid zu empfinden, aber es fällt mir wirklich schwer, Andy. Gib mir eine Weile, vielleicht bekomme ich es noch hin.«

»Ist ja gut, du Biest. Eines Tages wird dein Herz so hart und versteinert sein, dass es dich in einen Abgrund reißt. Quer durch den guten Boden unseres Landes wird es dich ziehen. Na ja, ich weiß, dass du mir nur so halb zugehört hast, aber das ist in

Ordnung. Es schmerzt zwar, und ich presse gerade eine Hand fest gegen meinen Brustkorb, also geht es. Was ist denn nun mit dieser Ruby?«

Isla hatte Mühe, ihre Mundwinkel unten zu behalten. Wie immer, wenn irgendwas Andys Gefühle durcheinanderbrachte oder er sich aufregte, schlug sich das in seiner Ausdrucksweise nieder. Manchmal war sie sicher, dass er die medizinische Laufbahn besser gegen eine auf der Bühne tauschen sollte. »Ich weiß es nicht, das ist ja das Problem. Und wenn dir nichts einfällt ...«

»Isy.« Schlagartig wurde Andrew ernst. »Ich bin zwar gut, aber ich bin noch kein Arzt. Es gibt da draußen viele Dinge, die ich nicht kenne, aber vielleicht ist da ein anderer, der sich schon länger auf diesem Gebiet bewegt. Ein Fachmann.«

Isla starrte aus dem Fenster und beobachtete, wie sich die Sonne über den Horizont schob. Die Strahlen tasteten sich über die Fensterbank. Andrew hatte recht. Aber das half ihr auch nicht weiter. »Ich kann nicht einfach ohne die Erlaubnis ihrer Eltern zu einem Arzt gehen.«

»Nein, aber du kannst die Möglichkeit eines Arztbesuchs noch einmal ansprechen. Wenn die Hausherrin auf dem Ohr taub ist oder gar auf beiden, dann schick sie selbst zu einem Fachmann anderer Art und wende dich wegen des Mädchens an den Ehemann der Ohrkranken. Ist es nicht sogar deine Pflicht, das zu tun?«

»Ja. Das ist es.« Viel Erfolg versprach sie sich nicht davon – bisher waren die Austins stets einer Meinung gewesen. Sie hatte gehofft, dass Andrew mehr Licht in die Sache bringen konnte, und sogar darauf gezählt, dass er sie beruhigte und betonte, eine traumlose Phase käme bei kleinen Kindern häufiger vor. Ihm hätte sie das sofort geglaubt.

Sie kannte Andrew Curtis, seit er bei der ersten Tour mit seinem Kinderfahrrad die Kontrolle verloren und sie mitten auf der Straße umgefahren hatte. Er stammte aus einer angesehenen Medizinerfamilie mit Kontakten im ganzen Land und studierte mittlerweile selbst Medizin. Isla war überzeugt, dass er eines Tages in die Fußstapfen seines Vaters treten würde – er besaß nicht nur die Fähigkeiten, sondern brannte auch für das Thema und war neugierig genug, um forschen zu wollen.

Sie vertraute seinem Urteil. Zudem bekräftigte es nur das, was sie insgeheim bereits gewusst hatte. »Also gut, ich werde es am besten gleich mit Mister Austin durchsprechen. Dann habe ich es hinter mir.«

»Ich drücke dir die Daumen. Du bekommst das schon hin. Halt mich auf dem Laufenden, was die Kleine angeht, das ist eine spannende Sache.«

Er geriet wieder in den Modus des Wissenschaftlers. Es ließ Isla unwillkürlich lächeln. »Das mache ich. Wie steht es zu Hause?«

Andrew studierte nur eine halbe Stunde mit dem Zug von ihrem Heimatort entfernt und sah seine – und ihre – Eltern täglich.

»Alles beim Alten. Dein Bruder macht sich zusehends dadurch einen Namen, dass er nachts lautstark um die Häuser zieht. Annie Douglas möchte ihm demnächst einen Eimer Wasser über den Kopf kippen und hat mich erpresst, niemandem davon zu erzählen. Deine Eltern drücken bei der Sache beide Augen zu.«

Isla lächelte, und wie immer, wenn es um Ronny ging, brachte die Freude einen Hauch Schmerz mit sich. Natürlich drückten ihre Eltern beide Augen zu. Das hatten sie bei ihm schon immer getan. Er war zehn Jahre nach ihr geboren worden, als die beiden Zeit gehabt hatten, Islas Geburt zu verarbeiten, die sie sowohl glücklich gemacht als auch in eine Grube aus Trauer gestürzt hatte. Isla war kerngesund zur Welt gekommen, ihre Zwillingsschwester aber noch im Mutterleib gestorben. Seit sie denken konnte, war das Thema tabu. Sie wusste, dass ihre Eltern ihr keine Schuld gaben, ahnte jedoch, dass ihr Anblick die beiden an etwas erinnerte, das sie nie besessen und doch verloren hatten. Und dass dieser winzige Abstand zwischen ihnen unauslöschlich war. Nicht ablehnend, nicht böse oder gar feindlich, sondern einfach *da*. Akzeptanz war das Höchste, was sie von ihren Eltern verlangen konnte – der Schmerz würde immer bleiben. Beide liebten sie, doch niemals so sehr wie Ronny.

Sie räusperte sich. »Grüß sie von mir.«

»Mach ich. Aber sei mir nicht böse, Königin der Medizinfragen, ich muss los. Ich will vor der Uni noch bei Deirdre vorbei.« Andrew klang nervös.

Endlich fiel ihr das Lächeln leichter. Andy war seit Jahren in Deirdre verliebt, und vor einigen Monaten hatte sie es gnädig zur Kenntnis genommen. »Oh oh. Ihr Vater soll ein strenges Auge auf ihre Verehrer haben, sagt man.«

»Isy!«

»Schon gut. Nur ein Scherz. Verschwinde, Andy. Und vergiss nicht, mich zur Verlobung einzuladen.«

»Falls ich bis dahin noch lebe. Wenn ich Glück habe, kratzt sie mir heute nur die Augen aus, weil ihr die Bar, in die ich sie letztens verschleppt habe, nicht gefallen hat. Bis bald.«

Isla lachte, verabschiedete sich, legte auf und stellte fest, dass sie die Telefonschnur nur mühsam von ihren Fingern lösen konnte, so fest hatte sie sie darum geschlungen. Sie schlenderte zum Fenster, nur um die Aussicht zu ignorieren und wieder zurückzugehen. Nachdem sie mehrere Minuten im Zimmer auf und ab gelaufen war, blieb sie vor dem Spiegel stehen.

Wären die Zweifel in ihren Augen nicht, hätte sie die perfekte Hauslehrerin verkörpert. Ihre langen Haare waren hochgesteckt, und die Strähnen, die sich sonst nur zu schnell an den Seiten lösten, mit Kämmchen befestigt. Dazu hatte sie einen Hauch Lippenstift aufgetragen, um älter zu wirken. Sie trug ein gelbes Kleid, dazu ein weißes Schultertuch, falls es im Unterrichtszimmer zu kühl wurde.

Am Morgen hatte sie sich mit Bedacht zurechtgemacht – ohne Make-up wirkte sie mit ihren großen Augen, dem Schmollmund und den hellen Haaren um Jahre jünger, als sie wirklich war. Ein weiterer Beweis dafür, dass sie bereits vor dem Telefonat gewusst hatte, was zu tun war. Sie würde den Austins als Lehrerin gegenübertreten, deren Expertise nicht infrage gestellt werden durfte.

»Also dann.« Sie nickte sich zu und machte sich auf den Weg.

Alan Austin befand sich um diese Zeit normalerweise in seinem Arbeitszimmer. Isla war nur einmal dort gewesen, nämlich an ihrem ersten Arbeitstag. Wenn sie das Frühstück ausfallen ließ, blieb ihr vor dem Unterricht genügend Zeit, um mit ihm zu reden. Es lag nahe, dass er Victoria davon erzählen würde, aber das musste sie in Kauf nehmen.

Wie nur wenige Stunden zuvor huschte sie auf Zehenspitzen durch die Gänge. Sogar jetzt, am helllichten Tag, fühlte sie sich wie ein Eindringling oder eine Diebin.

Das Arbeitszimmer befand sich am Anfang des Ostflügels.

Die Doppeltür war wie immer geschlossen. Isla richtete ihre Kleidung, während sie Argumente sammelte, und klopfte an.

»Ja?« Das Holz dämpfte die Stimme aus dem Inneren, verbarg aber nicht das Erstaunen darin.

Isla öffnete die Tür.

Alan Austin saß an seinem Schreibtisch in der Mitte des Zimmers und trug noch seinen Bademantel. Rauchschwaden lagen in der vor Sonnenlicht flimmernden Luft, und Isla argwöhnte, dass Alan nur hier war, um in Ruhe seine Morgenzigarette genießen zu können.

Er musterte sie mit gerunzelter Stirn, das sandfarbene, schüttere Haar fiel ihm ins Gesicht. »Miss Hall. Ist alles in Ordnung?« Sein Tonfall verriet Irritation.

Es verstärkte Islas Entschlossenheit. Ohne auf eine Aufforderung zu warten, nahm sie auf dem Stuhl vor dem Schreibtisch Platz und räusperte sich. »Oberflächlich betrachtet ja. Allerdings mache ich mir Sorgen um Ruby und sehe es als meine Pflicht an, Sie darüber zu informieren.«

Er wirkte nicht alarmiert. Stattdessen betrachtete er sie eingehend, als könnte er ihr die Wahrheit hinter ihren Worten vom Gesicht ablesen. Isla hasste die unausgesprochene Botschaft: Er gab ihr zu verstehen, dass nichts auf seinem Besitz geschah, ohne dass er es zuließ.

Wahrscheinlich denkt er auch so über Krankheiten oder das Wetter. Kein Wunder, dass sich hier niemand richtig um Ruby kümmert.

Die Austins hielten die alten Traditionen ihres Stands so hoch wie nur möglich. Alan hatte Silverton von seinem Vater geerbt, zusammen mit mehreren Immobilien in der Stadt, die ihm ein beachtliches Einkommen sicherten. Bis vor einigen

Jahren hatte er sich persönlich um die Instandhaltung gekümmert. Mittlerweile ging er auf die sechzig zu und übertrug diese Aufgaben seinem Verwalter, während er seine Zeit hauptsächlich bei der Jagd oder im Herrenclub verbrachte. Es gab Wochen, in denen Isla ihn kaum zu Gesicht bekam, so häufig war er unterwegs. Entscheidungen zur Erziehung seiner Tochter überließ er ganz seiner Frau. Kein Wunder, dass Islas Besuch ihn irritierte.

Er drückte die Zigarette im Aschenbecher aus und lehnte sich zurück. »Hat sie Probleme im Unterricht? Wenn Sie allein nicht weiterkommen, reden Sie mit Victoria.«

»Nein, das ist es nicht.« Isla zögerte. »Ich glaube, Sie sollten mit Ruby einen Arzt aufsuchen.«

»Einen Arzt?« Er runzelte die Brauen. »Als ich meine Tochter das letzte Mal gesehen habe, schien sie sich bester Gesundheit zu erfreuen.«

Sie fragte sich, wann das wohl gewesen war, behielt diesen Gedanken jedoch für sich. »Es ist nichts … Akutes«, wählte sie ihre Worte sehr vorsichtig. »Aber sie wirkt zunehmend blass und erschöpft. Darüber hinaus scheint sie Schlafprobleme zu haben.«

»Sie schläft nicht?«

»Nein, das ist es nicht. Aber sie sagt, sie träumt nicht, und letzte Nacht …«

»Miss Hall.« Er beugte sich wieder vor und legte die Hände auf die Holzfläche. Einen Moment lang glaubte Isla, er würde sie anbrüllen. »Alles, was ich von Ihnen höre, sind leere Worthülsen wie *wirken* und *scheinen*. Haben Sie einen konkreten Hinweis darauf, dass meine Tochter ernsthaft krank ist?«

Obwohl sie durch das Gespräch mit Victoria bereits auf diese

Ablehnung vorbereitet gewesen war, machte es sie zunächst sprachlos. Kurz überlegte sie, ob es womöglich an ihr lag, dass er die Sache so wenig ernst nahm. Aber nein, sie hatte sich stets professionell verhalten und tendierte nicht dazu, Ruby zu verhätscheln.

»Nun, ich bin keine Ärztin«, sagte sie und dachte an das Gespräch mit Andy. »Aber es ist nicht zu übersehen, dass Ruby zunehmend erschöpft wirkt. Zudem hat sie Schlafprobleme. Die Ursachen kenne ich nicht.« Sie machte eine Pause. »Sie müssen sie sich doch nur genauer ansehen, um festzustellen, dass ich mir das nicht ausdenke«, fügte sie hinzu.

Er musterte sie und schwieg.

Isla verkrampfte sich innerlich und versuchte, sich nichts anmerken zu lassen. Wahrscheinlich nutzte er sein Schweigen als Taktik, um sie einzuschüchtern – was angesichts seines Bademantels ein wenig lächerlich war. Sie betrachtete das Zimmer. Es gab nur wenige Möbel, allesamt antik und aus ebenso dunklem Holz gefertigt wie der Schreibtisch. Sie ließen den Raum voller wirken, als er war, den Rest erledigten Bilder in aufwändigen Rahmen. Da waren gemalte Porträts der Austins ohne und mit Ruby sowie, kleiner, Schnappschüsse der Familie im Haus, Garten oder Park.

Ein Foto von Ruby über dem Sekretär fesselte ihre Aufmerksamkeit. Sie brauchte einen Moment, um den Grund zu finden: Es war nicht Ruby selbst, die breit lachend und mit Zahnlücke posierte, sondern der Hintergrund. Genauer gesagt die Tapete mit einem sehr speziellen Muster. Das sie schon einmal gesehen hatte.

In ihrem Traum.

Isla riss sich zusammen, um nicht aufzustehen und sich das

Bild genauer anzusehen. Sie war ganz sicher: Bei dem Raum dort handelte es sich um ihr Zimmer, so wie sie es in der vergangenen Nacht in ihrem Traum gesehen hatte. Genau da hatte der Fremde gestanden und …

»Miss Hall?«

Sie fuhr zusammen und wandte ihre Aufmerksamkeit wieder Alan Austin zu. »Ja. Entschuldigen Sie, ich habe noch mal über die Sache nachgedacht, und ich finde nicht, dass ich übertrieben reagiere.« Sie war froh, dass ihr die Ausrede so glatt von der Zunge ging.

Er holte tief Luft durch die Nase und rieb mit zwei Fingern die Stelle darüber. Dann stand er auf und ging zum Fenster. Er trug seine Hausschuhe.

Isla wartete, bis er stehen blieb, und nutzte die Gelegenheit, sich das Bild noch einmal anzusehen. Kein Zweifel. Dabei war sie hundertprozentig sicher, es bei ihrem ersten und zuvor einzigen Besuch in diesem Zimmer nicht bemerkt zu haben. Sie hatte nicht einmal zum Fenster gesehen, so nervös war sie anfangs in Gegenwart der Austins gewesen! Schließlich war dies ihre erste Anstellung in einem privaten Haushalt. Wie also konnte diese Tapete in ihrem Traum auftauchen? Ein Zufall?

»Hören Sie, Miss Hall …« Alan wandte sich um. Er sah nachdenklich aus. »Es ist für unsere Zusammenarbeit unabdingbar, dass Sie für Ihren Bereich Sorge tragen und meine Frau sowie ich für unseren.«

Sie nickte. Das tat sie doch! Wollte er ihr etwa sagen, dass sie sich in Dinge einmischte, die sie nichts angingen? »Natürlich«, sagte sie sicherheitshalber.

Darauf hatte er offenbar gewartet, denn er nickte ebenfalls. »Sehr gut. Dann lassen Sie mich versichern, dass mit Ruby in dieser Hinsicht alles in Ordnung ist. Unsere Tochter war schon immer von sehr blassem Äußeren, das liegt in der Familie.«

Isla betrachtete seinen Teint, der sich farblich kaum von seinen Haaren unterschied, und verhakte die Finger ineinander. »Verzeihen Sie, aber da bin ich anderer Meinung.«

Er ging zurück zum Schreibtisch und ließ sich wieder in seinen Sessel sinken. »Diese Meinung dürfen Sie gern besitzen, aber auch für sich behalten.« Er schüttelte den Kopf. »Wir haben Sie engagiert, um unserer Tochter eine adäquate Vorbereitung auf eine hervorragende Ausbildung zu geben. Die wir gern schon früher angesetzt hätten, aber Ruby war eine Weile sehr krank. Sie hat sich zu unser aller Freude wieder erholt, aber sie vermisst die allgemeine Aufmerksamkeit, die sie in dieser Zeit erhalten hat. Von mir, meiner Frau, den Ärzten und einer Pflegekraft. Sie ist ein Kind, und sie versucht auf ihre Weise, das wiederzubekommen. Notfalls mit Geschichten. So sind Kinder nun einmal ... vielleicht müssen Sie das erst noch lernen, Miss Hall.«

Isla war überrascht. Davon hörte sie zum ersten Mal. Die Spitze gegen ihre angebliche Unerfahrenheit überging sie. »Aber mir geht es nicht nur um das, was sie sagt. Haben Sie Ruby schon einmal beobachtet, wenn sie schläft? Sie liegt da wie tot, sie bewegt sich nicht. Ich habe ein wenig über die Schlafphasen gelesen, und ich habe einen Freund, der Medizin studiert, daher ...«

Er hob eine Hand, die herrische Geste ließ sie verstummen. Am liebsten wäre sie aufgesprungen, aber sie fürchtete auch, zu weit gegangen zu sein. Wenn sie nun ihren Job verlor, was würde dann aus Ruby werden? Nicht mal die Austins glaubten ihr.

»Miss Hall, wie Sie selbst sagten, sind Sie keine Ärztin, Sie verfügen nicht einmal über irgendeine medizinische Ausbildung. Daher wäre ich Ihnen äußerst dankbar, wenn Sie sich auf das konzentrieren, wofür Sie eingestellt wurden. Ansonsten würde ich den Eindruck bekommen, dass Sie kein Interesse mehr an einer Anstellung auf Silverton haben. Ist dem etwa so?«

Das war deutlich. Isla schluckte den Kommentar, der ihr auf der Zunge lag, sowie einen guten Teil ihres Stolzes herunter. »Natürlich nicht.«

»Das freut mich außerordentlich.« Er griff in die Tasche seines Bademantels, zog eine Uhr an einer Goldkette hervor und ließ sie aufschnappen. »Wenn ich mich nicht irre, ist es bald an der Zeit für den Unterricht?« Der Ton war wieder freundlich.

Isla stand auf. Hier kam sie nicht weiter. Sie hatte sich weit auf das Eis vorgewagt und selbst dann nicht angehalten, als das Sirren sie gewarnt hatte. Nun zeigten sich erste Risse unter ihren Füßen, und sie konnte nur umkehren oder versinken. »Das ist es in der Tat. Ich danke Ihnen für Ihre Zeit.«

»Stets zu Diensten, Miss Hall. Lassen Sie mich wissen, wenn es ein Problem gibt.«

Wenn es ein *ernsthaftes* Problem gibt, war das, was er eigentlich meinte.

Isla verzichtete auf eine Antwort und beeilte sich, das Zimmer zu verlassen. Während sie die Treppe hinabging, ballte sie die Hände zu Fäusten. Es wollte ihr nicht in den Kopf, dass die beiden sich so sehr begründeten Argumenten verschlossen. Wollten sie ihr allen Ernstes weismachen, Ruby würde das Ganze nur vortäuschen, weil sie sich mehr Aufmerksamkeit wünschte? Das war absurd! Sie hatte gesehen, dass etwas nicht stimmte, hatte sich die halbe Nacht um die Ohren geschlagen.

Ihre Waden schmerzten, als sie das Erdgeschoss erreichte, so energisch schritt sie aus. Als sie um die Ecke bog, stieß sie beinahe mit Hannah zusammen.

»Himmel, langsam!« Das Hausmädchen riss die Hände vor die Brust und stoppte Isla, ehe die sie in vollem Lauf umrennen konnte.

Der Schreck schmolz einen Teil der Wut weg. Isla atmete tief durch und strich sich eine Haarsträhne aus dem Gesicht. »Tut mir leid, ich habe dich nicht gesehen.«

Hannah musterte sie, als wäre sie nicht ganz richtig im Kopf. Damit war sie heute nicht die Erste. »Natürlich hast du mich nicht gesehen. Bei deinem Tempo hast du wahrscheinlich nichts mehr gesehen bis auf Farbstreifen. Oder Schatten. Boten aus einer anderen Welt.« Sie fuchtelte mit den Händen.

»Wie bitte?«

»Ich verarsch dich nur. Hast wohl noch nie richtig guten Stoff geraucht?«

»Nein, und dabei würde ich es auch gern belassen.« Isla hatte keine Lust auf dieses Gespräch und versuchte, an Hannah vorbeizukommen.

Doch die dachte gar nicht daran, ihr Platz zu machen. Ihre Augenbrauen wanderten in die Höhe. »Weißt du, es interessiert mich wenig, wer dir am frühen Morgen bereits in die Suppe gespuckt hat, aber glaub mir: Die Austins mögen keine Angestellten, die den Anschein machen, einen Amoklauf zu planen.«

»Ach, und den mache ich?«

Hannah lehnte sich gegen die Wand. »Ziemlich, ja.«

Isla wollte etwas Scharfes erwidern, hob dann aber nur eine Hand und ließ sie wieder fallen. Eine Geste so hilflos, wie sie sich fühlte. »Ich glaub nicht, dass es den beiden auffallen würde«, sagte sie leise und starrte zur Decke. »Die bekommen nur mit, was sie mitbekommen wollen. Unangenehme Dinge zählen nicht dazu.«

»Glaub mir, die bekommen alles mit.« Hannah gähnte. »Denkst du, ich würde sonst so rumlaufen?« Sie sah an sich hinab.

Isla musterte das dunkle Hauskleid mit der weißen Schürze und zuckte die Schultern. An Hannah sah es wirklich seltsam aus. »Du meinst wie der Inbegriff einer braven Angestellten? Wahrscheinlich nicht. Zumindest stell ich mir vor, wie du dir das Ding abends vom Körper reißt und am liebsten darauf rumtrampeln würdest.«

»Haargenau. Aber das ist nun mal der Deal. Wenn die Reichen wollen, dass ich auf der Arbeit einen blauen Hut trage, dann mach ich das. Und zwar, ohne dumm nachzufragen. Wenn der Tag rum ist, dann bin ich hier wieder raus. Bis dahin interessiert nur eines, nämlich dass ich gut kochen und putzen kann und auch sonst Dinge draufhabe, über die sich Männer freuen.«

Isla dachte, dass Zigaretten wohl nicht zu den Dingen gehörten, die Hannah gewillt war, für ihre Anstellung aufzugeben … bis ihr aufging, was sie gerade gehört hatte. »Bitte? Wie meinst du das mit den Männern?«

Hannah winkte ab. »Ich verarsch dich, Isla. Sogar ich hab meine Grenzen.«

Isla war bereits einen Schritt weiter. Wenn Hannah das Haus sauber hielt, tat sie das auch in den Privaträumen der Familie, und damit erhielt sie mehr Einblicke als sie selbst. Zudem war sie bereits länger angestellt. Vielleicht …

»Sag mal …« Sie zögerte. »Ich mache mir Sorgen um Ruby. Mister Austin hat erwähnt, dass sie vor nicht allzu langer Zeit sehr krank war. Sie war bei mehreren Ärzten, also muss es etwas Ernstes gewesen sein. Weißt du was darüber?«

Erstaunen brach durch Hannahs sonst so gelassene Fassade, war aber schnell wieder verschwunden. »Der Zwerg ist deine Sache, nicht meine.« Sie wandte sich zum Gehen.

Isla reagierte blitzschnell und hielt sie am Arm fest – ein Fehler. Hannahs Augen verengten sich zu Schlitzen. Offenbar mochte sie keinen Körperkontakt.

Isla ließ los. »Entschuldige. Es ist nur … du hast recht, sie ist meine Verantwortung, und daher mache ich mir auch Sorgen. Ich will dich damit ja auch nicht belasten. Sag mir nur, ob du was weißt. Kannst du dich an irgendwas erinnern, das dir auffällig vorkam? Etwas, das über die gängigen Kinderkrankheiten hinausgeht, meine ich.«

Hannahs blaue Augen blitzten unter ihrem Pony hervor. »Mag sein.«

»Und was genau?« Isla dachte nicht daran, locker zu lassen.

Hannah seufzte. »Hör zu, Nervensäge, ich muss im Esszimmer schrubben, und ich hab keine Lust, wegen dir heute später nach Hause zu kommen.«

Isla warf einen Blick auf die Standuhr – bis zum Unterricht blieb ihr noch eine gute halbe Stunde. Kurz entschlossen hakte sie sich bei Hannah unter und zog sie vorwärts. »Na dann komm. Ich begleite dich nicht nur, ich helfe dir sogar, wenn du möchtest. In der Zwischenzeit kannst du erzählen.«

»Untersteh dich, mir dazwischenzupfuschen. Nachher zerdepperst du was Wertvolles, und ich muss den Kopf dafür hinhalten.« Hannah setzte sich bereitwillig in Bewegung und schritt so energisch aus, dass Isla sich anstrengen musste, ihr Tempo zu halten. »Aber gut, ehe du mich zu Tode nervst: Als ich hier angefangen hab, sind wirklich viele Ärzte aufgekreuzt. Du weißt schon, junge Schnösel mit Schnurrbart, neuen Cordjacketts und wichtigem Blick, aber zum Teil so grün hinter den Ohren, dass man es durch das ganze Haus leuchten sehen konnte.«

Isla nickte. »Was haben sie gemacht?«

»Wenn ich das wüsste, würde ich wohl nicht hier rumlaufen und mit Wollmäusen spielen, sondern vor OP-Tischen stehen und Menschen aufschneiden. Woher soll ich wissen, was sie gemacht haben? Sich die Klinke in die Hand gegeben, das haben sie getan. Irgendwann kam kaum noch jemand, und es ist wieder ruhiger geworden.«

»Und das war es?«

»Ja, das war es. Keiner von denen hat um meine Hand angehalten, wenn du das meinst. Zum Glück.« Hannah schüttelte sich.

»Aber du hast nicht mitbekommen, was sie herausgefunden haben? Ob sie überhaupt etwas herausgefunden haben? Oder worum es überhaupt ging – hatte es etwas mit Schlafproblemen zu tun?«

Sie erreichten das Esszimmer. »Mir hat nie jemand was gesagt. Eine Weile musste ich abends darauf achten, dass alle Fenster und Türen zugesperrt waren. Das war dann irgendwann kein Thema mehr. Ich hab aber auch nicht nachgefragt, will mir ja keine Zusatzarbeit aufhalsen. Die sollen hier meinetwegen machen, was sie wollen. Bis später.« Sie öffnete und trat ein.

»Gut, ich …« Erstaunt sah Isla auf die Tür, die vor ihr wieder

64

ins Schloss gefallen war. »Vielen Dank, Hannah«, murmelte sie und machte sich auf den Weg. In ihrem Kopf prallten Gedanken, Ideen und Vermutungen aufeinander.

Sie war auf ein Hindernis gestoßen, ja. Das bedeutete allerdings nicht, dass sie stehen bleiben musste.

5

*D*ieses Mal lauerten keine Schrecken im Halbdunkel von Silverton. Im Gegenteil, die Nacht kam Isla fast schon vertraut vor. Eine Verbündete, der sie ihre Geheimnisse, ohne zu zögern, anvertrauen konnte und die ihren Herzschlag beruhigte.

Leider nicht vollständig.

Sie bemühte sich, gleichmäßig zu atmen, während sie im Schimmer der Nachtlampen durch das Haus huschte. Vergeblich – in ihrer Brust tobte ein Miniaturgewitter, das einfach kein Ende nehmen wollte.

Allmählich wurden diese nächtlichen Ausflüge zur Gewohnheit. Nur gab es dieses Mal keine glaubwürdige Erklärung, falls man sie erwischte. Es war eine Sache, in Rubys Zimmer einzuschlafen und mitten in der Nacht zurück in den Anbau zu schleichen, aber eine ganz andere, im Schutz der Dunkelheit Räume aufzusuchen, in denen sie um diese Uhrzeit nichts zu suchen hatte.

Sie hatte auf Schuhe verzichtet und war in dicke Strümpfe geschlüpft, dazu trug sie eine Strickjacke über ihrem Nachthemd. Ihre Schritte klangen, als würde sie über Watte laufen, trotzdem blieb sie hin und wieder stehen, um zu lauschen.

Im Haus war es still, lediglich das Ticken der großen Standuhr verfolgte sie. Die Treppe hatte sich auf magische Weise ins Unendliche verlängert, obwohl die Anzahl der Stufen dieselbe geblieben war. Islas Nachthemd klebte ihr am Rücken, als sie das Arbeitszimmer erreichte. Fast erwartete sie, eine Hand auf ihrer Schulter zu spüren, als sie die Finger auf die Klinke legte, doch nichts geschah. Sogar die Tür schwang auf, ohne einen Laut zu verursachen.

Nicht abgesperrt.

Endlich wagte sie es, normal zu atmen. Ihr Körper protestierte und brüllte ihr zu, dass die langsamen Bewegungen und der betont ruhige Atem nicht zu dem Rasen in ihrer Brust passten.

Im Arbeitszimmer war es dunkel. Dort, wo Alan am Morgen gesessen hatte, schienen sich die Schatten zu ballen, und Isla zog die Taschenlampe aus ihrer Strickjacke. Der Lichtkegel vertrieb die Dunkelheit samt ihren Geistern. Natürlich war niemand hier, sie war allein mit den Produkten ihrer Fantasie.

Lautlos huschte sie zum Schreibtisch. Abgesehen von diversen Notizbüchern, Stiften und Medaillen in kleinen Glaskästen häuften sich Papiere auf zwei ordentlichen Stapeln. Die Gesichter von Ruby und Victoria starrten ihr aus reich verzierten Bilderrahmen entgegen, und Isla zuckte es in den Fingern, sie umzudrehen. Sie fühlte sich beobachtet.

Als sie die Unterlagen betrachtete, verließ sie ein Teil ihrer Entschlossenheit. Es waren viele, und sie wusste nicht mal genau, wonach sie suchte.

Mit weichen Knien trat sie hinter den Schreibtisch. Er war massiv und auf einer Seite mit einer kleinen Tür, auf der anderen mit einer Schublade versehen. Isla probierte zunächst die Schublade – verschlossen. Die Tür dagegen ließ sich problemlos öffnen. In dem Fach dahinter stapelten sich in Leder gebundene Bücher. Isla griff nach dem obersten und legte die

Taschenlampe auf den Tisch. Sie beleuchtete Goldziffern auf dem Einband – es handelte sich um einen Terminkalender des vergangenen Jahres. Isla schlug ihn auf. Er war übersichtlich gegliedert, jede Woche war auf eine Doppelseite verteilt, im hinteren Teil befanden sich ein umfangreiches Adressbuch sowie viel Platz für Notizen. Die Seiten waren mit mitunter sehr unleserlichen Buchstaben und schwarzem Stift beschrieben. Alans Stimmung war gut anhand der Einträge zu erkennen – manchmal waren die Worte so fest in das Papier gedrückt, dass sie es beinahe durchstoßen hatten, manchmal standen die Buchstaben schräg und liefen über die vorgegebenen Linien hinaus. Hin und wieder hatte er etwas mit mehreren Ausrufzeichen oder dicken, schwarzen Kreuzen versehen. Viele Einträge sagten Isla nichts. Es gab eine Unmenge Namen und Uhrzeiten, höchstwahrscheinlich Geschäftstermine. Dazu waren an manchen Stellen ganze Zahlenkolonnen samt Adressen aufgelistet, bei anderen Textblöcken musste es sich um Gesprächsnotizen handeln. Offenbar nutzte Alan Austin seine Kalender für alles, was er in seinem Arbeitszimmer trieb, inklusive der Verwaltung seiner Immobilien in den Städten. Die Zahlen auf den Seiten waren mitunter schwindelerregend, interessierten Isla aber nicht. Nach einer Weile hatte sie den Bogen raus. Mit verengten Augen starrte sie so gebannt auf das Papier, dass ihre Augen zu tränen begannen, und blätterte rasch weiter. Nach einer Ewigkeit war ihre Suche noch immer erfolglos.

Sie erwog, alles noch mal durchzugehen, da sie fürchtete, in ihrer Eile die eine oder andere Seite überblättert zu haben, zog dann aber eine Handvoll weiterer Bücher hervor. Sie glitten ihr aus den Händen und polterten zu Boden.

Isla erstarrte. Viel zu lange saß sie da und lauschte. Ihre Lippen bewegten sich, und sie beschwor die Austins, sich in ihrem Schlafzimmer am anderen Ende des Gangs allerhöchstens umzudrehen und nicht aufzuwachen.

Ihr stummes Flehen wurde erhört: Alles blieb still. Sie wischte sich den Schweiß von der Stirn und angelte nach dem Journal neben ihrem Fuß. Eilig blätterte sie hindurch und hatte Mühe, da manche Seiten an ihren feuchten Händen kleben blieben. Sie biss die Zähne zusammen und ging es noch einmal von vorn durch, und endlich stach ihr etwas ins Auge.

Ruby.

Da stand es, in zu kleinen und engen Buchstaben geschrieben:

16 Uhr, Nachkontrolle Ruby.

Das klang nach einem Arztbesuch.

Bingo!

Der Termin war über zwei Jahre her, zu dem Zeitpunkt war Ruby vier Jahre alt gewesen. Isla ging die vorhergehenden Wochen durch. Endlich fand sie einen weiteren Eintrag, dann noch einen. Jeder war mit einem Namen, einer knappen Notiz sowie einer Uhrzeit versehen. Das mussten die Hausbesuche sein, von denen Hannah erzählt hatte. Sie blätterte wieder ein Stück vor und stieß kurz darauf endlich auf den Hauptgewinn: Rubys wohl ersten Arzttermin außerhalb des Hauses, denn Alan hatte säuberlich Namen und Adresse des Mediziners darunter notiert. Doktor Christopher Golding.

Sie las die Adresse mehrmals, um sie sich einzuprägen, und suchte in den Wochen davor und danach weitere Hinweise. Nichts. Hastig blätterte sie weiter und war beim Februar angekommen, als die große Uhr in der Halle schlug. Normalerweise überhörte Isla den Gong aus Gewohnheit, so wie Menschen lernten, das Geräusch der Züge auszublenden, wenn sie neben Bahnschienen lebten, doch nun war die Anspannung zu groß. Das Buch glitt ihr aus den Händen, landete auf dem Schreibtisch und riss eines der Bilder um. Isla sprang vor und erwischte es im letzten Moment, ehe es zu Boden fallen konnte.

Zu Tode erschrocken stand sie da, die gerahmte Fotografie umklammert, und starrte zur Tür.

Der Glockenton verstummte. Inmitten der Schwärze des Zimmers glaubte Isla, Bewegungen auszumachen, Beweise ihres schlechten Gewissens.

Sie sollte ihr Missgeschick als Warnung betrachten. Herausgefunden hatte sie genug, und sie durfte das Schicksal nicht weiter reizen. Sie nahm die Terminkalender und hoffte, dass Alan penibel genug war, um sie nach Jahreszahlen geordnet aufzubewahren, da ihr keine bessere Reihenfolge einfiel. Anschließend sperrte sie die Bände weg, nahm das Bild und polierte es mit ihrer Strickjacke, falls ihre Finger Abdrücke darauf hinterlassen hatten. Sie stellte es zurück, rückte es noch zweimal zurecht, schlich zur Tür und warf einen Blick in den Flur.

So friedlich. So still.

Auf einmal musste sie an Ruby denken, die allein in ihrem Zimmer lag, reglos wie eine Tote, und sich einem Schlaf ohne Träume hingab. Ruby und sie hatten den Tag hinter sich gebracht, ohne noch einmal über den vorherigen Abend zu reden. Als wäre das alles nicht passiert. Als wäre alles in bester Ordnung. So, wie die Austins es stets handhaben. Vielleicht war Ruby es gewohnt, dass sie niemandem ihre Sorgen mitteilen konnte oder niemand sie ernst nahm?

Der Gedanke brachte einen Teil der Wut zurück. Isla griff die Taschenlampe fester, schloss die Tür hinter sich und eilte in

Richtung Treppe. Allerdings ging sie nicht nach unten, sondern lief den Gang weiter bis zu Rubys Zimmer.

Die Austins konnten sagen und ignorieren, was sie wollten. Niemand konnte sie allerdings davon abhalten zu tun, was in ihrer Macht stand, um Ruby zu zeigen, dass sie mit ihren Ängsten nicht allein bleiben musste.

Er stand an einem geöffneten Fenster, wehende Vorhänge wurden zu Wesen aus einer anderen Welt, die versuchten, sich an etwas Irdischem festzuhalten. Ein seltsamer Kontrast zu der Härte seines Gesichts. Die Augen schimmerten dunkel, und sogar die waagrechten Linien auf der Stirn schienen wie aus Stein gemeißelt. Die Kette um seinen Hals verschwand unter dem schwarzen Pulli, doch Isla wusste, wie der Anhänger daran aussah. Dieses Mal betrachtete sie die Szene nicht von außen, sondern befand sich mittendrin, quasi auf Augenhöhe mit dem Dunkelhaarigen. Genauer gesagt zwei Handbreit tiefer. Er musste das Kinn eine Winzigkeit senken, um sie anzusehen.

Sie wollte sich umdrehen, um festzustellen, ob sie sich wieder in ihrem Zimmer befand oder einem anderen Raum in Silverton, doch sie konnte nicht. Der Fremde schien etwas von ihr zu wollen, auf etwas zu warten, das keinen Aufschub duldete. Es kam ihr vor, als hätte man sie mitten in eine Szene geworfen, in der er sie kurz zuvor etwas gefragt hatte. Gleichzeitig wusste sie, dass sie träumte. Es konnte gar nicht anders sein, denn der Kerl vor ihr war der Mann, den sie bereits zuvor im Schlaf getroffen hatte. Zum ersten Mal sah sie sein Gesicht ganz, und doch war sie sicher.

Sie träumte.

Und war sich dessen bewusst? Das war doch verrückt. Aber warum traf sie schon wieder auf diesen Mann, den sie im realen

Leben noch nie zuvor gesehen hatte? Wer war er? Sie legte den Kopf schräg, als würde diese neue Perspektive ihr mehr verraten, doch alles, was sie bemerkte, war ein Kratzer an seinem Hals.

Er runzelte die Stirn, schüttelte den Kopf und streckte eine Hand nach ihr aus. Irgendetwas stimmte nicht, oder er wollte sie auf etwas aufmerksam machen.

Die Vorhänge wehten, wehten und schoben sich vor sein Gesicht. Nein, es war Nebel oder eine dünne Wand. Isla konnte immer weniger erkennen. Panisch fragte sie sich, ob es an der Umgebung lag oder an ihren Augen, streckte einen Arm aus ...

... und fuhr zusammen, als ihre Knöchel auf etwas Hartes trafen. Sie zog die Hand zurück, als hätte sie sich verbrannt, schoss in die Höhe und befand sich schlagartig in der Realität.

Da war kein Nebel, und selbstverständlich war auch der Mann aus ihrem Traum verschwunden. Sie lag wieder im Sessel neben Rubys Bett, wo sie nach ihrem Ausflug in Alans Arbeitszimmer eingeschlafen war. Zuvor hatte sie nach Ruby gesehen, und wieder hatte die Kleine wie tot dagelegen. Isla hatte sich entschieden, sie nicht allein zu lassen, und es sich daher wieder in ihrem Zimmer gemütlich gemacht. Wenn Andy sie nun sehen könnte, würde er sich totlachen und sie fragen, wann sie denn zur Stalkerin mutiert war. Aber seit sie den Namen des Arztes wusste, zu dem die Austins damals gefahren waren, war sie entschlossener denn je, die Ursache für Rubys Probleme zu finden.

Isla beugte sich vor und tastete nach Rubys Hand. Sie war kühl. Die Härchen in ihrem Nacken stellten sich auf, und plötzlich hatte sie das Gefühl, nicht mehr mit Ruby allein zu sein. Hatte sich da nicht eben etwas neben dem Fenster bewegt? Erschrocken hob sie den Kopf.

Und sah die Tür.

Sie riss die Augen auf und blinzelte ein paar Mal, dann rieb sie mit einem Handrücken darüber. Trotzdem änderte sich das Bild nicht.

Das kann nicht sein. Ich muss noch immer träumen.

Sie sah auf ihre Hände, dann zu Ruby und zu der richtigen Tür. Jener Tür, durch die sie in das Zimmer gegangen war und die aus massivem Holz bestand. Nicht die andere, die mitten in der Wand zwischen Regal und Bett prangte, wo zuvor nur weiße Tapete gewesen war.

Sie war viel zu klein für einen Erwachsenen und ging Isla bis zu den Hüften. Wenn überhaupt. Sie schimmerte in sanftem Blau. Unzählige Funken tanzten auf einer Oberfläche, die an Gestein erinnerte. An Kristall.

Isla sah noch mal zu Ruby, schüttelte den Kopf und kniff sich in den Arm, während sie aufstand. Der Schmerz ließ sie zusammenzucken und tobte bis zum Ellenbogen empor, ehe er wieder abebbte.

Die Tür verschwand nicht. Wundervoll, nun wurde sie auch noch verrückt. Isla räusperte sich und lauschte dem Geräusch, um festzustellen, ob es normal klang. Gewohnt. Real. Das tat es, und auch sonst fand sie keine Hinweise darauf, dass etwas nicht stimmte oder sie so müde war, dass sie halluzinierte.

»Ruby?«, flüsterte sie und ging auf die Tür zu. Sie besaß eine geschwungene Klinke aus demselben Material. Blauer Kristall. Saphir.

So wie der Anhänger, den der Fremde aus ihren Träumen um den Hals getragen hatte. Das war der Beweis, sie musste einfach noch schlafen. Was war das hier also, ein Traum im Traum? Die Atmosphäre von Silverton mit seinen Gängen und Schatten hatte wohl noch größeren Einfluss auf sie als gedacht.

Isla streckte eine Hand aus und blieb stehen. Etwas in ihr sträubte sich dagegen, die Saphirtür zu berühren. Nicht so sehr, weil sie Angst hatte, sie könnte verschwinden, sondern weil dieser Traum so echt wirkte. Sie wusste nicht, was sie erwartete, und wenn sie sich gegenüber ehrlich war, war sie noch immer zu Tode erschrocken. Ein weiterer Blick zu Ruby, dann gab sie sich einen Ruck und presste ihre Finger gegen die Tür. Sie war glatt wie ein Spiegel und so kühl wie Rubys Haut. Isla nahm all ihren Mut zusammen und legte die gesamte Hand darauf. Sie fühlte nicht die geringste Unebenheit.

Ihre Finger zitterten, als sie die Klinke berührten. Isla zählte bis drei und drückte sie hinab. Lautlos schwang sie auf und gab den Blick auf Schwärze frei. Erschrocken trat sie zurück, doch bis auf Wärme kam ihr nichts entgegen. Der Lichtschimmer von Rubys Nachtlampe reichte aus, um die Anfänge eines Tunnels zu beleuchten, der sich wenige Schritte weiter in der Dunkelheit verlor.

Das konnte einfach nicht sein. Isla lauschte und befürchtete, dass sich jeden Moment etwas auf sie zubewegen, sie angreifen würde. Doch nichts geschah.

Sie nahm all ihre Konzentration zusammen, zählte mehrmals bis drei, und endlich setzte sie einen wackeligen Schritt vorwärts. All ihre Muskeln fühlten sich verhärtet an, eine Holzpuppe war nichts dagegen. Ohne hinzusehen, tastete sie nach der Klinke, um die Tür bei Gefahr wieder zu schließen. Noch immer war nichts zu hören, zudem roch die Luft im Tunnel nach … nichts.

Isla wusste nicht weiter. Was bitte sollte man tun, wenn man vor einer magischen Tür stand? Gab es dafür Richtlinien? Geheime Passwörter? Und falls ja, wo konnte man sie finden? Ihre

Gedanken purzelten wild durcheinander, und sie war zu verwirrt, um einem von ihnen zu folgen.

Konnte man in einer solchen Situation überhaupt etwas Sinnvolles tun? Sie hatte eine Tür geöffnet, die nicht existieren durfte, und starrte in einen Gang, der, wenn sie sich die Bauweise von Silverton ins Gedächtnis rief, noch viel weniger existieren durfte. Dies war eine Außenwand – dahinter befand sich nichts bis auf Luft und, ein paar Schritte weiter, eine alte Buche.

»Nein nein nein«, murmelte sie und blickte über die Schulter. Ruby schlief zum Glück noch immer. Selbst wenn dies ein Traum war, hätte sie nicht gewusst, was sie ihr sagen sollte.

Sie zögerte und starrte wieder in den Tunnel. Auf einmal fiel ihr ein, wo sie das alles schon einmal gesehen hatte. Sie ging zu Rubys Regal und suchte nach dem Buch, das sie vor Kurzem dort eingeräumt hatte, blickte aber immer wieder über die Schulter zum Tunnel. Als sie das gesuchte Buch fand, unterdrückte sie einen Triumphschrei. Es glitt ihr beinahe aus den Fingern, so hektisch riss sie es an sich und betrachtete das Cover.

Der Korridor ohne Wiederkehr.

Das war es! Die Tür darauf war ebenfalls nicht sehr groß, ihre Klinke hatte eindeutig dieselbe Form wie diese hier.

Isla schlug das Buch auf und blätterte durch die Seiten. Sie waren mit großer Schrift bedruckt, hin und wieder lockerten Zeichnungen in Schwarz und Weiß den Text auf. Gleich die zweite zeigte, was sie erwartet hatte, ihr aber auch einen Eisschauer über den Rücken jagte: die geöffnete Tür in der Wand, dahinter einen Tunnel, dessen Konturen sich allmählich in der Dunkelheit auflösten.

Damit war die Sache glasklar und die letzten Zweifel ausgeräumt: Sie träumte.

Isla klappte das Buch zu und stellte es zurück an seinen Platz. Zwar konnte sie sich nicht erinnern, darin geblättert zu haben, aber eine andere Erklärung gab es nicht. Vielleicht hatte auch der Titel ausgereicht, um ihr diese Bilder in den Kopf zu pflanzen. Wie sollte ein Korridor hinter einer zu kleinen Tür auch anders aussehen als stockduster?

Die Erkenntnis verwandelte Angst und Erstaunen in das Gefühl, die vor sich liegende Herausforderung meistern zu können. Was sollte in einem Traum auch schiefgehen? Sie würde den Gang entlanglaufen und irgendwann aufwachen, vielleicht ein paar Alice-im-Wunderland-Erfahrungen machen. Im schlimmsten Fall würde sich das Ganze in einen Albtraum verwandeln, aber selbst das würde sie verkraften. Immerhin würde sie durch den Schreck schnell aufwachen.

Und dir kann nichts geschehen.

Isla nahm ihre Taschenlampe, schaltete sie mit zitternden Fingern ein, duckte sich und lief los.

Wärme umhüllte sie. Nach nur wenigen Schritten blieb sie stehen, zog die Strickjacke aus und knotete sie um ihre Hüften. Ihr Rücken protestierte durch die ungewohnte Position, und ihre Schultern begannen zu schmerzen. Sie stolperte weiter und hoffte, dass sich der Gang irgendwann vergrößerte – allzu lange würde sie in dieser Haltung nicht durchhalten.

Er führte kerzengerade vorwärts. Immer wieder wandte sich Isla um und sah das Viereck, hinter dem sich Rubys Zimmer befand, kleiner und kleiner werden. Sie drängte die Vorstellung aus ihrem Kopf, dass jemand die Tür schließen und sie allein in der Schwärze zurücklassen konnte, ausgesperrt für immer.

Sie blieb stehen und versuchte, die Schultern zu lockern. Ein Ellenbogen stieß gegen die Wand. Isla stöhnte auf, biss die Zähne zusammen und wartete, bis der Schmerz abebbte. Himmel, dieser Traum war realistischer als alle, die sie jemals gehabt hatte. Würde sie auch in diesem Tunnel auf den Mann mit den dunklen Haaren und dem verlorenen Blick treffen?

Sie verzog das Gesicht. Mittlerweile wäre sie froh, wenn sie überhaupt auf jemanden traf. Traum hin oder her, stundenlang nur mit einer Taschenlampe bewaffnet durch die Dunkelheit zu laufen war nicht sehr verlockend.

Als hätte dieser Gedanke die Umgebung beeinflusst, veränderte sich der Tunnel. Er wurde zwar nur geringfügig breiter, dafür konnte sich Isla nach weiteren Schritten endlich aufrichten. Sie rieb sich die Schultern und schwenkte die Taschenlampe. Der Lichtkegel beleuchtete etwas in der Ferne. Isla blieb stehen, doch noch immer hörte sie nichts, und es sah auch nicht so aus, als würde sich das Etwas bewegen. Also nahm sie all ihren Mut zusammen und ging weiter.

Die Luft veränderte sich. Nicht die Temperatur – es war noch immer ein wenig zu warm –, sondern der Geruch. In das Nichts mischte sich ein Hauch, der Isla bekannt vorkam, den sie aber noch nicht identifizieren konnte. Ein angenehmer, weicher Duft, der sie an lichtdurchflutete Gärten oder edel eingerichtete Zimmer erinnerte. Er brachte sie zum Lächeln und sorgte dafür, dass sie sich gut fühlte. Kostbar.

Das Gebilde vor ihr schimmerte rötlich, und jetzt war sie nah genug herangekommen, um zu sehen, dass es sich um Rosen handelte. Zwei handtellergroße Blüten ragten aus der Wand aus Stein.

Isla berührte eine, staunte, wie weich sie sich anfühlte und wie vollendet und gleichmäßig sie gewachsen war. Dann zog sie vorsichtig an einem Stängel. Nichts zu machen, die Rose steckte fest. Isla schüttelte den Kopf – wie absurd! – und schnupperte an den Blumen. Ja, das war der Duft, den sie bemerkt hatte. Allerdings kam er nicht nur von dieser Stelle, es musste mehr geben als diese beiden Rosen.

»Also weiter.«

Ein Geräusch durchbrach die Eintönigkeit. Isla erschrak, lief aber trotzdem darauf zu. Sie fragte sich, wann sie endlich aufwachen würde oder ob sie vorher weitere endlose Schritte in der Dunkelheit zurücklegen musste. Allmählich wurde sie müde und ihre Beine schwer. Ein Teil von ihr machte sich deshalb Sorgen, denn bisher hatte sie noch nie einen so realen Traum erlebt, geschweige denn, dass sie darin so erschöpft gewesen war.

Ihre Grübeleien lenkten sie ab, und so reagierte sie zu langsam, als ihr Fuß plötzlich wegrutschte und sie das Gleichgewicht verlor. Sie schrie auf, ruderte mit den Armen und ließ die Taschenlampe fallen, doch vergeblich: Mit voller Wucht traf sie auf den Boden. Es tat höllisch weh.

»Au, verdammt!« Isla biss die Zähne zusammen, entschied sich dann aber anders und brüllte voller Frust in die Dunkelheit hinein. Der Nachhall des Aufpralls tobte in winzigen Explosionen durch ihren Körper. Sie verstärkten sich, als sich Isla auf die Seite drehte, um aufzustehen.

Ihr linker Fuß rutschte weg. Dieses Mal nicht, weil der Boden glitschig war, sondern weil der Stein dort einfach aufhörte. Ihr Fuß, nur bekleidet mit einem Strumpf, traf auf … Wasser.

Isla fuhr zusammen, zog die Beine an und tastete. Der Strumpf war tropfnass. Wo kam nur auf einmal das Wasser her? Missmutig hob sie den Kopf. Sie hatte …

Nichts gesehen.

Voller Staunen starrte sie nach vorn. Vor ihr breitete sich ein See aus. Die Oberfläche bewegte sich leicht, das Licht ihrer Taschenlampe tanzte darauf.

Isla vergaß den Schmerz und stand auf. Das war nicht die Stelle, an der sie gestürzt war. Sie stand in einer Art Höhle oder vielleicht auch einfach nur am Ufer eines unterirdischen Sees. Der Gang befand sich hinter ihr, und wie schon einmal verlief er in der Schwärze. Von den Rosen war keine Spur mehr zu sehen, dabei war ihr Duft hier stärker als zuvor. Es mischten sich andere Gerüche hinein, zudem war die Luft frischer und kühler.

Der See plätscherte vor sich hin. Von einer Stelle am Stein-ufer aus zogen konzentrische Kreise über die Oberfläche – dort musste ihr Fuß eingetaucht sein. Das Wasser beruhigte sich nicht, aber in einem Traum war alles möglich.

Eine weitere Bewegung im Augenwinkel fesselte Islas Auf-merksamkeit: Eine Rose trieb auf dem Wasser an ihr vorbei. Es sah aus, als würde die Blüte von einer unsichtbaren Strömung mitgerissen. Kurz darauf folgten weitere Rosenköpfe in ver-schiedenen Farben: Rot, Orange, Rosa und Gelb. Sie alle sahen perfekt aus, kein Blütenblatt fehlte, und es wurden stetig mehr. Isla trat näher heran, ging am Wasser in die Hocke und hielt vorsichtig eine Hand hinein.

»Hey!«

Die Stimme kam von der Seite.

Isla merkte erst, wie warm das Wasser war, nachdem sie auf-gesprungen und zurückgewichen war. Dem Strom an Rosen folgte ein Boot.

»Hey hey hey, nur heute frisch!«

Isla sah sich um, doch sie war noch immer die Einzige am Ufer. Dafür regte sich auf dem Wasser das Leben: In einer skurrilen Parade tauchten Boote auf. Sie waren aus Holz, schwer beladen und in Licht getaucht. Isla konnte keine Lampen oder Ähnliches entdecken. Vielmehr war es, als würde sich hinter jedem Umriss eine Lichtquelle befinden, die sie von ihrer Position aus nicht sehen konnte. Auf jedem Boot stand eine Gestalt und stak mit gleichmäßigen Bewegungen einen langen Stab ins Wasser. Vollkommen lautlos.

Isla musterte die Gestalt auf dem ersten Boot – es musste derjenige sein, der ihr etwas zugerufen hatte. Oder war es eine Frau gewesen?

Gebannt betrachtete sie das Boot. Es war nicht sehr lang und primitiv zusammengezimmert. Die Gestalt darauf trug helle Kleidung, und sosehr sich Isla auch bemühte, sie konnte das Gesicht nicht erkennen. Entweder lagen die Schatten der Umgebung darüber, oder es war verhüllt. Dafür erkannte sie, was das Boot geladen hatte: Physalis, gestapelt zu kleinen Bergen. Die orangefarbenen Früchte schimmerten durch die zarten, einen Spalt geöffneten Kelche. Sie erinnerten an winzige Lampions.

Auf dem nächsten Boot sah es genauso aus: Eine stumme Gestalt ohne Gesicht ruderte ihre Fracht so lautlos über den See, dass Isla fröstelte.

Je mehr Boote erschienen, desto unheimlicher wurde die Szenerie. All diese Gestalten schienen sie anzustarren und auf etwas zu warten. Isla wünschte sich von ganzem Herzen, der Rufer von zuvor würde noch einmal etwas sagen.

Doch sie alle schwiegen.

Sie schluckte, dann räusperte sie sich. »Hallo?« Sie wusste

nicht mal, an wen sie sich genau wandte, doch das war auch gleichgültig. Ihr antwortete sowieso niemand.

Es war … gespenstisch.

Auf einmal fühlte sich Isla beobachtet. Das Mantra, dass ihr im Traum nichts geschehen konnte und sie daher keine Angst zu haben brauchte, funktionierte immer weniger.

»Hallo?«, versuchte sie es noch mal. Ihre Stimme zitterte und klang nach einem kleinen Mädchen. Ja, sie hörte sich fast an wie Ruby.

Noch immer keine Antwort.

Isla verschränkte die Arme vor der Brust und bemerkte, dass sie zitterte. Am liebsten wäre sie gegangen, um die unheimliche Stille nicht mehr ertragen zu müssen, doch sie konnte sich nicht von dem Anblick losreißen. Ein Boot nach dem anderen tauchte auf, beladen mit Physalis und gesteuert von einer Gestalt ohne Persönlichkeit. Isla bemerkte eine helle Stelle an der Außenwand: Buchstaben. Der Bootsname, gepinselt in Weiß, leuchtete noch mehr als die Boote selbst.

Dame de Cœur.

Das nächste Boot war die *Summer Lady*, und in der Ferne, fast schon ihrem Blickfeld entschwunden, erkannte Isla die *Jubilee Celebration*. Sie starrte auf die Buchstaben, bis sie verschwammen. Diese Namen kamen ihr bekannt vor. Hatte sie sie irgendwo gelesen, vielleicht in einem von Rubys Büchern?

»Hey«, versuchte sie es noch mal und musste sich anstrengen, wieder zu klingen wie sie selbst. Es kribbelte in ihrer Brust, vielleicht schmerzte es auch, das konnte sie nicht genau sagen. »Dame de Cœur. Wo bin ich hier? Wer seid ihr?«

Endlich bewegte sich die Gestalt auf dem Boot vor ihr. Ruckartig wie ein Vogel. Obwohl Isla bereits zuvor das Gefühl gehabt hatte, dass sie beobachtet worden war, wandte sich das konturlose Gesicht ihr zu. Es flackerte und verschwand einen Atemzug lang, um dann so surreal wie zuvor wieder aufzutauchen. »Wir handeln. Verkaufen.« Die Stimme war laut, verging aber viel zu schnell. Geballte Kraft hinter Seidenschleiern. Von irgendwo her kam ein Echo und verstärkte das unangenehme Gefühl unter Islas Haut.

Sie ignorierte es. »Was verkauft ihr? Und an wen?«

Leises Gelächter drang aus allen Richtungen auf sie ein. Die Gestalt hob einen Arm und deutete auf die Früchte. »Das hier. Und heiße Schokolade. Aber keinen Tee!«

»Wer bist du?«

Schweigen antwortete, dann tauchte das Boot in die Schatten ein, gefolgt von der *Queen Elizabeth*.

Isla lief einige Schritte am Ufer entlang, parallel zu der Gestalt, die ihr geantwortet hatte. Ihr nasser Strumpf verursachte ein schmatzendes Geräusch. »Warte!«

Doch die geisterhafte Parade setzte sich unbeirrt fort. Isla sah den Booten hinterher und stellte nach einer Weile fest, dass keine neuen folgten. Nur der Rosenduft blieb zurück und die Bewegungen auf dem Wasser. Es wurde wieder dunkler, als einzige Lichtquelle blieb ihre Taschenlampe.

Sie atmete tief durch und überlegte, dem Gang weiter zu folgen. Nur wann würde sie aufwachen – wenn sie zu erschöpft war, um weiterzugehen? Sie drehte sich um und beleuchtete die Wände. Nichts, sie waren so glatt und ebenmäßig, wie die Tür im Zimmer gewesen war.

»Was machen Sie hier?«

Die Stimme war direkt hinter ihr. Isla drehte sich um und glaubte, dass eines der Boote zurückgekehrt oder ein weiteres aufgetaucht war. Doch anstelle eines Bootsführers ohne Gesicht sah sie zwei Männer am anderen Ufer stehen. Bisher hatte sie nicht bemerkt, dass es ein anderes Ufer gab.

Im Gegensatz zu den Gesichtern zuvor waren die der beiden Männer gut zu erkennen. Isla stockte der Atem, und zeitgleich hätte sie am liebsten gelächelt.

»Da bist du ja«, flüsterte sie.

Dort stand der Mann aus ihrem Traum. Doch jetzt sah er sie nicht düster oder traurig an, sondern … Isla trat so nah an das Wasser wie nur möglich. Er war eindeutig erschrocken, oder irgendetwas quälte ihn. Er trug noch immer dunkle Kleidung und hatte den Kopf ein Stück gesenkt, als wollte er sich klein machen oder nicht sehen, was vor sich ging.

Der Mann neben ihm dagegen sprudelte über vor Präsenz. Er war größer als der Dunkelhaarige, mit dichtem Haar und Augen, die sogar über die Entfernung hinweg grau schimmerten. Sein Anzug wirkte in dieser Gegend fehl am Platz, passte aber zu ihm. Seine Finger tappten in gleichmäßigem Rhythmus gegen den Oberschenkel, an einem glänzte ein schwerer Ring. Trotz der Entfernung erkannte Isla jede Einzelheit, sogar den Spott in seinem Blick, während er sie von oben bis unten musterte. Je länger sie hinsah, desto weniger gefiel er ihr. Warum stand der Dunkelhaarige aus ihren Träumen mit hängenden Schultern neben ihm, als würde er … ja, ihm unterlegen sein? Es gab keinerlei Beweis dafür, aber Isla wusste auf einmal, dass er dem Kerl mit den Habichtaugen in jeder Hinsicht gehorchen würde, selbst wenn der ihn anwies, sie zu töten.

Mit der Erkenntnis kam die Angst. Isla griff die Taschenlampe fester und kämpfte gegen den Impuls an loszurennen. Sie durfte nicht länger hierbleiben. Zu gern hätte sie den Dunkelhaarigen angesprochen, ihn gefragt, wer er war und was er in ihren Träumen zu suchen hatte, doch nicht jetzt. Und vor allem nicht im Beisein des Unheimlichen.

Der hob eine Hand. Das genügte. Die Angst schlug wie eine Welle über Isla zusammen, und ehe sie nachdenken konnte, rannte sie bereits den Gang zurück.

Es ergab überhaupt keinen Sinn. Um aufzuwachen, musste sie nicht mal an den Ort zurückkehren, an dem sie ihre Odyssee durch den Tunnel begonnen hatte. Doch sie konnte nicht mehr normal denken. Alles, was sie wollte, war, möglichst viel Abstand zwischen sich und die Männer zu bringen.

Der Tunnel, das Licht der Taschenlampe und das Geräusch ihrer Füße auf dem Boden verschwammen zu einer Kulisse, die von dem Stimmchen in ihrem Kopf überlagert wurde. Es wisperte ihr zu, dass sie rennen musste, dass sie viel zu langsam war und ihr etwas geschehen würde, wenn sie jetzt stolperte oder fiel.

Etwas Schreckliches.

Tränen liefen über Islas Wangen. Sie schluchzte auf und versuchte, noch schneller zu laufen. Doch es ging nicht, sie war zu erschöpft. Wo war nur diese verdammte Tür? Wo war der Eingang in diesen Tunnel? Der Weg kam ihr viel länger vor, als er sein sollte. Erschrecken fraß sich in ihren Magen. Was, wenn sie die Tür nicht fand?

Oder *er* sie vorher erwischte?

Sie schluchzte lauter, vielleicht rief sie auch um Hilfe, und dann, endlich, erkannte sie einen Lichtschimmer weit vor sich. Die Tür! Die Decke senkte sich dicht vor ihr herab, und sie erinnerte sich siedend heiß daran, dass sie am Anfang des Tunnels nicht aufrecht hatte stehen können. Endlich erkannte sie die vertrauten Konturen von Rubys Zimmer. Sie machte einen Satz vorwärts und landete hart auf den Knien. Hastig rappelte sie sich auf, drehte sich um, griff nach der Saphirklinke und schlug die Tür hinter sich zu. Schwer atmend, lehnte sie sich mit dem Rücken dagegen.

Ruby schlief noch immer. Fast undenkbar, dass sie auch jetzt nicht aufgewacht war, aber erstens war in einem Traum alles möglich, und zweitens war es auf jeden Fall besser so. Sie sollte hierbleiben, in ihrer friedlichen kleinen Welt, auch wenn die nicht real war.

Islas Kraft ließ nach, und sie rutschte vollends auf den Boden. Ihre Muskeln brannten, ihre Haut pochte, und ihr war schwindelig. Sie schloss die Augen und lehnte den Kopf zurück. Sie gönnte sich einige Minuten Ruhe, dann krabbelte sie zu dem Bücherregal und rückte es mit letzter Kraft zur Seite, selbst auf die Gefahr hin, dass Ruby aufwachte. Erst als es vor der Tür stand, wagte sie loszulassen. Eine dumme Aktion, sagte sie sich, aber sie wollte sich jetzt nicht mit Logik befassen. Zu Tode erschöpft, sank sie zu Boden und schloss die Augen.

Nur ganz kurz ausruhen. Nur ein paar Sekunden.

6

Ihr Kiefer tat weh, und als sie sich bewegte, knackte etwas in ihrem Rücken. Isla sog scharf die Luft ein und rollte zur Seite. Ihr Hüftknochen traf auf harten Untergrund – auch nicht besser. Sie hustete und schlug die Augen auf.

Zunächst hatte sie nicht die geringste Vorstellung, wo sie war. Nicht in ihrem Bett, so viel war sicher. Vor ihr ragte Holz in die Höhe, von der Seite kam Licht, und als sie den Kopf wandte, blickte sie auf eine verschwommene Farbfläche. Isla blinzelte. Die Farben nahmen Konturen an und entpuppten sich als Rubys Buchsammlung.

Verwirrt stemmte sich Isla in die Höhe. Ihr Körper protestierte, und die Haare fielen ihr ins Gesicht. Sie strich sie zurück und biss die Zähne zusammen, als sie ein paar Knoten erwischte. Erst dann sah sie sich um: Sie lag auf dem Fußboden. Bei dem Licht handelte es sich um erste Sonnenstrahlen, die ihren Weg durch das Fenster gefunden hatten. Es war bereits Morgen, und sie hatte die restliche Nacht hier unten verbracht. Kein Wunder, dass sie sich fühlte, als hätte sie einen Marathon hinter sich. Nur wie war sie hierhergekommen?

Schlagartig fiel ihr der Traum wieder ein: der schier endlose Tunnel, der See mit den Booten und den stummen Menschen, der Rosenduft, die Männer am anderen Ufer. Das Gesicht des Dunkelhaarigen sah sie noch in jeder Einzelheit vor sich, und mittlerweile kam es ihr vor, als würde sie ihn schon lange kennen. An den anderen erinnerte sie sich nur vage – sie wusste lediglich, dass er einen Anzug getragen hatte. Und dass er gefährlich gewesen war.

Sie schüttelte sich und betrachtete das Regal. Es war vor die bloße Wand gerückt worden, einige Bücher standen schräg, weitere waren herausgefallen und lagen auf dem Boden. Dahinter – nichts bis auf Tapete und glatte, solide Wand. Keine Spur von einer Tür aus Saphir.

Natürlich nicht! Isla verdrehte die Augen. Was für eine seltsame Nacht! War sie etwa schlafgewandelt? Irgendwie musste sie aufgestanden sein und das Regal von seinem Platz gerückt haben. Konnte man so etwas tun, so viel Kraft aufwenden, ohne dabei wach zu werden?

Sie legte eine Hand an die Stirn, doch die fühlte sich kühl an. Kein Fieber. Aber vielleicht sollte sie sich doch von einem Arzt durchchecken lassen, wenn sie nachts im Schlaf Möbel durch die Gegend schob. Oder Andy fragen.

Nein, schlechte Idee. Sie würde ihrem besten Freund nicht durch die Blume mitteilen, dass sie allmählich verrückt wurde. Eine andere Möglichkeit wäre, dass jemand ihr einen Streich spielen wollte. Vielleicht Hannah? Aber nein, sie hätte doch gehört, wenn jemand in den Raum gekommen wäre, und definitiv wäre sie aufgewacht, wenn jemand sie aus dem Sessel hierhergezerrt hätte. Ebenso wie Ruby.

Ruby!

Schuldbewusst drehte sich Isla um.

Ruby saß aufrecht, die Bettdecke wie einen Mantel um die Schultern geschlungen. Eine kleine Königin in ihrem verwunschenen Reich. Im Arm hielt sie Jem, den alten Teddy, und sah

Isla auf eine Weise an, die ihr so unheimlich erschien wie die Vorstellung der vergangenen Nacht. Als ob sie etwas wusste.

Oder beobachtet hatte.

»Ruby, guten Morgen. Ich muss hier eingeschlafen sein, nachdem ich noch einmal nach dir sehen wollte. Wie dumm von mir.« Es fiel ihr schwer, sich normal zu verhalten. »Ich hoffe, ich habe dich nicht geweckt. Am besten, wir verraten deinen Eltern nicht, dass ich heute Nacht hier war. Das ist unser kleines Geheimnis, in Ordnung?« Sie zwang sich zu einem Lächeln, sprang auf die Füße und knotete ihre Strickjacke auf, die sie um die Hüften geschlungen hatte. Das Ganze war ihr unangenehm. Sie sollte ein Vorbild für die Kleine sein und ihr keine Angst machen, indem sie morgens plötzlich im Zimmer stand. Und dann auch noch in ihrer Nachtwäsche!

Ihr Blick fiel auf ihre Füße. Der eine Strumpf war dunkler und ... Isla riss die Augen auf. Auf dem Boden glänzte ein Abdruck. Sie hob ihr Bein an, und jetzt spürte sie auch die ekelhaft-feuchte Wärme der Wolle.

Plötzlich stand ihr die Szene aus dem Traum der vergangenen Nacht deutlich vor Augen: sie im Tunnel, der Schmerz bei ihrem Sturz, das Wasser. Sie war mit einem Fuß hineingerutscht.

Dieses Mal wagte sie nicht, Ruby anzusehen, als sie nach ihrem Steißbein tastete, und sie biss auch nicht die Zähne zusammen, weil es wehtat – sondern um ihre Fassungslosigkeit zu unterdrücken.

Sie begriff nicht, was hier vor sich ging, aber jetzt konnte sie nicht darüber nachdenken. Nicht in Rubys Gegenwart. Jetzt galt es, die Fassade zu wahren.

»Also«, sagte sie betont fröhlich, ging zu dem Regal und

schob es zurück an seinen Platz, als wäre nichts gewesen. »Das Wetter ist wundervoll, wir könnten den Unterricht also wieder nach draußen verlegen. Was meinst du, hat es dir gestern gefallen?« Sie strahlte Ruby an und fragte sich, ob sie auch nur ansatzweise überzeugte.

Ruby senkte den Kopf und kuschelte mit ihrem Teddy. »Ja, gut«, sagte sie nur und ließ Isla nicht aus den Augen.

Isla nickte, das musste für den Moment genügen. Sie würde sich später um Ruby kümmern, jetzt musste sie erst mal das Chaos in ihrem Kopf ordnen und sich darüber klarwerden, was geschehen war.

Den Weg zu ihrem Zimmer bekam sie kaum mit, so sehr verstrickte sie sich in Überlegungen. Sie hatte sich in Rubys Zimmer genau umgesehen, ehe sie gegangen – vielmehr: geflüchtet – war. Nirgendwo hatte ein Glas gestanden oder eine Schüssel mit Wasser, um den feuchten Strumpf zu erklären. Und sie konnte sich auch nicht daran erinnern, vor ihrem Besuch bei Ruby einen nassen Fuß bekommen und daher von einem See geträumt zu haben. Es wäre eine schöne Erklärung gewesen, doch leider passte sie nicht.

Endlich schloss sie die Tür zum Anbau hinter sich und betrachtete die vertraute Einrichtung. Das Gefühl der Zuflucht blieb aus. Ihre Gedanken waren in Rubys Zimmer zurückgeblieben, kreisten um den Traum und alles, was damit zu tun hatte, und sorgten dafür, dass sie sich fremd fühlte. Abgespalten von sich selbst, zu leicht und gleichzeitig viel zu schwer für diese Welt. Am liebsten hätte sie ihren Mantel genommen und wäre hinausgerannt, weg von Silverton.

Mechanisch zog sie sich um und richtete sich für den Tag her. Ihre Strümpfe schleuderte sie in die hinterste Ecke des kleinen Badezimmers. Der Kamm glitt ihr mehrmals aus der Hand. Sie starrte ihre Tapete an, während er zu Boden polterte, als sie die Anrichte verfehlte. Sie kümmerte sich nicht darum.

Die Tapete und das Bild oben in Alan Austins Arbeitszimmer. Ihre Träume hier auf Silverton. Die Saphirtür.

Was passierte nur mit ihr?

Ein Klopfen ließ sie zusammenfahren.

»Miss Hall?« Victorias Stimme war gedämpft, der unterschwellige Vorwurf fand seinen Weg trotzdem durch das Holz. »Der Unterricht beginnt in zehn Minuten, und das Mädchen sagt, dass Sie noch nicht gefrühstückt haben. Sie sind doch schon auf?«

Isla riss sich zusammen und öffnete die Tür. Victoria steckte in einer Wolke aus Pastellstoffen und sah höchst ungehalten aus.

»Keine Sorge«, sagte Isla, ehrlich dankbar über die Störung. Es kam nicht darauf an, wer einen an die Oberfläche zerrte, wenn man kurz vor dem Ertrinken war. »Es ist alles im Plan. Ich habe heute einfach nur keinen Hunger. Ich muss wohl gestern Abend zu viel auf meinen Teller geladen haben.«

Victoria nickte und ließ es sich nicht nehmen, dabei Islas Taille zu mustern. »Nun gut.«

»Ich hatte mir gedacht, dass wir den Unterricht heute noch mal nach draußen verlegen«, sagte Isla. »Ruby hat es gestern so gut gefallen.«

Victoria zupfte an den Stofflagen ihres Kleids. »Nutzen Sie den Pavillon im Rosengarten.« Kein Wort über ihr Missfallen am Vortag. Sie betrachtete ihre Fingernägel, drehte sich um und rauschte davon. Ihre Röcke schwangen von einer Seite zur anderen, und Isla erwischte sich dabei, darauf zu starren, bis Victoria um die Ecke verschwunden war. Erst dann fielen ihre Mundwinkel so hart hinab, dass sie glaubte, den Druck bis zum Kinn zu spüren.

Im Rosengarten also. Das war entweder eine große Ehre oder eine große Prüfung. Wahrscheinlich würden die Austins sie rauswerfen, wenn sie auch nur ein Blatt abknickte oder nach dem Unterricht ein Dorn fehlte. Warum Victoria auf den Rosenpavillon bestand, wusste sie nicht, aber es gab für ihre Wünsche nicht immer eine Erklärung. Manchmal ging es Lady Austin einfach nur darum, das letzte Wort zu haben.

Wenig später hielt Isla das kleine Tor auf, hinter dem sich ein Blütenmeer ausbreitete, und beendete damit Rubys Redefluss. Seit zehn Minuten erzählte sie ihr von ihren Frühstückspfannkuchen mit den lustigen Gesichtern, die Hannah für sie zubereitet hatte.

Der Rosengarten verströmte Schönheit und Eleganz. Es kam ihr vor, als würde sie eine andere Welt betreten. Eine, die zwar ebenso edel und wohlhabend war wie das übrige Anwesen, sich aber dennoch davon abgrenzte. Isla betrachtete die samtigen Blätter und versuchte, den Garten als Oase wahrzunehmen. Aber das passte ganz und gar nicht. Eine Oase war ein Ort der Erholung und Kühle, der Wasser und Schatten spendete und die Möglichkeit bot, sich auszuruhen. Hier dagegen bewegte sie sich steif und war doppelt achtsam. Weder wollte sie eines der empfindlichen Köpfchen streifen noch anderweitig Schaden anrichten, sonst würde Victoria hier, mitten im Grünen, einen Herzinfarkt bekommen. Vor ihnen schimmerte der Pavillon, und beinahe hätte sie Ruby zugerufen, schneller zu laufen, um ihn so bald wie möglich zu erreichen und etwas mehr Abstand von den Rosen zu haben.

Man konnte den Blumen ihre Schönheit nicht abstreiten, und auch der Duft war angenehm. Doch alles war zu künstlich, zu geplant, zu kontrolliert.

Nachdenklich betrachtete Isla Rubys Hinterkopf mit der wippenden Haarschleife. Ja, die Austins mochten es nicht, wenn sich etwas ihrer Kontrolle entzog. Hier war ihre Anwesenheit deutlich zu spüren, in jeder Pflanze und jedem Beet. Nichts geschah zufällig. Das gesamte Leben von Victoria und Alan Austin war ein einziger Plan. Kein Wunder, dass sie so allergisch auf Unregelmäßigkeiten reagierten.

Ob Ruby auch eine solche Unregelmäßigkeit darstellte? Sie war geboren worden, als die Austins kein echtes Interesse mehr an einem Kind gehabt hatten, aber von dem Gedanken an Nachwuchs gelockt wurden. Eine Tochter, die man ausstaffieren und präsentieren konnte. Ein Mitglied der feinen Gesellschaft. Vielleicht sogar ein Stammhalter.

Islas Blick blieb an einem Blütenkopf hängen, größer als ihre Hand und von einem so dunklen Rot, dass Schatten auf den Blättern zu tanzen schienen.

Ruby rannte los und erreichte den Pavillon. Sie hielt sich an einer der Stangen fest, legte den Kopf in den Nacken und strahlte Isla an. Dann beäugte sie das Haus, abrupt, als hätte sie zwischenzeitlich vergessen, dass es existierte, atmete hörbar aus und kletterte auf einen der Stühle. Mit geradem Rücken und flach auf den Tisch gelegten Händen saß sie aufmerksam da.

Isla hatte den Pavillon noch nie zuvor betreten. Hier gab es im Gegensatz zu dem Rosengarten mit seinen schmalen Wegen neben Tisch und sechs Stühlen ausreichend Platz. Sie legte die

Bücher ab und schob Schreibheft samt Utensilien Ruby zu. Dann nahm sie ihren Gedichtband und schlug ihn an der Stelle auf, die sie vor einigen Tagen markiert hatte.

»Passend zum Wetter, lesen wir heute ein Frühlingsgedicht. Ich lese es dir erst mal vor«, sagte sie.

Rubys große braune Augen glänzten mit den Sommersprossen auf ihrer Stupsnase um die Wette. Hannah hatte ihr vor einigen Wochen erzählt, dass Victoria ihr anfangs aufgetragen hatte, sie mit Zitronensaft zu bleichen. »Ich hab Wasser genommen und den Saft verschüttet, damit es zumindest nach dem Zeug roch«, hatte sie erklärt und eine Hand dabei vor dem Gesicht hin und her bewegt. »Die Alte hat doch nen Hau. Die Haut bleichen, dass ich nicht lache! Soll froh sein, dass der Zwerg nicht komplett wie eine Puppe aussieht, wenn sie schon Kleider mit diesen lächerlichen Riesenschleifen drauf tragen muss.« Es war Hannahs Art zu sagen, dass sie Sommersprossen mochte – und Ruby dazu.

Isla nahm das Buch und setzte sich neben Ruby. Die Sonne wärmte ihr den Rücken, und am liebsten hätte sie sich geräkelt wie eine Katze. »Hier, das ist ein Frühlingsgedicht von Emily Dickinson. Es heißt *Geliebter März, tritt ein.*«

Ruby nickte, ohne den Blick vom Buch abzuwenden, und Isla lächelte.

»*Geliebter März, tritt ein!*
Wie freudig ich dich seh!
Ich hab dich schon gesucht.
Leg ab nur deinen Hut –
Du musst gelaufen sein –
Wie bist du außer Atem!
Lieber März, wie geht es dir?«

Rubys Lippen bewegten sich stumm, während sie den Text mitmurmelte und anschließend ebenfalls mit einem Finger über die Buchstaben fuhr, als könnte sie die Worte so entziffern. Isla wies sie an, alle Vokale zu unterstreichen und die Strophe mit Bildern zu schmücken, die ihr zum Thema Frühling einfielen.

Ruby machte sich mit einem Feuereifer an die Arbeit, der jeden Gedanken an eine mögliche Krankheit ausmerzte. Auf ihren Wangen schimmerte es rosa – vielleicht der Eifer, vielleicht die Sonne, oder beides zusammen. Isla war es recht, solange die Todesblässe verschwunden war.

Nachdenklich starrte sie in die Ferne. Momentan gab es einige Dinge, die sie gern von sich und Ruby abgehalten hätte. Sie wollte nicht an ihren Traum mit der Saphirtür und dem Korridor dahinter denken, doch es war zu spät.

Sie stand so abrupt auf, dass ihr Stuhl über den Boden nach hinten schabte und Ruby sie erstaunt anblickte. Isla bemühte sich um einen neutralen Gesichtsausdruck. »Ich sehe mich ein wenig um, dann hast du Ruhe und kannst dich konzentrieren«, sagte sie und berührte Ruby flüchtig an der Schulter, ehe sie sich auf den Weg machte. Zwar verspürte sie kein Verlangen, wirklich zwischen den Rosen zu spazieren, aber es würde helfen, um sich abzulenken.

Der Duft wurde übermächtig, hing zuckrig und schwer in der Luft. Isla hatte das Gefühl, dass er sich für immer in ihrer Lunge festsetzen würde, wenn sie zu tief einatmete.

Die Beete waren in perfektem Zustand. Zwar war nicht jede Rose kerzengerade gewachsen, aber die Köpfe waren voll und rund, die Erde locker, und nirgendwo war auch nur der Hauch von Unkraut zu sehen. Sämtliche Wege waren schachbrettförmig angelegt, allesamt ordentlich von flachen, weißen Steinen begrenzt.

Die einzelnen Rosensorten waren kreisförmig gepflanzt worden. In der Mitte prangte jeweils ein weißes Schild, auf dem in geschwungener Handschrift der Name der Sorte geschrieben war.

Rosa damascena. Charles de Mills. Morning Star.

Nach einer Weile nahm Isla die Namen nur noch am Rande wahr und konzentrierte sich auf die Farben; staunte darüber, wie Rosa und Gelb ineinanderflossen und helles Violett in der Sonne so durchscheinend wurde, dass es an den Rändern beinahe weiß schimmerte, oder darüber, wie unterschiedlich die Blüten geformt waren. Manche sahen überhaupt nicht aus wie Rosen.

Dies war nicht ihre Welt, aber dennoch eine, die sie gern mit gewissem Abstand betrachtete.

Als sie zum Pavillon zurückkehrte, hatte Ruby den Text bereits bearbeitet und war dabei, die Zeilen mit Schmetterlingen und Blumen zu verschönern. Daneben zierten dicke schwarze Punkte das Blatt.

»Was ist das?«, fragte Isla und setzte sich.

Ruby blickte auf. »Glühwürmchen. Nachts leuchten sie, aber tagsüber sehen sie einfach so aus.« Sie zeigte auf ihr Heft. »Wie kleine Käfer. Sie sind hübsch.«

»Das stimmt. Sehr schön gemacht, Ruby.« Isla war mit dem Ergebnis äußerst zufrieden, lehnte sich auf ihrem Stuhl zurück und sah zu den Beeten, während Ruby weitere Tiere malte. Von hier konnte sie nur wenige Namensschilder lesen.

Doch die genügten voll und ganz.

Innerhalb eines Sekundenbruchteils wurde ihr eiskalt, und

sie fühlte sich, als würde das Blut aus ihren Adern fließen und im Boden versickern. Sie riss sich zusammen und lehnte sich langsam vor, während sie die Schrift auf dem kleinen weißen Schild noch einmal las.

Dame de Cœur.

Die Rosen strahlten Unschuld in einem von Pink ange-hauchten Rot aus. Ganz so wie die Rosen in dem Tunnel ihres Traums. In dem ein Boot genau diesen Namen getragen hatte. »Jubilee Celebration«, flüsterte sie. »Und Queen Elizabeth.«

Ruby hob den Kopf. »Gefallen sie dir?«

Isla blinzelte mehrmals. »Was?«

»Die Rosen. *Dame de Cœur, Jubilee Celebration* und *Queen Elizabeth*. Gefallen sie dir am besten? Die drei sind Mamas Lieblingssorten. Ich mag die *Queen Elizabeth* auch sehr, sie hat so eine ganz ganz hübsche Farbe. Die sieht aus wie mein neues Sonntagskleid.« Sie deutete zur Seite. »Da hinten wächst die *Primaballerina* und noch weiter weg die *Madame Landeau.*« Sie stolperte ein wenig über den französischen Namen. »Die sind auch schön rosa. Die Madame kommt aus Frankreich, und Mama sagt, dass sie ein bisschen wie eine Nelke riecht und gar nicht nur wie eine Rose. In Paris, das ist in Frankreich, gibt es ein Grab von der Madame.« Sie nickte mehrmals und sah Isla stolz an. Hier saß sie und unterrichtete ihre Lehrerin!

»Du kennst dich ja bei den Rosen fast schon so gut aus wie deine Eltern«, brachte Isla hervor und versuchte, es wie ein Lob klingen zu lassen. Vor allem bemühte sie sich, ihren Schreck zu verbergen.

Die Bootsnamen in ihrem seltsamen Traum stammten also von Rosen! Dabei hatte sie den Rosengarten nie zuvor betreten. Zwar war sie daran vorbeigelaufen, aber nicht so nah oder aufmerksam, dass sie die Bezeichnungen auf den Schildern hätte lesen können. Zudem war sie sicher, dass sie weder mit den Austins noch mit Hannah jemals ein Gespräch über Rosen geführt hatte. Sie wettete um ihren kleinen oder auch jeden anderen Finger, die Namen dieser Rosensorten nie zuvor gehört zu haben. Und dennoch waren sie ihr im Traum erschienen, in weißen Lettern auf die Außenwand von Booten gepinselt. Wurde sie etwa verrückt? Oder ... Sie drehte sich um und betrachtete die Fassade von Silverton. Das Haus wirkte durch die massige Front und die Erker unschuldig und bedrohlich zugleich. Bisher hatte sie stets zuerst den Wohlstand gesehen, wenn sie es betrachtet hatte. Mittlerweile war sie nicht mehr so sicher, was sie stattdessen sah.

Ruby summte leise, und dankbar vertiefte sich Isla in den Anblick der Kastanienlocken, die sich auf dem Tisch ringelten.

Aber es war kein Traum, brüllte ihr etwas entgegen, das sie an den Rand ihres Bewusstseins gedrängt hatte. *Rede nicht immer von einem Traum. Denk an den Strumpf. Er war nass! Woher willst du mitten in Rubys Zimmer einen nassen Strumpf bekommen haben?*

Sie stöhnte leise auf. Ruby hörte auf, einen Schmetterling auszumalen, und hob den Kopf. Isla gab vor, ein Insekt zu verscheuchen. Fast konnte sie das Haus in ihrem Rücken spüren. Wenn sie ihre Augen schloss, würde sie hören, wie es ihren Namen flüsterte. Oder sie würde Bilder sehen, die sie nicht mehr sehen wollte. Bilder von Booten, von Rosen und weißen Buchstaben. Sie blinzelte und hielt ihre Augen energisch geöffnet, bis sie brannten.

7

Isla hatte in ihrem Leben schon einige Wecker besessen, und kein einziger war mit einem angenehmen Klingelton ausgestattet gewesen. Die Hersteller wussten offenbar, dass sanfte Töne gegen die weichen und warmen Federn keine Chance hatten. Dieser machte keine Ausnahme: brutal, misstönend, gleichgültig. Der erste Gegner des Tages. Oder, in diesem Fall, der Nacht.

Isla fluchte, stürzte von der Spüle zu ihrer Schlafnische, riss den Vorhang zur Seite und schaltete den Wecker aus. Sie hatte ihn vorsorglich gestellt, dann aber völlig vergessen. Schlafen hatte sie ohnehin nicht können, und die Stunden, die sie in ihrem Zimmer totgeschlagen hatte, waren ihr vorgekommen wie ganze Nächte.

Der Lärm klingelte in ihren Ohren nach. Isla lauschte in die Dunkelheit, aus Angst, dass er auch andere aus dem Schlaf gerissen hatte. Eine Weile blieb sie stehen, ohne auch nur einen Finger zu bewegen, und versuchte zu entscheiden, ob sie wirklich losziehen würde oder fürchtete, in dieser Nacht Dinge herauszufinden, die sie letztlich nicht wissen wollte. Aber wenn sie nicht vollkommen wahnsinnig werden wollte, blieb ihr keine Wahl.

Sie drehte den Wecker in ihren Händen. Das Ziffernblatt leuchtete schwach, so wie immer, wenn er Alarm geschlagen hatte. Halb drei. Nun konnte sie zumindest sicher sein, dass sie wach war.

Ihr Blick fiel auf ihren Zeichenblock. Sie hatte versucht, ihre Eindrücke aus der Welt hinter der Traumtür festzuhalten. Relativ erfolglos, da sie sich kaum noch erinnern konnte und zudem müde gewesen war, aber zum einen wollte sie zumindest die wenigen Bruchstücke sammeln, zum anderen hatte das Zeichnen ihre Nerven schon immer beruhigt.

Nun betrachtete sie das Bild der beiden Männer vor einem See. Das Gesicht des linken war nur eine verschwommene Fläche, aus der unheimliche Augen hervorstachen. Obwohl sie nur angedeutet waren, wirkte der Blick kalt.

Der Mann daneben war der Dunkelhaarige: düster und abweisend, aber auch auf eine Art verloren, die Isla ans Herz ging. Sie strich über das Papier und legte den Block beiseite. Es gab keine Zeit zu verschenken.

Sie schlüpfte in ihre Hausschuhe und tastete nach der Strickjacke. Es war totenstill, und sie fröstelte, während sie zur Tür schlich. Die Nacht flüsterte ihr zu, dass sie nicht unterwegs sein, sondern zurück in ihr Bett gehen sollte. Die Welt war um diese Zeit nicht die ihre, sondern etwas anderes, etwas Fremdes, das sie verschlafen sollte. Womöglich, um nicht mitzubekommen, was sich alles in Winkeln und hinter seltsamen Türen verbarg.

Aber sie konnte nicht mehr nach den alten Regeln spielen. Sie musste herausfinden, was Traum war und was Realität.

Der Lichtkegel der Taschenlampe zuckte unruhig über die Tür ihres Zimmers und kurz darauf durch den Flur von Silverton. Allmählich wurden ihre nächtlichen Ausflüge zur Gewohnheit. Allein bei dem Gedanken daran musste Isla gähnen und wünschte sich von ganzem Herzen, eine Erklärung für alles zu finden und bald wieder normal durchschlafen zu können. Eine verlockende Vorstellung.

Sie erreichte Rubys Zimmer ohne Zwischenfälle. Warmer Orangenschimmer begrüßte sie, gefolgt von Restwärme der Heizung.

Wie erwartet, lag Ruby auf dem Rücken, die Augen geschlossen und ohne jede Regung. Damit hatte Isla zwar gerechnet, aber sie war dennoch enttäuscht. Insgeheim hatte sie trotz allem gehofft, Atmen zu hören oder das Rascheln des Bettzeugs, wenn Ruby sich im Schlaf von einer Seite auf die andere drehte. Sie hätte sich sogar gefreut, wenn Ruby im Schlaf geredet hätte. Oder geschrien … selbst ein Albtraum wäre besser als dieses stille Nichts. Denn das hätte Normalität bedeutet, und dass die Tür, der Gang und alles andere nicht echt gewesen waren. Nichts weiter als Geschichten, die man hinter sich ließ, bis sie irgendwann zu einer Erinnerung verblassten und aufhörten zu existieren.

Isla blieb stehen. Es kostete sie Mühe, zur Seite zu blicken. Neben dem Bücherregal war nichts bis auf die Wand.

Sie schlich an Rubys Bett und ließ sich behutsam auf der Kante nieder. Die Matratze sank ein, aber Ruby schlief weiter, den winzigen Kirschmund geschlossen. Neben ihr ragte das Ohr von Jem, dem Teddy, unter dem Oberbett hervor. Das Stofftier sah neben Ruby mit ihren runden Wangen und der Stupsnase doppelt so alt aus, wie es vermutlich war.

Isla zögerte. Am liebsten hätte sie Ruby umarmt oder ihr einen Kuss auf die Stirn gegeben, aber so was sollte sie den Austins überlassen. Also beugte sie sich vor und hauchte knapp über Rubys Stirn einen Kuss in die Luft. »Keine Sorge, Kätzchen, ich bin hier. Ich passe auf dich auf, du kannst also ruhig träumen. Wenn es ein schlimmer Traum wird, bist du nicht allein. Du hast Jem und mich«, wisperte sie so leise, dass die Silben augenblicklich in der Nacht verschwanden.

Sie richtete sich wieder auf. Hatte Ruby sich etwa bewegt? Sie womöglich gehört? Vielleicht war das ja wirklich die Lösung: Sie hatte Angst zu träumen, vielleicht wegen eines schlimmen Erlebnisses in der Vergangenheit, und seitdem schaffte sie es irgendwie, Träume von sich fernzuhalten?

Isla atmete innerlich auf, als sie eine Bewegung sah – bis sie merkte, dass sie nicht von Ruby stammte. Sondern von der Luft im Zimmer.

Ihr Herz schlug schneller, erhöhte dann noch mal den Takt und brachte Furcht mit sich. Endlich wagte sie, sich umzudrehen.

Die Konturen der Tür aus Saphir waren verschwommen. Sie bildeten sich aus einem See an Farben, nur um wieder zu verschwinden und sich an anderer Stelle zu manifestieren. Es erinnerte Isla an den Sommer, wenn Hitze die Luft über den Straßen flirren ließ.

Fast hätte sie eine Hand ausgestreckt, um zu prüfen, ob die Stelle dort warm war, aber sie wusste bereits, dass sie nichts als Kälte spüren würde. Allein deshalb, weil die in ihrem Inneren in diesem Moment so übermächtig wurde, dass es ihr den Atem raubte. Isla erstarrte, sogar das Blinzeln fiel ihr schwer.

Die Kanten der Tür verschwammen, und die Klinke bildete sich heraus, anschließend die obere Hälfte. Es war, als würde jemand einen Schleier zur Seite ziehen, und dann waren die Schlieren verschwunden. Zurück blieb die Tür, hell und strahlend in einem wunderschönen Blau.

Isla zitterte. Etwas Warmes berührte ihre Hand, und sie zuckte zusammen, ehe sie bemerkte, dass sie Rubys Finger unter der Bettdecke berührte. Sie musste unbewusst danach gegriffen haben, und nun hielt sie sich an dem Mädchen fest, als könnte es sie vor dem Unerklärlichen beschützen, das sich in ihrem Zimmer abspielte.

Dabei sollte es doch umgekehrt sein!

Isla sah zu Ruby – sie schlief unverändert weiter –, zog ihre Hand zurück und stand auf.

Ich bin die Erwachsene von uns beiden. Ich bin eine Frau, die mit beiden Beinen im Leben steht. Ich habe eine Ausbildung und einen Job, und ich werde mich ganz sicher nicht von wandernden Türen aus der Fassung bringen lassen. Ich bin Rubys Lehrerin, ich muss sie beschützen.

Ich muss Ruby beschützen.

Ruby.

Bei jedem Gedanken setzte sie einen Schritt vorwärts, und dann stand sie vor der Tür und beugte sich hinab. Ihre Finger glitten über die Klinke, streichelten den kühlen Stein.

Sie musste trotz allem vernünftig denken. Was war ihr geschehen, als sie in der vergangenen Nacht durch den Gang gelaufen war? Nichts. Sie hatte Panik bekommen, das war passiert, aber wenn sie genauer darüber nachdachte, hatte nichts und niemand sie bedroht.

Unwillkürlich musste sie an die beiden Männer denken und runzelte die Stirn so stark, dass es schmerzte. Hatten sie etwas zu ihr gesagt? Und wie hatte das Gesicht des zweiten Mannes ausgesehen?

Sie wusste es nicht mehr.

Was sie aber wusste, war, dass es Regeln gab. Naturgesetze,

die soeben von einer Tür und der Welt dahinter gebrochen wurden. Ihr Leben lang hatte sie an diese Gesetze geglaubt und nach ihnen gelebt, und selbst jetzt fiel es ihr schwer, das zu ändern. Ihre Gedanken rasten auf der Suche nach einer Lösung, die ihr erklärte, was hier wirklich vor sich ging. Doch keine Wissenschaft der Welt konnte das. Oder doch?

Wenn sie nicht wahnsinnig werden wollte, musste sie die Sache von einer anderen Seite betrachten. Hier ging es um etwas Neues, also um Wissen. Wissen blieb, sobald man es einmal erlangt hatte. Wenn es fundiert und bewiesen war, schützte es vor bösen Überraschungen.

Islas Gänsehaut verschwand. Sie musste lediglich herausfinden, was noch alles hinter dieser Tür lag. Wissen sammeln, damit das Unerklärliche zu etwas Gewohntem wurde. Der Gedanke brachte Entschlossenheit, und die vernichtete zumindest einen Teil der Furcht. Sie musste an den Mann aus ihren Träumen denken, und ihr Pulsschlag legte eine Nuance zu. Ob sie ihn wiedersehen würde?

Sie checkte noch einmal ihre Ausrüstung: eine Taschenlampe, dazu trug sie ihre Hausschuhe – noch einmal würde sie nicht unvorbereitet in diesen Tunnel gehen. Ihr Blick fiel auf das rote Wollknäuel, mit dem sie und Ruby vor ein paar Tagen Luftmaschen geübt hatten. Sie nahm es und zog die Häkelnadel heraus, die noch in einer Schlaufe hing. Es war groß und würde eine Weile für ihre Zwecke reichen. Sie schob es in die Tasche ihrer Strickjacke. Ein letzter Blick zu Ruby, dann ging Isla in die Hocke und legte eine Hand auf die Klinke.

Die Tür schwang lautlos auf, und wie bereits zuvor lag dahinter der Tunnel. Dunkel, geruchlos, still – eine Hommage an Horrorfilme, die Isla zum Glück nur vom Hörensagen kannte, aber niemals selbst gesehen hatte. Sie war froh darüber, und doch erschuf ihre Fantasie die gruseligsten Bilder. Ein Schauer rann ihre Wirbelsäule hinab.

»Na komm schon. Es ist nur ein Tunnel.« Sie sah noch einmal zu Ruby, dann zog sie den Kopf ein und kroch vorwärts.

Wieder ging es zunächst geradeaus, wobei der Gang bald größer wurde. Dieses Mal fand Isla keine Rosen, die aus der Wand wuchsen. Fast wäre sie noch einmal zurückgelaufen, bis ihr auffiel, dass auch der Duft fehlte. Dafür hörte sie bald ein Plätschern, und dann schimmerte der See vor ihr. Die Luft war warm, noch wärmer als bei ihrem ersten Besuch, fast schon stickig.

Isla blieb am Ufer stehen und schwenkte den Strahl ihrer Taschenlampe von einer Seite zur anderen. In der allumfassenden Stille war der Anblick unheimlich.

Sie war allein. Es gab keine Männer am anderen Ufer und auch keine Boote. Isla wartete eine Weile, doch nur die Stille und gelegentliches fernes Plätschern leisteten ihr Gesellschaft. Das Geräusch kam nicht näher, und auch sonst änderte sich nichts. Lediglich die feuchte Wärme der Luft nahm zu.

Isla räusperte sich, und der Laut fegte wie ein Knall durch die Luft. Sie schrak zusammen und hielt den Atem an, doch nichts geschah.

»Hallo?« Auch ihre Stimme klang unnatürlich laut, besaß jedoch kein Echo. Sie verschwand so schnell, als hätte die Dunkelheit sie verschluckt. Isla fragte sich, was noch alles hinter dem Vorhang aus Schwärze wartete.

Das Plätschern wurde lauter, und etwas bewegte sich auf sie zu.

Sie spannte sich an und wich zurück. Auf einmal fühlte sie sich klein und wehrlos – was sie im Grunde auch war. Warum hatte sie Idiotin außer der Taschenlampe nur ein Wollknäuel eingesteckt? Was wollte sie damit tun, falls jemand sie angriff – es ihm an den Kopf werfen? Es schien, als hätte die Saphirtür einen Teil ihres logischen Denkens außer Kraft gesetzt. Andererseits – wer erwartete schon Gefahr in einer Welt, deren Zugang in einem Kinderzimmer lag?

Jetzt erkannte sie den Umriss auf dem Wasser. Ein Boot, natürlich. Sie wusste nicht, ob sie erleichtert sein oder über sich lachen sollte. In der realen Welt hätte es nur ein Boot sein können, aber hier … was hier normal war, musste sie erst noch herausfinden.

Das Boot war leer. Es kam ihr kleiner vor als die anderen, die mit Physalisfrüchten beladen gewesen waren. Ein Seil verlief, ungefähr einen halben Meter über dem Holz, hinter ihm ins Nichts. Isla grübelte, musste sich aber dann eingestehen, einfach keine Ahnung von Booten zu haben. Sie würde nicht erkennen, wie fahrtüchtig es war. Ihr blieben nur zwei Möglichkeiten: Entweder sie ging zurück, oder sie vertraute dem Gefährt, dass es sie sicher über den See brachte. Zwar konnte sie das andere Ufer nicht sehen, aber in der Nacht zuvor war es nicht allzu weit entfernt gewesen.

»Also gut«, sagte sie. Wieder viel zu laut. »Ich hoffe einfach mal, dass du mich nicht ertrinken lassen wirst.« Vorsichtig setzte sie einen Fuß auf das Boot, wartete, bis es nicht mehr ganz so stark schwankte, und kletterte hinein. Nichts geschah, und Isla entspannte sich ein wenig. Sie stützte sich auf der schmalen Holzbank ab und leuchtete das Boot ab. Es war leer, und auch im Wasser bewegte sich nichts, bis auf die Wellen, die es erzeugte. Sie ebbten mit der Zeit ab, und schließlich begriff Isla, dass ohne ihr Zutun nichts geschehen würde.

Zögernd streckte sie die freie Hand aus. Das Seil war trocken und stark, die rauen Fasern kratzten über ihre Fingerkuppen. Dann legte sie die Taschenlampe so neben sich, dass sie das Seil beleuchtete, fasste mit beiden Händen und zog. Zunächst tat sich nichts, dann begann das Boot, langsam vorwärtszugleiten. Isla zog weiter und spürte, wie sie an Schwung zunahm. Das Wasser rauschte und plätscherte, und ihr Pulsschlag dröhnte ihr in den Ohren. Sie wusste nicht, was sie am anderen Ufer erwartete – sofern es ein anderes Ufer gab.

Mit aller Kraft versuchte sie, an etwas Schönes zu denken, um das nagende Gefühl in ihrem Inneren zu ignorieren. Doch sämtliche Bilder von sonnigen Tagen, ihren Freunden oder Rubys lachendem Gesicht wurden überlagert von der Dunkelheit dieser Welt.

Wenn du einen Feind nicht abwehren kannst, musst du ihn zu deinem Freund machen.

Nur hatte sie in dieser Welt keine Freunde und war nicht sicher, wie es sich mit Feinden verhielt. Noch nicht. Isla dachte an die Männer, die sie am anderen Ufer gesehen hatte, besonders an den Dunkelhaarigen. Er war Teil dieser Welt, aber er machte ihr keine Angst. Im Gegenteil. Es funktionierte, sie beruhigte sich ein wenig.

Das Ufer tauchte überraschend und so dicht vor ihr auf, dass sie es längst hätte sehen müssen. Hastig ließ sie das Seil los.

Das Boot traf mit einem dumpfen, beinahe zärtlichen Laut auf Stein. Das Licht der Taschenlampe fiel auf festen Untergrund, der hier und dort bewachsen war. Vermutlich Moos. Das Boot schwankte sanft von einer Seite auf die andere.

»Also gut.« Isla stand vorsichtig auf, kletterte ans Ufer und befürchtete fast, das Boot würde sich wieder in Bewegung setzen und verschwinden. Es blieb jedoch, wo es war, und nachdem sie eine Weile gewartet hatte, machte sie sich auf den Weg, immer am Ufer entlang. Sie fand eine Stelle, an der ein Riss durch den Untergrund lief und Kanten bildete – ideal, um den Wollfaden daran zu befestigen. Das Rot sah seltsam aus auf dem grauen Stein. Isla begann, das Knäuel abzuwickeln, lief los und ließ den See hinter sich.

Sie sollte recht behalten, bei den Flecken am Boden handelte es sich wirklich um Moos. Mit jedem Schritt wurde es dichter, bis es den gesamten Boden bedeckte. Mit dem Moos kam der Duft nach feuchter Erde, warm und schwer.

Unerwartet stieß Isla mit dem Fuß gegen etwas Hartes, taumelte und fand ihr Gleichgewicht wieder. Dabei bemerkte sie die Konturen hinter sich. Schlagartig wurde ihr eiskalt, sie presste eine Hand auf den Mund, um nicht zu schreien … und entspannte sich wieder.

Bäume. Sie waren hochgewachsen, die Stämme so dick, dass sie sie nicht einmal zur Hälfte hätte umfassen können. Ganz langsam, Zentimeter für Zentimeter, drehte sie sich im Kreis und legte dann den Kopf in den Nacken.

Das kann doch nicht sein!

Sie stand mitten in einem Wald. Die Bäume waren so riesig, dass Isla sich wie ein Kind vorkam. Noch während sie die Einzelheiten bestaunte, wurden die Stämme durchlässig. Der Effekt war so schnell vorbei, dass Isla nicht sicher war, ob sie es sich vielleicht nur eingebildet hatte.

»Hallo?« Sie musste einfach rufen. Vielleicht, um ihre Stimme zu hören und sicherzugehen, dass zumindest sie noch die Alte war. Mit einer Hand umklammerte sie das Wollknäuel, und als sie mit der Lampe danach leuchtete, sah sie das Rot des

Fadens zwischen den Baumstämmen verschwinden. Eine winzige Insel der Sicherheit inmitten einer Welt aus Chaos. Und wenn schon ein Wollknäuel sie retten konnte, dann war doch alles nicht so schlimm, nicht wahr?

Sie überlegte, doch da diese Welt sich ohnehin veränderte, musste sie auch nicht darüber nachdenken, in welche Richtung sie lief. Die Bäume lieferten ihr sowieso keine Hinweise. Sie besaßen keine besonderen Merkmale, die blattlosen Kronen waren verzweigt. Zwischen ihnen wuchsen keine anderen Pflanzen, lediglich dieses vermaledeite Moos. Im Vorbeigehen berührte sie einen Stamm. Er war trocken und warm, und als sie ihre Finger zurückzog, leuchteten sie im Licht der Lampe.

Isla blieb stehen und betrachtete sie genauer: Weiße Farbe klebte daran. »Was …«

Sie rieb ihre Fingerspitzen gegeneinander, und Farbfetzen rieselten zu Boden wie eine ärmliche Schneeimitation. Der Lichtkegel wanderte zurück zum Baumstamm. Auch dort schimmerte es weiß. Buchstaben – nein, ganze Wörter. Geschwungene Bögen, die an manchen Stellen bereits verblasst waren. Feine Rinnsale weißer Sprenkel sanken von ihnen zu Boden. Eine Weile flirrten sie in der Luft und gaukelten Bilder vor, ehe sie sich der Schwerkraft ergaben.

»Und sonst«, entzifferte Isla die Worte auf dem Stamm. »Natur … gut zurückgelassen.« Ihre Stimme klang brüchig, die Silben lagen ihr schwer auf der Zunge und führten einen bitteren Geschmack mit sich.

Es kostete sie Anstrengung, ihn zu schlucken. Ihre Kehle war wie ausgedörrt. Sie kannte diese Worte, hatte sie vor nicht allzu langer Zeit gelesen.

Langsam trat sie zur Seite und betrachtete den nächsten Stamm. Und den dahinter. Entweder war es ihr zuvor nicht aufgefallen, oder aber die Worte waren erst jetzt auf den Bäumen erschienen. Weiße Zeilen, wie mit Kreide gemalt.

Du musst gelaufen sein.

So unheimlich der Wald auch zuvor gewirkt hatte, nun strahlte er etwas Bedrohliches aus.

Geliebter März, tritt ein!

Noch immer lösten sich winzige Partikel. Es waren die Wörter, die Isla Ruby in ihr Heft hatte schreiben lassen. Das Frühlingsgedicht von Emily Dickinson.

Wie freudig ich dich seh!

Das konnte kein Zufall sein. Isla wischte über die Buchstaben und löste einen wahren Flockenregen aus. Trotzdem verschwanden die Linien und Bögen nicht, auch dann nicht, als sie noch einmal darüberrieb. Also ging sie weiter, die Finger noch fester um das Wollknäuel geschlossen.

Isla hangelte sich von Baum zu Baum, von Gedichtzeile zu Gedichtzeile. Ein Schatten weckte ihre Aufmerksamkeit, ein klotzartiges Etwas in der Ferne zwischen zwei Stämmen. Es sah ganz nach einem Haus aus.

Das war gut, nicht wahr? Vielleicht gab es dort jemanden, der ihr erklären konnte, wo genau sie sich befand. Oder was es mit diesem Wald auf sich hatte.

Vielleicht sollte sie das Haus aber auch meiden, schließlich wusste sie nicht, wer dort wohnte. Und wenn jemand entschied, sich in einer so bizarren Umgebung niederzulassen, weckte das nicht gerade Vertrauen zu dieser Person.

Unschlüssig trat sie von einem Fuß auf den anderen und lief schließlich los. Der Wollfaden rieb warm gegen ihre Handinnenfläche, als sie beschleunigte, und fast befürchtete sie, das Knäuel würde nicht ausreichen. Mit einem Seitenblick stellte sie fest, dass es kaum weniger geworden war.

Etwas rauschte über ihr: Wind kam auf. Sie spürte ihn zuerst auf den Wangen und an den Händen, dann zerrte er an ihren Haaren und schließlich an den Kleidern. Er flüsterte ihr zu, dass sie stehen bleiben sollte, wurde stärker und wuchs zu Böen heran, bis sich Isla nach vorn lehnen und anstrengen musste, um vorwärts zu kommen. Das Rauschen wurde zu einem Pfeifen, dann zu einem Kreischen. Isla sah zu den Baumkronen empor, doch sie bewegten sich nicht. Nichts und niemand wurde in dieser geheimnisvollen Welt vom Sturm beeinträchtigt. Niemand außer ihr. Aber nun war sie so weit gekommen, dass sie sich davon nicht aufhalten lassen würde!

Sie biss die Zähne zusammen, zog die Strickjacke vor die Brust und lief weiter auf das Haus zu. War sie überhaupt schon näher gekommen? Mittlerweile war der Sturm so stark geworden, dass sie kaum Luft holen konnte. Isla hielt den Kopf gesenkt und blinzelte nur ab und zu in die Höhe, um sich zu orientieren.

Der Aufprall kam unerwartet. Er war weich, also schon mal kein Baumstamm, und es gab ein Geräusch, das sich verdächtig bekannt anhörte. Wie ein Mensch.

Isla fuhr zurück und stellte fest, dass der seltsame Sturm verschwunden war, ebenso die Bäume. Erschrocken betrachtete sie den Mann. Er hielt den Kopf gesenkt, sie konnte lediglich sein dunkles Haar und einen Ansatz von Kinn und Nase sehen. Trotzdem wusste sie einfach, wusste mit jedem winzigen Funken Überzeugung, dass es sich um den Mann aus ihren Träumen handelte. Etwas in ihr vollführte einen winzigen Salto, ihr

Herz oder ihr Magen oder vielleicht auch ein Irrwisch, der durch ihre Blutbahnen sauste und sie komplett in Aufruhr versetzte. Sie stand so nah vor ihm, dass sie nur eine Hand ausstrecken musste, um ihn zu berühren.

Er bewegte sich nicht, aber seine gesamte Haltung strahlte Abwehr aus. Er wollte sie nicht hier haben, und erst recht wollte er sich nicht von ihr berühren lassen.

Es tat unerwartet weh. In ihren Träumen in Silverton war er ihr nahe gewesen, mit einer seltsam verdrehten Selbstverständlichkeit, die es eben nur in Träumen gab. Ihre Hand zuckte, und sie ertappte sich bei dem Wunsch, sich noch einmal kneifen zu wollen. Um ihn nicht zu berühren, da er das ganz offensichtlich nicht wollte, aber auch, um noch einmal sicherzugehen, dass sie nicht träumte.

Aber sie wusste es besser. Das hier war kein Traum, auch wenn sie noch nicht herausgefunden hatte, wie sie diesen Zustand stattdessen nennen sollte.

Sie fasste sich ein Herz und räusperte sich. »Hallo.«

Er rührte sich nicht, aber damit hatte sie gerechnet. Daher verpasste er ihr einen Riesenschreck, als er den Kopf hob und sie anblickte.

Sie wollte etwas sagen oder lächeln, doch sie stand wie erstarrt. Wie auch in den Träumen zuvor, strahlte er eine unterschwellige Trauer aus, eine Verschlossenheit, die sie sich nicht erklären konnte, aber er wirkte auch bedrohlich und düster wie der Wald, den sie durchquert hatte. Seine Schultern waren breiter, als sie es in Erinnerung hatte. Womöglich lag es daran, dass er sie ebenso anspannte wie Arme und Hände. Seine Augen schimmerten, und er blinzelte kein einziges Mal. Die Schatten an Kinn und Wangen waren tiefer als zuvor. Isla betrachtete den geraden Nasenrücken und seine dichten Brauen, die nur wenig Platz zu den langen Wimpern ließen. Dann glitt ihr Blick zu seinem Mund, folgte der geschwungenen Linie seiner Oberlippe und blieb an der Kerbe in deren Mitte hängen.

Bitte sag etwas. Irgendetwas.

Als hätte er sie gehört, atmete er aus. Dann schluckte er hörbar, und die Bewegung an seiner Kehle nahm ihm einen Teil seiner Unnahbarkeit. Vielleicht machte sie ihn auch einfach menschlicher. Kurzzeitig hatte Isla daran gezweifelt, dass er ein Mensch aus Fleisch und Blut war, so wie sie an allem zweifeln konnte, was ihr hier begegnete.

»Du solltest nicht hier sein«, sagte er. Seine Stimme war dunkel wie alles in dieser verdammten Welt.

Isla war so erstaunt, dass sie schwieg. Wenn er doch nur lächeln würde, ein einziges Mal!

»Wie … wie meinst du das?«, brachte sie schließlich hervor. »Ich weiß ja nicht mal, wo ich hier bin.« Sie versuchte, es wie einen Scherz klingen zu lassen, aber ihre Stimme zitterte.

An seinem Hals glänzte es – das Silber einer Kette. Sie verschwand unter seinem Oberteil, aber Isla wusste, dass sich daran ein Anhänger befand. Ein blauer Stein mit einer silbernen Fassung.

»Du musst gehen«, sagte er mit mehr Nachdruck. »Jetzt sofort.«

»Aber warum?« Sie sah auf die Wolle in ihrer Hand, dann wieder zu ihm. Sie war nicht so weit gekommen, um einfach wieder den Rückzug anzutreten! Erst recht nicht, nachdem sie ausgerechnet ihn hier getroffen hatte. »Ich habe von dir geträumt«, platzte sie heraus. »Noch ehe ich zum ersten Mal hier war. Wie kann das sein?« Sie forschte in seinem Gesicht, doch es änderte sich nicht. Wenn überhaupt, zog er die Brauen ein Stück weiter zusammen. Ein Hauch Angst mischte sich in ihre Verwirrung, doch sie drängte sie beiseite. »Sag mir zumindest, wo ich hier bin. Oder wer du bist.«

Er bewegte den Kopf leicht. Aufforderung oder Abwehr?

Isla schrak zurück, als er eine Hand hob, doch er berührte lediglich gedankenversunken seine Kette.

»Du trägst einen Anhänger, nicht wahr?«, versuchte sie einen anderen Ansatz.

Er hob so ruckartig den Kopf, dass sie einen Schritt zurückwich. Wie konnte jemand gleichzeitig so gequält und bedrohlich wirken und trotz allem solch eine Anziehungskraft besitzen? Das Bild aus ihrem Traum stand ihr deutlich vor Augen, das ungeheure Blau des Steins, der aus demselben Material bestand wie die Tür, durch die sie hierhergelangt war.

Der Mann musterte sie, als wäre er verwirrt darüber, sie so erschreckt zu haben. »Er wird nicht wollen, dass du hier bist. Tu dir selbst einen Gefallen und verschwinde.«

Isla schüttelte den Kopf. »Wer ist er? Wer wird es nicht wollen? Und warum? Kannst du mir bitte zumindest sagen, was das hier ist?«

Sie wollte eine Hand heben, doch es fiel ihr schwer. Überrascht sah sie an sich hinab: Der Ärmel ihrer Strickjacke flatterte und peitschte in der Luft, als würde der Sturm von zuvor daran reißen. Erst dann hörte sie, wie das Pfeifen und Rauschen zurückkehrte. Sie spürte die elektrische Ladung, dann traf der Sturm sie mit voller Wucht. Ihr Haar wurde nach hinten gezerrt, sie stolperte zur Seite und versuchte, nicht umgeweht zu werden.

Der Sturm spielte mit ihr wie mit einer Puppe. Es überraschte sie kaum, dass er den Mann verschonte. Nicht einmal der Saum seines Shirts bewegte sich.

»Es ist ein Saphir, nicht wahr?«, brüllte sie. Das Rauschen in ihren Ohren war nun so laut, dass sie sich selbst kaum noch hörte. »In Rubys Zimmer war eine Tür aus Saphir. So bin ich hergekommen!«

Etwas blitzte in seinen Augen auf. Ein Ruck ging durch seinen Körper, und er öffnete die Lippen, als wollte er etwas sagen. Doch dann presste er sie aufeinander und schüttelte den Kopf. »Geh«, brachte er hervor. »Jetzt.« Er flüsterte, und trotzdem hörte sie ihn.

Der Wind ließ sie taumeln. Verzweifelt streckte sie die Hände aus, um sich irgendwo festzuhalten. Ihre Haare peitschten gegen die Wangen, und als sie eine Hand hob, um sie zurückzustreichen, erschrak sie: Das Gebäude, das sie zuvor in der Ferne gesehen hatte, ragte nun direkt vor ihr auf. Es war nur ein Haus, schmal und hoch mit einem simplen Erker und einem alten Dach, aber es machte ihr mehr Angst als diese ganze Welt.

Ein Ton mischte sich in den Sturm, grell und nachdrücklich, aber nicht durchgängig. Eine Art Piepen, wie von einem Wecker. Nein, das traf es nicht ganz. Aber es erinnerte Isla an etwas. An ein Krankenhaus. Es klang wie eine dieser Maschinen, die den Herzschlag eines Patienten überwachten.

Auch der Mann bemerkte es. »Verschwinde! Du musst hier raus, jetzt!«

Ehe sie reagieren konnte, streckte er eine Hand aus und stieß sie nach hinten. Sie stolperte und fiel, viel zu lange und viel zu tief. Entsetzt blickte sie nach oben, doch der Mann war verschwunden, ebenso das Haus. Über ihr war nichts als Schwärze. Zögernd streckte sie die Hände aus … und prallte mit dem Hintern zuerst auf etwas mehr oder weniger Hartes. Es gab ein Stück nach, zum Glück, so war der Schreck größer als der Schmerz.

Isla blickte sich um und sah Metall, Leder in der Farbe von Pfirsichen sowie relativ vertraute Formen. Der Sturm war verschwunden, und sie roch eine schwache Mischung aus Schweiß, Parfum und Motoröl.

Sie saß in einem Auto.

Mittlerweile hatte sie aufgegeben, sich über alles zu wundern, was in dieser Welt nicht den gängigen Regeln folgte. Es war einfach zu viel, daher musste sie es als gegeben hinnehmen, um nicht vollkommen durchzudrehen. Also streckte sie eine Hand aus und betätigte den Hebel an der Innenseite der Tür. Es klackte, und sie schwang auf.

Isla stieg aus und drehte sich um. Der Wagen war dunkelrot und leuchtete, obwohl es keine Lichtquelle gab. Ein altes, aber unübersehbar teures Modell. Die Farbe erinnerte sie an das Wollknäuel, und erschrocken stellte sie fest, dass sie es verloren hatte. Lediglich ihre Taschenlampe fand sie in der Strickjacke, auch wenn sie sich nicht daran erinnern konnte, sie eingesteckt zu haben. Bis auf das Auto gab es in diesem Teil der fremden Welt nur steinernen Untergrund. Der Himmel über ihr – sollte dort oben überhaupt ein Himmel sein – war in der Dunkelheit nicht zu erkennen.

Isla schaltete die Taschenlampe ein. Ihr wurde heiß, dann eiskalt bei dem Gedanken, sich verirrt zu haben. Schon überlegte sie, wieder in das Auto zu steigen, in der Hoffnung, dass es sich starten ließ, als sie etwas in der Ferne sah. Rotschimmer.

Ihr Wollfaden. Sie rannte los und wagte erst richtig aufzuatmen, als sie ihre Finger darum schließen konnte. Fast hätte sie über sich selbst gelacht.

Reiß dich zusammen. Als ob ein dummer Wollfaden dich retten könnte!

Mit etwas Glück würde der Faden sie wieder dorthin führen, wo sie hergekommen war – auch wenn sie ihn ganz sicher nicht hier festgebunden hatte. Ihr blieb nichts anderes, also lief sie los.

Bald beleuchtete sie eine Wand aus Stein, dann eine zweite. Sie näherten sich einander an, bis sie einen Tunnel bildeten. Obwohl es keinen Sinn ergab, sagte sich Isla, dass es der sein musste, durch den sie hergelangt war, und klammerte sich an diesem Gedanken ebenso fest wie an dem Faden. Zwei brüchige Pfeiler, auf denen soeben ihr Leben balancierte.

Sie wich einer Unebenheit am Boden aus. Der Lichtkegel der Taschenlampe tanzte über den Stein links von ihr und verschwamm. Ebenso die Wand. Einen Atemzug lang verschmolzen sämtliche Farben miteinander. Mehr noch, Isla hatte das Gefühl, nicht mehr richtig durchatmen zu können. Keuchend holte sie Luft und riss die Augen auf: Der gesamte Gang vor ihr verschwand, mitsamt Wollfaden und … ihrer Hand. Ungläubig starrte sie auf ihre Finger, die mit dem Hintergrund zu verschmelzen schienen. Es tat weh, auf eine Art, die sie noch nie zuvor gekannt hatte. Der Schmerz brach aus sämtlichen Knochen hervor, um sich dann durch ihren Körper zu fressen. Ihr wurde schwindelig, und auf einmal wusste sie mit erschreckender Klarheit, dass der Mann recht gehabt hatte: Sie durfte nicht hier sein.

Isla rannte los. Sie vergaß den Wollfaden, die Taschenlampe, sogar die Frage, was diese Welt als Nächstes für sie bereithalten konnte. Momentan gab es nur eine Richtung, und selbst mit der stimmte etwas nicht. Mit ihr stimmte etwas nicht!

Bereits nach wenigen Schritten wurden ihre Beine schwer. Voller Panik bemerkte sie denselben Schmerz, der in ihren Händen getobt hatte und mittlerweile abebbte, nur um wieder stärker zu werden. Schlimmer war jedoch das Gefühl, kaum atmen zu können. Isla hörte sich keuchen, doch sosehr sie sich auch anstrengte, sie fand nicht genug Sauerstoff. Die Welt verging, und sie mit ihr.

Sie wusste nicht, wann sie den Lichtschimmer vor sich entdeckt hatte, aber irgendwann war er da, und sie stolperte darauf zu. Ihre Gedanken gehorchten ihr ebenso schwer wie ihre Gliedmaßen, aber dann schlug ihr Kopf gegen etwas Hartes. Sie ließ sich auf die Knie fallen und zog sich weiter vorwärts. Hoffte sie. Wünschte sie.

Betete sie.

Die Helligkeit nahm zu, und endlich stürzte Isla in Rubys Zimmer. Jeder Knochen in ihrem Körper schmerzte, aber sie schnellte mit letzter Kraft herum und schlug die Saphirtür zu. Sie waberte ebenso wie die Gänge zuvor, verblasste und ließ die Wand durchschimmern.

Ungläubig starrte Isla auf ihre Hand: Die Finger wurden ebenso durchscheinend wie das Blau und zudem so taub, dass sie nichts mehr spürte. Nicht mal den Schmerz.

Hastig suchte sie Abstand und schob die Hände unter ihre Kleidung. Augenblicklich kehrten Farben und Konturen zurück. Isla fühlte ihre Gliedmaßen wieder, und als sie die Finger bewegte, funktionierte alles bestens. Keine Schmerzen, kein Taubheitsgefühl.

Und keine Tür.

Ihr Atem rasselte durch ihre Kehle, als wäre sie stundenlang gerannt. Sie sah zum Bett und war nicht erstaunt, Ruby aufrecht sitzend zu finden. Als hätte sie ihre Rückkehr bewacht.

Sie öffnete den Mund, um das Mädchen zu beruhigen und ihm eine Erklärung zu liefern, überlegte es sich dann aber anders. Es war nicht nötig. Sie beide wussten, jede auf ihre Art, dass hier heute Nacht etwas geschehen war, das niemanden sonst etwas anging.

8

Wir werden uns in einer halben Stunde zu unserem sehr wichtigen gesellschaftlichen Termin begeben. Hannah verlässt das Haus ebenfalls, nachdem sie das Abendessen zubereitet hat. Ich nehme doch an, Sie kommen allein zurecht?«

Isla blickte von ihrer Zeichnung hoch und sah Victoria über sich aufragen, ein Mahnmal in dunkelgrüner Seide und einem Hut, der so breit war, dass sie bei manchen Türen würde aufpassen müssen. Warum die Dame des Hauses sich wie für einen Staatsempfang herausgeputzt hatte, war ihr schleierhaft, aber sie musste auch nicht alles wissen, was im Kopf ihrer Brötchengeber vor sich ging.

Beiläufig legte sie einen Arm über das Papier, obwohl Victoria sich ohnehin nicht dafür interessieren würde. Für die Austins lag die Sache klar auf der Hand: Sie war ihre Angestellte und besaß damit weder ein nennenswertes Privatleben noch erwähnenswerte Interessen.

»Natürlich«, sagte Isla, riss ihre Aufmerksamkeit von Victorias Hut los und lächelte. Es fühlte sich an, als würde Klebstoff auf ihrem Gesicht trocknen. Sie musste sich zwingen, die Miene länger als einen Moment zu halten, und fragte sich, wie gequält sie wohl aussehen mochte. »Machen Sie sich keine Sorgen, wir kommen hier wunderbar zurecht.«

Victoria schien zufrieden, sie hatte gehört, was sie hören

wollte. »Sehr schön. Seien Sie sich meines Danks und dem meines Mannes gewiss, Miss Hall.«

»Kein Problem. Ich mache das gern.« Dieses Mal war Islas Lächeln einen Hauch echter, da die etwas zu geschwollene Ausdrucksweise sie amüsierte – dies war wohl eine Art Generalprobe für den *sehr wichtigen gesellschaftlichen Termin*. Sie wartete, bis Victoria verschwand, bewunderte das Glitzern des Kleids und fragte sich, warum ein Wasserfall an Pailletten sie derart begeisterte. Sie kam schnell darauf: Es war die Leichtigkeit, mit der sich Victoria durch die Räume bewegte. Nichts verstörte oder verwirrte sie, nichts stellte sie vor ein Rätsel. Für Victoria Austin war das Leben so klar wie ein Kristall, und wenn nicht, so setzte sie ihren Mann darauf an, etwaige Hindernisse aus dem Weg zu räumen.

Isla seufzte und starrte auf ihre Zeichnung: Es war der Wagen mit den Pfirsichsitzen, das letzte Bild von vieren, die sie heute angefertigt hatte, um die Erlebnisse der Nacht festzuhalten, solange sie sich noch halbwegs daran erinnern konnte. Noch wusste sie keine andere Möglichkeit, um nicht wahnsinnig zu werden und alles, was geschehen war, zumindest ansatzweise zu verarbeiten. Mit Ruby hatte sie trotz allem nicht darüber reden wollen. Der Abstieg von der verantwortungsvollen Respektsperson zur unsicheren Träumerin war zu groß. Sie konnte ihn nicht vollziehen. Noch nicht.

Zwischen Ruby und ihr hatte eine seltsame Spannung geherrscht, seit die Saphirtür quasi unter ihren Händen verschwunden war. Sie benahmen sich weitgehend wie sonst und hielten sich nur ein wenig zurück. Worte und Gesten hüllten sie in eine Watteschicht. Isla hatte den Unterricht kurzfristig abgeändert und Ruby eine Aufgabe gegeben, mit der sie länger beschäftigt sein würde. Diese Stunden nutzte sie für ihre Zeichnungen. Es war besser, wenn jede von ihnen Zeit für sich hatte, in Reichweite, aber nicht unmittelbarer Nähe der anderen.

Als sie jetzt den Stift wieder aufnahm, erwartete sie fast, dass er ihr die Finger verbrennen würde. Isla war kurz davor aufzustehen und zu schreien, lang und laut, bis sie keinen Atem mehr fand und zu erschöpft war, um zu denken. Die jahrelang antrainierte Disziplin hielt sie davon ab. Sie war nicht sicher, ob sie dafür dankbar sein sollte.

Der Bleistift zerbrach zwischen ihren Fingern. »Verdammt«, flüsterte sie und meinte nicht den Stift. »Verdammt, verdammt, verdammt!« Sie hätte alles dafür gegeben, mit jemandem über die Welt hinter der Tür zu reden. Aber sie konnte einfach nicht. Halluzinierte sie? Wurde sie verrückt?

In der Ferne wurde ein Motor angelassen, und der Wagen der Austins rollte die Einfahrt entlang. Isla blickte auf die Uhr – seit dem Gespräch mit Victoria war über eine halbe Stunde vergangen.

So ging das nicht weiter. Es war eine Sache, sich etwas nicht erklären zu können, aber eine andere, seine Lebenszeit zu vergeuden, indem man dumm vor sich hinstarrte.

Sie sammelte ihre Zeichenutensilien zusammen, stopfte sie in ihre Umhängetasche und machte sich auf den Weg in das Haus. Ruby saß noch immer an ihrem Platz, den Kopf über ihr Heft gebeugt. Sogar auf die Entfernung konnte Isla sehen, wie sie vor Konzentration die Stirn runzelte. Ruby war gewissenhaft, was ihre Aufgaben betraf – und auch stolz, wenn sie keinerlei Hilfe benötigte, um sie zu lösen. Isla verdrängte den Stich des schlechten Gewissens und schlich zur Treppe.

In der ersten Etage blieb sie stehen und warf einen Blick

durch das Kopffenster. Vor ihr erstreckte sich die Einfahrt, die Kiesel leuchteten in der Sonne. Von dem Wagen der Austins war nichts mehr zu sehen. Gut so.

Sie huschte zum Ostflügel und stand kurz darauf vor der Doppeltür von Alans Arbeitszimmer. Behutsam drückte sie die Klinke hinab – und hätte vor Erleichterung beinahe aufgeschrien, als die Tür aufschwang. Eilig trat sie ein.

Ohne Alan wirkte das Zimmer riesig und trotz der Gegenstände unpersönlich. Isla eilte zum Schreibtisch und versuchte, die Schublade zu öffnen. Sie war noch immer verschlossen, aber sie hatte auch nichts anderes erwartet.

Zuerst suchte sie am Schreibtisch nach dem Schlüssel, sogar darunter, dann ging sie über zu den Regalen und anderen Möbeln. Sogar die Bilder an den Wänden hob sie an, jedoch ohne Erfolg. Mit jeder Minute kratzte ihr schlechtes Gewissen stärker an ihren Nerven. Sie hatte noch nie in den Sachen eines anderen Menschen herumgeschnüffelt, erst recht nicht, wenn sie für diesen arbeitete – und sie mochte es ganz und gar nicht. Mehr noch, sie hasste es und schämte sich zutiefst.

Aber es gingen derzeit mehrere Dinge vor sich, für die sie keine Erklärung fand. Und wenn das der Fall war, bestand die Möglichkeit, dass sie zusammenhingen: Rubys Zustand, die Reaktion ihrer Eltern, die seltsame Tür samt der Welt dahinter und nicht zuletzt der Mann mit dem dunklen Haar. Vielleicht bewahrte Alan in seiner Schublade nur wichtige Geschäftsdokumente oder Bankdaten auf, vielleicht versteckte er dort Bargeld oder Dinge, die seine Frau nicht sehen durfte. Isla schwor sich, bei allem Stillschweigen zu bewahren und nie wieder einen Raum zu betreten, in dem sie nichts zu suchen hatte. Das Geld der Austins war ihr gleichgültig. Aber wenn

Alan diese Schublade aus Gründen versperrte, die ihr eine Erklärung liefern konnten …

Isla stemmte die Hände in die Hüften und sah sich um. Sie hatte das gesamte Zimmer durchsucht, und solange sie nicht die Holzpaneele vom Boden lösen wollte, blieb kein mögliches Versteck mehr übrig. Vermutlich trug Alan den Schlüssel mit sich herum.

Sie drehte sich um die eigene Achse und überlegte, was sie übersehen haben konnte. Die Dielen unter ihren Füßen knarrten, das Geräusch hörte sich seltsam weit weg an.

Weil es seinen Ursprung nicht unter ihren Füßen hatte!

Isla erstarrte und blickte zur Tür. Sie hatte sie nicht hinter sich zugezogen, um mitzubekommen, falls sich jemand näherte.

So wie jetzt.

O nein, bitte nicht!

Hektisch sah sie sich um. Alles sah aus wie vorher. Oder? Hatte der Brieföffner wirklich an der Kante des Schreibtischs gelegen oder doch mehr in der Mitte? Eilig schob sie ihn zurecht und wollte gerade zur Tür laufen, als die Dielen im Flur erneut knarrten. Isla umrundete den Schreibtisch und hastete darauf zu. Wenn sie nur schnell genug war …

Sie war es nicht. Hannah tauchte vor ihr auf, noch ehe sie das Zimmer verlassen konnte. Man musste ihr lassen, dass sie weder Überraschung noch Empörung zeigte. Stattdessen funkelte der übliche Spott in ihren Augen, während sie Isla von oben bis unten musterte. »Das würde den beiden Grazien nicht sehr gefallen.«

Isla schluckte. »Es sieht anders …«

»Was hast du denn da drinnen gesucht? Wenn du mehr Gehalt willst, wär es nicht besser, mit einer oder zwei von Vickys

Ketten abzuhauen? Du könntest das Fenster einschlagen und behaupten, es wären Einbrecher gewesen.« Hannah verzog keine Miene.

Bei jedem anderen hätte Isla gewusst, dass es ein Scherz war. Bei Hannah war sie nicht sicher. Vor allem wusste sie nicht, ob sie den Austins verraten würde, dass ihre Angestellte in ihrer Abwesenheit durch die Privaträume schnüffelte.

»Hannah«, begann sie. »Ich … muss doch nur …« Sie schüttelte den Kopf und ließ die Schultern sinken. Hannah hatte sie bereits erwischt, da war es zu spät, um sich in sinnlosen Erklärungen zu verheddern. Sie konnte ebenso gut mit der Wahrheit rausrücken. »Ich suche Informationen über Ruby. Irgendwas stimmt da nicht, und die Austins blocken es so energisch ab, als würden sie etwas verbergen. Ruby geht es von Tag zu Tag schlechter. Ich mache mir Sorgen und will herausfinden, was ihnen so unangenehm ist, dass sie das Wohlergehen ihrer Tochter aufs Spiel setzen.« Sie hatte zwischen den Worten kaum Luft geholt, und ihr Brustkorb drohte zu platzen. Endlich atmete sie ein und klang dabei, als hätte ihr jemand in den Magen geboxt.

Hannah hob eine Augenbraue, verschränkte die Arme vor der Brust und schwieg. Antwort genug.

»Komm schon«, versuchte Isla es noch mal. »Ich wollte wirklich nichts stehlen, das musst du mir glauben. Ich will doch nur helfen!«

»Klar. Das sagt das Gesocks in der Stadt auch immer, wenn sie an meine Brieftasche wollen. Sie helfen mir, damit ich nicht mehr so schwer tragen muss.« Sie deutete über Islas Schulter. »Wie hast du versucht, die Schublade aufzubekommen?«

Islas Kinnlade klappte herunter. »Woher weißt du das mit der Schublade? Du bist doch gerade erst gekommen.«

Hannah schnaubte, nun eindeutig amüsiert. »Denkst du etwa, du bist die Einzige mit einer neugierigen Nase? Ich habe eine ganze Weile vor dir angefangen, Schätzchen, und ich weiß genau, wo es hier nach Heimlichtuerei stinkt.« Als Isla sie erstaunt anblickte, lachte sie.

»Damit meine ich die Schlösser, Miss Gar-nicht-mal-so-tugendhaft. Ich weiß, was in der Bude hier abgesperrt ist und was nicht. Mach mir eben meine eigenen Gedanken dazu. Das heißt nicht, dass ich herumschleiche und versuche, Dinge zu öffnen, die von den hohen Herren verbarrikadiert wurden, aus Angst, wir würden schlüpfriges Zeug finden. Victorias heiße Höschen.« Andere Hausmädchen hätten nun gekichert, aber Hannah blieb todernst. »Wie hast du es überhaupt versucht, etwa mit einer Nadel?«

Isla nickte und starrte dabei auf ihre Schuhspitzen. Wieder einmal fühlte sie sich ertappt, denn das wäre der nächste Punkt auf ihrem Plan gewesen. Sie riss sich zusammen, um nicht nach der Haarnadel in ihrer Tasche zu tasten.

Hannah grinste und zeigte neben strahlend weißen Zähnen eine gehörige Portion krimineller Energie. »Diese ganzen Geschichten von wegen Haarnadeln umformen, um die Pins im Schloss in ihre Öffnungsposition zu schieben, dabei den Zylinder zu drehen und Klack … Schwachsinn, zumindest für einen Anfänger. Das ist gut für Märchen, aber in denen können Menschen auch fliegen. Wenn sie das im echten Leben tun, dann meist auf die Fresse. Genau wie beim Schlösserknacken. Die meisten stochern herum und hoffen auf den Zufall, aber der scheißt drauf, dass du so unwahrscheinlich gern an fremde Dinge willst. Wenn das klappen soll, musst du die Nadel schon entsprechend biegen.«

Isla versuchte, bei Hannahs Wortschwall mitzuhalten. Ihr schwirrte der Kopf. »Biegen? Ich verstehe nicht.«

»Das ehrt dich dann doch noch ein bisschen. Am besten zu einem Hebel an der einen Seite und einer Schlaufe an der anderen, damit du besser Druck ausüben kannst. Und, hast du das etwa genauso gemacht?« Sie stemmte die Hände in die Hüften und betrachtete Isla, als wäre sie ihre Schülerin. »Hab ich mir gedacht. Also eine Zufallsstocherin.«

Ein tiefer Seufzer. In gewisser Weise sah Hannah enttäuscht aus.

Trotz allem entspannte sich Isla wieder ein wenig. Hannahs Interesse galt eindeutig nicht moralischen Dingen. »Ich bin bei so was nun mal kein Profi.«

»Das hätte ich auch nie vermutet. Und bei dem Schreibtisch wirst du dir höchstens die Klammer abbrechen, selbst wenn sie richtig geformt wäre. Das Schloss daran ist alt und schwer, da brauchst du das passende Werkzeug.«

»Mir scheint, du bist diejenige von uns, die sich öfter mit Schlössern beschäftigt, Hannah.«

Schulterzucken. »Es interessiert mich einen feuchten Dreck, was er darin aufbewahrt.« Sie deutete auf den Schreibtisch. »Allerdings habe ich keine Lust, deine Aufgaben hier im Haus zu übernehmen, wenn du abrutscht und dir die Nadel in das Handgelenk rammst. Oder ins Auge, weil du auf die dämliche Idee kommst, ins Schloss zu blinzeln, während du daran herumprokelst.«

»Ich würde sicher nicht …«

Hannah winkte ab. »Alles schon passiert. Derjenige musste einen dicken Verband über dem Auge tragen und ist wochenlang gegen Schränke und Wände gelaufen, weil er das mit den

Kurven nicht so ganz hinbekommen hat.« Ihre Hand vollführte eine Schlangenbewegung.

Jetzt musste Isla wirklich schmunzeln. »Woher kennst du solche Geschichten?«

»Meine Jungs sind zwar nicht reich, aber sie wissen eine Menge. Lass dich nicht von dem hier täuschen, Blondie.« Sie deutete auf alles und doch nichts. »Viel Geld haben bedeutet nicht, jemandem überlegen zu sein. Im Gegenteil. Wenn einer dir das Märchen erzählen möchte, lass ihn reden. Ich hab schon Leute erlebt, die andere wie Dreck behandelt haben, nur weil Papa den Geldhahn hübsch aufgedreht lässt. Wie Dreck. Und das mein ich so, wie ichs sage.«

Isla zuckte unwillkürlich zusammen. »Ist dir … hat dir jemand etwas …«

Hannah winkte ab. »Mehrmals, ja. Aber mach dir mal keinen Kopf, ich weiß mir zu helfen. Passendes Werkzeug ist nämlich nicht nur zum Schlösserknacken nützlich, weißt du? Es hält dir auch anderen Ärger vom Leib.« Sie grinste. »Einem Typen hab ich mal einen Schraubenzieher durch den Unterarm gerammt. Er war hackenstramm, wollte mich begrabschen und hat sonst nicht mehr viel mitbekommen. Nun, nach der Aktion war er wacher als wach. Zum Glück, so hat er den Weg aus dem Pub heraus und zum Arzt gefunden. War ne ganz schöne Sauerei.«

»Um Himmels willen, Hannah!«

»Wenn du willst, besorg ich dir was Passendes. Ein nettes kleines Messer vielleicht.«

Das Feuer auf Islas Wangen loderte. »Aber ich kann doch niemanden angreifen.« Unruhig sah sie sich um. Auf einmal hatte sie das dringende Bedürfnis zu flüchten.

Hannahs papiertrockenes Lachen hallte durch das Zimmer. »Hätte ich auch niemals von dir erwartet, Liebchen Zaubermaus«, sagte sie und drehte sich um. »Du bekommst trotzdem noch einen zweiten Tipp: Vielleicht nehmen die feinen Herrschaften nicht alle Schlüssel aus diesem Haus mit, wenn sie sich in der Stadt vollstopfen wollen.« Mit einem durchaus amüsierten Blick machte sie sich auf den Weg. Isla erhaschte einen letzten Blick auf ihren Hausmädchenrock, dann war sie allein.

Nachdenklich sah auf die Uhr. Noch blieb ihr etwas Zeit, bis Ruby mit ihrer Aufgabe fertig war. Nun hatte sie einmal angefangen, da musste sie es auch zu Ende führen! Schon allein, weil sie nicht wusste, ob sie ein weiteres Mal den Mut dafür aufbringen würde.

Zwei Sekunden später stand Isla wieder im Arbeitszimmer und sah bewusst nicht zur Schreibtischschublade. Stattdessen kamen ihr Hannahs Worte in den Sinn: Vielleicht war der Schlüssel doch noch hier. Warum war sie nicht vorher darauf gekommen? Vor ihr, an einer schmalen Ausbuchtung in der Wand, hing das Jackett, das Alan am Vorabend getragen hatte. Vor Kurzem hatte sie den Stoff berührt und sogar beiseitegeschoben, da sie auf ein Versteck in der Wand gehofft hatte. Daran, in den Taschen nach einem Schlüssel zu suchen, hatte sie nicht gedacht.

Vorsichtig tastete sie die Außentaschen durch den Stoff ab, dann schob sie eine Hand hinein. Die erste war leer, doch in der zweiten stießen ihre Fingerspitzen auf etwas Hartes. Sie zog einen winzigen Schlüssel hervor, nicht länger als ihr kleiner Finger, dafür aber reich verziert.

Als hätte Hannah es geahnt.

Mit weichen Knien ging Isla zum Schreibtisch und schob

den Schlüssel in das Schloss der Schublade. Ihre Hand zitterte so sehr, dass sie erst beim dritten Mal traf. Den Widerstand beim Drehen spürte sie kaum, und dann, endlich, zog sie die Schublade auf.

Der Inhalt bestand überwiegend aus Papieren, ordentlich sortiert, sowie einigen Fotos. Das oberste zeigte eine Frau Mitte dreißig. Sie lag auf einer Chaiselongue, schob den Po heraus, warf dem Fotografen eine Kusshand zu und zerrte dabei den Ausschnitt ihres Kleids so über die Schulter, dass man ihre halbe Brust sehen konnte. Isla runzelte die Stirn – genau diese Art von Geheimnissen wollte sie nicht aufdecken.

Hinter den Fotos schimmerte es dunkel. Isla streckte die Hand aus und zog ein Kästchen hervor. Mitternachtsblau, schmal und länglich, wie geschaffen für eine Kette oder eine Uhr. Ein Geschenk für Victoria? Oder für die andere Frau, die sich so kunstvoll auf dem Foto drapiert hatte? Der Gedanke machte es noch schwerer, das Kästchen aufzuklappen.

Die Schachtel war im Inneren mit cremefarbener Seide ausgekleidet, und darauf lag … Isla blinzelte.

Es war eine Haarlocke. Zart, seidig und von leuchtendem Braun, mit einem Band zusammengebunden. Isla strich darüber und staunte, wie weich sich das Haar anfühlte. Ob es von Ruby stammte?

Neben der Locke lag ein Säckchen aus Samt, mit dem gleichen Band gebunden wie die Locke. Isla nahm es hoch und wog es in der Hand: Es war leicht, möglicherweise sogar leer. Sie zog das Band auseinander und kippte den Inhalt in ihre Handfläche.

Blauer Stein schimmerte das leise Versprechen von Geheimnissen. Es war ein Anhänger in Tropfenform, so wie sie ihn bereits gesehen hatte – in ihren Träumen, am Hals des dunkel-haarigen Fremden.

Das konnte nicht sein.

Isla erstarrte. Etwas in ihr sträubte sich dagegen, den Anhän-ger zu berühren, zudem löste er eine Flut von Fragen in ihr aus. Noch mehr Geheimnisse. Aber sie war nicht hier, um alle Rät-sel von Silverton zu lösen. Oder doch, falls sie mit Ruby und ihrer Gesundheit zusammenhingen.

Aber warum ausgerechnet dieser Anhänger? Es ist dasselbe Material wie die Tür, durch die ich schon zweimal gegangen bin! Dasselbe, das er in meinen Träumen um den Hals trägt, an einer Kette aus Silber.

Dieser hier war mit einem Lederband versehen, das bereits ein wenig porös war. Isla hielt es in die Höhe. Der Stein schim-merte im Licht, aber sie konnte nicht durch ihn hindurch-sehen. Vielleicht würde sie niemals erfahren, was sich in sei-nem Inneren verbarg, und vielleicht war das gut so. Trotzdem würde sie ihn allzu gern mit der mysteriösen Tür in Rubys Zimmer vergleichen. War es wirklich der gleiche Stein?

Ohne weiter nachzudenken, ließ sie die Kette in ihre Tasche gleiten, schloss die Schachtel und legte sie zurück in die Schub-lade, ehe sie sich den Papieren zuwandte. Sie nahm einen Teil des Stapels heraus und begann mit ihrer Suche.

Es dauerte nicht lange, bis sie auf eine Mappe mit medizini-schen Berichten stieß. Sie waren zwei Jahre alt und beinhalte-ten Untersuchungsergebnisse einer Person: Ruby Imogen Ella Austin.

»Bingo.« Isla lehnte sich gegen die Tischkante und blätterte weiter. Die Berichte waren unterzeichnet von Doktor Christo-pher Golding – den Namen hatte sie schon mal gelesen. Der gute Doktor hatte Ruby wegen ihrer Schlafstörungen untersucht, das wurde Isla recht schnell klar. Die handgeschriebenen Worte waren schlecht zu lesen und strotzten nur so vor Fachbegriffen, dass sie oft lediglich raten konnte. Etwas hatte mit Rubys Schlafverhalten nicht gestimmt, zudem war sie schlafgewandelt und hatte sich dabei durch einen Sturz eine Verletzung zugezogen. Doc Golding hatte ihr Tabletten verschrieben, von denen Isla noch nie zuvor gehört hatte. Sie flüsterte den Namen vor sich hin, um ihn sich einzuprägen, und las weiter. Richtig schlau wurde sie aber nicht daraus. Es war die Rede von REM, Pavor nocturnus, Parasomnie oder Gyrus postcentralis, und nachdem sich Isla durch eine Seite gequält hatte, gab sie auf. In der Hoffnung auf Informationen, mit denen sie etwas anfangen konnte, griff sie nach der nächsten Mappe. Etwas segelte heraus, schwebte wie ein zartes Versprechen in der Luft und blieb dann am Boden liegen.

Isla bückte sich und griff danach.

Es war ein Foto, eine ältere Aufnahme, wie für eine Rahmung vergrößert. Drei Seiten waren ebenmäßig glatt, die vierte zwar auch gerade, aber rauer an der Kante. Isla fuhr mit der Daumenkuppe daran entlang und bemerkte winzige Unebenheiten an zwei Stellen – jemand hatte wohl einen Teil mit einer Schere abgetrennt.

Sie betrachtete das Motiv genauer. Es war ein Familienporträt; Victoria und Alan in ihrem Wohnzimmer. Beide waren wie immer elegant gekleidet, und Victoria hielt ein Baby auf dem Arm. Das musste Ruby sein. Isla sah genauer hin und versuchte, die vertrauten Züge in den Pausbacken und dem runden Kinn zu erkennen, doch die Beleuchtung verwandelte die Kleine in ein Jedermannsbaby, eine Figur aus einem Katalog, angetan mit einem Spitzenkleid, das mehr Aufmerksamkeit auf sich zog als das winzige Allerweltsgesicht. Immerhin lachte das Baby, und Isla stellte sich vor, dass Ruby und ihre Eltern sich zu jener Zeit nähergestanden hatten. Sie wünschte es sich.

Dann fiel ihr etwas auf: Um Victorias Schultern lag ein Arm. Er gehörte nicht zu Alan, der eine Hand auf dem Knie seiner Frau platziert hatte und die andere auf der Sessellehne. Eine weitere Person hatte sich auf dem Foto befunden und war nachträglich entfernt worden. Nur warum? Die Hand sah männlich aus, mit hochgekrempeltem Hemdsärmel. Ein Dienstbote? Wohl kaum, das würde nicht zu der vertraulichen Pose passen, und zudem hätte er auf einem Porträt der Familie nichts zu suchen. Vielleicht ein Verwandter zweiten oder dritten Grades? Seitdem sie hier lebte, hatte Isla noch nie ein weiteres Mitglied der Familie getroffen, und sie hatte angenommen, dass es niemanden außer Alan, Victoria und Ruby gab. Nur warum hatte man diesen Menschen aus dem Foto entfernt? Ein Familienstreit?

Sie öffnete die Mappe, um es zurückzulegen. Feiner Staub flirrte durch die Luft, ein Märchen über Vergangenes und vielleicht auch Vergessenes, und kitzelte sie in der Nase. Isla biss die Zähne zusammen und schloss die Augen, doch es war zu spät: Sie musste niesen. In der Stille klang es aggressiv und so laut, dass es jeder Mensch in der Grafschaft hören musste. Mehr als eine Explosion, ein wahres Signalfeuer.

Die Reaktion erfolgte augenblicklich: Jemand rief ihren Namen. Ruby.

Mist!

Hastig legte Isla die Mappen zurück und bemühte sich, alles so herzurichten, wie sie es vorgefunden hatte. Sie verschloss die

Schublade, ließ den Schlüssel zurück in das Jackett gleiten und sah sich noch mal um. Nichts deutete darauf hin, dass sie hier gewesen war. Sehr gut. Tür, Flur, Treppen, und dann bog sie auch bereits mit vor Hektik fahrigen Bewegungen in das Zimmer ein, in dem Ruby vor ihrem Aufgabenheft saß.

»Ich bin fertig«, sagte sie mit diesem hellen Stolz in der Stimme, den nur kleine Mädchen aufbringen konnten. Ihren Stift hatte sie neben dem Heft platziert, und die Buchstaben darauf sahen aus wie eine Armee winziger Fantasiegestalten.

»Na, ich habe mit nichts anderem gerechnet.« Islas Nacken brannte bei diesem Anblick vor schlechtem Gewissen, zeitgleich war sie stolz auf Ruby, ein Gefühl irgendwo zwischen Brust und Bauch. Zwei unterschiedliche Arten von Wärme, die eine gut, die andere verwerflich. Auf einmal fiel es Isla unheimlich schwer, ein Geheimnis vor Ruby zu haben. Oder mehrere, wenn sie an die Tür und die Welt dahinter dachte.

Wobei – war das alles noch ein Geheimnis? Ruby schien mehr zu wissen, als sie sagte, und Geheimnisse verschwanden nicht, nur weil man nicht darüber redete. Im Gegenteil.

Entschlossen zog sie einen Stuhl zurück und setzte sich. »Gut gemacht Ruby, ich freue mich schon darauf, es gleich durchzusehen. Aber weil du so fleißig warst, habe ich etwas für dich. Du darfst es niemandem zeigen. Es ist unser kleines Geheimnis, und das soll es auch bleiben. Einverstanden?«

Ein kleines Geheimnis als Platzhalter für ein weit größeres.

Sie griff in ihre Tasche, schloss die Finger um den Anhänger und hielt Ruby ihre Faust entgegen.

Rubys Augen leuchteten. »Einverstanden«, wiederholte sie, streckte die Arme aus und hielt Isla ihre offenen Hände hin. Die Spitze an den Ärmeln ihres Kleids raschelte.

Isla ließ den Anhänger in Rubys Hände fallen. Er schimmerte matt und wirkte dunkler und damit ungemein wertvoller als zuvor.

Rubys Sommersprossennase kräuselte sich, doch sie schien nicht sehr überrascht zu sein. Ihr Blick wanderte ins Leere, kehrte aber so schnell wieder zurück, dass Isla nicht sicher war, ob sie es sich eingebildet hatte.

»Oh«, sagte Ruby. »Jeremy.« Es klang, als würde sie ihren eigenen Worten nicht glauben.

»Jeremy? Meinst du Jem? Deinen Stoffbären?«

Ruby hob den Anhänger am Lederband in die Luft und sah zu, wie er sich zunächst zur einen, dann zur anderen Seite drehte.

Aus der Küche brüllte Hannah den Befehl zum Essen. Mit den Austins außer Haus galten ihre Regeln, wenn es um die Mahlzeiten ging, und sie hasste es, wenn etwas kalt wurde.

Ruby hob den Kopf. Ihr Blick kreuzte Islas, dann sprang sie vom Stuhl und machte sich auf den Weg.

Isla sah ihr hinterher, bis Hannah noch einmal brüllte, und lief ebenfalls los.

Ruby hatte überrascht geklungen, jedoch auf jene zweite Art, die erst nach einer anfänglichen Überraschung folgte. Die erste Art brachte etwas Neues in das große Spiel namens Leben, die zweite bedeutete dagegen eine Wiederkehr, vielleicht sogar etwas Vertrautes. Isla hatte es entdeckt, als Ruby die Augen aufgerissen hatte. Selbst das Funkeln darin hatte es verraten: erstaunt, aber voller Wissen.

Ruby hatte den Anhänger heute nicht zum ersten Mal gesehen.

9

Es hat nichts mit Silverton zu tun. Aber es sind alles Leute in meinem Alter, die hier in der Gegend arbeiten, manche von ihnen in umliegenden Privathäusern. Sie treffen sich einmal im Monat, um sich auszutauschen und ein wenig zusammen zu feiern. Hannah hat mir davon erzählt, sie geht regelmäßig dorthin.« Der Telefonhörer war zu klein, um ihn mit beiden Händen zu halten, daher suchte Isla nach einer Möglichkeit, um ihre freie Hand zu beschäftigen. Sie fand ein Stück Papier und zerknüllte es, nur um es wieder zu glätten.

»Hannah?«, fragte ihre Mutter.

Sie wusste hundertprozentig, dass sie das Hausmädchen bereits mehrmals erwähnt hatte. »Sie arbeitet auch für die Austins.«

»Ah, wie schön. Es ist gut, wenn du dort hinten etwas mehr Anschluss bekommst.«

»Ja.« Sie zögerte, da sie nicht wusste, ob ihre Mutter verstanden hatte, was sie wirklich sagen wollte. Nein, eigentlich zögerte sie, da sie nicht begreifen wollte, dass ihre Mutter es glasklar verstanden hatte und es ihr offensichtlich gleichgültig war. »Ich komme dann morgen nicht nach Hause. Also sehen wir uns erst in drei Wochen wieder.«

»Mach dir keine Sorgen, Isla. Es ist schön, wenn du dort Leute kennst. Wir sind ja alle Ende des Monats noch hier.«

Monica Hall lachte ihr kleines Lachen, das vor allem nach Höflichkeit klang. Ihre Stimme war warm, aber etwas monoton, wie immer, wenn sie mit ihrer Tochter sprach. Früher war Isla niemals aufgefallen, dass sie mit ihrem Mann oder Sohn anders redete. Erst als Teenager hatte sie gemerkt, dass da etwas zwischen ihren Eltern und ihr war, das sie nicht greifen und daher nicht beiseiteschieben konnte. Sie liebten sie, alle beide, und sie liebte sie auch. Aber mit jedem Moment der Liebe kam auch der Schmerz, da sie nur Isla war und keine Schwester an ihrer Seite hatte, die ihr bis aufs Haar glich. Vielleicht bemerkten ihre Eltern es nicht, aber Isla wusste es genau. Sie musste nur beobachten, wie die beiden in Ronnys Gegenwart aufblühten, wie rasch ihr kleiner Bruder ein Strahlen auf ihre Gesichter zaubern konnte, für das sie selbst sich tagelang anstrengen musste. Trotzdem konnte sie ihnen nicht böse sein. Sie liebten sie auf ihre Weise, und diese Liebe funktionierte besser, wenn sie mit wenig Nähe zusammenhing. Sie brauchten diese Mauer, um Zuneigung zuzulassen, ohne zu viel Schmerz darin zu finden.

»Also gut, Mama, dann sehen wir uns in drei Wochen. Gib den anderen einen Kuss von mir, ja?«

»Natürlich, meine Kleine.« Lächeln in den Worten, aber die Sätze wurden knapper – ein untrügliches Zeichen dafür, dass es an der Zeit war, das Gespräch zu beenden, ehe Schweigen einsetzte.

»Bis bald.«

»Bis bald, Schatz.«

Isla legte auf und ließ ihre Finger wenige Sekunden lang auf dem Hörer liegen. Anfangs hatte es sie erstaunt, dass sie ihre Eltern kaum vermisste. Dass es ihnen ähnlich zu gehen schien, war ebenfalls eine Überraschung gewesen. Vielleicht sogar ein kleiner Schock. Erst da hatte sie begriffen, dass sie insgeheim mehr erwartete. Dass sie gehofft hatte, der räumliche Abstand würde das, was zwischen ihnen stand, ausmerzen. Doch es funktionierte nicht.

Sie zog ihre Finger zurück, schnappte sich ihre Tasche und machte sich auf den Weg. Zwei Schritte später öffnete sie ihre Tür – und fuhr zurück, als sie sich einem Gesicht gegenübersah.

»Meine Güte!« Fast hätte sie eine Hand auf die Stelle gepresst, unter der ihr Herz soeben auf Höchstgeschwindigkeit gegangen war.

Hannah schob die Hände in die Schürzentaschen. »Wohin soll ich so regelmäßig gehen, und wovon habe ich dir erzählt?«

Isla stieß die Luft aus. »Du hast gelauscht?«

Achselzucken. »Du hast nicht gerade leise geredet. Nicht meine Schuld, wenn die Dame und der Herr gerade beim Anbau gespart haben und die Wände dünner sind als mein Gehaltsscheck.« Hannah zog ein Päckchen Zigaretten hervor und hob die Augenbrauen.

Isla brauchte eine Weile, bis sie begriff. »Ach, dann rauch halt. Ich werde es nicht verraten, aber auch nicht lügen, wenn mich jemand danach fragt.«

»Klingt fair«, nuschelte Hannah, eine Zigarette zwischen den Lippen. Sie zündete sie an, öffnete das kleine Flurfenster und stieß die erste Rauchwolke aus. Die Schwaden verflogen in der Helligkeit des Tages. »Also. Warum hast du deine Leute angelogen?«

»Das hab ich nicht.« Ein schräger Blick war die Antwort, und Isla hob eine Hand. »Nun gut, ich habe einen Grund erfunden, warum ich nicht nach Hause fahre, aber ich habe hier was zu erledigen.« Sie lehnte sich neben Hannah an die Wand, und gemeinsam starrten sie an die Decke.

»Hm. Wie sind deine Leute so?«

Isla überlegte. Auf so eine allgemeine Frage gab es entweder keine oder viele Antworten, aber sie vermutete, dass Hannah etwas Spezielles wissen wollte. »Normal, schätze ich. Meine Eltern sind zufrieden, sie haben noch meinen jüngeren Bruder Ronny.« Es fühlte sich an, als müsste sie eine Erklärung hinterherschieben, doch ihr fiel keine ein. Sie bemerkte, dass Hannah sie von der Seite musterte, ignorierte es und beobachtete weiter die Schatten an der Decke. Rauch wallte in den Flur.

»Ich weiß nicht, ob ich einen Bruder hab. Einen echten, mein ich. Meine Alten hat es nicht die Bohne interessiert, was ich weiß und was nicht.«

Isla wusste nicht, was sie sagen sollte. Die Austins hatten irgendwann fallen lassen, dass Hannah in einem Pflegeheim aufgewachsen war – um den Ton zu rechtfertigen, den das Hausmädchen oftmals an den Tag legte. Sie fühlte sich nicht wohl dabei zuzugeben, ein so persönliches Detail von jemand anderem erfahren zu haben, also nickte sie lediglich.

Knistern, Rauch, dann ein Schnauben. »Ich bin nicht böse drum. Habs ganz gut getroffen mit meinen Jungs. Haben auf mich aufgepasst, wenn es denn mal ging.«

Isla sah zur Seite. »Was meinst du damit?«

Hannah runzelte die Stirn, als hätte sie soeben eine recht dumme Frage gestellt. »Hatten eben alle ihre eigenen Probleme. Nicht jeder stand drauf, sich in einem Heim den Hintern versohlen zu lassen, und das kam öfter mal vor. Es hat mich an eine Familie erinnert, bei der ich mal wohnen musste. Er hat sie regelmäßig mit einem Sandsack verwechselt und windelweich geprügelt. Ich war noch zu klein, also hab ich ihn nur gebissen. Hat aber nichts gebracht. Bis heute kann ich es nicht ab, wenn ein Kerl meint, einer Frau eine reinhauen zu müssen. Ich hab mir geschworen, das nie mit mir machen zu lassen. Oder dass ich ner anderen helfe, wenn es ihr passiert und ich es mitbekomm. Wie auch immer, manche meiner Jungs lebten eben lieber auf der Straße. Und da ist nicht immer alles warm und kuschelig, kleine Madame.«

»Was du nicht sagst. Gerade stellst du meine Welt völlig auf den Kopf.«

»Sei nicht gleich beleidigt. Ist eben was anderes, nur davon zu hören oder es selbst mitzubekommen.«

»Du hast auch auf der Straße gelebt?«

»Nein. Aber ich hab zweien durch den ganzen Mist geholfen, der da draußen manchmal wie aus dem Nichts kommt.«

»Welchen Mist?«

Hannah sah sie an, als wäre sie nicht ganz richtig im Kopf. »All die Sachen, über die liebe brave Menschen nicht reden wollen. War nicht immer leicht. Gerade wenn jemand, den du gut kennst, von dir wegdriftet. Das ist verdammt scheiße, und dann musst du ebenso scheiße sein, um es zu verhindern.«

Unwillkürlich dachte Isla an ihre Eltern, dann an Ruby. Es schien, als würden überall um sie herum Menschen auseinanderdriften, und sie konnte nichts dagegen tun. »Und was hast du getan, wenn du scheiße sein musstest?«

Hannahs Zigarette glomm auf, gefolgt von einem trockenen Husten, der wie Gebell klang. »Kommt drauf an. Zur Not muss der Schmerz ran.« Sie zog einen Daumen wenige Millimeter über ihrem Arm durch die Luft. »Schmerz kommt immer

durch, egal, wo du gerade feststeckst. Er reißt dich hier raus.«
Sie berührte ihre Schläfe.

Isla wendete die Worte in ihrem Kopf. Es war seltsam, hier
mit Hannah zu stehen und über solche Themen zu plaudern.
Fast schuf es Vertrauen, obwohl sie ihre Hand ins Feuer gelegt
hätte, dass Hannah auf Vertrauen nicht besonders scharf war.
Zumindest nicht bei ihr oder den Austins.

»Sagst du mir jetzt, warum du deine Leute angelogen hast?«

Mit der Frage hatte Isla schon nicht mehr gerechnet – es
schien eine Ewigkeit her zu sein, dass Hannah sie das zum
ersten Mal gefragt hatte. Erschrocken warf sie einen Blick auf
ihre Armbanduhr: Das Taxi würde schon längst da sein, und
sie musste sich beeilen, wenn sie nicht allzu viel Geld aus dem
Fenster werfen wollte. »Ich muss etwas in Erfahrung bringen«,
sagte sie und griff den Gurt ihrer Tasche fester. »Gestern …«
Sie brach ab. Zwar hatten Hannah und sie sich beim Essen
gesehen, aber wegen Ruby nicht über den Vorfall am Arbeitszimmer geredet.

Den restlichen Tag hatte sie sich um Ruby gekümmert, war
aber zum Schlafen in ihr Zimmer gegangen. Sie hatte über
vieles nachdenken wollen, und für eine weitere Nacht hinter
der Saphirtür hatte ihr die Kraft gefehlt.

Isla hob die Schultern. »Es geht um Ruby.«

»Noch immer?«

»Natürlich«, sagte sie erstaunt. »Krankheiten verschwinden
nicht einfach.«

»Und du bist sicher, dass sie krank ist.«

»Ich bin zumindest sicher, dass etwas nicht stimmt. Und ich
habe die Adresse des Arztes, der sie im vorletzten Jahr behandelt hat. Den werde ich aufsuchen.«

Hannahs Augenbrauen verschwanden unter ihrem dichten Pony. »Wissen das unsere werten Gastgeber?«

Isla begnügte sich mit einem vielsagenden Brummen und erntete ein Lächeln. Es sah ehrlich aus. Dann nickte Hannah und deutete den Gang entlang. Offenbar war die Fragestunde vorbei, aber in der Geste lag auch das Versprechen, dass sie Stillschweigen bewahren würde.

Zwanzig Minuten später trat Isla, wie an jedem zweiten Samstag, auf das Doppelgleis des Bahnhofs. Nur wandte sie sich dieses Mal nach rechts, wo der Zug bereits wartete, schwarz glänzend, schwer und heiß von Maschinenhitze und Sonne. Sie stieg ein, fand ihren Sitz und ließ sich in die Polster fallen. Es war ein seltsames Gefühl, die leeren Schienen auf der anderen Seite des Bahnsteigs zu betrachten. Unter normalen Umständen hätte sie in wenigen Stunden dort gestanden, um in einen anderen Zug zu steigen und ein anderes Wochenende zu verbringen: zwei Tage in ihrem Elternhaus, am Tisch mit Vater, Mutter, Bruder und dem Geist ihrer Zwillingsschwester.

Diese Reise dauerte längst nicht so lang wie die nach Hause, und kurz nachdem der Zug sich in Bewegung gesetzt hatte, starrte Isla in die vorbeifliegende Landschaft. Die Gebäude überließen die Bühne bald grünen Wiesen mit Kühen oder Schafen, Waldstücken und Feldern. Ab und zu ragten die Dächer einer Ortschaft auf, schüchtern und fast schon einsam.

Islas Gedanken schweiften in die Natur. Obwohl sie sich hatte überlegen wollen, wie sie Doktor Golding am besten gegenübertreten sollte, konnte sie ihre Gedanken nicht einfangen. Sie tanzten zwischen Baumwipfeln, Maisflächen und dem Blau des Himmels hin und her, folgten den Wolken oder einer Gruppe von Reitern auf einem Feldweg. Sie lehnte die Stirn an die Scheibe, schloss die Augen und genoss die Ruhe. *Reisetrance* hatte eine Freundin diesen Zustand einst genannt, und sie fand keinen besseren Ausdruck dafür.

Der Schaffner kam, kontrollierte ihr Ticket und verabschiedete sich höflich. Isla entschied, das als gutes Omen für ihr Vorhaben zu nehmen. Die Schaffner im Zug nach Hause waren häufig wortkarg und schienen einen Wettbewerb in Sachen *finsterer Blick* zu führen.

Hoffentlich geht das so weiter, wie es begonnen hat.

Die Frage, was geschehen würde, wenn die Austins von den Recherchen hinter ihrem Rücken erfuhren, nagte an ihr. Sie versuchte, sich auf andere Dinge zu konzentrieren. Je näher der Zielbahnhof rückte, desto aufgeregter wurde Isla, aber seltsamerweise auch ruhiger. Sie wusste nicht, ob Golding sie überhaupt empfangen würde, aber sobald sie in der Praxis stand, würde immerhin das Warten vorbei sein.

Doktor Golding praktizierte in Kirmaney. Der Ort war kleiner als ihre Heimatstadt und ein ganzes Stück größer als die Gemeinde von Branstable, an die sich Silverton schmiegte. Damit war er groß genug, um sich ohne vernünftige Wegbeschreibung zu verlaufen. Der Bahnhof tat alles, um bei den Reisenden den dringenden Wunsch zu wecken, schnellstmöglich das nächste Ticket zu lösen. Egal wohin, Hauptsache weg von hier. Gleis, Bahnhofsgebäude und ein angrenzender Abstellplatz für Fahrräder waren vor allem grau, dann kam lange nichts, dann die Kälte. Sie wurde von den kahlen Wänden der Gebäude ausgestrahlt, von der Miene des Mannes hinter der Glasscheibe und den Werbeflächen, auf denen Posterfetzen traurig herabbaumelten. Es kam Isla vor, als wären die Temperaturen um einige Grad gesunken, seit sie Branstable verlassen hatte.

Sie fand eine Tafel mit einer Umgebungskarte, suchte darauf die Straße, in der sich die Praxis befand, und prägte sich den Weg ein. Es sah nicht aus, als würde der Fußweg sie mehr als zwanzig Minuten kosten, und wenn sie nicht mehr weiterwusste, konnte sie noch immer einen Passanten fragen.

Kaum hatte sie den Bahnhof hinter sich gelassen, kehrte die Kraft der Sonne zurück. Vor dem Gebäude standen drei Taxis. Der Fahrer des vordersten Wagens lehnte am Kotflügel und bedeutete ihr einzusteigen, doch sie schüttelte den Kopf und lief weiter. Er rief ihr etwas hinterher, das nicht sehr freundlich klang, aber sie verzichtete auf eine Antwort, obwohl ihr zu seinem unförmigen Pullunder, der viel zu kurzen Hose und dem Haarschnitt, für den ganz offenbar ein Topf hatte herhalten müssen, so einiges eingefallen wäre. Offenbar war das Gemüt des Mannes ebenso grau wie alles andere hier.

Die Straße bestach durch Schlaglöcher und zwei verkrüppelte Bäume, auf denen Schwärme von Krähen hockten. Die Bebauung dünnte sich aus, und kurz darauf erinnerte nichts mehr an den düsteren Bahnhof. Die Bewohner des Orts gaben sich Mühe mit ihren Häusern und Gärten. Die Grundstücke wuchsen, dafür wurden die Straßen schmaler. Isla sah zahlreiche Gartenmöbel in adrettem Weiß, hier und dort glänzte es golden an Handgelenken und Hälsen. Drei Frauen mit überdimensionalen Hüten steckten vor einem Café die Köpfe zusammen und tätschelten hin und wieder die Hunde auf ihren Armen, die versuchten, nach den Ohren der anderen zu schnappen. Victoria hätte wunderbar hierhergepasst.

Nach der Hälfte der Strecke zog Isla ihre Jacke aus und warf einen Blick auf die Uhr. Mit dem Weg hatte sie sich verschätzt, sie war bereits über zwanzig Minuten unterwegs. Es sah ganz danach aus, als handelte es sich bei Doktor Golding um einen waschechten Landarzt.

Landadelarzt.

Nach weiteren fünfzehn Minuten war sie endlich da. Die Praxis befand sich in einem erstaunlich schlichten Gebäude. Das Steinhaus war zweigeschossig, fiel jedoch völlig aus dem Rahmen, da es weder Erker noch einen Wintergarten oder eine Frontveranda besaß. Statt eines Vorgartens gab es einen Parkplatz, und neben dem Eingang prangte ein simples Schild: Dr. Christopher Golding. Termine nach Vereinbarung.

Isla hoffte, dass der gute Doktor bei ihr eine Ausnahme machen wollte, und drückte die Tür auf.

Goldings Sprechstundenhilfe sah aus, als hätte sie sich nur hierher verirrt. Sie trug ihr Haar kunstvoll aufgesteckt, maß Isla lange von oben bis unten und teilte ihr dann dasselbe mit wie das Türschild: dass es unmöglich sei, den Doktor ohne vorherige Absprache zu sehen. Dabei schlug sie ihren manikürten Fingernagel auf die Trennscheibe zwischen ihnen, in denen sich ihr Gesicht spiegelte.

Isla pokerte mit allem, was ihr einfiel, angefangen damit, extra die lange Anfahrt auf sich genommen zu haben, bis zu der leicht übertriebenen Angabe, eine gute Bekannte von Alan und Victoria Austin zu sein. Sie hoffte, dass Christopher Golding sich an die Namen erinnerte, immerhin waren sie über die Ortsgrenzen hinweg in ihren Kreisen bekannt. Sie weigerte sich auch, Platz zu machen, als ein Patient eintrat und sich nach einer Weile hinter ihr räusperte. Es war ihr unangenehm, aber sie durfte jetzt nicht aufgeben.

Vielleicht lag es daran, dass die Dame an der Rezeption eine endlose Menschenschlange befürchtete, vielleicht aber auch daran, dass sie der eine oder andere neugierige Blick aus dem Wartezimmer traf – letztlich winkte sie Isla herein und merkte an, dass sie sich auf eine längere Wartezeit einrichten müsse. Ihr Gesichtsausdruck lag irgendwo zwischen Zitrone und Zahnschmerz.

Isla bedankte sich höflich und nahm auf einem Stuhl im Wartezimmer Platz. Sie umklammerte ihre Tasche mit beiden Händen, während sie die Blicke der anderen Patienten an sich abperlen ließ – oder es zumindest versuchte. Es gefiel ihr ganz und gar nicht, derart im Mittelpunkt zu stehen. Sie war ohnehin nervös genug, und dass sie sich mit kleinen Notlügen bis hierher durchgemogelt hatte, machte es nicht besser.

Das Zimmer roch nur leicht nach Schweiß und Krankheit, dafür stark nach Lavendel, was zu den sanft fliederfarbenen Wänden passte.

Die Vorzimmerdame machte ihre Drohung wahr und ließ sie warten. Ein Patient nach dem anderen wurde aufgerufen. Manche kamen noch einmal zurück, um ihre Mäntel zu holen, und alle streiften Isla mit einem Seitenblick. Du bist ja immer noch da, schienen sie ihr mitzuteilen, mit Erstaunen oder Mitleid. Manchmal auch Häme. Isla schenkte ihnen das breiteste Lächeln, zu dem sie fähig war.

Irgendwann begann ihr Magen zu knurren, und sie kramte die Dose mit den Pfefferminzbonbons aus ihrer Tasche. Das Wartezimmer leerte sich, keine neuen Patienten kamen nach. Mittagspause, dachte Isla und hoffte, dass man sie nicht bis zum Abend hier warten lassen würde.

Endlich steckte die Frau vom Empfang den Kopf herein. Sie trug bereits einen dünnen Mantel sowie einen Leichenbitterausdruck im Gesicht und machte ihr unmissverständlich klar, dass sie ihre Pause nur ihretwegen verkürzen musste. »Der Doktor hat jetzt Zeit für Sie. Ich muss allerdings bald zuschließen.«

»Ich freue mich, dass das so zügig geklappt hat«, sagte Isla, stand auf und hielt auf die Tür mit den goldenen Lettern zu.

Doktor Golding war jünger, als sie erwartet hatte, und trug extra steife Kleidung, so als wollte er einen möglichen Mangel an Kompetenz ausgleichen. »Guten Tag.« Er ließ es wie eine Frage klingen. »Miss …?«

»Hall«, sagte Isla und nahm auf dem Stuhl gegenüber dem Schreibtisch Platz, der unter der Last von Büchern und Papieren zusammenbrechen wollte. Alles war ordentlich gestapelt, nicht ein Blatt ragte schräg heraus. Es hatte den Anschein, als würde der Doktor nicht nur durch grauen Pullunder und doppelt gestärkten Hemdkragen versuchen, seine Patienten zu beeindrucken. »Danke, dass Sie eine Ausnahme für mich machen. Es geht um ein kleines Mädchen namens Ruby. Sie haben sie im vorletzten Jahr behandelt, es ging unter anderem um Parasomnie. Sie haben ihr Tabletten verschrieben.« Besser, sie redete nicht lange um den heißen Brei herum, wenn die Zeit ohnehin knapp war.

Er runzelte die Stirn. »Sie müssen verzeihen, ich kann mich nicht daran erinnern. Aber das ist bei den Massen an Patienten auch schier unmöglich. Zudem haben Sie sicher von der Schweigepflicht gehört, Miss Hall. Ich darf vertrauliche Informationen nur an Angehörige herausgeben.«

Isla lächelte. »Woher wollen Sie wissen, dass Ruby nicht meine Tochter ist?«

Er blinzelte, starrte auf die Fläche vor sich und nahm einen Kugelschreiber. »Nun, Sie scheinen mir doch etwas jung für Kinder zu sein.«

Isla hatte selten eine offensichtlichere Ausrede gehört, aber sie ignorierte es. »Es stimmt, die Kleine ist die Tochter der Familie Austin, für die ich arbeite.«

»Es tut mir wirklich leid, Sie enttäuschen zu müssen, aber ich kann mich nicht erinnern. Und da Sie keine Verwandte sind …«

Isla nahm ein Foto von Ruby aus ihrer Handtasche und legte es vor Golding auf den Tisch. Er zog den Kopf ein Stück zurück, so als würde Rubys Anblick ihn bedrohen. Seine Pupillen huschten hin und her. Kein Zweifel, er konnte sich sehr gut erinnern, und er schien nicht gerade erfreut zu sein.

Aufregung strömte durch Islas Körper. Gleichzeitig war sie erstaunt. Was war so besonders an Rubys Behandlung? Hatte es was mit ihrem Totenschlaf zu tun? Oder gar mit der Kristalltür?

Sie musste sich zusammenreißen, um das nicht zu erwähnen. Stattdessen räusperte sie sich und bemühte sich um ihren sachlichsten Lehrerinnenton. »Hören Sie, ich bin für Ruby verantwortlich. Das ist meine Aufgabe, dafür wurde ich eingestellt. Ich unterrichte sie, und ich passe auf sie auf, und in letzter Zeit mache ich mir große Sorgen. Sie schläft nicht gut, vielmehr wirkt ihr Schlaf sehr anormal. Es scheint, als seien die Probleme ihrer einstigen Krankheit nicht verschwunden, im Gegenteil, sie haben sich verstärkt.« Im Schutz ihrer Tasche drückte sie die Nägel in ihre Oberschenkel. Dies war dünnes Eis. »Ich werde mir natürlich eine zweite Meinung einholen, auch das sehe ich als meine Pflicht an. Andrew Curtis, der Sohn von Professor Curtis, ist ein sehr guter Freund meiner Familie, und er hat bereits zugestimmt, den Fall mit seinem Vater zu besprechen.« Das war ihre Trumpfkarte. Obwohl ihre Stimme weiterhin freundlich klang, fühlte sie sich, als hätte sie

Golding angegriffen. Dabei wollte sie ihn lediglich in eine Ecke drängen. Bestimmt, aber höflich.

Seine Miene veränderte sich. Er musterte sie nun nicht mehr wie eine Patientin, die man beruhigen oder abwimmeln musste, sondern wie jemanden, der ihm ebenbürtig war. Vorsichtig. Ein Augenlid zuckte. Sie wussten beide um den Einfluss von Andys Vater, erst recht hier draußen auf dem Land, wo hinter den offiziellen Kulissen andere Gesetze herrschten als in der Welt aus Regeln und Unterschriften. Beziehungen und Gerede konnten ein Gerüst, und war es auch noch so stabil, aus dem Hinterhalt zerstören. Professor Curtis war nicht nur ein erfolgreicher, sondern auch energischer Mann, dessen Herz stärker für die Medizin und Forschung als für seine Kollegen schlug. In seiner Karriere hatte es einige Laufbahnen gegeben, die er beendet hatte. Anfangs war in den Medien noch darüber berichtet worden, doch nach einer Weile hatte die Allgemeinheit es hingenommen. Professor Curtis schuf Karrieren, aber er zerstörte sie auch, ohne mit der Wimper zu zucken. Unter den Medizinern der Gegend war das in den vergangenen Jahrzehnten ebenso sehr Fakt geworden wie die Aussagen in ihren Lehrbüchern.

Golding verlagerte sich von Nasen- auf Mundatmung, dann stand er auf und ging zu einem Aktenschrank. Isla lockerte die Finger, während er suchte.

Mit einer schmalen Akte in der Hand ließ er sich schwer in seinen Sessel fallen und sah Isla an, als würde er herausfinden wollen, ob sie bluffte oder nicht. »Die Eltern des Kindes haben Sie bevollmächtigt, Erkundigungen einzuholen, sagen Sie?«

Isla hatte nichts dergleichen gesagt, wollte aber dieses Seil nicht zerreißen und bewegte daher nur leicht den Kopf in der Hoffnung, dass es als Nicken durchging.

Golding forschte noch eine Weile in ihrem Gesicht, seufzte und schlug die Akte auf. Er vertiefte sich in der Vergangenheit und hob dann den Kopf. »Also. Was genau wollen Sie wissen?«

»Erläutern Sie mir den Verlauf der Behandlung mit Worten, die ich verstehe«, bat Isla. »Je komplizierter es ist, desto schneller vergisst man Dinge«, fügte sie vage an, um die Illusion aufrechtzuerhalten, die Austins hätten sie geschickt.

Seine rechte Pupille war um eine Nuance heller als die linke. »Ruby Austin kam mit Schafstörungen zu mir. Parasomnie, Sie haben es selbst bereits erwähnt.«

»Das ist uns in Silverton bewusst. Aber was bedeutet es genau?«

»Es ist ein allgemeiner Begriff für unerwünschte Verhaltensauffälligkeiten, die im Schlaf oder aus diesem heraus auftreten. Dabei kann der Schlafprozess unterbrochen werden. Das muss jedoch nicht zwangsläufig sein. Bei Kindern kann das durchaus vorkommen und ist oft harmlos.« Er blätterte in der Akte, sah jedoch nicht hin. »Nach Aussagen der Eltern konnte ich die Symptome auf das reduzieren, was man als Pavor nocturnus bezeichnet, in Verbindung mit Schlafwandeln. Auch dieser betrifft vorwiegend Kinder. Er äußert sich darin, dass der Patient in der Non-REM-Phase aufschreckt und zunächst nicht ansprechbar, dann meist stark desorientiert und verängstigt ist.«

»Können Sie diese Phase bitte etwas für mich erläutern?«

»Non-REM? Das ist ein Stadium des Gesamtschlafs vom Wachstadium bis zum Tiefschlaf. Er unterscheidet sich vom REM-Schlaf, in dem Augenbewegungen bei geschlossenen Lidern erkennbar sind. Sie haben das sicher schon mal gesehen. Während des Non-REM-Schlafs sinken Körpertemperatur und Blutdruck ab, Träume sind kaum vorhanden.«

Träume sind kaum vorhanden!

Isla setzte sich aufrechter hin. »Und Rubys Schlafstörungen hatten damit zu tun? Mit diesem Non-REM-Schlaf?«

»Wie gesagt, er wurde durch ihre Schlafstörung unterbrochen.«

»Aber woher kommt so etwas?« Isla war, als hätte sie den Hauch einer Spur oder einen wichtigen Hinweis entdeckt, ohne ihn jedoch greifen zu können. Gleichzeitig fürchtete sie, dass dieser Hauch, diese Ahnung, wieder von ihr wegdriftete.

»Das lässt sich leider in den seltensten Fällen genau sagen.«

Allmählich schien der Doktor seine Fassung zurückzuerlangen, zumindest klang seine Stimme fester. Das Dozieren von Fachwissen verlieh ihm Sicherheit. »Es könnte Stress oder eine Angstreaktion sein, ausgelöst durch Konflikte oder aufregende Ereignisse. Die genetische Komponente kann ebenfalls ein Grund sein«, er blätterte in der Akte und las etwas nach. »Jedoch litten weder die Eltern noch ihres Wissens andere Verwandte darunter. Das wurde daher weitgehend ausgeschlossen.«

»Und Sie haben es behandelt, wenn ich mich richtig ...?«

»Ich habe zunächst den Eltern geraten, das Schlafmuster zu unterbrechen und die Patientin kurz vor dem Zeitpunkt zu wecken, an dem der Pavor nocturnus normalerweise auftrat. Als das nicht funktionierte, habe ich eine Behandlung mit leichten pflanzlichen Mitteln vorgeschlagen.«

»Die Behandlung war also erfolgreich?«

Er sagte nichts und somit alles.

Isla wartete eine Weile. Das Gefühl, endlich auf eine Antwort gestoßen zu sein, machte sie unruhig und euphorisch zugleich. »Doktor?«

Er musterte sie, als würde er erst jetzt überlegen, ob er ihr wirklich alles erzählen sollte. Ob sie wirklich diejenige war, für die sie sich ausgab. »Ich bin Allgemeinmediziner, Miss Hall. Es gibt Patienten, bei denen ich an meine Grenzen stoße – und dies sogar tun muss, indem ich erkenne, wenn ein Fachkollege vonnöten ist.«

Es dauerte ein paar Sekunden, bis sie die Aussage hinter den als Rüge getarnten Worten entdeckte. »Sie haben Ruby an jemand anderen überwiesen?« Verdammt, damit hatte sie nicht gerechnet. Auch wenn sie beide wussten, dass sie eine Maskerade aufrecht hielten, konnte der Doktor das Schauspiel an dieser Stelle beenden. Isla blieb nur eines: weiterzuspielen. »Das wurde mir so nicht mitgeteilt. An wen bitte?«

Zum ersten Mal, seitdem sie Professor Curtis erwähnt hatte, kehrte die Selbstsicherheit in seine Züge zurück. Er ließ sie zappeln, weil er es konnte, und vielleicht sonnte er sich auch in der Unsicherheit, die er endlich an sie hatte weiterreichen können. Nach einer Weile hatte er ein Einsehen, öffnete eine Schublade, suchte, nahm etwas heraus und schob es über den Tisch. Es war eine Visitenkarte, schlicht und unauffällig. Beinahe zurückhaltend und vor allem ernst mit schwarzen Buchstaben auf hellem Grau. Eher die Karte eines Bestatters als die eines Arztes. »Doktor Marduk ist äußerst bewandert auf seinem Gebiet.«

Isla nahm die Karte und las: Name, Berufsbezeichnung, jedoch keine Adresse. »Ein Arzt für Hypnosetherapie?«

Nicken.

»Aber …« Sie suchte nach Worten. »Aber war das denn wirklich nötig? Was genau hat er denn mit Ruby gemacht?«

»Darüber liegen mir keine Informationen vor, Miss Hall.«

Isla war nicht sicher, ob er ihr die Wahrheit sagte. Hätte dieser

Doktor Marduk ihm als überweisendem Arzt keinen Bericht schreiben müssen? »Sie haben doch …«

»Allerdings schienen die Eltern mit der Behandlung zufrieden gewesen zu sein, da sie meine Praxis nicht noch einmal aufgesucht haben. Und das ist es doch, was zählt, nicht wahr? Dass eine Lösung gefunden wurde, damit es der kleinen Ruby besser geht.«

Aber das tut es ja nicht! Oder doch?

Isla zögerte. Sie wusste nicht, wie es Ruby vor zwei Jahren ergangen war, und erst recht nichts über diese seltsamen Schlafkrankheiten. Am besten, sie befragte Andrew noch mal dazu. »Vielen Dank. Ich denke, ich werde als Nächstes Doktor Marduk aufsuchen. Wenn Sie mir sagen könnten, wo ich ihn finde? Seine Adresse ist hier nicht verzeichnet.«

»Das ist mir leider nicht bekannt. Seine alte Praxis hat er aufgegeben, und ich habe nicht mitbekommen, dass er eine neue eröffnet hat. Es tut mir leid. Aber letztlich sollten Sie vielleicht noch einmal mit Ihren Arbeitgebern reden, Miss Hall.« Er beugte sich vor, nun eindeutig in der überlegenen Position. »Wenn ich mich an eines erinnere, dann nämlich daran, dass es den beiden sehr wichtig war, die Indisposition ihrer Tochter nicht an die Öffentlichkeit dringen zu lassen.«

Isla ahnte lediglich, dass auf diesen Satz Stille folgte, denn sie hörte so viel: ihren Herzschlag, das Rauschen in den Ohren, die Warnung in ihrem Hinterkopf und den eigenen Atem, der plötzlich wie eine Handvoll Nägel durch ihre Kehle rasselte. Doktor Golding hatte den Spieß umgedreht. Er war sehr spät darauf gekommen, ihr mit so vielem zu drohen, vielleicht sogar mit dem Verlust ihres Arbeitsplatzes, aber nun hielt er genau diese Waffe in der Hand.

Sie stand auf, ihr Körper fühlte sich steif an. »Ich danke Ihnen für Ihre Zeit.« Weg hier!

Er schwieg und streckte ihr keine Hand entgegen. Die Masken waren gefallen, ihr blieb nichts als die Flucht.

Mit einem letzten Gruß drehte sie sich um und hastete zur Tür. Im Flur lehnte die Sprechstundenhilfe an der Wand und maß sie mit finsteren Blicken. Isla fühlte sich wie auf einem Spießrutenlauf durch Kriegsgebiet, murmelte eine Verabschiedung und atmete erst wieder, als sie die Tür öffnete und das Sonnenlicht auf ihr Gesicht fiel.

10

An diesem Abend begrüßte Silverton sie wie eine Mahnung. In der Dämmerung ragte es als Schatten empor, und die bereits so vertrauten Wege verwandelten sich in Stolperfallen. Isla kam es wie eine Strafe vor, da sie die Nase zu tief in Dinge gesteckt hatte, die über ihre Befugnis hinausgingen. Trotzdem bereute sie ihre Entscheidung keine Sekunde lang.

Ein Kiesel rutschte unter ihrem Fuß weg, und sie erschrak beinahe zu Tode, als ganz in der Nähe etwas in der Dunkelheit aufglomm. Jemand schälte sich aus dem Schatten, den Isla zuvor für einen Teil der Hecken gehalten hatte: Hannah.

»Meine Güte«, flüsterte sie. »Du hast mir beinahe einen Herzinfarkt beschert.«

»Wie blöd, weil du ja gerade erst vom Körperklempner kommst«, entgegnete Hannah ungerührt. »Und flüstern musst du nicht. Die beiden sind im Salon und führen angeregte Unterhaltungen über langweiliges Zeug.« Gähnen folgte, so laut, als wollte sie beweisen, dass die Austins wirklich nicht in der Nähe waren.

Isla verzog das Gesicht. »Was tust du hier draußen? Warum rauchst du nicht am Haus oder verpestest wie sonst den hinteren Flur?«

»Ich hab gerade etwas an der Einfahrt abgegeben. Auftrag für einen meiner Jungs, und die Lordschaften wollen ja nicht,

154

dass die sich auf dem hochwohlgepflegten Grundstück aufhalten.«

»Seit wann hältst du dich denn daran?« Isla ging ein Licht auf. »O meine Güte, Hannah, ist es etwa was Kriminelles? Steckst du da mit drin?« Das Letzte, was sie gebrauchen konnte, war ein Skandal in Silverton. Vor allem für Ruby.

Auf der Rückfahrt hatte Isla über Doc Goldings Worte nachgedacht und darüber, dass Rubys Schlafstörungen von Stress oder Konflikten herrühren konnten. Möglicherweise war das der Grund, dass sie nicht träumte – diese Konflikte waren zurückgekehrt. Oder auch niemals ganz verschwunden, sondern nur durch die Medikamente unterdrückt worden oder was auch immer dieser Doktor Marduk mit ihr gemacht hatte. Das würde bedeuten, dass es derzeit Ereignisse gab, die Rubys Zustand wieder verschlimmert hatten. Bei dem Gedanken fühlte sich Isla zu einem Teil verantwortlich, aber am liebsten hätte sie die Austins kräftig durchgeschüttelt. Schließlich war es gut möglich, dass Rubys Stress vom Mangel an elterlicher Liebe stammte.

Hannah gab Geräusche von sich, die irgendwo zwischen Husten und Lachen schwankten. »Was Kriminelles? Du bist wirklich neugierig, Zuckermädchen. Ich sag dir eines: Meine Jungs arbeiten als Lieferanten. Boten, wenn du so willst. Findest du das etwa kriminell?« Sie klang ehrlich interessiert.

Isla zuckte die Schultern, während sie zusammen mit Hannah auf das Haus zuhielt. »Kommt wohl darauf an, was sie liefern.«

»Ja«, sagte Hannah. »Kommt wohl darauf an.« Sie waren nun nah genug am Gebäude, dass Isla ihr Grinsen in der Außenbeleuchtung sehen konnte. »Und, wie lief dein Date?«

»Wenn ich das nur wüsste.« Isla seufzte. »Ehrlich gesagt, fürchte ich ein wenig um meinen Job. Ich habe Doktor Golding gegenüber angedeutet, im Auftrag der Austins zu handeln. Er hat schon irgendwie gewusst, dass es nicht stimmt, aber dann habe ich den Vater eines Freundes erwähnt, der ein sehr angesehener Professor mit guten Kontakten ist, und …«

»Und du haust mich darauf an, ob meine Jungs kriminell sind?«

Isla wagte ein schiefes Grinsen und erzählte Hannah, was sie herausgefunden hatte.

Hannah wurde schlagartig ernst. »Das klingt nicht gut. Von einem zweiten Arzt habe ich nichts gewusst.«

Isla war froh, dass sie zu verstehen schien. Beinahe hätte sie ihr auch den Rest erzählt, von Rubys fehlenden Träumen und der Saphirtür, die nur in der Nacht auftauchte. Aber nur beinahe. Natürlich durfte sie nichts erzählen! »Es hat mich auch erstaunt. Ich finde einen Facharzt für Hypnosetherapie nicht gerade ideal, um ein kleines Mädchen zu behandeln. Aber ich werde herausfinden, wo er wohnt, und ihn dann ebenfalls aufsuchen. Mein Freund Andrew kann mir sicher helfen.«

»Du hast recht, irgendwas stimmt da nicht. Sei auf jeden Fall vorsichtig, Isla – das meine ich ernst.« Sie trat die Zigarette aus, steckte den Stummel in ihre Schürze und bog in Richtung Haupteingang ab.

Isla sah ihr hinterher und wartete. Sie wusste selbst nicht genau, worauf. Wahrscheinlich darauf, dass die Unruhe abnahm oder auch die Befürchtung, dass Doktor Golding die Austins über ihren Besuch informiert hatte und eine Kündigung auf sie wartete, sobald sie das Haus betrat. So wie sie Alan einschätzte, würde er eine solche Aktion hinter seinem Rücken

nicht tolerieren. Ob es besser war, sich durch den Hintereingang zu schleichen und zumindest kurz nach Ruby zu sehen,
ehe sie ihren Job verlor?

Unsinn! Augen zu und durch.

Ihr blieb ohnehin nichts anderes übrig, früher oder später
würde sie den Austins begegnen. Und wenn sie näher darüber
nachdachte, war es nur richtig, für ihre Überzeugung einzuste-
hen. Sie würde sogar stolz darauf sein, ein Signal zu setzen und
den Austins vorzuhalten, wo es ihnen an elterlicher Fürsorge
mangelte.

Die Tür war nur angelehnt – offenbar kannte Hannah sie
besser, als sie dachte, und hatte geahnt, dass sie sich nicht durch
den Hintereingang ins Haus schleichen würde. Victoria hätte
bei dem Anblick einen halben Herzinfarkt bekommen – sie
verschloss die Türen nach Einbruch der Dämmerung doppelt
und verlangte das auch von ihrem Personal. Isla fand das übertrieben, da Silverton sehr abgeschieden lag. Es verirrte sich fast
nie jemand hierher. Zu Fuß und selbst mit dem Rad war die
Strecke von der Ortschaft zu weit, und es war ruhig genug, um
ein Auto rechtzeitig zu bemerken. Von Hannah wusste Isla, dass
Alan zudem zwei geladene Gewehre in seinem Schlafzimmer
aufbewahrte.

Das Licht in der großen Halle brannte, aus dem Herrenzim-
mer zur Linken war Alans Stimme zu hören. Victoria hielt sich
nur selten dort auf, höchstwahrscheinlich telefonierte er. Isla
spitzte die Ohren. Als sie Alan lachen hörte, löste sich der Knoten in ihrem Magen. Es klang nicht so, als wäre Doktor Golding
am anderen Ende der Leitung, um sich über ihren Besuch zu
beschweren.

Auf der anderen Seite ertönten Schritte. Victoria betrat die

Halle, eine perfekte Erscheinung in Pastellseide und mit langen, schmalen Goldohrringen. »Miss Hall. Wie war Ihr freier Tag?« Es klang nicht ehrlich interessiert, und sie übersah das winzige Detail, dass ihre Angestellte nicht wie sonst über Nacht wegblieb. Aber Victorias Welt drehte sich nun einmal vorrangig um sie, und andere fanden nur selten einen Platz darin.

»Danke, sehr gut.« Isla lächelte. Jetzt war sie froh über Victorias Desinteresse.

»Wundervoll. Heute lese ich Ruby vor, Sie müssen sich nicht darum kümmern.« Die Information war so überflüssig wie der Stolz über die gute Tat, die sie als Mutter im Begriff war zu tun. Es war Teil ihrer Absprache, dass zu Islas freien Tagen auch freie Abende gehörten, und doch erwähnte Victoria bei jeder sich bietenden Gelegenheit, dass sie sich um ihre Tochter zu kümmern gedachte. Als wartete sie auf Anerkennung.

Jedes Mal lag Isla eine Bemerkung auf der Zunge, und jedes Mal behielten Logik und Disziplin die Überhand. »Gut«, sagte sie daher nur. »Ich bringe meine Sachen weg und verabschiede mich dann noch zur Nacht.«

»Machen Sie das. Ruby und ich werden oben in ihrem Zimmer sein.«

Wieder eine überflüssige Information. Manchmal fragte Isla sich, ob Victorias Leben voller Reichtum und Glanz so leer und langweilig war, dass sie keine anderen Sätze und Wörter zur Verfügung hatte. Wörter, die Träume schenkten, echte Träume, die sich aus Sehnsüchten entwickelten und irgendwann Flügel bekamen.

»Gut. Bis nachher.« Sie lächelte, doch Victoria hatte sich bereits umgewandt und schritt die Treppe mit den Bewegungen einer Frau empor, die eine wichtige Aufgabe vor sich hatte. Isla argwöhnte, dass sie das Vorlesen der Gutenachtgeschichte am Wochenende ebenso in ihrem Terminkalender vermerkte wie all die Dinner, die sie mit Alan besuchte.

Oder gar die Zeit mit ihren Rosen.

In ihrem Zimmer schüttelte Isla die Jacke aus und hängte sie samt Tasche an die Wandgarderobe. Sie ging ins Bad, spritzte sich etwas Wasser ins Gesicht, kämmte ihr Haar und verzichtete darauf, es hochzustecken, sodass es in blonden Wellen über Schultern und Rücken fiel. Heute Abend war sie nicht Rubys Lehrerin, sondern lediglich eine Verbündete, die ihr eine gute Nacht wünschte. Sie löschte das Licht und machte sich auf den Weg zu Rubys Zimmer. Alan telefonierte noch immer, aber abgesehen davon herrschte Stille. Isla blieb vor der Treppe stehen und stellte sich vor, wie die Austins Ruby die Stufen hinabgetragen oder sie an der Hand geführt hatten, um mit ihr zu Doktor Golding zu fahren. Oder später zu Amel Marduk. Ob Ruby sich vor den fremden Männern gefürchtet hatte, die mit ihr über das hatten reden wollten, was sich nachts in ihrem Kopf abspielte? Und vor allem: Wie hatte dieser Doktor Marduk sie behandelt? Isla wünschte, sie wäre dabei gewesen.

In Rubys Zimmer brannte das Deckenlicht, nicht die Nachtlampe. Victoria saß auf einem Stuhl neben dem Bett, kerzengerade wie eine Diva, und hielt ein Buch auf dem Schoß. Sie brauchte das Licht für ihre Augen, hatte sie Isla einmal erklärt, als die ihr hatte zeigen wollen, wie man Rubys Lieblingslampe neben dem Bett drehte, um hervorragend lesen zu können.

Isla erwischte einen Blick auf das Buch und seufzte innerlich. Kein Kinderbuch, sondern eines über Benimmregeln.

Ruby lag auf dem Rücken, die Arme adrett über der Bettdecke und parallel zum Körper. Sogar ihr Haar war weitgehend symmetrisch über die Schultern nach vorn gekämmt. Als sie Isla bemerkte, schnellte sie mit einer Energie empor, die sie viel zu selten an den Tag legte. »Du bist ja viel, viel, viel früher zurück, ich dachte du kommst erst morgen wieder!«

Isla konnte gar nicht anders, als zu lächeln. Die Kleine wuchs ihr immer mehr ans Herz, und sie fragte sich, wann der Moment gekommen war, um ein Stoppzeichen zu setzen – oder ob sie ihn schon längst verpasst hatte. Am liebsten hätte sie Ruby in den Arm genommen, aber das war in Victorias Beisein nicht möglich.

»Hey, Kätzchen. Es stimmt, ich bin ausnahmsweise früher zurückgekommen«, sagte sie daher nur und versuchte, so unauffällig wie möglich zur Wand neben dem Regal zu blicken. Leer, weiß. Harmlos.

Victoria runzelte die Stirn, ungehalten darüber, dass sie mitten im Satz unterbrochen worden war. Sie schnalzte mit der Zunge. Ruby wurde augenblicklich wieder ernst und sah aus, als hätte man sie bei etwas Verbotenem erwischt. Sie war viel zu perfekt auf das Vorzeigemädchen gedrillt, das sich zurückzog, wann immer ihre Eltern es wollten. Dass ihre Mutter ihr sogar untersagte, sich zu freuen, machte Isla wütend. Sie hatte dieses Grollen tief in ihrem Bauch schon öfter gespürt, seitdem sie auf Silverton lebte, aber es war selten so rasch angewachsen wie jetzt. Trotzdem riss sie sich zusammen. Am besten, sie beachtete Victoria so wenig wie möglich und hielt ihren Besuch kurz.

»Ich will nicht lange stören. Ich bin nur hier, um dir eine gute Nacht zu wünschen.« Sie sah zwar Ruby an, aber die Sätze waren eindeutig für Victoria bestimmt.

Ruby nickte und sah dabei fast erwachsen aus. Isla ließ sich auf der Bettkante nieder und berührte Ruby an der Schulter –

mehr wagte sie in Victorias Beisein nicht. »Schlaf gut.« Das *Träum was Schönes* verkniff sie sich im letzten Moment.

Ruby hob ihre Hände, als wollte sie Isla umarmen, ließ sie aber dann sinken. »Danke, das mache ich. Bis morgen.«

»Bis morgen.« Isla wartete, bis sich Ruby wieder hingelegt hatte, und zog ihr die Decke bis zur Brust. Ruby beobachtete sie aufmerksam mit diesen großen, braunen Kinderaugen, in denen all die Märchen und Geschichten schwammen, die sie in ihrem Leben aufgesaugt hatte. Es schimmerte jene Magie in ihnen, an die Kinder noch glaubten und die im Laufe der Zeit schwächer und schwächer wurde, bis sie sich gegen den Alltag des Erwachsenenlebens nicht mehr durchsetzen konnte.

Normalerweise war das so. Normalerweise gab es weder Türen, die erschienen und wieder verschwanden, noch eine Welt dahinter.

Isla stand auf und verabschiedete sich von Victoria, was die mit einem knappen Nicken zur Kenntnis nahm, während sie aufstand, um an der Bettdecke und anschließend an Rubys Haaren herumzuzupfen. Erst jetzt bemerkte Isla etwas, das normalerweise nicht auf den Nachttisch gehörte: Dort lag ein Granatapfel. Victoria musste ihn mitgebracht haben, vielleicht um ihn Ruby zu zeigen und ihr zu erklären, woher die Frucht stammte oder wie man sie öffnete. Das hatte sie schon des Öfteren getan, mit Blumen oder Obst oder auch einmal einer Holzmaske, Geschenk eines Freunds der Austins. »Es erweitert den Horizont meiner Tochter und bereitet sie auf manche Konversation vor«, pflegte sie zu sagen. Das wäre immerhin nicht ganz so schlimm, wie der Kleinen den halben Knigge vorzulesen. Isla entspannte sich ein wenig. Vielleicht sollte sie nicht so hart mit den Austins ins Gericht gehen.

Sie verließ das Zimmer und schloss die Tür leise hinter sich. Es dauerte mehrere Sekunden, bis Victorias Stimme wieder einsetzte. Und wirklich erzählte sie Ruby, wie die Kerne eines Granatapfels schmeckten, dass man sein Kleid nicht damit beflecken durfte und wie man früher aus der Schale der Früchte Farbstoffe gewonnen hatte, um Orientteppiche zu färben. »Ich werde Hannah anweisen, ihn dir morgen zum Frühstück zu bereiten, das wird dir schmecken«, sagte sie, die Stimme dumpf hinter der Tür.

Isla machte sich auf den Weg ins Erdgeschoss. Ihre Gedanken kreisten um die Saphirtür.

Die Wand war weiß gewesen – zum Glück. Nicht auszudenken, wenn Victoria die Tür gesehen hätte. Nur warum war sie nicht da gewesen? Hatte sie sich zu kurz im Zimmer aufgehalten – oder lag die Verbindung zu dieser Welt gar nicht bei ihr, sondern bei Ruby? Aber warum sollte dem so sein?

Weil sich derzeit viele Fragen um Ruby ranken. Nicht um dich.

Isla blieb stehen. Sie würde heute Nacht schon wieder nicht schlafen können, so viel war schon mal sicher. Nicht, solange sie nicht mehr herausgefunden hatte.

Sie dachte an ihren letzten Besuch in der anderen Welt, daran, wie die Umgebung sich plötzlich aufgelöst hatte. An das Gefühl, ersticken zu müssen, und an den Schmerz, der ihr sämtliche Kraft aus den Gliedern hatte reißen wollen. Es war gefährlich dort, das wusste sie jetzt. Auf den ersten Blick sah es nicht so aus, auch nicht auf den zweiten oder dritten, aber gerade dort lag das Trügerische. Je weiter sie sich vorwagte, desto größer wurde die Gefahr. Nicht nur, da sie sich verirren konnte, sondern weil diese Welt sich veränderte, und wenn sie zu weit ging, konnte ihr kein roter Wollfaden mehr helfen.

Trotzdem würde sie es noch einmal wagen.

Entschlossen bog sie in Richtung Küche ab und war froh, sie leer vorzufinden. Alles blitzte und befand sich an seinem Platz. Man konnte von Hannah halten, was man wollte, aber ihre Arbeit erledigte sie zuverlässig.

Isla zog die Tür hinter sich zu, um so wenig wie möglich auf sich aufmerksam zu machen, setzte den Wasserkessel auf und suchte in den Schränken nach einer Kaffeekanne. In den untersten Regalen fand sie ein Exemplar, das seine beste Zeit bereits hinter sich hatte. Die Farbe war an manchen Stellen abgeblättert und stumpf, ein Riss lief durch das Blumenmuster. Niemand würde dieses Stück verwenden wollen oder vermissen. Sie zumindest wäre froh, wenn so eine hässliche Kanne sich in Luft auflöste – so würde sie sich die Mühe sparen, sie entsorgen zu müssen.

Perfekt. Isla kochte den Kaffee, füllte die Kanne bis zum Anschlag, machte anschließend sauber und sich auf den Weg. Neben der Tür blieb sie stehen. Irgendwas kam ihr seltsam vor. Sie überlegte und trat zwei Schritte zurück, um das Bild näher zu betrachten, das über dem Geschirrschrank an der Wand hing. Sie hatte es noch nie zuvor bemerkt, vielleicht nicht mal gesehen. Immerhin ging sie nur selten in die Küche.

Das Foto war mit einem schlichten Rahmen versehen und zeigte … ein Auto.

Das Auto.

Es parkte in der Einfahrt von Silverton, die etwas weniger modern wirkte – die Aufnahme war vor vielen Jahren gemacht worden. Die Karosserie war dunkelrot, der Pfirsichton der Lederbezüge durch ein geöffnetes Fenster zu erkennen. Es war unbestreitbar das Fahrzeug aus der Welt hinter der Saphirtür.

Beinahe hätte Isla die Kanne fallen gelassen. Im letzten Moment bekam sie den Henkel zu fassen, der ihr schon halb aus den Fingern gerutscht war. Hatte sie das Foto schon mal gesehen? Oder schon einmal zuvor hier gestanden? Sie konnte sich nicht daran erinnern!

»Jetzt nicht«, murmelte sie, um die Stille zu vertreiben, die ihr zuraunte, wahnsinnig zu werden. »Bitte, jetzt nicht.« Sie wandte sich abrupt um, öffnete die Tür und verließ die Küche. Ihr schwindelte, und sie konzentrierte sich auf die Wärme unter ihren Fingern. Empfindungen gegen Gedanken.

Es funktionierte, und nach einer Weile hatte sie das Foto so weit verdrängt, dass sie sich wieder auf ihren Plan konzentrieren konnte. Noch zwei oder drei Stunden, dann würde sie unbemerkt durch Silverton schleichen.

Um kurz nach eins in der Nacht saß sie noch immer an ihrem Tisch und hatte sich lediglich zu zwei Tassen stark gesüßtem Kaffee überreden können. Sie war hellwach, ihr Buch lag aufgeschlagen neben ihr. Zweimal hatte sie weitergeblättert, doch immer wieder den Faden verloren. Ihre Gedanken sprangen so sehr hin und her, dass sie sich nicht konzentrieren konnte.

Sie grübelte, was die Welt hinter der Tür in dieser Nacht für sie bereithielt – wenn sie überhaupt erschien. Die Zeit der Fassungslosigkeit war vorbei, und sie war neugierig, aber nach dem letzten Besuch auch ängstlich. Sie fühlte sich wie damals, als sie zum ersten Mal von einem Baum in den Badesee gesprungen war, an dem sich die Kinder aus der Gegend im Sommer trafen. Es war ein Abenteuer, dem sie sich nicht entziehen konnte. Aber wie bei jedem Abenteuer lauerte hinter den Heldengeschichten auch etwas Boshaftes. Erst nachdem sie ihren

Eltern voller Stolz von ihrem Wagemut berichtet hatte, musste sie erfahren, dass ihn ein Kind aus der Nachbarschaft Jahre zuvor nicht überlebt hatte.

Sie schob die Kaffeetasse von einer Seite auf die andere. Rechts, links, wieder nach rechts. Das Geräusch von Keramik auf Holz war unangenehm, jedoch nur so schwach, dass sie weitermachte, um herauszufinden, wann ihre Toleranzschwelle erreicht war. Wie ein Schmerz, den man immer und immer wieder spüren wollte, um ihn zu kennen. Nur was man kannte, konnte man bezähmen.

Um kurz nach eins stand sie auf und streckte ihre schmerzenden Glieder. Hatte sie die gesamte Zeit in derselben Position verbracht?

Die festen Schuhe verursachten ein ungewohnt entschlossenes Geräusch. Isla trug sie nur selten. Eigentlich hatte sie das Paar mit nach Silverton gebracht, um mit Ruby Exkursionen ins Grüne zu unternehmen. Bisher waren sie noch nicht dazu gekommen, aber jetzt war sie dankbar für die festen Sohlen, ebenso wie für ihre robuste Hose und den Pullover. Sie hatte sich umgezogen, noch ehe sie sich mit dem Kaffee an den Tisch gesetzt hatte. Neben ihr stand der mit Wasser, einer Taschenlampe, Ersatzbatterien und einem Messer aus der Küche bestückte Rucksack, außerdem hatte sie zwei Rollen Garn eingesteckt. Auch wenn sie ahnte, dass sie sich nicht allzu lange in der Welt aufhalten durfte, fühlte sie sich sicherer, je mehr Vorbereitungen sie traf. Ein wenig so, als ginge sie auf eine Expedition.

Sie schulterte den Rucksack und trat vor den Spiegel, ohne zu wissen, was sie dort zu finden hoffte. Mit dem straff geflochtenen Zopf kam sie sich fremd vor. Ihre Augen schimmerten zu ihrer Enttäuschung weder so entschlossen noch aufmunternd, wie sie es sich erhofft hatte. In dem Blau lagen Zweifel.

Sie nickte sich versuchsweise zu. Dann noch mal und noch mal, bis die Bewegung kräftiger wurde. Es funktionierte, wie bei Sportlern, die einander auf dem Spielfeld anfeuerten. Sie war zwar nicht hundertprozentig bereit, aber das würde sie auch in den kommenden Stunden oder gar Nächten nicht sein. Wichtiger war, dass sie sich nun nicht mehr aufhalten lassen würde.

»Auf geht's. Dir passiert schon nichts.«

Wirklich?, schien ihr Spiegelbild zu fragen. *Bist du sicher?*

Isla drehte sich um und eilte in der Hoffnung los, dass ihre Zweifel zu langsam waren, um mit ihr Schritt halten zu können.

Wie auch an den vergangenen Abenden oder in den Nächten erreichte sie Rubys Zimmer ohne Zwischenfälle. Aber wer sollte sie auch überraschen? Die Austins schliefen um diese Zeit, wie normale Menschen es nun mal taten. Vielleicht schlief sogar Hannah, es sei denn, sie war mit ihren Jungs in der Stadt unterwegs, um Dinge zu tun, von denen Isla lieber nichts wissen wollte.

Im Zimmer brannte die Nachtlampe, wahrscheinlich hatte Ruby sie eingeschaltet, nachdem Victoria gegangen war. Das Licht fiel auf eine Hälfte ihres Gesichts und verwandelte sie in ein Mischwesen. Sie gehörte hierher, in diese vier Wände, diese Zwischenwelt aus Realität und Saphirtür.

Isla sah zur Wand. Ein Knöchelchen in ihrem Nacken knackte, und sie bildete sich ein, es bis in die Zehenspitzen zu spüren. Noch war keine Tür zu sehen.

Sie schlich zu Rubys Bett. »Hallo Kätzchen«, flüsterte sie fast lautlos.

Keine Reaktion, keine Bewegung. Ruby lag umklammert von ihrem Totenschlaf, so wie jede Nacht, in der sie nicht träumte.

Isla stellte den Rucksack ab und legte sich neben Ruby auf das Bett, mit Zeitlupenbewegungen, darauf bedacht, sie nicht zu wecken. »Ich kümmere mich darum. Ich finde heraus, was mit dir nicht stimmt und warum diese Tür hier erscheint«, wisperte sie. »Und ob beides miteinander verbunden ist.«

Die Wand präsentierte noch immer reinstes Weiß. Bisher war die Kristalltür stets verschwunden, wenn Ruby aufgewacht war. Ob sie niemals würde hindurchgehen können?

Natürlich nicht. Warum sollte sie das auch tun?

Isla kuschelte ihre Wange an Rubys Haar. Es roch nach Zuckerwatte und Sauberkeit. Das Mädchen bewegte sich und murmelte etwas, dann lag es wieder still. Isla lauschte dem fernen Geräusch eines Herzschlags – Rubys oder ihrer? – und ließ die Wand nicht aus den Augen. Nichts geschah.

Sie verlagerte ihre Position, und etwas berührte ihr Handgelenk: Ein dunkles Band lugte unter Rubys Kopfkissen hervor. Isla zog daran und hielt den Saphiranhänger in der Hand. »Du hast ihn versteckt«, murmelte sie. »Und auch sicher nichts dagegen, wenn ich ihn mir ausleihe?« Sie wusste nicht mal, warum sie ihn mitnehmen wollte, aber vielleicht hatte es ja etwas zu sagen, dass er aus demselben Material bestand wie die Tür. Oder dass er dem Anhänger glich, den der Dunkelhaarige um den Hals trug. Islas Unruhe wuchs, als sie an ihn dachte. Ob sie ihn heute Nacht wiedersehen würde? Mit ihm reden konnte? Sie hoffte es und wünschte sich, dem anderen nicht zu begegnen.

Ruby murmelte etwas, dann flatterten ihre Lider. »Isla? Was … hast du da?« Ihre Worte waren kaum verständlich, so schwer lag der Schlaf darin.

»Deinen Anhänger, Liebes. Ist es für dich in Ordnung, wenn ich ihn mir heute Nacht ausleihe?«

Ruby war bereits wieder halb eingeschlafen. »Jeremy«, nuschelte sie, drehte sich auf die Seite und zog eine Faust vor ihr Gesicht.

Isla sah sich um und entdeckte den Stoffbären neben dem Bett, gerade eben noch in Reichweite. Sie erwischte ihn am Ohr und drückte ihn Ruby in die Arme. Die bewegte sich zunächst nicht, griff dann aber danach, seufzte tief und lag still.

Isla drückte ihr einen Kuss auf die Stirn und stand auf. Sie schlich zum Fenster und sah hinaus. Jetzt, so nah an der Wand neben dem Regal, wurde sie unruhig. Mehr als drei oder vier Atemzüge lang konnte sie sich nicht konzentrieren, ohne die Wand anzusehen. Bisher hatte sie sich auf zwei verschiedene Arten vergewissert, dass sie wach gewesen war, als sie die andere Welt betreten hatte: Beim ersten Mal hatte sie einen Wecker benutzt, beim zweiten Mal war sie gar nicht erst eingeschlafen. Bei aller Rationalität, die sie so sehr liebte, war sie nun sicher, dass die Tür echt war.

Heute würde sie einen Schritt weitergehen. Irgendeinen. Es musste mehr geben in dieser Welt, wo Rosen aus der Wand wuchsen oder die Umgebung sich veränderte. Andere Menschen. Antworten. Lösungen.

Es wurde zwei Uhr, dann halb drei, und allmählich wurde Isla müde. Immer öfter sah sie zwischen Ruby und der Wand hin und her. Das Mädchen schlief so regungslos wie immer, und trotzdem tat sich nichts. Isla unterdrückte ein Gähnen. Vielleicht lag sie mit ihren Vermutungen falsch, und die Tür hatte weder etwas mit ihr noch mit Ruby zu tun. Es war ja durchaus möglich, dass die fremde Welt sich bei ihrem letzten

Besuch nicht nur vorübergehend aufgelöst hatte, sondern für immer.

Beim nächsten Gähnen ertappte sie sich dabei, zusammenzuzucken und hastig einen Schritt zur Seite zu tun, da sie zu fallen glaubte. Wie so viele Menschen, die vorübergehend eingeschlafen waren. Und wirklich hatte sie die Augen geschlossen. Sie brannten, als sie sie aufriss und rieb, um das Blei aus den Lidern zu vertreiben.

Beinahe hätte sie aufgeschrien.

Neben ihr flimmerte es. An der Wand waberte es dunkel, dann kristallisierte sich das bereits so vertraute Blau heraus.

Auf einmal fühlte sich Isla wie elektrisiert. Die Angst bei dem Gedanken an ihren Besuch in der anderen Welt, die sie mit letzter Kraft verlassen hatte, war verschwunden. Ihre Fingerspitzen kribbelten, und sie musste sich zurückhalten, um nicht loszurennen.

Ruby schlief noch immer, fest auf einer Seite zusammengerollt, Jem im Arm.

Isla schenkte ihr einen langen Blick, schulterte den Rucksack, atmete tief durch und wiederholte einen Satz wieder und wieder im Kopf, bis er zu einem Mantra wurde, dem sie einfach folgen musste.

Ich komme zurück zu dir.

11

Wenn sich doch auch der verdammte Korridor mal verändern würde.

Stöhnend rieb sich Isla den Kopf. Die Stelle, mit der sie vor etlichen Schritten gegen die niedrige Decke gestoßen war, pochte, das Dröhnen pflanzte sich bis in ihre Schläfen fort und verursachte leichten Kopfschmerz. Immerhin war der Tunnel eindeutig kürzer als bei ihrem ersten Besuch. Vor ihr glitzerte der See, und zu ihrer Freude war seine Oberfläche nicht leer.

Die Boote waren zurück. Nein, nicht *die* Boote. Der Rosenduft fehlte, die Luft roch nach nichts. Auch Geräusche gab es keine. Es war, als hätte Isla ein Vakuum betreten.

Sie blieb am Ufer stehen und schwenkte ihre Taschenlampe. Die Boote zogen gleichmäßig vorbei, manche leer, andere mit Bergen aus rötlichen Kugeln beladen. Sie sah genauer hin und erkannte Granatäpfel, Dutzende über Dutzende. Mit der Erkenntnis kam der Geruch, süß und säuerlich zugleich und so durchdringend, dass Isla das Wasser im Mund zusammenlief. Die Boote wurden langsamer und kamen zum Stillstand. Direkt vor ihr reihten sich die länglichen Holzkörper auf, als wollten sie eine Brücke über das Wasser bauen. Es war ein unheimlicher Anblick, vor allem, da außer ihr niemand zu sehen – oder zu hören – war.

»Hallo?« Ihre Stimme verschwand fast augenblicklich, als

hätte die Luft sie aufgesogen. »Hallo, ist irgendwer hier?« Sie wartete noch einen Moment und betrachtete das Boot vor sich. Es war leer und sah stabil aus, die Oberfläche trocken. Eine kleine Vertiefung an der Seite erleichterte den Einstieg.

Isla überlegte und gab sich dann einen Ruck. Warum eigentlich nicht? Die Boote bildeten eine Art Spalier und schützten sie vor dem Wasser, von dem sie noch immer nicht wusste, wie tief es war. Sie konnte diese Möglichkeit entweder nutzen, zu schwimmen versuchen oder zurückgehen. Noch während sie grübelte, wusste sie, dass dies hier keine Entscheidung war, sondern allerhöchstens ein Aufschub. Wenn sie jetzt umkehrte, würde sie nie mehr zur Ruhe kommen.

Der erste Schritt auf das vorderste Boot war wackelig, vor allem, da sie wahnsinnige Angst hatte, die Lampe zu verlieren. Sie war es nicht gewohnt, dass sich der Boden bewegte, und zog den zweiten Fuß erst nach, als sich alles beruhigt hatte.

Sie stand auf dem Boot.

Nichts geschah – weder setzte es sich in Bewegung noch versank es, um sie für immer mit in die schwarze Seidenschicht zu nehmen. Es war nicht groß, eine simple Nussschale mit drei robusten Sitzbänken, die im Licht rot glänzten. An manchen Stellen war die Farbe bereits abgeblättert. Das Boot war wirklich vollkommen leer, nicht mal ein Fetzen oder Steinchen war zu sehen, ganz zu schweigen von Rudern. Isla fragte sich nicht, wie es hergekommen war. Diese Welt gehorchte wirklich anderen Gesetzen.

Sie beleuchtete das angrenzende Boot. Ebenfalls aus Holz, war es doppelt so groß wie dieses und lag kerzengerade im Wasser, obwohl auf einer Seite ein Turm aus Granatäpfeln in die Höhe ragte. Erneut gab es weder Ruder noch andere Hilfsmittel zur Fortbewegung. Vorsichtig setzte Isla einen Fuß hinein und betete, dass die Boote weiterhin still liegen würden. Sie taten ihr den Gefallen. Das zweite Boot war blau gestrichen, wirkte moderner und besser in Schuss. Mit klopfendem Herzen ließ Isla sich auf die Mittelbank fallen und strich sich über die Stirn. Noch konnte sie das andere Ufer nicht erkennen, aber wenn sie so weitermachte und auch die Boote ihr keinen üblen Streich spielten, würde sie unbeschadet dorthin gelangen. Erst jetzt fiel ihr auf, wie laut sie atmete. Sie zwang sich, die Luft anzuhalten, und schon bald glaubte sie, ihr Brustkorb würde bersten. In den wenigen Sekunden der Stille war sie nicht sicher, in der Ferne ein Plätschern gehört zu haben. Sie wechselte die Sitzbank, beugte sich vor und betrachtete das Wasser. Stille, nichts als geheimnisvolle, trügerische, verräterische Stille.

Vollkommene Ruhe zählte zu den Dingen, die grundverschiedene Aussagen haben konnten. Trost und Umarmung auf der einen, Gefahr und Tod auf der anderen Seite. Isla zog den Kopf zurück und überlegte. Sie nahm einen Granatapfel, ließ ihn ins Wasser fallen und hielt den Strahl der Taschenlampe darauf gerichtet. Er trieb auf der Oberfläche und drehte sich gemächlich um sich selbst. Ein Gluckern, dann versank er und wurde kleiner, ein rotes Auge inmitten der Schwärze. Es blinzelte, dann schloss es sich für immer.

Die Stille blieb, und Isla entschied, dass zumindest in unmittelbarer Nähe keine Gefahr lauerte. Zeit, sich auf das nächste Boot zu wagen. Es war bisher das größte von allen, in schlichtem Braun gehalten und mit einer seltsamen Vorrichtung an einem Ende: ein länglicher Stab, der mit dem Heck verbunden war. Isla vermutete, dass sich das Boot damit lenken ließ, wenn es einmal fuhr.

Es war beinahe leer, lediglich ein paar Seile und gesplitterte Holzbretter lagen am Boden. Von den vier Sitzbänken war nur eine intakt. Isla hielt sich daran fest und suchte einen Platz zum Einsteigen auf dem nächsten Boot, das vollständig mit Obst beladen war. Ehe sie wechseln konnte, ging ein Ruck durch das Holz. Erschrocken hielt sie sich fest und ließ sich etwas unbeholfen auf der Bank nieder.

Das Boot setzte sich in Bewegung und glitt über den See. Isla sah sich um, aber sie war bereits zu weit von den anderen Booten entfernt. Springen und schwimmen, das traute sie sich dann doch nicht.

Und nun? Sie starrte in die Dunkelheit. Wind kam auf, zunächst sanft, dann zunehmend stärker. Er ließ ihre Haare flattern, dann ihre Kleidung. Das Boot fuhr schneller. Endlich kam Isla auf die Idee, nach vorn zu leuchten. Sie fing eine Bewegung ein. Viel zu nah! Mit einem Aufschrei ließ sie die Lampe fallen. »Mist, Grundgütiger!« Hastig beugte sie sich hinab. Der Lichtkegel rollte hin und her, obwohl das Boot nicht ruckte. Endlich schlossen sich ihre Finger darum, und sie riss sie empor.

In der Helligkeit erkannte sie gerade eben noch den Rumpf eines zweiten Boots, das frontal auf sie zuhielt.

Nicht groß, auch nicht auf den ersten Blick gefährlich, aber viel, viel zu schnell. »Nein, bitte nicht.« Sie robbte zurück zu dem Ding, das sie für eine Steuermöglichkeit hielt. Sie musste es versuchen.

»Nach links!«, hörte sie eine Stimme. Nicht ihre. Keine Frauenstimme. Ohne hinzusehen, wusste sie, dass es der dunkelhaarige Mann mit dem Anhänger war. »Du musst nach links steuern!«

Der Moment, in dem sie überlegte, ob sie das Ruder dafür nach links oder rechts drücken musste, dauerte zu lange. Etwas prallte gegen das Boot, so hart, dass Isla das Gleichgewicht verlor. Sie taumelte unter dem Reißen und Krachen von Holz und sah entsetzt, wie augenblicklich Wasser den Boden bedeckte. Es umfloss ihre Füße und riss an ihren Knöcheln. Das Boot begann, sich um sich selbst zu drehen, zusammen mit dem anderen, in das es sich verhakt hatte. Sie bildeten einen Strudel, der so kraftvoll kreiste, wie es innerhalb der kurzen Zeit eigentlich nicht möglich sein konnte.

Isla starrte in die Fluten und begriff nur eins: Springen konnte sie nun nicht mehr.

Eine Bewegung neben ihr, etwas streifte ihren Arm. Sie hob den Kopf und blickte in dunkle Augen. Wie war er auf ihr Boot gekommen?

»Du musst hier weg«, sagte der Mann und griff nach ihrem Arm.

Es tat nicht weh, war aber sehr fest. Reflexhaft versuchte Isla, sich zu befreien. »Lass mich …« Weiter kam sie nicht. Er zerrte sie hoch, schleppte sie zur Reling, schlang beide Arme um sie … und ließ sich mit ihr fallen.

Isla schrie, dann schlug auch schon das Wasser über ihr zusammen. Nicht warm und nicht kalt, aber überall. Sie presste die Lippen aufeinander und versuchte, sich zu wehren. Genauso gut hätte sie gegen Stein ankämpfen können. Der Fremde ließ sie nicht los, gewährte ihr nicht mal einen winzigen Spielraum, sondern zog sie eng an sich. Luft, sie brauchte Luft! Warum hatte sie nicht vor dem Sturz daran gedacht einzuatmen? Stattdessen hatte sie geschrien und damit kostbare Zeit und Atem verschenkt. Nun blieben ihr nur noch Sekunden, ehe sie …

Bei dem Gedanken wurde sie vor Angst fast wahnsinnig. Über ihr war nichts als Schwärze und Wasser, so unglaublich viel Wasser. Sie waren schon viel zu tief unter der Oberfläche, und sie sanken immer weiter.

Der Dunkelhaarige versuchte, sie zu töten. Warum? Warum gerade er? Islas Hals brannte, vor Enttäuschung, Angst und angehaltenem Atem. Sie versuchte, sich loszureißen, zumindest zu wehren, doch das Wasser raubte ihren Bewegungen die Kraft, und der Mann war ohnehin stärker als sie.

Er schlang die Arme enger um ihre Taille und drehte sie, bis sie ihn widerwillig anblickte. Dann schüttelte er langsam den Kopf. Isla stemmte beide Hände gegen seine linke Schulter und versuchte, ihn wegzudrücken. Sie spürte, wie sich seine Muskeln spannten. Sein Kopfschütteln wurde stärker. Schwarzgrüne Flecken bildeten sich vor ihren Augen, nur um wieder zu verschwinden.

Die Panik schlug über ihr zusammen wie vorher das Wasser. In ihrem Kopf löschte ein Rauschen sämtliche Gedanken aus. Sie schlug um sich, ohne nachzudenken, während sie glaubte, dass ihre Lunge platzen würde. Nicht jetzt, aber im nächsten Moment. Oder in dem darauf. Immer im nächsten, eine Brücke aus Angst, auf der sie von Sekunde zu Sekunde der Schwärze entgegenschlitterte.

Ihre Arme wurden zu schwer, um sie zu bewegen, und dann berührte etwas ihre Wange. Sie riss die Augen auf, viel zu weit, und blinzelte. Es brannte, doch das war nichts gegen das zerstörerische Feuer in ihrer Brust. Der Fremde hielt sie fest, eine Hand an ihrem Arm, die andere an ihren Kopf gelegt. Dann beugte er sich vor und küsste sie.

Isla hätte es nicht geglaubt, aber sie fand noch einmal die

Kraft, um sich zu wehren. Irgendwo in ihrer Lunge war eine letzte Sauerstoffreserve geblieben, die ihr nun weitere Sekunden schenkte. Sie würde es niemals bis zur Oberfläche schaffen, aber sie würde auch nicht in den Armen ihres Mörders sterben.

Sie dachte an Ruby und fragte sich, ob die Saphirtür offen stehen würde, wenn sie erwachte. Ob ihre kleine Katze sich auf die Suche nach ihr machen würde. Sie hoffte so sehr, dass sie es nicht tat.

Dann dachte sie an Ronny, an ihre Eltern und an ihr Zuhause, das in den vergangenen Wochen ein bisschen fremder geworden war.

Ihr Brustkorb hob und senkte sich, sie spürte es deutlich, da sie sich dadurch enger an den Fremden presste.

Der sie noch immer festhielt.

Der sie noch immer küsste.

Isla blinzelte. Er küsste sie nicht, er schenkte ihr Sauerstoff. Verwundert hörte sie auf, sich zu wehren, und konzentrierte sich darauf, wie der Druck in ihrer Brust abnahm. Ein Rest blieb, aber er machte ihr keine Angst mehr. Isla entspannte sich, ihre Arme trieben neben ihr im Wasser, elegant und schwerelos. Kaum hörte sie auf, gegen diese Unterwasserwelt anzukämpfen, änderte sich alles: Das Wasser drohte nicht mehr, sie zu ersticken, sondern umschmeichelte ihre Haut. Sie sank nicht mehr in die Tiefe, sondern schwebte, seltsam beschützt und doch unendlich frei.

Der Fremde löste sich von ihr und betrachtete sie aufmerksam. Sein Gesicht war dicht vor ihrem, und sie fragte sich, wie sie jemals hatte glauben können, dass er ihr etwas antun wollte. Dazu war er gar nicht in der Lage – nicht bei dieser grundtiefen

Traurigkeit, die in seinen Augen schimmerte. Fast so, als musste er selbst vor etwas gerettet werden, das sie nicht begriff.

Vielleicht nicht einmal er selbst.

Etwas berührte ihre Füße, dann trafen sie auf dem Grund auf – und das Wasser verschwand.

Verwirrt sah sich Isla um. Sie stand auf festem Boden, vor ihr ragten Bäume in die Höhe, und dahinter erkannte sie den Umriss eines Hauses. Sie konnte alles gut erkennen, aber keine Lichtquelle ausmachen, und zu ihrer Überraschung hielt sie noch immer – oder schon wieder? – die Taschenlampe in einer Hand. Wasser tropfte ihr aus Haaren und Kleidung, aber der See war verschwunden. Sie hatte es überstanden!

Der Fremde musterte sie, und als sie seinen Blick erwiderte, trat er einen Schritt zurück. Ganz so, als wollte er ihr sagen, dass sie keine Angst zu haben brauchte.

Ob sie sich bei ihm bedanken sollte? Nein, immerhin hatte er sie überhaupt erst ins Wasser gezogen. Außerdem war sie sich nicht sicher, ob ihre Stimme ihr gehorchen würde. Zumindest ihre Beine versuchten, ihren Dienst aufzugeben, und gaukelten ihr vor, aus Gummi oder Ähnlichem zu bestehen, nicht geeignet, um sie länger aufrecht zu halten.

»Geht es dir gut?«

Sie fuhr zusammen und ärgerte sich darüber. Schließlich hatte er ihr nur eine Frage gestellt, mit seiner leisen, aber harten Stimme, die so sehr zu diesem Ort passte. Kein Grund, um ihm zu zeigen, wie verstört sie wirklich war. Oder wie sehr sie seine Berührungen noch immer spürte.

Sie nestelte an den Gurten ihres Rucksacks – Gott sei Dank, er war noch da – und zuckte die Schultern. »Das ist schwer zu beantworten. Ich kann ja nicht mal sagen, dass ich beinahe ertrunken wäre. Das Wasser ist schließlich weg.« Sie verstaute ihre Taschenlampe und sah sich um, als erwartete sie, im nächsten Moment eine Flutwelle auf sich zurollen zu sehen.

Weit und breit gab es jedoch kein Anzeichen für Gefahr. Dafür setzte in der Ferne ein monotones Piepen ein: eine Maschine. Oder ein Echolot? Sie hatte es schon einmal in dieser Welt gehört und an ein Krankenhaus denken müssen. Damals hatte der Mann ihr zugerufen, dass sie verschwinden solle, und kurz darauf hatte sie sich in diesem Auto wiedergefunden. »Was ist das? Dieses Geräusch?«

Er schüttelte den Kopf, aber Isla bemerkte, wie er die Umgebung musterte. Argwöhnisch und alarmiert.

Sag etwas. Und wenn es nur wieder ist, dass ich verschwinden soll.

Eher machte er den Eindruck, als würde er bereuen, sie überhaupt gerettet zu haben. Das Geräusch wurde leiser, dann verschwand es und nahm das Gefühl der Bedrohung mit sich. Da ihr Gegenüber noch immer nichts sagte, sah sich Isla die Umgebung genauer an.

Fast hätten ihre Beine jetzt doch nachgegeben, als sie erkannte, wo sie war: Sie stand vor Silverton. Nein, vor einer unheimlichen Version von Silverton. Diese sah älter aus, die Erker und Türmchen weniger modern, und die Einfahrt war nicht mit weißen Kieseln ausgelegt, sondern bestand aus gestampfter Erde. Der Garten war zwar vorhanden, aber längst nicht so gepflegt, wie sie ihn kannte. Die Rosen fehlten – dort, wo sich das Herzensbeet der Austins hätte befinden sollen, war Rasenfläche.

Das Haus und alles drumherum waren größer als sonst, so als

würde sie es aus einem Loch im Boden betrachten. Die Perspektive verwirrte Isla, und sie sah wirklich zu Boden, um festzustellen, ob er ebenerdig war.

Etwas an einem der viel zu dünnen Bäume fesselte ihre Aufmerksamkeit. Isla schrie leise auf und rannte los. Sie achtete nicht auf den knappen Ruf in ihrem Rücken und lief schneller, bis sie fast rannte.

Es war Rubys Teddybär, Jem. Sie war sich dabei ziemlich sicher, obwohl er plötzlich zwei Ohren besaß. »Das kann doch nicht sein«, murmelte sie, presste das Stofftier an sich und starrte auf die Erker von Silverton. »Was ist das hier alles nur?«

Das Haus gab weder eine Antwort, noch wies es Zeichen von Leben auf. Keine Bewegung, kein Licht, nichts.

»Du warst oft hier in letzter Zeit«, kam die Feststellung in ihrem Rücken. Ein Zögern vor jedem Wort. »Was auch immer du suchst, du wirst es in dieser Welt nicht finden.«

Sie drehte sich um. »Ich verstehe. Aber was *ist* das hier für eine Welt?«

Kopfschütteln. Silberblitzen. Er trug wie immer die Kette um den Hals.

Isla überlegte, nahm den Rucksack von den Schultern und öffnete ihn. Unter seinen aufmerksamen Blicken zog sie den zweiten Anhänger hervor und ließ ihn an dem Lederband in der Luft baumeln. »Hier, genau so einen trägst du um den Hals, nicht wahr? Und die Tür, durch die ich gegangen bin, ist aus demselben Material. Saphir, glaube ich, ein Edelstein. Aber bitte korrigier mich, wenn ich falschliege. Und sag mir vor allem: Was hat das alles zu bedeuten? Wer bist du?«

Er starrte auf das Schmuckstück in ihren Fingern. Hatte er

eben noch aufmerksam und misstrauisch gewirkt, so war er nun verwirrt und … ja, nachdenklich. Er runzelte die Stirn so stark, dass sich sein Gesicht verzerrte.

Sag schon etwas! Na los!

Isla ließ ihn nicht aus den Augen. »Verrat mir zumindest, warum wir hier auf dem Grundstück der Austins stehen. Oder auf einem, das so aussieht. Hat diese Welt etwas mit Ruby zu tun? Mit ihren Träumen?«

An seinem Hals pochte eine Ader, und er fuhr sich durchs Haar. Seine Hand zuckte vor, und ehe Isla es verhindern konnte, hatte er ihr den Anhänger abgenommen. »Bitte, du darfst nicht länger bleiben.« Sein Tonfall hatte sich verändert. Die Härte war noch immer da, aber es lag etwas darunter, das Isla kaum greifen konnte. Sie wollte es auch nicht. Antworten waren jetzt wichtiger.

»Ich gehe erst, wenn du mir zumindest deinen Namen verrätst. Meiner lautet Isla.«

Er strich über den Stein und sah auf einen Punkt über ihrer Schulter, dann wieder zu ihr. Jetzt wirkte er nicht mehr verschlossen, sondern nur noch erstaunt. Wäre es nicht so seltsam, würde Isla darauf wetten, dass er die Antwort nicht wusste.

»Du weißt nicht, wie du heißt?«

Er blinzelte. Seine Hand fuhr an die Stelle, an der unter seinem Shirt der Anhänger liegen musste. »Du bist schon zu lange hier.«

Allmählich wurde Isla wütend. »Ja, weil ich nicht weiß, was es mit alldem auf sich hat. Ich dachte, das hättest du verstanden! Was ist das hier für eine Welt? Sie hängt mit Ruby und ihren Träumen zusammen, da bin ich mittlerweile sicher. Warum sonst sollte die Tür in ihrem Zimmer auftauchen, und zwar nur dann, wenn sie schläft? Kennst du sie? Ruby Austin, ein kleines Mädchen von sechs Jahren?«

Keine Antwort, natürlich. Aber sie würde nicht aufgeben, nicht jetzt. Und wenn sie alles in die Waagschale warf, was sie hatte. »Ich habe ihren Arzt in der Stadt aufgesucht, Doktor Christopher Golding, aber der konnte mir nicht weiterhelfen, da er sie nur am Anfang behandelt hat. Vielleicht sagt dir sein Name etwas? Golding? Oder Amel Marduk? Ein anderer Arzt. Er hat sie nach Golding behandelt, aber ich habe ihn noch nicht gefunden.«

Er verschränkte die Arme vor der Brust und trat einen Schritt zurück. Weg von ihr. Weg von ihren Fragen.

»Du weißt etwas, nicht wahr?« Isla folgte ihm. Er wandte ihr den Rücken zu und lief weiter. Sie musste rennen, um mit seinen langen Schritten mithalten zu können. »Warte! Warte auf mich!« Sie berührte ihn an der Schulter und riss ihn herum.

Er bewegte sich zu schnell für sie und hielt im nächsten Moment ihre Handgelenke umklammert. Sie schrie auf, mehr aus Erstaunen als aus Schmerz.

Es wirkte: Der Mann ließ sie los, als hätte er sich verbrannt, und starrte auf seine Finger, als könnte er nicht glauben, dass er soeben so hart zu ihr gewesen war. »Lass es in Ruhe. Dies alles hier. Am besten denkst du nicht mal mehr daran und ignorierst diese Tür, durch die du hergekommen bist«, sagte er.

Wie stellte er sich das vor, die Tür ignorieren? Sie war schließlich nichts Alltägliches, das man einfach so hinnahm.

»Bist du Amel?« Ein Schuss ins Blaue, aber sie musste ihn am Gehen hindern. Trotz allem machte er ihr keine Angst. Wahrscheinlich, weil er selbst etwas zu suchen schien, von dem er nicht einmal wusste, was es war. Anders konnte sie den Ausdruck in seinen Augen nicht deuten. Er war auf der Suche, und das schon so lange, dass er sich bald darin verlieren würde. Vielleicht war es sogar schon passiert.

Kopfschütteln. Abwehrend, aber überzeugend.

Das Piepen setzte wieder ein. Der Mann sah zum Haus, fuhr herum, griff mit äußerster Vorsicht Islas Hand und zog sie mit sich. »Komm. Ich bringe dich in Sicherheit. Ich schwöre dir, ich werde dir nichts tun.« Die Berührung war so anders als die vorherige. Sanft, vorsichtig und locker, aber trotz allem unnachgiebig.

Sie versuchte, die Füße in den Boden zu bohren, doch er war zu stark. »Ich will Antworten«, sagte sie. »Sonst komme ich wieder, sobald die Tür auftaucht. Und ich werde dich treffen und so lange ausfragen, bis du mir sagst, was ich wissen will. Hörst du?«

Er machte nicht den Eindruck, auf sie hören zu wollen. »Du darfst das alles nicht sehen. Es ist zu gefährlich.« Er blieb stehen. »Es ist doch nicht einmal stabil.«

Redete er von der Umgebung? Ja, es sah ganz danach aus. Silverton – oder das Abbild von Silverton – war verschwunden. Dafür standen sie neben einem einsamen Baum, der seine Äste in den Himmel hob, als ob er um etwas flehen wollte.

Eine Erklärung, dachte Isla bitter. Sogar der Baum hätte gern eine. Nur was hatte er damit gemeint, dass etwas nicht stabil sei? »Willst du mir etwa sagen, dass diese Welt so instabil ist wie ein Traum? Ich weiß aber doch, dass ich wach bin.«

»Es ist ein Traum.«

Du lügst.

Genau das wollte sie ihm sagen, doch ein lautes Dröhnen riss ihr die Worte von den Lippen. Der Wind war zurückgekehrt, stärker als jemals zuvor. Isla wollte sich festhalten, irgendwo, doch es war zu spät. Die Böen spielten mit ihr, als wöge sie nichts, trieben sie zurück und von dem Mann weg. Er sah ihr hinterher, und sie bemerkte, dass er noch immer ihren Anhänger in der Hand hielt.

Das Piepen wurde intensiver, lieferte sich einen Machtkampf mit dem Kreischen des Sturms. Dann brach der Boden unter Isla weg, und ihre Füße stießen ins Nichts. Die Welt verschwand, und mit ihr der Fremde, der Baum, alles. Isla schrie und schrie, während sie fiel. Mit beiden Händen versuchte sie, etwas zu greifen, sich irgendwo festzuhalten, doch da war nichts außer Glätte. Sie wollte ihre Nägel hineinbohren, aber die Fläche gab nach, als hätte sie ihr lediglich vorgegaukelt zu existieren.

Es war nicht das erste Mal, dass sie in dieser Welt fiel, und sie wusste, dass hier alles anders sein konnte, als sie erwartete. Aber ihre Angst scherte sich nicht um solche Gedanken und hatte die Kontrolle übernommen. Zum Schreien hatte Isla keine Kraft mehr, dafür verschluckte sie sich vor lauter Panik … und schlug so hart am Boden auf, dass sie glaubte, sich etwas Lebenswichtiges gebrochen zu haben. Ihre Wirbelsäule, den Schädel, vielleicht eine Rippe, die sich nun in die Lunge bohrte oder in ihr Herz. Sie versuchte, Luft zu holen, aber es funktionierte nicht. Nach allem, was sie bereits durchgemacht hatte, würde sie ersticken, hier in der Dunkelheit, an einem Ort, den in ihrer Welt niemand sonst kannte. Sie griff sich an die Kehle, riss den Mund auf und versuchte es noch mal. Endlich funktionierte es. Knie und Hüfte sowie die Arme schmerzten, doch abgesehen davon ging es ihr gut.

Sie blinzelte und hob den Kopf. Vor ihr schimmerte Licht:

Dies war der Tunnel, und sie lag nicht weit von der Saphirtür entfernt. Stöhnend stemmte sie sich auf die Knie. Sie musste sich nicht umsehen, um zu wissen, dass sie allein war. Mit zusammengebissenen Zähnen kroch sie auf den Eingang zu. Auf der kurzen Strecke musste sie mehrmals eine Pause einlegen, und zweimal glaubte sie, ohnmächtig zu werden. Das Licht verschwamm vor ihren Augen und verschwand, kehrte aber kurz darauf wieder zurück.

Jedes Mal zwang Isla sich weiterzukriechen. Fast hätte sie auf halber Strecke aufgegeben und sich hingelegt, um auszuruhen, doch die Erinnerung an ihren letzten Besuch und an das, was kurz vor der Tür geschehen war, trieb sie weiter an. Sie dachte nur noch an die nächste Bewegung, und endlich spürte sie die Wärme von Rubys Zimmer. Ewigkeiten später erreichte sie die Tür und zog sich in Sicherheit.

12

»Isla? Isla, wach auf!«

Die Stimme war weit weg und so dünn, dass es schwerfiel, sich von ihr locken zu lassen. Isla bemerkte sie, entschied aber, lieber zurück in die Dunkelheit zu fallen. Sie wollte nicht aufwachen und die angenehme Wärme verlassen, die sie umhüllte wie die weichste Decke der Welt. Etwas flüsterte ihr zu, dass lediglich Schmerzen auf sie warteten, wenn sie diesen Schutz verließ.

Die Stimme blieb hartnäckig, dann kam eine Berührung hinzu. Isla stöhnte. Beben liefen durch ihren Körper: Jemand rüttelte sie. Es war fast unmöglich, nicht darauf zu reagieren. »Isla!«

Endlich erkannte sie die Stimme. Es war Ruby. Sie klang verängstigt. Das genügte. Isla nahm ihre Kraft zusammen und öffnete die Augen. Sie brannten, aber nachdem sie mehrmals geblinzelt hatte, ließ das Gefühl nach.

Ruby kniete vor ihr. Ihr sonst so ordentliches Haar war ein Chaos aus Locken, die Augen vor Schreck riesengroß. Eine Linie aus Silber lief über ihre Wange: Ruby weinte.

»Isla, geht es dir nicht gut? Bist du krank?« Die kleinen Hände streichelten ihr Gesicht.

Isla war zunächst erstaunt über die Frage. Sie konnte sich nicht erinnern, krank geworden zu sein, aber ... Schlagartig kehrten die Erinnerungen zurück.

Die Tür. Die Boote. Der Mann und der Sturz ins Wasser. Der Kuss.

Sie blinzelte. Jemand stöhnte, und erst Rubys erschrockenes Gesicht verriet, dass sie es selbst gewesen war.

Ruby! Sie lag noch immer auf dem Boden in Rubys Zimmer, neben ihr der Rucksack. Er war ebenso feucht wie ihre Klamotten. Argwöhnisch sah sie zum Fenster: Es war Tag. Sie musste die gesamte restliche Nacht hier geschlafen und Ruby heute früh einen Riesenschreck eingejagt haben.

So schnell es ging, rappelte sie sich auf und verbiss sich dabei weitere Schmerzenslaute. Sie hatte Ruby bereits genug erschreckt. »Es ist alles in Ordnung, Kätzchen. Mir geht es gut, ich bin gestern Abend kurz nach dir eingeschlafen und hab es nicht mehr auf mein Zimmer geschafft.« Eine sehr durchsichtige Lüge, aber ihr fiel nichts Besseres ein. Zum Glück war die Saphirtür verschwunden und hatte keinerlei Spuren hinterlassen.

»Aber warum liegst du auf dem Boden und nicht im Sessel? Was hast du dir denn getan?« Rubys Stimme klang unsicher und voller Tränen. Vorsichtig berührte sie Islas Knie. Die Hose dort war aufgescheuert, getrocknetes Blut und Dreck verklebten die Ränder.

»Oh.« Isla versuchte, mit einem strahlenden Lächeln davon abzulenken, scheiterte aber gründlich. Vor allem, da ihre Ellenbogen nicht besser aussahen. Zudem schmerzte ihr Körper an zu vielen Stellen, um sie zu zählen, aber ihr Kopf lag in diesem Rennen ganz weit vorn. Behutsam bewegte sie ihn von einer Seite auf die andere. Es fühlte sich an, als würden dort drinnen Steine hin und her rollen. »Das ist nicht schlimm, Ruby. Nur ein Kratzer.«

»Aber warum hast du so viele davon? Gestern Abend war das nicht so. Und deine Sachen sind ganz nass.« In ihren Worten klang die Strenge eines kleinen Mädchens mit, das eine Schlussfolgerung gezogen hatte und davon nicht abweichen würde.

Bisher hatte Isla ihr Lächeln vortäuschen müssen, aber nun war es echt. »Na, so richtig nass sind sie nicht mehr. Hilfst du mir hoch, ja?« Es war eine gute Idee, Ruby etwas zu tun zu geben. Vergessen waren die Fragen, und sie half Isla mit Feuereifer, bis sie wieder auf eigenen Füßen stand.

O je.

Isla unterdrückte ein Seufzen, weil die feuchten Sachen unangenehm an ihrer Haut klebten. Auch ihre Haare waren klamm und rochen nach … Isla nahm eine Strähne in die Hand und schnupperte unauffällig daran. Es roch nach Desinfektionsmitteln, wie in einem Krankenhaus. »Bist du so lieb und holst mir den Hocker?«

Ruby schüttelte den Kopf und führte sie zu ihrem Bett, sehr darauf bedacht, dass Isla nicht stolperte.

Sie war dankbar dafür, besonders da die Kleine keine Fragen mehr stellte. Viele konnte sie selbst nicht beantworten, und abgesehen davon wollte sie Ruby nicht noch mehr anlügen. »Danke, das ist sehr lieb von dir«, sagte sie und hoffte, die blütenreinen Laken nicht zu verschmutzen. Es tat gut, auf etwas Weichem zu sitzen, und am liebsten hätte sie sich auf der Stelle zurücksinken lassen. Zum Glück war Sonntag. Sie brauchte dringend Zeit für sich, um ihre Gedanken zu ordnen und zumindest ansatzweise zu begreifen, was geschehen war.

Ruby hatte sich den Schemel herangezogen und beobachtete Isla so genau, als wäre sie eine Malerin und Isla ihr Modell.

Isla zwinkerte ihr zu, legte einen Finger an die Lippen und beugte sich vor. »Nun haben wir noch ein Geheimnis. Du darfst niemandem erzählen, dass ich heute Nacht hier eingeschlafen bin und mir dabei die Knie angestoßen habe, in Ordnung?«

Rubys Federbrauen hoben sich. Sie glaubte Islas Version nicht – schließlich war sie alt genug, um zu durchschauen, wenn die Märchen, die man ihr aufzutischen versuchte, zu groß waren. Es tat Isla leid, dass sie Ruby so behandeln musste, wie manche Erwachsene es stets mit Kindern taten: als wären sie nicht nur klein, sondern auch dumm. Aber im Moment fiel ihr keine bessere Lösung ein.

Ruby presste die Lippen fest aufeinander und nickte. »Na gut.«

»Wunderbar. Ich schleiche mich dann mal in mein Zimmer, ehe deine Eltern aufwachen.« Sie strich Ruby über die Wange. »Es tut mir leid, dass ich dich erschreckt habe.«

Ruby nickte noch einmal, und ihre Unterlippe zitterte. Plötzlich warf sie beide Arme um Islas Hals und drückte sich an sie.

Isla wurde vollkommen überrumpelt. Es brach ihr beinahe das Herz zu spüren, wie Rubys schmaler Körper vom Weinen bebte.

Pfeif auf deine Grenze.

Sie erwiderte die Umarmung und strich Ruby sanft über das Haar. Leises Schluchzen war zu hören.

»Ruby«, flüsterte sie. »Kätzchen, es ist alles gut. Es tut mir wirklich leid.« Verdammt, was hatte sie da nur angestellt? Ihr schlechtes Gewissen wuchs mit jedem Atemzug. Aber da waren auch die Wärme und der Wunsch, Ruby beschützen zu wollen. Ungewohnte Gefühle, die Isla vielleicht bisher verdrängt, vielleicht aber auch gar nicht gekannt hatte. Ganz sicher war sie sich da selbst nicht. Sie hatte von klein auf gelernt, Menschen besser aus der Ferne zu mögen, da manche dazu neigten, sich zurückzuziehen, wenn man ihnen zu nahekam. Selbst die eigenen Eltern.

Vor allem die.

Nicht aber Ruby. Sie umklammerte Isla, als hinge ihr Leben davon ab.

Isla drückte ihr einen Kuss auf das Haar. »Es ist nichts Schlimmes passiert.«

Ruby murmelte etwas gegen ihren Hals.

»Was hast du gesagt, Kleines?«

»Du sollst nicht weggehen.« Warme Tränen tropften auf Islas Haut.

Sie runzelte die Stirn und schob Ruby behutsam ein Stück von sich weg, damit sie ihr ins Gesicht sehen konnte. »Aber ich gehe nicht weg. Das verspreche ich dir. Nur am Wochenende, um meine Familie zu besuchen, das weißt du doch, oder? Ich komme aber wieder. Immer.« Sie strich die Tränen mit einem Daumen weg.

Ruby schluchzte auf und klammerte sich wieder an sie.

Isla schloss die Augen und wartete, bis das Mädchen sich beruhigt hatte. Ruby musste etwas von ihrem nächtlichen Abenteuer mitbekommen haben. Woher sollte sonst die Angst stammen, dass sie Silverton verlassen könnte?

Wenn ich das tue, dann nur, um herauszufinden, wie ich dir helfen kann.

Allmählich beruhigte sich Ruby, aber Isla hielt sie noch eine Weile fest und hoffte, dass ihr stummes Versprechen Ruby irgendwie erreichen würde.

Die Haut unter ihren Fingern fühlte sich heiß an. Heiß und geschwollen. Wenn sie den Druck nur um eine Winzigkeit verstärkte, setzte der Schmerz ein.

Isla starrte an die Zimmerdecke. Sie war so hoch und hell, ganz anders als der Tunnel, der ihr eine der Beulen an ihrem Hinterkopf beschert hatte. Hell und dunkel. Sie musste an den Fremden denken, an seine Stimme, seine Hände. Die Art, wie er sie berührt hatte, erst, ohne nachzudenken, und dann so vorsichtig, als wollte er ihr zeigen, dass er ihr niemals auch nur ein Haar krümmen würde. Aber besonders an jene Unsicherheit und Sorge in seinen Augen, die so wenig zu seinem sonstigen Verhalten gepasst hatten.

Und den Kuss. War er ebenso echt gewesen wie alles andere? War alles andere überhaupt echt? Hier in ihrem Bett und mit etwas Abstand nahmen die Zweifel wieder überhand.

Sie hob eine Hand und betrachtete die Abschürfungen auf den Knöcheln. Wie viele Beweise benötigte sie denn noch?

»Isy?« Andrews Stimme riss sie zurück in die Gegenwart, und schuldbewusst stellte sie fest, dass sie nicht wusste, wie lange sie ihm nicht mehr zugehört oder an eine andere Stimme gedacht hatte. Eine, die dunkler war.

»Ja, ich bin noch da.« Sie fasste den Hörer fester.

»Körperlich vielleicht, meine Liebe. Aber du weißt, dass ich lieber deinen Geist möchte. Deine Aufmerksamkeit reicht allerdings vollkommen aus, wenn wir eine Konversation wollen. Oder gib zumindest hin und wieder ein Geräusch von dir, damit ich nicht das Gefühl habe, einen überflüssigen Monolog zu halten.«

»Tut mir leid, Andy. Ich bin ein wenig durcheinander.«

»Du kannst mir ruhig sagen, wenn ich dich langweile.« Er

klang vor allem belustigt. »Also, soll ich alles noch einmal kurz und knapp zusammenfassen, was ich soeben meisterhaft in einen über zehn Minuten dauernden Vortrag verwandelt hatte?«

»Ja bitte.« Trotz allem brachte er sie zum Lächeln.

»Na schön. Also: Mein werter und hoch angesehener Vater hat noch nie von einem Arzt namens Amel Marduk gehört, und er hat sogar ein paar seiner Kollegen befragt. Was auch immer der Kerl praktiziert, den du so verzweifelt suchst: Eine Zulassung als Arzt besitzt er sicher nicht.«

Isla verzog das Gesicht. »Und das hast du wirklich vorhin auf zehn Minuten gedehnt?«

»Mindestens. Bist du stolz auf mich?«

»Sehr.« Sie lachte. »Danke, dass du bei deinem Dad nachgefragt hast.«

»Gern, altes Mädchen. Beizeiten musst du mir genauer erzählen, was es mit diesem Kerl auf sich hat. Auch wenn du nur vorhast, mit ihm auszugehen. Ich weiß, du machst gern ein Geheimnis aus deinem Privatleben, aber mir gegenüber ist das höchst unfair. Du weißt im Gegenzug einfach zu viel über mich. Apropos: Ich muss mich verabschieden. Ich habe Deirdre versprochen, sie auf eine Kunstausstellung zu begleiten.«

Wenn er das freiwillig tat, musste ihm die Sache mit seiner Angebeteten wirklich ernst sein. »Dann will ich dich nicht länger aufhalten. Viel Spaß euch beiden. Und danke!«

»Meld dich wieder, ja?«

»Mach ich. Bis bald, Andy.«

»Bis bald.«

Sie rollte sich auf die Seite und legte auf. Schon wieder eine Sackgasse. Die ganze Sache kam ihr seltsam vor. Dieser Marduk konnte doch nicht einfach verschwinden. Ein richtiger

Arzt war er auch nicht! Was hatte er also mit Ruby angestellt, warum hatte Golding sie überhaupt an ihn überwiesen?

Sie setzte sich aufrecht und achtete darauf, sich möglichst langsam zu bewegen. Nachdem Ruby sich beruhigt hatte, war Isla auf ihr Zimmer gegangen, hatte sich um ihre Blessuren gekümmert und anschließend weiche Alltagskleidung übergestreift. Der Stoff lag federleicht auf ihrer Haut und fühlte sich dennoch an manchen Stellen an wie Stein. Sie hatte sich eine Tasse Tee gemacht und lange an ihrem Tisch vor sich hin gegrübelt. Da sie keine Erklärungen fand, tat sie das, worin sie besser war: weitere Fragen aufwerfen.

Sie musste diesen Amel Marduk ausfindig machen. Andrew war dabei ihr größter Trumpf, und nach dem ersten Telefonat mit ihm war sie aufs Bett gesunken und hatte den halben Tag durchgeschlafen. Vor einer halben Stunde hatte Andrews Rückruf sie geweckt. Er war sonntags ohnehin zu Besuch bei seinen Eltern und hatte die Informationen rasch beschaffen können.

Oder vielmehr nicht beschaffen können.

Und nun?

Ihr blieben zwei Möglichkeiten: Entweder sie verfiel in Dauergrübeleien und wurde darüber schleichend wahnsinnig, oder sie fand einen anderen Weg, um diesen Marduk aufzutreiben. Früher oder später würden die Austins Silverton für eine Verabredung oder einen anderen Termin verlassen. Mit etwas Glück stieß sie auf weitere Hinweise in Alans Arbeitszimmer. Und wenn nicht … Isla knibbelte an den Wundrändern an ihrem Knie. Bei dem Gedanken, sich in das Schlafzimmer der beiden zu schleichen, wurde ihr mulmig – das war schon eine andere Kategorie hinsichtlich Verletzung der Privatsphäre. Sie hatte bereits mit dem Besuch im Arbeitszimmer ihre Moral über Bord geworfen. Eventuell fiel ihr ja noch eine andere Lösung ein. Es musste einfach eine geben!

Erst mal musste sie vor allem den Kopf freibekommen. Ein Spaziergang an der frischen Luft würde ihr guttun, und dann konnte sie beginnen, Rubys Unterricht für die kommende Woche vorzubereiten. Es hatte ihr schon immer geholfen, sich mit Fakten zu befassen, Wissen anzuhäufen oder einfach nur Sachbücher zu wälzen. Wenn sie in einem Bereich keine Informationen sammeln konnte, würde sie es eben in einem anderen tun.

Allein der Vorsatz verlieh ihr neue Energie. Sie sprang aus dem Bett, richtete sich rasch im Bad her und machte sich auf den Weg.

Das Wetter scherte sich keinen Deut darum, dass Wochenende war und die Menschen sich gern im Freien aufgehalten hätten: Zwar war es nicht kalt, aber dafür regnerisch. Keine dicken Tropfen, sondern feine Fäden, die nicht abreißen wollten. Isla überlegte zurückzulaufen und sich einen Schirm zu holen, entschied dann aber, dass ihre Kapuze vollkommen ausreichte. Sie stülpte sie sich über, zog den Kopf zwischen die Schultern und achtete eine Sekunde lang nicht auf die Umgebung.

Genügend Zeit für Hannah, unerwartet um die Ecke zu biegen.

Isla schrie auf und wich zurück. Selbst als sie das Hausmädchen erkannte, schaffte sie es nicht sofort, sich zu beruhigen. Ihre Nerven vibrierten bereits den ganzen Tag. »Entschuldige«, murmelte sie und lockerte ihre Finger, um das Zittern daraus zu vertreiben. »Ich habe dich nicht erwartet.«

»Ich dich auch nicht«, erwiderte Hannah ungerührt. »Aber einen Herzinfarkt bekomme ich trotzdem nicht. Was ist los mit dir? Bisher warst du kein Mitglied der hysterischen Fraktion.« Sie trug ihre Arbeitsmontur und sah wie immer besonders ungehalten aus, wenn sie am Wochenende arbeiten musste. Die Austins richteten sich bei Hannahs freien Tagen nach ihrem persönlichen Terminkalender – wenn sie ohnehin auswärts aßen, war es sinnvoller, ihr freizugeben. Victoria kochte ebenso ungern wie ihr Mann, doch die Mahlzeiten für Ruby bekam sie noch hin. Isla argwöhnte, dass Ruby einfach nicht so wählerisch war wie ihre Eltern, hütete sich aber, das laut auszusprechen.

Wenn die Austins an den Wochenenden auf Silverton blieben, tat Hannah das also zwangsläufig auch und sah sich der Aufgabe gegenüber, ein besonderes Menü aufzutischen. Wahrscheinlich war das Abendessen auch der Grund für den Strauß Blumen mit kleinen, kunterbunten Blüten in ihrer Hand. Sie war gewiss nicht der romantische Typ, aber Victoria liebte es, ihre Salate mit Blüten verziert zu sehen.

Isla räusperte sich. »Ich war einfach mit den Gedanken woanders, das ist alles.«

»Scheint dir öfter zu passieren in letzter Zeit.« Hannah deutete auf Islas Finger. An den Knöcheln waren die Abschürfungen noch deutlich zu erkennen. »Oder hast du dich geprügelt?«

»Ich bin gestolpert.«

»Hm.« Hannah glaubte ihr kein Wort, beließ es aber dabei.

Isla wollte weitergehen, doch Hannahs Worte ließen sie innehalten. Sie zündeten etwas in ihrem Kopf, einen Funken Hoffnung, gekoppelt mit einer Idee, zu vage, um Erfolg zu versprechen. Aber bisher war es ihre einzige.

Die Frage mit der Prügelei war zwar eindeutig ein Scherz gewesen, aber auch nur, da Hannah genau wusste, dass sie in zwei verschiedenen Welten lebten. In Islas war eine solche Vorstellung undenkbar. In Hannahs nicht. Sie kannte Leute, die sich gegenseitig die Köpfe einschlugen, sei es aus Geldgründen oder weil es ihre Art war, Dinge zu klären. Ihre Freunde wussten um die dunklen Bereiche der Stadt, um die Untergründe und ihre Gesetze, und sie hielten sich dort regelmäßig auf. Hannah hatte ihr erzählt, dass manche von ihnen sogar auf der Straße überlebt hatten. Sicher wussten sie viele Dinge, von denen Isla nicht einmal etwas ahnte.

»Hannah«, begann sie zögernd. »Deine ... Jungs.«

»Was ist mit ihnen?« Als hätte sich ein Schalter umgelegt, war Hannahs Sorglosigkeit verschwunden und hatte Wachsamkeit Platz gemacht. Das war schon in Ordnung. Wahrscheinlich musste es genau so sein.

Isla überlegte sich ihre Worte gut. Das Beste war, wenn sie mit der Wahrheit rausrückte. Hannah wusste ohnehin alles über das Gespräch mit Golding. »Es geht noch immer um diesen Amel Marduk. Mein Freund Andy hat nichts über ihn in Erfahrung bringen können, außer dass er keine Zulassung besitzt. Was bedeutet, er arbeitet zumindest hier in der Gegend nicht mehr als Arzt. Oder er macht nun etwas anderes.«

»Ich weiß nicht.« Hannah sah wirklich skeptisch aus. »Ärzte entscheiden sich in den meisten Fällen nicht mal eben dafür, aus Lust und Laune was Neues auszuprobieren. Dafür sitzen sie sich zu lange in irgendwelchen Universitäten den Hintern platt. Und genug Kohle sehen sie für ihre Arbeit auch.«

Isla wusste durch Andy zwar durchaus von Fällen, in denen junge Ärzte nicht so gut von ihrem Lohn leben konnten, wie die Bevölkerung glaubte, doch sie beließ es dabei. »Genau das finde ich ja so seltsam. Und ich würde wirklich gern mit ihm über Ruby reden. Du hast ja letztens erwähnt, dass deine Freunde … nun ja, unter anderem als Boten arbeiten, und da dachte ich …« Sie verhaspelte sich und starrte auf ihre Hände.

Hannah lachte leise und schnalzte mit der Zunge. Es klang wie eine Rüge. »Ah, verstehe. Frau Lehrerin hofft auf illegale Wege, wenn sie auf den normalen nicht zum Ziel kommt?«

Islas Wangen brannten. »Ich habe nichts von illegalen Wegen gesagt. Ich frage mich einfach nur, ob diese Information zu beschaffen ist? Ich weiß nur nicht … also ich meine, wenn ich es mir leisten kann.«

Hannah gluckste. Das Ganze schien sie wirklich zu amüsieren. »Mach dir mal keinen Kopf um Geld. Ich kann ja fragen, ob jemand etwas weiß. Sieh es als Gegengefallen dafür, dass du mich bisher nicht fürs Rauchen verpfiffen hast.«

Und es auch in Zukunft nicht tun wirst.

Isla nickte. »Danke, das ist großartig. Alles, was ich weiß, ist sein Name und wo er Ruby damals behandelt hat. Die Praxis existiert allerdings nicht mehr.«

»Gib mir einfach später die Adresse, und ich sehe, was ich tun kann. Das heißt, wenn du Vicky und Alan nichts verrätst.«

»Genau darum wollte ich dich auch gerade bitten.«

»Ich sehe, wir verstehen uns.« Hannah zog eine Zigarette aus der Schürze. »So. Und nun gehe ich noch ein wenig in mich, ehe ich Schnecken aus dem Salat pulen gehe.«

»Danke, Hannah.« Isla zögerte. Sie fühlte sich wirklich ein wenig kriminell. Als würde sie einen geheimen Pakt hinter den Rücken sämtlicher Menschen schließen, die sie kannte. Das stimmte zwar grundsätzlich, war allerdings eine sehr dramatische Version einer simplen Anfrage.

Aber wer konnte es ihr verdenken. Wenn ihr Leben in den vergangenen Tagen eines gewesen war, dann dramatisch.

Es dauerte fast eine ganze Woche, bis Hannah Amel Marduk wieder zur Sprache brachte. Isla hatte sich gezwungen, zur Tagesroutine überzugehen, und auch Ruby gegenüber kein weiteres Wort über die Sache verloren. Es fiel ihr schwer, da sie genau bemerkte, wie sehr das Thema Ruby noch beschäftigte. Sie beobachtete Isla oft verstohlen und konzentrierte sich wieder auf ihre Aufgaben, wenn ihr Blick erwidert wurde. Am Abend versuchte sie zu verbergen, wie sehr sie gegen den Schlaf ankämpfte, und als Isla am Dienstagabend noch einmal nach ihr sah, saß sie aufrecht in ihrem Bett und starrte an die nackte Wand. Ihr Nachthemd war bis zu den Knien hochgeschoben und eine Wade feuerrot, da sie sich permanent selbst gekniffen hatte, um wach zu bleiben. Am nächsten Morgen zierten blaue Flecken ihre Haut, und Islas schlechtes Gewissen schlug über ihr zusammen. Doch als sie Ruby darauf ansprach, schüttelte sie lediglich den Kopf und gab vor, sich auf andere Dinge zu konzentrieren – und zwar so sehr, dass sie vor Anstrengung keuchte, als sie ihre Stirn in Falten legte.

Geheimnis gegen Geheimnis.

Isla war überrascht, dass es sie verletzte. Das Band zwischen Ruby und ihr war nicht allzu fest gewesen, doch es war mit jedem Tag stärker geworden und hatte sie letztlich selbst mit seiner Kraft überrascht. Nun nahm seine Festigkeit ab, und sie war nicht sicher, wie lange es dauerte, bis es porös wurde oder gar riss. Das durfte und wollte sie nicht zulassen. Vor allem, da sie schuld war, aber auch, weil sie dieses unerwartete Geschenk nicht verlieren wollte. Warum hatte sie in der Nacht nicht noch ihre letzten Kräfte mobilisiert, um aus dem Zimmer zu kriechen? Hätte sie sich nur ein wenig mehr angestrengt, dann hätte Ruby sie niemals gefunden. Und sie hätte nicht lügen müssen.

Wenn wenn wenn.

Und dann war da noch die Verletzung ihrer offiziellen Pflichten. Ruby stand unter ihrer Obhut. Es war ihre Aufgabe, Dinge zu erklären, und nicht, die Kleine zu verwirren und anschließend damit allein zu lassen. Aber wie erläuterte man etwas, das nicht existieren durfte? Das man selbst so wenig verstand, dass es einem Angst machte?

Zwei Tage nach dem Zwischenfall hatte sie Ruby zur Seite genommen und ihr erklärt, dass sie an jenem Abend einen Schwächeanfall erlitten hatte, nun aber wieder bei bester Gesundheit war. Ruby hatte genickt, aber die Distanz in ihren Augen war geblieben.

Obwohl es Isla unter den Nägeln brannte, mehr herauszufinden und den dunkelhaarigen Mann wiederzusehen, hielt sie sich um Rubys willen zurück und verließ das Kinderzimmer, kaum dass die Kleine am Abend eingeschlafen war. In ihren eigenen vier Wänden saß sie danach mit geschlossenen Augen auf dem Bett und fragte sich, ob die Saphirtür bereits erschienen war – und ob der Fremde ebenso oft an sie dachte wie sie an ihn. Oder was er gerade tat. Ob er noch immer auf der Flucht war vor Dingen, die sie nicht kannte. Sie stellte es sich schrecklich vor, stets wachsam und misstrauisch zu sein, und wünschte ihm, dass er einen Ort fand, an dem er ausruhen und sich sicher fühlen konnte. Nachts träumte sie von der Welt hinter der Tür und schreckte regelmäßig hoch, wenn sich die Bilder in Albträume verwandelten. Dann saß sie schwer atmend in ihrem Bett und wischte sich den Schweiß von der Stirn, während sie sich immer wieder sagte, dass sie soeben nicht ertrunken oder von knorrigen Bäumen erschlagen worden war. Niemand hatte sie so lange unter Wasser gedrückt, bis es sich so rot gefärbt hatte wie die Granatäpfel auf dem Schiff, und der Mann hatte auch nicht versucht, sie zu erwürgen, während er sie umarmte.

Der Mann, der nicht Amel Marduk hieß. Das war das Einzige, was sie mit Sicherheit aus seiner Reaktion hatte schließen können. Warum hatte er nur so sehr betont, dass es nicht sicher sei und sie gehen müsse?

Sogar das glaubte sie ihm, wobei sie sich eine Idiotin schalt und sich fragte, ob wirklich ein einzelner Kuss ausreichte, um sie derart zu verwirren. Auch wenn dieser Kuss eher eine Maßnahme gewesen war, um ihr unter Wasser Sauerstoff zu spenden.

Ein Traum hatte sich von den anderen unterschieden, eine seltene Kostbarkeit, auf die sie gehofft, mit der sie aber fast nicht mehr gerechnet hatte. Er hatte nur von dem Mann gehandelt, wie zuvor, als sie ihm noch nicht wirklich begegnet war. Von seiner dunklen, leisen Stimme, seinen Augen, deren Funken sie noch immer nicht ergründet hatte. Die Umgebung hatte keine Rolle gespielt. Wichtig waren einzig seine Berührungen und dass sie Isla in eine angenehme Ruhe hüllten. Die Luft hatten sie ihr trotzdem genommen, und selbst nach dem Aufwachen wurde sie beim Gedanken an die Einzelheiten des Traums rot. Lange hatte sie mit geschlossenen Augen auf ihrer Bettkante gesessen, die Fäuste gegen die Schläfen gepresst, während sie mit aller Kraft versuchte, die Bilder festzuhalten. Aber wie die meisten Träume hatten sie sich teilweise verflüchtigt.

Die Bilder, nicht aber die Gefühle darin.

Seit vergangenem Sonntag hatten zahlreiche neue Werke Islas Notizbuch gefüllt. Sie hatte den Tunnel gezeichnet, den See und die Boote, die düstere Version von Silverton und immer wieder den Mann. Alles in allem balancierte sie zwischen dem Gefühl, ein anderer Mensch zu sein, und dem Vorsatz, alles so zu machen wie bisher, um Rubys Welt möglichst wenig zu verändern. Wenn sie eines über sich lernte, dann, dass sie eine miserable Schauspielerin war.

Am Freitag musste der Unterricht wegen schlechten Wetters in das Haus verlegt werden, nachdem die Sonne sich einige Tage lang so viel Mühe gegeben hatte wie selten um diese Jahreszeit. Nachmittags huschte Isla durch die Gänge von Silverton und hoffte, niemandem zu begegnen. In den vergangenen Tagen zog sie sich mehr und mehr zurück. Mehrere Male stand sie kurz davor, die Austins auf Amel Marduk anzusprechen, aber sie tat es nicht.

Im Gang zum Anbau stieß sie auf Hannah und zwang sich zu einem der schmalen Lächeln, in die sie sich nun so oft flüchtete. »Hallo.«

Das Zimmermädchen reichte ihr wortlos einen Zettel. Isla nahm ihn, las Worte in recht unordentlicher Handschrift und begriff.

»Ist sie das? Die Adresse?«

»Sofern ich mich erinnere, hast du mich nicht um ein Foto gebeten«, erwiderte Hannah leise. Sie klang anders als sonst. Kaum Spott in der Stimme, wenig Trotz. Hannah wollte die

Sache ebenfalls vor den Austins geheim halten. Immerhin steckte sie nun mit drin.

Isla nickte knapp und musterte noch einmal die Buchstaben. Die Adresse war in Brookwick.

Sie brauchte etwas, um sich die Gegend ins Gedächtnis zu rufen. Nachdem ihr die Stelle zugesagt worden war, hatte sie sich eine Karte geschnappt und Orte sowie Entfernungen eingeprägt. »Das ist ganz schön weit außerhalb. Und er nutzt seinen Doktortitel nicht? Das ist seltsam, findest du nicht?«

»Daher hat es auch länger gedauert.« Hannah überging die Frage. Ihre Pupillen bewegten sich hin und her, während sie die Gegend im Auge behielt. »War ganz schön viel Arbeit.«

Isla schluckte. »Danke. Auch an deine Freunde. Ich hoffe, dass …«

Hannah winkte ab. »Ist schon okay. Erzähl mir besser nicht, was du weiterhin vorhast. Ich bin zwar gut darin, diese Rüschenfassade aufrechtzuhalten«, sie zupfte an ihrer Schürze. »Aber wenn ich es nicht wissen muss, will ich es erst gar nicht hören. Okay?«

»Okay«, flüsterte Isla. Hannah hatte recht. Besser, sie zog so wenige Leute wie möglich in die Sache hinein. Die wurde immer komplizierter: Sie hinterging nicht nur die Anweisungen ihrer Arbeitgeber, sondern suchte auch jemanden, der offenbar versucht hatte unterzutauchen. Innerlich stöhnte sie auf. Hatte sie wirklich geglaubt, dass die Flut an Fragen irgendwann nachlassen würde? Ihre Anspannung wuchs mit jedem Tag. Oder verwechselte sie die mit ihrem schlechten Gewissen? Vermutlich war beides ein und dasselbe. »Also ich … danke.«

»Wofür?« Die alte Hannah war zurück, ungerührt und mit den typisch hochgezogenen Augenbrauen, die so viel mehr sagten als ihre Worte. Zwischen ihnen war nichts Besonderes vorgefallen. Sie waren lediglich zwei Angestellte, die auf dem Gang ein paar Sätze wechselten. Isla murmelte eine Verabschiedung und trat an Hannah vorbei auf ihr Zimmer. Ihre Faust schloss sich fest um den Zettel, und es hätte sie nicht gewundert, wenn er ihre Haut verbrennen würde.

Sie ging zu ihrem Tisch, konnte sich aber nicht dazu durchringen, sich zu setzen. Entspannung war nun so fern wie die Adresse des Mannes namens Amel, der kein Arzt mehr war. Isla starrte auf die Buchstaben von Hannahs Handschrift, bis sie vor ihren Augen zu tanzen begannen.

Wer bist du genau?

Selbst wenn Amel Marduk ein alter Mann und in den Ruhestand gegangen war, würde er sich doch sicher noch als Doktor bezeichnen? Hätte man ihm den Titel aberkannt, hätte Andys Vater es sicher gewusst. Derartige Skandale machten nur zu gern die Runde. In gewisser Weise handelte es sich um verbale Leichenfledderei – je mehr ehemalige Kollegen sich fanden, die es nicht geschafft hatten, desto besser fühlten sich all jene Mediziner, die noch im Rennen waren. Informationen über Aussteiger aus der Ärzteschaft wurden daher beinahe so hoch gehandelt wie berufliche Erfolge.

Isla strich über den Rand des Papiers. Nun brannte es doch, aber nicht auf ihrer Haut, sondern tief darunter. Es würde ihr keine Ruhe lassen, nicht jetzt und erst recht nicht in der Nacht. Und während sie grübelte, stieß sie auf die bereits getroffene Entscheidung. Es gab keine Fragen oder Alternativen. In der vergangenen Woche war es ihr jeden Tag schwergefallen, nicht in Rubys Zimmer zu gehen und nach der Saphirtür zu sehen. Oder mit Ruby zu reden. Oder nachts nicht nach ihrem Notizbuch zu greifen, um die Zeichnungen noch mal zu betrachten. Sie hatte es durchgestanden, dafür aber sämtliche Willenskraft aufwenden müssen.

Nun war nicht mehr viel übrig. Sie konnte keinen Tag länger untätig sein, wenn Amels Adresse ihr zubrüllte, endlich den nächsten Schritt zu tun. Vor allem, wenn er so klar und deutlich vor ihr lag.

13

Oh. Ronny wird enttäuscht sein.«

Isla umklammerte den Griff ihrer Reisetasche neben dem Stuhl und schwieg. Natürlich formulierte ihre Mutter es so. Immer war es Ronny. Ronny würde sich freuen. Ronny hatte eine schöne Zeit bei ihrem Wochenendbesuch. Und nun würde Ronny enttäuscht sein, dass sie auch an diesem Wochenende nicht nach Hause kam.

Es war, als ob ihre Eltern es nicht über die Lippen brachten, wie sie fühlten. Nicht weil da nichts war – Isla hatte gesehen, dass die Augen ihrer Mutter durchaus leuchteten, wenn sie am Wochenende nach Hause kam, und sie hatte auch die verlegene Unbeholfenheit ihres Vaters bemerkt, mit der er eine Sekunde zu lang in der Tür stand, als ob er nicht wisse, wie er seine Tochter begrüßen sollte. Doch nach all den Jahren konnten sie es noch immer nicht sagen und nutzten ihren Sohn als Botschafter zwischen ihren beiden Welten. Das unausgesprochene Einverständnis zwischen Isla und ihnen war zu stark, auch wenn sie daran zweifelte, dass es jemals von einem von ihnen gewollt gewesen war.

Wir reden nicht über ihren Tod. Aber dafür reden wir auch nicht über all die anderen Gefühle. Wenn wir nicht darüber reden, können wir uns auch keine Vorwürfe machen. Können wir dir keine Vorwürfe machen.

Vielleicht wäre es besser gewesen, sie hätten es einmal getan. Es wäre schmerzhaft, diesen Dorn aus der Wunde zu reißen. Sein Widerhaken würde ein Stück Fleisch mitnehmen, aber das war zu verkraften. Und selbst wenn ein kleines Loch zurückblieb, würden alle wissen, warum es da war.

Manchmal war Isla kurz davor, den Mund aufzumachen. Darauf hinzuweisen, dass sie um den Dorn wusste. Aber auch sie kam nicht gegen die Familiengesetze an, die seit ihrer Geburt existierten. Mittlerweile ahnte sie, dass es diese Distanz zu ihren Eltern war, die sie mit Ruby verband.

»Ja, und das tut mir leid. Sag ihm, ich mache es wieder gut«, spielte sie mit. »Aber Rubys momentane Lernphase ist wirklich schwierig, und ich möchte alles richtig machen. Gerade bei meiner ersten festen Anstellung.«

»Ich verstehe dich ja. Glaub mir, ich würde es genauso machen.«

Nein. Du würdest nach Hause fahren, zu deiner Familie, und nicht irgendwelchen Spuren folgen, die vielleicht gar keine sind. Aber du gehst auch nicht nachts durch magische Türen.

»Bekommst du die Überstunden zumindest bezahlt?«, fragte ihre Mutter.

Islas Fingernägel bearbeiteten die Naht der Tasche. »Ich nehme mir dafür irgendwann einen Ausgleich.«

»Gut, gut. Lass dich von denen nicht übers Ohr hauen, hörst du?«

»Nein, keine Sorge. Ich ruf wieder an. Und nächstes Wochenende komme ich auf jeden Fall. Versprochen.«

»Ich richte es aus. Bis bald, Kleines.«

»Bis bald, Mama.« Isla zögerte und horchte der Stille nach, doch am anderen Ende war bereits aufgelegt worden. Sie kämpfte gegen die Enttäuschung, die trotz allem immer wieder nach einem solchen Gespräch in ihr aufwallte. Manche Gefühle konnten einfach nicht kontrolliert werden. Doch sie war schwach, diese Enttäuschung, da die Gewohnheit sie schon vor vielen Jahren an die Hand genommen hatte. Immerhin war sie erwachsen und hatte andere Dinge zu tun, als ihrer Kindheit nachzuhängen oder der Tatsache, dass auch ihre Eltern einiges hätten besser machen können. Wie wahrscheinlich jedes Elternpaar auf dieser verdammten Welt.

Isla nahm ihre Reisetasche und stand auf. Ihren Entschluss hatte sie innerhalb weniger Minuten gefasst und noch einmal so lange gebraucht, um zu packen. Die Fahrt war lang, sie würde einmal umsteigen müssen und erst am Nachmittag in Brookwick ankommen. Eine weitere Woche Grübeleien und Unsicherheiten hätte sie jedoch nicht durchgestanden. Und Ruby vielleicht auch nicht. Nein, sie musste heute fahren und morgen zurückkommen – hoffentlich mit Antworten und vielleicht sogar einer Lösung.

Von den Austins verabschiedete sie sich nicht. Sollten die beiden glauben, dass sie wie immer zu ihrer Familie fuhr. Um den Schein zu wahren, nahm sie den Weg durch die große Halle. Sie hatte kaum die Tür erreicht, als Trippelschritte laut wurden. Ein zarter Schatten löste sich aus dem Seitenflügel und rannte auf Isla zu.

Ruby warf sich mit ungewöhnlicher Kraft in Islas Arme. Ihre Ärmchen schlangen sich um ihre Taille. »Du sollst hierbleiben«, murmelte sie. Vergessen war der Abstand der vergangenen Woche.

Isla blickte auf Ruby hinab. Heute hatte Victoria sich um ihr Haar gekümmert und es mit unzähligen Nadeln zu einer

Lockenfrisur hochgesteckt, die an Ruby so fehl wirkte wie die Kluft eines Straßenarbeiters. Dazu trug sie ein Kleid mit einem ausladenden Chiffonrock, der sich steif gegen Islas Beine presste. Spielen war in diesem Aufzug nahezu unmöglich, wenn Ruby nicht Frisur oder Kleid oder gar beides ruinieren wollte.

Isla wollte Victorias Kunstwerk nicht zerstören, um Ruby keinen Rüffel ihrer Mutter aufzubrummen, beugte sich vor und schob das Mädchen behutsam von sich weg. Erst dann ging sie in die Hocke. »Aber Ruby, du weißt doch, dass ich morgen wiederkomme, nicht wahr?«

Ruby nickte und hielt die Tränen krampfhaft zurück. Das war nicht normal. Bisher hatte sie verstanden und akzeptiert, dass Isla ihre freien Tage hatte, an denen sie nicht auf Silverton war. Was war jetzt anders? Hatte die Kleine doch mehr mitbekommen, als sie glaubte?

»Also.« Isla wischte mit einem Daumen an den langen Wimpern entlang. »Dann sehen wir uns morgen. Und bis dahin keine Tränen mehr. In Ordnung?«

Ruby starrte sie an, als überlegte sie, ob sie das Versprechen überhaupt geben sollte.

»Ich komme wieder«, flüsterte Isla und hauchte Ruby einen Kuss auf die Wange. »Morgen Abend sage ich dir gute Nacht.«

»Versprichst du das?«

»Natürlich, Kätzchen. Und nun«, sie küsste auch die andere Wange und stand auf, »möchte ich keine weiteren Tränen. Ich würde mich viel mehr freuen, wenn du mir zum Abschied ein Lächeln schenkst. Meinst du, das bekommst du hin?«

Ruby knibbelte an ihrem Kleid. »Ich glaube schon.«

Isla hob einen Daumen. »Das freut mich. Bis morgen. Und

dann bin ich gespannt, was du mir von deinem Wochenende erzählst.«

Ruby hob ebenfalls den Daumen, dann die Mundwinkel. Es wirkte etwas verkrampft, war aber wohl alles, auf das Isla hoffen konnte. Sie hielt sich nicht zu lange damit auf, ihr zu winken, und beeilte sich, die Eingangstür hinter sich zu schließen.

In der Einfahrt atmete sie tief aus. Es kam ihr vor, als wäre sie einem Gefängnis entkommen.

Der Zug hatte Verspätung, also musste Isla rennen, um den Anschluss zu erwischen. Ihr Kleid klebte ihr am Körper, als sie sich in die dunklen Polster fallen ließ. Der Zug rollte bereits an, und sie lehnte die Stirn an die Fensterscheibe, um sich etwas Kühlung zu verschaffen. So sicher sie sich zuvor gewesen war, das Richtige zu tun, so genügte eine Kleinigkeit wie dieser kurze Sprint, um Zweifel zu schüren. Was tat sie hier eigentlich?

Sie gönnte sich einen weiteren Moment, in dem sie einfach nur vor sich hin starrte. Für Zweifel war es nun wirklich zu spät, und sie brachten ihr herzlich wenig. Sie war nicht hier, um über sich oder ihre Handlungen nachzudenken. Heute wollte sie herausfinden, wer Amel Marduk wirklich war.

Die Fahrt verlief ohne weitere Zwischenfälle. Ihre Karte wurde kontrolliert, und zur Sicherheit fragte sie den Schaffner, ob sie sich die richtige Haltestelle notiert hatte, um auszusteigen. Er betrachtete die Notiz mit der Adresse ihrer Unterkunft, und Isla befürchtete bereits, aus lauter Hektik in den falschen Zug gestiegen zu sein. Mit einer leichten Verbeugung reichte er ihr den Zettel zurück und strich sich über den dichten Schnurrbart mit den grauen Spitzen. »Wenn ich mich nicht irre, liegt die

Pension sehr zentral. Fragen Sie aber am besten einen Taxifahrer, sobald Sie ankommen.«

»Danke.« Isla verstaute den Zettel wieder in ihrer Tasche.
Die Ränder wellten sich bereits.

Er verabschiedete sich mit einem freundlichen Brummen,
verließ das Abteil, und Isla widmete sich wieder der Landschaft.
Die Baumgruppen und Felder dort draußen gaben sorgenvol-
len Gedanken herrlich wenig Spielraum, und so konzentrierte
sie sich auf einzelne Aspekte: die vielen Grün- und Brauntöne,
die Formen, Bewegungen wie von einem Traktor auf dem Feld.
Die Orte, in denen sie hielten oder die an ihnen vorbeiflogen,
wurden kleiner, und eine richtige Stadt hatte sie nicht mehr
gesehen, seitdem sie umgestiegen war. Es war ein wenig so, als
würde sie rückwärts in der Zeit reisen. Die Menschen auf den
Feldern sahen auf, wenn der Zug vorbeidonnerte, manche
winkten ihm sogar zu. Zwei Kinder rannten ein Stück mit, lachend und mit weit aufgerissenen Mündern wie junge Hunde.
Isla legte eine Hand an die Scheibe, und einer der Kleinen
blickte in ihre Richtung. Vielleicht hatte er sie gesehen, obwohl
sie für ihn nicht mehr als ein Schatten sein konnte.

Über zwei Stunden später wurde sie müde vom Nichtstun.
Sie aß die Brote, die sie Hannah abgeluchst hatte, und trank
die Hälfte ihres Wassers. Irgendwann schlief sie sogar ein und
schreckte kurz darauf hoch in der Angst, die Station verpasst
zu haben. Ein Blick auf die Uhr beruhigte sie, auch wenn
es ihr seltsam erschien, dass sie noch immer allein im Abteil
war.

Sie kämpfte gegen eine zweite Müdigkeitsattacke, als sie endlich an ihrem ersten Ziel eintraf. Erleichtert stand sie auf,
schnappte sich ihre Tasche und stieg aus. Der Zug knackte und

verströmte Hitze, und Isla war froh über den frischen Wind, der ihr Leben ins Gesicht blies.

Der Betrieb auf dem einzigen Bahnsteig hielt sich in Grenzen. Ein Pärchen sowie zwei Alleinreisende stiegen ein, allerdings niemand aus, abgesehen von Isla. Das winzige Gebäude neben den Gleisen, viereckig und ohne einen Hauch Modernität, strahlte Kälte aus und rief ihr zu, am besten auf dem Absatz kehrtzumachen und wieder in den Zug zu steigen. Sogar die beiden Tauben auf dem Beton davor hoben nur kurz die Köpfe, als Isla an ihnen vorbeiging, und machten einen höchst desinteressierten Eindruck. Die Umgebung glich einem Bild in einem in die Jahre gekommenen Rahmen, und sie hatte definitiv keinen Platz darin.

Untersteh dich, das als Omen zu betrachten!

Sie wollte das Gebäude betreten, doch die Tür war verschlossen. Irritiert sah sie durch das zerkratzte Fenster, hinter dem ein Mann in der Arbeitskleidung eines Bahnangestellten in einer Zeitung blätterte. Er musste sie gehört haben, wenn nicht sogar gesehen. Trotzdem reagierte er mit keiner Wimper. Isla winkte, wartete eine Weile und klopfte dann gegen die Scheibe. Mit gerunzelter Stirn sah er auf, betätigte einen Hebel am Fenster und schob es einen Spalt zur Seite.

»Ja?« Sein Gesichtsausdruck teilte ihr mit, wie sehr sie störte, doch das war nichts im Vergleich zu dem Knurren in seiner Stimme.

Isla schluckte ihren Ärger herunter und räuspelte sich. »Ich suche die Pension *Green and Arch.* Können Sie mir sagen, ob ich sie fußläufig erreichen kann oder besser ein Taxi nehme?«

Er musterte sie von oben bis unten. Dabei bewegte er den Kopf, sodass das Licht sich auf seiner fettglänzenden und extrem hohen Stirn spiegelte. »Woher soll ich das wissen? Kann ja nicht sagen, wie fit Sie sind.«

Zumindest wusste sie jetzt, dass er nicht nur grimmig wirkte. »Nun, eine normale Schätzung würde mir genügen. Ich bin keine Hochleistungssportlerin, brauche aber auch keine Krücken.«

Wieder starrte er auf ihre Beine, als ob er den Wahrheitsgehalt ihrer Worte überprüfen wollte. »Höchstens zehn Minuten.«

Zehn Minuten waren locker zu schaffen. Ihre Tasche war nicht groß, sie hatte lediglich das Nötigste für die Nacht und Wäsche zum Wechseln mitgenommen. Sie schenkte dem Knurrhahn ein Zuckerlächeln, das er als übertrieben oder echt ansehen konnte, ganz wie er wollte. Oder vielmehr: Wie es ihm seine Laune gestattete. »Wenn Sie so freundlich wären, mir den Weg zu beschreiben? Ich wäre Ihnen unendlich dankbar. Sonst wird nachher wirklich noch ein Marathon draus.«

Er wirkte kurzzeitig verwirrt. »Aus dem Gebäude raus, die Straße links runter. Am Pub rechts, an der Gabelung auch, und dann geradeaus. Ist das einzige Gasthaus im Ort, lässt sich eigentlich nicht verfehlen.« In seiner Stimme lag dieser Ton, der ihr trotzdem zutraute, am Ziel vorbeizulaufen.

Isla hielt ihr Lächeln. »Herzlichen Dank, Sie waren mir eine große Hilfe. Ich wünsche Ihnen einen ganz wundervollen Tag.« Sie wartete die Antwort nicht ab, hob ihre Tasche und machte sich auf den Weg.

Entweder war der Mann selbst Sportler, konnte schlecht schätzen oder hatte sich einen Scherz mit ihr erlaubt. Aus den angegebenen zehn Minuten wurden über zwanzig. Warum es kein Gasthaus in unmittelbarer Nähe zum Bahnhof gab, war ihr schleierhaft. Aber Brookwick war auch kein Ort, den man aus freien Stücken besuchte. Die Häuser waren größtenteils ebenso grau wie das Gesicht des Mannes am Bahnhof und verströmten das typische Flair einer Arbeitersiedlung. Die Umgebung in der Ferne gab sich mit ihren Feldern und Baumgruppen zwar idyllisch, kam jedoch nicht gegen den Ortskern an. Hier lebte man, um zu arbeiten, und zwar nach dem Uhrwerk, ohne Träume und Wünsche und am besten auch ohne Gefühle. Selten hatte Isla so lieblos gestaltete Vorgärten gesehen, und sie fragte sich, warum Amel Marduk ausgerechnet diese Gegend ausgesucht hatte, um sich niederzulassen. Ob er hier praktizierte? Unwahrscheinlich, sonst hätte Andys Vater es in Erfahrung gebracht.

Sie blickte auf die Uhr und drehte sich um. Die Gabelung lag hinter ihr, aber sie war bereits über fünfzehn Minuten gelaufen, und das zügig. Unschlüssig sah sie nach vorn, dann noch mal zurück. Es war niemand zu sehen, den sie nach dem Weg fragen könnte. Zwar hätte sie schwören können, dass sich in einem der Häuser eine Gardine bewegt hatte, aber es widerstrebte ihr, dort anzuklingeln und Rat zu suchen.

Sie sah in den Himmel. Immerhin dort blinzelte ein Blauschimmer hinter dem Weißgrau der Wolken hervor. Nun, sie hatte keine Wahl, also setzte sie sich wieder in Bewegung und fand weitere Farbflecken.

Das schmutzige Rot einer Gartenzwergmütze. Ein umgestürztes Dreirad in Düsterblau, dessen Lenker abgebrochen war. Zwei zaghafte Kletterrosen an einer Hauswand, die noch nicht wagten, ihre rosafarbenen Kelche zu öffnen. Oder es niemals tun würden. Wahrhaft himmlische Idylle!

Achtzehn Minuten. Isla wechselte die Tasche in die andere

Hand. Mittlerweile gab es keine Häuser mehr. Rechts von ihr wuchs ein kleiner Wald in die Höhe, zur Linken lag Brachland. Sie gab der ganzen Sache noch weitere fünf Minuten, dann würde sie umdrehen und trotz allem bei dem letzten Haus klingeln und nachfragen.

Die Straße stieg an, und als sie wieder abfiel und Isla das Ziehen in den Waden spürte, sah sie in der Ferne den Umriss eines Hauses. War das etwa das Gasthaus? Sie blieb stehen und sah sich noch mal um. Noch wenige Meter, und die anderen Häuser würden hinter der Kuppe verschwinden. Sollte das dort das *Green and Arch* sein, so hatte man sich Mühe gegeben, Besucher von den Einwohnern fernzuhalten. Das Haus lag wie ein Stiefkind da, gerade noch in Laufweite und irgendwie Teil des Orts, aber trotzdem ein Einzelgänger. Eine passendere Unterkunft hätte sie sich kaum aussuchen können.

Das *Green and Arch* hielt sich trotz seiner Außenseiterrolle an die Gepflogenheiten des Orts und gab seinen Gästen auf den ersten Blick zu verstehen, dass sie selbst schuld waren, eine Nacht hier verbringen zu wollen. Isla musterte den Kastenbau mit dem völlig unpassenden Plastikschild über dem Eingang und seufzte. Eine Nacht würde sie überstehen, außerdem war sie ja nicht zum Vergnügen hier. Das zumindest hatte sie wohl mit den Einwohnern gemeinsam.

Vor dem Haus blieb sie stehen und checkte erneut die Zeit: einundzwanzig Minuten. Sie war aber auf jeden Fall richtig, denn der Name der Pension stimmte, wie ihr der graue Schriftzug auf blauem Untergrund verriet. Man konnte ihn erst entziffern, wenn man direkt davorstand. Isla war nicht sicher, ob die Bewohner leuchtende Farben schlicht verabscheuten oder es im Ort eine stumme Abmachung gab, die solche verbot. Plötzlich fragte sie sich, ob Amel ebenso düster und schlecht gelaunt war. Die Vorstellung, wie er Ruby mit einem Gesicht aus Stein untersuchte, beunruhigte sie, und sie war froh, die Kleine sicher in Silverton zu wissen.

Sie strich sich den Schweiß von der Stirn – auf dem Weg hierher war ihr warm geworden, und sie hoffte, dass das *Green and Arch* zumindest kleine Mahlzeiten und Erfrischungen anbot. Falls nicht, hatte sie ein Problem, denn ihr Magen knurrte.

Er musste warten.

Isla drückte die Klinke herunter und betrat das Haus. Eine Holzplanke unter ihr sackte ein Stück herab. Die Wände waren zwar sauber und die Fenster geputzt, aber nur bis zu einer gewissen Höhe – an der Decke ballten sich Spinnenweben. Sie hoffte von ganzem Herzen, dass es in ihrem Zimmer anders aussah.

Die Eingangshalle war durch das schwere Holz und die zugezogenen Vorhänge klein und dunkel. Dabei hätte dem leicht muffigen Geruch ein geöffnetes Fenster durchaus gutgetan. Die Rezeption bestand aus einem Holztisch mit einer Messingglocke und dem Schild *Bitte klingeln und warten*. Isla tat beides und stellte die Tasche ab. Mittlerweile wusste sie ja, dass die Uhren hier anders tickten, und war nicht verwundert, dass sich erst nach einer empfundenen Ewigkeit eine Tür im hinteren Bereich der Halle öffnete. Ein junges Mädchen erschien und sah überraschend frisch aus in dunklen Hosen, einer roten Bluse und ihrem zu einem Pferdeschwanz gebundenen Haar.

»Isla Hall, nicht wahr? Ich habe mich schon gefragt, wann du ankommst. Und warum.«

Die unbeschwerte Neugier war wie der Hauch Frischluft, auf den Isla gehofft hatte.

»Man kann es einen Geschäftsbesuch nennen«, sagte sie. »Ich muss etwas mit jemandem in Brookwick besprechen, und die Reise hierher ist zu weit, um am selben Tag wieder zurückzufahren.«

»Mit wem triffst du dich? Ich bin übrigens Maggie.« Das Mädchen öffnete den Wandschrank und nahm einen Schlüssel heraus, ohne hinzusehen.

»Mit einem Mister Marduk. Ich habe hier seine Adresse, vielleicht kannst du mir beschreiben, wie ich zu seinem Haus komme?«

Maggie rieb sich mit Daumen und Zeigefinger die Nasenwurzel. »Den Namen hab ich noch nie gehört.« Sie griff nach dem Zettel. »Ach du meine Güte, das ist am Arsch der Welt. Ich übertreibe nicht. Ich wusste gar nicht, dass da überhaupt noch jemand wohnt. Bist du mit dem Auto da?«

Isla schüttelte den Kopf. »Ich werde mir ein Taxi nehmen.«

»Ja, das ist wohl besser. Das ist fast eine Stunde zu Fuß und abends ganz schön unheimlich, wenn man allein unterwegs ist. Sag Bescheid, wann du das Taxi brauchst, dann ruf ich Jim an.«

»Danke.« Das mulmige Gefühl, das Isla bereits seit ihrer Ankunft verdrängt hatte, wuchs. Welche Art Mensch war dieser Amel? Warum lebte er hier draußen in völliger Abgeschiedenheit? »Das heißt, du kennst ihn nicht?«, hakte sie noch einmal nach, obwohl Maggie das bereits bestätigt hatte. Als würden sich Tatsachen ändern, wenn man nur stark genug hoffte.

»Nein, tut mir leid.« Maggie zog ein Buch aus dem Schrank, glättete energisch die umgeknickten Seiten und kritzelte etwas hinein. Sie sah auf den Schlüssel und notierte die Nummer. Isla beugte sich zur Seite und bemerkte, dass weitere vier Schlüssel im Schrank hingen. Nur ein Haken war leer.

»Du hast die Zwei«, sagte Maggie, reichte ihr den Schlüssel und schob ihr das Buch hin. »Ich brauche eine Unterschrift. Willst du jetzt oder bei Abreise bezahlen?«

Isla beglich ihre Rechnung, erfuhr, dass das Frühstück zwischen acht und neun serviert wurde und sie bis zehn das Zimmer verlassen musste. Sie hatte ohnehin nicht vor, länger zu bleiben, bedankte sich und machte sich auf den Weg nach oben. Der Schlüssel lag schwer und kalt in ihrer Hand.

Das Zimmer versprach keinen Luxus, war aber nicht so schlimm, wic sic befürchtet hatte. Simpel und extrem klein, aber sauber. Das Fenster ging gen Westen, in der Ferne verwandelte sich die Straße in einen Feldweg.

Isla ließ sich auf das Bett fallen. Sie hatte keine Zeit zu vertrödeln. Allzu lange dauerte das Gespräch mit Mister Marduk sicher nicht, und sie würde das Taxi ohnehin warten lassen müssen. Das war nicht gut, wenn sie an ihre geringen Ersparnisse dachte, aber daran war nun nichts mehr zu ändern. Sie kramte einen Apfel sowie die Packung Kekse aus der Tasche und bereitete sich auf das Gespräch vor. Wie auch bei Doktor Golding würde sie sich so vage wie möglich ausdrücken, sodass man glauben könnte, sie wäre im Auftrag der Austins unterwegs.

Sie machte sich frisch, verstaute ihre Reisetasche und begab sich zurück zum Empfang. Maggie erschien mit einem Schokoriegel in der Hand, kurz nachdem Isla die Glocke geläutet hatte. Ein Anruf, und Isla stand vor dem Haus und wartete auf Jim, den Taxifahrer.

Jim machte dem Ort alle Ehre. Sein Wagen – dunkelgrün, Dellen an der Fahrerseite, in die Jahre gekommen – war in keiner Weise als Taxi zu erkennen, dafür prangten auf der Rückseite Sticker wie *Keine Straße durch mein Land* oder *Ich parke, wo ich will.*

»Hab grad meine Quizshow gesehen. War noch nicht vorbei, als der Anruf kam.«

Isla hob die Brauen und überlegte, was sie auf den stummen Vorwurf entgegnen sollte. Am besten nichts. »Hier, das ist die Adresse«, sagte sie und reichte ihm die Notiz, woraufhin er grunzte und anfuhr.

Jim war ein schweigsamer Mensch, aber sie hatte ohnehin keine Lust auf Smalltalk. Dafür fragte sie sich, wie er reagieren würde, wenn sie ihn bat zu warten. Seine Show konnte er damit wohl endgültig vergessen.

Im Wagen roch es dezent nach Erde und Landwirtschaft sowie einem Hauch Zigarettenrauch. Nicht so, als wäre Jim der Verursacher, sondern eher ein zeitweiliger Beifahrer. Vielleicht der vorherige Fahrgast? Eine beruhigende Vorstellung, denn sie würde bedeuten, dass Brookwick nicht vollständig vom Rest der Welt abgeschnitten war – entweder kamen Menschen her oder sie fuhren weg. Vielleicht hatte Jim auch einfach einen betrunkenen Kumpel im örtlichen Pub aufgelesen. Leider war das die überzeugendste Erklärung.

Die Gegend draußen veränderte sich nicht sehr – die Steigerungen von *einsam* ließen sich nur schwer erkennen. Zwischen dem *Green and Arch* und Marduks Haus wohnte niemand, die einzigen Gebäude waren landwirtschaftlichen Ursprungs und schlecht in Schuss. Hier draußen achtete niemand darauf, wie seine Scheune aussah. Wenn Wind und Wetter ihr zu sehr zusetzten, wurden Bretter angenagelt, und wenn sie in sich zusammenbrach, baute man eben eine neue. Der Untergrund passte sich dem Ganzen an; die Löcher im Asphalt waren teilweise so groß wie der Kopf eines Kindes und würden sich wohl schneller vergrößern, als die Straße sich einer Reparatur erfreuen konnte. Die einzigen Lebewesen hier draußen waren Tiere, und nach einer Weile war Isla sogar froh, wenn sie eine Kuh oder ein Schaf entdeckte.

Ihre Schulter schlug gegen die Seitenverkleidung, als Jim ohne eine Vorwarnung in eine Art Feldweg abbog. Er war sehr breit, in der Mitte hatten Reifenspuren von Traktoren den Boden aufgewühlt. Doch, es gab eine Steigerung von Einsamkeit, und sie hatte mit gottverlassener Wildnis zu tun.

Isla hielt sich mit einer Hand an der Tür fest und versuchte, das Dauergeschaukel zu ignorieren. Allmählich machte sie sich echte Sorgen. Wen besuchte sie da wirklich?

»Kennen Sie Amel Marduk?«, brach sie nun doch das Schweigen.

Jim sah sie an, als wäre sie nicht ganz richtig im Kopf, und brummte ein eindeutiges Nein.

So viel dazu.

Endlich sah sie das Haus. Es war überraschend groß und im Gegensatz zu denen im Dorf nicht in den vergangenen Jahrzehnten gebaut, sondern weit vorher. Hier waren sie also, die Erker und geschwungenen Giebel. Doch Isla verstand, warum das Gebäude sich derart versteckte. Es war schlicht … trist. So als hätte sein Erbauer sich Fotos oder Zeichnungen als Vorbild genommen, aber die Umsetzung mangels Talent in den Sand gesetzt. Der Eindruck wuchs, je näher sie kamen: Die Veranda war zu schmal und schief, die Erker in den Aufbau gequetscht und die Winkel falsch gewählt, sodass die Fensterscheiben nur wenig Licht durchlassen konnten. Ein einzelner Baum stand vor dem Gebäude, Gras und Unkraut wucherten. Amel Marduk hielt offenbar nichts von Gärtnerei. An einer Seite ragte ein Schuppen in überraschend gutem Zustand hervor.

Jim fuhr einen Halbkreis und hielt parallel zum Haus. »Das isses. Macht nen Zwanziger.«

»Danke.« Isla kramte in ihrer Tasche, holte die doppelte Summe hervor und drückte ihm die Scheine in die Hand. »Wenn Sie bitte warten würden? Ich werde nur kurz mit Mister Marduk reden. Leider hatte ich keine Möglichkeit, ihn vorher zu kontaktieren. Es kann also gut sein, dass er gar nicht zu Hause ist und wir sofort wieder fahren können«, fügte sie rasch an, als sich Jims Gesicht verfinsterte.

Er dachte kurz nach. »Wenn er da ist, kostet Warten extra.«

»Natürlich. Vielen Dank.« Isla beeilte sich auszusteigen, ehe er es sich anders überlegte. Sie schritt energisch aus und wusste genau, dass sie vor allem sich überzeugen wollte. Brookwick verstand es bereits hervorragend, Besucher fernzuhalten, aber dieses Haus war Meister der Botschaft. Am liebsten hätte sie sich zurück zu Knurrhahn Jim in den Wagen geflüchtet.

Sie betrachtete den Baum, als sie an ihm vorbeikam. Er trug Blätter, obwohl der Stamm tot und grau wirkte. Sie bewegten sich nicht, und Isla stellte sich vor, dass sie auch bei Sturm reglos herabhingen. Als stammten sie aus einer anderen Welt.

So wie das Haus. Keine Bewegungen, keine Lichter, keine Geräusche bis auf den Wind und ein paar Vögel. Unter anderen Umständen hätte die Umgebung durchaus idyllisch gewirkt, doch im Zusammenspiel mit dem Haus war es zu viel und zu einsam. Selbst ein fröhlich spielendes Kind hätte Isla nun einen Schauer über den Rücken gejagt.

Sie kämpfte den Drang nieder, sich noch einmal zum Baum oder gar zum Taxi umzudrehen, stieg entschlossen die Stufen zum Eingang empor und sah an sich hinab. Es schien alles in Ordnung zu sein, also hob sie eine Hand und klopfte in Ermangelung einer Klingel kräftig gegen die schwarze Tür, deren Farbe an Rändern und rund um die Klinke bereits abblätterte.

Nichts und niemand rührte sich. Isla klopfte noch mal. Beiläufig strich sie sich über den Nacken und musterte dabei die Fenster in den oberen Stockwerken. Nichts, keine Bewegung, kein Licht.

Die Hoffnung weigerte sich hartnäckig, sich von der Enttäuschung vertreiben zu lassen. Isla versuchte es ein drittes Mal und dazu unhöflich lang. Wenn Amel Marduk zu Hause war und geschlafen hatte, so tat er dies nun mit Sicherheit nicht mehr.

Sie beschattete die Augen mit einer Hand. Hatte sich über ihr ein Vorhang bewegt?

Auch auf die Gefahr hin, sich vollkommen lächerlich zu machen, trat Isla zurück und hob den Kopf. »Mister Marduk? Ich muss mit Ihnen reden!« Nicht die beste Methode, um jemanden aus dem Haus zu locken, der nicht gewillt dazu war. Aber was blieb ihr anderes übrig? »Es geht um eine ehemalige Patientin von Ihnen, Ruby Imogen Austin. Sie erinnern sich wahrscheinlich an sie. Ein entzückendes kleines Mädchen mit braunem Haar. Sie haben sie wegen Schlafstörungen behandelt.« Noch immer nichts. »Mein Name ist Isla Hall, und ich bin für Ruby verantwortlich. Ich habe ein paar Fragen an Sie!« Der Teil mit der Verantwortung war ein wenig hoch gepokert, aber wenn er ihr die Tür oder auch nur ein Fenster öffnete, konnte sie damit leben. Ebenso damit, dass Jim in seinem Wagen sie wahrscheinlich soeben als verrückt abtat, da sie ausreichend Lärm für eine ganze Personengruppe fabrizierte. Daher

220

konnte sie die Tür auch ohne Reue weiterbearbeiten. »Mister Marduk?«

Klopf, klopf.

»Mister Marduk, ich bin mit dem Zug angekommen, und ich werde auch morgen noch in der Gegend sein und wieder vorbeischauen, wenn Sie wirklich keine fünf Minuten Zeit finden. Es wäre daher wunderbar, bereits jetzt mit Ihnen zu reden. Ich würde nicht so sehr darauf bestehen, aber es geht um ein Kind, und das sollte niemand auf die leichte Schulter nehmen. Es gibt Fragen zu der erfolgten Behandlung.«

Sie nahm die zweite Faust dazu, und endlich strahlte aus einem der oberen Fenster Licht.

Isla atmete aus. Auf einmal war sie nervös. Bisher hatte sie so tun können, als wäre dies ein ganz normaler Besuch, womöglich sogar im Auftrag der Austins. Sie hatte Maggie in der Pension weismachen können, dass ihr Besuch geplant war, so wie jedem anderen Menschen auch. Aber nicht Marduk – die letzte Spur, die ihr blieb.

Im Haus polterte es: Schritte auf Treppenstufen. Isla glättete rasch ihre Haare und atmete tief ein und aus, als es auf der anderen Seite knarrte. Das Knarren wuchs zu einem wahren Krachen heran – Marduk musste von innen abgeschlossen haben –, dann öffnete sich die Tür einen Spalt breit.

Er genügte, um Isla den Blick auf einen Mann zu gewähren. Er war um mehr als einen Kopf größer als sie und auch vom Körperbau her alles andere als ein Hänfling. Ein kantiges Gesicht, glatt rasiert und mit leichten Falten um Mund und Augen. Augen, die unbestreitbar grau schimmerten und in denen ein Hauch Spott wohnte, der sicherlich niemals ganz verschwand, so fest war er dort verankert. Marduk sah ernst aus, und sie war sicher, dass er jeden Augenblick einen Mundwinkel heben und ihr eine Frage stellen würde, auf die sie keine Antwort wusste. Zunächst glaubte sie, dass er den Mund aus Ärger über die unangekündigte Störung zusammenpresste, doch dann entdeckte sie die Narbe an der Oberlippe, die für den Effekt verantwortlich war. Alles in allem passte er mit seinem dunklen, kurzen Haar und dem nicht minder dunklen Pullover unter einem grauen Jackett hervorragend zu diesem Haus.

Er nahm sich unverschämt viel Zeit, um sie anzustarren.

Isla räusperte sich. »Sind Sie Amel Marduk, der Arzt?«

Etwas blitzte in dem Grau seiner Augen auf. Kein Spott, aber es verschwand, ehe Isla es näher bestimmen konnte. Er legte eine Hand an die Türkante und zog sie ein winziges Stück weiter auf. Isla bemerkte den silbernen Siegelring an seinem kleinen Finger.

Dann nickte er. »Der bin ich. Bitte, kommen Sie doch herein.«

14

»Wie Sie sehen, habe ich mich aus der Praxis zurückgezogen und voll und ganz der Forschung verschrieben.« Marduk deutete auf die Wandregale, die bis zur Decke reichten und vollgestopft waren mit Büchern, Glasbehältern und unzähligen Dingen und Werkzeugen, die Isla nichts sagten. Sie nickte, mehr beeindruckt vom Ausmaß der Sammlung als der Forschung selbst. Die Zimmer des Hauses waren hoch gebaut, für das gesamte obere Drittel des Regals würde sogar der hochgewachsene Besitzer eine Leiter benutzen müssen. Sie hatte keine Ahnung, worüber Marduk forschte, aber solange es in diesen Zimmern keine Behälter mit zweifelhaften oder abstoßenden Inhalten gab, war es ihr gleichgültig. Sie war schließlich nicht hier, um sich in Sachen Wissenschaft weiterzubilden, sondern um etwas über Ruby und die damaligen Behandlungsmethoden herauszufinden.

»Wie lange praktizieren Sie denn nicht mehr?« Sie legte die Hände im Schoß zusammen und bemühte sich um eine aufrechte Haltung. Er sollte in keiner Weise den Eindruck haben, ihr überlegen zu sein.

Wenn er schon länger nicht mehr als Arzt arbeitete, standen die Chancen, dass er sich an Ruby erinnerte, nicht schlecht.

Amel Marduk strich mit knappen Bewegungen über die Ärmel seines Jacketts. Er hatte schöne Hände. Auch sonst schien er genau zu wissen, was er wollte und vor allem, was er tat. Keine Bewegung war vergeudet, nicht mal ein Lächeln, denn bisher waren seine Mundwinkel über ein winziges Heben nicht hinausgekommen. Alles an ihm schien auf Sparflamme zu laufen. Isla war ihm dafür äußerst dankbar. Er strahlte eine seltsame Art von Energie aus, hielt sie aber unter Kontrolle.

Isla hatte noch nie zuvor über solche Dinge nachgedacht – ob sie Energien spüren oder Einstellungen erahnen konnte. Manche Stimmungen waren klar ersichtlich, doch dieses unterschwellige Kribbeln in Amels Nähe, das war neu. Und nicht einmal angenehm – im Gegenteil, am liebsten wäre sie aufgestanden und hätte Abstand genommen. Er war ohne Frage ein gut aussehender Mann, der Frauen schnell für sich gewinnen konnte, wenn er es darauf anlegte. Aber das, was er so routiniert zurückhielt, schreckte sie ab. Vor allem, da sie es weder näher beschreiben konnte noch um seine Ausmaße wusste.

Als er mit dem Sitz seiner Kleidung zufrieden war, drehte er den Siegelring eine Winzigkeit und blickte auf.

Ein Perfektionist. Das bist du, nicht wahr? Alles muss seinen Platz haben. Abweichungen duldest du nicht.

Isla hatte die Ordnung bereits bemerkt, als sie eingetreten war. Kein Buch oder Behältnis tanzte aus der Reihe, und es hätte sie nicht überrascht, wenn sogar die Staubkörner dem Zimmer fernblieben. Alles war so symmetrisch, dass es ihr unmöglich war, sich wohlzufühlen.

Marduk räusperte sich. »Das kann ich nicht so spontan sagen. Ich müsste in meinen Unterlagen nachsehen. Worum genau geht es?«

Isla glaubte ihm kein Wort. Jemand wie Amel wusste hundertprozentig, wann er sein Amt als Arzt niedergelegt hatte, und zwar auf die Stunde und Minute genau. »Wie gesagt, ich möchte mich über die Behandlung von Ruby Austin informieren. Sie kam als Vierjährige zu Ihnen, da sie an Schlafstörungen litt und auch schlafgewandelt ist. Ein Kollege – nun muss ich wohl sagen, ein ehemaliger Kollege – namens Golding hat sie an Sie überwiesen. Ich habe hier ein Foto, wenn das Ihrem Gedächtnis hilft.« Sie öffnete ihre Tasche.

Amel winkte ab. »Machen Sie sich bitte keine Mühe, Miss …?«

»Hall.« Das war der Moment, in dem ihr Herz zu rasen begann und sie versuchte, es sich nicht anmerken zu lassen. Etwas sagte ihr, dass sie Andys Vater nicht ins Spiel bringen konnte. Marduk war eindeutig niemand, der sich von einer Drohung beeindrucken ließ. Im Gegenteil, es würde ihn vermutlich auf der Stelle zum Angriff übergehen lassen. Daran hatte sie nicht gedacht, und nun musste sie improvisieren. »Ich habe hier ebenfalls ein Schreiben der Eltern, das mich berechtigt, in ihrem Namen Erkundigungen einzuholen.« Sie schob eine Hand in die Tasche und überlegte fieberhaft, wie sie weiter vorgehen sollte. Sie besaß kein solches Schreiben. Hätte sie einfach schweigen sollen? Nein, früher oder später hätte er sicher die Sprache darauf gebracht, dass er ihr keine Auskunft geben konnte.

»Miss Hall.«

Sie blickte auf und gab ihr Bestes, um Marduks Blick zu erwidern, ohne einzuknicken.

»Ich erinnere mich sehr gut an die kleine Ruby.«

»Wundervoll.« Sie zwang sich zu einem Lächeln und zog die Hand langsam zurück. »Können Sie mir sagen, wie genau Ihre Behandlung aussah? Immerhin ging es Ruby danach besser.

Etwas, das andere Ärzte nicht geschafft haben, und Ruby war bei vielen Ihrer Kollegen.« Es war leichter, sich Geschichten auszudenken, wenn sie wusste, in welche Richtung sie bei jemandem rudern musste. Bei ihm war sie überzeugt, dass sie mit Bewunderung nicht falschliegen konnte.

Er fixierte einen Punkt am Boden und nickte. »Natürlich, ja. Ich weiß es noch genau. Chris – also der gute Golding – hatte sich an mich gewandt, da er bei dem Kind nicht weiterwusste. Es litt an Parasomnie, und er hat alles versucht, was in den Lehrbüchern steht. Eine sichere Schlafumgebung, eine regelmäßige Schlafsituation, Stressreduktion, Entspannungstechniken. Es hat nicht funktioniert, er befürchtete eine Chronifizierung der Beschwerden. Wenn ich mich recht erinnere, hat er sogar Tabletten verschrieben, hochdosiertes Vitamin B12 und Melatonin.«

»Melatonin?«

Seine Handbewegung verriet den Arzt, eine »Machen Sie sich keine Sorgen«-Geste. »Es ist ein Hormon, das unsere innere Uhr reguliert. Es hat eine schlafinduzierende sowie antioxidative Wirkung und kann spezifisch über den suprachiasmatischen Nucleus auf das zirkadiane System wirken …« Er hielt inne. »Verzeihen Sie, ich bin in die Fachsimpelei abgerutscht. Ich wollte darauf hinaus, dass Melatonin Einschlafstörungen entgegenwirkt und sich indirekt positiv auf den nächtlichen Schlaf auswirkt. Es gibt Patienten, bei denen sich der Schlaf-Wach-Rhythmus kontinuierlich verschiebt, auch wenn das Lebensumfeld dazu keinen Anlass gibt. Als Ursache vermutet man eine abnorme Regulation der sogenannten inneren Uhr. Hier setzt das Hormon an und normalisiert den Rhythmus, pendelt ihn quasi ein. Ich hoffe, das war jetzt einigermaßen verständlich.«

Isla nickte. Um nichts in der Welt wollte sie ihm die Genugtuung geben, seine Ausführungen nicht verstanden zu haben, und fragte sich, warum sie so defensiv war. Wenn sie ihre grundlegende Abneigung außer Acht ließ, war Amel Marduk ein höflicher Mensch, der ihr Antworten lieferte, obwohl er es nicht musste. Alles andere spielte nun keine Rolle, schließlich wollte sie nicht mit ihm ausgehen.

Sie rief sich seine Worte ins Gedächtnis und überlegte, wo sie am besten ansetzte. »Und was sagt es aus, dass diese Medikamente bei Ruby nicht angeschlagen haben?«

»Dafür kann es unterschiedliche Gründe geben. Golding hat mit seiner Medikation die Ursache der Probleme nicht getroffen. Mit anderen Worten war Melatonin nicht das, was die Patientin benötigte.«

Sie war dankbar über die Brücke, die er ihr baute, ob wissentlich oder nicht. »Und was brauchte sie stattdessen?«

Endlich lächelte er, aber ganz und gar nicht angenehm. Mehr wie jemand, der sagen wollte, dass er mehr wusste als sein Gegenüber und noch nicht sicher war, ob er dieses Wissen teilen wollte. »Ich halte nicht viel davon, bei Kleinkindern zu Medikamenten zu greifen, wenn es doch andere Lösungen gibt, Miss Hall.« Ohne seinen Charme hätte er in diesem Moment abstoßend gewirkt. So aber erinnerte er an einen großen Jungen, der das Gespräch als ein Spiel betrachtete, in dem er sehr gut war und auf das er stolz sein konnte.

Isla wurde nicht ganz schlau aus ihm, hatte aber nicht vor, sich auf dieses Spiel einzulassen oder gar zum Ball zu werden. Also wartete sie auf weitere Erklärungen und hob lediglich fragend die Brauen.

Amel nickte, als hätte er verstanden, und strich über seinen

Siegelring. »Vielleicht haben Sie schon einmal von veränderten Bewusstseinszuständen mit intensivem mentalem Erleben gehört. In einem solchen Zustand wird die Konzentration mithilfe diverser Reize gebündelt und zeitgleich ein Zustand tiefer Entspannung bewirkt, während der sonst so aktive und dauerfeuernde logisch-reflektierende Verstand in den Hintergrund tritt. Oder mitunter vollständig ausgeschaltet wird.«

Allmählich argwöhnte Isla, dass er absichtlich mit Fachbegriffen um sich warf. Sie drehte und wälzte seine Worte im Kopf, bis sie halbwegs Sinn ergaben. »Reden Sie von einer Art Narkose?«

Sein Grinsen wurde breiter, der Triumph wich nicht daraus. »Ganz im Gegenteil. Ich rede von einer auf therapeutischer Basis herbeigeführten Trance.«

Isla war so erstaunt, dass sie ihn eine ganze Weile nur anstarrte. Damit hatte sie nicht gerechnet. »Sie meinen, Sie haben sie … was, betäubt?«

Nun lachte Marduk, kurz und leise. »Machen Sie sich keine Sorgen, es waren weder Medikamente noch andere Substanzen im Spiel, die einem Kind gefährlich werden könnten. Ich habe Ruby völlig ohne chemische Hilfsmittel in einen Zustand der Tiefenentspannung geführt.«

Fieberhaft überlegte Isla, ob sie etwas in der Art schon einmal gehört hatte. Vielleicht von Andy? Sie war so sehr in ihre Gedanken vertieft, dass sie erst mit Verzögerung bemerkte, dass Amel sie etwas gefragt haben musste. »Entschuldigen Sie?«

»Ich fragte, wie lange Sie bereits im Haus der Austins arbeiten.«

»Oh. Seit Beginn des offiziellen Schuljahrs. Rubys Eltern haben entschieden, dass sie auf Silverton unterrichtet werden soll.«

»Das bedeutet, Sie wohnen dort? Auf Silverton?«

»Ja.«

»Und Sie sind mit dem Zug den ganzen Weg hierhergekommen?«

Sie zögerte, ehe sie antwortete. »Ja, und mit dem Taxi. Warum ...?«

»Worunter leidet das Mädchen momentan genau?« Er legte die Fingerspitzen aneinander und betrachtete sie eingehend. So als würde sie sich auf dem Prüfstand befinden. Sein Blick war stechend, und seine Zwischenfragen hatten sie verwirrt. Nun, vielleicht beabsichtigte er genau das.

Isla nahm sich Zeit zum Nachdenken. Sie musste nun doppelt vorsichtig sein. »Sie schläft sehr schlecht. Anders gesagt: Sie schläft zwar, erholt sich aber nicht wirklich dabei. Das merkt man ihr leider zunehmend an.« Mehr musste er nicht wissen.

Amel nickte, rieb sich über das Kinn und schwieg.

Nach einer Weile veränderte Isla ihre Sitzposition, um ihn wieder auf sich aufmerksam zu machen. Seine Frage, wie sie hergekommen war, hatte sie an Jim und sein Taxi erinnert, und das wiederum an ihre Geldbörse, die leider nicht unendlich tief war. Zudem sie sich gut vorstellen konnte, dass der Motzkopf dort draußen schon längst davongefahren war. »Doktor ... Mister Marduk, wenn Sie mir Ihre Methoden etwas genauer ...«

Urplötzlich riss er einen Arm nach vorn. Isla erschrak und glaubte, er wollte ihr so das Wort abschneiden, doch er schob einen Ärmel zurück und starrte auf die Uhr an seinem Handgelenk.

»O nein«, murmelte er und stand auf. »Es tut mir sehr leid, Miss Hall, aber ich habe eine dringende Verabredung einzuhalten und bin schon spät dran. So gern ich auch weiter mit Ihnen plaudern würde, es geht leider nicht.«

Er ging an ihr vorbei zur Tür und öffnete sie. Isla roch einen schwachen Hauch Aftershave und noch etwas anderes, Klinisches. Verwirrt stand sie auf und wandte sich um. Er wartete neben der Tür, sichtlich ungeduldig.

So schnell war sie noch nie hinauskomplimentiert worden. »Würden Sie vielleicht …?«

Marduk eilte aus dem Zimmer. »Wir können das Gespräch gern weiterführen, wenn Sie wieder in der Gegend sind.«

Verabredung oder nicht, dieser Aufbruch war zu überstürzt, um glaubwürdig zu sein. Isla sah sich noch einmal um, entdeckte jedoch nichts, was ihr weitere Hinweise liefern konnte, und machte sich dann daran, ihm zu folgen.

Kurz darauf trat sie aus dem Haus, nachdem Marduk ihr eilig die Hand geschüttelt und sie fast hinausgeschoben hatte. Erleichtert stellte sie fest, dass Jim noch wartete. Wahrscheinlich würde er sie mit schlechter Laune und indirekten Vorwürfen überschütten, sobald sie einstieg, aber damit konnte sie leben.

Auf dem Weg zum Wagen wandte sie sich noch einmal um. Hatte sich soeben ein Vorhang im oberen Geschoss bewegt? Und überhaupt, wo blieb Amel Marduk, wenn er doch eine eilige Verabredung einzuhalten hatte? Sie konnte sich sein Verhalten nicht erklären.

Vielleicht will er ja dieselbe Show gucken wie Jim.

Sie schnaubte und ging weiter. Ihr blieb wohl nichts anderes übrig, als in der Pension noch etwas zu essen, zeitig zu Bett zu gehen und morgen noch mal wiederzukommen.

An der Decke tanzte ein verschwommener Fleck, hell und doch nicht, an den Rändern zerfasert und unscharf. Er wackelte von einer Seite zur anderen, wurde größer und größer und nahm an Intensität zu. Während er über die Ecke huschte und an der Wand hinablief, um letztlich zu verschwinden, hob Isla beide Hände und rieb sich die Augen. Endlich sickerte die Tatsache in ihr Hirn, dass sie wach im Bett ihrer Pension lag.

Sie stöhnte leise, setzte sich auf, tastete nach der Lampe und schaltete sie ein. Ihr Rücken schmerzte, besonders gut hatte sie auf der zu weichen Matratze mit der Kuhle in der Mitte nicht geschlafen – und auch nicht besonders lange, wie ihr ein Blick auf die Uhr verriet. Es war kurz nach zwei.

An ihren Traum konnte sie sich nicht erinnern. Sie wusste nur, dass er nicht besonders schön gewesen war. Trotzdem war sie nur langsam aufgewacht. Das Licht vorhin mussten die Scheinwerfer eines vorbeifahrenden Autos gewesen sein.

Isla schälte sich aus dem Bett und zog die Zehen an, als sie den Fußboden berührten. Es war kalt, die Heizung der Pension wurde nachts abgestellt. Das war nicht weiter schlimm, dafür war die Bettdecke dick und gemütlich. Wenn nur die Matratze nicht ganz so alt gewesen wäre.

Isla lief ein paar Schritte, und das Ziehen in ihrem Rücken nahm augenblicklich ab. Kurz entschlossen, griff sie nach Schuhen und Jacke und schlüpfte hinein. Wahrscheinlich war es eine gute Idee, wenn sie sich ein wenig die Füße vertrat. Das würde auch den dumpfen Nebel vertreiben, der sich in ihrem Kopf eingenistet hatte.

Sie ließ das Licht brennen, zog den Schlüssel aus der Tür und öffnete sie. Bis auf das Ticken einer Wanduhr war es totenstill. Isla schlich hinaus und hielt sich nah bei der Wand. Zwar hatte sie sich nicht gemerkt, an welcher Stelle die Bodendielen knarrten, aber sie hingen ebenso in der Mitte durch wie ihr Bett. Sie wollte niemanden im Haus wecken und hatte damit größere Chancen, wenn sie auf die weniger strapazierten Stellen trat.

Sie blieb vor dem einzigen Fenster auf dem Flur stehen und blickte auf die Straße. Bis auf die Hausbeleuchtung gab es keine Lichter in der Nähe, nicht mal eine Straßenlaterne. Bei der Leuchtschnur in der Ferne musste es sich um den Ort handeln. Alles stand still, nichts bewegte sich.

Isla erreichte das Erdgeschoss und schwenkte nach rechts. Gegenüber befand sich eine schmale Holztür. Sie blieb stehen und grübelte. Maggie hatte sie durch das gesamte Haus geführt und ihr jeden Raum und damit auch jede Tür erklärt. Im Obergeschoss waren ausschließlich die Gästezimmer, der Privatbereich der Familie lag auf der anderen Seite der blickdichten Glastür am Ende des Gangs, unverwechselbar mit einem Pappschild mit der Aufschrift *Privat – kein Zutritt* versehen. Hier im Untergeschoss gab es neben der Eingangstür nur ein extra Badezimmer, da war Isla sicher. Ebenso, wie sie sicher war, dass sie diese Holztür zuvor nicht gesehen hatte. Sie rieb sich noch mal die Augen, obwohl sie hellwach war. Ihr Gedächtnis funktionierte hervorragend, und genau das machte sie stutzig. Hatten die Ereignisse der vergangenen Tage und der Besuch bei Amel Marduk sie so sehr mitgenommen, dass sie Dinge wie eine Tür vergaß? Nachzuvollziehen wäre es. Auch wenn sie es nicht bemerkte, musste sie unter Daueranspannung stehen – allein schon, weil sie sehr eigenmächtig hinter dem Rücken ihrer Arbeitgeber handelte.

Isla trat näher. Vielleicht war es eine Abstellkammer, oder die Familie bewahrte dort ihr Putzzeug auf.

Die Klinke ließ sich mühelos herabdrücken. Kühle Luft traf auf Islas Wangen, und sie blickte auf Sträucher und einen Zaun. Sie hatte den Seitenausgang entdeckt.

Der Boden war durch den Nebel kaum zu erkennen, Zaun und Sträucher schienen im Nichts zu schweben. Das Wetter musste innerhalb weniger Momente umgeschlagen sein, bei ihrem Blick aus dem Obergeschoss hatte sie die Landschaft noch klar erkennen können. Isla atmete tief ein und trat hinaus. Der Nebel schmiegte sich um ihre Fußgelenke und verschluckte einen Teil der Geräusche, ein schöner und bedrohlicher Kontrast zur Nacht. Die Schwärze war noch immer da und wisperte ihr zu, Unbekanntes für sie bereitzuhalten. Der Nebel dagegen wisperte nicht, sondern zeigte ihr, wie mächtig er war – und dass er die Nacht, ihre Dunkelheit und Geheimnisse mühelos übermalte.

Isla versuchte, sich zu orientieren. Der Logik halber musste sie nach links gehen, um zur Vorderseite des Hauses und zur Straße zu gelangen. Sie lief los und betrachtete dabei, wie ihre Füße Löcher in den Nebel stanzten, die sich sofort wieder schlossen. Unter anderen Umständen hätte sie darüber geschmunzelt, mit Ruby an ihrer Seite sogar ein Spiel daraus gemacht, aber jetzt fühlte sie sich unbehaglich.

Die Straße erreichte sie nicht, sondern einen leeren Platz aus gestampfter Erde.

Dies musste die Hinterseite des Hauses sein. Hatte sie sich so sehr getäuscht? Es sah ganz danach aus, also lief sie zurück, so langsam, dass sie zuerst die Zehenspitzen aufsetzen und den Fuß dann abrollen konnte. Wenn sie keine Geräusche verursachte, konnte sie dem Nebel auch keine Chance geben, sie ihr zu stehlen. Der Gedanke machte den nächtlichen Spaziergang weniger furchteinflößend.

Es war kühl, und Isla rieb sich die Arme. Sie hätte besser im Bett bleiben sollen. Matratze hin oder her, sicher wäre sie bald wieder eingeschlafen. Nun wanderte sie ohne ein echtes Ziel durch die Nacht.

Ein Geräusch kroch durch den Nebel auf sie zu. Isla war so angespannt, dass sie aufschrie und hastig eine Hand vor den Mund schlug. Sie blickte zum Haus, aber das Geräusch war nicht von dort gekommen. Also blieben dem Gefühl nach tausend andere Möglichkeiten und zwei Ursprünge: die Dunkelheit und der Nebel.

Unwillkürlich wich Isla zurück und presste sich mit dem Rücken gegen die Hauswand. Plötzlich wünschte sie sich, niemals herausgekommen zu sein. Wer oder was auch immer das Geräusch verursacht hatte, konnte sie vielleicht sehen. Sie war eindeutig im Nachteil.

»Sei nicht dumm, Isla«, flüsterte sie, um sich Mut zu machen. Es funktionierte nur mäßig, aber das war gleichgültig. Sie war nur noch wenige Schritte von der Tür entfernt und würde sie bald hinter sich zuziehen. Eine Barriere errichten. Barriere bedeutete Schutz, Schutz bedeutete Klarheit, und Klarheit sorgte dafür, dass sie sich wieder wie eine erwachsene, gebildete Frau fühlte und nicht wie ein kleines Mädchen, das die Nacht noch nicht kannte und Gefahren darin vermutete.

So wie du Gefahr in einem Tunnel vermutest, der sich hinter einer Zaubertür auftut?

Sie presste die Lippen aufeinander und streckte eine Hand nach dem Türgriff aus. Da hörte sie das Geräusch wieder. Nein, kein Geräusch – eine Stimme. Jemand rief ihren Namen. Schwach nur, aber eindeutig erkennbar.

»Isla!«

Sie kannte diese Stimme irgendwoher, ihren Klang, die unterschwellige Traurigkeit darin. Mit Leichtigkeit löschte sie einen Teil der Angst aus. Wer auch immer sie rief, er wollte ihr nichts Böses.

Isla blieb stehen und versuchte, mehr zu erkennen. Vergeblich. Verdammt, sie konnte nicht einmal sagen, aus welcher Richtung die Stimme gekommen war!

»Hallo?«, krächzte sie, räusperte sich und versuchte es noch einmal. »Hallo? Wer ist da?«

Endlich bewegte sich etwas. Ein Schatten bahnte sich den Weg durch den Nebel und nahm Form an. Isla zögerte. Die Tür war in Reichweite, und wenn ihr nicht gefiel, was sie sah, würde sie es noch rechtzeitig ins Haus schaffen.

Dann wurde der Schatten zu einem Umriss. Ein Mensch. Was auch sonst?

Ein hochgewachsener Mensch. Isla kam noch dazu, die Kraft seiner Bewegungen zu bestaunen, ehe sie ihn erkannte. »Du?«

Es war ein surreales Gefühl, ein surrealer Gedanke, überhaupt ein vollkommen abwegiges Bild. Doch er war es, da war sie ganz sicher.

Der Mann aus der Welt hinter der Saphirtür. Etwas in ihr wollte jubeln, war aber zu verwirrt. Es war seltsam, ihn zu sehen. Seltsam und sehr, sehr schön.

»Wie kommst du hierher?« Sie sah sich um und zweifelte an ihrem Verstand. Heute hatte es keine Saphirtür gegeben, lediglich … sie stockte. Ob die Holztür denselben Effekt hatte? Es würde erklären, warum sie ihr beim Rundgang durch das Gasthaus nicht aufgefallen war. Hatte sie etwa, ohne es zu merken, eine andere Welt betreten?

Vielleicht gab es den Mann aus der Welt hinter der Tür auch einfach wirklich. Nur …

Er erreichte sie und riss sie aus ihren Gedanken. Sie erschrak ein wenig und ärgerte sich darüber. Wie viele Gefahren dieser Nebel auch bereithielt, er zählte nicht dazu.

»Wie hast du mich hier gefunden?« Ihre Finger berührten den kühlen Stein der Hauswand.

Er blieb eine Armlänge vor ihr stehen. Die Ärmel seines schwarzen Oberteils waren bis zu den Ellenbogen hochgeschoben, die Bartstoppeln seit ihrer letzten Begegnung gewachsen. Über dem Kinn dünnten sie aus und malten Schatten unter seine Wangenknochen. Die dunklen Augen funkelten.

»Was tust du hier?« Es klang wie ein Vorwurf.

Isla wusste nicht, was sie mehr verwirrte – dass er vor ihr stand oder dass sie ein halbwegs normales Gespräch führten. Bei ihrer letzten Begegnung war eine Fantasiewelt in sich zusammengebrochen, und er hatte ihr gesagt, dass sie die Tür ignorieren sollte. Dass alles ein Traum sei. Sie hatte ihm nicht geglaubt, und sie tat es auch jetzt nicht. Er hatte gewusst, dass sie hier war.

Sie bemerkte, dass er etwas in der Hand hielt: ihre Kette mit dem Saphiranhänger. Obwohl es kein Licht gab, funkelte der Stein wie die größte Kostbarkeit der Welt. »Du weißt die Antwort, hab ich recht?«

Er nickte, eine entschlossene Geste. Überhaupt wirkte er wacher als jemals zuvor. Das Misstrauen, mit dem er bisher stets die Umgebung betrachtet hatte, war verschwunden. Dafür hob und senkte sich seine Brust, als hätte er einen Marathon hinter sich. »Ich habe nicht gedacht, dass du hier auftauchst. Und nun wünsche ich mir sehr, du hättest es nicht getan.«

»Hier? Du meinst hier im *Green and Arch*?«

Kopfschütteln. »Ich meine bei Amel.«

Islas Gedanken überschlugen sich. »Du kennst ihn? Oder Ruby? Was machst du überhaupt hier, wohnst du in Brookwick? Was hat es mit diesem Anhänger auf sich und mit der Saphirtür? Und mit der Welt hinter dem Tunnel? Wie kommst du dorthin? Himmel, weißt du überhaupt, wie viele Fragen ich dir stellen will?«

Sein Lächeln war weit von der Freude entfernt, die sie gern darin gesehen hätte, doch es war besser als der gequälte Ausdruck, den sie von ihm kannte. »Nein. Allerdings tust du es ja bereits, und ich bin nicht sicher, welche ich dir zuerst beantworten soll. Verrat mir doch einfach, welche dir am meisten auf dem Herzen brennt.«

Sie musste nicht lange überlegen. »Ist das hier ein Traum?«

»Nicht wirklich, nein.« Er fasste den Anhänger fester und beobachtete, wie er sich in dem nicht vorhandenen Licht drehte. Sein Blick flackerte in ihre Richtung, kurz nur, so als wollte er nicht, dass sie ihn bemerkte. »Es ist ein Traummanifest.«

»Was bedeutet das?«

»Stell es dir als Abbild eines Traums vor, das in die reale Welt transportiert wurde.«

Sie versuchte, seiner Ausführung zu folgen, obwohl ihr logisch geschulter Verstand ihr zubrüllte, sich nicht mit solchem Unsinn zu befassen. Doch wie sollte sie sonst seine Anwesenheit erklären? Ohnehin musste ihre Logik allmählich einsehen, dass sie mittlerweile zu viele Schlachten verloren hatte, um noch hundertprozentig glaubwürdig zu sein. »Das hier ist also nicht echt?«

Er zögerte, streckte eine Hand aus und berührte ihre Finger.

»Doch. Es ist echt, siehst du? Nur nicht für immer. Es ist nicht stabil, sondern wird verschwinden, sobald der Traum endet. Oder beendet wird.«

Isla starrte auf ihre Hand, obwohl er seine bereits zurückgezogen hatte. Seine Finger waren angenehm kühl, und doch pochte ihre Haut, als hätte sie sich verbrannt. »Beendet wird? Von wem?« Irgendwann dachte sie daran, wieder aufzublicken, und errötete. Sie wusste nicht, warum er sie so aus der Fassung brachte. Vielleicht weil er ihr Geheimnis gewesen war. Zunächst in ihren Träumen, dann in der fremden Welt. Aber jetzt stand er hier, vor ihr, und war ganz eindeutig ein Mensch aus Fleisch und Blut.

Aber das ergab doch alles keinen Sinn!

»Ich habe von dir geträumt«, sagte sie. Sie schämte sich ein wenig, es ihm zu verraten, doch wenn sie Antworten wollte, musste sie wohl oder übel sämtliche Karten auf den Tisch legen. »Noch ehe ich dich in der anderen Welt getroffen habe. Warum?«

Er verzog das Gesicht und forschte dabei in ihrem. »Du kennst sie gut, nicht wahr? Du musst ihr sehr wichtig sein.«

»Ihr?«

»Ruby. Meiner Schwester.«

Isla starrte ihn so lange an, bis ihre Augen zu tränen begannen. Stunden später – jedenfalls kam es ihr so vor – dachte sie daran zu blinzeln. Sie glaubte ihm. Allerdings tendierte sie dazu, ihm ohnehin alles zu glauben, was er sagte.

»Ach du meine Güte«, flüsterte sie und lehnte sich vorsichtig gegen die Wand. Sie hielt. Gut, das war gut so. Ihren Füßen oder Beinen traute sie im Moment keinen Meter weit.

Ruby hatte einen Bruder. Die Austins hatten einen Sohn!

238

Das bedeutete … ja, was eigentlich? In Islas Kopf herrschte heilloses Chaos. Sie dachte an die Fotografie in Alan Austins Schreibtisch, von der ein Teil abgetrennt worden war. An den Arm, der um Victorias Schulter lag und auf den sie sich keinen Reim hatte machen können.

Er kam näher. »Hey. Ist alles in Ordnung?«

»Was? Ich … ja. Oder nein, eigentlich ist nichts in Ordnung.« Sie beobachtete, wie seine Sorge, die sie bereits kannte, zurückkehrte. »Ich versuche gerade, rational zu denken, aber es funktioniert nicht wirklich«, flüsterte sie. »Du bist Rubys Bruder? Aber warum? Warum habe ich noch nie von dir gehört? Warum gibt es keine Bilder von dir auf Silverton, und warum haben die … deine Eltern nie …« Sie brach ab, als die Sorge zu etwas Düsterem wurde. Schmerz und Enttäuschung. Keine Wut, aber auf dem besten Weg dorthin. »Es tut mir leid.«

Er schüttelte den Kopf, und seine Stirn entspannte sich wieder. »Das muss es nicht. Meine Zeit auf Silverton ist lange her. Bis auf meine Schwester vermisse ich nichts. Geht es ihr gut?« Es klang wie eine Floskel, als wüsste er die Antwort bereits.

Isla brachte es nicht über das Herz, ihn anzulügen. »Leider nicht. Ich weiß nicht, was mit ihr nicht stimmt. Sie wird immer blasser, und sie schläft wie eine Tote. Das meine ich wortwörtlich. Sie sagt, dass sie nicht träumen kann, und ich glaube ihr. Es geht nicht darum, dass sie sich nicht an ihre Träume erinnert. Da steckt mehr dahinter. Darum bin ich hier. Um herauszufinden, wie Doktor Marduk sie damals behandelt hat.«

»Er ist kein Arzt«, zischte er. »Du darfst ihm nicht trauen.« Er legte eine Hand an die Stelle, an der sich sein Anhänger unter der Kleidung befinden musste.

Isla zögerte, berührte dann aber seinen Arm. Er sah sie an,

ließ die Hand sinken, und die Spannung verschwand aus seinem Körper. »Amel Marduk ist für das alles hier verantwortlich. Er hat dieses Manifest geschaffen.«

Isla sah sich um, als könnte der Mann, der kein Arzt mehr war, aus dem Nichts auftauchen. »Ich verstehe das nicht. Wie hängt das alles zusammen? Was ist das für eine Tür in Rubys Zimmer? Und die Tür in der Pension, war sie auch … so?«

»Ich bin kein Wissenschaftler, Isla, und ich habe von Amel längst nicht alles erfahren, was ich wissen müsste. Natürlich nicht, er will sich absichern.« Er lachte hart auf. »Aber ich werde versuchen, es dir zu erklären. Wollen wir uns setzen?«

Es war seltsam, von ihm durch den Nebel zu einer Bank geführt zu werden, von der sie nicht wusste, ob sie in der Realität existierte oder nicht. Kurzzeitig wurde die Welt dunkler und verschwand, nur um sofort wieder aufzutauchen. Isla stutzte. Sie hatte dieses Flackern nicht zum ersten Mal gesehen.

Die Bank bot nur wenig Platz, und Isla hielt den Atem an, als er sich neben sie setzte und ihre Oberschenkel sich berührten. Er war so warm. Eine ganze Weile starrten sie beide in den Nebel, bis er sich räusperte.

»Meine Schwester war schon immer ein besonderes Kind. Sie wurde im Januar geboren, mitten in einen Schneesturm hinein. Meine Mutter pflegte zu sagen, dass sie versuchte, den Winter zu vertreiben.«

Es faszinierte sie, dass sie sein Lächeln hören konnte.

»Vom ersten Moment an, als Ruby mich angesehen hat, lag etwas Besonderes in ihren Augen. Als ob sie mehr wüsste als andere. Dinge, die man nicht lernen kann. Aber vielleicht denkt jeder große Bruder so. Sie war ein sehr ruhiges Kind, aber das musste an der Erziehung liegen. Sie sollte eine Dame werden und kein wildes Mädchen, das auf Bäume klettert.«

Isla dachte an die Austins, den Garten von Silverton und die Rosen darin. Sie sah Ruby vor sich, die sich mit perfekt frisiertem Haar über ihre Aufgaben beugte. »Ich weiß, was du meinst. Victorias Vorgaben sind sehr streng. Manchmal versuche ich sie zu lockern, aber es ist nicht leicht.«

Er sah sie an, ihre Gesichter nur wenige Handbreit voneinander entfernt. »Was bringst du ihr bei?«

Sie wusste nicht, worauf er hinauswollte. »Ich schätze, das, was alle Mädchen in ihrem Alter lernen. Und ich versuche, ihr zu zeigen, wie faszinierend die Welt sein kann, und dass sie daher stets die Augen offen halten soll.«

Er sah sie an. »Das klingt sehr schön. Du zeigst ihr also mehr, als nur eine Dame zu sein.«

»Zumindest das kann ich dir versprechen.«

Er nickte, als hätte er damit gerechnet. »Sie hatte ein Kindermädchen, Anne. Sie musste gehen, und es war unter anderem meine Schuld.«

Isla verknotete ihre Finger ineinander. »Warum das?«

»Zu jener Zeit haben mein Vater und ich uns viel gestritten. Familiäre Dinge. Meine Mutter wollte nicht, dass Tratsch die Runde machte, und hat Anne vorsorglich entlassen. Das alles hat Ruby sehr mitgenommen. Kurz darauf hat sie angefangen, im Schlaf zu reden. Vielleicht hat sie das die ganze Zeit über getan, aber wir haben es nicht bemerkt. Manchmal hat sie geschrien, ist aufgewacht und war dann mehrere Minuten lang nicht ansprechbar. Wir alle hofften, es wäre nur eine Phase. Mein Vater und ich haben versucht, uns in Rubys Gegenwart zusammenzureißen. Sie konnte gerade laufen, da ist sie nachts umhergewandert, ohne wach zu werden. Eines Abends stand sie im Gesellschaftszimmer vor meinem Vater. Ihre Augen waren offen, aber sie hat auf nichts reagiert.«

»Ruby ist schlafgewandelt?«

»Unter anderem, ja. Und das immer öfter. Man nennt das Pavor nocturnus: eine Angstreaktion bei aktuellen Konflikten oder aufregenden Erlebnissen.« Die letzten Worte betete er herunter, als hätte er sie auswendig gelernt. »Später hat sie im Schlaf um sich geschlagen. Wir haben versucht, sie zu wecken, aber es war einfach nicht möglich. Die Diagnose lautete Schlafverhaltensstörungen. Ruby träumte, dass sie angegriffen wurde und sich oder jemand anderen verteidigen musste. Sie hat gekämpft oder geschrien, ist aber niemals aufgewacht. So was ist nicht so selten, wie ich anfangs dachte, aber in Kombination mit ihren anderen Schlafproblemen schon.«

»Das klingt wie das Gegenteil der Ruby, die ich kenne. Das, was sie damals in ihren Träumen zu viel hatte, scheint ihr nun zu fehlen.«

Er hob eine Hand und ballte sie zur Faust, so schnell und kraftvoll, dass sie zurückzuckte. Allein die Geste hatte genügt, um ihn zu verändern, ihn härter und furchteinflößend werden zu lassen.

Ertappt sah er sie an. »Entschuldige. Ich wollte dich nicht erschrecken. Das alles hier ist sicher schon erschreckend genug.«

»Nicht wirklich erschreckend«, sagte sie, denn sie wollte unbedingt die ganze Geschichte erfahren und verschwendete kaum einen Gedanken an Angst oder Gefahr. Jetzt musste sie Informationen sammeln, um Ruby zu helfen.

Zum ersten Mal, seit sie Silverton verlassen hatte, vermisste sie das Mädchen und dachte daran, wie sie Ruby zum Abschied umarmt hatte. Wie die Schwester, die sie nie gehabt hatte. Und nun saß sie neben Rubys Bruder, von dem sie nichts gewusst hatte. Wenn sie darauf achtete, fand sie immer mehr Ähnlichkeiten zwischen den beiden: den nachdenklichen Blick, die Form der Wangenknochen, das angedeutete Grübchen im Kinn. »Was ist dann passiert?«

»Meine Eltern sind mit ihr zu einem Arzt in der Stadt, doch der war weitgehend hilflos. Trotzdem haben sie die Behandlung weiterlaufen lassen. Manchmal ist es eben einfacher, sogar an ausweglosen Situationen festzuhalten, als sich neue zu suchen.«

»Doktor Golding, ich weiß. Er hat mir Amel Marduks Namen genannt.«

»Wie hast du ihn hier draußen gefunden?«

Isla lächelte. »Ich habe meine Kontakte. Erzähl mir, wie es mit Ruby weiterging.«

»Es wurde schlimmer. Zwei Wochen nach ihrem letzten Besuch bei Golding ist sie beim Schlafwandeln die Treppe hinuntergefallen. Ich habe zu der Zeit versucht, auf eigene Faust mehr herauszufinden, und ihr den Anhänger geschenkt. Ich habe ihr gesagt, dass der Stein sie beschützt und ihr vielleicht sogar hilft, ihre Träume zu beeinflussen. Dinge darin zu verändern, sodass sie keine Angst mehr haben muss. Ihr Zustand schien sich zu bessern, und sie sagte mir, dass es manchmal funktionieren würde.«

»Du meinst, sie hat ihre Träume kontrolliert?«, fragte Isla erstaunt.

»Zumindest hat sie das so beschrieben, ja. Ich habe ihr geglaubt. Und jetzt tue ich das erst recht.« Er seufzte. »Leider hat es nicht gereicht. Die Anfälle hörten nie ganz auf. Ruby war krank und schlief viel. An einem Sonntag hatte meine Mutter Freundinnen zu Besuch. Ich saß im Arbeitszimmer über den Abrechnungsbüchern. Plötzlich hörten wir Ruby schreien. Ich bin hoch zu ihr, und kurz darauf auch meine Mutter. Ruby hatte wieder einen Anfall und saß aufrecht im Bett, ohne aufzuwachen. Meine Mutter hat versucht, sie zu wecken, obwohl sie wusste, dass sie genau das nicht tun sollte.« Er hielt inne und starrte nach unten. »Ruby hat ihr das Gesicht zerkratzt. Sie war ohnehin in Panik, und es wurde schlimmer, als meine Mutter versucht hat, ihre Arme festzuhalten. Sie hat sich losgerissen, es ging alles so unwahrscheinlich schnell. Und die Freundinnen meiner Mutter hatten nichts Besseres zu tun, als in der Tür zu stehen, zu starren und zu tuscheln.« Er schüttelte den Kopf, vollkommen in der Erinnerung versunken.

Isla dachte nicht weiter nach und nahm seine Hand.

Er hielt zunächst still, dann drückte er ihre Finger. »An dem Abend hat meine Mutter meinem Vater gesagt, dass sie sich einen anderen Arzt suchen müssen, wenn Goldings Methoden nichts bringen. Ich glaube nicht, dass es ihr vorrangig um Ruby ging. Der Tratsch machte ihr mehr Sorgen.« Er schnaubte. »Überleg dir das: die Erbin der Austins, verrückt. Wie unpassend! Tja, und dann hat Golding sie an Amel verwiesen. Das war der Anfang vom Ende.« Seine Finger schlossen sich fester um ihre und drückten auf einmal so sehr zu, dass sie leise aufschrie und versuchte, ihre Hand zurückzuziehen. Augenblicklich ließ er sie los. »Verdammt, das wollte ich nicht. Ich habe das Gefühl, alles falsch zu machen, was ich falsch machen kann. Ich habe so lange nicht …« Er suchte nach Worten und zuckte die Schultern.

»Schon in Ordnung«, sagte sie und ahnte, dass es das nicht war. Nichts war in Ordnung. Es war nicht in Ordnung, dass sich seine Arme im Laufe der Geschichte so angespannt hatten, als würde jemand darauf einprügeln. Und es war erst recht nicht in Ordnung zu wissen, dass Victoria Austin ihre Tochter nicht von einem Arzt zum anderen geschleppt hatte, um ihr zu helfen. Sondern weil sie ihren Wert in der Grafschaft nicht schmälern wollte.

Arme Ruby. Sie war doch keine Rose, die man mit einem Namensschild ausstattete! »Was ist seitdem passiert? Warum kann sie nicht mehr träumen?«

Sein Arm zitterte, dann riss er sich los und stand auf. »Amel. Er ist für das alles hier verantwortlich. Für dieses Manifest, für Rubys Zustand.«

»Was hat er denn mit ihr gemacht?«

Er sah sie an, als hätte sie die dümmste Frage der Welt gestellt. »Ihre Träume gestohlen, das hat er getan. Er hat sie an sich gebunden, und ich bin schuld.«

Er begann, auf und ab zu laufen, und Isla hätte ihn am liebsten noch einmal berührt, um ihn zu beruhigen. Aber erst einmal musste sie ihn dazu bringen, weiterzuerzählen und sich nicht in seinem Zorn zu verstricken. »Ich glaube nicht, dass du daran schuld bist«, sagte sie leise.

»Ach ja?« Er blieb stehen. »Ich habe dir vorhin nicht ohne Grund gesagt, dass du meiner Schwester wichtig sein musst. Ruby ist ein ganz besonderes Mädchen. Ich liebe sie sehr. Wir hatten und haben noch immer eine sehr enge Bindung. Willst du wissen, woher ich das weiß?«

»Du bist ihr Bruder«, rutschte es Isla heraus, und sie musste an Ronny denken. Auch sie liebte ihn über alles, aber mittlerweile wusste sie auch, dass bloße Verwandtschaft nicht ausreichte, um jemanden so zu lieben, wie er es verdient hatte.

»Du glaubst wirklich, das genügt?«

Ihre Blicke trafen sich. »Nein. Aber ich würde mir wünschen, dass es so wäre.«

Er atmete hörbar aus und setzte sich wieder neben sie, vorsichtig, als wollte er ihr mit seiner überschäumenden Energie nicht zu nahe kommen.

»Ich beginne zu verstehen, warum Ruby dich in ihr Herz geschlossen hat. Oder warum sie dir vertraut.« Er lehnte sich zurück und starrte in den Himmel. »Ich weiß nicht mehr genau, wann sie das erste Mal da war. Irgendwann nachdem ich Ruby den Saphiranhänger geschenkt habe.«

Sein Tonfall schuf eine Gänsehaut auf Islas Armen. »Die Tür?«

Er nickte. »Mein Vater war ebenfalls im Zimmer. Er starrte direkt darauf, aber er hat nichts bemerkt. Ich bin fest überzeugt, dass man eine enge Verbindung mit Ruby haben muss, um zu sehen, was sie erschaffen kann.« Er berührte eine Stelle an seiner Brust. »Zwei Tage später war die Tür wieder da.«

Isla schluckte. Es schmerzte. »Bist du durchgegangen?«

»Nein.« Er grinste schief. »Da warst du wohl mutiger als ich. Aber es war der Tunnel aus einem ihrer Bücher, da bin ich sicher.«

»Der Korridor ohne Wiederkehr.«

»Genau der.«

»Es ist unheimlich«, sagte Isla. »Ruby. Wenn sie daliegt, als wäre sie tot.«

»Das hat sie nie getan, ehe Amel ihr die Träume gestohlen hat.«

»Was genau meinst du damit, dass er ihr die Träume gestohlen hat?«

Die Härte kehrte in sein Gesicht zurück. »Er hat sie hypnotisiert. Der Bastard beschäftigt sich seit Jahren mit Traumforschung und Hypnosetherapie. Die Arztpraxis war nichts weiter als eine Maskerade. Eine Absicherung, um Menschen wie meine Schwester zu finden. Dies ist noch immer Rubys Traum. Sie hat ihn erschaffen, aber Amel hat ihn abgekoppelt und sich unter den Nagel gerissen, um ihn zu verändern. Das hier beispielsweise.« Er deutete nach vorn. »Das ist sein Anteil. Aber er braucht Rubys Träume als Basis.«

Dies ist Rubys Traum.

Isla dachte an ihre Besuche in der Welt hinter dem Korridor. »Wenn das stimmt … dann existieren viele Dinge, weil Ruby sie im Schlaf verarbeitet? Deshalb habe ich die Rosen gesehen, und die Schiffe mit ihren Namen. Und die Granatäpfel! Es sind Rubys Eindrücke und Erfahrungen.«

Er nickte.

»Aber warum existiert dann das hier?« Sie deutete hinter sich. »Ich glaube nicht, dass Ruby in ihrem Leben schon mal in Brookwick war.«

»Das hier ist Amels Beitrag. Das, was er Rubys Träumen hinzufügt. Was er aus ihnen macht. Diesen Teil des Traums hat er verändert, ihn an sich gerissen. Hier bringt er seine Erfahrungen ein, und ich vermute, dass er die abgeänderten Träume auch an Personen binden könnte, zu denen er eine enge Beziehung hat. Das erklärt, warum wir hier niemandem begegnen.« Er schnaubte. »Je weiter man sich von diesem Teil wegbewegt, desto mehr gehören die Landschaften wieder meiner Schwester.«

Isla versuchte zu verstehen. »Wie soll das funktionieren? Und warum sollte er so was tun?«

»Weil er ein Dreckskerl ohne Seele ist.« Er musterte sie von der Seite. »Falls du ihn noch mal siehst, darfst du das alles hier unter keinen Umständen erwähnen. Weder die Saphirtür noch mich oder das Manifest. Du solltest ihn am besten überhaupt nicht mehr aufsuchen.«

Isla dachte über seine Worte nach. Ihr schwirrte der Kopf von Dingen, die in Bücher gehörten oder in die von Elfen und Feen gespickte Realität eines Kinds, das in einer knorrigen Wurzel einen Waldtroll sehen konnte. Aber nicht in das Leben eines Erwachsenen.

Und doch glich ihres mittlerweile einer der Geschichten aus Rubys Büchern. Zunächst die Welt hinter der Tür, nun gestohlene Träume, Hypnose und ein Bruder, von dem sie noch nie zuvor gehört hatte. »Ich kann jetzt nicht einfach zurück nach Silverton fahren. Nicht ohne noch einmal mit ihm geredet zu haben.«

Er sah aus, als hätte er mit dieser Antwort gerechnet. »Ich habe mir leider gedacht, dass du das sagst. Ich bitte dich, sei vorsichtig«, sagte er und berührte ihre Wange. Erst nur mit den Fingerspitzen, dann legte seine Hand sich federleicht auf ihre Haut. »Du beeindruckst mich, Isla.«

»Warum?«, brachte sie heraus.

»Du bist mutiger als jeder andere Mensch, den ich kenne. Und das bist du für meine Schwester.« Er lächelte. »Denk daran, was ich dir gesagt habe. Kein Wort über das alles hier.«

»Abgemacht.« Am liebsten hätte sie die Augen geschlossen. Aber das hätte seiner Geste eine Intimität verschafft, die zu ungewohnt war, um sie zuzulassen. »Was ist mit dem Anhänger?«, fragte sie betont locker, um von sich abzulenken. »Er gehört dann ja wohl Ruby. Bekomme ich ihn zurück?«

»Nein, ich brauche ihn. Er hilft mir, um …« Abrupt fuhr er herum und lauschte.

Isla starrte in die Dunkelheit und versuchte, mehr zu erkennen. War da etwas? Ein Geräusch? Kurz klang es wie dieser monotone Piepton, den sie bereits in der anderen Welt gehört hatte, aber dann war da nur noch der Wind.

Der Dunkelhaarige stand auf und bedeutete ihr, still zu sein. Sein Gesicht war blass geworden, als er sich zu ihr umwandte. Sorge spiegelte sich in seinen Augen. Sorge um sie. »Warte hier.« Lautlos verschwand er in der Dunkelheit.

»Hey!« Sie sprang auf und sah sich nervös um. Das Geräusch wiederholte sich nicht, aber auf einmal fühlte sie sich, als würden tausend Augen sie aus dem Verborgenen beobachten.

Der Nebel vor ihr verwirbelte, und Rubys Bruder kehrte zu ihr zurück.

Er nahm ihre Hand, hob sie an seine Lippen und hauchte einen Kuss darauf, der viel mehr berührte als nur ihre Haut. »Ich muss weg von hier. Und du auch.« Er zögerte, ließ sie los und machte sich auf den Weg ins Nichts.

»Sag mir zumindest, wie du heißt«, rief sie ihm hinterher, nicht mehr sicher, ob er sie überhaupt noch hören konnte.

Er blieb stehen und hob eine Hand, nur noch Schwarz vor einer weißen Kulisse. »Ich bin Jeremy«, rief er. »Jem.«

15

Jeremy. Jem.

Den Namen hatte Ruby gemurmelt, ehe sie eingeschlafen war. So hieß ihr alter Stoffbär mit nur einem Ohr. Das konnte kein Zufall sein.

Was auch immer in der Familie Austin vorgefallen war, Ruby erinnerte sich an ihren Bruder. Aber warum hatte sie ihr noch nie von ihm erzählt? Bisher hatte Isla geglaubt, dass ihr Schützling alles mit ihr teilte, was ihm auf der Seele brannte. Nun musste sie feststellen, dass die Austins ihre Vergangenheit hinter zu vielen Schlössern und Siegeln verbargen, um sie nach einem Blick in eine verschlossene Schublade zu kennen.

Dann waren da Amel Marduk und seine Fähigkeit, Träume zu stehlen und umzuformen. Träume, die durch die besondere Gabe eines Kindes in der Realität erlebt werden konnten. War so etwas wirklich möglich?

Ihr war schwindelig von all den Dingen, die Jeremy ihr erzählt hatte. Besser, sie ging zurück auf ihr Zimmer. Sich den Kopf über alles zerbrechen konnte sie auch, wenn sie im Bett lag.

Ihre Knochen fühlten sich steif an, während sie zur Tür ging. Sie drückte die Klinke hinab, trat in das Haus … und blieb stehen. Der Flur sah nicht aus wie der, den sie verlassen hatte. Im Gegenteil. Nichts erinnerte an ihre Pension.

Weil es nicht ihre Pension war.

Verwirrt drehte sich Isla um. Ja, das war die Tür, durch die sie nach draußen gegangen war – sie erkannte den Riss im Rahmen wieder sowie den gesplitterten Lack. Trotzdem war dies ein anderes Haus. Über ihr strahlte ein Kristallleuchter. Nicht sonderlich hell, aber für die Umgebung ausreichend. Die Decke war hoch, mit Stuck und Holzborden verziert, aber so kahl, als hätte sich niemand die Mühe gemacht, es wohnlicher zu gestalten.

Isla wurde eiskalt. Sie hatte diese Halle schon einmal gesehen, wusste, dass links eine Treppe abzweigte, sowohl in das Obergeschoss als auch in den Keller. Dies war das Haus von Amel Marduk.

Aber wie konnte das sein?

»Miss Hall.«

Sie fuhr herum. Marduk trat in das Licht. Er hielt sich kerzengerade, die Hände hatte er hinter dem Rücken verschränkt. Die Schatten der Zierkristalle des Leuchters tupften seltsame Muster auf Wangen und Stirn. Es passte nicht zu ihm, da es verspielt aussah und freundlich. Amel selbst strahlte allerdings das genaue Gegenteil aus.

Der höfliche Mann war verschwunden und hatte seinem dunklen Zwilling Platz gemacht.

Isla brachte keinen Ton heraus. Sie musste von hier verschwinden! So schnell sie konnte drehte sie sich um und streckte eine Hand aus. Genau in dem Moment, in dem die Tür durchlässig wurde und verschwand. Zurück blieb weiß getünchter Stein.

»Nein.« Isla stürzte vorwärts und presste beide Hände auf die Stelle, an der soeben noch die Tür gewesen war. Ihre Finger krümmten sich, suchten nach Rillen und anderen Unebenheiten, nach der Kerbe im Holz. Nach *Holz*. Nichts. Die Wand verhöhnte sie.

Langsam drehte sie sich wieder um und war froh, dass Marduk in einigem Abstand zu ihr stehen geblieben war. »Was haben Sie gemacht?«

»Meine Grenzen gezogen, Miss Hall. Das habe ich gemacht. Ganz im Gegensatz zu Ihnen. Sie haben diese Grenzen überschritten, und das mehr als einmal.«

Mit allem hatte sie gerechnet, aber nicht mit einer Anschuldigung. »Wie bitte ist das gemeint? Von welchen Grenzen reden Sie? Ich weiß nicht, was hier vor sich geht. Ich konnte nicht schlafen, war spazieren und wollte zurück in das *Green and Arch*.« Sie legte ihre Finger an die Schläfen und schüttelte den Kopf. Nichts verraten, hatte Jeremy ihr gesagt! Wenn sie nur nicht eine so miserable Schauspielerin wäre. »Ich verstehe das alles nicht. Wenn Sie mir den Ausgang zeigen würden, wäre ich Ihnen dankbar.« Sämtliche Fluchtinstinkte brüllten ihr zu, zu verschwinden.

Er betrachtete seinen Siegelring. »Ich hätte mir denken können, dass Sie es waren, die in den Träumen herumgeschlichen ist. Bei Ihrem Besuch habe ich Sie nicht sofort erkannt, aber nun …«

Ihre Bitte ignorierte er. Dafür hallten seine Worte in ihrem Kopf wider: Er hatte sie in den Träumen gesehen – also während ihrer Besuche in der Welt hinter der Saphirtür!

Sie verschränkte die Arme vor der Brust, um das Zittern zu unterdrücken. Marduk machte ihr Angst. Warum stahl er einem kleinen Mädchen die Träume? Was trieb ihn dazu, Ruby so etwas anzutun?

Er musterte sie nicht, er studierte sie. »Ich sehe, es hat Ihnen die Sprache verschlagen. Trotzdem bin ich neugierig, kleine Lehrerin. Wie haben Sie diese Bindung zu dem Mädchen aufbauen können? Ersetzen Sie ihr was? Die Mutter? Oder«, er trat näher, »noch interessanter ist die Frage: Was ersetzt sie Ihnen?«

Seine Gegenwart nahm ihr den Atem, auf eine ekelhafte, abstoßende Weise. Seine Stimme erinnerte mit einem Mal an etwas Weiches, Glitschiges – wie die Algenschicht, die sich auf Steinen in einem Fluss bildete. Sobald er auch nur einen weiteren Schritt in ihre Richtung setzte, würde sie zurückweichen müssen. Aber sie durfte ihm gegenüber keine Schwäche zeigen! In ihrem Rücken krallte sie die Finger in den Stoff ihres Oberteils. »Ich habe nicht die geringste Ahnung, wovon Sie reden. Allerdings möchte ich nun gehen.«

Er lächelte mit halb geschlossenen Augen. »Das kann ich leider nicht erlauben. Wer weiß, wo Sie noch herumgeschnüffelt haben?«

»Nirgendwo!« Sie hob das Kinn. »Von Schnüffeln kann keine Rede sein, wenn ich mich gegen meinen Willen in Ihrem Haus befinde. Und da Sie nicht taub sind, werden Sie gehört haben, dass ich mehrmals darauf hingewiesen habe, mich verabschieden zu wollen. Von einer Erklärung ganz zu schweigen.«

»Das habe ich durchaus. Ihre Stimme ist laut genug und derzeit auch unangenehm schrill.«

Isla juckte es in den Fingern, ihm eine Ohrfeige zu verpassen oder, besser noch, die Faust mitten auf seine wohlgeformte Nase zu rammen. Aber so kam sie nicht weiter. Sie brauchte eine andere Taktik. »Gut. Ich kann auch die Polizei rufen.«

Er seufzte und pflückte etwas von seinem Jackett. »Nein, auch das können Sie nicht«, verkündete er beiläufig.

»Sie wollen mich also nicht gehen lassen.«

»Schon wieder falsch.« Er streckte die Finger und ließ sie knacken. »Ich kann Sie nicht gehen lassen. Und da, so muss ich gestehen, rede ich von meinen Fähigkeiten. Mit anderen Worten: Ich bin nicht in der Lage, Ihnen zu helfen.«

»Ach nein? Sie beherrschen also Ihre eigenen Traumwelten nicht mehr?« Die flüchtige Überraschung in seinem Gesicht war Balsam für ihre Seele, trotzdem wurde sie allmählich wütend. »Dies ist ein Manifest, Marduk. Ich weiß mehr, als Sie glauben.«

Er hatte sich schnell wieder unter Kontrolle und deutete eine höfliche Verbeugung an. »Und mich würde wirklich interessieren, woher Sie das wissen. Darüber werden wir uns noch näher unterhalten. Ich freue mich, dass Sie Begeisterung für meinen Fachbereich zeigen, aber ich muss Sie enttäuschen: Sie liegen schon wieder falsch. Dies ist die Realität. Sie haben das Manifest verlassen, als Sie in mein Haus getreten sind. Und wie Sie bemerkt haben, ist die Tür verschwunden.« Er deutete auf die Wand hinter ihr. »Was bedeutet, dass die kleine Ruby aufgewacht ist. Es gibt keinen Traum mehr. Aber Sie haben sich für die letzte Abzweigung entschieden, die zu mir führte. Gut für Sie, muss ich anmerken. In einem Manifest zu stecken, wenn es sich auflöst, ist keine schöne Erfahrung. Erst schmerzt es nur, dann geht es an das Gewebe. Die Innereien und ja, auch an Ihr Herz. Bumm!« Er schlug mit einer Faust gegen seine Brust. »Wer sich in einem Manifest aufhält, gehorcht den Gesetzen, die dort herrschen. Wenn es dort regnet, wird man nass. Wenn die Sonne scheint, schwitzt man. Und wenn es vergeht, dann nimmt es einen mit sich. Mit anderen Worten: Sie würden es nicht überleben.«

Er sagte die Wahrheit. Isla dachte an den Moment, als ihre Finger durchsichtig geworden waren. Es hatte höllisch wehgetan.

Das bedeutete allerdings noch etwas anderes: Sie befand sich wirklich in seinem Haus – und konnte es nur auf herkömmlichem Weg verlassen. Marduk hatte deutlich gemacht, dass er nicht vorhatte, sie gehen zu lassen. Solange Ruby nicht schleunigst wieder träumte, war sie hier gefangen – wenn die Sache überhaupt so funktionierte.

Amel räusperte sich. »Ich sehe, Sie verstehen. Aber verraten Sie mir doch, woher Sie wissen, was ein Traummanifest ist. Die Austins werden sich kaum damit auskennen. Sie waren recht froh, die Verantwortung für den … unangenehmen … Zustand ihrer Tochter abgeben zu können.«

»Nun, das alles ist ja eine Weile her. Wer sagt Ihnen, dass sie sich nicht in der Zwischenzeit informiert haben? Sie sind nicht der einzige Mensch auf der Welt, der sich mit derartigen Dingen auskennt.« Pokern war alles, was ihr noch blieb – auch wenn sie nicht glaubte, ihn so sehr verunsichern zu können, wie er es bei ihr tat. Versuchen würde sie es allerdings, allein um ihn von sich abzulenken. Sie musste nur darauf achten, Jeremy nicht zu erwähnen. »Aber was mir noch nicht ganz klar ist: Wie genau haben Sie Ruby hypnotisiert und vor allem warum?«

Amels Gesicht verzerrte sich. Zunächst sah es aus, als würde er lachen wollen, dann, als würde er kurz vor einem Wutanfall stehen. Sie hatte wohl einen Nerv getroffen, und auf einmal fürchtete sie, dass er handgreiflich werden würde. Sosehr sie es auch versuchte, sie konnte ihn nicht einschätzen. Sprache und Tonfall verrieten die gute Erziehung, aber manchmal bekam seine Stimme diesen Beiklang, der ihr Angst machte. Als wäre er ein Wahnsinniger, der sich nur mit Mühe unter Kontrolle hatte. Im schlimmsten Fall war es nur eine Frage der Zeit, dass seine Mauer der Beherrschung erste Risse bekam. Oder gesprengt wurde.

Amels Schultern bebten, seine Finger spielten mit seinem Silberring. »Das, meine Liebe, geht Sie nichts an. Absolut nichts. Und damit ist diese Konversation beendet. Ich werde Sie in Ihr Nachtquartier bringen lassen.«

Im ersten Moment glaubte sie wirklich, dass er ihr anbot, sie in das *Green and Arch* zu fahren. Wie falsch sie damit lag, begriff sie, als er auf die Treppe deutete – jene, die in den Keller führte.

Isla wich zurück und suchte verzweifelt nach einem Fluchtweg. Amel registrierte ihre Bemühungen mit einem müden Heben der Augenbrauen, dann trat er an das Geländer. »Tom! Wir haben einen *Gast*. Komm her und kümmere dich um sie.«

Isla erschrak. Sie waren nicht allein? Wer außer Amel lebte noch in diesem Haus? Gab es noch mehr Ungeheuer wie ihn?

Auf die Antwort musste sie nicht lange warten. Schwere Schritte wurden am Fuß der Treppe laut, und in ihrem Kopf entstand das Bild eines buckeligen Dieners, der Amels Befehle ausführte, ohne sie zu hinterfragen.

Der Mann, der kurz darauf erschien, war das genaue Gegenteil eines Buckligen. Er bewegte sich nicht nur elegant und kraftvoll, sondern hielt auch einen Teil seiner Energie zurück – wie ein Tier, das nicht ahnte, wie stark es wirklich war. Dunkle Kleidung verstärkte den Eindruck noch mehr.

256

Isla hätte am liebsten geschrien – so musste es sich anfühlen, eine Faust in den Magen gerammt zu bekommen. Sie versuchte, sich nichts anmerken zu lassen. Ihr Arm zuckte, und fast hätte sie dem Impuls nachgegeben und eine Hand vor den Mund geschlagen.

Tom? Warum Tom? Und was tut er hier?

Vor ihr stand Jeremy. Er hielt den Kopf gesenkt, als wartete er auf weitere Instruktionen. Nichts wies darauf hin, dass er sie erkannte.

Sein Anblick war ein Schock. Er hatte ihr gesagt, dass sie sich von Marduk fernhalten sollte, und sie hatte geglaubt, dass er ihn aus der Zeit kannte, in der er Ruby behandelt hatte.

Marduk beobachtete sie, und sie versuchte, ihm ihre Überraschung als Angst zu verkaufen. Viel schauspielern musste sie nicht: Das Zittern ließ ohnehin nicht mehr nach, selbst dann nicht, als sie die Hände flach an den Körper presste. So unauffällig wie möglich versuchte sie, auf ein Zeichen von Jeremy zu achten. Noch immer sah er sie nicht an.

»Tom, diese junge Dame wird heute Nacht hierbleiben. Leider kann ich es nicht erlauben, dass sie uns unerwartet verlässt. Bring sie also in den Kellerraum und kümmere dich um alles.« Er wandte sich an Isla und deutete eine Verbeugung an. »Mein Assistent wird Sie begleiten. Es wird nicht ganz so komfortabel sein wie Ihre Pension oder gar Silverton, aber ich versichere Ihnen, es ist sauber.«

Sein Assistent? Ein Beben lief durch Islas Körper, wiederholte sich, und dann erkannte sie es als Atem, der stoßweise durch ihre Lunge raste und jeden Millimeter erschütterte. »Das können Sie nicht machen«, brachte sie hervor. Die Worte rissen an ihrer Kehle. »Das wagen Sie nicht.«

Er schwieg, musste aber auch nichts sagen. Die Botschaft war eindeutig. Diese Runde hatte er gewonnen.

Sie wehrte sich nicht, als Jeremy auf sie zutrat und sie, ohne eine Miene zu verziehen, am Arm packte – fest, aber nicht brutal. Er spielte seine Rolle perfekt, nickte in Richtung Treppe und wartete, bis sie sich in Bewegung setzte. Sie spielte mit und hoffte darauf, ein paar Worte unter vier Augen mit ihm zu wechseln, sobald sie allein waren.

Er ließ sie auch dann nicht los, als sie mit vorsichtigen Schritten die Treppe hinabging. Im Keller brannte Licht. Sie sah Kacheln und helle Wände. Amel hatte das Untergeschoss ausgebaut, für welche Zwecke auch immer.

Amel blieb im Erdgeschoss zurück, sie warf einen letzten Blick auf sein Gesicht. Attraktiv und energisch, ja, aber auch so kalt und abschätzend, als gehörte es zu einer Wachspuppe. Fast war sie froh, ein Stockwerk Abstand zwischen sich und ihm zu wissen.

Jeremy dirigierte sie nach rechts. Ihr erster Eindruck hatte sie nicht getäuscht: Der Keller ähnelte einem Labor. Die vorherrschende Farbe war Weiß, Möbel gab es kaum. Der Boden war gekachelt, die Wände bis Brusthöhe ebenfalls. Durch manche Quadrate zogen sich Sprünge, die gelbliche Patina angesetzt hatten.

An der Decke baumelten Lampen in regelmäßigen Abständen und verströmten kaltes Licht. Es roch schwach steril, als hätte jemand vor Tagen gründlich geputzt, sich seitdem aber nicht mehr hier aufgehalten. Isla sah Aktenschränke und Regale in einem winzigen Raum, ließ sich von Jeremy an zwei geschlossenen Türen vorbeischieben und folgte dem Knick, den der Gang am Ende machte. Zwei weitere Schritte, und sie

258

standen vor einer Tür, die massiver wirkte als die anderen und mit einem Sichtfenster ausgestattet war.

Eine Zelle. Amel Marduk hatte wirklich und wahrhaftig eine Zelle in seinem Haus. War Ruby etwa nicht das erste Kind, das er hypnotisiert hatte? Hatte er Menschen hier unten gefangen gehalten und für seine perfiden Methoden benutzt?

Isla gab ihr Bestes, um ihre Gedanken nicht in diese Spirale stürzen zu lassen. Auch wenn Jeremy an ihrer Seite war und sich als Amels Assistent ausgab, brauchte sie jetzt einen klaren Kopf.

Sie beobachtete, wie Jeremy einen Schlüssel aus der Tasche zog, aufschloss und ihr bedeutete hineinzugehen. Nach einigem Zögern tat sie, was er von ihr verlangte. Der kleine, komplett weiße Raum war bis auf eine Pritsche leer und besaß kein Fenster, dafür gab es eine Lampe. Erst dann begriff sie, was sie so irritierte.

Die Leere in Jeremys Augen, die auch jetzt, fern von Amels Gegenwart, nicht verschwunden war.

Von einer Sekunde auf die andere spürte sie brennende Hitze auf ihrer Haut. Sie wirbelte herum und sprang vor. Zu spät. Die Tür wurde von außen ins Schloss gedrückt, und als ihre Hände darauf trafen, hörte sie, wie der Schlüssel gedreht wurde.

»Hey!« Sie schlug dagegen und stellte sich vor das Sichtfenster. Selbst jetzt wagte sie nicht, seinen Namen zu rufen in der Hoffnung, dass dies noch alles zu seiner Maskerade gehörte. »Hey!« Fassungslos beobachtete sie, wie er den Schlüssel verstaute und innehielt, so als überlegte er.

Als er den Kopf hob, wäre sie fast zurückgewichen. Sein Gesichtsausdruck hatte sich nicht verändert. Da war nicht der geringste Hauch eines Erkennens, kein Zwinkern, kein Blick, der ihr sagte, dass sie sich nicht verraten sollte, dass er einen Plan hatte und später zurückkommen würde, um sie herauszuholen.

Seine Augen waren vollkommen leer.

»Nein«, flüsterte Isla. »Jeremy.« Die Hitze machte einer unsagbaren Kälte Platz. Sie hatte nichts mit der Haut zu tun, nicht mal mit den Adern oder dem Blut darin. Sie hatte ihren Ursprung in den Knochen, und selbst mit allen Feuern dieser Welt konnte Isla nichts dagegen tun. »Jeremy«, flüsterte sie noch mal und presste eine Hand gegen das Sichtfenster.

Er sah ihr direkt in die Augen, regungslos wie die Wachspuppe, an die Amel sie zuvor erinnert hatte. Es tat weh, als ein großer Teil ihrer Hoffnung in dieser Kälte erstarrte. Ungläubig sah sie zu, wie Jeremy sich umdrehte, mit mechanischen Schritten den Gang hinabging und hinter der Biegung verschwand.

Isla blieb an der Tür stehen, eine Hand noch immer gegen das Fenster gepresst. Erst als ihre Muskeln zitterten und ihre Beine zu schmerzen begannen, ließ sie sich an der Wand hinabgleiten und rollte sich am Boden zusammen.

16

Schmerz, Schwäche, Kälte, Bitternis. In genau dieser Reihenfolge strömten die Eindrücke auf Isla ein, schnell wie eine Feuersalve aus einem Gewehr. Es war keine schöne Welt, in die sie aus den Tiefen ihres Schlafs zurückkehrte. Krampfhaft hielt sie die Augen geschlossen und hoffte, wieder wegdämmern zu dürfen. Doch der Schlaf scherte sich nicht um die Wünsche der Menschen.

Isla ballte die Hände zu Fäusten, sobald sie ihre Finger spürte. Mehr als alles andere wünschte sie sich eine Mauer, die sie vor dem schützte, was nun unausweichlich kommen würde. Hoffnungslosigkeit und Verzweiflung.

Die Erinnerung an die letzten Minuten vor ihrer Gefangenschaft war so präsent, als hätte sie es soeben erst erlebt. Jeremy war wieder der Fremde geworden, den sie aus der Welt hinter der Saphirtür kannte. Nein, schlimmer noch, er hatte seine Identität abgelegt und war zu Amel Marduks Assistent namens Tom geworden.

Ob Marduk auch ihn hypnotisiert hatte, so wie Ruby? Aber Ruby trug niemals diese Leere im Gesicht, und sie verhielt sich auch nicht, als schliefe sie mit offenen Augen. Ganz zu schweigen davon, dass sie blind Befehle ausführte.

Alles, was sie sich zusammenreimen konnte, waren Spekulationen, und die würden sie hier nicht herausbringen.

Isla blinzelte, stemmte die Hände auf den Boden, spannte die Arme und drückte sich in die Höhe. Dabei fiel ihr etwas ins Auge: In einer Ecke stand ein Silbertablett. Darauf befanden sich ein Becher, zwei Scheiben halb in Stoff gewickeltes Brot sowie ein Schälchen mit Marmelade – zu winzig, um es als Waffe zu benutzen. Ein alberner Gedanke. Als ob sie sich den Weg aus einer verschlossenen Zelle im Keller eines einsam liegenden Hauses freikämpfen würde! Sie konnte höchstens versuchen, dem Nächsten, der diese Zelle betrat, das Tablett über den Kopf zu ziehen. Besser war es aber, wenn sie sich stärkte, um nicht zusammenzubrechen, wenn sich wirklich eine Möglichkeit zur Flucht bot.

Sie kämpfte sich auf die Füße und wartete, bis das Schwindelgefühl abklang. Kein Laut war zu hören, dafür drang das Aroma der Marmelade an ihre Nase – der einzige Duft in einer zu sauber geschrubbten Welt. Isla hatte keine Idee, wie lange sie geschlafen hatte. Es konnten wenige Minuten oder mehrere Stunden gewesen sein. Die Lichtverhältnisse hier unten waren dieselben wie zuvor und würden es auch immer sein.

Sie trat an das Sichtfenster. Nichts, der Gang war leer, und doch flößte der Anblick ihr Angst ein. Was, wenn Amel und Jeremy sie hier unten verrotten ließen? Vielleicht wusste niemand von diesem Ort, geschweige denn von diesem Keller und der Zelle darin.

Vielleicht war dies der Tag, an dem Isla Elizabeth Hall für immer verschwand.

Warum hatte sie auch niemandem von ihren Plänen erzählt? Gut, niemandem außer Hannah, aber die hatte so wenig Interesse am Leben anderer, dass sie wohl kaum Alarm schlagen würde, wenn Isla nicht mehr auftauchte. Dann gab es noch

Maggie aus der Pension und Jim, den mürrischen Taxifahrer, aber die brachten sogar nur einen Bruchteil des Interesses auf, das Hannah in der Regel entwickelte – also genau genommen keines. Im *Green and Arch* hatte sie ihre Rechnung im Voraus bezahlt, von daher würden ihre Gastgeber keine Probleme damit haben, dass sie sich nicht mehr blicken ließ. Eventuell erweckte ihr zurückgelassenes Gepäck Aufmerksamkeit, aber vermutlich würde es schlicht und ergreifend an die Adresse geschickt, die sie bei ihrer Ankunft angegeben hatte: Silverton. Wie die Austins reagieren würden, konnte Isla nur vermuten. Sie wären ungehalten darüber, dass die Erzieherin ihrer Tochter so einfach mir nichts, dir nichts verschwand. Es konnte gut sein, dass sie sich in der Stadt nach ihr erkundigten, aber sicher war sie da nicht.

Ruby würde sich Sorgen machen, aber sie war ein Kind. Man würde sie beruhigen und die Erklärung für Islas Verschwinden in die Welt der Märchen und Geschichten packen. Für Erwachsene war es so leicht auszusortieren, wenn es um die Gedanken eines Kindes ging. Die Schublade der Fantasie war einfach zu groß, und sie wirkte wie ein Sog, der Geschichten anzog wie ein Magnet. Isla erinnerte sich an Situationen in der eigenen Kindheit, in denen sie versucht hatte, ihre Eltern zu überzeugen, dass sie einen seltenen Frosch gesehen hatte oder einen Mann fürchtete, der vor dem Haus auf und ab gegangen war. »Du darfst nicht alles glauben, was in deinen Büchern steht«, hatte ihre Mutter gesagt und sich wieder anderen Dingen zugewandt.

Ihre Eltern und ihr Bruder waren ihre letzte Möglichkeit, doch ihnen würde erst am Wochenende auffallen, dass etwas nicht stimmte.

Ärgerlich schlug sie gegen die Tür. Es sah ganz danach aus, als müsste sie eine Weile hier unten durchhalten. Sie ging zu dem Tablett, nahm ein Stück Brot und das Töpfchen mit Marmelade und roch daran. Sie konnte sich zwar nicht vorstellen, dass Amel sie vergiften wollte – sonst würde er sich kaum die Mühe machen, sie einzusperren –, aber sie konnte ihr Misstrauen nur schwer zurückdrängen. Nachdem sie nichts Ungewöhnliches festgestellt und eine kleine Ecke Brot probiert hatte, knurrte ihr Magen so laut, dass sie ihn nicht mehr ignorieren konnte. Das Brot war gut, weich und voller Geschmack, die Kruste so knusprig, dass kleine Krümel über Islas Hand sprangen, als sie abbiss. Die Marmelade bildete einen fruchtigen Kontrast, und Isla riss sich zusammen, um beides nicht herunterzuschlingen. Im Becher war Wasser, und sie trank in kleinen Schlucken. Anschließend streckte sie sich und begann, in ihrer Zelle auf und ab zu gehen. Sie brauchte einen Plan. Nachdenken fiel ihr schwer, da Jeremy permanent in ihren Gedanken auftauchte. Sosehr sie es drehte und wendete, sie begriff nicht, welches Spiel er spielte. Machte er ihr oder Amel etwas vor? Im Traummanifest hatte er sie vor dem Ex-Arzt gewarnt, hier im Haus war sein Name Tom. Konnte es sein, dass es sich um zwei Männer handelte?

»Nein«, flüsterte sie. Sie kannte Jeremy, sie hatte ihn in ihren Träumen gesehen, noch ehe sie von der Saphirtür und der Welt dahinter gewusst hatte. Auch das hing mit Rubys Träumen zusammen, und allmählich schuf es sogar ein Bild. Wenn Personen, die Ruby nahestanden, das Manifest ihrer Träume sahen, dann lag es nahe, dass sie sich auch darin begegnen konnten. Von daher … Isla schüttelte den Kopf. Sie kannte Jeremy, auf eine seltsame, träumerische Weise. Er war derjenige, der sie hier eingesperrt hatte.

Hundertprozentig.

Sie rieb sich den Nacken, dann die Schläfen, und spürte, wie frische Energie über ihre Haut kribbelte. Ruby wandelte ihre Träume in Realität, und Amel hatte einen Weg gefunden, um Teile dieser fragilen Welten zu kontrollieren. Wie ein Schmarotzer, ein Parasit, unfähig, selbst etwas zu erschaffen. Daher hatte er sich auf das Stehlen verlegt.

In Isla wallte Wut auf. Kein Wunder, dass Ruby Nacht für Nacht erschöpfter war, wenn ihr ein wichtiger Teil ihres Schlafs gestohlen wurde.

Trotz allem gab es etwas, das sie als Vorteil nutzen konnte: Offenbar wusste Marduk nicht um alles, was in den Manifesten geschah, sonst hätte er von ihrem Gespräch mit Jeremy gewusst. Eventuell musste sie also lediglich warten, bis Ruby wieder träumte, um dann zu entkommen.

Das Warten wurde zur Zerreißprobe, vor allem, da ihre Uhr stehen geblieben war. Der Faktor Zeit war mit einem Mal nicht mehr existent, hier unten gab es weder Minuten noch Stunden oder Tage. Allzu lange konnte sie noch nicht eingesperrt sein. Trotzdem überschritten ihre Nerven die Grenze zwischen Verzweiflung und leichter Panik. Wenn Amel sie hier unten schmoren lassen wollte, bis sie wahnsinnig wurde, so hatte er gute Chancen auf Erfolg.

Als sie endlich etwas hörte, hätte sie vor Erleichterung fast aufgeschrien. Eine Stimme dröhnte durch das Haus: ein Mann, und er klang nicht glücklich.

Isla biss sich auf die Lippe und konzentrierte sich auf ihren Herzschlag. Ein wenig zu schnell vielleicht, aber immerhin regelmäßig.

Bumm. Bumm.

Bumm!

Die Schritte auf dem Gang waren das süßeste Geräusch seit Langem. Isla trat an das Sichtfenster und betete darum, dass es Jeremy war. Ihre Bitten wurden erhört: Die dunkle Gestalt im Flur hätte sie unter Tausenden erkannt. Leider aber auch die Zurückhaltung darin. Dies war Jeremys anderes Ich.

Tom.

Sie blieb, wo sie war. Jeremy öffnete die Tür und bedeutete ihr, an ihm vorbei nach oben zu gehen. Er sah sie nicht einmal an.

Isla trat aus ihrer Zelle und blieb stehen. An Flucht brauchte sie nicht denken. Selbst in seinem Nebelzustand war er um ein Vielfaches stärker als sie, und sie brachte es nicht über das Herz, ihn hier allein zu lassen.

»Jeremy«, sagte sie leise. »Ich weiß nicht, was mit dir los ist. Was hat er dir angetan?« Sie berührte seinen Arm mit den Fingerspitzen.

Er zog ihn zurück.

Sie versuchte es weiter. »Du hast mir von Ruby erzählt, erinnerst du dich? Deine Schwester. Ich kenne sie, ich wohne auf Silverton. Daher konnte ich ihre Traummanifeste betreten. Weißt du nicht mehr, dass du mir das gesagt hast?«

Er packte ihren Arm und schob sie vorwärts.

Sie riss sich los. »Verdammt, Jeremy«, zischte sie. »Bitte wach auf! Erinnere dich! Du hast mir von dir erzählt. Warum du den Anhänger trägst beispielsweise.« Sie streckte eine Hand nach der Kette um seinen Hals aus – und schrie auf, als er ihr Handgelenk mit so viel Kraft packte, dass es schmerzte.

»Hey!« Dieses Mal schaffte sie es nicht, sich aus seinem Griff zu befreien. »Du tust mir weh!«

Endlich löste er seine Finger. Auf ihrer Haut waren Abdrücke zu sehen, und sie rieb die Stelle, bis das Pochen zu einem Kribbeln abebbte. Erst dann bemerkte sie, dass Jeremy die Hand noch immer erhoben hielt. Sie schwebte auf Höhe seines Halses, als wollte er sie davon abhalten, noch einmal nach dem Anhänger zu greifen. »Jeremy, ich wollte …«

Er gab ihr einen Stoß, und sie stolperte vorwärts. Nach und nach dirigierte er sie in einen Flur im Obergeschoss, der sie an das sterile Flair im Keller erinnerte. Ohnehin schien Marduks Haus zum Teil eine medizinische Anstalt zu sein. Von irgendwoher kam dieses Geräusch, das besser in ein Krankenhaus gepasst hätte: ein regelmäßiges Piepen, allerdings gedämpft. Ein Gerät, um die Frequenz von Herz oder Gehirn eines Patienten aufzuzeigen?

Isla lief langsamer. Was trieb Marduk hier draußen? Plötzlich hatte sie Angst vor der Antwort. Ihre Nackenhaare sträubten sich, und wider besseres Wissen wandte sie sich um. »Was ist das?«

Er schwieg und schob sie zur Seite, um eine Tür zu öffnen. Isla überlegte, ob ihn eine Ohrfeige aus seiner Starre reißen würde, doch da wurde sie bereits in den Raum gestoßen. Sie stolperte, fing sich wieder … und keuchte, als sie den Kopf hob.

Es war ein Untersuchungszimmer. In der Mitte stand eine Liege, die sie an einen Zahnarztstuhl erinnerte – nur dass sie mit dicken Schnallen an beiden Seiten sowie am Ende bestückt war, die fraglos dazu dienten, Personen zu fixieren. Daneben standen ein Stuhl sowie ein Rolltisch mit silberner Oberfläche, auf der Instrumente im kalten Licht vor sich hinschimmerten. Nur wenige Zentimeter Metall, doch jedes wirkte so bedrohlich wie eine Mordwaffe. Einen noch beängstigenderen Eindruck bot die Spritze ganz rechts auf dem Tablett.

Immerhin gab es ein Fenster, doch es war zu klein und zudem in den oberen Teil der Wand eingebaut. Es erinnerte an einen zu groß geratenen Lüftungsschlitz. Selbst wenn sie es erreichen würde – hindurchzwängen konnte sie sich nicht.

Jeremy deutete auf den Stuhl.

Isla schüttelte den Kopf. Marduk wollte ihr etwas antun. Von grässlichen Experimenten bis zu einer Spritze, die ihren Tod herbeiführte, traute sie ihm alles zu. Oder würde sie sein wie Jeremy, wenn sie dieses Zimmer wieder verließ?

»Nein«, flüsterte sie. »Nein. Ich werde mich da nicht drauflegen.«

Er wollte nach ihr greifen, doch sie wich zurück und stolperte gegen das Tischchen. Es schepperte, einige Instrumente fielen zu Boden. Isla griff blind nach einem Stück Metall und hielt es vor sich. Es sah harmlos aus, eine schmale Stange mit einem viel zu dünnen Haken am Ende, um sich damit zu verteidigen.

Die Tür öffnete sich. Marduk trat ein, vollkommen fehl am Platz mit weißem Hemd und dunkelgrauem Anzug, und betrachtete die Szene, als befände er sich in einem besonders skurrilen Theaterstück. Sein Blick blieb an dem Instrument in Islas Hand hängen, und seine Mundwinkel kräuselten sich. »Wohl kaum etwas, mit dem man sich ernsthaft verteidigen könnte«, sagte er und gab Jeremy einen Wink.

Der reagierte so schnell, dass Isla nur noch auf ihre leere Hand starren konnte. Mit großer Sorgfalt legte er das Hakending zurück, ehe er die anderen Instrumente aufsammelte.

Isla sah Marduk an. »Ich warne Sie, ich werde mich so lange wehren wie nur möglich, und ich werde schreien.« Ihr war bewusst, wie unsinnig die Aussage war. Hier draußen würde sie niemand hören.

Marduk lächelte. Eine Milde legte sich über seine Züge, die durchaus Vertrauen erwecken konnte. Hätte sie ihn unter anderen Umständen kennengelernt, hätte sie ihn höchstwahrscheinlich sogar gemocht. Wie sehr man sich täuschen lassen konnte! Von dem Auftreten der Menschen, ihrem Äußeren, ihrer Kleidung, dem, was sie sagten oder taten. Ehrlichkeit gegen Schauspiel. Vertrauen gegen Vertrautheit. Entspannung gegen Gefahr.

Marduks Brauen zogen sich zusammen. Er schnalzte mit der Zunge.

»Auf den Stuhl mit ihr.«

»Nein!« Isla wusste, dass Jeremy den Befehl, ohne mit der Wimper zu zucken, befolgen würde. »Wag es nicht, mich anzufassen!« Sie schlug um sich, aber dann waren da Jeremys Hände, von denen sie geträumt hatte, aber sie berührten sie auf eine Weise, die ihr die Tränen in die Augen trieb.

Sie fand sich auf der Liege wieder, ehe sie ein weiteres Mal schreien konnte. Voller Entsetzen beobachtete sie, wie Jeremy die Schnallen an ihren Handgelenken festzurrte. Sie war gefangen, wieder einmal.

Trotzdem versuchte sie, sich loszureißen – mit dem Ergebnis, dass sich der harte Stoff in ihre Handgelenke grub.

»Die bekommt nicht mal ein trainierter Mann durch«, bemerkte Marduk ruhig. »Glaub mir, ich habe es testen lassen.« Die vertrauliche Anrede bereitete ihr zusätzliche Übelkeit.

Isla schwieg. Vor allem, da sie die Zähne zusammenbeißen

musste, um nicht vor Schmerz aufzuschreien. Noch ein Versuch.

Die Schnallen hielten.

Marduk knurrte ärgerlich. »Ursprünglich hatte ich nur vor, deine allgemeine Verfassung zu kontrollieren. Wenn du dich nicht bald beruhigst, muss ich dich dafür betäuben.«

Isla hielt inne. Zwar wusste sie nicht, ob er nur bluffte, aber fürs Erste war es wohl wirklich besser, wenn sie ihre Kräfte sparte.

Er nickte zufrieden. »Sehr schön. Tom, Licht.«

Jeremy öffnete den Schrank, zog eine schmale Stablampe hervor und reichte sie Marduk. Der schaltete sie ein und leuchtete zunächst in Islas linkes Auge, dann in das rechte. Sie blinzelte, wagte aber nicht, die Augen ganz zu schließen. Marduk würde seine Drohung wahrmachen und ihr was auch immer verabreichen. Einmal bewusstlos, würde sie nicht mitbekommen, was er mit ihr anstellte.

Er hatte sie nicht belogen. Nach und nach kontrollierte er ihre Körperfunktionen: Puls, Reaktion, Atmung. Sie wehrte sich stärker, als er eine Kanüle hervorzog, allerdings nahm er ihr nur etwas Blut ab. Nach jedem Teil der Untersuchung machte er sich Notizen.

Isla war nicht sicher, was sie davon halten sollte. Zwar konnte sie erst einmal aufatmen, aber alles wies darauf hin, dass dies nicht ihr letzter Besuch in diesem Raum war.

Als Jeremy sie nach Ende der Untersuchung wieder abgeschnallt hatte und sich anschickte, sie zurückzubringen, blieb sie stehen. »Ich bin nicht die einzige Gefangene hier, nicht wahr?«

Marduk unterbrach seine Notizen und blickte auf. »Was führt dich zu der Annahme?«

»Nun, ich habe Geräusche gehört. Sie klangen wie Maschinen aus einem Krankenhaus oder einer Arztpraxis.«

Er runzelte die Stirn und berührte seinen Ring. »Isolation kann seltsame Dinge mit einem anstellen, Miss Hall. Ich werde daran denken, häufiger Zeit mit dir zu verbringen.«

Darauf konnte sie dankend verzichten, doch sie schwieg. Jeremy dirigierte sie hinaus, führte sie jedoch nicht sofort zurück zu ihrem Gefängnis, sondern in ein Badezimmer. »Eine halbe Stunde«, murmelte er, die Stimme brüchig wie Pergament, das zu lange in der Sonne gelegen hatte.

Isla trat ein, schlug die Tür hinter sich zu und bemerkte frustriert, dass kein Schlüssel steckte, dafür aber das Fenster abgesperrt war. Neben einer Toilette gab es ein riesiges Waschbecken, ein Handtuch und ein Stück Seife. Wieder nichts, das sie als Waffe verwenden konnte.

Sie entschied, die Zeit nicht zu verschwenden, benutzte die Toilette und wusch sich. Als sie anschließend die Tür öffnete, stand Jeremy davor und musterte den Raum über ihre Schulter hinweg. Was erwartete er, dass sie die restliche Seife klaute?

Obwohl sie sich noch immer nicht an sein Schweigen und die Leere in seinem Gesicht gewöhnt hatte, versuchte sie nicht noch einmal, ein Gespräch zu beginnen. Mittlerweile wusste sie, wie wenig Erfolg es haben würde. Sie würde lediglich enttäuscht oder wütend sein.

Zusammen liefen sie die Treppe hinab, und Isla ließ zu, dass er sie wieder in ihre Zelle sperrte. Wenig später brachte er ihr etwas zu essen – einen Eintopf, der sehr gut schmeckte, sowie Brot und Wasser – und eine Decke. Sie leerte die Schüssel und kratzte sie mit dem Brot aus, dann legte sie sich auf die

Pritsche und zog die Decke bis zur Brust hoch. Sie war müde von der Angst und vom Nachdenken, müde vom Keine-Hoffnung-Haben. Und vor allem müde von dem Schmerz, der noch immer durch ihre Brust tobte, wenn Jeremy Marduks rechte Hand spielte.

17

Isla blinzelte. Ihre Augen brannten, und ihre Wimpern waren unangenehm miteinander verklebt, da sie geweint hatte. Nicht lang, mehr ein kurzer Schub der Verzweiflung, der erstaunlich schnell wieder vergangen war.

Sie hätte sich die Augen reiben können, aber sie war zu gebannt von dem Nebel. Er waberte um ihren Körper, um die Pritsche, auf der sie saß, und hatte den Boden ihres Gefängnisses in helle Weichheit getaucht. Das war aber schon allein deswegen nicht möglich, weil die Tür abgeschlossen war und es kein Fenster in die Freiheit gab. Damit hatte der Nebel seinen Ursprung hier, in diesem Raum. Das konnte nur eins bedeuten.

Ruby träumte wieder.

Isla stand auf und ignorierte den leichten Schwindel sowie den Druck auf ihren Schläfen. Dort vorn war eine zweite Tür. Isla zwang sich weiterzugehen. Eine Tür in der Wand! Schlicht, aus dunklem Holz und nicht allzu hoch. Zwischen den Beschlägen und dem Holz klafften fingerbreite Lücken, aus denen der Nebel quoll.

Isla hielt die Luft an und öffnete sie. Vor ihr breitete sich ein nächtlicher Garten aus, den sie noch nie zuvor gesehen hatte – doch das mochte nichts heißen. Vielleicht stammte er ebenfalls aus einem von Rubys Büchern, doch er konnte ebenso gut eine Erinnerung sein oder ein reines Produkt von Rubys

Fantasie. Letztlich war es unwichtig, Hauptsache, es stellte einen Fluchtweg dar.

Isla schlich hinaus und zog die Tür leise hinter sich zu. Nebel bedeckte den Boden so ebenmäßig, als hätte ihn jemand mit dem Lineal gezogen. Über ihr ragten Bäume in die Luft, schmal, aber weiter oben verzweigt. Bauschige Fasern so dick wie Islas Oberarme hingen von manchen Ästen zu Boden. Sie verströmten ein exotisches Flair. Die Luft war trotz des Nebels warm.

In der Ferne brüllte ein Tier, als sie sich in Bewegung setzte, gefolgt von anderen Lauten, die nicht gerade Vertrauen weckten. Trotzdem hatte sie keine Angst. Dies war Rubys Traum, und sie musste darauf vertrauen, dass es nichts gab, was ihr wirklich gefährlich werden konnte – nichts bis auf den Moment, in dem sich der Traum auflöste und die Macht hatte, sie mit sich zu nehmen. Sie wandte sich um – die Tür war noch immer da.

Gut. Solange sie sich nicht verirrte, konnte ihr nichts geschehen. Nun blieb nur zu hoffen, dass die Saphirtür nicht allzu weit entfernt war – wenn es denn eine gab. Isla hatte mittlerweile eine vage Vorstellung davon, wie ein Manifest funktionierte, aber noch gab es zu viele unbekannte Variablen.

Vor ihr führte ein Weg kerzengerade in das Dschungeldickicht hinein. Sie folgte ihm und behielt die Umgebung im Auge. In den Bäumen hüpften Schatten umher, und die Geräusche verstummten in ihrer unmittelbaren Nähe, nur um wenig später hinter ihr wieder einzusetzen. Dunkelheit und Fremdartigkeit verzerrten sie und machten es unmöglich zu bestimmen, von welchen Tieren sie stammten.

Der Weg wurde von beiden Seiten zunehmend überwuchert.

Isla duckte sich unter Ästen und Lianen hinweg. Ein süßlicher Duft zog an ihre Nase und erinnerte an exotische Blüten.

Etwas glänzte in unmittelbarer Nähe, ein Fremdkörper in dieser Welt. Metall. Isla zögerte, ging dann aber darauf zu. Äste und Blätter zogen sich zurück und enthüllten mehr Metall, parallel zueinander. Gitterstäbe. Sie waren schmal und liefen weit über Isla zusammen. Das goldene Material schimmerte von innen heraus. Isla blieb abrupt stehen: Vor ihr stand ein Käfig, so groß, dass mehrere Menschen hineingepasst hätten.

Ein Rauschen zog durch die Luft, etwas bewegte sich hinter den Stäben. Isla entdeckte etwas Blaues, dann Grün und helles Türkis. Zwei dunkle Augen über einem stark gebogenen Kupferschnabel. Ein gutes Stück davon entfernt bogen sich Krallen von der Dicke eines Fingers um eine Holzstange.

Der riesige Vogel fixierte Isla und breitete seine Flügel aus. Sie spürte den Windzug auf ihren Wangen und zuckte zusammen, als das Tier den Schnabel aufriss: Der Schrei war so grell, dass er in den Ohren schmerzte. Isla hatte noch nie zuvor einen so großen Vogel gesehen. Er musste anderthalb Meter messen, und das ohne die enormen Schwanzfedern.

Die Antwort erfolgte augenblicklich nur wenige Schritte entfernt. Isla streckte eine Hand aus, schob einen großen Zweig zur Seite und sah einen Weg. Er leuchtete ebenso wie der Käfig, feine Partikel tanzten im Licht. Der Anblick erinnerte sie an die Geschichte über den verwunschenen Wald aus ihrer Kindheit, und fast fühlte sie sich wieder wie ein kleines Mädchen, während sie weiterging.

Zu beiden Seiten des Wegs reihte sich ein gigantischer Käfig an den anderen. Manche beherbergten einen Riesenvogel, andere mehrere Exemplare in den intensivsten Farben, die

Isla je gesehen hatte. In den Augen eines feuerroten Tiers schienen echte Flammen zu lodern, die normal großen Papageien einen Käfig weiter bewegten sich so synchron, als hätte man sie darauf trainiert.

Isla wusste, sie sollte zurückgehen, aber diese Vögel waren so faszinierend, dass sie sich nicht losreißen konnte. Ein hellgrüner Vogel mit gelbem Bauch legte den Kopf schräg, als sie seinen Käfig erreichte – eindeutig ein Wellensittich, nur dass Wellensittiche in der Regel nicht menschengroß wurden.

»Hallo du«, murmelte Isla.

Der Vogel legte den Kopf auf die andere Seite. Langsam breitete er die Flügel aus … und explodierte in einem Schwarm Wellensittiche in allen erdenklichen Grüntönen. Isla erschrak und schützte ihren Kopf mit beiden Händen. Die Tiere flatterten jedoch nur umher, und da sie normal groß waren, entkamen sie dem Käfig, kreisten einige Runden und verschwanden lautlos in der Nacht. Im Käfig sank eine einzelne Feder zu Boden, so groß, dass Isla sich damit hätte zudecken können. Sie beugte sich vor, berührte die Seidenoberfläche und fühlte sich wie Alice im Wunderland.

Alice mit dem weißen Kaninchen und seinem Zeitproblem. Das gab den Ausschlag, denn so gern sie sich diesen exotischen Ort weiter angesehen hätte – es gab andere Dinge zu tun. Also rannte sie den Weg zurück, bis sie die Stelle erreichte, an der sie in diesen Teil des Walds eingetreten war. Dort hielt sie sich rechts.

Bei den nächsten Schritten musste sie sich durch das Dickicht zwängen. Schon bald spielte sie mit dem Gedanken umzukehren und nach einem anderen Weg Ausschau zu halten, als sich vor ihr eine Wiese auftat. Ordentlich gestutzter Rasen wurde von

Hecken in geometrischen Formen begrenzt. Zwischen ihnen stand ein Pavillon, der dem im Garten der Austins in sämtlichen Einzelheiten glich. Er wurde flankiert von Fackeln, die lebendiges Licht über den gesamten Rasen streuten. Ja, dies war eindeutig Rubys Traum.

Im Pavillon saß jemand. Als Isla den Rasen betrat, stand er auf, und erschrocken zog sie sich in den Schutz des Dickichts zurück, da sie Jeremy erkannte.

Was tat er hier? Würde er mit ihr reden oder sie als Tom zurück zu Amel schleppen?

Sie sah sich um – ihre Chancen standen nicht wirklich gut. Die Tür würde sie zurück in ihr Gefängnis bringen, und vor ihr versperrte Jeremy den Weg. Ihr blieb also nur die Flucht in den Dschungel. Sie musste lediglich darauf achten, sich nicht zu verirren – lieber zurück in die Gefangenschaft gehen und auf eine neue Chance warten als zu sterben, sobald sich das Manifest auflöste.

»Isla. Ich bin es.« Er klang normal, weder betäubt noch als handelte er unter Zwang oder Hypnose.

Isla zögerte, dann trat sie zwischen Blättern und Ästen hervor. Jeremy hob die Hände, als wollte er sie beruhigen. Der Schein der Flammen verlieh seinem Gesicht etwas Unheimliches, aber zu Islas Erleichterung war Leben darin und nicht diese seltsame Leere.

»Jeremy?«

»Ja. Ich bin es. Allein. Amel ist nicht in der Nähe. Und noch weiß er nichts von dem Manifest. Oder zumindest nicht, dass ich hier bin. Oder du.«

Sie nickte langsam, noch immer auf der Hut. Etwas an seinen Worten machte ihr in mehrerlei Hinsicht Sorgen. Sie wiederholte sie leise, und dann ging ihr auf, dass es die Vorstellung eines vollkommen unwissenden Marduk war. Konnte das wirklich sein? Er musste doch damit rechnen, dass sie in der Nacht durch eine Tür entkommen konnte, die vorher nicht da gewesen war?

»Isla?« Jeremy riss sie aus den Grübeleien. »Du hast nichts zu befürchten.«

»Das bedeutet also, dass du mich nicht packen und zurück in meine Zelle schleppen wirst?«

Jeremy verzog das Gesicht. Es wirkte erschüttert. »Um Gottes willen, du darfst nicht glauben, dass ich das … das war nicht wirklich ich.« Er griff nach einem dünnen Ast, der in die Wiese hineinragte, brach ihn ab und zerpflückte ihn in viele Einzelteile. Seine Finger waren rastlos, die Bewegungen kraftvoll. Der Zorn darin war unverkennbar.

Isla beobachtete ihn eine Weile. »Also schön. Verrat mir erst, wann und wie Marduk mich hier finden kann. Anschließend will ich wissen, wer Tom ist.«

Jeremy fluchte und schleuderte die Holzstücke von sich. »Verdammt, ich …«

Er wirkte seltsam hilflos, zugleich aber extrem einschüchternd. Isla zweifelte keinen Augenblick daran, dass er Marduk beide Fäuste ins Gesicht rammen würde, sollte der nun auftauchen, und selbst sie wusste nicht, ob sie sich näher wagen sollte.

Jeremy kämpfte sichtlich mit sich, seine Brust hob und senkte sich. »Wie du willst. Eines nach dem anderen. Um dich hier zu finden, muss er erst bemerken, dass Ruby gerade einen Traum mit der Realität verbunden hat. Er übernimmt ihn und kann sich darin bewegen, das weißt du bereits. Aber er ist nicht allwissend. Sprich, er weiß nur über Dinge Bescheid, die er selbst im Manifest erlebt.«

»Das bedeutet, er hat keine Ahnung, dass ich hier bin, solange er mich nicht gesehen hat. Richtig?«

»Ja.«

»Oder dich.« Sie hatte einen Nerv getroffen, das verriet allein die Art, wie er sich versteifte. »Jeremy?«

»Er hält es nicht für möglich, dass ich auf eigene Faust hier bin«, knurrte er. »Im See am Tunnel hat er mir befohlen, ihm zu folgen. Aber allein …« Er starrte ins Nichts.

»Allein was?«

Sein Kiefer mahlte. »Allein bin ich in der echten Welt dazu nicht in der Lage. Allein bin ich zu nichts in der Lage, weil er mich unter Kontrolle hält. Verstehst du? Ich bin seine verdammte Marionette, bediene ihn, führe seine Befehle aus und helfe ihm sogar, den einzigen Menschen gefangen zu nehmen, dem ich seit langer Zeit vertraue. Und ich kann nichts dagegen tun!«

Die letzten Worte schrie er, und Isla zuckte zusammen.

Den einzigen Menschen, dem ich seit langer Zeit vertraue.

Redete er von ihr? Es war seltsam, schön und erstaunlich, wie Schnee im Sternenlicht. Trotzdem durfte sie es nun nicht auf sich beruhen lassen. Wenn sie diese Welt verlassen und damit besiegen wollte, musste sie sie verstehen. »Wie hält er dich unter Kontrolle?«

»Durch Hypnose.« Allmählich beruhigte er sich wieder. »In der Realität beherrscht er sie perfekt. Im Manifest war sein Einfluss auf mich viel schwächer. Vielleicht weil ihm da die Übung fehlt. Seit du mir den zweiten Anhänger überlassen hast, kann ich hier die Trance verlassen. Du ahnst nicht, was das für mich bedeutet hat, Isla.« Er schüttelte den Kopf, als könnte er es selbst nicht glauben. »Du hast einen Teil meiner Fesseln gelöst. Amel hat meinen Geist so lange gefangen gehalten. Alles war unwirklich, nur halb da. Ähnlich wie ein Traum, nur viel bedrückender. Ich habe aufwachen wollen, aber jedes Mal, wenn der Wunsch aufkam, hatte ich ihn auch schon wieder vergessen. Und dann kommst du und …« Er schluckte. »Du bist die Erste, die zu mir durchgedrungen ist, seit ich bei Amel bin. Nachdem er und ich dich am See gesehen haben, konnte ich mich an dein Gesicht erinnern. Ich wusste nicht, warum, aber ich habe mich daran festgeklammert, Tag und Nacht. Und ich habe geahnt, dass du dort in Gefahr bist. Als ich dich im Boot gesehen habe … da wusste ich einfach, dass ich dich retten muss.« Er trat näher, schweigend, und trotzdem sagte er noch immer so viel. Berührte sie auf eine so ungewohnte Weise.

Isla bewegte sich nicht. Wenn sie doch nur die Zeit anhalten könnte! »Darum hast du mir so oft gesagt, dass ich nicht dort sein durfte«, flüsterte sie.

Er nickte, riss sich von ihr los und sah in den Nebel. Der Augenblick voller Magie war vorbei. »Aber in der realen Welt … dort ahne ich lediglich Dinge. Beispielsweise, dass ich den zweiten Anhänger vor ihm verstecken muss.«

»Warum spielen die Anhänger eine solche Rolle?«

»Ich bin kein Experte. Vielleicht, weil Ruby ihre Erinnerungen an mich und auch ihre Träume daran gekoppelt hat? Sie hat sehr darunter gelitten, als ich Silverton verlassen habe, und viel geweint. Es könnte ihre Art sein, mich zurückzuholen. Die Tür in ihrem Zimmer ist vielleicht nicht umsonst aus Saphir.«

Allmählich schwirrte Isla der Kopf. Sie war es nicht gewohnt, sich mit Dingen zu beschäftigen, die sich außerhalb ihrer Logik befanden. Dass sie nun für diese Dinge versuchte, logische Verknüpfungen zu erstellen, machte es nicht besser. »Aber wenn du sagst, dass Marduk dich in der realen Welt unter Kontrolle hält, wie kannst du dann überhaupt hierhergelangen? Dazu musst du doch eine Entscheidung in der realen Welt treffen, nämlich die, durch die Tür zu gehen.«

Er starrte sie an. »Okay, das hab ich wohl verdient. Ich verstehe vieles nicht, was diese Dinge betrifft, aber sehr wohl, dass du mir nicht traust. Alles, was ich sagen kann, ist, dass ich mich zu den Türen hingezogen fühle. Nenn es meinetwegen Instinkt.«

»Ich will dir ja glauben. Aber es ist nicht so leicht.« Ja, sie wollte ihm glauben, von ganzem Herzen, und gemeinsam mit ihm nach einem Weg suchen, zurück zu Ruby zu gelangen, fernab von Marduks Einfluss. »Es gibt also mehrere Türen?«

»Ja. Eine wird immer zu Ruby führen. Die anderen …« Schulterzucken. »Zu dir. Zu mir. Amel kann zusätzliche Eingänge erschaffen. Es kann unendlich viele geben oder auch nur eine.«

»Aber warum hast du nicht nach der Tür zurück gesucht, seitdem du den zweiten Anhänger besitzt? Zurück nach Silverton?«

»Und dann? Ruby stünde weiterhin unter Hypnose«, sagte er bitter.

Daran hatte sie nicht gedacht. »Das heißt …« Mittlerweile war die Angst vor ihm verflogen, da sie wusste, dass sich die Wut, die so tief in ihm brodelte, nicht gegen sie richtete. »Du bleibst bei ihm, um Ruby zu schützen?«

Er zuckte noch mal mit den Schultern. Weniger Wut, mehr Ratlosigkeit. »Warum sonst? Glaub nicht, dass ich darüber nicht nachgedacht hätte. Zu gehen, meine ich. Nachdem ich den zweiten Anhänger hatte, war es, wie aus einem Schlaf zu erwachen und zu verstehen, dass es eigentlich ein Albtraum gewesen ist und er noch immer anhält. Ich meine, Amel kontrolliert mich, Isla. Er nimmt mir meine Identität, und er hat verdammt noch mal Spaß daran.«

»Ist das der Grund? Er hält dich unter Hypnose, weil er es kann?«

Er verzog die Lippen. »Leider nein.«

»Warum leider?«

»Begreifst du denn nicht? Durch meine Verbindung zu Ruby bin ich wertvoll für ihn. Durch mich kann er das Manifest besser umwandeln und seinen Teil stabilisieren, nachdem er es an sich gerissen hat. Durch mich hat er mehr Türen zur Verfügung. Der Mistkerl muss mich über längere Zeit hinweg ausspioniert haben. Und eines Tages werde ich ihm dafür die Knochen brechen.«

Sie glaubte ihm jedes Wort. »Es muss eine besondere Energie zwischen dir und Ruby geben. Und die nutzt er, wie eine Art Verstärker.«

»Das erklärt dann zumindest, warum er weder meine Mutter noch meinen Vater hat entführen lassen.«

Die Bilder und Schlussfolgerungen wühlten Isla auf. Ruby, der ein wichtiger Teil ihres Ichs gestohlen worden war, Jeremy, der freiwillig ein Gefangener des Mannes blieb, den er so sehr hasste, um seine Schwester zu schützen … das war alles so falsch! »Es muss einen anderen Weg geben. Warum versuchen wir nicht, zurück nach Silverton zu gelangen und Marduk in der echten Welt das Handwerk zu legen?«

»Und wie willst du das tun? Wir können schlecht beweisen,

was hier geschieht. Nicht einmal eine Entführung können wir ihm anhängen, wenn ich wieder auf freiem Fuß bin. Oder du.«

Isla schauderte. »Was hat er mit mir vor?«

Jeremy streckte einen Arm aus. Isla trat näher und legte ihre Hand in seine. Obwohl die Adern an seinem Unterarm noch immer vor Anspannung hervortraten, umschloss er ihre Finger so behutsam, als wären sie unendlich zerbrechlich. »Du hast ebenfalls eine Verbindung zu Ruby.« Jedes Wort war so schwer und bedeutsam wie eine ganze Geschichte.

Isla zuckte die Schultern, dann begriff sie, und als die Erkenntnis sie taumeln ließ, legte Jeremy einen Arm um sie. Isla schmiegte sich an ihn. Jeremy hatte recht: Sie besaß ebenfalls eine besondere Verbindung zu Ruby, und damit konnte Marduk sie benutzen, um die gestohlenen Träume zu stabilisieren und zu verändern.

Er würde sie ebenfalls hypnotisieren. Daher hatte er sie untersucht.

Ihr Atem ging schneller, so als würde ihr Körper ihr einen Vorgeschmack bieten auf das, was sie in diesem Moment am liebsten getan hätte: davonlaufen, so lange, bis sie einen Ausgang fand. Hauptsache weit, weit weg von Amel Marduk.

Ihre Finger suchten nach Halt. »Wir brauchen einen Plan.«

Er bewegte sich vorsichtig, dann strich er über ihr Haar. »Jetzt sind wir zu zweit. Uns fällt schon etwas ein.«

»Momentan habe ich leider keine Idee«, murmelte sie. Ein wenig schämte sie sich dafür, dass sie sich derart an ihm festhielt, aber es fühlte sich auf der anderen Seite so gut an. »Warum macht er das alles nur? Was ist er für ein Mensch?«

»Ein krankhaft ambitionierter. Er glaubt, so seiner Freundin helfen zu können. Aber ehrlich gesagt sind mir seine Beweggründe ziemlich egal.«

Isla hob den Kopf. »Was? Welcher Freundin?«

»Sie …« Er fuhr herum. »Hast du das gehört?«

Das bereits so bekannte Geräusch des Krankenhausgeräts gab die Antwort. Es war weit entfernt, aber dadurch nicht minder erschreckend. »Ich kenne das Geräusch«, flüsterte Isla. »Ich habe es im Haus gehört.«

»Es stammt aus der realen Welt. Amel hat das Manifest übernommen. Du musst los.« Er schob sie von sich, zurück in das Dickicht, aus dem sie gekommen war. »Findest du die Tür allein wieder?«

Sie schüttelte den Kopf und nickte dann. Es ging alles viel zu schnell für die Fragen, die sie noch stellen, und die Worte, die sie noch sagen wollte. »Ja, aber ich …«

Ich will nicht zurück in den weißen Raum ohne Fenster! Alles ist besser, als dort zu sein!

Aber sie wusste, dass sie keine Aufmerksamkeit auf Jeremy lenken durfte, um nicht zu verraten, dass er zumindest hier seinen freien Willen zurückerlangt hatte – mit ihrer Hilfe. Das Wissen schuf eine winzige warme Stelle in ihrer Brust. Marduk durfte sie hier erwischen, aber nicht zusammen mit ihm. »Mach dir keine Sorgen. Ich finde den Weg zurück.«

Er zögerte, dann trat er näher und hauchte ihr einen Kuss auf die Lippen. Federleicht und flüchtig wie der Nebel, doch um hundert Grad wärmer. Im nächsten Moment drehte er sich um und verschwand in der Nacht.

Isla sah ihm nach und versuchte, den vergangenen Moment festzuhalten. Es war, als hätte Jeremy ihre ganz eigene Realität mit seinem Kuss verlangsamt und sie in eine wunderschöne

Zwischenwelt geschickt. Das war ein echter Kuss gewesen – keiner, der dazu diente, ihr unter Wasser das Leben zu retten. Vielleicht galoppierte ihr Herz daher auch mehr als jemals zuvor.

Der Signalton wurde lauter, dann wieder leiser, und immer, wenn sie glaubte, er wäre ganz verschwunden, ertönte er aus einer anderen Richtung.

Wenn sie zurückging, kehrte sie auch in ihre Zelle zurück. Sollte sich Jeremy bereits in Sicherheit gebracht und das Manifest verlassen haben, so konnte sie vielleicht wirklich einen Weg zu Ruby finden und von dort versuchen, ihn zu befreien. Sie zog die Unterlippe zwischen die Zähne. Sollte sie es wagen? Solange Marduk nicht wusste, dass sie Jeremys Geschichte kannte … einen Versuch war es wert. Damit war die Sache entschieden. Sie würde erst mal nicht umkehren, und wenn sie nur die Gegend weiter auskundschaftete.

Sie duckte sich und hielt sich so eng an den Bäumen wie möglich, während sie am Rande des Rasens entlanglief. Das EKG-Signal flachte ab und setzte dann in ihrer Nähe so laut ein, dass sie stehen blieb und sich an den Stamm eines Baums drückte. Über ihr raschelte es, und der süßliche Blütenduft war so übermächtig, dass ihr leicht übel wurde. Nach einer Weile wagte sie sich weiter. Bäume und die Wiese vor ihr wurden durchlässig, aber da sie augenblicklich zurückkehrten, störte es Isla nicht weiter. Die Luftfeuchtigkeit fraß sich in ihre Kleidung und Haare, und ihre Füße sanken an manchen Stellen mit einem schmatzenden Geräusch im Boden ein. Isla ließ die Wiese hinter sich und fand einen weiteren Weg, ähnlich wie der, auf dem sie hergelangt war, nur weniger dicht bewachsen. Jetzt fiel ihr auf, dass sich der Nebel fast völlig verzogen hatte und die

Fackeln diesen Teil des Wegs noch immer beleuchteten, obwohl sie eigentlich zu weit weg waren. Sie konnte den Boden sehen, die Wasserpfützen darauf und einige mutige Pflanzen.

Mit der Steinmauer, die sich wenige Schritte später vor ihr erhob, hatte sie trotzdem nicht gerechnet.

Isla lief langsamer und versuchte zu erkennen, ob es einen Weg drum herum gab. Auf den ersten Blick sah es nicht danach aus, das Grau verlief sich zu beiden Seiten im Dschungeldickicht. Isla legte die Hände auf den Stein. Nichts geschah. Dies war eine ganz normale, solide Mauer, und zwar so glatt und hoch gebaut, dass sie nicht würde emporklettern können. Ihr blieb nur, drum herum zu gehen.

Auf ihrer Hand glitzerte es rot, und verwundert rieb sie über die Stelle. Es war Farbe. Isla wischte stärker, bis ihre Haut fast wieder sauber war, und betrachtete die Mauer erneut. Jetzt sah sie es: Der Stein war nicht nur grau. An manchen Stellen glänzte er rot, als hätte jemand vor nicht allzu langer Zeit etwas darauf gemalt.

Isla sah sich um und ging dann rückwärts, immer weiter, bis sie lesen konnte, was auf der Mauer geschrieben stand. Es verschlug ihr den Atem. Fast wünschte sie sich, einfach weitergelaufen zu sein, blind für Hinweise oder Nachrichten, die nichts anderes waren als eine Drohung. Sie widerstand dem Impuls, das Gesicht mit den Händen zu bedecken.

Sie wusste nicht, wie Marduk die Botschaft auf die Mauer bekommen hatte, doch dies war nun sein Manifest, daher musste sie dafür keine Erklärung finden. Die Buchstaben waren groß, sicherlich einen halben Meter.

Denkst du wirklich, ich lasse dich hier heraus?

Sie las den Satz wieder und wieder. Wie hatte sie nur so naiv sein können? Natürlich hatte er damit gerechnet, dass sich eine Tür in ihrer Nähe materialisieren konnte und sie versuchen würde, durch ein Manifest zu fliehen, und er hatte sich einen Spaß daraus gemacht und mit ihr gespielt. Sie lediglich geprüft. Wie ein Forschungsobjekt beobachtet. Es blieb nur zu hoffen, dass er Jeremy nicht ebenfalls bemerkt hatte.

Isla wandte sich ab und ging den Weg zurück, erstaunt über die innere Ruhe, die sich plötzlich eingestellt hatte. Nicht mal ihre Beine zitterten.

Hier und jetzt gab es keine Fragen mehr.

Marduk hatte gewonnen. Zumindest diese Schlacht.

Die Wiese, Fackeln und auch Äste, die ihre Wangen und Arme streiften, nahm sie nur am Rand wahr. So mechanisch, dass es sie an Jeremy erinnerte, ging sie zurück zu der Tür und öffnete sie. Nach dem Aufenthalt in der Nacht schmerzte das Weiß des Raums in ihren Augen, und sie blieb auf der Schwelle stehen. Auf einmal merkte sie, wie müde sie war, und damit war auch die Frage geklärt, ob sie draußen bleiben oder hineingehen sollte. Nicht auszudenken, wenn sich das Manifest auflöste, während sie darin ein Nickerchen machte.

»Also gut«, murmelte sie. »Das bedeutet nicht, dass ich aufgebe, Marduk.«

Nein, das tat sie nicht. Sie wählte nur einen passenderen Moment, um zuzuschlagen.

18

Isla wusste nicht, wie lange sie die Stelle bereits mit ihrem Fingernagel bearbeitete. Zwei Dinge standen fest: In diese Kachel konnte man ohne Hilfsmittel keine Kerben ritzen, um eine passende Gefängnisatmosphäre zu erzeugen – und sie war keine Vorzeigegefangene, da sie nicht einmal das hinbekam. Damit war ihr Vorrat an Galgenhumor auch schon erschöpft. Sie lehnte den Kopf zurück und wackelte mit den Zehen. Ihre Schuhe hatte sie ausgezogen, mehr aus Langeweile, als um es sich bequem zu machen.

Nach ihrer Rückkehr in die Zelle hatte sie die Tür beobachtet. Gefühlte Stunden später hatte sie zu wabern begonnen und sich schließlich aufgelöst. Isla stellte sich vor, wie Ruby in ihrem Bett erwachte und sich nach einer weiteren Nacht ohne Träume die Augen rieb, erholt und erschöpft zugleich.

Nachdem der Ausgang nicht mehr existierte, galoppierten Fetzen aus ihren Besuchen in den Manifesten durch ihren Kopf. Sie spielte die Begegnung mit Jeremy noch einmal durch und erlaubte sich, sein Gesicht erneut so unglaublich nah vor sich zu sehen. Seine Finger auf ihrer Haut zu spüren, seine Lippen auf ihren. Sie fürchtete sich vor dem Augenblick, in dem sie in Jeremys Augen erneut nur die Leere sähe, die Amel ihm aufzwang, und sie klammerte sich an die noch so frischen Erinnerungen. Es half, jene an Tom beiseitezudrängen, zumindest für diese einsamen Stunden in ihrer Zelle, in denen die Wand weiß blieb, sooft sie auch hingesehen hatte.

Aber sie hatte sich geschworen, nicht aufzugeben. Nur was sollte sie tun? Mit geschlossenen Augen erinnerte sie sich an die Bauweise des Hauses, an Marduks Worte, Jeremys Verhalten, zählte die Treppenstufen, die in den Keller führten, und versuchte, die Länge des Gangs zu schätzen. Die Größe des Grundstücks. Den Aufbau der Räume, die sie nicht gesehen hatte. Die Position von Türen und Fenstern. Sie suchte nach Schwachstellen und Möglichkeiten. Nach Chancen, die sie an sich reißen konnte. Sie würde das alles hier überstehen und in ihr altes Leben zurückkehren. Zu Ruby, die sich wahrscheinlich den süßen kleinen Kopf darüber zerbrach, was mit ihrer Lehrerin geschehen war.

Halte durch, Kätzchen! Ich bin bald wieder da, das verspreche ich dir.

Zu Victoria in ihren Rauschekleidern. Und zu Hannah.

Isla fragte sich, was das Hausmädchen an ihrer Stelle tun würde. Hannah war ein ganzes Stück härter als sie selbst. Könnte Marduk ihren trotzigen Geist kontrollieren?

Isla starrte an die Decke, stellte sich die Räume von Silverton vor und den Luxus, dort in Sicherheit zu sein und in einem richtigen Bett schlafen zu dürfen. Immerhin machte sich Marduk keinen Spaß daraus, sie im Schuppen oder gar im Hof übernachten zu lassen wie einen Straßenköter.

Der Gedanke zündete etwas in ihrem Kopf.

Auf der Straße.

Die Vergangenheit.

Hannah.

Isla runzelte die Stirn und dachte an die letzten Gespräche mit dem Hausmädchen zurück. Was hatte Hannah über ihr früheres Leben auf der Straße gesagt?

Schmerz kommt immer durch, egal, wo du gerade feststeckst.

Das war es! Isla fuhr in die Höhe. Hannah hatte ihr hier und dort winzige Einblicke in ihr Leben gegeben, beispielsweise nachdem sie Isla in Alans Arbeitszimmer erwischt hatte. Damals hatte sie ihr erzählt, wie sie sich gegen jemanden gewehrt hatte, der ihr zu nahe gekommen war.

Mit einem Schraubenzieher in den Unterarm.

Schmerz kommt immer durch.

Sie dachte an das Aufwachen nach der ersten Nacht auf dieser Pritsche. Die Kälte hatte sie aus dem Schlaf gerissen, aber auch der Schmerz. Und was war Hypnose anderes als ein sehr, sehr seltsamer Dauerschlaf?

Sie starrte auf einen Punkt am Boden, bemüht, den Gedanken weiterzuführen. Was, wenn sie Jeremy wachrütteln konnte? Mit seiner Hilfe könnte sie von hier verschwinden. Sie musste lediglich etwas finden, das sich als Waffe nutzen ließ. Ein Werkzeug, ein Küchenmesser – irgendwas, das Marduk nicht augenblicklich vermisste. Sobald er sie noch mal holen ließ, musste sie nach solchen Dingen Ausschau halten.

Isla bog die Schultern durch. Jetzt, da sie einen Plan gefasst hatte, konnte sie nicht mehr ruhig bleiben.

Sie wusste nicht, wie lange sie von einer Wand zur anderen gelaufen war, als das bereits vertraute Geräusch von Schritten auf der Kellertreppe sie mitten in der Bewegung stoppte. Hastig strich sie ihre Kleidung glatt – wenn sie hier unten nicht vollkommen den Verstand verlieren wollte, musste sie die eine oder andere Gewohnheit beibehalten – und schlich zur Tür. Jeremy bog um die Ecke, die Schultern hochgezogen, die Bewegungen starr und abrupt. Eine Marionette und ein Soldat.

Isla trat zurück. Mittlerweile wusste sie, dass es sinnlos war, ihn anzusprechen. Marduks Einfluss auf seinen Geist war zu stark, und sie würde lediglich Atem und Energie verschwenden.

Er trat ein. Seinen Anhänger trug er noch immer um den Hals. Wo er den zweiten versteckt hielt, wusste sie nicht.

Jeremy bedeutete ihr, sich umzudrehen. Isla zögerte. Das gefiel ihr nicht. Er zog die Brauen zusammen, dann packte er sie so schnell, dass sie vor Schreck aufschrie, und griff nach ihren Handgelenken. Etwas legte sich darum und zog sich fest, grub sich in ihre Haut. Jeremy hatte ihre Hände gefesselt.

»Was soll das?« Sie drehte sich um.

Keine Reaktion, lediglich ein Nicken in Richtung Tür.

Sie verbiss sich jede weitere Bemerkung und setzte sich in Bewegung. Marduk saß am längeren Hebel, und solange es keine Möglichkeit zur Flucht gab, musste sie wohl oder übel mitspielen. Das sagte sie sich immer wieder, während sie von Jeremy nach oben und einen der unzähligen Flure entlangdirigiert wurde. Irgendwo ertönte das Krankenhausgerät. Mittlerweile hatte Isla entschieden, dass es sich wirklich um ein EKG handelte.

Ihre Angst flackerte auf, als Jeremy eine Tür öffnete und den Blick auf Marduk freigab. Er saß in einem Ohrensessel und hatte die Beine übereinandergeschlagen. Hinter ihm glomm Holz in einem Kamin und verströmte Wärme sowie leichten Rauchgeruch. Auf einem Sekretär stand eine geöffnete Kristallglasflasche mit einer goldenen Flüssigkeit darin. Marduk hielt ein Glas in der Hand und ließ weiteres Gold darin kreisen. An einer Seite des Zimmers bogen sich meterhohe Regale unter der Last von Büchern.

Alles in allem eine friedvolle Kulisse, wenn die Liege nicht gewesen wäre. Sie war mit einem blütenweißen Laken bezogen und mit ebensolchen Schnallen versehen wie der Untersuchungsstuhl.

Der Anblick genügte. Obwohl sie es besser wusste, versuchte Isla, sich an Jeremy vorbei und aus dem Zimmer zu schieben. Erfolglos. Er gab sich nicht mal Mühe, sie zurückzudrängen, sondern verschränkte lediglich die Arme vor der Brust und weigerte sich, auch nur ein Stück beiseitezutreten.

Hinter ihnen klirrte es, Marduk musste das Glas abgestellt haben. »Keine Spielchen, Tom. Schaff sie auf die Liege.«

Nicht zum ersten Mal war es Isla, als würde ihre Zeit ablaufen. Sie wollte rennen, weit, weit weg, doch ihre Beine gehorchten ihr nicht. Jeremy dirigierte sie zu der Liege und schnallte sie fest. Nirgendwo war medizinische Ausrüstung zu sehen. Das bedeutete nicht nur, dass sie jetzt und hier keine Möglichkeit hatte, um ihren Plan in die Tat umzusetzen, sondern auch etwas viel Schlimmeres: Marduk würde versuchen, sie zu hypnotisieren.

Jeremy trat neben Marduks Sessel und verschränkte die Arme hinter dem Rücken. Er sah aus wie die Karikatur eines Butlers, der einem Wahnsinnigen diente.

Marduk hob das Glas und schwenkte es, sodass die Flüssigkeit darin im Licht funkelte. Er setzte an, leerte es und stellte es ab. Dann stand er auf, betrachtete Isla höchst zufrieden und rieb die Hände gegeneinander. »Dann wollen wir mal. Ich vermute, du bist bereit, Miss Hall? Versuch, still zu liegen und

292

dich zu entspannen. Dein kleiner Ausflug heute Nacht war doch sicher anstrengend.«

Isla hatte noch nie einen Hang zur Gewalt besessen, aber jetzt wünschte sie sich, ihm ihre Faust oder gern auch eines der glühenden Hölzer aus dem Kamin ins Gesicht zu schlagen. Sie suchte den Raum nach etwas ab, auf das sie sich konzentrieren konnte. Es gab jedoch nichts, was ihre Aufmerksamkeit fesselte.

Aber jemanden. Zwar war Jeremy derzeit nicht er selbst, aber ein Teil von ihm war ihr noch immer vertraut. Es musste genügen, um sie von der Welt fernzuhalten, in die Marduk sie führen wollte. Um die Kontrolle über ihren Geist zu behalten. Egal, was geschah, sie durfte ihr Bewusstsein nicht an Marduk verlieren. Allein die Vorstellung, mit ebenso leerem Blick durch das Haus zu schleichen wie Jeremy, schnürte ihr die Kehle zu.

Marduk trat näher. »Wenn du dich wehrst, dauert es höchstens länger. Mach es dir und mir nicht so schwer, lehn dich zurück und schließ die Augen.«

Mit einem abfälligen Blick ließ sie ihren Kopf auf die gepolsterte Fläche sinken und suchte Jeremys Blick. Ihr Atem ging viel zu schnell. Sie fühlte sich, als würde sie in einen dunklen See springen, ohne zu wissen, welche gefährlichen Kreaturen darin lauerten – und ob sie ihr das Leben nehmen konnten. Sie stand kurz davor, die Kontrolle über ihren Geist abzugeben. Einzig die Hoffnung, sich im Manifest frei bewegen zu können, half ihr, die Angst zu kontrollieren.

Aber würde sie das überhaupt tun können? Jeremy besaß die Anhänger, um sich zu fokussieren. Doch was besaß sie?

Wissen. All das Wissen, das du Ruby vermittelt hast. Sämtliche Geschichten, die du ihr erzählt hast. Du musst einfach nur etwas finden, das dich mit ihr verbindet, und davon gibt es genug. Es wird dich dann wieder nach Hause führen.

Sie wusste nicht, ob das die Lösung war, aber es war die einzige Möglichkeit, die ihr einfiel. Marduks Stimme ertönte, zunächst klar und deutlich, dann immer monotoner und verschwommener, begleitet von seltsamen Tönen, die tief in ihrem Bauch vibrierten.

Isla versuchte es auszublenden und konzentrierte sich auf alles andere: das Geräusch ihres Atems. Das Gefühl ihres Daumennagels an der Kuppe des Zeigefingers. Das Kribbeln in ihren Zehen.

Jeremy.

Im Geiste ging sie sämtliche Unterrichtsstunden mit Ruby durch, die ihr einfielen. Die erste und noch sehr verhaltene im Lesezimmer der Austins, aber auch die, in der sie Ruby zum allerersten Mal hatte lachen hören. Ruby in ihrem roten Kleid. Ruby mit streng zurückgebundenen Haaren. Ruby, die an einem Stift kaute, während sie die Stirn in feine Runzeln legte.

Die Bilder verschwammen, wurden dunkler. Etwas zerrte Isla von ihnen weg, legte sich darüber wie eine durchscheinende Decke, die grau und warm zugleich war.

Isla blinzelte und riss die Augen auf. Sie brannten.

Marduks Stimme war zu einem durchgehenden Singsang geworden, die Wörter nur noch eine Masse, zäh und einschläfernd wie Mohnsirup. Erschrocken bewegte Isla den Unterkiefer, die Füße und Finger. Sie spürte noch alles. Gut! Eine schreckliche Sekunde hatte sie geglaubt, eingenickt zu sein. Sie grub die Zähne in ihre Unterlippe und biss zu, so fest sie konnte. Der Schmerz riss sie aus einem Teil der Trance, in die sie beinahe gesunken wäre. Sie schmeckte Salz und leckte über die Kerben, die ihre

Zähne hinterlassen hatten. Dann versuchte sie, ihrem Atem einen anderen Rhythmus zu geben, die Luft anzuhalten, nur um mehrmals schnell nacheinander zu atmen. Alles so, dass Marduk es nicht bemerkte. Ihre Lider waren schwer, und es kostete sie Mühe, die Augen nicht zu schließen.

Jeremys Gesicht war nur noch verschwommen zu sehen. Es klärte sich, als sie blinzelte, den Kopf noch immer von Marduk abgewandt.

Jeremy blinzelte zurück.

Es traf Isla wie ein Schlag. Hatte sie es wirklich gesehen, oder spielte ihr müder Geist ihr einen Streich? Jeremy stand wie ein Fels, die Hände hinter dem Rücken verschränkt. Aber er hatte ihr zugezwinkert!

Etwas lenkte sie von ihrer Betrachtung ab, und verwirrt versuchte sie auszumachen, was es war. Weder hörte sie etwas Ungewöhnliches – Marduks Stimme war zu einem Rauschen im Hintergrund geworden –, noch fühlte sie etwas.

Alarmiert riss sie die Augen auf. Sie fühlte nichts! Weder ihre Beine noch ihre Arme, sogar das Pochen in der Unterlippe war verschwunden. Sie hoffte von ganzem Herzen, noch wach zu sein, und versuchte, die Lippen zu bewegen. Nach mehreren Anläufen gelang es ihr. Sie formte Worte ohne Ton, an denen sie sich in die Gegenwart zurückhangelte.

Der Sog, dessen Ursprung sie nicht genau ausmachen konnte, zerrte sie unnachgiebig zurück.

Und Jeremys Lippen bewegten sich.

Isla versuchte, es zu lesen, aber sie konnte nicht. Ihre Gedanken konnten nicht. Wenn es doch nur nicht so schwer wäre, sie unter Kontrolle zu halten!

Am Rande ihrer Kräfte bemerkte sie, dass Marduks Stimme

sanfter geworden war. Fast hätte sie nachgegeben und sich fallen lassen. Es wäre so einfach. Womöglich auch schön. Wenn sie doch …

Jeremys Hand zuckte vor. Mit einem Ausdruck höchster Verwirrung starrte er auf seine Finger und berührte die Stelle, wo sich der Anhänger befinden musste. Hastig ließ er sie wieder sinken und schielte in Marduks Richtung.

Isla schöpfte neue Hoffnung. Die Hypnose wurde schwächer!

Vor lauter Erleichterung hätte sie am liebsten gelacht, aber sie durfte weder sich noch Jeremy verraten. Wenn sie stärker waren, als Marduk glaubte – oder vielmehr, er schwächer –, dann besaßen sie einen entscheidenden Vorteil.

Sie gönnte sich einen letzten Blick in Jeremys Augen. Dann schloss sie ihre und bewegte sich träge. Dabei wandte sie den Kopf, sodass Marduk ihr Gesicht sehen konnte, und lag still. Allein das Wissen um die Lücken in der Mauer, die er soeben um sie errichten wollte, ließ ihre Angst schmelzen.

Wieder wurden ihre Glieder schwer, aber dieses Mal erlaubte sie sich die Entspannung. Sie glitt in ein Stadium zwischen Schlafen und Wachen, noch immer geleitet von seiner Stimme, aber auch dem Wissen, dass er niemals völlige Kontrolle über sie erlangen würde. Irgendwann hörte sie eine Art Glocke, mehrmals, und dann berührte jemand sie an der Schulter.

Isla schlug die Augen auf. Marduk beugte sich über sie und musterte sie eingehend. Er sah erschöpft aus. Isla gab sich alle Mühe, desorientiert zu wirken. Sie blinzelte, setzte zum Sprechen an, sah zur Seite und runzelte die Stirn.

Marduk nickte und gab Jeremy einen Wink. »Sie soll sich waschen und umziehen.«

Isla wehrte sich nicht, als Jeremy ihr in eine aufrechte Position half – im Gegenteil, sie war froh darüber. Sie fühlte sich erstaunlich kraftlos.

Seine Bewegungen waren zielgerichtet und etwas langsamer als gewöhnlich, und sie passte sich an. Gemeinsam führten sie einen Tanz für Marduk auf. Während sie unter Mühen aufstand – warum gehorchten ihr die Füße nur so widerwillig? – und Jeremy zur Tür folgte, fragte sie sich, ob sie nur glaubte, dass ihr Geist und ihre Gedanken noch immer ihr gehörten, oder ob es wirklich so war.

Hör auf, dich verrückt zu machen.

Sie ließ sich in das Badezimmer führen. Dieses Mal lagen Handtücher und frische Sachen für sie bereit: eine Stoffhose, eine Bluse, schlichte Unterwäsche sowie Strümpfe. Einerseits war Isla froh über den Anblick, da sie ihre Kleidung dringend wechseln musste, andererseits wurde ihr mulmig bei dem Gedanken, sich wie eine Puppe einkleiden zu lassen. Sie nahm die Hose und hielt sie vor ihren Körper: mindestens zwei Handbreit zu lang, ähnlich sah es mit der Bluse aus. Zudem waren die Sachen gebraucht.

»Jeremy?« Sie wagte kaum zu flüstern. »Jeremy.« Ihre Stimme klang verzerrt, und ihre Zunge war so schwer, dass sie sich wie ein Fremdkörper anfühlte. Hauptsache aber, sie konnte noch reden.

Jeremy wirkte kurzzeitig irritiert und hob den Kopf. Erst stand er ihr reglos gegenüber, dann murmelte er etwas.

Energisch blinzelte sie die Tränen zurück. »Wir bekommen das hin. Mich hat er nicht ganz unter Kontrolle. Aber er glaubt es. Du musst versuchen, dich nicht weiter von ihm einlullen zu lassen, hörst du?« Sie trat auf ihn zu und wollte eine Hand heben. Verdammt, warum fiel es ihr nur so schwer? Auf dem Weg hierher hatte sie geglaubt, dass alles in Ordnung wäre, aber nun war es, als müsste sie sich statt durch Luft durch eine zähe Masse kämpfen. Beim zweiten Anlauf schaffte sie es, die Hand auf seine Brust zu legen. Unter ihren Fingern spürte sie die Form des Saphirs. »Denk an Ruby und die Anhänger. Du besitzt nun alle beide. Sie werden dir helfen, dich da rauszukämpfen. Hörst du?«

Er runzelte die Stirn, schwieg aber weiterhin. Zumindest schlug er ihre Hand nicht weg. Nur ein kleiner Erfolg, aber besser als nichts.

Jeremy zögerte und verließ den Raum. Isla seufzte und griff nach einem Handtuch. Wenn ihr die Bewegungen weiterhin so schwerfielen, würde Marduk eine ganze Weile auf sie warten müssen.

Sie musste zugeben, dass sie ihn und seine Fähigkeiten unterschätzt hatte. Als sie mit noch nassen und zu einem festen Zopf geflochtenen Haaren – dafür hatte sie so lange gebraucht, dass sie das Zeitgefühl verloren hatte – vor den Spiegel trat, war sie so müde, dass sie sich am liebsten auf dem Boden zusammengerollt hätte. Jede Bewegung kostete sie deutlich mehr Kraft als sonst, und sie ertappte sich des Öfteren dabei, reglos ins Nichts zu starren oder nicht mehr zu wissen, was in den vergangenen Sekunden – Minuten? – geschehen war. Es jagte ihr jedes Mal einen Schrecken ein, aber sie war wild entschlossen, weiter zu kämpfen.

Auf der anderen Seite der Tür war zunächst nichts zu hören. Nach einigen Sekunden dröhnte etwas dumpf durch das Haus. Wenn ihre Sinne ihr keinen Streich spielten, hatte es seinen

Ursprung in der Etage über ihr. Als sich das Geräusch wiederholte, erkannte Isla, dass es sich um eine Stimme handelte. Wut oder Verzweiflung. Jemand brüllte wieder.

Es musste Marduk sein. Islas Magen zog sich zusammen. Hatte er herausgefunden, dass die Macht seiner Hypnose nachgelassen hatte? Sie hielt die Luft an, aber nun herrschte Stille. Keine Schritte, keine Befehle, nichts. War das gut oder schlecht?

Du wirst es nicht herausfinden, wenn du dich hier verkriechst.

Sie legte die Hand auf den Türknauf. Beim zweiten Versuch gelang es ihr, ihn zu drehen. Auf dem Flur erschrak sie, als sich neben ihr etwas bewegte. Jeremy lehnte an der Wand, richtete sich auf und bedeutete ihr vorzugehen. Der stumpfe Ausdruck war in seine Augen zurückgekehrt: Dies war Tom, die Marionette. Was auch immer zuvor die Fäden hatte lockern können, hatte seine Kraft eingebüßt, aber Isla konnte sich darüber jetzt nicht den Kopf zerbrechen. Sie benötigte ihre gesamte Konzentration, um gegen diesen Kokon anzukämpfen, ehe der sich vollständig um sie schloss. Sie musste permanent auf der Hut sein. Also schwieg sie, auch wenn es sie schmerzte, dass diese fragile Brücke zwischen Jeremy und ihr bereits wieder zerstört worden war.

Er dirigierte sie in die erste Etage, und fast hätte sie über ihre unbeholfenen Bewegungen gelacht. Sie kam sich vor wie in einem Theaterstück, in dem sie und Jeremy den unsinnigen Anweisungen eines Bühnendirektors gehorchten.

Oben angekommen, dachte sie an die Schreie, doch jetzt war alles still. Der Teppich dämpfte ihre Schritte, und nachdem sie zweimal abgebogen waren, blieb Jeremy vor einer mit Schnitzereien verzierten Tür stehen. Das Holz war dunkel von Alter und Gebrauch, und der Geruch nach Rauch, gebratenem

Fleisch und Äpfeln zog an Islas Nase. Er wurde stärker und von weiteren Nuancen eingerahmt, als Jeremy die Tür öffnete und ihr so militärisch zunickte, dass sie es in seinem Nacken knacken hörte.

Der bittere Gedanke an ein Déjà-vu drängte sich ihr auf. Wie schon einmal erwartete Marduk sie, nur saß er jetzt an einem länglichen Tisch und hatte die Unterarme darauf abgelegt. Sein Anzug war von hellem Grau, das Hemd darunter burgunderrot. Der Siegelring schimmerte matt im Kerzenschein. Nichts wies darauf hin, dass er kurz zuvor die Nerven verloren und herumgebrüllt hatte. Jetzt wirkte er wie der ruhigste und kultivierteste Mann der Welt und passte damit perfekt in dieses Zimmer. Hier war alles an seinem Platz, kein Gegenstand tanzte aus der Reihe oder wirkte überflüssig. Ein Abbild vollendeter Perfektion.

Vor Marduk befand sich ein komplettes Gedeck mit Tellern, einem Glas und Besteck, links von ihm war ein zweites ausgelegt. Aus einer Terrine entwichen Dampfschwaden. Hinter dem Arrangement befand sich ein Fenster und zeigte Dämmerung. Nicht rötlich, sondern blau getüncht. Es war Abend.

Marduk lächelte, wobei er mehr an einen Wolf als an einen Menschen erinnerte. Sein Blick klebte an ihr, als suchte er nach einem Makel seiner Schöpfung. Oder nach einem Hinweis, dass er einen Fehler gemacht hatte. Isla war es, als sähe er durch ihre Haut in ihr Inneres, und sie setzte alles daran, sich nicht zu versteifen. Er durfte nicht bemerken, dass er zwar ihren Körper in eine unsägliche, unsichtbare Hülle gepresst hatte, aber nicht ihren Geist gefangen hielt.

»Miss Hall. Isla. Nimm bitte Platz.«

Fieberhaft überlegte sie, wie viel Reaktion sie sich erlauben durfte, und entschied sich für die Andeutung eines Lächelns. Schließlich behandelte er sie nicht wie eine Leibeigene, wie er es bei Jeremy tat, sondern wie einen Gast, wenn auch auf sehr zynische Weise. Womöglich gab es unterschiedliche Hypnose-Stadien?

Sie ließ sich auf dem Stuhl nieder, legte die Hände auf die Oberschenkel und hielt ihr Lächeln, obwohl sie ihm am liebsten den Inhalt der Terrine ins Gesicht geschüttet hätte.

Marduk beugte sich vor und betrachtete sie eingehend, ehe er mit den Fingern direkt vor ihrem Gesicht schnippte. Sie ließ ihn gewähren und zuckte nur leicht zusammen. Fast wäre sie zurückgewichen, da er eine Hand ausstreckte und nach ihrem Zopf griff. Zärtlich strich er mit dem Daumen darüber und ließ ihn auf Islas Rücken gleiten. Nun versteifte sie sich doch. Marduk fuhr an ihrer Wirbelsäule entlang bis zu ihrer Schulter, ihrem Hals. Die Bluse knisterte leise, als er den Kragen berührte. Er glättete den Stoff, studierte das Muster und schien in Gedanken versunken.

Isla begriff: Es ging ihm nicht um sie oder ihren Körper – er bewunderte die Kleidung, die er für sie hatte bereitlegen lassen! Sie erinnerte ihn an etwas, zumindest deutete der leicht entrückte Gesichtsausdruck darauf hin. Die Verwandlung war erstaunlich: Der Marduk, den sie nun vor sich hatte, war nichts weiter als ein gut gekleideter Mann mit einer seltenen Sanftheit in den Augen.

Isla hielt still. Zu gern hätte sie seine Gedanken gelesen, um das gegen ihn zu verwenden, was dort mit dem armseligen Rest seiner Gefühle verbunden war. Diese Sachen mussten jemandem gehört haben, den er kannte – einer Frau, die größer war als sie, aber abgesehen davon ungefähr ihre Figur besaß. Sie hatte lediglich die Hosenbeine umschlagen und die Ärmel der Bluse hochkrempeln müssen. Abgesehen von der Länge passten ihr die Stücke hervorragend.

»Es steht dir, meine Liebe. Es steht dir sogar ausgezeichnet.« Seine Hand legte sich auf ihre Wange, federzart.

Isla roch sein Aftershave, eine Mischung aus frischen und erdigen Noten. Sie versuchte, alles auszublenden, was sie über ihn wusste. Wäre er einfach nur ein Mann ohne Namen und Vergangenheit, würde sie ihn attraktiv finden. Sogar die Narbe an der Oberlippe änderte nichts daran.

Wie sehr sich ein Mensch doch in das verabscheuungswürdigste Wesen auf Erden verwandeln konnte.

Sie entschied, dass es an der Zeit war, das Lächeln zu verbreitern, und neigte kaum merklich den Kopf in seine Richtung.

Er zog die Hand zurück. »Tom. Die Suppe.«

Es tat Isla in der Seele weh zu beobachten, wie Jeremy an den Tisch trat, den Deckel der Terrine abhob und ihnen Suppe auf die Teller schaufelte. Eine klare Brühe mit Eierstich und Kräutern. Sie roch gut.

Isla wollte nach dem Löffel greifen. Erst beim dritten Versuch konnte sie ihn halten, was Marduk offenbar gefiel. Unter seinem Adlerblick begann sie zu essen, was ihr nur halbwegs elegant gelang. Heiße Spritzer trafen auf Kleidung und ihre Hand, aber sie ignorierte es und aß weiter, als wäre nichts geschehen. Nachdem sie die Teller geleert hatten, schickte Marduk Jeremy los, um den Hauptgang zu holen.

Isla überlegte unterdessen, was er mit diesem seltsamen Essen bezweckte. Kontrolle. Er wollte sichergehen, dass sie ebenso in seiner Falle steckte wie Jeremy.

Aber da täuschst du dich.

Das Schweigen drückte auf ihr Gemüt. Sie war heilfroh, als Jeremy mit einem enormen Tablett zurückkehrte, auf dem Bratenstücke, junge Kartoffeln und Schmorgemüse angeordnet waren. Auf Marduks Befehl hin verteilte er es auf ihren Tellern und zog sich in eine Ecke zurück.

Isla griff nach dem Messer und fragte sich, ob es eine Gelegenheit gab, es zu stehlen. Wohl selbst dann nicht, wenn sie alleinige Herrin über ihren Körper wäre – alles auf dem Tisch war akkurat abgezählt. Während sie aß, prägte sie sich den Rest des Raums ein. In einer Ecke stand ein Sekretär mit Schreibutensilien, daneben ein Regal, in dem Papiere gestapelt waren. Eine Anrichte, ein einzelner Regenschirm, eine mannshohe Zimmerpflanze, die dringend gewässert werden musste. Vielleicht konnte sie später etwas davon mitnehmen. Die Hose besaß tiefe Taschen, kleinere Gegenstände konnte sie zur Not auch in ihrem BH verstecken.

Das restliche Essen oder vielmehr ihr Test verlief quälend langsam. Marduk beobachtete jede ihrer Bewegungen, drehte hin und wieder seinen Ring und sah so zufrieden aus, dass es kaum zu ertragen war. Immer wenn sich ihre Blicke trafen, war es, als würde sich das Blei in Islas Knochen verstärken. Oder als würde die Watte dichter werden, durch die sie lief, seitdem er sie auf diese Liege geschnallt hatte. Jedes Mal hätte sie am liebsten den Kopf abgewandt, doch sie durfte nicht. Sie musste es aushalten und nur innerlich dagegen ankämpfen.

Irgendwann legte Marduk sein Besteck beiseite, schob den Teller von sich und warf die Serviette darauf. Sie schaffte es, völlig ruhig zu bleiben, als er sich vorbeugte und ihr Messer und Gabel aus den Händen nahm. »Wir sind fertig.«

Jeremy trat an den Tisch und begann abzuräumen. Isla sah

auf ihre nun leeren Hände und befand, dass Amel nicht nur ein Kontrollfreak und ein Psychopath, sondern zudem unhöflich war. Gern hätte sie auch das letzte Stück Fleisch gegessen, schon allein, da sie nicht wusste, wann sie wieder etwas bekam. Und sie benötigte all ihre Kraft.

»Wir wollen ja nicht, dass du das gute Besteck zweckentfremdest«, sagte er mit Seidenstimme.

Noch nie hatte sie ihn mit derart guter Laune erlebt. Wenn er in Hochstimmung schwelgte, würde er zumindest weniger misstrauisch sein.

Er stand auf und deutete eine Verbeugung an, die sie mehr verspottete als seine Worte. »Ich danke dir für den wundervollen Abend. Leider musst du nun zurück auf dein Zimmer, ich habe zu tun.«

Isla stand auf. Sie musste weder das Schwanken noch das Straucheln spielen; nach der Zeit am Tisch hatte sich auch das restliche Gefühl aus ihren Beinen verabschiedet. Von der Hüfte an spürte sie zuerst nichts und nach einigen Sekunden ein heftiges Kribbeln. Sie stieß einen hilflosen Laut aus und streckte die Arme vor, um sich am Tisch abzustützen. Zu langsam.

Dann war Marduk neben ihr und griff nach ihrem Arm. Es tat weh. »Immer langsam, Isla. Du musst vorsichtiger sein. Ich habe keine Zeit, mich um deine Verletzungen zu kümmern, verstehst du?«

Zögern, Lächeln, ein angedeutetes Nicken.

Er ließ sie wieder los, und auch wenn ihre Beine und Füße mittlerweile brannten, als würden Millionen Nadeln darin stecken, setzte sie einen Schritt, froh um jede Winzigkeit, die sie weiter von ihm wegführte. Ihr Körper zweifelte an der Schwerkraft und kippte zur Seite. Isla hätte es ausbalancieren können, doch sie befand sich fast am Sekretär … und erkannte, was unter anderem dort lag.

Ein Füllfederhalter.

Sie hörte Marduk lachen. Gut so, er war nicht neben, sondern hinter ihr. Damit konnte er ihren Rücken sehen, vielleicht ihre Arme, nicht aber ihre Hände, die sie vor dem Bauch hielt.

Sie ließ sich mit der Schulter gegen die Wand prallen und stöhnte laut auf. Rasch griff sie nach dem Füller und betete, dass ihre Finger ihr keinen Strich durch die Rechnung machten. Sie hatte Glück und ließ den Stift hastig in die Bluse gleiten. Ein Schweißtropfen rollte an ihrer Schläfe hinab. Sie wischte ihn weg, drückte sich von der Wand ab, drehte sich dabei und schwankte. Sie musste wissen, ob Marduk etwas bemerkt hatte.

Er schenkte ihr ein Grinsen voller Triumph, unpassend für sein Gentlemanäußeres, aber vollendetes Bild seines verkorksten Wesens. Wie gern hätte Isla es erwidert, jetzt, da sich der Schatten eines Plans in ihrem Kopf bildete. Jetzt, da sie einen Vorteil Marduk gegenüber besaß, weil sie ihn so gefährlich einschätzte, wie er wirklich war.

Er sie nicht.

Ihr Herz hämmerte vor Aufregung, aber sie ignorierte es. Musste es ignorieren, da er auf sie zukam, beide Hände an ihre Schultern legte und einen Kuss auf ihre Wange hauchte. Seine Lippen waren weich und kitzelten.

Sie zwang sich in die Berührung und lehnte sich ihm entgegen, bis er sie von sich wegschob. »Bis demnächst, meine Liebe.«

Etwas Dunkles kam in Islas Blickfeld: Jeremy teilte ihr durch Gesten mit, dass sie gehen mussten. Sie seufzte … und blieb stehen, als Jeremys Finger ihre streiften. Nicht beiläufig oder weil sie zu nah an ihm hatte vorbeigehen wollen – nein, er hatte definitiv nach ihr gegriffen. Sie vergewisserte sich, dass Marduk den Raum wirklich verlassen hatte, und trat näher zu ihm.

»Jeremy?« Sie forschte in seinen Augen und dem Funkeln darin. Es verschwand augenblicklich, aber allein die Tatsache, dass sie es gesehen hatte, fachte ihre Hoffnung neu an. »Keine Sorge«, flüsterte sie. »Wir werden hier herauskommen. Beide.«

19

Isla drehte sich von einer Seite auf die andere. Sie war zwar müde, wagte es aber nicht, einzuschlafen. Marduk hatte sie zum Abendessen holen lassen, mittlerweile musste es Nacht sein, und damit war es nur noch eine Frage der Zeit, bis Ruby ein neues Manifest erschuf.

Ebenso war es eine Frage der Zeit, bis sie sich auf dieser Pritsche den Rücken verstauchte. Mit einem Stöhnen drehte sie sich noch einmal und schrie auf, als Schmerz an ihrer linken Hüfte explodierte.

Sie fuhr in die Höhe, ihre Hand tastete nach der Stelle, wo es pochte und brannte. Sie fand etwas Hartes, das dort nicht hingehörte.

Es war der Stift, den sie nach dem Essen eingesteckt hatte und seit der Rückkehr in ihre Zelle in der Hosentasche aufbewahrte. Wie hatte sie den nur vergessen können? Er bot eine Chance zur Flucht, und bei dem Gedanken, dass Marduk sie beim Diebstahl erwischte, hatte sie sich zu Tode gefürchtet. Und dann hatte sie ihn vergessen? Die Erkenntnis machte ihr Angst, vor allem, da sie bedeutete, dass die Hypnose nicht nur auf ihren Körper wirkte.

Sie rollte sich auf den Rücken und bemerkte frustriert, dass ihre Bewegungen noch immer schwerfälliger waren als gewöhnlich. Langsam drehte sie den Stift zwischen den Fingern und beobachtete, wie das Licht darauf tanzte. Es war an der Zeit, ihn auszuprobieren.

Sie lauschte. Bis auf ihren Atem war nichts zu hören, allerdings wettete sie darauf, dass irgendwo das EKG-Gerät vor sich hin piepte. Die Stille war gut, denn sie bedeutete, dass Marduk zu weit weg war, um ihr gefährlich zu werden. Zumindest vorerst.

Entschlossen hob sie eine Hand und klopfte vorsichtig gegen die Tür.

Keine Reaktion.

Sie versuchte es noch mal, nur zögerlich lauter. »Jeremy? Bist du da?«

Niemand antwortete, und ihr Mut sank. Sollte sie es wirklich wagen, lauter zu klopfen? Was, wenn sie Marduk statt Jeremy auf sich aufmerksam machte? Egal, sie musste es riskieren. Wenn er erst mal in Marduks Auftrag erschien, um sie erneut zu einem albernen Essen oder einer anderen Farce abzuholen, blieb zu wenig Zeit, um ihren Plan in die Tat umzusetzen. Marduk würde es bemerken, wenn Jeremy sich zu lange bei ihr im Keller aufhielt, und sie glaubte nicht, dass Geduld zu seinen Stärken zählte. Wenn er selbst auf den Lärm aufmerksam wurde, den sie hier unten machte, musste sie sich eben etwas einfallen lassen. Schließlich glaubte er sie lediglich hypnotisiert und nicht vollkommen handlungsunfähig. Und selbst wenn er Spezialist auf seinem Gebiet war, konnte er nicht alles wissen.

Mit neuem Mut schlug sie ein weiteres Mal vor die Tür, dann noch mal und noch mal. Nach einer Weile setzte sie die Füße ein. Die Tür erzitterte unter dem Aufprall, und das Wummern der Schläge und Tritte verwandelte sich in ein durchgehendes Dröhnen.

Isla hätte vor Freude fast aufgeschrien, als sie eine Bewegung wahrnahm. Rasch trat sie an das Sichtfenster und sah Jeremy den Gang entlangkommen. Allein!

Sie behielt den Bereich hinter ihm im Auge und betete, dass Marduk nicht ebenfalls auftauchte. Sie hatte Glück. Isla zog den Stift hervor. Sie war so nervös, dass sie ihn fast fallen ließ, und biss sich auf die Zunge, als sie ihn doch noch auffing. Es pochte, und kurzzeitig schmeckte sie Blut, aber das war nun nicht wichtig.

Der Schlüssel klackte im Schloss, und Jeremys fragendes Gesicht tauchte vor ihr auf. Er schwieg, aber allein die Tatsache, dass er nah bei ihr stehen blieb und den Weg nach draußen versperrte, verriet genug.

Isla forschte in seinem Gesicht, auf den Lippen, die so starr und hart waren, in den Augen, die viel zu selten blinzelten, und der so tiefen Kerbe auf seiner Stirn. Schließlich nahm sie all ihren Mut zusammen und strich ihm über die Wange. Sie war rau.

Jeremy zuckte zurück wie ein scheues Tier, das nicht sicher war, ob es diesem Menschen trauen konnte – vielmehr, noch einmal trauen konnte. Die Abwehr in seinen Augen wurde hin und wieder von einem Erkennen unterbrochen, das leider immer in der nächsten Sekunde wieder verschwand.

Isla ließ die Hand sinken. »Wo ist Marduk? Ich muss mit ihm reden.« Sie versuchte, sich an ihm vorbeizuzwängen. Er schüttelte den Kopf und verschränkte die Arme vor der Brust. Unter anderen Umständen hätte er einen hervorragenden Bodyguard abgegeben. »Ist er im Haus? Bitte. Ich muss …« Sie drückte gegen seine Schulter, vorsichtig, um keine zu starke Gegenreaktion zu erzeugen oder die Grenze zu überschreiten, an der er sie wieder in ihre Zelle schob.

Jeremys Blick erweiterte sich um eine Nuance, die am ehesten mit Nachsicht gleichzusetzen war. Er schätzte sie als ungefährlich ein und ließ sie gewähren, so wie man die Tollpatschigkeit eines jungen Hundes duldete. Isla schob weiter, die rechte Hand mit dem Füllfederhalter eng an ihren Körper gepresst. Endlich ließ Jeremy sie mit einem Schnauben vorbei, folgte ihr aber. Seine Schritte waren so dicht hinter ihr, dass sie glaubte, seinen Atem im Nacken zu spüren.

Sie erreichte die Ecke und hob die freie Hand als Zeichen, dass sie langsamer werden oder stehen bleiben würde. Ihr Plan schien wirklich sicher zu sein, Marduk wartete auch nicht am Kelleraufgang. Sie war hier unten mit Jeremy allein, und niemand würde es bemerken, wenn sie versuchte, ihn aus seiner Trance zu holen.

Zögernd wandte sie sich um und hielt ihm die linke Hand entgegen. Die Ader an seinem Hals pochte, offenbar wusste er nicht, wie er reagieren sollte.

Na komm schon. Nimm sie. So wach musst du einfach sein, Jeremy. Bitte!

Sie unterdrückte einen Triumphschrei, als er sich endlich bewegte. Er hatte eindeutig keine Ahnung, was sie bezweckte. Fast tat er ihr leid, aber letztlich war es das Beste, sowohl für sie als auch für ihn. Zumindest hoffte sie das.

Als er nach ihrer Hand greifen wollte, wich sie ihm blitzschnell aus und packte seine Finger. Erstaunt blickte er auf, doch mehr Zeit blieb ihm nicht. Isla riss die andere Hand in die Höhe, umklammerte den Stift so fest sie konnte und rammte ihn mit aller Kraft nach unten. Die Silberspitze bohrte sich durch den dunklen Stoff auf Jeremys Arm, und Isla spürte, wie sie ebenfalls seine Haut durchstieß.

Eine seltsame, unvorhergesehene Sekunde lang passierte nichts und dann alles auf einmal. Ihr wurde leicht übel, und Jeremy stieß hinter zusammengebissenen Zähnen einen Schrei aus. Isla ließ den Stift los, und zu ihrem Entsetzen blieb er stecken, wenn er sich auch stark zur Seite neigte. Nun würgte sie doch.

Jeremy holte aus und schlug ihr ins Gesicht. Nicht hart und auch nicht sehr schmerzhaft, aber es genügte, um sie zurücktaumeln zu lassen. Noch in der Bewegung riss er den Füller aus seinem Arm und schleuderte ihn zur Seite. Klirrend traf er an der Wand auf und fiel zu Boden.

Isla wich in eine Ecke zurück und ließ Jeremy nicht aus den Augen. Er schob den Ärmel hoch und begutachtete die Wunde. Kein Schnitt, eher ein Loch, aus dem träge Blut sickerte. Ärgerlich wischte er es weg. Sein Brustkorb dehnte sich, und Isla glaubte schon, er würde sie angreifen ... bis er den Kopf hob. Sie hatte schon mal festgestellt, wie deutlich sich Gefühle auf seinem Gesicht abzeichnen konnten, aber das war nichts im Vergleich zu jetzt. Es waren viele Gefühle für nur einen Menschen. Sie lösten sich in ungewöhnlicher Geschwindigkeit ab. Kaum war eine Schattierung erkennbar, wurde sie von der nächsten verdrängt, nur um sich für den Hauch einer Sekunde noch mal an die Oberfläche zu kämpfen. Alles, was lange unterdrückt worden war, kam nun hoch.

Der Anblick schmerzte Isla bis in die Tiefen ihres Herzens. Was musste Jeremy gerade durchmachen? Und noch wichtiger: Hatte ihr Plan funktioniert? War der Schmerz stark genug, dass er die Schichten der Hypnose durchstach, so wie die Baumwolle des Ärmels, um letztlich bis zu dem Jeremy vorzudringen, der irgendwo in diesem Körper gefangen war?

Sie schluckte, dann noch mal, und endlich glaubte sie, ihre Stimme wiedergefunden zu haben. »Jeremy?« Hatte sie schon immer so kratzig geklungen? Sie hörte sich an wie Hannah nach einer durchzechten Nacht. »Jeremy, ich bin es, Isla. Hörst du mich? Verstehst du mich? Bitte sag mir, dass du mich verstehst.« Tränen traten in ihre Augen. Die Anspannung, die Hoffnung, beides war zu viel für einen kleinen Moment.

Er wischte noch einmal mit dem Daumen über die Wunde. Im Gegensatz zu Isla zitterte er nicht. Blut blieb auf seiner Haut zurück, und sofort quoll neues nach.

Er murmelte etwas und lockte sie trotz aller Vorsicht näher.

»Was?«, flüsterte sie. »Bitte sag es noch mal.«

Er ballte die Hand zur Faust und ließ wieder locker, pumpte weiteres Blut aus der Wunde. Ein Rinnsal lief an seinem Arm hinab und bildete einen Tropfen, der schließlich als stummer Vorwurf auf seinen Schuh fiel. »Warum?« Seine Stimme war fast noch leiser als ihre, aber sie klang verwirrt und … lebendig.

Am liebsten hätte Isla gejubelt. Es hatte funktioniert!

»Es tut mir so leid, das musst du mir glauben. Aber ich wusste nicht, was ich sonst tun sollte.« Sie griff nach seiner Hand.

Er zog sie so abrupt weg, dass sie den Ruck bis in den Oberarm spürte. Dann schüttelte er den Kopf und berührte seine Stirn. Verwirrt und alarmiert zugleich. »Was …« Er ließ die Hand wieder sinken. Endlich sah er sie an, und das Leben in seinen Pupillen ließ sie innerlich jubeln.

»Hallo«, flüsterte sie.

Er nickte und schüttelte gleichzeitig den Kopf. Ein weiteres Mal untersuchte er die Wunde, dann zog er den Ärmel hinab und wandte sich um. Mit stockenden Bewegungen ging er zu

312

dem Füllfederhalter, hob ihn auf und hielt ihn ihr entgegen. »Hier. Das ist wohl deiner.«

Sie nahm ihn, ohne hinzusehen. »Du erkennst mich?«

»Ja. Natürlich erkenne ich dich.« Er machte eine lange Pause. »Ich erinnere mich an jede unserer Begegnungen. Ich habe mich die ganze Zeit daran erinnert. Nur konnte ich …« Er blinzelte, starrte auf seine Finger und krümmte sie, nur um sie dann wieder zu strecken. Sie knackten hörbar. »Es ist schwierig zu erklären. Ich konnte diese Erinnerungen nicht mit mir verbinden. Sie waren wie Bilder, die ich irgendwann gesehen habe. Nicht mehr. Aber sie ließen sich auch nicht verdrängen.«

Isla bewegte sich nicht. Sie wusste, dass sie Jeremy anstarrte, als sähe sie einen Geist, aber so war es ja auch, oder? Vielmehr sah sie den realen Menschen, nachdem der Geist endlich verschwunden war. Ein Teil von ihr begann bereits zu jubeln, der Rest zögerte noch. Überschäumende Freude kämpfte mit einem Misstrauen, von dem sie nicht wusste, ob es vernünftig oder übertrieben war. »Das heißt … du bist … du? Was ist mit …?« Ihre Geste umfasste ihn, den Gang, die Tür zu dem Raum, in dem sie ihre Zeit verbracht hatte.

Und wirklich warf Jeremy einen Blick über die Schulter. Es irritierte sie, dass er vor allem nachdenklich wirkte. Sollte er sich nicht freuen?

Stattdessen war da diese Falte zwischen seinen Brauen. Isla kannte sie mittlerweile gut genug, um zu wissen, dass sie sich hin und wieder glättete, auch wenn sie nie völlig verschwand.

»Scheint, als sollte ich dir dankbar sein, dass du mich aus der Trance geholt hast.«

»Bist du es denn nicht?«

»Ich weiß nicht.« Er sah sich um, eindeutig auf der Hut.

»Natürlich bin ich es. Ich kann es nicht glauben, dass du es schon wieder getan hast – einen Teil der Fesseln gelöst, die Amel mir aufgezwängt hat. Aber …« Er verzog das Gesicht. »Ich erinnere mich auch an unser letztes Gespräch im Manifest. Da habe ich dir gesagt, dass ich nicht einfach gehen kann. Wegen Ruby. Daran hat sich nichts geändert.«

Sie begriff und begriff nicht. Ja, das hatte er gesagt, aber da war er der Mann gewesen, der er sein sollte – mehr oder weniger frei. In Marduks Haus dagegen lebte er in Fäden verstrickt, gegen die er bislang nichts hatte tun können, und Isla war fest davon überzeugt gewesen, dass sein oberstes Ziel war, sie loszuwerden. Wie sonst wollte er seiner Schwester helfen, wenn er keinen klaren Gedanken fassen konnte? »Aber jetzt ist alles anders«, stammelte sie. Nein, das stimmte nicht ganz. Sie waren noch lange nicht frei – und Marduk leider ein guter Stratege. Er hatte sich mehr als doppelt abgesichert und Jeremy nicht nur durch Hypnose, sondern auch die Sorge um seine Schwester an sich gebunden. »Zumindest kannst du dir nun überlegen, was du tun willst, um ihm das Handwerk zu legen«, schloss sie etwas lahm. Himmel, sie klang, als würde sie ein Buch zitieren. *Das Handwerk legen?*

Er schüttelte den Kopf. »Ich weiß nicht, wie. Glaub nicht, dass ich nicht darüber nachgedacht habe. Ich konnte nur nicht handeln. Und ich habe mir unzählige Situationen ausgemalt, in denen ich ihm sein selbstgefälliges Grinsen aus dem Gesicht prügle. Ihm jeden Knochen breche und erst aufhöre, wenn er keine Kraft mehr findet, um mich um Gnade zu bitten.« Die letzten Sätze presste er so hasserfüllt hervor, dass er Isla wie ein Fremder erschien. Zum ersten Mal wurde ihr richtig bewusst, wie kräftig er war, und als er nun die Fäuste ballte, glaubte sie ihm jedes Wort. Jeremy hatte zu lange angekettet gelebt, und sein Hass auf Marduk musste von Tag zu Tag gewachsen sein. Sie fürchtete den Moment, wenn all diese Wut, diese tiefschwarze Wolke, aus ihm hervorbrechen würde.

Sie schluckte hart. »Aber was bringt es dir, wach zu sein, wenn du weiterhin hierbleibst?«

Seine Miene wurde weicher. »Mir muss etwas einfallen, und das wird es auch. Wie bist du überhaupt darauf gekommen?«

Sie wagte ein Lächeln. »Ich habe gemerkt, dass sein Zugriff auf dich sich gelockert hat, als er versucht hat, mich zu hypnotisieren.«

Jeremy nickte. »Ja. Der Dreckskerl verfügt über unbestreitbares Talent, aber offenbar hat er seine Grenzen. Er hält bereits Ruby und mich unter Kontrolle. Eine dritte Person war zu viel.«

»Und wenn seine Kontrolle einmal gelockert ist, kann man sie durchbrechen«, fügte sie leise hinzu. »Zum Beispiel durch Schmerz. Es war nur eine Vermutung.«

»Schlaues Mädchen.«

Endlich fühlte das Lächeln sich echt an. »Tut mir leid mit deinem Arm.«

»Halb so wild.« Er zögerte. »Du solltest keine Zeit verschwenden. Ich werde hierbleiben. Ich muss einfach. Aber du solltest gehen, und zwar so schnell wie möglich.«

»Aber …«

»Wir besitzen noch einen weiteren Vorteil: Er weiß nicht, dass ich mich in den Manifesten frei bewegen kann, dank dir und Rubys Anhänger.« Er klopfte auf seine Hosentasche. »Ich werde dort eine Lösung finden.«

»Und was ist, wenn nicht?«

Er schnaubte. »Ich neige nicht dazu aufzugeben, ehe ich es versucht habe.«

Endlich verstand sie, dass er die gesamte Zeit über gekämpft hatte. All die Tage, in denen er auf Amels Fingerschnippen reagiert und jeden noch so albernen Befehl, ohne mit der Wimper zu zucken, ausgeführt hatte, waren auch von seiner Seite teilweise nur Show gewesen. Jeremy folgte seinem eigenen Plan, seit er den zweiten Anhänger besaß. Warum war sie nicht darauf gekommen? Sie hatte sich von der Fassade täuschen lassen. Allmählich sollte sie wirklich besser wissen, dass es mehr in dieser Welt gab, als sie sehen konnte.

Sie suchte nach weiteren Argumenten, um ihn zu überzeugen, wusste aber bereits, dass es vergebliche Mühe war. Jeremy hatte eine sehr deutliche Meinung davon, was für ihn richtig war, und daran würde er festhalten. Plötzlich fiel ihr auf, dass er Alan Austin ähnelte – dieselbe ausgeprägte Wangen-Kinn-Partie, das Grübchen darunter, die volle Unterlippe. Sein Charakter dagegen glich dem seines Vaters in keiner Weise. Zwar hielt Jeremy für Marduk eine Fassade aufrecht, doch sie unterschied sich um Welten von der, die den Austins so wichtig war.

Isla konnte sich Jeremy nur schwer auf Silverton vorstellen mit all seinen gesellschaftlichen Konventionen. Wenn dies alles vorbei war, würde sie ihn fragen, was zu dem Bruch mit seinen Eltern geführt hatte. Mit einem Mal sehnte sie sich so sehr nach einem ruhigen Augenblick mit ihm, einem ohne Angst, dass sie es ihm beinahe gesagt hätte. Energisch zwang sie ihre Gedanken in eine andere Richtung. Aber die Art, wie wenig er trotz allem an sich und wie sehr er an seine Schwester dachte, schürte diese Wärme in ihrem Bauch, die angenehm und beängstigend zugleich war.

»Ich kann dich nicht einfach hierlassen«, brachte sie hervor. Sie wagte es nicht, laut zu reden, aus Angst, dass er hörte, was in ihr vorging.

Er kam näher. »Doch, das kannst du. Ich finde einen Weg, vertrau mir.«

»Aber wie?«

»Ich muss begreifen, was er wirklich tut. In gewisser Weise hast du mir ein Geschenk gemacht und mich gleichzeitig verflucht – ich kann mich nun auch in der Realität frei bewegen, muss aber darauf achten, dass er nichts bemerkt. Das war schon im Manifest schwierig.« Er berührte ihre Wange. »Ich werde das Geschenk einfach stärker nutzen, als dem Fluch zu verfallen. Und bitte glaub nicht, dass ich dir nicht dankbar bin. Für alles, was du für mich tust.« Er zog sie näher heran und legte einen Arm um sie. Als Isla sich an ihn schmiegte, ließ er den zweiten folgten und lehnte den Kopf an ihren. »Ich bin froh, dass du hier bei mir bist«, flüsterte er. Sein Atem kitzelte ihr Ohr. »Aber ich verabscheue die Vorstellung, dass er dir etwas antun könnte.«

Sie genoss den Augenblick und lauschte seinem Herzen, bis ihr auffiel, dass es ebenso schnell schlug wie ihres. Fast hätte sie protestiert, als er sie wieder losließ.

»Keine Angst, Miss Hall«, sagte er sehr sanft.

Sie rieb sich über die Stirn. Das war leicht gesagt! Die Vorstellung, ihn allein zu lassen, machte ihr sogar ziemliche Angst. Vor allem, da es bedeutete, dass sie ebenfalls wieder allein sein würde. »Aber wird er nicht misstrauisch werden, wenn ich so einfach aus meiner Trance erwache? Was ist, wenn das auf dich zurückfällt und er dich noch mal hypnotisiert? Oder den Anhänger findet?«

Jeremy hob die Augenbrauen. »Stellst du dir immer so viele Fragen auf einmal?«

»Bitte?« Sie stutzte. »Ich glaube schon, ja.«

»Aber was bringt es dir, wenn du die Antworten zu diesem Zeitpunkt eh nicht finden wirst?«

Erwischt!

»Ich möchte eben sämtliche Eventualitäten abwägen. Um mich abzusichern.«

»Nur bringt es dir keine Sicherheit. Es könnten tausend Dinge geschehen. Manchmal hört man besser einfach auf seine Intuition.« Er ließ sie los.

Isla hatte nicht bemerkt, dass er sie noch immer gehalten hatte, und nun spürte sie, wie die Wärme an den Stellen verflog, wo seine Hände gelegen hatten. Was hatte er gesagt – auf die Intuition hören? So einfach war das nicht, wenn man gewohnt war, alles bis ins kleinste Detail zu analysieren.

»Vielleicht«, gab sie zögerlich zu. »Aber du kannst nicht leugnen, dass es auf dich zurückfallen wird.«

»Oder auf ihn selbst.«

»Er könnte mich verfolgen.«

Jeremy nickte. »Möglich, ja.«

»Und was ist, wenn …?« Als er nach ihrer Hand griff, verstummte sie.

»Hör auf«, sagte er leise. »Wir haben eine Chance. Beide.«

Sie starrte auf seine Hand und fragte sich, wie er nach allem, was geschehen war, noch so optimistisch sein konnte. Nach einer Weile nickte sie widerstrebend. »Also gut. Was schlägst du vor?«

»Ich bringe dich hier raus. Dann gehe ich zurück auf mein Zimmer.« Er klang, als würde er eine Alltäglichkeit beschreiben.

»Und wie willst du erklären, dass ich verschwunden bin?«

»Ich sage die Wahrheit. Du hast geschrien, ich habe nachgesehen, du bist mir entwischt. Nur von der Wunde sollte er nicht unbedingt erfahren.«

Sie war nicht überzeugt. »Aber wie soll ich denn aus dem Haus gekommen sein?«

Der ausdruckslose Blick kehrte in seine Augen zurück, und für einen schrecklichen Moment glaubte sie, Jeremy verloren zu haben. Dann zuckte er die Schultern. »Die Frage werde ich ihm nicht beantworten können.«

»Wird … wird er dich bestrafen?«

»Möglich.«

Allein die Vorstellung war schrecklich. Isla klammerte sich an seine Hand. »Ich werde jemanden finden, der uns helfen kann. Einen anderen Arzt, der sich mit dem Thema auskennt …«

»Nein.« Er klang entschieden. »Dir wird niemand glauben, Isla. Ein Kind, das in der Lage ist, Träume in der Realität zu manifestieren? Ein Mann, der diese Träume durch Hypnose gestohlen hat? Überleg doch mal, wie das klingt.«

»Aber wenn Amel das kann, müssen es auch andere können! Sich zumindest damit befassen. Es muss einfach noch jemanden geben, der …«

Er zog seine Hand zurück. Auf seiner Haut prangten rote und weiße Flecken dort, wo sie zugedrückt hatte. »Nein. Es ist zu gefährlich. Sie werden entweder dich für verrückt erklären, oder du wirst zu viel Aufmerksamkeit auf die Sache lenken und ihn warnen. So oder so, meine Eltern würden dich feuern, das steht fest. Und ich brauche dich in Rubys Nähe. Wir können uns ja weiterhin sehen, schon vergessen?« Sie schüttelte stumm den Kopf, und er sah zufrieden aus. »Gut. Wir sollten jetzt los, ehe er auftaucht. Momentan müsste er über seinen Forschungen hängen, die Gelegenheit ist also günstig.«

Islas Herz schlug schneller vor Aufregung, und gleichzeitig fühlte es sich bleischwer an. Es war so weit. Sie würde Jeremy hier zurücklassen.

Zusammen schlichen sie zur Treppe und erreichten kurz darauf die erste Etage. Im Obergeschoss klingelte ein Telefon und jagte Isla einen Mordsschrecken ein. Sie und Jeremy wechselten einen Blick. Das Klingeln verstummte, und Marduks gedämpfte Stimme drang durch das Haus.

Jeremy deutete zur Seite und zog Isla den Gang entlang. Er verursachte keinen Laut. Der Flur führte sie durch einen Raum, der mit vollgestopften Regalen und einem Tisch bestückt war, und beschrieb eine weitere Biegung. An den Wänden hingen lieblos gerahmte Aquarelle, die weder Talent noch Mühe verrieten. Überhaupt war dieser Teil des Hauses nicht sonderlich gemütlich eingerichtet und diente offenbar ausschließlich Marduks Arbeit.

Das Licht änderte sich, und Isla erkannte die Eingangshalle wieder.

Fast, sie hatte es fast geschafft! Es schenkte ihr Hoffnung, aber gleichzeitig war sie traurig, da ihre Flucht die Trennung von Jeremy bedeutete. Unwillkürlich lief sie langsamer, als ob sie ihn bitten wollte, noch mal über alles nachzudenken.

Im selben Moment setzte das Signal ein. Ganz in der Nähe.

Sie blieben zeitgleich stehen.

Das Geräusch war nicht Teil der Welt hinter den Türen – Marduk hatte es dorthin mitgenommen. Es musste etwas bedeuten.

Es musste wichtig sein, und es kam vom Ende des Gangs.

Dort befand sich eine Tür.

Jeremy brachte seine Lippen nah an Islas Ohr. »Ich habe dieses Geräusch jeden Tag gehört, seitdem ich hier bin.«

Was ist es?, formten ihre Lippen.

Schulterzucken. *Ich weiß es nicht.*

Jeremy blickte zur Decke, dann den Gang entlang. Er spreizte Daumen und kleinen Finger ab und legte sie an seine Wange. *Amel telefoniert noch immer.*

Gut. Langsam ging er auf die Tür zu. Auf das Geräusch. Isla zögerte und sah zur Eingangshalle, folgte ihm aber.

Das Signal wurde lauter. Jeremy blieb vor der Tür stehen und wartete. Isla begriff: Wenn er sie nun öffnete, würde es womöglich laut genug durch das Haus dröhnen, um Marduk zu alarmieren. Sie knibbelte an ihren Fingern. Endlich verstummte es. Jeremy drehte den Knauf, und die Tür öffnete sich. Der Raum dahinter war … weiß. Nicht so wie Islas Zelle im Keller, sondern auf eine saubere, sterile, fürsorgliche Weise. Es war ein Krankenzimmer, mit Gardinen vor einem großen Fenster, den charakteristischen Gerätschaften und einem Bett in der Mitte.

Darin lag eine Frau.

Isla wechselte einen Blick mit Jeremy und trat mit wild klopfendem Herzen in das Zimmer, ohne die reglose Gestalt aus den Augen zu lassen. Schmale Drähte waren an ihrem Kopf befestigt. Das Gerät am anderen Ende maß die Gehirnströme dieser Frau.

Sie lag auf dem Rücken, die Augen geschlossen, aber das konnte sich jederzeit ändern. Und dann? Würde sie nach Marduk rufen? Sie musste ihn kennen, wenn er all das hier für sie bereitstellte. Oder war sie ebenfalls seine Gefangene? War sie so wie Ruby, und er nutzte sie in seiner eigenen Grausamkeit als Studienobjekt?

Die Frau wirkte zerbrechlich, aber unter all dieser Zerbrechlichkeit auch stark, so als wäre sie es vor langer Zeit gewesen und hätte es um ein Haar vergessen.

Im Zimmer roch es frisch, aber auch nach Desinfektionsmitteln und den Gerüchen, die Krankenhäuser in trostlose Orte verwandelten. Isla drehte sich zu Jeremy um, der an der Tür Wache hielt und ihr bedeutete, dass er sie wieder schließen würde.

Sie nickte, schließlich konnte das Gerät jederzeit wieder Alarm schlagen. Es stand neben dem Bett, schwer und massiv mit einem dunklen Monitor, auf dem ein hellgrünes Signal flackerte. Es gab weitere Geräte, deren Funktion Isla nicht erkannte, also wandte sie sich wieder der Frau zu.

Dunkle Haare ringelten sich in kleinen Locken um ihren Kopf. Sie war sehr blass – zu blass, um gesund zu sein. Unter ihren Augen schimmerten Ringe in so vielen Blau- und Violetttönen, dass es verspielt wirkte, ihre Wangen waren eingefallen und ihre Arme so dünn, dass Isla ihre Handgelenke mit Daumen und Zeigefinger hätte umfassen können. Sie lag da wie eine Puppe in einem Nachthemd mit cremefarbener Spitze. Die Bettdecke, weiß und makellos, verhüllte Beine, Bauch und Becken. Weitere Kabel führten von den Geräten zu Kopf und Oberkörper: eines zu einer Art Klemme, die an einem Zeigefinger befestigt war, andere zu Brust, Handgelenken und den Schläfen. Die Geräte sirrten leise vor sich hin, offenbar zeichneten sie irgendetwas auf.

Isla verwendete keine Zeit, um die Angaben auf den Monitoren zu lesen. Ohne weitere Hinweise würde sie sowieso nicht herausfinden, was es mit dem Ganzen hier auf sich hatte. Zum Glück stapelten sich auf einem der Schränke an der Wand Papiere und Aktenmappen. Zu ihrer Überraschung stand dort auch ein gerahmtes Foto. Sie nahm es, betrachtete die Frau darauf und sah noch einmal zu dem Krankenbett: Ja, das war eindeutig dieselbe Person. Auf dem Foto stand sie am Meer, der Wind zauste durch ihre Haare und ihr Kleid. Sie lachte und blickte mit festem Blick in die Kamera. Sie machte einen ehrlichen Eindruck. Umso weniger Sinn ergab es, dass sie etwas mit Marduk zu schaffen haben sollte – dem Mann, der nur an sich selbst dachte. Nur warum sollte er ihr Foto hier aufbewahren?

Isla stellte es zurück und beugte sich über die Papiere. Sie waren voll mit Daten, Ziffern und Kürzeln, die Isla auf den ersten Blick nichts sagten, aber medizinische Einträge sein mussten – wahrscheinlich die Ergebnisse irgendwelcher Messungen. An manchen Stellen war die Schrift leicht verschmiert, an anderen sogar unleserlich. Isla vermutete, dass Marduk die Einträge vorgenommen hatte. Sie nahm sich das nächste Blatt vor.

Die Einträge datierten über ein Jahr zurück. Da Isla aus ihnen nicht schlau wurde, griff sie nach einem Ordner und schlug ihn auf.

Vor lauter Erstaunen hätte sie ihn fast fallen gelassen. Auf dem Deckblatt prangte ein weiteres Foto der Frau. Sie lag in einem ähnlichen Krankenhausbett wie diesem, nur hatte sie mehrere Verletzungen. Eine Wunde prangte an der Stirn, wo man ihr das Haar rasiert hatte, weitere waren über Gesicht und Hals verteilt. Ihre Lippen waren geschwollen und blutverkrustet, ein Auge von Tiefblau und Violett umrandet.

Unter dem Bild stand ein Name: Sybil Manning, dazu ein Geburts- sowie ein Tagesdatum. Isla rechnete nach: Die Frau war neunundzwanzig Jahre alt, der Eintrag selbst fast drei. Rasch blätterte sie weiter. Neben medizinischen Daten fand sie ordentliche Einträge. Die Handschrift war eine andere, leichter zu entziffern, und Isla las von Zeile zu Zeile schneller. Sie ahnte, dass sie auf etwas Wichtiges gestoßen war.

Mit jedem Satz erhöhte sich ihr Pulsschlag. Die Informationen rauschten durch ihren Kopf, und sie versuchte, die Puzzlestücke zusammenzusetzen: Sybil war vor knapp drei Jahren nach einem Unfall bewusstlos in das Heiligen-Maria-Krankenhaus in Sundling eingeliefert worden. Soweit Isla es verstand, waren die Wunden äußerlich, aber irgendetwas stimmte nicht mit Sybils Kopf – es war die Rede von Verletzungen, aber die anderen Begriffe sagten ihr nichts. Sie überflog die nächsten Zeilen und kam zu dem Schluss, dass Miss Manning im Koma lag. Auf Angehörigenwunsch hatte sie das Krankenhaus nach über sechs Monaten verlassen.

Das war seltsam. Was machte eine Komapatientin hier? War sie zwischendurch überhaupt wieder aufgewacht, oder lag sie seit nahezu drei Jahren regungslos da? Eine schlimme Vorstellung.

Isla blätterte weiter, doch die Seite war leer. Sie stellte die Mappe zurück und nahm sich die nächste vor.

Jetzt musste sie sich wirklich gegen die Wand lehnen. Dies war kein Aktenordner, sondern ein Fotoalbum. Auf dem Titelbild waren zwei Hände zu sehen, eine schmale mit feinen Adern auf einer kräftigen mit dunklerer Haut. Finger waren sanft ineinander verschlungen. Das Auffälligste waren jedoch die Ringe. Sie ähnelten sich, nur war der obere schmal und mit einem Stein geschmückt. Den unteren hatte Isla bereits mehrmals gesehen. Kein Reif, sondern ein Siegelring.

Unter dem Foto standen in geschwungenen Buchstaben zwei Namen, verbunden durch zwei ineinander übergehende Kreise – das Unendlichkeitszeichen. Darunter silberne Buchstaben.

Verlobung – Sybil und Amel.

Die Tinte verschwamm vor Islas Augen. Sie blinzelte und las das Datum unter den Namen: Es lag fast genau drei Jahre zurück und damit ungefähr zwei Monate, ehe Sybil ins Krankenhaus eingeliefert worden war.

Sybil Manning. Marduks Verlobte.

Isla ließ das Album sinken. Sie wusste nicht, was sie mehr erstaunte: dass diese Frau seit so langer Zeit im Koma lag oder dass Amel Marduk wirklich ein Herz hatte. Trotzdem wusste sie noch immer nicht, wie alles zusammenhing. Warum war Sybil hier und nicht in einem Krankenhaus? Oder zumindest bei ihrer Familie? Und warum hatte sie sich noch immer nicht erholt?

Sie blätterte weiter, aber das Album enthielt nur wenige Bilder, und die meisten zeigten Sybil. Sie sah manchmal fröhlich aus, manchmal nachdenklich. Vollkommen normale Schnappschüsse in der Natur oder mit Sektgläsern an einem Tisch, der über und über mit Blütenblättern bestreut war. Auf manchen Bildern waren andere Menschen zu sehen, adrett in Anzügen oder eleganten Kleidern. Die zwei hatten aus ihrer Verlobung ein kleines Event mit Freunden oder Kollegen gemacht. Isla fiel auf, dass sich sämtliche Gäste in Marduks und Sybils Alter befanden. Keine Eltern. Möglicherweise sogar überhaupt keine Verwandten.

Die vielen freien Seiten im hinteren Teil des Albums strahlten eine eigentümliche Traurigkeit aus. Sybil hätte unter normalen Umständen noch viele Jahre vor sich gehabt, und jetzt gab es für sie nur Weiß. Weiße Wände, ein weißes Krankenhausbett in einem abgelegenen Haus, weiße Haut, weiße Seiten, die sich womöglich niemals mit Bildern füllten.

Isla stellte auch das Album zurück, griff nach der nächsten Akte und erlebte eine weitere Überraschung.

Das wird ja immer besser.

Rubys Gesicht blickte ihr entgegen. Sie war deutlich jünger, mit roten Schleifen in den kurzen Zöpfen und Pausbacken, die wie zwei Äpfel schimmerten, aber eindeutig und unverkennbar Ruby. Isla schätzte sie auf drei oder vier Jahre. Zuvor war sie überrascht gewesen, jetzt aber fühlte sie sich, als hätte man ihr einen Eisspeer mitten ins Herz gestoßen. Alles, was Marduk tat, hing irgendwie mit Ruby zusammen. Sie war kurz davor, einen Teil des Rätsels zu lösen, da war sie sicher. Sie musste schneller blättern, schneller lesen. Schneller verstehen!

Hinter ihr öffnete Jeremy die Tür. »Beeil dich, Isla. Er telefoniert nicht mehr.«

Ihr wurde kalt. »Ist er auf dem Weg nach unten?«

»Noch nicht.«

»Gib mir noch eine Minute. Oder zwei.«

Er knurrte etwas. Es gefiel ihm nicht, dass sie diesen Drahtseilakt für eine Handvoll Informationen tanzte, aber er zog die Tür wieder zu. Im letzten Moment konnte sie sein Profil sehen, hart und düster wie das eines Bodyguards. Dann wandte sie sich wieder Amels unregelmäßiger Schrift zu. Neben Einträgen über seine Behandlung von Ruby und der von Doktor Golding skizzierte er sowohl die Familienstruktur der Austins,

Eckpunkte aus Rubys Kindheit sowie Vorfälle, bei denen es zu unvorhergesehenen Zwischenfällen gekommen war. Isla fand sogar eine Notiz über den Tag, an dem Ruby das Gesicht ihrer Mutter zerkratzt hatte.

Ab der folgenden Seite fielen Begriffe wie luzides Träumen, Klarträumen und AKE. Isla blieb an manchen Wörtern hängen, die unleserlich und womöglich wichtig waren, und fand schließlich einen Eintrag, der sie stutzen ließ.

Neben den drei Buchstaben AKE stand *luzides Träumen*, darunter *Traummanifest*, beides war mehrmals dick umkringelt. Isla las die nächsten Zeilen:

Lassen sich AKE-artige Phänomene durch technische Versuchsanordnungen künstlich hervorrufen? Verknüpfung möglich? Das erste Fragezeichen hatte das Papier nur mit dem Punkt durchstoßen, das zweite dagegen völlig zerfetzt.

Isla las die Zeilen erneut. Marduk brachte etwas namens AKE mit dem luziden Träumen und den Manifesten, also mit Ruby und ihrer besonderen Fähigkeit in Verbindung. Wofür um Himmels willen stand AKE?

Die Tür wurde aufgerissen. »Isla!«

Ihr blieb keine Zeit, um zu überlegen. Mit einem letzten Blick in Sybils Richtung rollte sie die Mappe zusammen und eilte zur Tür. »Sie ist seine Verlobte, Jeremy«, flüsterte sie, als er ihren Arm fasste und sie mit sich zog. »Seine Verlobte.«

Er nickte nur und zog sie weiter, bis sie losrannte. Seine Hand rutschte an ihrem Arm hinab, fasste ihre Finger. Nebeneinander hetzten sie Richtung Ausgang, und dann riss Jeremy die Haustür auf. Es war Nacht. Das Zirpen der Grillen schuf eine Friedlichkeit, die einfach nicht an diesen Ort mit all seinen Schrecken und Geheimnissen passen wollte.

Isla seufzte vor Erleichterung auf … und fuhr herum, da Jeremys Hand sich aus ihrer löste. Er war an der Türschwelle stehen geblieben.

Stumm schüttelte sie den Kopf, da sie ihn ohnehin nicht umstimmen konnte. Noch kannte sie ihn nicht sehr gut, aber schon jetzt wusste sie, wie stark sein Wille war, wenn er nicht unter Marduks Einfluss stand. Und wie groß seine Liebe zu Ruby.

Sie ging zurück, bis sie so nah vor ihm stand, dass sie den Arm nur etwas strecken musste, um eine Hand auf seine Brust zu legen.

Er sah auf ihre Finger und bedeckte sie mit seinen. »Komm heil zurück. Und drück Ruby von mir. Erzähl ihr nichts von dem, was hier geschehen ist, das würde sie nur verwirren. Aber … umarm sie.« Seine Stimme war so dunkel, dass sie das Stocken darin erst im Nachhinein bemerkte.

Niemals zuvor hatte sie sich so zerrissen gefühlt. Ein Teil von ihr wollte rennen, so schnell und weit weg wie nur möglich, der andere wollte bei Jeremy bleiben und sich vergewissern, dass es ihm gut ging und Marduk nicht bemerken würde, dass er die Trance durchbrochen hatte. Die Mappe brannte unter ihren Fingern, und am liebsten hätte sie Jeremy alles erzählt, was sie herausgefunden hatte. »Wir müssen uns im Manifest treffen«, sagte sie und drehte ihre Hand, damit sie seine Haut an der weichen Innenfläche spüren konnte. Es kribbelte so sehr, dass sie zitternd Luft holte. »Ich …«

»Tom!« Der Ruf war gedämpft, aber so gefährlich wie eindeutig: Marduk war auf der Suche nach seinem Hausdiener.

Isla sah kurz zur Seite und hob dann die Mappe. »Ich glaube, dass es uns vielleicht mehr verraten kann«, stieß sie so schnell hervor, dass sie über ihre Worte stolperte. »Es geht um Ruby. Es stehen Dinge drin, die mit ihren Träumen zu tun haben.«

Er ließ sie los und gab ihr einen Stoß. »Geh. Du musst gehen.«

Isla stolperte und wollte rennen, in die Dunkelheit hinein und somit der Freiheit entgegen. Sie spürte die Sekunden verrinnen, als würde jede ein Stück ihrer Energie mit sich nehmen. Sie musste gehen, konnte aber nicht.

»Überleg es dir anders«, flüsterte sie. »Bitte. Komm mit. Wir finden einen Weg.«

Sein Gesichtsausdruck wurde sanft, und kurzzeitig sah er so verloren aus, dass er Isla an Ruby erinnerte. Dann war der Moment vorbei. »Um Himmels willen, Isla, wenn das hier funktionieren soll, dann musst du verschwinden. Finde mich in Rubys Träumen. Ich verlasse mich auf dich.« Er hob einen Mundwinkel, zögerte und schloss die Tür.

Obwohl sie um die Gefahr wusste, blieb Isla stehen und starrte auf das Haus, das sich soeben wieder in eine Festung verwandelt hatte. Fast hätte sie gelacht, als sie sich irgendwann umdrehte. Warum hatte sie sich bei dem Gedanken gefürchtet, allein durch die Dunkelheit zurück zur Pension zu gehen? Im Vergleich zu dem, was sie hinter sich ließ, waren das schwarze Dickicht und die Nachtgeräusche ein Wolkenspaziergang.

20

ch bin mir noch immer nicht sicher, ob ich ein solches Verhalten von einer meiner Angestellten tolerieren kann. Behalten Sie im Hinterkopf, Miss Hall, dass ich noch keine endgültige Entscheidung getroffen habe, was Ihre weitere Anstellung bei uns betrifft.« Victoria Austin maß Isla mit einem Blick, den sie sich bislang für jene Menschen aufgespart hatte, die weit unter ihrem sozialen Stand rangierten und mit denen sie nichts verband.

Isla fürchtete, dass ihr Geduldsfaden reißen würde, noch ehe Victoria ihre Tirade beendet hätte. Es war bereits die zweite Standpauke, die sie sich seit ihrer Rückkehr anhören musste. Noch vor einer Woche hätte sie genickt, ihre Schuld fraglos zugestanden und Victoria jedes Recht der Welt zugesprochen, sie derart zu behandeln, während sie ihr schlechtes Gewissen zu ertragen versuchte. Mittlerweile sah sie das anders. Ja, sie hatte ihre Pflichten vernachlässigt, indem sie nach dem Wochenende nicht wieder aufgetaucht war. Aber selbst wenn sie es bisher an einer Erklärung hatte fehlen lassen und den Austins nur eine Entschuldigung geboten hatte, konnte jeder vernünftige Mensch schlussfolgern, dass etwas passiert sein musste. Victoria fragte nicht mal danach, ihr Maß an Sorge barg keinen Platz für Menschen außerhalb ihrer kleinen Welt.

Der Weg von Marduks Haus zum *Green and Arch* hatte sich

nach der Gefangenschaft und dem Schuldgefühl darüber, Jeremy zurückgelassen zu haben, als nächste Hölle entpuppt. Nachdem sie sich weit genug vom Haus mit seinen beleuchteten Fenstern entfernt hatte, konnte sie in der Dunkelheit nur wenig erkennen. Mehrere Male war sie umgeknickt, irgendwann durch Geäst und Laub in einen Tümpel gebrochen, sodass ihre Hose sich mit Wasser vollsog und sie nach kurzer Zeit zu frieren begann. Äste streiften ihre Haut und verhakten sich in ihrer Bluse. Isla hörte den Stoff reißen. Irgendwann war sie nicht mehr sicher, ob die Wärme auf ihrem Gesicht Blut war oder Tränen. Sie stolperte, machte sich aber nicht mehr die Mühe, den Sturz abzufangen, sank auf die Knie und fragte sich, ob das Zittern nachlassen würde, sobald sie sich beruhigte.

Als der Boden unter ihren Füßen nicht mehr federte oder sie einsinken ließ, glaubte sie zunächst an eine Sinnestäuschung, bis sie den Asphalt bemerkte. Sie klappte auf der Stelle zusammen, rollte sich auf die Seite und umschlang die Knie mit den Armen.

Zum Glück entdeckte der Fahrer des Wagens sie rechtzeitig. Er wollte sie in ein Krankenhaus bringen, aber mit einer Härte, die ihr selbst neu war, bestand sie auf die Pension. Dort war man überrascht, sie zu sehen. Ihr Zimmer war selbstverständlich bereits gesäubert und geräumt worden, und Maggie schleppte ihr Gepäck aus einem Abstellraum im Keller zum Empfang – »Wir wussten ja nicht, was wir sonst damit machen sollten«. Sie bot Isla einen Tee an und zeigte mehr Neugier als Sorge, sodass das Gespräch rasch unangenehm wurde. Isla verabschiedete sich, nachdem sie das private Badezimmer der Familie nutzen durfte, um sich notdürftig herzurichten und wieder in ihre Sachen zu schlüpfen. Die Kleidung, die sie von Amel erhalten hatte, stopfte sie in die Mülltonne hinter dem Haus.

Anschließend verabschiedete sie sich und trat den Weg nach Silverton an. Dabei hielt sie ihre Reisetasche fester umklammert als jemals zuvor. Seitdem sie Marduks Unterlagen darin verstaut hatte, war sie das Kostbarste, was sie besaß.

Kaum war die Silhouette von Silverton am Horizont aufgetaucht, hatte Isla das Taxi halten lassen. Sie wollte den restlichen Weg zu Fuß gehen und die Zeit nutzen, um ihre Gedanken zu ordnen. Ihre Erklärung für das Verschwinden in den vergangenen Tagen war schwammig und fußte darauf, dass sie sich zunächst verlaufen hatte und dann überfallen worden war. Etwas Besseres fiel ihr nicht ein, um die Schrammen an Gesicht und Armen sowie ihre ungeplante Abwesenheit zu erklären.

Drei Tage, wie sie mittlerweile wusste. Drei Tage war sie verschwunden gewesen, und alles, wofür sich Victoria interessierte, war der Ausfall von Rubys Unterrichtszeit.

Nun, man konnte es auch positiv sehen: Immerhin interessierte sie sich damit in gewissem Maß für ihre Tochter. Im Gegensatz zu Alan, der kein einziges Wort verloren, sondern Isla nur von oben bis unten gemustert hatte, um sich dann in sein Arbeitszimmer zurückzuziehen. Vielleicht, dachte Isla, wollte er den Moment nutzen, um mit seiner Liebschaft zu telefonieren.

»… zu sagen? Miss Hall?« Victorias Stimme hatte sich in Monotonie verwandelt. »Berauben Sie uns nun nicht nur Ihrer Anwesenheit, sondern auch Ihrer Aufmerksamkeit? Kann ich daher schließen, dass Sie diese für nicht angemessen empfinden, um …«

»Nein«, brach es aus Isla heraus, ehe sie selbst verstand, was sie damit meinte – den Inhalt von Victorias Tirade oder dass sie diese einfach nicht mehr ertragen konnte. Das Verhalten der Frau war lächerlich, war es schon immer gewesen. Bisher hatte sie geschwiegen und sich in ihre Rolle als Angestellte gefügt, aber nach allem, was geschehen war, brachte sie dafür keine Geduld mehr auf.

»Nein?« Victorias Stimme schraubte sich bei diesem einen Wort in die Höhe. Sie war ebenso erstaunt wie Isla. »Wie bitte meinen Sie das: nein?«

Isla dachte an Jeremy, an die Ruhe in seinen Augen, an seine Geradlinigkeit, und fragte sich, von wem er sie geerbt hatte. Sie dachte daran, was er für seine Schwester auf sich nahm und wie einfach es sich Victoria und Alan machten. Sie atmete ein, hob den Kopf und hielt Victorias Blick. »Nein, ich höre Ihnen zu. Aber allmählich frage ich mich, ob zu dem Thema nicht bereits genug gesagt wurde.«

Und zwar ausschließlich von Ihrer Seite.

»Genug gesagt? Was, bitte, stellen Sie sich jetzt vor?«

»Nun.« Isla strich die von der Fahrt zerknitterte Kleidung glatt. »Wenn Sie es möchten, erkläre ich Ihnen gern meine Abwesenheit. Nur habe ich nicht den Eindruck, dass es Sie wirklich interessiert, was mir widerfahren ist und warum ich in diesem Zustand vor Ihnen stehe.« Ihr war heiß, und ihre Stimme zitterte leicht. So hatte sie noch nie mit jemandem geredet, der ihr Gehalt bezahlte. Überhaupt mit keinem anderen Menschen. Wie hatte ihre Mutter immer gesagt? *Bedenke, wie du mit den Leuten redest. Es kann alles doppelt und dreifach auf dich zurückfallen, und zwar dann, wenn du es am wenigsten erwartest.* Aber nun war es zu spät für einen Rückzieher, also konnte sie auch gleich alles loswerden, was ihr durch den Kopf ging. »Allerdings habe ich auch nicht den Eindruck, dass es Sie interessiert, den versäumten Unterricht möglichst schnell nachzuholen. Sondern vielmehr, mir zu verdeutlichen, dass Sie sich in Ihrer Stellung angegriffen fühlen. Hier kann ich Sie beruhigen, meine Abwesenheit stellt weder eine Missachtung Ihres Standes dar noch ist sie ein Zeichen mangelnden Respekts. Das kann sie auch gar nicht sein, da sie erzwungen war. Mit anderen Worten, ich wäre sehr gern rechtzeitig zurück gewesen, wenn man mich gelassen hätte.«

Victorias Lippen bewegten sich, aber das war auch schon alles. Ihr Blick flackerte umher und suchte die Unterstützung ihres Mannes. Doch nur Alan selbst wusste, wohin er verschwunden war.

Isla fühlte sich, als würde eine Klinge über ihrem Hals baumeln, die sie zu allem Überfluss selbst dort aufgehängt hatte. Aber nun war sie so weit vorgeprescht, da konnte sie auch noch das letzte Stück gehen. »Also. Ich denke, es ist am besten, wenn Sie mir mitteilen, ob Sie mich weiterhin beschäftigen wollen. Falls dem so ist, dann werde ich mich auf die Suche nach Ruby machen, um ihr alles zu erklären und dafür zu sorgen, dass sie keinen weiteren Unterricht versäumt. Falls nicht, dann teilen Sie mir das bitte mit, damit ich mein Zimmer räumen und alles Weitere veranlassen kann.«

Mehr gab es nicht zu sagen. Isla straffte die Schultern, obwohl sie sie am liebsten eingezogen hätte oder besser noch geflüchtet wäre. Stumm betete sie, dass sich Victoria nicht für die zweite Möglichkeit entschied und ihr die Chance nahm, Ruby zu sehen. Denn dann würde sie ihr auch die Chance nehmen, Jeremy zu befreien – und damit Ruby selbst. Bei dem

Gedanken, dass die Kleine nur dem Augenschein nach in Freiheit lebte, schoss eine wilde Mischung aus Gefühlen in Isla empor. Empörung, Wut, Fassungslosigkeit, Mitleid. Aber unter alldem schimmerte eine Entschlossenheit, die sich mit jeder Stunde verhärtete. Egal, wie sich die Austins entschieden, sie würde eine Möglichkeit finden, noch mal durch die Saphirtür zu gehen.

Victorias Kopf ruckte hin und her wie der einer Taube. Sie musterte Isla, den Garten, ihre Hände, wieder den Garten und zuletzt ihre Fingernägel. Ihre Oberlippe kräuselte sich, verriet zunächst Missbilligung und dann etwas anderes. Vermutlich Empörung. Sie zog ihre Augenbrauen mit einem Finger nach und hielt die Hand erhoben, sodass ihr Diamantring glitzerte. Er war so groß wie Islas Daumennagel. »Ich muss das mit meinem Mann besprechen«, sagte sie und klang dabei, als würde ihr jemand die Luft abdrücken.

Isla nickte. »Selbstverständlich. Soll ich so lange im Salon warten?«

Victorias Augen verengten sich, und Isla beschlich das dumpfe Gefühl, zu weit gegangen zu sein. Dann schüttelte Victoria den Kopf. »Solange nichts entschieden ist, kümmern Sie sich wie gewohnt um Ruby. Wir werden Ihnen unsere Entscheidung zu gegebener Zeit mitteilen.«

So sah also Victorias kleine Rache aus: Sie ließ Isla schmoren. Sollte sie. »Natürlich. Ich vermute, sie ist im Esszimmer?«

Victorias Lider senkten sich kurz, aber sie schwieg. Isla vermutete, dass sie keine Ahnung hatte, wo sich ihre Tochter aufhielt.

Im Esszimmer sah es aus wie immer: Rubys Geschirr war

benutzt, aber sorgfältig zur Seite gestellt worden. Isla wurde traurig bei der Vorstellung, dass die Kleine ganz allein aß, vielleicht vorübergehend in Gesellschaft von Hannah, um anschließend ohne einen Plan für den Tag zurück auf ihr Zimmer zu gehen, allein in einem traumleeren Bett und mit Jem, dem Bären mit nur einem Ohr, den sie nach ihrem Bruder benannt hatte, ohne sich wirklich an ihn zu erinnern.

Obwohl sie wusste, dass es Unsinn war, meldete sich Islas schlechtes Gewissen. Bisher gab es kaum einen Menschen in Rubys Leben, der sie nicht im Stich gelassen hatte. Ob freiwillig oder nicht, spielte dabei keine Rolle, denn am Ende gab es da ein kleines Mädchen, das niemandem mehr anvertrauen konnte, wie sehr ihm seine Träume fehlten.

Isla verließ das Esszimmer und machte sich auf den Weg nach oben.

Die Vorhänge in Rubys Zimmer waren halb zugezogen, das einfallende Licht besaß einen schmutzigen Unterton. Ruby lag auf dem Bett und blätterte lustlos in einem Buch. Sie blickte nicht auf.

Isla blieb stehen und wusste nicht, ob sie lächeln oder weinen sollte. Auf einmal war da ein Kloß in ihrem Hals. Am liebsten hätte sie Ruby in ihre Arme gezogen und an sich gedrückt.

»Hey Kätzchen«, flüsterte sie.

Ruby sah auf, und für einen viel zu langen Moment glaubte Isla, sie würde böse auf sie sein oder so enttäuscht, dass sie einfach weiterlesen würde.

Rubys Augen wurden groß, dann noch größer, und dann warf sie das Buch beiseite und sprang mit einem Satz aus dem Bett. »Du bist wieder da!«

Isla konnte gerade noch die Arme ausbreiten, da prallte der

kleine Körper auch schon mit all seiner Kraft gegen sie. Ruby schlang die Ärmchen um ihre Taille und drückte sie so fest sie nur konnte an sich. »Du bist wieder da.«

Isla beugte sich hinab und erwiderte die Umarmung. »Ja«, sagte sie und blinzelte, bis sich ihre Sicht wieder klärte. »Ich bin wieder da. Und wenn deine Eltern einverstanden sind, gehe ich nicht wieder weg.«

Ruby schniefte und klammerte sich noch fester an sie, und Islas Herz quoll über. Jetzt wusste sie um all die Verluste, die ihre Kleine in ihrem kurzen Leben bereits hatte hinnehmen müssen. Wenn man es genau nahm, hatte sie ihre gesamte Familie verloren: Jeremy, den sie geliebt hatte, und ihre Eltern, da sie ihre Führung und Zuneigung gebraucht hätte. Isla wusste, sie konnte diese Lücke nicht füllen, aber sie wollte versuchen, an anderer Stelle etwas zu erschaffen, das Ruby Sicherheit gab. Vielleicht sogar Liebe.

Ein wenig kam es Isla vor, als würde sie sich selbst umarmen. In Bezug auf ihre Eltern teilten Ruby und sie gewissermaßen dasselbe Schicksal. Früher hatte sie alles gemieden, was mit diesem Thema zusammenhing, da es schmerzte. Aber jetzt war sie erwachsen, und auch wenn eine elterliche Umarmung schön gewesen wäre – sie war nicht mehr darauf angewiesen.

Ruby dagegen schon.

»Es ist alles gut«, sagte sie und strich dem Mädchen die Haare aus der Stirn. Sie waren feucht und verklebt, und als Ruby den Kopf hob, glänzten Augen und Wangen gleichermaßen.

»Jem und ich dachten, du kommst nicht mehr zurück«, sagte sie, und die kleine Unterlippe zitterte.

Wie unglaublich blass sie war! Wo würde das alles hinführen, wenn sie Marduk nicht stoppte?

Isla zwang den Gedanken beiseite und lächelte. »Hast du Jem denn nicht gesagt, dass du dich auf mich verlassen kannst?«

Ruby wischte sich über die Augen. »Doch. Aber er hat mir nicht geglaubt.« Sie schüttelte den Kopf so sehr, dass ihre Haare flogen.

Isla pflückte die Strähnen vorsichtig von Rubys Wangen. Die Ähnlichkeit mit Jeremy versetzte ihr einen Stich. Wie gern hätte sie Ruby erzählt, dass sie ihren Bruder getroffen hatte, dass er oft an sie dachte und sie sehr lieb hatte! Aber sie durfte ihr keine falschen Hoffnungen machen, falls sie sich noch an ihn erinnerte. Wenn Jeremy es nicht schaffte …

Nein! Er würde es schaffen, einfach weil sie in den Unterlagen, die sie noch immer in ihrer Handtasche bei sich trug, eine Lösung für alles finden würde.

Wer macht sich nun falsche Hoffnungen?

»Es tut mir wirklich leid, dass ich so lange weggeblieben bin. Entschuldige. Das habe ich so nicht geplant, aber es sind ein paar Dinge dazwischengekommen.«

»Was denn für Dinge?« Schon klang Ruby neugierig.

»Wirklich dumme Dinge. Und langweilige noch dazu. Komm, setzen wir uns auf dein Bett, und du erzählst mir, was du gemacht hast, während ich weg war.« Sie tupfte Ruby auf die Brust und gab ihr einen sanften Nasenstüber, als sie nach unten blickte. Ruby kicherte und ließ sich zum Bett ziehen. Kaum dort angekommen, legte sie eine Hand vor den Mund, konnte aber das Gähnen kaum verbergen.

Isla fühlte sich wie die dunkle Seite dieses kleinen Sonnenscheins, voller Geheimnisse und mit Zugang zu einer Welt, in dessen Dämmerlicht verschlagene Gestalten umherschlichen. »Also. Was habe ich verpasst?« Ihr Lächeln fühlte sich zu breit an, und sie sah zur Wand. Natürlich befand sich dort keine Tür, Ruby war ja schließlich wach.

Was Jeremy wohl gerade tat? Musste er Marduks Demütigungen ertragen, oder hatte er Zeit für sich und wartete darauf, sie im Manifest zu treffen? Isla riss sich zusammen, um nicht unruhig hin und her zu rutschen. Ihr blieb nicht viel Zeit, wenn sie bis heute Nacht zumindest einen Lösungsansatz finden wollte.

Ruby zupfte an ihrem Ärmel und brachte ihr schlechtes Gewissen zum Überlaufen. Hier saß sie und hörte nicht richtig zu. Am liebsten hätte sie sich zerrissen, um alles für Jeremys Rettung in die Wege leiten zu können und gleichzeitig bei Ruby zu sein. »Tut mir leid, Ruby, ich bin sehr müde von der langen Reise und muss mich etwas zusammenreißen. Nachher schlafe ich noch mitten in der Bewegung ein, und das sähe doch reichlich komisch aus hier an deinem Bett.« Sie strich über die Seidenlocken. »Aber jetzt höre ich zu. Was hast du gestern und vorgestern gemacht?«

Ruby strahlte. »Hannah hat mich mit in den Vogelpark genommen«, sagte sie und verhaspelte sich vor Begeisterung. »Wir sind mit dem Auto gefahren.«

Isla lächelte. »Das musst du mir genau erzählen. Was für Vögel gab es denn da?«

»Viele.« Ruby breitete die Arme aus. »Ganz ganz ganz bunte. Und große!« Ihre Hände beschrieben einen Vogel von den Ausmaßen eines Kleinkinds. »Ich wollte so gern einen mitnehmen, aber das geht ja nicht.« Sie schmollte für nur eine Sekunde, um dann sofort wieder zu strahlen. »Er war grün und so hübsch. Ein Weller …«

»Ein Wellensittich?«

»Ja!« Ruby klatschte in die Hände. »Als es dunkel wurde, hab ich Glühwürmchen gesehen. Ich liebe Glühwürmchen! Sie sind so schön grün, so wie die Vögel.«

Isla nahm sich vor, Hannah sobald wie möglich zu danken. Wenn sie mit Ruby bis zum Abend unterwegs gewesen war, konnte das sicher nicht in Victorias Sinn gewesen sein. Aber Ruby vermochte sehr überzeugend zu sein mit ihren großen Haselaugen, und Hannah hatte sicher nicht lang überredet werden müssen. »Hat deine Mum mit dir zusammen gelernt, während ich weg war, Kätzchen?«

Ruby schüttelte den Kopf, und Isla ließ das Thema fallen, um nicht alles noch schlimmer zu machen. Also stellte sie Fragen über den Tag im Vogelpark und ließ sich von den Käfigen über den Souvenirladen bis zu den einzelnen Tieren alles beschreiben. Immer wieder erzählte Ruby von den grünen Vögeln, und auf einmal erinnerte sich Isla an ihren letzten Besuch im Manifest, an die Käfige und den riesigen Vogel, der sich in viele kleine Exemplare verwandelt hatte. Natürlich, Ruby musste ihre Erlebnisse vom Vortag verarbeitet haben.

Das bestätigte ihre Vermutung erneut: Die Traumwelt wurde durch das beeinflusst, was Ruby gesehen hatte. Ihr kam ein Gedanke, der die ganze Zeit über schon da gewesen war. Nur hatte sie ihn noch nie richtig aufgegriffen. Jetzt aber fiel es ihr umso schwerer, nicht aufzuspringen. War es auf diese Weise möglich, das jeweilige Manifest zu erweitern – indem sie Rubys Erlebnisse in der realen Welt beeinflusste? Wenn das stimmte: Was könnte helfen, um Marduks Einfluss zu brechen?

Unauffällig musterte sie ihren Schützling. Es war so schwer, sich vorzustellen, dass Ruby hypnotisiert sein sollte. Ja, sie war blass, aber abgesehen davon reagierte und redete sie wie ein ganz normales kleines Mädchen. Keine Spur von verzögerten Reaktionen oder Bewegungsproblemen, so wie sie es nach Marduks kleiner Privatsession erlebt hatte.

Wenn die Sache mit den Träumen nicht wäre.

Einem Impuls folgend, streckte sie die Arme aus und zog Ruby hinein. Sie erntete einen erstaunten Blick, aber dann schmiegte die Kleine sich an sie und holte so tief Luft, als würde sie sämtliche Sorgen ihres Lebens abschütteln. Isla genoss die Stille, bis Ruby sich bewegte und erneut drauflosplapperte, um ihr von den restlichen Abenteuern mit Hannah zu erzählen.

Isla nahm sich vor, die nächsten Lernaufgaben mit Wellensittichen zu verknüpfen, um ihr eine besondere Freude zu machen. Und während die Kleine arbeitete, würde sie weiter in Amels Unterlagen lesen.

»Ich komme da nicht ganz mit.« Isla erreichte die Wand ihres Zimmers, starrte sie an und kam erst nach längerem Warten darauf, dass sie sich umdrehen musste, wenn sie weiterlaufen wollte. Das Gespräch mit Andy beanspruchte ihre gesamte Aufmerksamkeit. Kein Wunder, sie verstand ja nicht mal alles von dem, was er ihr zu erklären versuchte. »Das Telencephalon ist ein Teil unseres Gehirns, so weit klar. Aber genauer gesagt ist es …?«

»Das Endhirn, meine Teure.« Andy klang fast schon vergnügt.

Das musste sie ihm lassen: Sie konnte ihm noch so viele Fragen stellen, die in seinen Ohren dumm klingen mussten, aber er antwortete nach wie vor mit Ruhe und Geduld.

»Oft auch Großhirn genannt. Es ist verantwortlich für viele

Denk- und Handlungsprozesse, also quasi der Oberaufseher in unseren Köpfen.«

»Ah, gut. Und was bedeutet in dem Zusammenhang SHT?«

»Das ist die Abkürzung für Schädel-Hirn-Trauma, also die Verletzung des Gehirns, die durch eine äußere Ursache herbeigeführt wird, beispielsweise einen Unfall oder einen Schlag auf den Kopf. Aber nun muss ich doch nachfragen, was genau bei euch passiert ist, Isy. Hat es mit der kleinen Ruby zu tun? Oder bist du etwa unter die Romanautorinnen gegangen und arbeitest eine dramatische Geschichte aus, um der Knechtschaft auf Silverton zu entfliehen?« Schon war seine Ruhe der Sorge gewichen.

Trotz allem musste Isla lächeln. Sie war dankbar für einen Freund wie Andy. Er hatte nicht nur viel im Kopf, sondern konnte sich auch hervorragend in andere einfühlen. Eines Tages würde er einen großartigen Arzt abgeben. »Ruby geht es gut, und mir auch, und ich kann verstehen, dass du ein Faible für die dramatisch-romantische Erklärung hast. Aber nein, ich habe hier nur ein paar Unterlagen, die ich … nicht ganz verstehe.«

»Das beruhigt mich sehr. Oder auch nicht, je nachdem. Erweist du mir die Ehre und vertraust mir an, um welche Unterlagen es sich handelt?«

Isla zögerte und starrte auf die Mappe. Auf der einen Seite hatten ihre Fingernägel halbmondförmige Einkerbungen hinterlassen. »Ich bin mir nicht sicher, ob du das wirklich wissen solltest.«

Am anderen Ende schnaubte Andy, es klang allerdings vor allem erstaunt. »Du wirst mysteriös dort draußen auf dem Land. Aber ich vertraue nun einfach mal darauf, dass du nichts tust, was mich zwingen wird, mein exorbitantes Wissen bald in einer Gefängniszelle mit dir zu teilen.«

»Ich bin gern mysteriös. Und ich schwöre, dass ich nichts tun werde, was deinen Doktoreneid gefährden könnte«, sagte sie und war nicht sicher, ob sie die Wahrheit sagte. Bisher war sie fest davon überzeugt gewesen, dass sie niemals jemanden ernsthaft verletzen würde. Seitdem sie Amel Marduk kannte, hatte sich das womöglich geändert.

Andy lachte. »Also gut, ich will dir mal vertrauen.«

»Wunderbar«, sagte Isla und lächelte, froh, dass sie die düsteren Gedanken über Marduk zumindest einen winzigen Moment beiseiteschieben konnte. Sie öffnete die Mappe, da sie die meisten der restlichen Begriffe bereits wieder vergessen hatte. »Aber weiter. Was ist ein ves … vestibulookulärer Reflex? Hier steht, er wäre vorhanden. Es muss etwas mit dem Schädel-Hirn-Trauma zu tun haben, vermute ich.«

»Es ist ein Hirnstammreflex. Lass es mich so erklären: Wenn du den Kopf drehst, bewegen sich deine Augen automatisch in die andere Richtung. Das passiert, um das Bild auf der Netzhaut zu stabilisieren.«

Isla runzelte die Stirn. »Und was hat das miteinander zu tun?«

»Ganz einfach. Wenn der Reflex nicht da ist, stimmt etwas nicht. Das Gleichgewichtsorgan könnte beispielsweise gestört sein. Oder die Person ist bewusstlos. Wenn der vestibulookuläre Reflex ausgelöst werden kann, ist das in einem solchen Fall gut, da es bedeutet, dass der Hirntod nicht eingetreten ist.«

Isla dachte über seine Worte nach und strich sich ungeduldig die Haare hinter die Ohren. Sie war gerade dabei, wichtige Fäden miteinander zu verknüpfen, da war sie sicher. Zunächst war von einem Trauma die Rede, ausgelöst durch einen Unfall, dann von einer bewusstlosen Person. Mit den Daten über Sybil, die besagten, dass die Frau bereits im Krankenhaus gelegen hatte, ehe Marduk auf Ruby gestoßen war, schuf das ein Bild, das sich immer deutlicher herauskristallisierte. »Kann bewusstlos in diesem Fall auch bedeuten, dass jemand im Koma liegt?«

»Ja«, sagte Andy langsam und ohne die sonst so ansteckende Leichtigkeit. »Isy, allmählich machst du mir ehrlich Angst.«

»Mach dir wirklich keine Sorgen, bitte. Ich habe eine alte Akte gefunden und möchte gern verstehen, was darin steht. Es hat nichts mit den Austins zu tun oder mit meiner Familie.« Es tat ihr leid, ihn so anzulügen. Gerade Andy, der ihr stets zur Seite stand, wenn sie ihn brauchte, den sie auch mitten in der Nacht anrufen konnte, ohne sich Vorwürfe anhören zu müssen.

Sein »Hm« klang nicht so, als würde er ihr glauben, und paradoxerweise fühlte sie sich dadurch besser. Zugleich wurde sie aufgeregter, je mehr Erklärungen ihr Andy lieferte. Hatte Sybil womöglich einen Unfall gehabt? War Marduk dafür verantwortlich? Und was hatte das alles mit Ruby zu tun?

Energisch zwang sie ihre Aufmerksamkeit zu den Unterlagen zurück. »Also wenn ich das richtig verstehe«, sagte sie und blätterte eine Seite weiter, »ist hier von einem Koma durch Schädel-Hirn-Trauma die Rede, und dieser komische Reflex ist vorhanden. So weit, so gut. Was ich nun aber nicht verstehe, ist der ganze Abschnitt darunter. Da ist immer wieder die Rede von AKE.«

»AKE?« Andy klang verwirrt. »Hat sich dein zauberhaftes goldenes Köpfchen das gerade ausgedacht, oder was bitte soll das sein?«

»Das frage ich dich!«

Kurze Stille. »Was genau steht denn da?«

Isla zögerte. Sie wollte nicht zu viel verraten und ihn damit zu aufmerksam machen. In der Akte befanden sich Notizen über Ruby und ihre Fähigkeit zum Klarträumen. Unter eben jenem Abschnitt prangten diese drei Buchstaben. Marduk – oder wer auch immer der Verfasser war – hatte sie zusammen mit der Sektion über Ruby dick umkringelt. »Es steht hier einfach. Später ist die Rede von …« Sie versuchte, die Schrift zu entziffern. »Nervenreaktionen auf Reize, Autoskopie und Halluzinationen. Alle drei sind mit einem Fragezeichen versehen.«

»Harret einen Moment auf Euren Retter, Mylady.« Sie hörte, wie Andy den Hörer beiseitelegte, dann raschelte etwas. Pause, dumpfes Geräusch, Rascheln, Pause: Offenbar ging er seine Bücher durch.

Isla nahm ihre Wanderung wieder auf und versuchte, das bisher Gehörte zu ordnen. Es war nicht leicht, sich zu konzentrieren, immer wieder schlich sich Jeremy in ihren Kopf, oder das letzte Gespräch mit Victoria. Sie war noch mal mit einem blauen Auge davongekommen. Die Austins hatten sich nicht wieder bei ihr blicken lassen, und sie hatte den Unterricht mit Ruby durchgezogen, als wäre alles in bester Ordnung. Ihr Leben auf Silverton war wieder wie vorher, und doch war alles anders.

»Ich hab's.« Andys Stimme schnitt als Leuchtfeuer durch ihre Gedanken.

Sie griff den Hörer fester. »Und?«

»AKE steht in dem Zusammenhang für außerkörperliche Erfahrung. Also jemand verlässt seinen Körper und kann ihn von außen betrachten.«

Isla stutzte. »Reden wir hier etwa gerade von Seelenwanderungen? So wie in einer Geistergeschichte?«

»Haargenau so. Warte mal.« Weiteres Blättern. »Das ist ja spannend, ich habe mich damit noch nie beschäftigt!« Die für Andy so typische Begeisterung schlug durch: Er hatte etwas gefunden, an dem er sich in den kommenden Stunden festbeißen würde. »Die Gehirnforschung befasst sich mit den Ursachen solcher Erfahrungen, und hier steht, dass manche Forscher Störungen in bestimmten Hirnregionen dafür verantwortlich machen.«

»Ich hätte nicht gedacht, dass Forscher so was überhaupt … na ja, akzeptieren«, räumte Isla ein. »Und nicht als Spinnerei abtun.«

»Dein Weltbild würde zusammenbrechen, wenn du wüsstest, an welch seltsamen Dingen mitunter geforscht wird. Auch unter Fachleuten gibt es extreme Meinungs- und Glaubensunterschiede, und allein die Interpretation einer Beobachtung oder Messung kann zu Auseinandersetzungen führen. Es gab diesen Fall an der Universität, bei dem zwei Kommilitonen so sehr in einer Diskussion aneinandergeraten sind, dass der eine den anderen zum Duell gefordert hat. Es gab allerdings ein Problem mit den Waffen, also schleppte der Freund eines Duellanten zwei Fische an, die seine Mutter am Morgen gekauft hat. Damit schlugen sie sich ins Gesicht. Herrlich, Isy, nicht wahr? Mein Vater hat mir da auch schon vieles erzählt … Aber dazu irgendwann mal, wenn du den Kopf frei hast.« Guter alter Andy!

»Du hast recht, mein Weltbild bröckelt. Was steht in deinen Büchern noch darüber?«

»Viel, zumindest hat es den Anschein. Leider auf den ersten Blick zu wenig wissenschaftlich Belegtes. Die Ursachen für außerkörperliche Erfahrungen können unbedeutend sein, so wie Müdigkeit oder Stress. Nun, das halte ich für Unsinn. Ich meine, ich lege mich doch nicht auf mein Sofa und schwebe kurz darauf durchs Zimmer.«

Er ahnte sicher nicht mal, wie sehr er seinem stets skeptischen Vater glich, als er nun schnaubte. Andy war neugierig und vielem gegenüber aufgeschlossen, aber er analysierte blitzschnell und schob Dinge dann entweder in die Welt, die er als gegeben betrachtete, oder in jene, die nicht die seine war. Außerkörperliche Erfahrungen zählten zur zweiten Kategorie, dafür würde sie ihre Hand ins Feuer legen. »Ich weiß nicht«, sagte sie. »Ich finde die Vorstellung höchst befremdlich. Zumindest würde ich mich zu Tode ängstigen.«

»Mach dir keine Sorgen, es wird ganz sicher nicht passieren. Sollte es wirklich so etwas wie die Trennung von Körper und Seele geben – wenn denn überhaupt eine Seele existiert –, dann müsste mehr her, als ein paar Mal zu gähnen oder sich etwas gestresst zu fühlen. Aber hier steht es, weitere Ursachen: Unfälle oder vorübergehendes Kreislaufversagen. Das ist schon schlüssiger. Steht der Kreislauf still, kann der Patient sterben, und womöglich schüttet der Körper dann Stoffe aus, die ihn hinterher an eine Nahtoderfahrung glauben lassen.«

Seine Worte hallten in Islas Ohren nach wie ein Echo, und Bilder zogen durch ihren Kopf: Sybil in ihrem Krankenhemd in dem weißen Zimmer, umgeben von Geräten, die ihre Körperfunktionen aufzeichneten und kontrollierten. Sybil, die ganz eindeutig im Koma lag. Isla wettete darauf, dass ein Schädel-Hirn-Trauma die Ursache war. Glaubte Marduk etwa daran, dass der Geist seiner Verlobten in dieser Welt umherirrte und nicht mehr in seinen Körper zurück konnte – oder wollte?

Nun, sie konnte die arme Sybil verstehen. Wer wollte schon zurück dorthin, wo ein Mann wie Marduk wartete?

»Ich verstehe«, sagte sie langsam, obwohl sie eben noch nicht verstand. »Danke, Andy. Ich …«

»Du bist gerade in Gedanken, weil du über das nachdenkst, was ich dir erzählt habe, und daher wirst du das Gespräch gleich beenden, damit du in Ruhe weitergrübeln kannst. Aber das ist kein Problem, denn ich muss noch ein wenig über desmale Knochenentwicklung lesen, falls du das wissen möchtest. Auch wenn mein Herz natürlich leicht blutet, wie bei jedem Abschied von dir. Aber heute Abend ziehe ich mit den Jungs los. Allmählich komme ich wohl in das Alter, wo das etwas Besonderes und keine Alltäglichkeit mehr ist und daher extra erwähnt wird.«

Isla lachte. »Manchmal könnte ich dich küssen, Andy.«

»Weil ich alt werde?«

»Weil du mich so einfach vom Haken lässt und nicht großartig nachbohrst.«

»Man drängt sich einer Lady eben nicht auf. Und ich hoffe doch auf eine Unzahl an spannenden Geschichten, wenn du dich eines Tages hier wieder blicken lässt.«

»Die bekommst du, Doktor. Und viel Spaß mit den Knochen und den Jungs.«

»Werde ich haben. Dir auch noch viel Spaß bei deinen Recherchen. Halt durch, Isy.«

Isla verabschiedete sich, legte auf und wandte sich wieder den Unterlagen zu. Sie dachte nur kurz daran, dass sie Andy nicht wie immer gebeten hatte, ihre Familie zu grüßen.

Sie ließ sich auf einen Stuhl fallen und ging noch einmal alles durch, was sie soeben erfahren hatte. Fest stand, dass sich Marduk nicht nur mit dem Koma seiner Verlobten beschäftigte, sondern auch mit der Vorstellung, dass sich der Geist oder die Seele eines Menschen von ihrem Körper lösen konnte.

Eines Menschen, der im Koma lag.

Dann waren da die Notizen über Ruby und ihre Fähigkeit, mit Hilfe ihrer Klarträume Manifeste zu erschaffen. Hier sah er einen Zusammenhang. Sie tat das noch nicht, aber es gab ihn, da war sie sicher.

Im Haus schlug eine Uhr. Überrascht blickte Isla auf: Es war Zeit für Rubys Gutenachtgeschichte. Wie hatte der Tag sich so unbemerkt davonschleichen können? Fast hatte es den Anschein, als warteten die Stunden nur darauf, dass sie sich mal wieder in ihren Grübeleien verheddterte, nur um hinter ihrem Rücken direkt von der Zukunft in die Vergangenheit zu hüpfen und die Gegenwart auszusparen.

Isla überlegte und verstaute Marduks Unterlagen kurzerhand unter ihrem Kopfkissen. Zwar glaubte sie nicht, dass sich jemand hier umsehen würde, aber man konnte nie wissen. Außerdem … fast wäre sie gestolpert, so abrupt blieb sie stehen. Was, wenn Marduk durch das Manifest den Weg nach Silverton fand? Wenn er sie im Schlaf überraschte und in die Zelle im Keller zurücksperrte?

Unsinn, nun mach dich nicht verrückt. Oder lächerlich.

Trotzdem beschlich sie das Gefühl, ihr würde die Zeit davonrennen. Plötzlich waren Dinge wichtig, die zuvor nur eine Nebensächlichkeit gewesen waren. Dinge wie Rubys Gutenachtgeschichte. Es lag nun in ihrer Hand, ob die Geschichte nur eine Geschichte war oder Ruby möglicherweise dazu brachte, die Welt hinter den Türen so zu gestalten, dass sie Vorteile bot – ihr, aber auch Jeremy und damit vor allem Ruby. In gewisser Weise war es paradox: Sie brauchte Ruby, um Jeremy zu helfen, und Jeremy, um Ruby zu helfen. Auf dem Weg, Rubys Träume zurückzuholen, hatte sie herausgefunden, dass ihre größte

Waffe bei der ganzen Sache Ruby selbst war. Ruby war hilflos und stark zugleich, Mädchen in Nöten und die Inkarnation des Weißen Ritters in einer Person. Letztlich konnte sie sich eventuell selbst retten und brauchte Isla und Jeremy nur, um ihre Kraft in die richtige Bahn zu lenken.

Schließlich gab es kaum eine größere Kraft als ihre Träume. Sie hatte die Waffe erschaffen, um Menschen wie Marduk in ihre Schranken zu weisen, jetzt musste sie nur lernen, wie sie damit umging. Isla würde ihr dabei helfen, Schritt für Schritt. Der erste bestand darin, sich zu vergewissern, dass Jeremy noch immer unversehrt war, auf ihrer Seite kämpfte und im Manifest die Unterstützung erhielt, die er brauchte.

Isla fühlte sich unwohl bei der Vorstellung, jemanden auf diese Weise zu benutzen. Aber war es wirklich schlimm, wenn sie Ruby harmlose Dinge erschaffen ließ?

Zuallererst musste sie Jeremy wiedersehen. Sie würde ihm von den Unterlagen erzählen und von dem, was sie von Andy erfahren hatte.

Wenn sie ihm überhaupt begegnete.

Wenn es ihm gut ging.

Wenn er noch immer er selbst war.

Wenn wenn wenn!

Isla schlug eine Faust gegen die Wand, wartete, bis sie sich halbwegs beruhigt hatte, und eilte los. Sie hatte die Austins bereits genug verärgert und wollte ihr Glück nicht weiterhin strapazieren – ganz abgesehen davon, dass sie ohnehin vorhatte, im Kinderzimmer zu übernachten.

Victoria und Alan hatten sich entweder noch nicht entschieden, wie sie auf Islas ungeplante Abwesenheit reagieren sollten, oder sie wollten so tun, als wäre nichts geschehen. Normalerweise hasste Isla unausgesprochene Dinge, aber in diesem Fall war es ihr nur recht.

Auf ihrem Weg zu Rubys Zimmer ging sie sämtliche Geschichten durch, die sie aus dem Stegreif kannte, und versuchte herauszufinden, ob etwas darin Jeremy helfen würde. Ebenso gut hätte sie versuchen können, die Zukunft vorherzusehen. Jeder Gegenstand, von dem sie Ruby vorlas oder erzählte, konnte in ihren Träumen alles werden, konnte sich gegen Marduk, aber auch gegen Jeremy oder jeden anderen wenden – schon allein, da Rubys Träume nicht mehr ihr allein gehörten. Nein, Marduk hatte seine schmierigen Finger mittendrin. Es blieb nur die Hoffnung, dass die noch immer unterbewusst existierende Verbindung zwischen den Austin-Geschwistern dafür sorgte, dass Jeremy zumindest vor den Kräften seiner Schwester sicher war.

21

Es schien Stunden her zu sein, dass sie den Dschungel betreten hatte. Allmählich verlor sie die Hoffnung, Jeremy in diesem riesigen Labyrinth aus Bäumen, Schlingpflanzen und Sumpfgebieten zu begegnen.

Isla balancierte über eine Wurzel vom Umfang eines Baumstamms und starrte mit klopfendem Herzen in den Abgrund unter ihr. Er fluoreszierte. Sämtliche Glühwürmchen der Welt schienen dort eine Party zu feiern. Unzählige Farben standen keine Sekunde lang still, und hin und wieder explodierte ein schwebender Fleck in winzigen Lichtblitzen, die an ein Feuerwerk erinnerten. Einige Minikäfer umschwirrten Islas Kopf oder ließen sich auf ihren Armen nieder, nur um sofort wieder aufzufliegen. Jedes Mal spürte sie einen Hauch Wärme. Nicht unangenehm, eher beruhigend. Wärme hatte sie auch bitter nötig bei ihrem Balanceakt.

Warum auch immer, Ruby schien derzeit ein Faible für den Dschungel zu besitzen, auch wenn sie dieses Mal auf überlebensgroße Käfige und Vögel verzichtet hatte. Fast hätte Isla aufgelacht, aber sie dachte daran, was zu starke Bewegungen in dieser Höhe mit ihrem Gleichgewichtssinn anstellen würden, und riss sich zusammen. Ein weiterer Schritt, und die Glühwürmchen unter ihr stoben in einer wunderschönen Wolke auf. Dunkles Violett, nahezu grelles Grün und Seidenrosa vereinten sich zu Fäden, dann zu einem Netz, verblassten für eine Weile und kehrten an einer anderen Stelle zu ihrem Tanz zurück. Isla spürte einen Lufthauch auf der Haut. Es war warm in dieser Gegend, aber trotzdem schwitzte sie nicht. Der Duft nach Blumen und exotischen Gewürzen kitzelte ihre Nase.

Vor dem nächsten Schritt zögerte sie. Die Wurzel wurde dünner, und Isla fragte sich, ob sie ihr Gewicht halten würde. Unschlüssig sah sie nach unten, dann über die Schulter zurück. Sollte sie umkehren und sich einen anderen Weg suchen?

Nachdem sie den Korridor hinter der Saphirtür durchquert hatte, war sie auf einen Raum gestoßen, der mit unzähligen Rosen dekoriert worden war. Sie hatte versucht, ihn zu durchqueren, doch er wuchs an, verdoppelte sich und wurde stetig größer. Bei der Vorstellung, hier auf eine Version von Victoria zu treffen, verzog sie das Gesicht. Wenn sie sich schon fühlte wie Alice im Wunderland – Victoria hätte eine gute Herzkönigin abgegeben.

Zu den Rosen kamen weitere Pflanzen hinzu, bis das Grau der Wände nicht mehr zu sehen war. Irgendwann fand Isla sich in diesem Dschungel wieder und entdeckte zwei Wege: ein riesiges Labyrinth aus Schlingpflanzen, die sich zu Hecken auftürmten, und die Luftpassage über den Sumpf. Sie hatte zunächst einen Blick in das Labyrinth geworfen und sich für Möglichkeit Nummer zwei entschieden. Es wäre schlimmer, sich zu verlaufen und im Manifest gefangen zu sein, wenn Ruby erwachte, als ein wenig Höhenangst und Wackelknie ertragen zu müssen. Bei der ersten Möglichkeit konnte sie sterben, bei der zweiten war sie nicht sicher. Aber sie hatte die Schmerzen einmal ertragen, als das Manifest im Begriff war, sich aufzulösen, und verzichtete dankend auf eine Wiederholung. Besser, sie behielt den Rückweg so genau vor Augen wie ihr Ziel.

Sie tastete mit einem Fuß vorwärts, atmete mehrmals durch und zählte bis zehn. In Zeitlupe verlagerte sie ihr Gewicht und hörte das Holz unter sich knacken.

Hastig zog sie den Fuß zurück. Unter ihr formten die Glühwürmchen erneut ein Netz. Eine Handvoll flog zu ihr empor, Seeanemonenpink und Meeresblau, und setzte sich auf ihren Schuh, als wollten sie sie überreden, es noch mal zu versuchen. Recht hatten sie. Sie konnte nicht einfach hier stehen bleiben.

Doch auch in einer Traumwelt konnten Äste brechen, und dieser drohte es mit eindeutigen Geräuschen an. Holzstücke rieselten gen Boden und brachten Bewegung in die Glühwürmchen, doch das Gebilde unter ihr zerriss nicht.

Es sah nicht nur aus wie ein Netz, es war eines.

Isla zog den Fuß zurück. Einer Eingebung folgend, breitete sie die Arme aus, zögerte … und ließ sich rückwärts fallen. Blätter und Äste zogen blitzschnell an ihr vorbei. Ihr Magen protestierte, und sie biss die Zähne zusammen, um nicht zu schreien. Dann berührte ihr Rücken … etwas.

Es fühlte sich an, als wäre dort ein weiches Handtuch, das zwar nachgab, aber nicht riss. Regenbogenfunken umschwirrten sie, setzten sich in ihre Haare und auf ihre Kleidung. Sie fiel noch immer, vielmehr sackte sie hinab. Die Leuchtkäfer hatten nicht aus Zufall ein Netz gebildet. Sie hatten ihr signalisiert, dass dies der bessere Weg war.

Isla versuchte, sich zu entspannen. Nach einer Weile wagte sie es, nach unten zu sehen. Hätte sie nicht schon längst am Boden aufkommen müssen?

Es überraschte sie kaum, dass sich unter ihr nichts mehr befand. Der Wald war verschwunden. Dafür glänzte und glitzerte es nun zu allen Seiten. Zunächst glaubte Isla, dass es noch immer die Glühwürmchen waren, doch dann erkannte sie … Spiegel! Sie war komplett von Spiegeln umgeben, die ebenso aus sich heraus leuchteten wie so viele andere Dinge in Rubys Träumen. Isla sah sich selbst, halb liegend, halb sitzend. Das blonde Haar umschwebte ihren Kopf wie eine viel zu große Krone.

Endlich berührten ihre Füße den Boden. Ihr Gleichgewichtssinn spielte ihr zunächst einen Streich – obwohl sie sicher stand, fühlte sie sich noch immer, als würde sie schweben. Sie trat näher an einen der Spiegel heran und zuckte zurück, als er sich veränderte. Er nahm die Form eines Notenschlüssels an, der so groß war wie sie. Isla schmunzelte. Das passte. Nach ihrer Rückkehr hatte sie mit Ruby zwei Kinderlieder einstudiert und sie Notenschlüssel sowie Noten in ihr Heft malen lassen.

Auch die anderen Spiegel verformten sich und gewährten den Blick auf einen Pfad, der sich durch Wiesen und Felder schlängelte. Isla atmete auf. Verlaufen würde sie sich schon mal nicht. Zwar fragte sie sich, wie sie wieder auf den Baum gelangte, sollte das Manifest sich auflösen, aber seltsamerweise machte es ihr keine Sorgen. Die Glühwürmchen hatten sie ohne Schaden nach unten gebracht und würden sie irgendwie auch wieder nach oben schaffen. Sie musste einfach mehr vertrauen. Wenn nicht sich oder dem Schicksal, dann Ruby.

Abermals sah sie sich zu den Spiegeln um und betrat den Weg. Die Luft roch nun nach Rosen und ein wenig nach Rubys Kindershampoo. Isla lief schneller, bis sie fast rannte – und blieb schlagartig stehen, als etwas Dumpfes durch die nächtliche Wunderlandschaft zog. Etwas Monotones.

Das Piepen eines Geräts. *Sybils* Gerät. Marduk hatte das Traummanifest bereits an sich gerissen und füllte es mit seinen Erinnerungen und Wünschen.

Isla lief nun langsam und sehr vorsichtig. Sie musste auf der Hut sein. Nicht auszudenken, wenn er sie hier entdeckte. Allmählich fragte sie sich allerdings, wie stark sein Einfluss wirklich war. Die Landschaft veränderte sich nicht, alles blieb so, wie Ruby es geschaffen hatte. Er ergänzte die Szenerie höchstens um wenige Details. Warum war es ihm so wichtig, Rubys Träume an sich zu reißen, wenn er sie so wenig veränderte? Oder bereitete es ihm auf krankhafte Weise Vergnügen, durch den Traum eines kleinen Mädchens zu laufen? Dann wäre er nichts anderes als eine besonders ekelhafte Version eines Stalkers.

Aber das erklärte nicht das Krankenhausgerät. Nein, was auch immer Marduk hier trieb, es hatte mit seiner Verlobten zu tun.

Isla brachte die nächste Kurve hinter sich. Der Dschungel war verschwunden, dafür gab es Büsche und Bäume, ähnlich dem Waldgebiet hinter dem Silverton-Grundstück.

Als eine Hand aus dem Grün hervorschoss, sie am Arm packte und an den Rand des Weges zerrte, blieb ihr die Luft im Hals stecken. Isla stemmte beide Füße in den Boden und wollte schreien, doch die Hand auf ihrem Mund verhinderte es.

»Psst, Isla. Ruhig.« Die Stimme löschte sämtliche Panik mit nur wenigen Silben aus. Jeremy!

Isla war so erleichtert, dass sie sich gegen ihn sinken ließ und die Augen schloss. Er fing sie auf.

Natürlich fing er sie auf.

Sie erlaubte sich einen Moment der Schwäche, dann drehte

sie sich um und schlang die Arme um seinen Hals, genoss seine Wärme und den verhaltenen Duft seiner Haut, unglaublich froh, dass er bei ihr war. Er bewegte sich leicht und hauchte ihr einen Kuss auf die Stirn. Der Anhänger unter seinem Shirt drückte gegen ihr Schlüsselbein, aber den Schmerz nahm sie gern in Kauf. »Du hast mich zu Tode erschreckt«, murmelte sie an seiner Schulter. Ihre Worte verwischten zu einem undeutlichen Etwas, aber das war ihr egal. Wichtig war nur, dass er hier war, dass sie hier war, und dass sie zusammen Pläne schmieden konnten.

Er zitterte. Nein, er lachte. »Ich weiß zwar nicht, was du gesagt hast, aber ich freue mich, dich zu sehen.«

Sie trat einen Schritt zurück, gerade noch rechtzeitig, um zu beobachten, wie die Freude verschwand und der Sorge Platz machte. Jeremy sah zur Seite, in die Dunkelheit hinein. Er war auf der Hut, mehr als jemals zuvor. »Wie geht es Ruby?«

Zu ihrer Enttäuschung klang er schon wieder distanziert, mehr Leibwächter und Beschützer als alles andere.

»Sie verhält sich normal. Aber ich frage mich, wie lange sie es noch durchhalten wird, nicht zu träumen.« Es wäre falsch, es ihm gegenüber zu verschweigen. Ganz abgesehen davon wäre es nicht fair.

Er nickte, offensichtlich hatte er damit gerechnet. »Und dir?«

Das war so typisch Jeremy. Sie war in Sicherheit. Eigentlich müsste sie ihm diese Frage stellen. »Mir geht es gut. Aber was ist mit dir? Hat Marduk bemerkt, dass etwas nicht stimmt? Dass du wach bist?«

»Nein. Der Idiot glaubt noch immer, dass er die Zügel in der Hand hält.« Er berührte die Stelle an seinem Arm, in die Isla den Stift gerammt hatte. »Also spiele ich meine Rolle weiter.« Das Knirschen in seiner Stimme verriet, wie schwer es ihm fallen musste. Sich jemandem unterzuordnen, war eine Sache, und Isla vermutete, dass selbst das nicht zu den Dingen zählte, die Jeremy normalerweise tat. Sich jemandem unterzuordnen, den man von ganzem Herzen verachtete, war etwas vollkommen anderes. »Nachdem er gemerkt hat, dass du verschwunden warst, hat er einen Tobsuchtsanfall bekommen.«

Ihre Nackenhaare stellten sich auf bei der Vorstellung, was er Jeremy angetan haben konnte. Eingehend betrachtete sie sein Profil. Warum sah er sie nicht direkt an? »Was hast du ihm gesagt?«

Er starrte auf einen Punkt in der Dunkelheit, bis sich seine Miene entspannte. »Mach dir keine Sorgen, Isla. Er glaubt, dass du mich irgendwie überrascht und zufällig den Weg nach draußen gefunden hast. Immerhin ist der gute Tom nicht der Allerschnellste, wenn es um Reaktionen geht.«

Etwas an seinen Worten ließ sie aufhorchen. Ohne bewusst zu begreifen, was es war, berührte sie sein Kinn und zog es sanft zur Seite. Zunächst wehrte er sich, doch dann gab er nach.

»O mein Gott.«

Sein linkes Auge war geschwollen und verfärbt. Die Blutergüsse zogen sich über seine Wange und setzten sich am Kinn fort.

»War das Marduk?«

Er fasste ihre Hand und drückte sie weg. Im letzten Augenblick hielt er sie fest. Seine Blicke beschworen sie, das Thema fallen zu lassen. Es fiel ihr schwer, aber sie respektierte seinen Wunsch. Nun erkannte sie auch, dass ein Teil seiner Ruhe von kalter Wut auf Marduk herrührte. Sie schenkte ihm Energie, ja, aber auf eine hinterhältige, verzehrende Art. Kalte Wut war eine Mogelpackung: Sie präsentierte sich als Waffe, entpuppte sich aber letztlich als schleichendes Gift. Man blieb stets schwächer zurück, als man gestartet war, und konnte so auch nach dem Sieg noch zum Verlierer werden. Sie mussten aufpassen, sie beide, um nicht in diese Falle zu tappen.

Jeremys Blick suchte den ihren. »Nachdem du verschwunden warst, hat er sich ein wenig verausgabt und mich auf mein Zimmer geschickt. Es wollte nicht in seinen Kopf, dass du der Hypnose entkommen bist. Aber er hatte schon immer ein Problem mit seinem Ego. Ich habe eine Weile gewartet und mich dann umgesehen. Vielmehr gehört. Er war bei der Frau.«

»Sybil. Seiner Verlobten.«

Er nickte. »Er hat mit ihr geredet, oder mit sich selbst, je nachdem, wie man es sieht. Alles habe ich nicht verstanden, aber er sagte ihr, dass er sie finden würde. Und klang dabei, als würde er jeden Moment in Tränen ausbrechen. Offenbar hat sie als Kind in einem Waisenhaus gelebt, und er hat ihr vorgejammert, dass sie nie mehr allein sein müsste.«

Isla musste an die Verlobungsfotos denken – das erklärte zumindest, warum keine Eltern darauf zu sehen gewesen waren. Sybil besaß keine, und in Marduks Fall konnte sie sich nicht vorstellen, dass ihn zwei Menschen aufgezogen oder gar geliebt hatten. In den Akten auf Sybils Zimmer war zudem vermerkt gewesen, dass sie auf Angehörigenwunsch entlassen worden war. Das konnte demnach nur Marduk veranlasst haben.

Sie malte sich die Szene aus und stellte sich vor, wie er Sybils Hand hielt und ihr versprach, sie zu finden. Es passte einfach so hervorragend zu allem, was sie gelesen oder von Andy erfahren hatte.

»Isla?« Jeremy riss sie aus ihren Gedanken.

Das Piepen war verstummt, aber das mochte nichts heißen. Sie hatte schon öfter erlebt, wie schnell Dinge in den Manifesten auftauchen oder verschwinden konnten. »Ich habe mir die Akte aus dem Krankenzimmer angesehen und ein wenig recherchiert. Ein Freund studiert Medizin.«

»Ein Freund?« Jeremy runzelte die Stirn.

»Mach dir keine Sorgen. Ich habe ihm nicht verraten, worum es wirklich geht, und ich kenne ihn, seitdem ich klein bin. Wir können ihm vertrauen.«

»Das hoffe ich«, sagte Jeremy und deutete in das Dickicht zu ihrer Linken.

Isla verstand. Bei aller Freude über ihr Wiedersehen war es nicht sehr ratsam, sich weiterhin gut sichtbar auf dem Weg zu präsentieren. Sie folgte Jeremy, duckte sich unter Zweigen hindurch und schob Äste beiseite. Sanftes Vogelgezwitscher war zu hören, und wenn sie genau hinsah, entdeckte sie einige schillernde Exemplare.

Jeremy erreichte eine Stelle, an der die Büsche etwas mehr Raum ließen. Sie mussten trotzdem dicht beieinanderstehen, und Isla ahnte, dass er den Platz deshalb ausgesucht hatte. »Also, was steht in dieser Akte?«

Isla lehnte sich gegen ihn und schob es auf den Platzmangel. Als Jeremy sie umarmte, legte ihr Herz einen Extraspurt hin. »Sybil liegt im Koma, weil sie ein Schädel-Hirn-Trauma hat. Aber sie zeigt noch Reflexe und wird auch nicht künstlich beatmet, also gibt es eine Chance, dass sie wieder aufwacht. So viel zur Ausgangslage.«

Jeremy nickte. »Verstehe.«

»Das ist die eine Sache. Aber es gibt zwei weitere Themen,

mit denen Marduk sich beschäftigt. Das eine ist außerkörperliche Wahrnehmung. Menschen, die ihren Geist oder ihre Seele oder wie man es auch immer nennen will, von ihrem Körper lösen und in der Lage sind, weiterhin Eindrücke aufzunehmen. Sie betrachten ihren Körper also quasi selbst.«

»Redest du gerade von Nahtoderfahrungen?«

Sie zuckte die Schulter. »Das ist da vermutlich auch ein Thema. Aber ich habe eher den Eindruck, Marduk glaubt, dass Sybil nicht aus dem Koma erwacht, da ihr Körper von ihrer Seele getrennt ist.«

»Dann sind sie schon zu zweit. Nur dass ich nicht sicher bin, ob er jemals eine Seele gehabt hat. Vielleicht zieht sie es deshalb vor, im Koma zu bleiben.«

Isla hob die Augenbrauen, schwieg aber. Jeremy hatte jedes Recht auf Sarkasmus. »Das letzte Thema ist Rubys Fähigkeit, Traummanifeste zu erschaffen. Marduk scheint sich da eine Verbindung zu den außerkörperlichen Erfahrungen zu erhoffen.«

Jeremys Augen verengten sich, während er nachdachte. Nach einer Weile veränderte sich seine Miene, und in seinen Augen leuchtete etwas auf. »Er hat gesagt, er will sie finden«, sagte er stockend. »Sybil. Wenn du richtigliegst, dann redet er nicht von ihrem Körper.«

Isla sah seinen Gedankengang so deutlich vor sich wie die Glühwürmchen zuvor. Es war so naheliegend, so logisch, dass sie nicht verstand, warum sie nicht viel früher darauf gekommen war. »Er meint ihren Geist«, flüsterte sie. »Und den kann er nicht in der Realität finden.«

»Aber vielleicht in einer anderen Welt.«

»Einer, die neben unserer existiert, aber nicht wirklich greifbar ist«, ergänzte sie atemlos.

»Einer, die ebenfalls vom Geist erschaffen wurde.« Er berührte seine Schläfe.

Endlose Sekunden standen sie einfach nur da und starrten
sich an. Isla räusperte sich. »Das könnte es wirklich sein, oder?
Er will sie in den Manifesten finden. Daher hat er jemanden
wie Ruby gesucht. Jemanden, der eine andere Welt neben dieser erschaffen kann. Weil er hofft, dass seine Sybil hier ist.« Sie
redete zunehmend schneller. Es kam ihr vor, als würde sie mit
jedem Wort einen dünnen Seidenvorhang von einem Gemälde
ziehen, das so prächtig schillerte, dass sie es lange Zeit vorher
durch das Gewebe geahnt hatte.

»Am liebsten würde ich widersprechen«, entgegnete er trocken. »Denn wenn du recht hast, würde es bedeuten, dass der
Kerl doch so etwas wie ein Herz besitzt. Zwar schwarz und
verfault, aber vorhanden.«

Da war etwas dran. Selbst wenn Marduk das alles für Sybil
tat … nein, wenn er es für seine Verlobte tat, dann auch für
sich. Er wollte sie wiederfinden, wiederhaben, und damit stellte
er sein Glück über das vieler anderer Menschen. Mehr noch,
er nahm in Kauf, dass diese Menschen litten … oder noch
Schlimmeres durchmachten: Er zwang sie, ihr eigenes Leben
aufzugeben. Der Mann hatte vielleicht etwas Verfaultes in der
Brust, aber ein Herz konnte es nicht sein.

Je weiter sie darüber nachdachte, desto mehr Angst machte
ihr die Vorstellung. Wie weit war Marduk bereit zu gehen? Und
was würde geschehen, wenn er Sybils Geist wirklich fand? War
das überhaupt möglich? »Hast du sie jemals in den Manifesten
gesehen? Sybil?«

»Nein. Wie auch? Sie liegt im Koma. Selbst wenn ihr Geist
oder wie man es auch immer nennen will, noch immer wach

ist – wer sagt, dass er ausgerechnet in einem Manifest auftaucht?«

Ja, da lag der Hund begraben. Keiner von ihnen verfügte über das nötige Wissen, um herauszufinden, wie Marduks Chancen standen oder ob er sich nur an einen Strohhalm klammerte. »Das würde aber bedeuten, dass er Ruby aus seiner Hypnose entlässt, wenn Sybil wieder aufwacht.«

»Oder …« Er zögerte. »Wenn sie stirbt. Dann gibt es keinen Grund mehr, nach ihr zu suchen.«

»Jeremy!« Trotz allem erschrak Isla. »Du hast … denkst du etwa daran, sie …?«

Er fing ihre Hände mit seinen. »Nein«, sagte er. »Nein, natürlich nicht. Wobei mir die Idee schon gekommen ist. Allerdings bezogen auf seinen Tod. Nur bin ich nicht sicher, ob das eventuell Auswirkungen auf Ruby haben könnte.«

Er meinte es ernst. In Islas Kopf blinkte ein Warnzeichen auf. Jeremy hatte jedes Recht, Marduk zu hassen. Aber Mord? »Ich …« Sie brach ab, als das Piepen wieder einsetzte. Aus den umliegenden Büschen stob ein Vogelschwarm empor. Der Anblick brachte einen Hauch Sorglosigkeit, und das Atmen fiel wieder leichter.

Jeremys verkrampfte Schultern lockerten sich, und er sah einem Vogel hinterher, der sie fröhlich zwitschernd umschwirrte und dann im Gebüsch verschwand. »Meine Schwester hat wirklich eine wundervolle Fantasie.« Leider war dieser Moment viel zu schnell vorbei – der Signalton setzte aus, nur um ganz in der Nähe wiedereinzusetzen.

Isla fuhr herum. »Das ist er. Marduk.«

Jeremy hielt sich nicht weiter mit reden auf, packte sie und zerrte sie mit sich, tiefer in die Dschungelwelt hinein. Der Weg verschwand beinahe unter Blättern, Wurzeln und Bodenpflanzen, tauchte aber nach einer Weile wieder auf und wurde breiter. Isla war froh darüber, so fiel ihr das Laufen leichter, und sie zerkratzte sich auch nicht die Beine. Es dauerte, bis sie merkte, dass etwas nicht stimmte: Nicht der Weg verbreiterte sich, sondern die Bäume verschwanden. Sie lösten sich in Luft auf, als hätte es sie niemals gegeben, und ließen lediglich eine Sandebene zurück.

In der sie auf große Distanz zu sehen waren.

Jeremy hatte es ebenfalls bemerkt und verließ den Pfad. Zusammen hielten sie auf das im Dunkeln schimmernde Grün zu. Immer, wenn Isla glaubte, die Bäume fast erreicht zu haben, schwärzten sich die Kronen, glommen noch einmal auf und verschwanden.

Jeremy fluchte. Isla war bewusst, dass er sich ihr zuliebe zurückhielt, aber sie konnte beim besten Willen nicht schneller laufen. Schon jetzt hämmerte ihr Puls wie verrückt, und sie keuchte unkontrolliert, aber sie nahm ihre ganze Kraft zusammen und rannte so schnell sie konnte. Auf den Boden achtete sie nicht mehr. Sie verließ sich ganz auf Jeremy.

Sie hatten Glück, die nächste Baumgruppe verschwand nicht. Jeremy passierte die Stämme mit Isla im Schlepptau und lief noch Ewigkeiten weiter, bis er langsamer wurde und endlich stehen blieb.

Isla beugte sich hinab, stemmte die Hände auf die Knie und versuchte, zurück in einen normalen Atemrhythmus zu finden. »Glaubst du, er hat uns entdeckt?«, stieß sie hervor.

»Ich weiß es nicht. Vielleicht hofft er auch nur darauf, dich hier zu finden. Um mich kümmert er sich nie, wenn er das Manifest betritt, da ist er sich seiner Kontrolle zu sicher.«

»Kann er denn alles hier verändern? Die Bäume?«

Jeremy schüttelte den Kopf. »Das kann ich mir nicht vorstellen. Jede Veränderung kostet ihn Kraft, er muss sich jedes Mal vorbereiten und konzentrieren, ehe er ein Manifest betritt. Ruby dagegen nutzt ihre Fantasie, und die hat kaum Grenzen. Vielleicht sogar gar keine.«

Das klang zumindest nicht ganz hoffnungslos, und Isla schöpfte neuen Mut. Marduk würde niemals Rubys gesamte Welt umkrempeln können. Einen Teil davon, ja. Dummerweise befanden sie sich ausgerechnet in diesem. »Wenn …« Ihre Stimme brach. »Wenn er es auf mich abgesehen hat, sollten wir uns trennen.«

»Auf keinen Fall.«

»Jeremy …« Sie legte sämtliche Überzeugungskraft in ihre Stimme. »Es kann gut sein, dass er uns gehört hat. Wenn wir uns aufteilen, haben wir eine reelle Chance, ihn zu verwirren. Immerhin kann er uns nicht beide verfolgen.«

»Möglich. Trotzdem bringe ich dich erst zur Tür. Ich muss einfach wissen, dass es dir gut geht. Danach gehe ich zurück.«

Isla setzte zu Protest an, als ihr siedend heiß einfiel, dass sie den Weg zurück nicht mehr finden würde. Sie wusste ja nicht einmal, wo genau sie waren. Nur durfte sie ihm das nicht sagen. Jeremy würde keinen Gedanken an seine eigene Sicherheit verschwenden, sondern bei ihr bleiben, bis sie fast wieder zu Hause war. Das durfte sie nicht zulassen.

»Wenn du ihn ablenkst, ist es für mich sicherer«, versuchte sie es noch einmal. Allmählich wusste sie, wie er dachte. »Und wenn wir Ruby retten wollen, muss ich so schnell wie möglich zurück zu ihr. Ich glaube nämlich, ich habe eine Idee, die funktionieren kann.«

Funken tanzten in seinen Augen, er durchschaute ihren Manipulationsversuch ganz eindeutig. »Ich vermute, ich kann dich eh nicht überreden.«

»Das ist richtig.«

»Also gut. Was diesen Plan betrifft, erzählst du mir …?«

Über ihnen knackte es. Isla blickte auf und schrie, Jeremy packte sie und riss sie zur Seite. Gerade noch rechtzeitig: Ein Ast, doppelt so dick wie seine Oberarme, krachte zu Boden. Holzstücke splitterten in sämtliche Richtungen. Jeremy schlang beide Arme um Isla und beugte sich über sie. Splitter trafen sie an Beinen und Händen, so stark, als hätte jemand auf sie geschossen.

Ein weiteres Krachen antwortete aus einiger Entfernung, dann knarrte es über ihnen: Der Baum neigte sich in Richtung Boden. Marduk war dazu übergegangen, die Landschaft nicht mehr zu verändern, sondern zu zerstören. Rauschen dröhnte durch die Luft, wie ein Sturm, obwohl sich kein Blatt bewegte.

Jeremy fluchte so heftig, dass Isla unter normalen Umständen knallrot geworden wäre. »Er scheint ziemlich wütend zu sein«, brüllte er gegen die Geräusche an. »Findest du ganz sicher den Weg zurück? Kannst du es mir versprechen?« Er war eindeutig hin- und hergerissen. So lange schon verschenkte er seine Freiheit für Ruby. Nun war er bereit, sich für eine Frau, die er noch nicht lange kannte, in Gefahr zu bringen. Das konnte er nur tun, indem er weiterhin seine Gefühle, sein Wesen unterdrückte. Isla wollte ihm zurufen, dass es falsch war, dass er ebenso wichtig war und dass er aufhören sollte, sich zu opfern.

Das Rauschen machte es unmöglich.

»Isla! Findest du zurück!«

Sie schluckte, dann nickte sie. Der Gedanke, sich zu verirren, war fast noch schlimmer, als Marduk in die Arme zu laufen. Sie musste sich einfach auf die Traumwelt verlassen, und auf Ruby.

Verspätet setzte der Sturm mit einer heftigen Böe ein. Isla taumelte und hielt sich an Jeremy fest. Der Wind riss an ihren Kleidern und Haaren, und sie musste ihm den Rücken zuwenden, um atmen oder reden zu können. Sand und Holzstücke wirbelten auf. Die Sicht hatte sich komplett geschwärzt, bis auf die Bäume neben ihnen konnte Isla nichts mehr erkennen. Einen irrsinnigen Augenblick lang hatte sie Mitleid mit den Vögeln und Glühwürmchen, die nun hilflos durch die Luft gewirbelt wurden.

Isla hustete und spuckte Sand. Damit war zumindest die Laufrichtung geklärt – gegen den Sturm kam sie beim besten Willen nicht an. Sie würde sich treiben lassen müssen.

Auf einmal hatte sie Angst, aber Warten würde das Ganze nur schlimmer machen, vor allem erhöhte es Marduks Chancen, sie zu finden.

Isla packte Jeremys Schulter. »Ruby gestaltet diese Welt«, rief sie gegen das Rauschen und Pfeifen an. Irgendwo hinter ihnen sickerte der Signalton durch den Sturm. »Die Vögel und Glühwürmchen und Rosen, das sind alles ihre Erfahrungen!«

Jeremy hatte keine Idee, worauf sie hinauswollte.

Sie gestikulierte verzweifelt. »Sie erschafft diese Welt, mit allem, was darin ist. Und wenn Marduk seine Verlobte finden will, dann soll er das eben tun!« Es klang so einfach und war so schwer. Noch wusste sie nicht, wie sie Ruby dazu bringen sollte, aber sie würde einen Weg finden.

Jeremy rief etwas, doch seine Worte gingen in dem Reißen

neben ihnen unter. Der Baum begann zu schwanken, dann wurde er nach oben gerissen und verschwand im Sturm und in der Dunkelheit. Isla schrie auf und sprang zur Seite. Ein abgebrochener Ast traf sie an der Schulter, der Aufprall wirbelte sie herum. Schluchzend versuchte sie, sich in Sicherheit zu bringen.

Wo sich zuvor starke Wurzeln befunden hatten, klaffte nun ein riesiges Loch. Das Piepen des EKG-Geräts war lauter als jemals zuvor, fast so, als käme es aus den Tiefen neben ihnen.

Der nächsten Böe hatte Isla nichts mehr entgegenzusetzen: Sie riss sie nicht nur von den Füßen, sondern auch gleich in die Luft. Voller Entsetzen versuchte sie, sich festzuhalten, an Jeremy, einem der anderen Bäume, irgendwo, doch es ging alles viel zu schnell. Jeremys Gesicht, der Boden, die Nacht, das Leuchten – alles verwirbelte zu einer Welt, in der die Naturgesetze nicht mehr gültig waren.

Seltsamerweise spürte Isla keine Angst mehr. Vielleicht hatte sie einfach die Grenze der Panik überschritten, und ihr Körper hüllte sie in diese Ruhe, um sie zu schützen. Sie schaffte es, sich zu entspannen, und ohne jedwede Vorwarnung ebbte der Sturm ab. Nein, er ebbte nicht nur ab – er verstummte schlagartig.

Wie ein Stein sackte Isla zu Boden. Ihr Magen protestierte, kalter Schweiß bedeckte ihre Haut in Sekundenschnelle. Jetzt schrie sie nur nicht, weil sie glaubte, sich dann übergeben zu müssen. Hektisch griff sie nach Dingen, die nicht da waren, versuchte, sich zu drehen. Zusammenrollen oder nicht? Den Kopf schützen? Sie konnte kaum einen klaren Gedanken fassen. Fast konnte sie den Boden riechen, die feuchte Erde und die Blätter, spürte den Aufprall …

Etwas Riesiges brach aus dem Grün hervor und hielt direkt auf sie zu. Ein Vogel! Er war größer als sie und von so hellem Orange wie manche der Rosen in Victorias Garten. Seine Augen waren die eines Stofftiers, schwarz und stumpf glänzend, und auch der Schnabel war viel zu klein, eher Accessoire als Werkzeug. Sanft schloss er seine Krallen um Islas Taille und bewahrte sie vor dem Aufprall. Dann stieg er in die Höhe.

Islas Magen drehte sich ein zweites Mal, aber immerhin blieb die Panik aus. Vermutlich geschah einfach zu viel in zu kurzer Zeit. Zu vieles, das sie niemals für möglich gehalten hatte.

Der Vogel stieg höher und begann zu kreisen. Kurz darauf berührten Islas Füße etwas Festes: Sie stand auf einem Baumstamm oder einer riesigen Wurzel, und als sie nach unten blickte, führten dort Abermillionen Glühwürmchen einen Tanz in vollkommener Stille auf.

Mach dir keine Sorgen Isla, schimmerten sie ihr zu. *Der Sturm kann dir nichts anhaben, wenn du leicht genug bist und ihm davontanzt!*

Das Piepen des Krankenhausgeräts war ebenso verschwunden wie der Sturm oder Jeremy.

Jeremy!

Isla suchte die Landschaft ab, aber sie konnte ihn nirgends entdecken und hoffte von ganzem Herzen, dass er ebenso wie sie einen Weg gefunden hatte, um Marduk und allem Bösen, das er mit sich brachte, zu entkommen.

Sie fuhr zusammen, als etwas ihren Kopf berührte: Der Vogel stieg wieder auf, seine Flügel streiften sie noch zweimal, und dann ... löste er sich in unzählige kleinere Tiere auf, die wild zwitschernd über ihr kreisten und in der Nacht verschwanden.

Isla sah ihnen hinterher. Das hatte sie schon einmal zuvor im Manifest gesehen, und es war auch jetzt ein wunderschöner Anblick. In Gedanken flog sie mit ihnen, und in diesem Moment fühlte sie sich wirklich leicht genug, um einem Sturm zu entkommen. Vielleicht sogar einem Orkan. Das Problem war nur, dass Sorge und damit das Herz stärker waren als sämtliche Naturgewalten.

Vielleicht sollte sie den Austins vorschlagen, Ruby einen Vogel zu kaufen – wenn etwas Zeit vergangen und Victorias Zorn verraucht war. Wenn sie Marduk endlich das Handwerk gelegt hatten.

Apropos Marduk! Isla ließ den Blick noch einmal über die Landschaft schweifen und hielt Ausschau nach Ebenen oder anderen kahlen Stellen. Nichts. Falls er Rubys Welt weiter veränderte, so konnte sie davon nichts sehen.

»Pass auf dich auf, Jeremy«, flüsterte sie. »Mir fällt etwas ein. Versprochen.« Sie drehte sich um und erkannte den Baumstamm wieder sowie den Pfad, der sie in Sicherheit führte. Bald wäre sie sicher in Rubys Zimmer, und dann konnte sie ihre Pläne, die sich mit jeder Sekunde deutlicher herauskristallisierten, ausarbeiten. So lange an ihnen feilen, bis sie in die Tat umgesetzt werden konnten.

Wirklich etwas tun!

Ihre Gedanken waren bei Jeremy, als sie sich auf den Weg machte. Alle zwei, drei Schritte drehte sie sich um, doch das flaue Gefühl im Magen täuschte sie jedes Mal: Sie war allein.

22

»Was bitte ist denn mit dir passiert?«

Isla schnellte so hastig in die Höhe, dass ihr schwindelig wurde und sie sich an der Wand abstützen musste. Vor wenigen Minuten war sie durch die Saphirtür gekrochen und hatte sich einen Moment zum Ausruhen gegönnt. Ruby hatte tief und fest geschlafen und tat es auch immer noch. Alles war so, wie es sein sollte – abgesehen von Hannah, die in der Tür stand und Isla anstarrte, als wäre sie eine gesuchte Massenmörderin. Mindestens.

Was zum Teufel tat Hannah hier? Seit ihrer Rückkehr nach Silverton hatte Isla sie nicht gesehen, da sie sich ihren freien Tag genommen hatte. Aber auch sonst verirrte sie sich selten in den ersten Stock, ganz zu schweigen von Rubys Zimmer. Der Sitz der hohen Herren, so nannte sie es, war nichts für sie. »Oben Pailletten und Spitze, unten Schürze und Putzeimer, so wollen sie es«, hatte sie Isla kurz nach ihrem Einzug erzählt. »Dabei hab ich ja noch Glück, früher hat man die Dienstboten in den Keller verbannt. Vicky will das ja gern noch so halten, und es würd mich nicht wundern, wenn sie eines Tages mit ner Schaufel loszieht, um selbst ein Loch unter dem Haus zu buddeln und Ordnung in die Welt zu bringen!«

Und jetzt stand sie hier und erwartete eine Antwort von Isla.

Die ahnte, wie sie aussehen musste. Jetzt, da sie die Aufregungen des Manifests hinter sich gelassen hatte, schmerzten ihre Muskeln, und verirrte Sandkörner ließen ihre Augen trä-nen. Die Naht ihres rechten Ärmels war aufgerissen, die Haut da, wo der Ast sie getroffen hatte, geschwollen und blutverkrus-tet. Zuvor hatte das Adrenalin den Schmerz vertrieben, aber nun sank der Spiegel und überließ dem Quartett Stechen, Po-chen, Reißen und Brennen die Bühne. Es lenkte Isla ab und sorgte dafür, dass sie Hannah nur sprachlos anstarrte. Viel zu spät kam sie auf die Idee, sich noch einmal umzudrehen, doch die Saphirtür war bereits verschwunden. Kein Wunder. Han-nahs Auftauchen hatte Ruby aus dem Tiefschlaf gerissen, sie drehte sich von einer Seite auf die andere und gab undeutliche Laute von sich. Abgesehen davon war Isla nicht mal sicher, ob Hannah die Tür hätte sehen können. Bisher waren dazu schließlich nur Menschen in der Lage, die Ruby besonders nahestanden.

»Es ist alles okay«, zischte sie, nickte in Richtung Bett und stemmte sich in die Höhe, langsamer dieses Mal.

Hannah starrte sie an, als hätte sie den Verstand verloren, deutete mit einer energischen Geste nach draußen und ging. Aus dem Flur fiel Licht herein, und mit ihm der Umriss ihres Schattens. Sie wartete vor der Tür und würde keine Ruhe ge-ben, ehe sie Antworten erhalten hatte.

Isla fluchte lautlos. Neugier konnte sie nun am allerwenigs-ten gebrauchen, und sie überlegte, welche Geschichte sie Han-nah auftischen sollte. Es war wie verhext. Warum wurde das Hausmädchen gerade jetzt aufmerksam und scherte sich nicht wie sonst einen Dreck um die Angelegenheiten anderer?

Rasch checkte sie Körper und Kleidung und stellte fest, dass sie verhältnismäßig gut aus diesem Abenteuer herausgekom-men war. Lediglich eine feuerfarbene Vogelfeder stak in ihren

Haaren. Sie zog sie heraus und platzierte sie nach kurzem Überlegen auf Rubys Regal. Sie schimmerte sanft im Licht der Nachtlampe.

Ruby war bereits wieder in den Schlaf gesunken, in ihre stille, totenähnliche, traumlose Reise bis zum kommenden Morgen.

Nur noch ein wenig durchhalten, Kätzchen. Dein Bruder und ich werden dir deine Träume zurückholen. Aber wir brauchen deine Hilfe.

Isla trat an das Bett und strich Ruby zärtlich eine Locke von der Wange. Ihre Kleine hatte sie gerettet, dort in der Welt hinter der Saphirtür. Sie hatte ihr den Vogel geschickt.

Der Anblick der Wimpern auf Rubys Marmorhaut berührte diese spezielle, tief verborgene Stelle in ihrer Brust. Seitdem sie sich erlaubt hatte, die Grenze zu überschreiten, hinter der Umarmungen und Freudentränen warteten, pulsierte diese Stelle in einer Intensität, die sie nie zuvor gekannt hatte. Vielleicht für ihren Bruder, früher, als sie noch eine Familie gewesen waren. Aber Ronny hatte niemals beschützt werden müssen. Er war nie allein gewesen in dieser Welt.

Ruby schon.

Ein Räuspern auf dem Flur zerstörte den friedlichen Moment. Isla schnitt eine Grimasse. Wenn Hannah schon neue Charakterzüge wie Neugier entwickelte, konnte sie auch gleich lernen, was Geduld bedeutete! Sie zog die Bettdecke in die Höhe, darauf bedacht, Ruby nicht zu wecken, und verließ das Zimmer. Hannah traute sie vieles zu, und sie wollte tunlichst vermeiden, an den Haaren hinausgezerrt zu werden.

Das Hausmädchen lehnte mit dem Rücken an der Wand. Ihm war deutlich anzusehen, dass es nicht wusste, was es von der Sache halten sollte.

Isla entschied, dass Angriff die beste Verteidigung war. »Was tust du hier?«, zischte sie, nachdem sie die Tür ins Schloss gezogen hatte. »Du hättest Ruby wecken können.«

Hannah zeigte sich unbeeindruckt. Dann fasste sie mit überraschender Vorsicht Islas Schulter und zog sie herum, um die Verletzung zu betrachten.

Isla riss sich los und versuchte, ihre Haut mit Stoff zu bedecken. Vergeblich, die Risse waren zu zahlreich. »Also?« Sie klang längst nicht so überzeugend, wie sie wollte.

Hannahs Augenbrauen zuckten in die Höhe »Warst ja ne Weile nicht da, und jemand musste sich um die Kurze kümmern. Konnte ja kein Mensch ahnen, dass Madame sich wieder blicken lässt.« Schulterzucken.

Spitzen aus Eis bohrten sich in Islas Haut und kratzten an ihren Schuldgefühlen. »Ich war verhindert«, sagte sie nicht einmal halb so fest, wie sie wollte.

Augenbrauenwippen. »Das ist nicht zu übersehen.« Stille. »Ich misch mich ja sonst nicht ein, aber auf so was komm ich nicht klar.« Sie deutete auf Islas Schulter, direkt auf den verkrusteten Riss in der Haut.

Die Eisstacheln schmolzen in rasender Geschwindigkeit und ließen Hitze zurück. Hatte Hannah doch etwas Ungewöhnliches in Rubys Zimmer bemerkt? »Ach das«, sagte Isla und sah zur Seite, um ihre Wangen zu verbergen. Die Hitze tobte dort munter weiter. »Das war ein dummes Missgeschick. Ein Baum.« Das war nicht einmal gelogen. Hannah glaubte ihr trotzdem nicht, und das konnte sie ihr nicht einmal verübeln. »Klar. Dann verrat mir doch mal, wo dieses Prachtexemplar gestanden hat.«

Das würdest du mir niemals glauben.

Diese Hartnäckigkeit war sie nicht gewohnt. Entweder war die Verletzung ausschlaggebend, oder Ruby hatte auch Hannah um den kleinen Finger gewickelt. Es würde Isla nicht wundern. Ruby besaß diesen wundervollen Charme, der es ihr selbst am Anfang schwer bis unmöglich gemacht hatte, der Kleinen etwas abzuschlagen.

Vielleicht sollte sie so eng wie möglich an der Wahrheit bleiben.

Und Hannah erzählen, was geschehen ist?

Isla fühlte sich seltsam fremd, fast wie ein Beobachter, während die beiden Stimmen in ihrem Kopf diskutierten. Womöglich verlor sie gerade den Verstand. Ein großes Wunder wäre es nicht, wenn sie permanent zwischen den Welten wechselte und sich mit Themen wie Dauerhypnose und außerkörperlichen Erfahrungen herumschlug!

Auf einmal fand sie die Idee, Hannah zumindest ansatzweise einzuweihen, jedoch gar nicht mal so abwegig. Wenn sie die fantastischen Elemente verschwieg, blieb noch immer die Wahrheit: ein gefährlicher Mann, der womöglich bis zum Äußersten ging, um seine Ziele zu erreichen.

»In Brookwick«, sagte sie. »Ich war in Brookwick.«

»Mehrere Tage«, ergänzte Hannah in ihrem Willst-du-mich-auf-den-Arm-nehmen-Tonfall. »Was hast du dort so lange getan? Getestet, ob man wirklich an Langeweile sterben kann?«

Isla sah Hannah so fest in die Augen, dass diese überrascht blinzelte. »Also gut. Du darfst den Austins nichts verraten. Versprich mir das.«

Hannah unterdrückte ein Gähnen. »Vicky, Alan und ich treffen uns selten zu Plaudereien beim Kartenspiel.«

»Versprich es!«

»Ist ja gut.« Hannah hob die Hände. »Du bist ziemlich schräg drauf, seitdem du zurück bist.«

Isla nickte langsam. »Das liegt daran, dass ein Mann namens Amel Marduk mich in seinem Haus gefangen gehalten hat.«

Zwei Stunden später schleppte sie sich auf ihr Zimmer. Es kostete sie mehr Kraft als sonst, die Beine zu heben oder ihre Augen offen zu halten. Sie verzichtete sogar darauf, beim Gähnen eine Hand vor den Mund zu legen, wie es sich gehörte. Am liebsten hätte sie sich an Ort und Stelle hingelegt, um zu schlafen. Aber sie konnte nicht. Durfte nicht.

Es gab so viel zu tun.

Sie hatte Hannah alles erzählt, was in der realen Welt passiert war. Zu ihrer eigenen Überraschung klang das Ergebnis sehr schlüssig: Sie war im Zuge ihrer Recherchen zu Rubys Zustand auf Marduk gestoßen, der zurückgezogen lebte und sich mit Forschungen beschäftigte, die sie nicht verstand. Nachdem sie bei ihrem Besuch durchblicken ließ, dass sie über Ruby reden wollte, hätte er sie überwältigt und eingesperrt.

Das Wunder war geschehen: Hannah glaubte ihr. Vielleicht lag es an den Wunden, die so wenig zu der stets adretten Lehrerin passten, vielleicht auch an dem Zittern in ihren Worten, das sie nicht einmal spielen musste. Sie verschwieg Jeremy, da sie nicht wusste, wie sie die Dauerhypnose erklären sollte. Außerdem hatte sie Angst, sich zu verraten und die Manifeste zu erwähnen, je mehr sie erzählte. »Marduk hat irgendwas mit Ruby angestellt«, war das Einzige, zu dem sie sich hinreißen ließ. »Jeder normale Mensch muss doch sehen, dass da was nicht stimmt!«

Hannahs Schweigen war Zustimmung genug. Natürlich hatte

sie es auch bemerkt. Aber es war so leicht wegzusehen, wenn sich eine noch so winzige Begründung oder Entschuldigung fand. Islas Abwesenheit hatte Hannah gezwungen, in die Bresche zu springen und Ruby zumindest eine Hand zu reichen.

Bei der Vorstellung lächelte Isla. Sie hatte stets geahnt, dass mehr in Hannah steckte als die harte Straßengöre, für die sie sich ausgab.

Hannah schwieg lang und fragte Isla dann nach ihren Plänen. Natürlich schlug sie nicht vor, die zuständigen Behörden zu informieren – sie würde sich schneller aus dem Staub machen als jeder andere, sollten die eines Tages auf der Türschwelle stehen. Auch bei den Austins konnten sie nicht auf Hilfe hoffen.

Damit standen sie allein da. Vielleicht war das der Grund, warum sie nach all der Zeit, in der sie sich tagtäglich begegnet waren und doch nicht richtig kannten, zu einer stummen Übereinkunft kamen. Hannah gab Isla zu verstehen, dass sie auf sie zählen konnte, falls sie sich entschied, gegen Marduk vorzugehen. »Nicht nur wegen der Kurzen«, sagte sie. »Sondern auch, weil sich kein Kerl so etwas rausnehmen sollte, ohne mindestens ein Körperteil zu verlieren.«

Isla rang sich ein Grinsen ab, das reichlich misslang, ehe sie bemerkte, dass Hannah es nicht erwiderte. Im Gegenteil, sie sah finster aus. Der Trotz hatte einem anderem Ton Platz gemacht, den Isla noch nie bei ihr gehört hatte.

»Hannah?«

Leises Knurren antwortete. »Sorry, ich komm auf so was echt nicht klar.« Sie verschränkte die Arme vor der Brust, und es hatte den Anschein, als wollte sie etwas von sich fernhalten. »Ich musste das oft genug mitbekommen. Kerle, die sich rausnehmen, Prügel zu verteilen, als wären sie Bonbons. Väter, Brüder, echte Familie oder nicht. Sie suchen sich jemanden, der kleiner ist und schwächer, und dann drehen sie durch und geilen sich daran auf. Meist trifft es Frauen. Oder Mädchen.« Sie starrte auf einen Punkt am Boden. Mittlerweile redete sie schnell und hastig. Nicht mehr mit Isla, sondern nur für sich. »Ich hab mir damals geschworen, dass ich irgendwann den Spieß umdrehe.«

Isla wagte nicht, etwas zu sagen. Es lag auf der Hand, dass Hannah etwas Schlimmes geschehen war. Möglicherweise als Kind. Sie schluckte hart und überlegte fieberhaft, was sie sagen sollte, als Hannah sich räusperte. »Mach dir keinen Kopf. Wir zahlen das dem Mistkerl zurück.« Mit einem bedeutsamen Blick auf Islas Wunden hatte sie sich umgedreht und war verschwunden.

Und Isla besaß eine neue Verbündete.

Jetzt, auf dem Weg zu ihrem Zimmer, rotierten die Möglichkeiten in ihrem Kopf. Sie musste dringend schlafen, wenn sie ihre Pläne in die Tat umsetzen sollte, aber sie schlitterte bereits in jene Hyperaktivität hinein, die der totalen Müdigkeit folgte. In dieser Nacht würde sie sicher kein Auge mehr zumachen.

Auf ihrem Zimmer trank sie ein Glas Wasser und stellte sich unter die Dusche. Es brannte, als der lauwarme Strahl ihre Schulter traf, aber sie biss die Zähne zusammen und stellte sich vor, wie es die Wunde nach und nach reinigte, bis nichts zurückblieb außer ein rotes Mal, das niemals ganz verblassen würde.

Eine ewige Erinnerung an diese Nacht.

Mit nassen Haaren und in ihren Bademantel gehüllt, hockte sie anschließend mit ihrem Zeichenblock am Tisch. Der Bleistift schwebte über dem Papier, so lange, bis Islas Arm sich verspannte und zu zittern begann. Sie ignorierte es. Mit geschlossenen Augen rief sie sich Bilder ins Gedächtnis. Sie alle sahen sich so unglaublich ähnlich. Im Grunde war es nur ein Bild, aber sie versuchte, es zu verändern. Sich Sybil vorzustellen, wie sie redete und lachte und rief und rannte. Wie sie vor Wut sprühte und eine Faust hob, um jemandem zu drohen. Nicht nur, wie sie stumm und regungslos in ihrem Bett lag, gefangen in einem Koma, aus dem sie einfach nicht erwachen wollte.

Die Bilder wurden deutlicher, und Isla wagte es, die Augen wieder zu öffnen. Sie lockerte ihren Arm und begann mit einem ersten Porträt. Es dauerte lange, da sie vor jeder Linie zögerte. Es musste so nah an der Realität wie möglich sein.

Eine Realität für die Fantasie eines kleinen Mädchens.

Nach und nach nahm Sybils Gesicht auf dem Papier Form an. Isla ließ sich Zeit, und dennoch wurde sie immer schneller und sicherer. Sie zeichnete Sybil mit offenen Augen und hoffte, dass sie ihren Blick halbwegs einfing, so, wie er einst gewesen war. Sie verpasste den kurzen Locken Schwung und Sybil einen Hauch Orientierungslosigkeit. Sie schraffierte unterhalb der Wangenknochen, verwischte die Linien mit dem kleinen Finger und betrachtete ihr Werk. Fürs Erste war sie zufrieden.

Die Arbeit war aber noch lange nicht vorbei.

Als Nächstes versuchte sie sich an einem Ganzkörperbild, Sybil in einem Kleid mit Spitzenbordüre, weil sie fand, dass Marduks Verlobte wirkte wie eine Frau, die sich gern weiblich kleidete. Hierfür brauchte sie länger, da sie öfter innehalten und nachdenken musste – sie hatte Sybils Figur lediglich unter dem Laken erahnen können. Bei der dritten Zeichnung hörte sie die Uhr schlagen – zuerst das Glockenspiel zur vollen Stunde, dann drei Schläge. Die Nacht war halb vorbei, aber sie konnte sich jetzt nicht losreißen. Ihr Plan nahm mit jeder Zeichnung weitere Formen an.

Sie holte sich noch ein Glas Wasser, trank es aus, ohne abzusetzen, und hoffte, so das Fieber in ihrem Inneren zu kühlen. Am liebsten wäre sie nun aufgesprungen und hätte mehr getan, als nur hier zu sitzen, aber das wäre sinnlos. Sie konnte jetzt nichts anderes tun, als bis zum Morgen weiterzuzeichnen.

Nach einer Ewigkeit oder vielleicht auch nur einer kurzen Weile begann sich das Licht im Raum zu ändern: Die Dämmerung hatte eingesetzt. Isla stand auf und stöhnte, als sie ihre verspannten Muskeln streckte. Ihre Füße waren kalt, und sie zitterte.

Zu spät – oder auch viel zu früh – schlug die Müdigkeit zu. Isla gähnte und streckte sich noch einmal, dann fiel ihr Blick auf den Zeichenblock. Auf dem letzten Bild sah Sybil aus, als würde sie ihren Betrachter am liebsten umbringen. Die Augenbrauen waren zusammengezogen, die Augen eine einzige dunkle Fläche, der Mund leicht geöffnet, die Finger gekrümmt. Nicht übel.

Isla nahm den Block und blätterte zurück. Seite um Seite war gefüllt mit Zeichnungen von Sybil in sämtlichen Variationen. In einem Bild stand sie in einem Wald, und hinter ihr erhob sich ein majestätischer Vogel in die Lüfte.

Es würde Ruby gefallen.

Isla nahm Block und Stift und verstaute beides in ihrer Tasche. Jetzt musste sie allerdings erst mal dafür sorgen, dass sie Victoria gefiel und Rubys Unterricht pünktlich begann. Sie entschied, noch einmal unter die Dusche zu springen, um sich aufzuwärmen. Ihr blieb ausreichend Zeit für das Frühstück, für die Vorbereitungen, die sie hatte schleifen lassen, und dafür, sich ein letztes Mal mit ihrem Gewissen auseinanderzusetzen und zu entscheiden, ob sie Ruby wirklich in einen Kampf zerren wollte, ohne ihr zu sagen, dass sie gerade an der Front stand.

Isla spürte Rubys Ungeduld und unterdrückte ein Lächeln. Das Mädchen würde sie mit der Arglosigkeit und Neugier eines Kindes beobachten, bis sie sämtliche Aufgaben korrigiert hatte. Ruby liebte den Unterricht, und sie war stolz darauf, wenn ihr Heft wenige rote Anmerkungen aufwies.

In dieser Hinsicht hatten die Austins zumindest nach außen hin erreicht, was sie sich wünschten: ein Mädchen, das kein Wildfang war, sondern sittsam und bescheiden. Isla fragte sich, ob sie wussten, dass sie es mit einer kleinen Denkerin zu tun hatten, die sich später nicht mit der Rolle der Hausfrau und Mutter zufriedengeben würde. Victorias Ziel würde ihr Gefängnis sein.

Vielleicht, grübelte Isla, waren Rubys Fantasie und die besonderen Traumfähigkeiten ein Ausdruck davon. Irgendwo musste das Mädchen ja all jene Gedanken unterbringen, die sie sonst nicht äußern durfte. Warum also nicht in einer eigens geschaffenen Welt?

Ein Windhauch drängte sich an den halb zugezogenen Vorhängen vorbei und ließ sie tanzen. Es roch nach Wärme, frischem Gras und Rosenblüten, und Isla konnte fast zusehen, wie sich Rubys Wangen röteten. Die Natur dort draußen befand sich in einem permanenten Kampf gegen das Unnatürliche, von Marduk aufgezwungene. Sanfte Farbe gegen blasse Wangen. Wahrheit gegen Lüge.

Sie war froh, die Fenster geöffnet zu haben. Zwar wäre sie für den Unterricht lieber wieder in den Pavillon gezogen, aber Victoria befürchtete Regen, und Isla wollte sie lieber nicht weiter herausfordern. Der Frieden zwischen ihnen war brüchig, aber um Rubys willen mussten sie ihn halten.

»Du hast dir alles richtig gemerkt. Super!«

Rubys Gesicht leuchtete vor Freude. Sie sah sehr hübsch aus in dem hellblauen Kleid, das zur Abwechslung nicht vor Schleifen, Puffärmeln und anderen Verzierungen überquoll. »Sind wir fertig?«

»Ja, Ruby, für heute sind wir mit deinen Aufgaben fertig.« Was bei jedem anderen Mädchen Freude ausgelöst hätte, trübte den Glanz in Rubys Augen. Sie sah sich um, und auf einmal begriff Isla, dass sie die Langeweile fürchtete, mit der sie sich in den vergangenen Tagen herumgeschlagen haben musste. Es war der ideale Moment, um ihr die Zeichnungen zu zeigen.

Isla zögerte, entschuldigte sich stumm bei Ruby, legte die Arbeitshefte beiseite und griff nach der Tasche, die sie bereits den gesamten Vormittag über mit sich herumschleppte, da sie es nicht wagte, sie auch nur eine Sekunde lang aus den Augen zu lassen. Sie zog ihr Notizbuch heraus. »Ich habe gestern Abend ein wenig gezeichnet. Möchtest du dir die Bilder zusammen mit mir ansehen? Wir können deine Sachen wegräumen, ehe wir zum Mittagessen gehen.«

Ruby sah begeistert aus, zog mit einiger Mühe und unter penetrantem Quietschen einen Stuhl neben Islas und kletterte hinauf. Ein Stuhl für Erwachsene anstelle ihres eigenen, kleineren. Der Unterricht war vorüber, und sie war nicht mehr Ruby, die Schülerin. Nun war sie Ruby, die sich zusammen mit Isla etwas ansah. Auf Augenhöhe, und damit musste natürlich auch der Stuhl ein anderer sein als zuvor. Ihre Beine baumelten über dem Boden, und sie trat mehrmals gegen das Tischbein. Isla ließ sie gewähren.

Sie war genauso aufgeregt wie Ruby, als sie das Notizbuch aufschlug und zu der richtigen Seite blätterte. Als ob sie vor einer großen Prüfung stand oder im Begriff war etwas zu sagen, das enorme Auswirkungen haben konnte. Sie betrachtete Rubys Profil mit der hohen, hellen Stirn, streckte eine Hand aus und streichelte ihr über die Wange.

Ruby sah sie an, Aufregung verwandelte sich in Freude. Ehe Isla reagieren konnte, brachte Ruby das Kunststück fertig, sich über die Stuhllehne zu beugen und die Ärmchen um sie zu schlingen. »Ich hab dich lieb, Isla«, murmelte sie in ihre Bluse. Der warme Atem kribbelte an Islas Hals. Vielleicht bildete sich nur deshalb ein Kloß darin.

Woher nahm die Kleine bei all der Zartheit nur die Kraft, sie so fest an sich zu drücken? Isla erwiderte die Umarmung und dachte an die Vögel hinter der Saphirtür, mit sicher ebenso fragilen Knochen wie Ruby.

Rasch blickte sie sich um – die Vorstellung, dass die Austins nun auftauchen könnten, war ihr unangenehm. »Ich dich auch, Kätzchen.« Auf einmal musste sie an Jeremy denken und fragte sich, wie es wäre, mit den Geschwistern hier zu sitzen. Ob Ruby ihn auch so umarmt hatte, damals, als sie ein fast normales Mädchen gewesen war?

Sie ist nie ein normales Mädchen gewesen, und sie wird es auch nie sein. Aber das ist ein Teil von ihr. Himmel, ich möchte sie gar nicht anders haben.

Nach einer Weile wurde Ruby unruhig und zappelte mit den Beinen. Isla schmunzelte und half ihr sicher zurück auf ihren Stuhl. Einige Haarsträhnen mussten geglättet werden,

dann war Ruby bereit, die Verlobte von Amel Marduk kennenzulernen.

»Das ist Sybil«, sagte Isla und deutete auf die Porträtzeich-
nung, die sie am vergangenen Abend als erste erstellt hatte.

Ruby studierte sie eingehend und sah dann mit großen Augen zu Isla auf. »Wer ist sie?«

Isla überlegte und wählte ihre Worte sorgfältig. Sie hatte sich
bereits beim Zeichnen Gedanken gemacht und entschieden,
das Ganze in einer Geschichte zu verpacken. »Sybil war einmal
eine sehr glückliche Frau, die gern lachte und es liebte, wenn
der Wind in ihren Haaren spielte oder mit ihrer Kleidung. Sie
mochte ihn, den Wind, und sie liebte das Meer, und wenn
beides zusammenkam, war es, als würde sie etwas rufen. Etwas,
das sie weit in die Welt hinaustragen wollte. Sie wusste nie, wohin die Reise gehen würde, aber das war auch unwichtig. Für
Sybil zählte nur, dass sie losziehen musste, wann immer Wind
und Wasser sich unterhielten.«

Ruby nickte. Ihre Lippen waren geöffnet, und sie strich so
vorsichtig über das Papier, als fürchtete sie, es zu zerstören. Sie
musste Isla nicht sagen, dass sie in diesem Moment das Wasser
rauschen hörte und den Wind auf den Wangen spürte. Isla
konnte es ihr ansehen. Sie wartete, bis Ruby die Hand zurückzog, und blätterte weiter.

Die zweite Zeichnung zeigte Sybil in aufrechter Haltung, die
Hände in die Hüften gestemmt. Sie sah ernst aus.

Ruby blickte auf. »Was ist mit Sybil passiert? Ist sie zu weit
weggegangen?« Für sie war es unvorstellbar, ihr Zuhause für
längere Zeit zu verlassen. Sie hatte noch niemals an einem anderen Ort als Silverton übernachtet und Städte nur auf Tages-
ausflügen kennengelernt. Doch wie für so viele andere Kinder

auch waren all diese Orte eine Unendlichkeit entfernt, und eine Fahrt von einer Stunde konnte bereits einen Kontinent einnehmen.

Isla räusperte sich. »Du hast recht, irgendwann war Sybil nicht mehr fröhlich. Schuld war … ein Mann.«

Ruby hielt die Luft an.

»Sie lernte ihn kennen, nachdem das Rauschen des Winds sie durch das ganze Land getrieben hatte«, fuhr Isla fort. »Sein Name war Amel, und am Anfang war er für Sybil der tollste Mann der Welt.«

»Aber er hatte ein Geheimnis«, riet Ruby und tippte auf die Zeichnung. »Nicht wahr? Er hatte ein Geheimnis.«

Isla nickte. Ein Geheimnis kam in ihrer eher simpel gestrickten Geschichte zwar nicht vor, aber wenn Ruby eines wollte, so sollte sie es haben. »Du kleine Hellseherin! Ja, er hatte ein Geheimnis. Und er war ein gut aussehender Mann, nach dem sich viele Frauen auf der Straße umdrehten.«

Ruby kicherte.

»Lach nicht! Allein an einem Montag waren es sieben, am Mittwoch darauf noch einmal vier mehr. Aber zurück zu ihm und Sybil. Anfangs hat er sich sehr um sie gekümmert, und sie fühlte sich wohl bei ihm. Doch nach einer Weile veränderte er sich, hatte kaum noch Zeit für sie. Nur noch seine Arbeit war ihm wichtig.«

Ruby beugte sich vor und sah die Zeichnung so eingehend an, als würde die Sybil auf dem Papier lebendig werden können. »Wie Dad«, sagte sie.

Es war wie ein Schlag in den Magen. Fast hätte Isla den Block weggepackt. Sie hatte nicht daran gedacht, dass Ruby von der Geschichte auf sich und ihre Familie schließen würde.

Aber sie musste weitermachen, wenn sie ihr und Jeremy helfen wollte. Sie hatte nur diesen einen Plan. Und so deutete sie auf die nächste Zeichnung, auf der sie Sybil bis zur Taille skizziert hatte. Die vor der Brust verschränkten Arme waren gut erkennbar. »Es wurde schlimmer und schlimmer. Sybil hat versucht, mit Amel zu reden, ihn zu fragen, ob er mit ihr durch die Welt ziehen wollte, um Blumen und Vögel in sämtlichen Farben zu sehen. Aber er schickte sie weg. Nach einer Weile war Sybil nicht mehr glücklich, sondern traurig. Wenn er nicht reiste, konnte auch sie es nicht tun, denn sie hatte ihm versprochen, bei ihm zu bleiben. Und ein Versprechen ...«

»... bricht man nicht«, murmelte Ruby, ganz im Bann der Geschichte.

»Genau, Kätzchen. Irgendwann, irgendwann wurde sie wütend ...« Isla erzählte weiter, ratterte die Worte herunter, die sie sich in der Nacht und am Morgen zurechtgelegt hatte.

Ruby stützte die Ellenbogen auf den Tisch und das Kinn in die Hände. Sie stellte keine Fragen mehr, betrachtete aber jede neue Zeichnung mit einem Eifer, der verriet, dass die Geschichte sie fesselte. Die Geschichte der traurigen Sybil, die gegen ihren Willen festgehalten wurde und irgendwann verstummte. Und von Amel Marduk, der nicht verstand, dass sie ihn nur lieben konnte, wenn sie frei war wie ein Vogel, und der all ihre Zuneigung sterben ließ.

Isla erzählte weiter, während sie von Zeichnung zu Zeichnung blätterte, und ließ Marduk immer düsterer und abstoßender erscheinen. Sie achtete darauf, dass die Geschichte Ruby keine Angst machte, ihn aber zum Bösewicht stempelte. Unter Rubys aufmerksamen Blicken wurde er erst zu einem Egoisten, dann zu einem Verräter an seiner Geliebten und schließlich zu einer Mischung aus Mann und Monster, schuld daran, dass Sybil ihr Dasein im Koma fristete. Die Geschichte erinnerte entfernt an Dornröschen, nur dass niemand kommen und Sybil wachküssen würde. Niemand konnte sie finden, da Amel Marduk sie in seinem Haus versteckt hielt, um sie jeden Tag ansehen zu können und mit niemandem teilen zu müssen.

Es funktionierte hervorragend. Nach einer Weile verkündete Ruby, dass sie einen Mann wie Marduk niemals treffen wollte und wenn, dann würde sie ihn schubsen und anschließend so weit rennen, wie sie nur konnte. Sie verdeutlichte die Distanz, indem sie die Arme ausbreitete und die Finger streckte. Abrupt ließ sie die Arme sinken und rieb sich die Nase.

»Was ist los, Kätzchen?«

Ruby überlegte. »Aber er macht das ganze Böse nur für die schöne Sybil, oder? Er hat sie ja noch immer furchtbar lieb. Daher möchte er bei ihr sein und sie ansehen, jeden Tag. Weil sie so schön ist und er das nicht vergessen kann.«

Islas Gedanken drifteten in die eine Richtung, ihr Gesichtsausdruck in die vollkommen andere. »Nein, Süße. Nach all der Zeit hat er niemanden mehr lieb. Er denkt nur noch an sich.« Sie zwängte jedes Wort heraus und fragte sich, ob sie soeben einen schrecklichen Fehler beging. Sie war Rubys Lehrerin, und alles, was sie tat, prägte das Mädchen mehr oder weniger stark. Was, wenn sie Ruby nun in den Kopf setzte, dass sich Menschen nie mehr änderten, wenn sie einmal das Falsche taten? Oder wenn Ruby aus der ganzen Sache den Schluss zog, dass es nicht lohnte, jemandem zu verzeihen?

O Gott, was mache ich hier eigentlich?

Papier knisterte, als sich ihre Finger um die Seite krampften. Rasch ließ sie los, legte die Hände in ihren Schoß und rief sich die Erklärung ins Gedächtnis, an der sie sich bisher festgeklammert hatte: dass sie das alles tat, um gleich zwei Menschen zu retten. Besser, Ruby wuchs misstrauischer auf als nötig, als wenn sie irgendwann starb oder wahnsinnig wurde, da ihr die Träume fehlten.

Ruby tippte sich mit einem Finger gegen die Nasenspitze und nickte. Ganz überzeugt wirkte sie noch nicht. Sie griff nach dem Zeichenblock und strich die Seite glatt, ehe sie zurückblätterte und jede Zeichnung von Sybil noch einmal eingehend studierte. Auf manchen hatte Isla Dinge oder Tiere eingefügt, die Ruby mochte. Das Motiv, auf dem Sybil an einer Rose roch, hatte es ihr besonders angetan.

»Weißt du was?« Mittlerweile fühlte sich Isla wie eine Schauspielerin, die ihre Sätze hervorsprudelte, ehe sie endlich die Bühne verlassen und sich in der Umkleide für ihren Auftritt schämen durfte. »Ich schenke dir die Geschichte. Und die Bilder von Sybil. Ich löse sie nachher aus meinem Heft und klebe sie zusammen, und dann kannst du sie in dein Regal zu deinen Büchern stellen. Damit hast du eine Geschichte nur für dich allein, denn ich habe sie sonst niemandem erzählt.«

Ruby war begeistert von der Vorstellung, etwas ganz allein für sich zu haben, und begann zu erzählen, was sie und Sybil zusammen machen würden, sollten sie sich eines Tages kennenlernen. In kürzester Zeit hatten sie die Rollen getauscht. Jetzt lauschte Isla Rubys Geschichten, und sie musste zugeben, dass diese spannender und abwechslungsreicher waren als ihre. Es waren bunte, frohliche Bilder, und Isla staunte über die Details in Rubys farbenfroher Welt. Ihre Fantasie schlug Purzelbäume – wahrscheinlich schob sie eine Extraschicht ein, weil sie jetzt, am Tag, endlich die Möglichkeit dazu bekam.

Anfangs lächelte sie, doch als sich Ruby in den Details einer Reise verstrickte, die die schöne Sybil unternahm, erlaubte sie sich abzudriften. Unwillkürlich musste sie an Rubys Fragen denken.

Es war nicht zu leugnen, dass ein Körnchen Wahrheit darin steckte: Marduk tat dies alles für seine Verlobte. Aber der Egoismus dahinter war nicht von der Hand zu weisen. Ebenso seine Hartnäckigkeit. Laut den Unterlagen lag Sybil nicht erst seit gestern im Koma. Aber er gab nicht auf. Ja, er liebte sie offensichtlich noch immer. Nur dass sich seine Liebe, wenn sie einst echt gewesen sein sollte, in etwas Krankhaftes verwandelt hatte. Suchte er wirklich noch nach Sybil oder einfach nur nach einem Erfolg, um seine These zu bestätigen, dass man über die Verbindung von außerkörperlichen Erfahrungen, luziden Träumen und Hypnose Kontakt zu Komapatienten aufnehmen konnte? Wollte er seine Verlobte zurückhaben oder einen wissenschaftlichen Durchbruch erzielen – oder wusste er das nach all der Zeit selbst nicht mehr?

Isla entschied, an die Ego-Version zu glauben. Sie wollte und konnte sich Marduk nicht als jemanden vorstellen, dessen Herz auch aus Liebe schlug. Letztlich gab es keine Rechtfertigung dafür, anderen Menschen Teile ihres Lebens zu stehlen.

Sie sagte sich das mehrmals, ließ es wie ein Mantra durch ihren Kopf laufen. Es vertrieb einen Teil ihrer Gedanken, nicht aber die Erinnerung an die Fotografie von Marduk und Sybil, auf der er überglücklich in die Kamera strahlte.

23

ieses Mal hatte sie die Tür verriegelt. Das würde zu unangenehmen Fragen führen, falls sich Hannah oder gar ein Teil des Austin-Duos blicken ließ, aber Isla wollte nicht noch einmal riskieren, in einer Situation entdeckt zu werden, die schwer zu erklären war. Es gab bereits zu viele Lügen. Sie schwebten wie ein Netz über ihr, noch leicht genug, um von der Luft getragen zu werden. Das konnte sich ändern, und dann würde es sich herabsenken und sie einhüllen, und sie hatte nicht die Kraft, um die Maschen zu zerreißen.

Ruby schlief bereits, die Mappe mit der Geschichte über Sybil hatte sie zwischen Bettgestell und Matratze geschoben. Isla hatte in ihren Bastelunterlagen hellgrüne Pappe gefunden und die Seiten mit Nadel und Faden darin befestigt. Auf die Front hatte sie ein Bild von Sybil an einem See gemalt – jenem See, der stets hinter dem Korridor ohne Wiederkehr gelegen hatte. Sybil drehte sich um sich selbst, die Arme ausgebreitet. Kleid und Haare flogen und zeigten den Anfang und sogleich das Ende der Geschichte: Sie war fröhlich, da sie Marduk endlich entkommen war. Im Hintergrund zogen, nur als Schemen erkennbar, Boote vorbei, die Ecken der Zeichnung waren mit Blumen und Schmetterlingen geschmückt.

Ruby bewegte sich, noch nicht in der Schlafphase angekommen, in der sie sich in die Statue für eine Nacht verwandeln würde. Isla lehnte mit dem Rücken an der Tür, zum einen, um zu lauschen, zum anderen wollte sie Abstand zu der Wand, durch die sie bald klettern würde. Einen Aufschub. In dieser Nacht wollte sie lediglich Jeremy treffen und ihm von ihren Plänen berichten. Sie war gespannt, ob ihre Bemühungen bereits Früchte trugen. Ob Sybil so sehr in Rubys Kopf herumgeisterte, dass sie ihr im Manifest begegnete.

Sie gähnte und streckte die Schultern durch. Vorhin hatte sie zwei Stunden geschlafen und danach drei Tassen Kaffee heruntergezwängt. Beim Abendessen war sie Hannahs Blicken ausgewichen. Überhaupt fühlte sie sich permanent, als wäre sie auf der Flucht. Da passte es ja hervorragend, dass sie sich eingeschlossen hatte.

So weit war es bereits gekommen!

Ruby wurde ruhiger und bewegte sich nicht mehr. Isla trat an das Bett. Es kam ihr wie eine Ewigkeit vor, seitdem sie zum ersten Mal in das Puppengesicht geblickt und bemerkt hatte, dass etwas nicht stimmte. Dabei waren erst wenige Wochen vergangen. Aber es war so viel geschehen, dass es für Monate reichte. Mehr noch, für ein halbes Leben.

Sie kontrollierte zum unzähligsten Mal ihre Kleidung: Hose, eng anliegendes Shirt, feste Wanderschuhe. Ruby war verwundert gewesen, aber Isla hatte ihr erzählt, sie käme soeben von einem Spaziergang in den Wäldern zurück, und ritzte in Gedanken eine weitere Kerbe in ihr Lügenholz.

Die Tür ließ sich mehr Zeit, als Islas Geduld aushalten konnte, und erschien schneller, als ihr lieb war. Sie schnappte sich ihre Taschenlampe und den kleinen Beutel, in dem sie ein Küchenmesser verborgen hatte und den sie eng um die Hüfte schlingen konnte.

Der Korridor hinter dem Saphir fühlte sich auf erschreckende Weise heimisch an. Isla kroch zuerst, dann lief sie aufrecht, und irgendwann merkte sie, dass sie rannte. Sie war so aufgeregt wie bei ihrem ersten Besuch in dieser Welt. Damals hatte ihre Neugier sie angetrieben. Jetzt waren es Angst, Liebe und vielleicht auch Hass.

Sie war außer Atem, noch ehe sie den See erreichte. War es bisher immer so anstrengend gewesen, sich hier zu bewegen? Sie erinnerte sich nicht. Es kam ihr vor, als wäre die Luft dicker, als würde sie mit jedem Schritt einen unsichtbaren Widerstand von sich schieben.

Zu ihrer Enttäuschung war der See leer. Isla ließ sich am Ufer nieder und schwenkte den Lichtkegel der Lampe über die Oberfläche. Schwaden stiegen aus dem Wasser empor und rochen süß und salzig zugleich, aber abgesehen davon bewegte sich nichts. »Nur ein einziges Boot«, murmelte sie. »Komm schon, Ruby.«

Ihre Bitte wurde nicht erhört. Sie stand auf und lief am Ufer entlang, hin und her. Es war schrecklich, im Manifest auf etwas zu warten. Vertrödelte Zeit war hier nichts Gutes.

»Sprich es ruhig aus, Isla«, sagte sie laut, um die Einsamkeit zu vertreiben, da die sich nicht von dem Licht der Taschenlampe beeindrucken ließ. »Es kann tödlich enden. Das ist ein wenig mehr als nicht gut. Genau genommen ist es sogar ziemlich schlecht.« Die Worte hallten von den Steinwänden wider. Isla blieb stehen und lauschte auf Reaktionen an Land oder im Wasser. Es brauchte eine Ewigkeit, bis das Echo endlich verstummte.

Sie trat an das Wasser, betrachtete ihr Spiegelbild und wünschte sich, stattdessen Sybil zu sehen. Oder etwas, das ihr verriet, ob die Geschichte schon tief genug in Rubys Erinnerungen eingesickert war, um zu einem Teil des Manifests zu werden.

Aber was sollte sie jetzt tun? Sie konnte entweder zurück oder durch das Wasser gehen – oder schwimmen, je nachdem wie tief der See dieses Mal war. Sie setzte sich an das Ufer. Wenn sie schwimmen musste, sollte sie wohl besser einen Teil ihrer Sachen ausziehen … aber der Gedanke, halb nackt durch diese Welt zu laufen, reizte sie wenig. Sie entschied, es darauf ankommen zu lassen. Wasser bereitete ihr selten Probleme. Als Kind war sie oft schwimmen gewesen und hatte es geliebt, wenn die Wellen angerollt waren, nur um sie in die Höhe zu tragen wie eine Königin. Schade, dass sie keine Kontrolle über Rubys Träume hatte.

Augenblicklich schämte Isla sich für diesen Gedanken. Niemand sollte die Kontrolle über Rubys Träume haben außer ihr selbst.

Sie streckte die Füße, spannte die Arme an und ließ sich vorsichtig hineingleiten. Es war warm, Badetemperatur. Immerhin etwas. Der süßliche Duft wurde stärker und vermittelte den Eindruck, sich in eine riesige Badewanne voller Zuckerwatte gleiten zu lassen. Immerhin konnte man in einer Badewanne stehen, und Zuckerwatte war in der Regel auch nicht gefährlich.

Islas Arme begannen zu zittern, doch sosehr sie sich auch streckte, ihre Füße trafen nicht auf Grund. Sie seufzte. Es ließ sich wohl nicht ändern, sie würde schwimmen müssen.

Sie atmete mehrmals tief durch, bis sie einen ruhigen, stabilen Rhythmus gefunden hatte, dann ließ sie los, drehte sich auf den Rücken und schwamm. Mit der Rechten umklammerte sie die Taschenlampe. Das Licht flackerte bei jedem Schwung über die Wände der Höhle und verwandelte Schatten in Dinge, über die sie nicht weiter nachdenken wollte.

Trotz des Geruchs schmeckte das Wasser brackig, und Isla spuckte angeekelt aus, als sie zu viel davon in den Mund bekam. Der Geschmack passte zur Farbe, einer Mischung aus Grau, Schwarz und all den Nuancen dazwischen. Sie konzentrierte sich auf das Licht, die nächste Bewegung und die Lampe in ihren Händen. Nur nicht auf das Wasser und alles, was es beherbergen konnte. Ein hastiger Blick zurück verriet, dass sie bereits über die Hälfte der Strecke hinter sich gebracht hatte. Gut, das zweite Stück würde sie auch locker schaffen, und dann …

In diesem Moment schlang sich etwas um ihren Knöchel. Isla holte erschrocken Luft, kämpfte gegen die Umklammerung und die düsteren Bilder in ihrem Kopf, zog den Fuß in die Höhe und ertastete … eine Alge. Sie quietschte vor lauter Erleichterung und trat Wasser, bis ihr Puls sich halbwegs beruhigt hatte. Dann versuchte sie noch einmal, sich zu befreien. Vergeblich, das Ding war zäh. Sie biss die Zähne zusammen und tauchte mit dem Gesicht unter Wasser, um das Gewächs mit der Hand zu lösen.

Ihre Finger berührten … Haut.

Zu Tode erschrocken, zog Isla ihre Hand zurück und richtete sich auf. Sie spuckte, ruderte stärker mit den Armen und versuchte, mit dem freien Fuß zu treten. Zu spät ging ihr auf, dass sie nicht von der Stelle kam. Ihr wurde übel vor Angst. Wieder und wieder versuchte sie, ihren Fuß in die Höhe zu zerren, und trat mit dem anderen nach demjenigen, der sie festhielt. Wasser spritzte, und dann wurde ihre Gegenwehr beantwortet: Ein harter Ruck ging durch ihren Körper. Mund und Nase gerieten unter Wasser. Isla hielt die Luft an, tauchte wieder auf und spuckte. Sie trat erneut, hieb mit der Taschenlampe in das Wasser, während sie gleichzeitig versuchte wegzuschwimmen. Erfolglos, der Griff an ihrem Knöchel löste sich nicht. Jetzt schrie sie um Hilfe, obwohl sie wusste, dass das so ziemlich das Dümmste war, was sie im Manifest tun konnte.

Sie spürte durch den Stoff ihrer Hose, wie sich die Finger an ihrem Bein bewegten. Nägel gruben sich in ihre Haut. Es schmerzte, aber das bekam sie nur am Rande mit.

Sie wollte tief einatmen, traute sich aber nicht, sog die Luft flach durch die Nase ein und versuchte nicht mehr, sich zu befreien. Stattdessen starrte sie ins Wasser, konnte aber nichts erkennen. Die Hand zog sie langsam und unnachgiebig herab. Isla folgte der Bewegung, kam ihr sogar zuvor, indem sie Schwung nahm, nur um sich dann mit sämtlicher Kraft zu wehren, die sie aufbringen konnte. Sie trat zu, traf etwas, und dann schaffte sie es, ihren Unterschenkel aus der Umklammerung zu befreien. Vor Erleichterung schluchzte sie auf, warf sich herum und kraulte auf das Ufer zu. Ihr Herz flatterte voraus, als sie wirklich von der Stelle kam. Hinter ihr wirbelte das Wasser, schlug Wellen. Sie hörte es hinter dem Rauschen in den Ohren und wagte nicht, sich umzusehen. Es hätte Zeit gekostet.

Sie schwamm mit so kräftigen Zügen, dass ihre Schultern schmerzten und ihre Arme sich wie Blei anfühlten. Ihre Beine dagegen winkelte sie so oft an, wie es ging, und wagte kaum, sie in der Bewegung lang zu strecken. Wo war der Angreifer? Verfolgte er sie, oder hatte er aufgegeben? Sie schluckte Wasser und Rotz und Angst.

Endlich berührten ihre Finger das Ufer. Isla warf die Taschenlampe nach vorn und zog sich in die Höhe. Es war zu glitschig, und sie rutschte fast sofort ab.

Nein! Bitte, bitte nicht!

Sie versuchte es noch mal, und endlich hatte sie genug Schwung und schaffte es, sich in der Luft zu drehen. Sie kam hart auf dem Hintern auf, die Beine noch im Wasser. Fast in Sicherheit! Ihre Brust brannte, da sie so heftig keuchte, dass es sich hier in der Höhle anhörte, als würde ein Raubtier im Dunkeln lauern.

Nur lauerte das Raubtier im Wasser.

Ihre Muskeln protestierten, als sie die Füße endlich anzog. Sie waren so schwer, dass Isla glaubte, sofort wieder vornüberkippen zu müssen. So schnell sie konnte drückte sie sich von der Kante weg, drehte sich auf den Bauch und stemmte sich auf die Knie. Ihre Füße trugen sie, ihr war nicht einmal schwindelig.

Gut! Weiter!

Sie wandte sich, ohne groß nachzudenken, nach links, verschwendete keinen Moment. Trotzdem brauchte sie zu lange.

Hinter ihr explodierte etwas. Isla wirbelte herum und sah sich einem Vorhang aus Grauwasser gegenüber. Aus dem See stieg eine Fontäne in die Luft und ging auf sie nieder. Isla fuhr zurück. Etwas bewegte sich, nur schwach zu sehen. Endlich dachte sie an ihre Bauchtasche und das Messer darin. Sie griff danach, und der Schemen reagierte: Er stürzte auf sie zu, eine Hand packte ihren Arm. Nägel durchstießen ihre Haut, und vor lauter Überraschung ließ Isla die Taschenlampe fallen. Sie traf auf den Boden, etwas splitterte, und eine Lichtnarbe zog über ein Gesicht.

Vor ihr stand Marduk. Wasser tropfte zu Boden, aber er blinzelte nicht einmal. Seine Kleidung klebte an seinem Körper. Isla hatte nie zuvor bemerkt, wie durchtrainiert er wirklich war.

Er grinste und stieg an Land. Mühelos, als wären dort Treppenstufen in den Stein gehauen. Das konnte nicht sein! Wie hatte er es geschafft, so lange unter Wasser zu bleiben? Wie hatte er diese unglaublichen Kräfte entwickelt? Das widerwärtige Heben nur eines Mundwinkels verriet die Antwort: Dies hier war zum Teil bereits sein Traum, den er nach seinen Wünschen gestaltete. Und er hatte sie erwartet.

»Miss Hall«, sagte er mit so sanfter Stimme, dass sie eine Gänsehaut bekam. »Isla. Ich habe geahnt, dich früher oder später hier wiederzutreffen, ebenso, dass ich sehr weit gehen muss, um dich abzufangen. Und ich muss gestehen, dass ich sehr betrübt war, weil du meine Gastfreundschaft ausgeschlagen hast. Dabei habe ich mir wirklich Mühe gegeben, um dir alles recht zu machen.« Seine Miene stand im krassen Gegensatz zu den freundlichen Worten. Isla ahnte, dass er soeben nach Hinweisen dafür suchte, was seine Hypnose durchbrochen haben mochte. Fast hätte sie aufgelacht. Was glaubte er zu finden, ein magisches Muttermal? Hatte seine Suche nach Sybils Geist seine Realität bereits so sehr verzerrt, dass er es nicht einmal in Erwägung zog, sich übernommen zu haben? Kannte er wirklich die eigenen Grenzen nicht?

Isla schwieg. Amel war nicht an Antworten interessiert. Er wollte lediglich die Zügel an sich reißen, und da lautete der erste Schritt, sie zu verunsichern.

Als er näher kam, wich sie zurück.

Natürlich gefiel ihm das. Begeisterung flackerte auf und übertünchte sein Schauspiel, um sich wieder im Nichts zu verlieren. »Gib dir keine Mühe. Das hier ist meine Welt. Du wirst keinen Ort finden, an dem du dich verstecken kannst.«

Auch da irrst du dich. Das habe ich schon früher getan, so wie Jeremy. Du weißt längst nicht so viel, wie du zu wissen glaubst.

»Du könntest allerhöchstens versuchen, auf dem Weg zurückzugelangen, auf dem du hergekommen bist.« Er sah sich um, extra lang und theatralisch. »Aber dazu müsstest du an mir vorbei.« Er breitete die Arme aus.

Isla spannte sich an. Sollte er auch nur einen Schritt nach vorn setzen, würde sie laufen und ihm beweisen, dass er sich irrte. Unter anderem, weil dies nicht ausschließlich seine Welt war.

Amel ließ die Arme wieder sinken. »Also. Wie lange hast du schon von den Fähigkeiten der kleinen Ruby gewusst? Du musst durch eine Tür in ihrer Nähe hierhergekommen sein. Ich habe mich schon lange gefragt, was du wirklich im Schilde führst.« Sein Ton hatte sich verändert, die Zeit der Spielchen war vorbei.

Die des Schweigens auch. Islas Gedanken überschlugen sich. Sie durfte ihn jetzt nicht reizen. »Ich habe die Wahrheit gesagt. Mir geht es einzig und allein um Ruby. Darum, dass es ihr wieder besser geht.«

Er schürzte die Lippen. »Ich glaube dir. Oder … nein, sagen wir, ich glaube dir zum Teil.«

»Aber ich …«

Er brachte sie mit einer heftigen Bewegung zum Schweigen. »Du hast dich meiner Kontrolle entzogen. Jetzt bist du hier. Das wird nicht zufällig passiert sein, also bist du mit einer bestimmten Absicht gekommen. Was nichts anderes bedeutet, als dass du etwas planst.« Der letzte Rest falscher Freundlichkeit verschwand. »Also. Was hast du hier zu suchen?«

»Ich habe es bereits gesagt. Ich möchte Ruby helfen. Irgend-wie. Ich dachte, wenn ich herkomme, finde ich vielleicht einen Weg.« Sie zuckte die Schultern. Es gab nichts als die Wahrheit, vielmehr einen Teil davon. Diese Welt war so fantastisch, dass alles andere lächerlich geklungen hätte.

Amel betrachtete sie lange. »Wie bist du aus dem Keller ent-kommen?«

Die Angst um Jeremy kroch unter ihre Haut. »Ich war … wach.« Sie fühlte sich wie die schlechteste Schauspielerin der Welt. »Es war anders als zuvor und mitten in der Nacht. Und dann habe ich deinen Mitarbeiter überrumpelt.«

Er nickte. Zumindest das glaubte er ihr. Isla war seiner Selbst-verliebtheit unendlich dankbar. Jeremy befand sich bereits so lange unter seiner Kontrolle, dass er nicht mal daran dachte, dass sich auch dieser Zugriff gelockert haben konnte.

Marduk fuhr sich über das Kinn. An seinem kleinen Finger glänzte der Siegelring. Isla prägte sich die Form ein, so gut es ging. Wenn sie wieder zurück bei Ruby war, konnte sie dieses Detail in Sybils Geschichte einflechten.

Falls sie wieder zurückkehrte.

»Nun, ich habe eine Neuigkeit für dich, Miss Hall: Du wirst auch im Wachzustand Gast in meinem Haus sein. Ich werde Tom instruieren, dass er vorsichtiger sein muss. So wie ich.«

Die Verzweiflung zeigte eines ihrer vielen Gesichter und trieb Isla Tränen in die Augen. Wenn er seine Worte wahrmach-te, würde alles zusammenbrechen. Sie würde wieder gefangen sein, dieses Mal für länger. Wenn nicht für immer. Ihre Chan-cen, Ruby zu helfen, würden rapide sinken. Als einzige Mög-lichkeit blieb, dass sie und Jeremy in Marduks Haus eine Mög-lichkeit fanden, seine Hypnose zu lösen. Aber wie sollten sie das tun? An ein Gewissen appellieren, von dem sie nicht einmal wusste, ob es existierte? Sie konnten nicht warten, bis Sybil erwachte, wenn sie das überhaupt irgendwann tat. Und ebenso wenig würde Marduk seine Suche nach all der Zeit aufgeben.

Ihr blieb nur eine Möglichkeit: Sie musste kämpfen.

»Bleib mir vom Leib«, sagte sie und sah sich um. Der Höhlenraum verschmälerte sich zu einem von Fackelfeuer erhellten Gang. Mit ihren Worten öffnete sie die Bauchtasche und zog das Messer hervor. Als das Licht auf die Klinge fiel, rang er sich ein müdes Lächeln ab.

»Wirklich«, sagte er. Es klang nicht mal wie eine Frage.

Plötzlich war da mehr Wut als Angst. Das Blut rauschte durch ihre Adern und machte sie taub für Dinge wie das Kribbeln im Nacken, das sie kurz zuvor gespürt hatte. Oder für ihre Gedanken.

Mit dem nächsten Atemzug sprang sie vor, den Arm gestreckt und den Messergriff so fest umklammert, als hinge ihr Leben davon ab. Was es auch tat.

Marduk wich aus, natürlich, aber damit hatte sie gerechnet. Sie versuchte nicht, ihm zu folgen, sondern stob zur Seite und fuhr noch in der Bewegung herum. Es war pures Glück, dass sie ihn erwischte, das war ihr bewusst. Ein Ruck, das Messer glitt ihr aus den Händen, und sie bemerkte, dass die Klinge in Marduks Arm steckte.

Er brüllte und zog es mit einem Ruck heraus. Isla keuchte und sah sich um. Sie hatte einen Treffer gelandet, aber dafür ihre Waffe verschenkt. Kein guter Tausch. Nun gab es nur noch die Taschenlampe, aber um ihm damit einen Schlag zu verpassen, musste sie zu nah an ihn heran. Das war keine Option.

Damit blieb ihr nur eine Möglichkeit: Sie rannte los, in den

Gang hinein. Die Fackel ließ sich nur schwer aus der Halterung ziehen, da sie sich auf die Zehenspitzen stellen musste. Schluchzend riss sie an dem Holz. Etwas Dunkles tropfte auf ihren Arm. Es brannte so sehr, dass sie glaubte, die Hitze würde sich bis zu ihrem Knochen durchfressen, aber sie ließ nicht los. Endlich hielt sie die Fackel in den Händen.

Keine Sekunde zu spät: Marduk stürzte in den Gang, das Messer noch immer in der Hand. Isla schrie und schwang die Fackel in einem Halbkreis aus Feuer, so als würde sie ein wildes Tier von sich fernhalten wollen.

Marduk schnaubte. »Du zögerst es nur heraus, Isla. Was willst du tun, stehen bleiben, bis das Ding abgebrannt ist?«

»Wenn ich es muss, ja.« Sie schwang die Fackel erneut.

Er nahm es als Startschuss. Als gäbe es kein Feuer, rannte er los. Isla wusste sich nicht anders zu helfen und stach zu, so wie zuvor mit dem Messer. Abermals erwischte sie seinen Arm. Es zischte, doch das Geräusch ging in Marduks Gebrüll unter. Ein Schlag an ihrer Kehle, dann traf sie mit dem Rücken hart auf den Boden. Der Aufprall raubte ihr den Atem. In ihren Ohren klingelte es, und sie riss den Mund auf aus Angst, ersticken zu müssen. Flammen tanzten am Rand ihres Sichtfelds. Warum konnte sie nicht atmen?

Sie begriff, dass Marduk auf ihr kniete und eine Hand um ihren Hals gelegt hatte. Er lockerte seinen Griff nicht, als sie sich wehrte und um sich trat. Sie hob einen Arm – nur einen, denn er war bereits so schwer, dass sie sich fragte, wie sie damit überhaupt zuschlagen wollte.

Marduks Gesicht verdunkelte sich. Die gesamte Umgebung verdunkelte sich, und Isla wurde müde. Es wäre so schön, einfach nur die Augen zu schließen, und …

Was dachte sie da eigentlich? Sie blinzelte, ballte die Finger zur Faust und donnerte sie gegen Amels Schläfe.

Der Druck an ihrem Hals lockerte sich, und Luft strömte so überraschend zurück in ihre Lunge, dass es ekelhaft stach. Sie atmete ein, würgte und atmete noch einmal ein, nicht bereit, auch nur einen Hauch der kostbaren Luft zu verschwenden. Dummerweise blieb sie liegen, wo sie war. Aber sie hätte auch nichts anderes tun können. Zwar hatte sie Marduks Kopf zur Seite geschleudert, aber er hockte noch immer auf ihr. Wenn überhaupt, hatte sie ihn nur wütender gemacht.

Nun weinte sie wirklich. Aus Angst, vor Anstrengung, aus Wut, aber auch um all ihre Pläne, die sich in Luft auflösten. Wenn Marduk gewann, würde Ruby schwächer werden und womöglich sterben. Vielleicht würde auch Jeremy sterben. Oder sie selbst. Spätestens, wenn Marduk sie halb bewusstlos zurückließ und das Manifest sich auflöste. Falls er sie nicht vorher erwürgte.

Die Vorstellung mobilisierte ihre letzten Kräfte. Sie bäumte sich auf, schlug noch einmal zu und traf seine Nase. Ihre Handkante pochte. Es tat weh, aber nicht so sehr wie sein Schlag, der die Dunkelheit vertrieb, da er die Umgebung in gleißende Helligkeit tauchte. Sterne tanzten darin zu dem schrillen Klingeln, das alles andere übertönte. Isla spürte ihren Körper kaum noch. Etwas bewegte sich, bewegte sie. Jemand brüllte. Es musste Marduk sein, und sie wappnete sich für weitere Treffer. Zum Glück konnte sie noch immer atmen.

Ihre Sicht kehrte zurück. Marduk war nicht mehr zu sehen. Dafür keuchte jemand, gefolgt von einem dumpfen Laut. Isla biss die Zähne zusammen und schaffte es endlich, sich herumzurollen.

Marduk kämpfte mit jemandem, der fast so groß war wie er. Er war in Schwarz gekleidet, mehr noch, der Stoff verhüllte ihn völlig: den Körper, das Gesicht, sogar die Hände. Die Schläge der beiden prasselten so schnell aufeinander ein, dass Isla manche nur hörte, aber nicht sah. Sie nutzte die Gelegenheit und kroch von den Kämpfenden weg. Hektisch suchte sie nach dem Messer und fand es einige Schritte entfernt am Boden. Auf der Klinge schimmerte Marduks Blut. Angeekelt wischte Isla sie an ihrer Kleidung ab und sah sich um.

Marduks Gebrüll hallte durch die Steinhöhle. Er nutzte Wut und Lautstärke, um sich anzutreiben. Die andere Gestalt kämpfte lautlos: Sie brüllte nicht, keuchte nicht, und Isla fragte sich, ob sie überhaupt atmete. Konnte es sich um eine Figur aus einem von Rubys Büchern handeln? Ihr fiel keine passende ein. Nicht jetzt und nicht hier, während in unmittelbarer Entfernung zwei Menschen – Wesen? – um Leben und Tod kämpften.

Himmel, hör auf zu glotzen und beweg dich endlich!

So schnell sie konnte verstaute sie das Messer, rannte zum Ufer und schrammte sich den Oberschenkel auf, als sie sich in das Wasser gleiten ließ. In ihrer Hektik sackte sie komplett unter die Oberfläche und schluckte brackige Flüssigkeit, ehe sie wieder auftauchte und wild mit den Armen ruderte. Die Kampfgeräusche hinter ihr trieben sie an, und sie befürchtete, dass man sie jeden Augenblick packen und zurückreißen konnte. Doch nichts geschah, und endlich fand sie in einen unregelmäßigen Rhythmus. Mit jedem Schwimmzug glaubte sie, dass es ihr letzter war, da sie keine Kraft für einen weiteren aufbringen würde. Sie kam unendlich langsam voran. Die Geräusche im Hintergrund waren verstummt. Tränen rannen über ihr Gesicht, und sie konnte einfach nicht aufhören zu weinen. Es musste der Schock sein.

Auf dem letzten Drittel war aus ihren Schwimmbewegungen ein zielloses Paddeln geworden, sie schlug mit Armen und Beinen auf das Wasser ein, nur darauf bedacht, sich irgendwie oben zu halten. Endlich ertastete sie Stein und klammerte sich mit letzter Kraft daran fest. Sie würde es nicht schaffen, sich hochzuziehen. Wenige Zentimeter waren zu einer Steilwand geworden, die als letztes Hindernis nicht zu überwinden war.

Isla versuchte, sich zu beruhigen, aber es funktionierte nicht. Sie steckte fest. Die Saphirtür war ganz in der Nähe und doch zu weit entfernt. Sie scheiterte an einem halben Meter Stein.

Als sie den Kopf senkte, bemerkte sie eine Bewegung auf der anderen Uferseite. Ihr Körper war zu müde, um zu reagieren, aber ihr Herz setzte zu einem vielleicht letzten Dauerlauf an.

Bitte, lass nicht Marduk gewonnen haben!

Unter Aufbietung all ihrer Kräfte zwang sie ihren Kopf zur Seite: Die dunkle Gestalt stand am Wasser und starrte zu ihr herüber. Dann packte sie den Stoff der Kapuze und zog sie sich vom Kopf.

Isla schloss die Augen, so sehr brannten sie. In ihrer Brust explodierte ein Feuerwerk, und sie begann in raschem, abgehacktem Rhythmus zu schluchzen.

»Isla!«

Es war Jeremy. Seine Stimme hallte durch die Höhle und über das Wasser. Zu seinen Füßen lag Marduk und rührte sich nicht.

Isla wollte ihm antworten, aber es ging nicht. Es musste auch nicht sein. Jeremy trat an das Ufer, hob die Arme und sprang in das Wasser. Mit kräftigen Bewegungen kraulte er auf sie zu, und dann war er bei ihr.

»Bist du verletzt?«

Isla hatte nicht mal mehr die Kraft, den Kopf zu schütteln. »Jeremy«, keuchte sie und war so unendlich froh, ihn zu sehen. »Ich kann nicht … ich schaffe das nicht.«

»Warte.« Er strich ihr über die Wange und drückte sie ganz leicht an sich. »Halte nur noch einen Moment durch.« Er packte die Kante und zog sich mühelos empor. Wasser tropfte von seiner eigentümlichen Kutte, und Isla fragte sich, wie er in dem Ding überhaupt hatte schwimmen können. Er kniete sich auf den Boden, griff unter ihre Arme und zog sie mühelos empor, als wäre sie so leicht wie Ruby.

Isla klammerte sich an ihn und verbarg das Gesicht an seiner Schulter, darauf bedacht, die noch immer deutlich sichtbaren Blutergüsse in seinem Gesicht und an seinem Hals zu schonen.

Jeremy murmelte etwas an ihr Ohr, hob sie auf seine Arme und setzte sich in Bewegung. Seine Rückenmuskeln spielten unter ihren Fingern. Bei ihm war sie sicher.

Mit jedem seiner Schritte beruhigte sich ihr Puls, trotzdem hielt sie die Augen geschlossen. Jeremy roch süßlich, nach Zucker und Kuchen wie der See, und sein Atem streifte ihre Wange. Sie spürte seinen Herzschlag, stetig und fest und so viel ruhiger als ihrer.

Viel zu schnell blieb er stehen und ließ sie nach einer gemurmelten Vorwarnung vorsichtig zu Boden gleiten. Isla war froh, dass seine Hände sie noch immer stützten. Seit wann waren ihre Beine so unzuverlässig?

»Bist du wirklich okay?« Er klang besorgt.

Sie nickte. »Das fragst du mich?« Vorsichtig berührte sie den

Schorf an seinem Augenwinkel. Die Haut daneben war noch immer dunkel, aber es heilte bereits.

Wie gern hätte sie weiterhin mit ihm hier gestanden, aber sie wusste, dass das nicht möglich war. Nicht, wenn ... ein plötzlicher Gedanke brachte sie dazu, doch aus der Sicherheit aufzutauchen, in die Jeremy sie gehüllt hatte.

»Ist er tot? Marduk?«

Jeremys Augen blitzten in einer Mischung aus Bedauern und Wut. »Nein. Nur bewusstlos. Du solltest gehen, ehe er aufwacht.«

»Komm mit mir. Wir reden, wenn wir beide in Sicherheit sind.«

Er lächelte so gequält, dass es ihr beinahe das Herz brach. »Du ahnst nicht, wie gern ich das tun würde.« Er sah zur Seite, und sie begriff, dass sie im Tunnel ohne Wiederkehr standen, genau an der Stelle, hinter der die Decke sich herabsenkte und ein Erwachsener nicht mehr aufrecht gehen konnte. In der Ferne erahnte sie den Glanz der Saphirtür. Dort war Jeremys altes Zuhause. Er wusste es, es waren nur wenige Schritte, und doch stellte es für ihn keine Option dar.

Isla griff nach ihm. »Du kannst nicht zurück. Was, wenn er dich erkannt hat?«

Er drückte ihre Hand sanft, ehe er einen Kuss auf die Fingerspitzen hauchte. »Das hat er nicht, glaub mir. Ich beobachte ihn, so oft ich kann. Der Bastard ist ein wundervolles, zutiefst abstoßendes Studienobjekt, und er ahnt nichts davon. Weil er keine Sekunde daran zweifelt, dass er mich noch immer kontrolliert. Wie soll er auch wissen, dass eine gewisse junge Dame mir erst einen Saphir hat zukommen lassen, nur um mir dann einen Stift in den Arm zu rammen?«

In Islas Ohren klang das alles nicht überzeugend genug.

»Aber du kannst Ruby schlecht helfen, wenn du in seinem Haus bleibst.«

»Vielleicht doch. Wenn ich etwas über Amel herausfinden kann, das uns hilft, dann dort. Noch hatte ich beispielsweise keine Gelegenheit, mich näher im Krankenzimmer umzusehen. Mach dir keine Sorgen. Ich weiß, worauf ich achten muss. Und wenn ich gehe, werde ich das nicht tun, ohne ihn für alles, was er getan hat, büßen zu lassen.«

Isla schauderte bei seinem Tonfall. Dies war einer der Momente, in denen sich ein Abglanz von Jeremys dunkler Seite zeigte. Sie fragte sich, wie weit er in Sachen Marduk wirklich gehen würde. Viel weiter als zuvor, ehe er als Gefangener hatte leben müssen, und genau das machte ihr Angst. Etwas brodelte in Jeremy und wuchs mit jedem Tag, an dem er es unterdrückte, um die Maskerade zu füttern. Irgendwann würde der Druck zu hoch sein.

Energisch lenkte sie ihre Gedanken zurück zu ihrem Plan. »Sybil. Hast du sie hier gesehen?«

»Wovon redest du?«

»Ich meine in dieser Welt.« Sie berichtete ihm von den Zeichnungen und der Geschichte, die sie für Ruby erfunden hatte. »Alles, was sie erlebt, verarbeitet sie in ihren Träumen. Sie gestaltet diese Welt, und Marduk hat nur einen geringen Einfluss. Als würde er einen Kuchen kaufen und ihn mit Zuckerguss überziehen. Ruby hat die Vögel in den Dschungel gebracht oder Schiffe voller Früchte auf den See. Also erzähle ich ihr von Sybil und hoffe, dass sie hier früher oder später auftaucht. Die Chancen stehen ganz gut, denn ihr gefällt die Geschichte, und sie hat sofort Partei für die arme Sybil ergriffen, die von ihrem bösen Ex-Verlobten verfolgt wird.«

»Aber was versprichst du dir davon? Dass Amel sie hier findet und glaubt, sein Ziel erreicht zu haben? Er wird zurück nach Hause gehen und sie unverändert vorfinden.«

»Eben deshalb will die Sybil aus meiner Geschichte nichts mehr mit ihm zu tun haben und lieber ihren Körper im Koma wissen, als aufzuwachen und bei ihm zu sein. Sie hasst ihn. Marduk ist wahnsinnig, Jeremy, er hat er sich völlig in die Idee verrannt, sie zu finden. Wenn wir Glück haben, genügt eine Begegnung mit ihr, um die Hypnose zu lockern. Vielleicht ist der Schock auch so groß, dass er aufgibt. Wenn Sybils vermeintlicher Geist ihn zum Teufel geschickt hat, gibt es für ihn keinen Grund mehr, weiter zu suchen. Damit braucht er die Manifeste nicht.«

Er sah nicht überzeugt aus. »Das mag sein. Es ist ein Anfang, aber es ist unsicher. Wir wissen noch immer nicht, wie die Manifeste genau funktionieren. Ich würde mich besser fühlen, wenn wir einen Plan B hätten. Einen, der in der Realität funktioniert. Der belegbar ist.«

»Aber wir haben keinen. Noch nicht.«

»Wenn ich nur wüsste, ob es Ruby helfen würde, wenn ich ihm einfach das Genick bräche, oder ob die Hypnose dann für immer anhalten würde.«

Isla biss sich auf die Lippe. »Ich hoffe, du meinst das nicht ernst.«

Er sah auf seine Hände, als könnten sie ihm die Antwort liefern. Der gequälte Ausdruck kehrte zurück, den er anfangs stets getragen hatte, als sie noch nicht wusste, wer er war. »Früher hätte ich so etwas niemals in Erwägung gezogen, Isla. Mittlerweile bin ich mir nicht mehr sicher.«

Sie berührte ihn vorsichtig. »Gib Ruby und mir etwas Zeit.«

»Es bleibt uns vorläufig wohl keine andere Wahl.« Er atmete tief durch, und endlich lockerten sich seine Schultern.

»Verrätst du mir, warum du damals Silverton verlassen hast?«, fragte Isla, um ihn auf andere Gedanken zu bringen.

»Warum möchtest du das wissen?«

»Ich frage mich das schon länger.«

»Nun, meine Eltern und ich haben unterschiedliche Sichtweisen auf das Leben. Ihnen geht es einzig um den Schein. Wie sie vor anderen dastehen. So haben sie mich erzogen, und sie haben dadurch einen Teil meiner Kindheit zerstört. Das habe ich leider erst begriffen, als ich älter war, und selbst da hat mein Vater es nicht lassen können, sich in meine Angelegenheiten zu mischen.« Er schnaubte. »Ich war mit einer Frau befreundet, die in seinen Augen weit unter uns stand.«

Obwohl sie weder einen Grund noch das Recht dazu hatte, spürte Isla einen Stich der Eifersucht. War diese Frau Jeremy wichtig gewesen? Wartete sie noch irgendwo dort draußen auf seine Rückkehr – und wartete er darauf, zu ihr zurückzukehren?

Das sind jetzt definitiv die falschen Fragen.

»Und deine Eltern haben sich eingemischt?«, stellte sie die richtige.

»Mehr als das. Sie haben sie zerstört, ganz systematisch. Erst ihren Ruf, dann ihr Leben. Um es von meinem zu trennen. Mein Vater und ich haben uns so heftig gestritten, dass meine Mutter weinend im Rosengarten saß.« Er schwieg, tauchte dann aber schnell aus den Erinnerungen wieder auf. »Ich bin gegangen und habe lange Zeit bei Freunden gewohnt. Nur wegen Ruby bin ich zurückgekehrt und musste mit ansehen, dass sie mit ihr dasselbe Spiel spielen. Mein Vater und ich sind immer öfter aneinandergeraten. Als Rubys Träume und das Schlafwandeln begannen, haben beide sich entschieden, auch das zu ignorieren. Meine Mutter hat betont, dass niemand davon erfahren darf, da Rubys Ruf sonst verdorben und sie vom Markt wäre. Vom Markt! Als wäre sie ein Stück Vieh, dessen Zähne man kontrolliert, ehe man es kauft!« Die Ader an seinem Hals pochte. Es zuckte Isla in den Fingern, ihn zu berühren. Zu beruhigen.

»Haben sie dich deshalb aus den Familienfotos entfernt?«

Er sah sie an, eindeutig erstaunt. »Was?«

Isla wurde rot. »Ich habe Fotos im Arbeitszimmer deines Vaters gefunden. Du warst nicht darauf, aber auf einem lag ein Arm um Victorias Schultern, der nicht Alan oder Ruby gehörte.«

»Du hast im Zimmer meines Vaters geschnüffelt?« Er wirkte belustigt. »Ich habe dich wirklich unterschätzt.«

Trotz allem war es Isla unglaublich peinlich. »Ich wollte doch nur Ruby helfen.«

»Ich weiß«, sagte er, griff nach ihren Händen und zog sie näher. »Und dafür bewundere ich dich. Du hast richtig gehandelt. Und zum Glück etwas umsichtiger als ich.«

»Was ist dann passiert?«

»Ich habe ihn erpresst«, sagte Jeremy ohne eine Spur Bedauern. »Meinen Vater. Ich habe ihm gedroht, sein Verhältnis publik zu machen. Das Ganze lief damals bereits seit Jahren, mit einer Frau namens Linda Bowings. Sie ist einige Jahre jünger als er, ihr Mann recht einflussreich, und hätte er davon erfahren … nun, der Skandal hätte meine Eltern wohl aus der Gegend vertrieben. Und er hätte sämtliche Geschäfte meines Vaters auf einen Schlag zerstört.«

Isla dachte an die Fotos, die sie in Alans Schreibtisch gefunden hatte, sowie an die zahlreichen Abende, an denen Alan nicht zu Hause gewesen war. »Daher habt ihr miteinander gebrochen?«

»Nun, ich habe es geschafft, dass sie mit Ruby einen Arzt aufsuchen. Aber ich konnte keine Sekunde länger in Silverton bleiben. Es gibt Grenzen, die man nicht verletzten sollte, sei es bei mir oder bei Menschen, die mir wichtig sind. Wie Ruby. Oder auch du.«

Seine Worte riefen etwas in ihr hervor, das sie nur schwer beschreiben konnte. Es zog sie wie ein Magnet zu Jeremy, und es sorgte dafür, dass sie noch näher an ihn herantreten wollte, um jeden noch so winzigen Abstand verschwinden zu lassen. In diesem Augenblick zählte nur seine Nähe, sonst nichts. Sie war ihm wichtig, und er war es ihr auch. Sehr sogar. Auf einmal schien alles nicht mehr so hoffnungslos zu sein.

Isla erwiderte den sanften Druck seiner Hände. *Ich verstehe dich*, wollte sie ihm sagen. Sie hatte es geahnt, seit sie von den Umständen seiner Gefangenschaft wusste: Das Düstere, Gebrochene war eine Facette seines jetzigen Lebens, und wenn es hervorbrach, wollte sie nicht in Alan Austins Haut stecken.

Oder in Amel Marduks.

Er verstand. »Danke«, sagte er leise. Dann ließ er sie mit einem Laut des Bedauerns los. »Wir sollten nicht riskieren, dass er aufwacht und mich noch einmal zu Gesicht bekommt.«

Sie würde ihn nicht überreden können, das war ihr jetzt klar. Es fiel ihr unendlich schwer, aber sie riss sich zusammen. In der schwarzen Kleidung kam er ihr wie ein Wesen aus dieser Welt vor, das mit den Schatten verschmelzen würde, aus denen es gekommen war. Nicht dafür gemacht, ihr in die Welt außerhalb der Türen zu folgen. »Wir sehen uns morgen Nacht.«

»Nein, das ist zu gefährlich. Er weiß nun, dass du dich hier frei bewegen kannst.«

Dieses Mal würde sie nicht nachgeben. »Wenn wir zumindest einen unsicheren Plan haben wollen, muss ich mich vergewissern, dass er funktioniert. Ich komme morgen wieder, und du kannst mich nicht davon abhalten.« Die Vorstellung, noch einmal zurückzukehren, machte ihr Angst, und ein Stimmchen in ihrem Hinterkopf wisperte, dass sie beim nächsten Besuch vielleicht nicht so viel Glück haben und Marduk entkommen würde. Aber was sollte sie denn tun?

»Verdammt noch mal, Isla«, riss Jeremy sie zurück. »Aber nun gut. Ich werde hier im Korridor auf dich warten.«

»Aber …«

»Keine Widerrede«, sagte er und brachte sein Gesicht bis auf wenige Zentimeter an ihres. »Ich habe dich schon viel zu viel riskieren lassen.«

Isla hielt den Atem an und spürte, dass er es ebenfalls tat. Ein letzter Blick, dann setzte er sich in Bewegung.

Sie seufzte, wartete, bis er verschwunden war, zog den Kopf ein und machte sich auf den Weg zurück. Es gefiel ihr nicht, dass er sich der Gefahr ausliefern wollte, das gesamte Manifest zu durchqueren, aber mehr als diesen Kompromiss hätte sie ihm nicht abringen können. Überhaupt gefiel ihr nicht, dass sie beide das Manifest noch einmal besuchen würden. Es hatte seine anfängliche Faszination vollkommen verloren und war nichts weiter als eine Arena, die den Angreifer viel zu spät offenbarte.

Isla erreichte Rubys Zimmer ohne Probleme. Alles war wie gehabt: die Stille, die Wärme und das Licht, in dem Ruby wie eine Statue schlief und ein Stück ihrer Kraft an einen Mann verschenkte, den sie nicht einmal kannte.

Jetzt, in Sicherheit, begannen Islas Nerven zu vibrieren, als würde ihr Körper endlich Schwäche erlauben. Mit einem Mal schmerzte ihr Hals dort, wo Marduk sie gewürgt hatte, und der Schock über den Angriff brach mit ganzer Macht hervor. Isla begann zu zittern, jedoch nicht vor Kälte. Besser, sie verließ das Zimmer, ehe ihre Selbstbeherrschung sie im Stich ließ.

Sie schlich zur Tür, schloss auf und trat auf den Flur. Anschließend floh sie die Treppe hinab und durch die Halle nach draußen. Sie konnte den Gedanken an Begrenzungen jetzt nicht ertragen und brauchte den freien Himmel. Zumindest für eine Weile.

Regen begrüßte sie. Er malte Silberfäden in die Dunkelheit und wisperte ihr zu, sich darin verstecken zu können. Isla nahm die Einladung an und lief hinter das Haus, wo sich die Wiesen bis zu den Umrissen des Waldes zogen. Dort sank sie zu Boden, lehnte sich an die starken, sicheren Mauern, verbarg den Kopf in ihren Händen und ließ ihren Tränen freien Lauf. Es überraschte sie, wie sehr der Krampf sie schüttelte. Der Regen übertönte ihr Schluchzen.

Leider auch alle anderen Geräusche. Isla schrie auf, als jemand sie an der Schulter berührte, und schluchzte lauter als zuvor, als sie Hannah erkannte.

Das Hausmädchen trug ein weit ausgeschnittenes Oberteil unter einer viel zu kurzen Jacke und warf eine Zigarette weg, die der Regen ohnehin gelöscht hatte. »So geht das nicht weiter, Isla.«

24

»Mir geht es schon wieder gut.« Isla zog das Handtuch fester um ihre Schultern. Sie hockte auf ihrem Bett, hatte die Beine angezogen und doch das Gefühl, nicht hundertprozentig sicher zu sein. Immer wieder huschte ihr Blick zu den Wänden, aber da war nichts außer Tapete und Farbe – bis jetzt.

»Sieht aber nicht so aus.« Hannah hatte sich einen Stuhl herangezogen und saß in einer Haltung darauf, die Victoria bei jeder Frau auf diesem Planeten missbilligt hätte.

»Ich habe einfach schlechte Träume, wegen … der Sache«, sagte Isla. »Du weißt schon.« Es klang selbst in ihren Ohren schwach.

Hannah gab ein Geräusch von sich, das entfernt an ein Räuspern erinnerte. »Sieht mehr nach einem Trauma aus.«

»Nein«, sagte Isla eine Spur zu heftig. Immerhin hatte das Zittern nachgelassen.

»Nein«, kam das trockene Echo. »Du hockst mitten in der Nacht im Regen und heulst so laut rum, dass ich meinen Jungs Bescheid gebe, sie sollen ohne mich wieder losziehen. Klingt für mich nicht nach einem Albtraum.«

»Was machst du überhaupt hier?«

»Hab meine Tasche vergessen, mit meinem Schlüssel drin, und wollte nicht auf der Straße übernachten. Howie hat mich hergefahren und wollte wissen, woher das Gejammer kommt.

Ich hab ihm die Geschichte von einem kranken Hund aufgetischt und dass ich daher lieber hierbleib. Vom Thema abgelenkt hast du mich mit deiner Frage aber trotzdem nicht.«

Isla zog eine Grimasse. Sie wusste nicht, ob sie das glauben sollte. Seitdem die Dinge mit Marduk aus dem Ruder liefen, tauchte Hannah erstaunlich oft in ihrer Nähe auf. Ein wenig kam es Isla vor, als würde sie unter Beobachtung stehen, aber sie konnte trotzdem nicht böse sein. »Der Tag war gut, wirklich. Ich musste nur auf einmal wieder an alles denken, was passiert ist.« Die halbe Wahrheit. Der Tag war wirklich gut gewesen – die Nächte auf Silverton waren das Problem.

»Daran ist ja nichts auszusetzen«, sagte Hannah. »Wenn dich aber irgendwas wie eine Irre vor die Tür jagt und du dich patschnass regnen lässt, dann …« Sie tippte sich gegen die Schläfe.

Isla nickte und war froh, dass Hannah sie nicht vor Nässe triefend aus Rubys Zimmer hatte kommen sehen. Morgen würde sie nachsehen müssen, ob sie Spuren hinterlassen hatte. »Ja«, sagte sie leise und beantwortete damit gleich mehrere unausgesprochene Fragen auf einmal.

»Also, was willst du tun?«

Isla blickte auf. »Was meinst du?«

Hannah zog ein Päckchen Zigaretten aus der Tasche, verdrehte nach Islas Kopfschütteln die Augen und legte es in ihren Schoß. »Ich kenn einige, die mies behandelt wurden. Durch Zufall oder von Arschlöchern. Dem Zufall kann man nichts, Arschlöchern aber schon.«

»Ich weiß nicht, was du dir vorstellst, aber das ist nicht so einfach.«

»Doch. Ist es, wenn man mal anfängt. Vor allem, da ich mir

nichts Genaues vorstelle. Ich bin kein Seelenklempner, aber ich würde mal sagen, dass du mit der Sache klarkommen solltest. Damit abschließen. Ich würde ja hinfahren und dem Kerl ein Messer in die Familienplanung rammen, aber da gibt's sicher noch andere Möglichkeiten.«

Isla verkroch sich tiefer in ihr Handtuch. Es war ein seltsames Gespräch, da es so viel mehr gab, als Hannah wusste. Trotz allem dachte sie über die Idee nach. Noch mal zu Marduk fahren? In der Realität? »Das geht nicht.«

»Klar geht das. Aber du willst nicht. Ich habe keinen Bock auf große Reden, aber manche Menschen nennen das, was du da im Schlepptau hast, Dämonen. Die wirst du nie los, wenn du dich ihnen nicht stellst. Kann ich dir versprechen.«

Sie hatte so recht, dass Isla beinahe wieder die Tränen gekommen wären. »Aber ich weiß nicht, wie«, stieß sie mit brüchiger Stimme hervor.

»Dann helf ich dir eben.«

»Warum?« Isla war ehrlich erstaunt. Es sah Hannah nicht ähnlich, sich um sie zu kümmern, ganz zu schweigen davon, dass sie ihre spärliche Freizeit nutzte, um die Dämonen anderer Menschen zu vertreiben.

Erneutes Augenrollen. »Damit du aufhörst, ein Wrack zu sein, und dich endlich wieder auf den Zwerg konzentrieren kannst. Zwei Kranke kann ich hier echt nicht gebrauchen.«

»Warum zwei?«

Hannah schaffte es, gleichzeitig vorwurfsvoll und genervt zu gucken. »Halt mich nicht für blöd, nur weil ich hier die Böden schrubbe. Jeder außer den beiden Hoheiten bekommt mittlerweile mit, dass der Kurzen was fehlt. Ist eben nicht leicht, wenn die eigenen Eltern da oben zu alt für nen Ableger sind.« Sie berührte ihre Stirn. »Sie tut mir leid, sie hatte lang niemanden, der sie mal in den Arm nimmt. Dann bist du gekommen, und ich musste mir weniger Sorgen machen. Ihr seid ja beide aufgeblüht wie nach einem Entzug.«

Isla musste die Worte erst einmal für sich ordnen, aber dann fiel es ihr wie Schuppen von den Augen. Hannah redete von echter Zuneigung. Von Liebe. Sie glaubte, dass Ruby so krank und blass war, weil es niemanden gab, der ihr welche schenkte. Hatte sich das wirklich geändert, seit sie auf Silverton arbeitete?

Sie horchte in sich hinein und entdeckte den Wunsch, die Frage mit Ja zu beantworten. Gleichzeitig schlug sie sich im Geiste vor die Stirn. Was hatte Hannah gesagt?

Jeder außer den beiden Hoheiten bekommt mittlerweile mit, dass der Kleinen was fehlt.

Jetzt erinnerte sie sich an all die Kleinigkeiten, die Hannah getan hatte, um Ruby eine Freude zu bereiten: die lustigen Pfannkuchen, der geheimnisvolle Nachschub an Lieblingsfrüchten, wenn diese nicht auf dem Speiseplan gestanden hatten, oder Gesichter aus Putzmitteln, wenn Ruby Hannah beim Arbeiten beobachtet hatte.

Jeder außer den beiden Hoheiten.

Auch Isla hatte es anfangs nicht bemerkt. Nicht bemerken wollen, da sie es als unpassend betrachtet hatte, eine engere Beziehung zu Ruby aufzubauen. Dabei hatte sie sich einfach nur davor gefürchtet. Selbst jetzt, weit weg von zu Hause, hatte sie ihr Leben vom Tod ihrer Zwillingsschwester und der Trauer ihrer Eltern darüber bestimmen lassen.

Ihr Kopf begann zu wummern. »Ich war so blind«, murmelte sie und schloss die Augen.

»Nun mach nicht rum.« Hannah klang, als wäre ihr die Situation unangenehm. »Nicht wirklich, bist ihm ja entkommen. Daher sollst du was tun, damit du hier nicht so kaputt rumhängst. Mein Angebot steht.«

Hannah glaubte, sie redete von der Sache mit Marduk. Isla war froh darüber. »Das ist … nicht so leicht«, spielte sie mit. »Er ist ziemlich mächtig.«

Hannah schnaubte, aber es klang anders als sonst. Als wäre sie zum Angriff bereit. Das Straßenkind hatte den Gegner im Visier und war gewillt, ihm gegenüberzutreten. »Macht kann man brechen. Eigentlich sind Typen mit viel Macht dafür total gut geeignet. Man weiß schnell, woher die Macht stammt, und muss ihnen einfach was wegnehmen, das für sie wichtig ist. Und dann erpressen. In die Mangel nehmen, von zwei Seiten gleichzeitig.« Sie klang, als würde sie über einen Spaziergang an einem Sommertag reden. »Kannst mir ruhig glauben. Ich hab da ein bisschen mehr Erfahrung als du.« Sie ließ ihr Feuerzeug aufschnappen und zündete die Flamme im stummen Vorwurf, noch immer nicht rauchen zu dürfen.

»Das glaube ich dir auf jeden Fall«, sagte Isla, starrte in das Orange und rieb sich die Stirn. Das Wummern dahinter klang bereits ab. Sie dachte über Hannahs Worte nach. Konnte sie Marduk erpressen? Oder, wie es Hannah so schön formuliert hatte, von zwei Seiten in die Mangel nehmen und ihm etwas Wichtiges stehlen? Sie sah Sybil vor sich, so steif und bleich in ihrem Krankenbett, dass sie Ruby auf fatale Weise ähnelte. Zwei Frauen in zwei Häusern und zwei unterschiedlichen Stadien, aber beide litten wegen ein und desselben Mannes. Wenn Sybil doch nur in der Welt hinter den Türen auftauchen würde, um …

Das Feuerzeug klackte erneut, und die Flamme tanzte kurz, um wieder zu verlöschen. Beim dritten Mal strich Hannah mit einem Finger hindurch. Ein schwacher Rußstreifen blieb auf ihrer Haut zurück.

Isla richtete sich ruckartig auf. Hannahs Aussage war gar nicht mal so abwegig, auch wenn sie nicht wusste, was wirklich vor sich ging. Viel wichtiger war aber, dass sie Isla an Jeremys Worte erinnert hatte.

Ich würde mich besser fühlen, wenn wir einen Plan B hätten. Einen, der in der Realität funktioniert.

Beinahe hätte sie Hannah das Feuerzeug aus der Hand genommen. Hatte sie im Manifest noch unter Schock gestanden, hatte Jeremys Nähe sie zu sehr verwirrt, oder warum sah sie erst jetzt, wie wichtig diese Strategie war, und vor allem: umsetzbar?

Wenn sie eines über Marduk mit Sicherheit sagen konnte, dann, dass er für Sybil alles aufs Spiel setzte: seinen Beruf, sein Leben in Freiheit. Das Leben anderer Menschen. Gleichgültig, ob Sybils Abbild im Manifest auftauchte oder nicht; ihr Körper war und blieb Teil dieser Welt.

Da waren sie, die beiden Seiten, von denen sie angreifen konnten! In Islas Bauch kribbelte es vor Euphorie. Sie hatte sich so sehr auf die Manifeste konzentriert und auf die Idee, Marduk dort mit seinen Waffen zu schlagen, dass sie die Realität mit all ihren Möglichkeiten nicht ausreichend bedacht hatte. Aber wenn sie in der einen Welt keinen Erfolg hätte, gab es noch immer die andere.

Marduk konnte sich stets nur auf eine konzentrieren. Sie aber hatte Hilfe. Jeremy in beiden Welten, und nun Hannah in dieser. Sie durften nicht so weit gehen, dass jemand dabei zu Schaden kam. Nein, hier ging es darum, Marduk alles wegzunehmen, was er besaß. Sein Ruf war ihm nicht mehr wichtig, denn er hatte sich als Arzt zurückgezogen. Damit blieb seine Forschung … und Sybil. All das befand sich in seinem Haus in Brookwick, und genau dort konnten sie ansetzen. Am liebsten hätte sie vor Erleichterung gelacht, aber sie riss sich zusammen, um nicht als vollkommen verrückt abgeschrieben zu werden. »Du würdest mir wirklich helfen?«

»Hab ich doch gesagt. Musst keine Show abziehen, damit ichs auch wirklich tu.«

Islas Aufregung wuchs. »Wenn ich dir erkläre, wie du zu Amel Marduks Haus kommst und was du da vorfinden wirst, würdest du hinfahren?«

Hannah starrte sie an, als hätte sie etwas sehr Dummes gesagt. »Würde ich«, sagte sie langsam. »Aber was gedenkst du zu tun, Madame?«

Isla legte das Handtuch beiseite, robbte zur Bettkante und stand auf. »Ich nehme einen anderen Weg.«

Hannahs Jungs waren nicht so abstoßend, wie Victoria es stets dargestellt hatte – zumindest dieser Howie nicht. Ja, seine Kleidung war alt und wies hier und dort zu viele Löcher auf, aber er wirkte ehrlich und direkt und vermittelte den Eindruck, nichts dem Zufall überlassen zu wollen. In seiner Gegenwart fühlte sich Isla sicher, und das erinnerte sie so stark an Jeremy, dass es schmerzte.

»Ich hab ne ungefähre Ahnung, wo das ist«, sagte er und grinste breit. »Da gibt's nur Cras und Vögel. Kein Wunder, dass der Kerl irre geworden ist.« Er zog Papier samt Tabak hervor und begann mit einer Hand eine Zigarette zu drehen, während er mit der anderem Islas Zeichnung hielt. »Was haste dir für den Penner vorgestellt? Nen schönen, saftigen Denkzettel? Reichen Snobs gebe ich so was gern mit.« Er schob sich die Zigarette in den Mundwinkel und ließ die Knöchel der nun freien Hand knacken. Zeichen genug.

Isla zögerte. »Ja, aber nicht auf diese Art.« Sie holte tief Luft. »Ich dachte an etwas … Ausgefalleneres. Wir werden sein Haus anzünden.«

Hannah und Howie wechselten einen erstaunten Blick, und Isla verkrampfte sich. Die beiden durften nun keinen Rückzieher machen! Sie wusste, dass ihr Plan schrecklich klang. »Natürlich werden wir vorher sichergehen, dass niemand körperlich zu Schaden kommt. Ich möchte keinen Menschen und auch kein Tier in Gefahr bringen, aber«, sie sah zu Hannah. »Ich möchte ihm etwas wegnehmen, das ihm viel bedeutet. Und da ich nicht weiß, was er am liebsten hat, stellt ein Rundumschlag die beste Möglichkeit dar. Uns wird ja auch niemand sehen, da es so abgelegen ist. Die Chancen, erwischt zu werden, sind gleich null, wenn wir nur gut aufpassen und schnell wieder weg sind.« Innerlich bebte sie vor Anspannung. Von der Reaktion der beiden hing so vieles ab. Sie konnten nun einen Rückzieher machen oder gar entscheiden, dass ihnen der Plan zu gewagt war. Womöglich erzählten sie sogar jemandem davon. Gab es eine Strafe auf geplante Brandstiftung? Nun, zumindest würde sie nicht mehr länger hier arbeiten können, sollten die Austins davon Wind bekommen.

Aber das war längst nicht so wichtig, wie Ruby und Jeremy zu befreien. Es würde ihr wehtun, Ruby nicht mehr sehen zu dürfen, aber sie hätte dann ihren großen Bruder wieder.

Howie beugte sich zu Hannah und flüsterte ihr etwas ins Ohr. Sie antwortete nicht, sondern starrte auf den Boden.

»Mensch, Isla«, murmelte sie und sah sie an. »Mensch, Isla, dich hab ich echt mal völlig unterschätzt.«

Isla versuchte, ihren Ton einzuordnen. Vergeblich. »Was heißt das?«

Hannah nickte. »Wir tuns. Hab dir ja gesagt, ich helf dir, ich wusste nur nicht, dass du ihm gleich die Bude abfackeln willst. Der Kerl muss ein echtes Arschloch sein, wenn Ihre Zartheit zu solchen Mitteln greift.«

»Der Kerl ist ein noch größeres Arschloch.« Endlich mal keine Lüge. Islas Herz vollführte einen Salto. Nach dem Gespräch mit Hannah hatte sie lange gegrübelt, bis ihr Plan stand, und anschließend noch länger mit sich gerungen, ob sie Hannah wirklich einweihen wollte. »Ich weiß nur nicht, was wir alles brauchen.«

Howie zündete seine Zigarette an und blies den Rauch Richtung Silverton. »Das regle ich.«

Trotz allem erschrak Isla bei dem Gedanken, dass er so was vielleicht schon einmal gemacht hatte. Besser, sie fragte nicht nach. »Es gibt da noch etwas, das ihr wissen solltet.«

»Hua, Lady.« Howie hob eine Hand. Rauch drang aus seinen Nasenlöchern, den Rest stieß er zwischen den Lippen hervor. »Wenn es n größeres Ding werden soll, sollten wir besser nochma reden. Rache schön und gut, aber …«

»Nein, nein«, beeilte sich Isla zu sagen. »Kein größeres Ding, ich verspreche es. Nur … Ich war nicht die Einzige, die Marduk gefangen gehalten hat. Es gibt noch einen Mann, Jeremy. Wir müssen ihn in Sicherheit bringen.« Sie hatte lang überlegt, ob sie den beiden auch von Sybil erzählen sollte, sich aber dagegen entschieden. Es würde zu viele Fragen aufwerfen und die beiden vielleicht sogar abspringen lassen. Eine Frau im

Koma war nichts, das man auf die leichte Schulter nahm. Sie würde sich mit Jeremy darum kümmern und von Amels Haus aus einen Krankenwagen rufen, ehe alles in den Flammen verbrannte.

Dies war eine der Schwachstellen in ihrem Plan. Aber er konnte auch nicht wasserdicht sein, solange Dinge darin eine Rolle spielten, die kein permanenter Teil dieser Welt waren.

Howie kratzte sich am Kinn, wo sich mindestens zwei Narben kreuzten. »Ich will dir ja nich zu nahetreten. Aber schonma daran gedacht, die Bullen zu rufen, wenn dieser Typ rumrennt und Leute entführt?«

»Ja. Aber ich bin nur eine Hauslehrerin. Amel Marduk ist Arzt. Wem, denkst du, werden sie wohl glauben?«

Damit war die Sache entschieden.

Einzig die Tatsache, dass Isla nicht mit Hannah und Howie zu Marduks Haus fahren wollte, gefiel Hannah nicht. Isla gab sich in diesem Punkt wortkarg und erklärte, dass sie auf anderem Weg dazustoßen würde, da sie im Zusammenhang mit ihrem Plan noch etwas zu erledigen hatte, über das sie nicht reden konnte. Sie hoffte, dass Hannah sich damit zufriedengab, und nach zahlreichen skeptischen Blicken war das auch der Fall. Irgendwann war alles besprochen, und Howie verabschiedete sich mit dem Hinweis, nach dem Ende von Hannahs Schicht zurückzukehren.

Obwohl Isla es kaum erwarten konnte, war ihr übel. Vielleicht hätte sie der ganzen Sache mehr Zeit geben sollen. Aber nachdem sie noch einmal in Ruhe über alles nachgedacht hatte, was bei ihrem letzten Besuch im Manifest geschehen war, wagte sie es nicht. Es gab mittlerweile zu viele Was-wäre-wenns.

Wenn Marduk ihr wieder auflauerte und sie nie die Chance

erhielt herauszufinden, ob Sybil ein Teil des Manifests geworden war.

Wenn Marduk herausfand, dass Jeremy hinter der schwarzen Maske steckte.

Wenn Marduk entdeckte, dass Jeremy sich nicht mehr in Hypnose befand.

Wenn Marduk einen Weg nach Silverton fand.

Wenn Ruby zu viel Kraft verlor.

Die Liste war zu lang, daher mussten sie in dieser Nacht angreifen. Von beiden Seiten.

Je weiter der Tag voranschritt, desto schwerer fiel es ihr, sich auf Alltägliches zu konzentrieren. Rubys Unterricht brachte sie mit letzter Willenskraft hinter sich. Das Essen vergaß sie dagegen völlig und bemerkte erst am Abend, dass ihr Magen vor Hunger grollte. In ihrem Zimmer hockte sie so lange vor einer Tasse, bis der Inhalt kalt geworden war, und stellte dann fest, keinen Teebeutel in das Wasser gegeben zu haben. Sie riss einen Kerzenständer um und verbrachte die nächste halbe Stunde damit, das Wachs vom Boden zu kratzen. Im Anschluss zwang sie sich an ihre Zeichnungen. Die Gewohnheit half ihr, sich abzulenken. Isla brachte zehn neue Bilder zu Papier und dachte sich eine passende Geschichte aus, ehe die Dämmerung einsetzte und es an ihre Tür klopfte.

Kurze Zeit später stand sie in der Einfahrt von Silverton und starrte auf die Rücklichter des Wagens, den Howie sich mit seinen Freunden teilte. Isla hatte ihm einen Teil ihrer Ersparnisse in die Hand gedrückt. »Für Benzin«, sagte sie und hoffte, dass der restliche Betrag ausreichte, um sich zumindest ansatzweise bei ihm zu bedanken. »Und was ihr euch sonst noch so kaufen wollt, von dem ich nichts wissen will.« Sie war froh über die Gelegenheit. Bei der Vorstellung, ihn quasi für Brandstiftung gegen Bezahlung anzuheuern, fühlte sie sich schlecht.

Hannah hatte geschwiegen und Isla lediglich zugenickt. Ihre Miene war düster, und doch gab es plötzlich eine Verbindung zwischen ihnen, die zuvor nicht da gewesen war. Jetzt waren sie mehr als zwei Frauen, die für denselben Haushalt arbeiteten. Sie waren Komplizinnen.

Die Lichter flackerten zwischen den Bäumen auf wie eine Vorschau auf das, was in dieser Nacht geschehen sollte. *Danach wird nichts mehr so sein wie zuvor*, wisperten sie.

Isla rieb sich die Oberarme. »Das hoffe ich«, sagte sie, wandte sich ab und machte sich auf den Weg in das Haus. Sie hatte ja noch eine weitere Komplizin, die sie auf ihre Aufgabe vorbereiten musste.

Auf einmal wurde ihr bewusst, wie unterschiedlich viel fünf Menschen über die eine Sache wussten, wegen der sie an einem Strang zogen. Ruby ahnte am allerwenigsten, und doch war sie diejenige mit der größten Kraft.

Isla huschte ins Haus und traf auf die Austins. Sie standen vor einem Gemälde, das sie noch nie zuvor gesehen hatte. Es war riesig – sie hätte die Seitenränder des massiven Goldrahmens nicht fassen können, wenn sie die Arme ausgestreckt hätte – und zeigte eine Herde Zebras. Sie rannten über eine Steppe, die Beine lang und elegant, die Köpfe voller Stolz erhoben. Ihre Mähnen flatterten und vermittelten der Halle von Silverton ein ungewohntes Gefühl von Freiheit. Im Hintergrund waren vor einer Kulisse aus Gold- und Rottönen Schatten zu erkennen, und es blieb dem Betrachter überlassen, ob er darin eine Gebirgskette sehen wollte oder Raubtiere, die den Zebras folgten.

Victoria redete auf Alan ein, der die Position des Gemäldes

eine Winzigkeit veränderte. Weder sah er auf, noch gab er Antwort.

Victoria dagegen schenkte Isla den Blick einer Arbeitgeberin, die über Gut und Böse entscheiden konnte.

Momentan hatte Isla weder Zeit noch Nerven, um dieses Spiel mitzuspielen. »Ich bin auf dem Weg zu Ruby«, rief sie, ohne langsamer zu werden. »Es ist höchste Zeit für ihre Gutenachtgeschichte.«

Zu ihrem Glück hatte Victoria keinen ihrer seltenen mütterlichen Anflüge und nickte lediglich. Noch immer lag ein Rest Missbilligung in ihrer Miene, aber das störte Isla nicht mehr. Die Zeit, in der ihr der Respekt der Austins wichtig gewesen war, lag hinter ihr, und nach allem, was sie von Jeremy wusste, würde sich das auch nicht mehr ändern.

Ihre Beine zitterten, während sie den Weg zu Rubys Zimmer einschlug. Eigentlich bebte ihr gesamter Körper. Sie fühlte sich, als hätte sie ein Kostüm übergestreift, eine Verkleidung in Form der alten Isla, die brav ihre Aufgaben erledigte und sich nicht in Dinge einmischte, die sie angeblich nichts angingen. Jetzt mischte sie sich sogar in Dinge ein, die ihr vor Wochen eine Gänsehaut beschert hätten.

Sie blieb vor Rubys Zimmer stehen und ging sämtliche Punkte ihres Plans noch mal durch. Hannah und Howie würden Zeit brauchen, um in Brookwick anzukommen, und dann noch etwas länger für die Suche nach Marduks Haus.

Ihre Hände waren feucht, und sie wischte sie an ihrer Hose ab. Bald gab es kein Zurück mehr. Es hing so viel ab – von ihnen allen.

Sie probte ein Lächeln, bis es sich halbwegs echt anfühlte, und öffnete die Tür.

Ruby saß aufrecht im Bett und blickte ihr entgegen, als hätte sie ihre Ankunft geahnt. Vielleicht hatte sie auch einfach nur ihre Schritte gehört.

»Hallo Kätzchen.« Isla betrachtete noch einmal den Flur und schloss die Tür hinter sich. Egal, was heute Nacht geschah, morgen würde alles anders sein. »Bereit für eine neue spannende, aufregende, mitreißende und packende Geschichte?« Sie zog die Zeichnungen hervor.

Ruby strahlte, nickte und starrte auf ihre Bettdecke. Sie sah ungewöhnlich nachdenklich aus, zu nachdenklich für ein kleines Mädchen.

»Hey.« Isla ließ sich auf die Bettkante fallen, fasste das helle Kinn und zog es herum. »Was ist passiert?«

Ruby griff nach einer Haarsträhne, zwirbelte sie und steckte sich die Schlaufe hinter das Ohr. Dann seufzte sie sehr theatralisch und schob die Unterlippe vor. »Ich mag nicht schlafen gehen.«

»O Süße«. Isla musste sich zusammenreißen, um Ruby nicht in die Laken zu drücken und ihr zu sagen, dass sie die Augen schließen sollte. Betont langsam zupfte sie die Strähne zurück und glättete sie. »Warum nicht?«

Ruby sah sie an, als wäre das eine sehr, sehr dumme Frage, griff unter ihre Bettdecke und zog unter einigen Mühen Jem hervor.

Isla starrte auf die Knopfaugen sowie die zerfaserte Naht, wo sich das zweite Ohr befinden sollte, und versuchte, Jeremy aus ihren Gedanken zu verdrängen.

Ruby drückte den Bären fest an sich. »Ich mag es noch immer nicht«, sagte sie. Das struppige Fell des Stofftiers verschluckte die Hälfte der Silben. »Es ist immer noch so dunkel, und wenn ich aufwache, ist mir kalt.« Die Unterlippe zitterte. Sie war nun nicht mehr vorgestülpt, und auch die Theatralik war verschwunden. Jetzt war Ruby nur ein kleines Mädchen, das sich fürchtete.

»Du redest von deinen Träumen, mein Schatz«, flüsterte Isla und fuhr fort, Rubys Haare zu bearbeiten. Ihre Hände schienen unter Strom zu stehen.

Ruby nickte, dann drehte sie sich um und kuschelte sich mit dem Bären an Isla.

Der Strom sammelte sich in ihrer Kehle und verwandelte sich in einen dicken Kloß.

Ruby blinzelte zu ihr hoch. »Ist dir kalt?«

»Nein.« Lächeln war leichter, als sie erwartet hatte.

»Aber du zitterst. Vielleicht bist du müde.« Ruby setzte sich wieder aufrecht. Ihre Augen blitzten, als wäre ihr eine Idee gekommen. »Vielleicht solltest du schlafen gehen!«

»Und du liest mir dann von Sybil vor?«

Das war das Stichwort: Ruby ließ sich zurückfallen und grub sich mit Jem im Arm tief in ihr Kissen. »Nein, du liest mir vor. Aber dann musst du ganz schnell in dein Bett und schön träumen. Du kannst das ja.«

Isla versuchte, ihr Lächeln zu halten. »Du kannst das auch bald wieder«, sagte sie, beugte sich vor und hauchte Ruby einen Kuss auf die Stirn. »Manchmal muss man um seine Träume kämpfen, weißt du?«

»Wie Sybil?«

»Ja, genau.« Isla nahm die oberste Seite und hielt sie so, dass Ruby die Zeichnung sehen konnte. »Wie die tapfere Sybil. Möchtest du wissen, wie sie sich gegen den bösen Amel behauptet und sich von ihm befreit hat?«

Ruby nickte. Isla setzte sich zu ihr auf das Bett und lehnte sich an das Kopfende. Das Papier glitt ihr aus den Händen, die Seiten verteilten sich auf dem Oberbett. Beim Versuch, alles wieder zusammenzusammeln, entglitt ihr erneut eine Seite, und Sybils vorwurfsvoll-strenges Gesicht blickte sie an. Isla schluckte einen Fluch hinunter und legte die Seite zu den anderen. Sie machte es sich wieder bequem und wollte gerade anfangen, als Ruby ihr den Bären entgegenstreckte. »Hier, nimm du ihn.«

»Ich?«

»Ja. Jem will nun bei dir sein. Du brauchst ihn gerade mehr als ich.«

Isla schluckte krampfhaft, während sie Jem in den Arm nahm. Der Teddy roch alt und nach frischem Waschmittel, doch da war auch etwas Vertrautes. Sie räusperte sich und gab vor, die Zeichnungen in die richtige Reihenfolge zu bringen, um sich wieder zu fangen. Dann lehnte sie sich zurück und legte einen Arm um Ruby. Mit leiser Stimme begann sie ihre Erzählung. Es fiel ihr schwer, sich darauf zu konzentrieren. Zu viel schwirrte durch ihren Kopf. Sie machte sich Sorgen um Jeremy, natürlich um Ruby, darum, dass Hannah und Howie es rechtzeitig zu Marduks Haus schafften. Sie hoffte, dass zumindest ein Teil des Netzes halten würde, das sie geknüpft hatte, damit Marduk sich darin verfing. So viele unterschiedliche Gefühle tobten in ihrem Inneren, doch nur eines erstaunte Isla.

In den winzigen Augenblicken zwischen ihren Atemzügen, wenn sie sich einzig und allein auf diesen Moment konzentrierte und nicht an das dachte, was hinter ihr lag oder noch auf sie wartete, war sie glücklich.

25

Er war nicht da.

Isla lief ein Stück den Gang hinab, wartete und drehte sich um. Vor Verzweiflung hätte sie am liebsten geschrien, aber sie durfte keine Aufmerksamkeit auf sich ziehen. Sie lief wieder zurück, tauchte in den anderen Gang ein, rannte bis zu der Stelle, an der auf einer Fläche von zwei Schritten Regen zu Boden fiel, und blieb erneut stehen. Zuckerwatteduft umschlang sie wie etwas Warmes, Klebriges, zu stark, um angenehm zu sein. Die Nässe rann über ihr Gesicht und drang durch ihre Kleidung, aber sie merkte es kaum.

Jeremy war nicht da.

Sie hatte an der Stelle im Korridor gewartet, an der sie sich in der Nacht zuvor getrennt hatten, und sich dann voller Sorge zum See aufgemacht. Dieses Mal hatte eine kleine Brücke hinübergeführt, mit einem Geländer aus stilisierten Vögeln, ähnlich der in Islas Geschichte, die sich über den Teich auf dem Grundstück von Sybils Eltern wölbte.

Trotz allem war die Brücke ein sehr gutes Zeichen. Mit viel Glück gab es in dieser Traumwelt nun auch eine Sybil. Sollte das der Fall sein, musste Isla nur noch Amel auf sich aufmerksam machen und anschließend seinen Eingang zum Manifest finden, um es zu verlassen und sich mit Hannah und Howie zu treffen. Doch zunächst musste sie Jeremy treffen. Wissen, dass es ihm gut ging. Wo er steckte. Sie musste ihn sehen, Himmel noch mal!

Isla drehte sich einmal um die eigene Achse. Hinter dem See hatte es zunächst nur einen Gang gegeben, der dieses Mal nach rechts verlaufen war. Nach wenigen Minuten gabelte er sich. Dort wartete sie, bis ihre Nerven so angespannt waren, dass sie glaubte, beim nächsten Atemzug zerspringen zu müssen. Sie befürchtete, Jeremy zu verpassen, wenn sie sich nun für eine Richtung entschied.

Er hatte ihr gesagt, er würde da sein, und er hielt Wort. Das bedeutete entweder, dass er das Manifest noch nicht betreten hatte, oder dass es zu Problemen gekommen war. Leider schloss die erste Möglichkeit die zweite nicht aus.

Isla sah sich noch einmal um, ging in die Hocke, legte ihr Messer auf den Boden und gab ihm Schwung. Es drehte sich mehrmals, ein Flirren aus Silber und Gefahr, und kam mit der Klinge in Islas Richtung zum Stillstand. Sie versuchte es noch einmal, und dieses Mal zeigte das Messer auf den linken Gang.

»Also gut.«

Er roch nach Gebackenem und nach Fäulnis und war heller als zuvor, eine grünlich gefärbte Dämmerung, als würde ein Garten von entfernten Lampions beleuchtet. In Rubys Traummanifesten war es niemals Tag.

Das Echo ihrer Schritte kam verzögert, aber dafür gleich doppelt, sodass sich Isla regelmäßig umdrehte, um sicherzugehen, dass sie noch immer allein war. Um sich abzulenken und ihre Nerven zu schonen, rief sie sich eines der Lieder ins Gedächtnis, die sie regelmäßig mit Ruby sang.

Zwischen Berg und tiefem, tiefem Tal
Saßen einst zwei Hasen,

fraßen ab das grüne, grüne Gras
fraßen ab das grüne, grüne Gras
bis auf den Rasen.

Es half, und allmählich gewöhnte sie sich an den Nachhall. Sogar als sie einen Schatten im Augenwinkel zu sehen glaubte, kam sie nur kurz aus dem Rhythmus. Der Umriss war klein gewesen, vielleicht ein Tier. Bisher war die einzige Gefahr in dieser Welt von Marduk ausgegangen. Sie musste einfach darauf vertrauen, dass das auch weiterhin galt.

Nach einer Weile begannen Islas Waden zu pochen. Der Gang stieg an, der ebene Untergrund ähnelte bald einem Waldboden mit Wurzeln und Gesteinsbrocken. Umgestürzte Baumstämme gesellten sich hinzu. Sie kam immer schwerer voran, aber zumindest konnte sie die Umgebung trotz der Dämmerung gut im Auge behalten, da das Gelände vor ihr nach kurzer Zeit abfiel und sich in einer Art Tal am Fuß des Bergs ausbreitete, auf dem sie sich bewegte. Sie nutzte den Schutz zweier Baumstämme und nahm sich einen Moment, um den Blick über die Landschaft schweifen zu lassen. Trotz allem musste sie zugeben, dass sie wunderschön war. Bäume und Pflanzen ähnelten weitgehend denen, die sie – und Ruby – von zu Hause kannten. An manchen Stellen glommen kleine Lichter auf: Glühwürmchen, Vögel oder andere Waldbewohner. Vor Isla kroch eine Raupe über den Stamm und schimmerte in sämtlichen Blau- und Grüntönen, die sie sich vorstellen konnte. Es war eine friedliche Welt. Die Vorstellung, dass Marduk sie an sich riss, wenn auch nur zum Teil, war einfach falsch. Er gehörte nicht hierher mit seiner Besessenheit und der Trauer, die sich im Laufe der Jahre in etwas Fauliges verwandelt hatte. Ob er früher, vor Sybils Koma, Schönheiten wie diese Raupe bemerkt hätte?

Isla rümpfte die Nase. Was tat sie da gerade, ein menschliches Wesen in ihm suchen? Es gab tausend Dinge, die sinnvoller waren. Zum Beispiel, Jeremy zu finden. Sie warf einen Blick auf ihre Uhr – noch blieb ein Zeitfenster, um zu Hannah und Howie zu stoßen –, hielt den Atem an, als sie eine Bewegung auf der Ebene unter sich bemerkte, und suchte das Gelände nach einem Weg ab. Sie fand ihn ein Stück entfernt. Er war schmal, aber das war ihr nur recht – es minderte die Gefahr, entdeckt zu werden.

Schwer atmend, kam sie am Fuß des Wegs an und blinzelte über eine Ebene, auf der das Gras wogte, als befände es sich unter Wasser. Tausende Halme tanzten, einer stummen Melodie folgend, und stoben auseinander, als würden unsichtbare Wesen zwischen ihnen schweben.

Es war ein so faszinierender Anblick, dass Isla wie gebannt stehen blieb.

Dann bemerkte sie die andere Bewegung, dieses Mal ganz nahe. Erschrocken hob sie den Kopf – und blickte in zwei pechschwarze Augen. Es war ein Zebra, anderthalbmal so groß wie die Tiere, die Isla aus Zoos kannte. Davon abgesehen wirkte es normal und vor allem friedlich, betrachtete sie noch eine Weile, senkte den Kopf und begann zu grasen. Nun sah Isla weitere Tiere, eine ganze Herde.

Natürlich träumte Ruby von Zebras. Sie musste das neue Bild in der Halle von Silverton gesehen haben.

Isla streckte eine Hand aus und berührte das Fell des Tiers, glatt und rau zugleich. Am Hals zuckte ein Muskel, doch abgesehen davon und dem von einer Seite auf die andere pendelnden Schwanz stand es still. Islas Hand glitt über das Streifenmuster aus Schwarz und Weiß, während sie das Tier sanft zur Seite schob. Es gehorchte, als wäre die Berührung eines Menschen zu vertraut, um Angst zu empfinden.

Isla erreichte das nächste Tier, dann noch eines. Der Geruch nach Zuckerwatte war verschwunden. Als Isla die Mitte der Herde erreichte, lächelte sie. Ein Zebra wandte den Kopf und sah sie an, als wollte es fragen, warum sie stehen blieb.

»Weil es so ein wunderschöner Moment ist«, raunte sie ihm zu. »Vielleicht habe ich auch einfach Angst vor dem, was mich hier noch erwartet. Du bist nämlich nicht real, weißt du? Du könntest dich beispielsweise jederzeit in etwas anderes verwandeln. Und mir einen Vogel zeigen, da ich mit einem Zebra rede. Oder Ex-Zebra. Was immer du dann wärst.«

Ihr Gefühl sträubte sich gegen die Worte. Natürlich war es real. Jetzt, in diesem Augenblick, war das Zebra so real wie alles andere, das sie sehen und riechen, fühlen und hören konnte. Das sie bedrohen und verletzen konnte. Und damit war es *wirklich da*.

Eines der Tiere stampfte mit dem Huf auf, ein anderes schnaubte. In die Herde kam Bewegung. Sie setzte weiter hinten ein und arbeitete sich zu ihr vor.

Isla drehte sich um. Zu spät kam ihr in den Sinn, dass die Tiere nicht freiwillig eine Gasse bildeten. Jemand zwang sie dazu, erschreckte sie.

Das Zebra neben ihr stob zur Seite. Sie versuchte nicht länger, die Ursache für die Unruhe auszumachen. Nun zählte nur, dass sie rechtzeitig hier wegkam. Isla schob sich weiter, wurde aber sofort von zwei Tieren eingekeilt, die ihre Köpfe erhoben hatten und sich mit rollenden Augen umsahen. Schaumiger Speichel bildete sich an den Samtlippen. Eines scheute und stieg auf die Hinterläufe.

Isla konnte nichts tun. Etwas hatte die Tiere in Angst versetzt, und nun gab es für sie nur noch die Flucht.

Sie musste hier raus!

Sie presste die Hände gegen die Flanke eines der Tiere und schob. Es sprang in die Höhe, fuhr herum und versuchte, sie zu beißen, zu verstört von dem, was gerade geschah. Isla zog die Hand gerade noch rechtzeitig zurück, wich einem anderen Tier aus und erschrak, als ein weiteres schrie. Es klang beinahe menschlich.

Die Luft war gefüllt von Bewegungen und dem Geruch von Angst, Körper drängelten, quetschten sie ein, etwas Schweres landete auf ihrem Fuß. Sie schob und trat ebenfalls. Es gab nur noch den Gedanken, sich zu befreien, und sie bemühte sich verzweifelter, je enger ihr Gefängnis wurde.

Schon wieder gefangen.

Direkt vor ihr stoben die Zebras auseinander. Jemand schob sich zwischen ihnen hindurch, frontal auf Isla zu. Ehe sie reagieren konnte, legte sich etwas Eiskaltes um ihren Hals.

»Was tust du hier?«

Die Stimme war laut und kraftvoll, aber … weiblich.

Isla war so verwundert, dass sie wertvolle Sekunden lang vergaß, sich zu wehren. Sie holte krampfhaft Luft, was ihr nur halbwegs gelang, und schlug nach den Händen. »Lass …«

Ein Wutschrei beantwortete ihre armseligen Versuche, doch der Schraubstock um ihren Hals lockerte sich nicht. Dafür wurde sie durchgeschüttelt. Sie versuchte es noch einmal, sorgte aber lediglich dafür, dass ihr Angreifer wütender wurde und sie mit einem Ruck zur Seite zerrte. Isla stolperte und knickte um. Panisch dachte sie daran, was geschehen würde, wenn sie nun aufgab. Mit Jeremy und Ruby, aber auch mit Hannah und Howie.

Als sie den Mund aufriss und mit aller Kraft Luft holte, klang es schrecklich. Viel brachte es ihr nicht, schenkte ihr aber genügend Energie, um auszuholen und ihren Kopf nach vorn zu schlagen. Er traf auf etwas Hartes. Wimmernd presste Isla die Augen zusammen. Erst dann bemerkte sie, dass der Druck an ihrem Hals nachgelassen hatte. Sie konnte wieder atmen!

Gierig sog sie die Luft ein, verschluckte sich und hustete so sehr, bis sie sich krümmte. Dabei taumelte sie zurück, um weiteren Abstand von ihrer Angreiferin zu nehmen – einer Gestalt ganz in Weiß. Sie passte nicht hierher, strahlend und hell. Ihre Haut besaß nahezu dieselbe Farbe wie ihre Kleidung.

Es war ein seltsamer Kontrast: Isla ganz in Schwarz, gekleidet für die Nacht und Schatten in einer von Marduk verzerrten Welt, und die Frau ihr gegenüber in unschuldigem Weiß, so als wäre Isla die wahre Gefahr im Manifest.

Die Frau trug ein Kleid. Es besaß einen weiten Rock, der sich bei jeder noch so winzigen Bewegung bauschte und mit Perlenstickerei besetzt war, sowie Puffärmel. Ein Kleid für eine Prinzessin. Ein Kleid, das sich nur ein kleines Mädchen wünschen konnte.

Isla schnappte noch immer nach Luft: Die Frau stand nur wenige Handbreit von ihr entfernt. Aus ihrer Nase rann etwas Blut, das sie mit einer genervten Bewegung wegwischte. Dunkle Augen blitzten Isla entgegen. »Wer bist du? Und wo sind wir hier?«

Isla antwortete nicht. Sie konnte nicht. Für diesen einen Moment hatte sie vergessen, wie man Worte formte.

Es war Sybil. Wirklich und wahrhaftig Sybil, lebendig und voller Emotionen.

Endlich spürte Isla, dass sich ihre Lippen bewegten. »Es hat

436

funktioniert«, flüsterte sie und wusste nicht, ob sie auf der Hut sein oder vor Freude in die Luft springen sollte. Am besten, sie blieb auf Abstand. Der schönste Plan brachte nichts, wenn der zentrale Bestandteil sie erwürgte. »Sybil?«

Marduks Verlobte runzelte die Stirn. Sie war noch immer wütend, aber auch verwirrt, und Isla hatte den Verdacht, dass beides zusammenhing. Natürlich war sie wütend. So hatte sie es ja auch geplant. »Du bist es wirklich.« Sie redete Unsinn, das war ihr bewusst. Das war nicht Sybil, sondern Rubys Vorstellung von ihr. Die Vorstellung einer schönen, starken und vor allem zornigen Frau. Die echte Sybil befand sich in der realen Welt, zumindest ihr Körper. Was mit ihrem Geist war, würde Isla wohl niemals herausfinden.

Wie zur Bestätigung ging ein Zittern durch Sybils Körper. Er flackerte und verschwand für einen Atemzug, dann kehrte er wieder zurück. Noch immer hatte sie den Mund geöffnet, als würde sie die Zähne fletschen wollen.

Isla überlegte. »Hör mir zu Sybil, ich …« Sie schrie auf, als die Frau auf sie zuging.

»Woher kennst du meinen Namen? Und wer bist du überhaupt? Hat er dich etwa geschickt?«

Sie redete von Marduk, ihr Hass war Ruby leider zu gut gelungen. Isla war nicht sicher, was sie sagen sollte oder konnte, aber sie wollte tunlichst vermeiden, noch einmal angegriffen zu werden. »Mich hat niemand geschickt«, sagte sie leise und, wie sie hoffte, beruhigend.

Die falsche Antwort. Hier war kein Gespräch möglich. Alles, was sie erreichen konnte, waren weitere Explosionen.

»Woher kennst du meinen Namen?« Sybil ließ ihr keine Zeit und packte ihr Haar.

Isla schrie auf und versuchte, sich zu befreien. Das gab Sybil die Möglichkeit, ihr den Ellenbogen ins Gesicht zu stoßen.

Isla biss die Zähne zusammen und ließ sich fallen, da ihr nichts anderes mehr einfiel. »Hör auf! Ich bin nicht deine Gegnerin!«

Sybil ließ sich davon nicht beeindrucken, packte sie – und wurde zurückgerissen.

»Lass die Finger von ihr. Sie sagt die Wahrheit.«

Jeremy!

Er riss Sybil herum … und erstarrte. Ungläubig musterte er sie von oben bis unten, wobei sein Blick etwas länger an den Puffärmeln hängenblieb. Dann ließ er sie los, als hätte er sich verbrannt. Kurz schweifte sein Blick zu Isla – er war erleichtert, sie zu sehen, doch gleichzeitig wünschte er sich, sie wäre nicht gekommen und noch immer in Sicherheit.

Zu Islas Überraschung gehorchte Sybil. Womöglich lag es daran, dass Jeremy durch seine Körpergröße und mit der dunklen Kleidung nicht wirkte wie jemand, dem man sich entgegenstellen wollte. Stattdessen starrte sie ihn an und rührte sich nicht. Entweder hatte er sie eingeschüchtert oder … es sah fast so aus, als würde sie ihn erkennen.

Sybil fauchte. Die Situation gefiel ihr nicht, mehr noch, sie überforderte sie. »Ich habe … ich weiß nicht …« Sie brach ab, zuckte die Schultern und ließ sie dann hängen, den Kopf auf eine Seite gelegt. Es erinnerte an Ruby. »Wer bist du? Deine Stimme, ich habe sie schon mal gehört. Ganz ganz ganz sicher!«

Ihre Wut stand in seltsamem Kontrast zu den kindlichen Worten. Es war Ruby, die da durch Sybil sprach. Aber wie war das möglich? Und warum glaubte Sybil, Jeremys Stimme zu erkennen? Hatte Ruby ihre Erinnerungen an Jeremy eingeflochten, die noch irgendwo in ihrem Unterbewusstsein gespeichert waren?

Es traf Isla, dass Sybil als Projektion von Rubys Fantasie sie angegriffen hatte. Aber sie musste auch bedenken, dass sie wahrscheinlich der erste Mensch war, auf den Sybil gestoßen war, dass in den Traummanifesten Dinge verzerrt wurden … und dass Jeremy Rubys Leben viel stärker geprägt hatte als sie selbst. Schließlich war die Kleine mit ihm aufgewachsen.

Jeremy stand Sybil gegenüber, ebenso reglos wie die Frau selbst. Ein Mundwinkel zuckte leicht, und seine vor der Brust verschränkten Arme standen etwas zu sehr unter Spannung.

»Ich kenne dich auch, Sybil«, sagte er tonlos. »Durch Amel.«

Sybil zuckte bei Amels Namen zusammen und hob die Hände, die Finger gespreizt, als wollte sie Jeremy das Gesicht zerkratzen.

Er ignorierte es. »Er ist hier, ganz in der Nähe. Ich weiß nicht genau wo, aber ich bin nicht scharf darauf, es herauszufinden. Er hat mich gefangen gehalten, so viele Monate, dass ich irgendwann aufgehört habe zu zählen. Ich habe sogar aufgehört, mich wie ein normaler Mensch zu fühlen, und es gab Tage, an denen ich aufgewacht bin und die Welt aus einem anderen Blickwinkel gesehen habe. Als würde ich eine Maske tragen, die ich mir nicht vom Gesicht reißen konnte, so sehr ich es auch versucht habe. Manchmal war ich nicht einmal sicher, ob die Maske nur mein Gesicht bedeckt oder auch etwas da drinnen mit mir angestellt hat.« Er deutete auf seinen Kopf. Die Bewegung war hart und energisch.

Isla konnte den Blick nicht von ihm wenden. Es klang schrecklich. Ihr gegenüber war er stets stark gewesen, hatte sich sogar freiwillig zurück in seine Gefangenschaft begeben. Sie hatte gewusst, wie schlimm sein Leben als Tom war, aber das hier … das war etwas anderes. Jeremy redete von seiner Seele und was Marduk ihr angetan hatte. Gleichzeitig spielte er dieses Kammerspiel instinktiv mit und wiegelte Marduks Verlobte gegen ihn auf.

Sybils Miene hatte sich weiter verdüstert, aber sie nickte langsam.

»Jetzt bin ich hier«, fuhr Jeremy fort. »Außerhalb seiner Reichweite. Und ich habe nicht vor, das zu ändern.«

Sybil schnaubte. »Du versteckst dich. Du läufst vor ihm weg. Wie ein … wie ein Kind.« Sie starrte auf ihre Hände. »Dabei bist du stark, Jem. So stark.«

Bei der Erwähnung des Kosenamens lief eine Gänsehaut über Islas Rücken. Auch Jeremy wirkte überrascht, fing sich aber wieder. »Das mag sein, ja. Aber er hat andere Fähigkeiten. Oder denkst du, er hätte mich sonst so lange kontrollieren können? Der Mann ist ein Monster.«

»Monster kann man besiegen«, sagte Sybil. »Das geht aber nicht, wenn man vor ihnen wegläuft. Man muss sie jagen. Jem, ich werde Amel jagen, bis er nicht mehr laufen kann. Ich habe mich lange genug von ihm schlecht behandeln lassen.« Es waren haargenau Islas Worte. Die Worte aus der Geschichte für Ruby. »Mach, was du willst. Bleib hier mit …« Sie musterte Isla, drehte sich um und rannte ohne Vorwarnung auf die Bäume zu.

Jeremy rief ihr hinterher, aber sie reagierte nicht, und dann war sie auch schon in der Dämmerung verschwunden.

Isla wartete einen Moment. Als sie sicher war, dass Sybil nicht mehr zurückkehrte, ging sie zu Jeremy und kuschelte sich in seine Arme. Er zog sie an sich und senkte den Kopf, bis seine Stirn ihre berührte.

Isla genoss den Moment, gerade weil sie wusste, dass er nicht lange dauern würde. »O mein Gott«, murmelte sie gegen seine Schulter. »Wir haben ein Monster erschaffen, Ruby und ich.« Jeremy roch so wundervoll vertraut.

Er hauchte ihr einen Kuss auf die Stirn. Es kribbelte, und sie wünschte sich, er würde sie noch einmal küssen, auf die Stirn, die Wangen, die Lippen, es war ihr egal. Hauptsache, er war bei ihr, berührte sie. Ließ sie wissen, dass die ganze Sache ein gutes Ende nehmen konnte.

»Ich glaube das einfach nicht«, sagte er und sah Isla an. Sein Atem streifte ihre Schläfe.

So nah.

»Hast du gemerkt, dass man manchmal durch sie hindurchsehen konnte?«

Isla nickte. »Natürlich. Sie ist ebenso eine Projektion wie alles andere hier.«

»Aber normalerweise wird das Manifest nicht von Menschen bevölkert, die es dort draußen wirklich gibt. Ich kann nicht fassen, dass es funktioniert hat, Isla.« Er fuhr ihr durch das Haar. »Es hat wirklich funktioniert.«

Sie hielt seine Hand fest und genoss, dass die Wärme seiner Haut auf ihre überging. »Ich kann es auch kaum glauben. Vor allem, dass sie wirklich so ... wütend ist. Himmel, Jeremy, sie hat mich beinahe erwürgt.«

»Ich glaube nicht, dass sie das wirklich wollte. Du hast sie wahrscheinlich ebenso erschreckt wie sie dich. Glaubst du, sie weiß, was das hier ist? Was sie ist?«

»Ich denke nicht. Ruby hat sie nach meinen Erzählungen

erschaffen, und damit ist Sybil eine starke Frau, ähnlich einer Kriegerin, nur ohne Waffen. Ihre Wut auf Marduk treibt sie an.«

»Eine Menge Wut«, pflichtete er ihr bei. »Was hast du meiner Schwester nur erzählt?«

Sie hörte das Zwinkern in seiner Stimme und boxte ihm leicht gegen den Arm, vor allem, um ihn weiter zu berühren. »Nur dass er der Bösewicht ist und Sybil unter Kontrolle hält. Ich habe mich nicht getraut, das Wort Hypnose zu benutzen … ich wusste nicht, ob das irgendetwas bei Ruby auslösen würde.«

»Ruby … Sybil hat mich in manchen Dingen so sehr an sie erinnert.«

»Weil sie ein Teil von ihr ist.«

Er dachte darüber nach. »Ich vermute vielmehr, Ruby hat alles das in Sybil einfließen lassen, was sie zu Hause unterdrücken muss. Du kannst mir nicht erzählen, dass meine Schwester wie ein normales Mädchen aufwächst. Meine Eltern hätten besser eine Puppe kaufen sollen – keine Widerworte, absoluter Gehorsam. Ruby muss eine Menge runterschlucken. Vielleicht hat sie deine Geschichte über Sybil als Anlass genommen, um das alles endlich loszuwerden.«

Es ergab in vielerlei Hinsicht Sinn, und Isla erschauerte. Die arme Ruby! »Du willst sagen, dass sie quasi einen Teil, den sie verdrängen musste, in Sybil manifestiert hat? Den Teil von ihr, der sich wehrt?« Die Vorstellung war erschreckend. »Es ist meine Schuld, nicht wahr?« Sie wagte kaum, Jeremy anzusehen. »Ich hätte mich darum kümmern müssen. Um Rubys Angst und Wut und das Gefühl, allein zu sein.«

»Nein. Es liegt nicht an dir geradezubiegen, was meine Eltern verkorkst haben. Dazu hättest du Jahre früher kommen müssen. Vielleicht sollten wir einfach froh sein, dass Ruby ein Ventil gefunden hat.« Er betrachtete die Landschaft, in der Sybil verschwunden war.

Isla war nicht ganz überzeugt, aber sie hoffte, dass er recht behielt. »In dem Fall hat mein Plan wohl besser funktioniert, als ich gedacht hatte.«

Jeremys Gesicht entspannte sich. Noch eine Nuance mehr, und sie würde ein Grinsen erahnen können. »Das kann man so sagen, ja. Falls du weitere Dinge geplant hast, solltest du mir davon erzählen, damit ich mich vor ihnen schützen kann.« Er zögerte und strich dann sanft über ihre Wange, ihren Hals hinab bis zu ihrem Schlüsselbein.

Isla genoss das Kribbeln auf der Haut und hielt still. Marduks Fähigkeiten hatten nicht ausgereicht, um sie zu hypnotisieren, aber Jeremy gelang es spielerisch. Ihre Blicke suchten einander, scheu von dem Wunsch, allein mit dem anderen zu sein. Dann ließ Jeremy die Hand sinken, und der Moment war vorbei.

Islas Gesicht brannte, aber das war ihr gleichgültig. Jeremy wusste ohnehin bereits, was sie für ihn empfand. Er hätte direkt in ihre Seele blicken können, und sie hätte es mit Freuden zugelassen. Aber jetzt blieb ihnen keine Zeit. »Es gibt in der Tat noch etwas, das du wissen solltest«, sagte sie. Es klang heiser, und er holte auf eine Weise Luft, die ihr verriet, dass es ihm ebenso ging wie ihr.

»Was?« Ein Wort nur, tausend warme Regenschauer auf der Haut.

»Du musst mich zu der Tür bringen. Der, durch die du das Manifest betreten hast.«

Er sah sie an, als hätte sie den Verstand verloren. »Warum sollte ich das tun? Es ist zu gefährlich, Amel könnte noch immer in der Nähe sein.«

»Mit etwas Glück findet Sybil ihn vorher. Oder er sie. Aber ich muss jemanden treffen. An seinem Haus.« Sie erzählte ihm von Hannah und Howie und ihrem Plan B. »Damit drängen wir ihn in eine Ecke. Es gibt dort noch immer die echte Sybil, und weil sie ihm so wichtig ist, wird er alles tun, um sie zu schützen. Er wird versuchen, sie zu retten, auch wenn er nicht weiß, ob sie jemals erwachen wird. Vielleicht bricht das seine Konzentration. Die Angst, sie zu verlieren. Falls es nicht funktioniert … nun, dann hat das keinerlei Einfluss auf alles andere. Wir könnten uns weiterhin hier im Manifest treffen und nach einer anderen Lösung suchen.«

»Du würdest hinnehmen, dass Sybil umkommt?« Er klang interessiert, nicht entsetzt.

»Auf gar keinen Fall«, stotterte Isla. »Wir bringen sie rechtzeitig in Sicherheit. Daher brauche ich Hannahs Hilfe. Abgesehen davon weiß ich nicht, wie man ein echtes Feuer legt, das nicht sofort wieder ausgeht.«

»Worüber ich sehr froh bin«, sagte Jeremy trocken.

»Ich habe einen Schuppen gesehen, als ich zum ersten Mal am Haus war. Dorthin können wir sie schaffen und dann einen Krankenwagen rufen. Es besteht keine Gefahr für sie.«

Er musterte sie, hinter seiner Stirn arbeitete es. »Ich werde es tun. Zurückgehen, meine ich.«

»Aber …«

»Ist dir eigentlich klar, wie gefährlich das alles ist, was du dir zurechtgelegt hast?« Seine Stimme war lauter geworden.

Sie antwortete umso leiser. »Wie wir gerade gesehen haben, ist es gefährlicher, wenn wir ihn nicht stoppen. Ich muss gehen, Jeremy. Hannah vertraut keinem Fremden, so gut kenne ich sie. Ich habe ihr gesagt, wir treffen uns, und genau das werden wir auch tun.« Es war die einzige Möglichkeit. Die einzige Wahrheit.

Sie würde nicht nachgeben.

»Verdammt, Isla! Wir kann man nur so halsstarrig sein?« Er überlegte. »Also gut, wir werden beide gehen. Amel wird fuchsteufelswild sein, wenn er dich hier findet. Eure letzte Begegnung im Manifest ist nicht so verlaufen, wie er es sich gewünscht hat.«

Isla zog eine Grimasse. »Ich weiß. Und diese wird ihm noch weniger gefallen.« Sie setzte sich in Bewegung und hielt auf das Dickicht zu. Jeremy folgte ihr, und auch wenn er rasch zu ihr aufschloss, war beiden bewusst, dass sie führte.

26

Es war ein Schrei, ein simpler, heller Schrei, aber er ließ Islas Blut erstarren. Er stammte von einer Frau. Sybil.

Isla stellte sich vor, wie sie durch die Gegend streifte, und fragte sich, welche Gefühle in ihr tobten. Die Vorstellung bereitete ihr Übelkeit. Sie hatte diese Sybil gewissermaßen erschaffen, und damit war sie auch für ihre Gefühle verantwortlich. Eine erschreckende Vorstellung. Wenn das die Macht war, nach der Marduk sich sehnte, dann waren sie und er so grundverschieden, wie es zwei Menschen nur sein konnten.

Jeremy berührte ihre Schulter und deutete zur Seite. Isla entdeckte nichts bis auf die üblichen Bäume, die den Weg der vergangenen Minuten in eine einzige Gleichförmigkeit verwandelt hatten, änderte aber die Richtung und trat zwischen zwei Stämmen hindurch.

Jeremy dirigierte sie weiter. Über ihnen sprangen in der Dämmerung kleine Tiere von Ast zu Ast, und natürlich durften auch hier die Vögel nicht fehlen. Zwei rosafarbene Exemplare flatterten vor ihnen her, als wollten sie ihnen den Weg weisen. Der größere von beiden verschwand mitten in der Bewegung und tauchte kurz darauf etwas weiter rechts wieder auf. Isla konzentrierte sich auf die schwirrenden Flügel, um sich von Sybils Rufen abzulenken. Sie klangen wütend, aber auch verloren. Zumindest stand fest, dass sie Marduk noch nicht gefunden hatte. Das würde sich bald ändern. Er müsste taub sein, sie nicht zu hören. Isla hoffte, dass sich ihre Stimme nicht zu sehr von der der realen Sybil unterschied, aber sie sagte sich, dass Marduks Verlobte schon so lange im Koma lag. Erinnerungen veränderten sich oder wurden schwächer, und eine Stimme war oft das Erste, was man vergaß oder das sich verzerrte. Sobald Marduk der Frau gegenüberstand, der er einst ein Eheversprechen gegeben hatte, würden derartige Facetten hoffentlich keine allzu große Rolle spielen.

Ein Ruck an ihrer Hand signalisierte ihr, stehen zu bleiben. Jeremy legte einen Finger an die Lippen und deutete nach vorn.

Dort.

Die Tür sah anders aus als Rubys Saphirtür oder die, durch die Isla damals das Manifest vom *Green and Arch* oder auch Marduks Haus aus betreten hatte. Sie war anderthalb mal so hoch wie sie selbst, aus Stein … und wurde gerade durchsichtig.

Isla holte erschrocken Luft und starrte auf ihre Hände. Der Schmerz blieb aus, das Manifest löste sich nicht auf.

»Er ist unkonzentriert«, flüsterte Jeremy.

Isla entspannte sich wieder. »Wegen Sybil.« Sie blickte sich um und deutete nach vorn. Jeremy nickte und drängte sich an ihr vorbei.

Verdammter Dickkopf!

Er erreichte die Tür, sah sich noch mal um und gestikulierte. Isla lief so lautlos sie konnte und befürchtete bei jedem Schritt, dass Marduk aus dem Unterholz brach und sich zwischen sie stellte. Aber nichts geschah, sie erreichte die Tür unversehrt. Jeremy drückte dagegen, und sie schwang mit dumpfem Grollen auf. Isla trat hindurch – und stand in der Eingangshalle des Hauses, das sie nie wieder hatte sehen wollen.

Es gab kaum einen Temperaturunterschied zum Manifest, trotzdem kam es ihr vor, als hätte sie soeben eine Eiskammer betreten. Unsicher blickte sie zur Seite. Dort zweigte der Flur ab, durch den Marduk sie in den Keller hatte führen lassen. Um nichts in der Welt würde sie noch einmal einen Fuß dorthin setzen.

Jeremy schien keine derartigen Probleme zu haben. Er gab ihr einen Wink und deutete auf die Haustür.

Isla trat an das Fenster daneben, zog den Vorhang eine Winzigkeit beiseite und sah hinaus. Die Einfahrt wurde schwach vom Außenlicht beleuchtet. Sie war leer, kein Auto in Sicht, nicht die geringste Bewegung. »Bist du sicher, dass er sich im Manifest befindet?«, fragte sie, ohne sich umzudrehen.

Das bereits so bekannte Piepen setzte ein, und obwohl es Isla mittlerweile vertraut war, wirbelte sie herum.

Jeremy bewegte nicht einmal einen Muskel, und Isla fragte sich, ob irgendetwas in der Welt ihn aus der Ruhe bringen könnte. »Ja. Was auch immer du mit deinen Freunden geplant hast, wir sollten nicht allzu viel Zeit vertrödeln.«

Dem gab es nichts hinzuzufügen. »Warte hier.« Sie öffnete die Haustür und trat hinaus. Die Luft war ungewöhnlich warm, drückend und versprach Regen. Isla sah auf ihre Uhr und überlegte. Hannah und Howie mussten bereits angekommen sein, und sie lungerten selbstverständlich nicht in der Einfahrt herum. Hinter dem Haus gab es nichts außer Wildnis, und es wäre ein unnötiges Risiko, dort zu warten, da man vorher das Haus passieren oder sich durch Gebüsch und Dornen zwängen musste. Damit blieb nur die Möglichkeit, dass die beiden irgendwo in der Nähe der Straße parkten.

Isla gab Jeremy ein Zeichen und huschte in die Nacht hinaus. Nach wenigen Schritten verließ sie den Lichtradius und erkannte den Weg nur noch als Schemen. Trotzdem wurde das Gewicht auf ihrer Brust mit jedem Moment leichter, und am liebsten wäre sie losgerannt. Jeder Atemzug brachte sie weiter von Marduk weg.

Jeremys Ruhe färbte anscheinend auf sie ab: Sie erschrak kaum, als eine Gestalt aus dem Gebüsch neben der Einfahrt trat, sie packte und zur Seite zerrte. Isla erkannte Howie, dann hinterließen Dornen eine Feuerspur auf ihrem Gesicht. »Au! Mist!«

»Hab dich nicht so.« Hannah. »Du hast vor, ein Haus abzufackeln, da wirst du ja wohl nicht wegen ein paar Kratzern hysterisch werden.«

»Nein.« Isla wischte sich über die Wange. »Aber ich bin noch nicht ganz so abgebrüht wie du, Straßenmädchen.«

»Kommt noch. Mach dir keinen Kopf.«

»Keine Sorge.« Die beiden grinsten sich an. Sie standen mitten im Brombeergebüsch, wo Hannah und Howie eine Fläche freigetrampelt hatten, auf der sie mit Mühe und Not zu dritt stehen konnten. Howies Ellenbogen drückte gegen Islas Rippen, und sie trat auf einen Fuß, als sie ihr Gewicht verlagerte, aber jetzt war nicht die Zeit für Entschuldigungen.

»Wo ist das Auto?«

Hannah deutete über die Schulter. »Zehn Minuten von hier, wenn wir rennen. Näher am Haus wärs zu auffällig. Es gibt einen verdammt schmalen Weg hier durch.« Sie zeigte ins Nichts. »Wo kommst du überhaupt her?«

Isla deutete vage hinter sich und hoffte, dass es als Antwort genügte. »Amel Marduk ist hier, aber … abgelenkt. Jeremy wartet im Haus auf uns. Wir haben …« Siedend heiß fiel ihr ein, dass sie sich noch keine Gedanken darüber gemacht hatte, wie sie den beiden Sybils Existenz klarmachen sollte.

»Was?« Howie drückte mit einem Wort so viel Misstrauen aus wie andere in einem ganzen Monolog.

Isla versuchte, sich unschuldig zu geben. »Wir mussten leider feststellen, dass sich noch eine weitere Person im Haus befindet. Aber macht euch bitte keine Gedanken«, fügte sie rasch an. »Darum kümmern Jeremy und ich uns, für euch wird sich nichts ändern. Ihr müsst nur …«

»Die Drecksarbeit.« Es war nicht klar, ob Hannah sich über sie lustig machte, also ging Isla zum nächsten Thema über.

»Hinter dem Haus ist eine Scheune. Ist es möglich, dass sie verschont wird? Sie ist nicht direkt angebaut.«

Hannah sah Howie an, der prüfend in den Himmel blickte. Dann nickte er.

Hannah hob eine Augenbraue. *Was dachtest du denn*, schien ihr Blick zu sagen. »Howie hat sich das gesamte Ding bereits angesehen, mit dem Wetter haben wir halbwegs Glück. Könnte besser sein, aber jammern bringt nix.«

Isla sah von einem zum anderen. »Was bedeutet das? Ich meine, können wir es trotzdem tun?« Himmel, sie konnte es nicht einmal aussprechen! Wahrscheinlich sollte sie froh darüber sein, dass es ihr so schwerfiel. Selbst wenn dies Marduks Haus war.

Howie spuckte auf den Boden. »Das Ding is alt. Fensterrahmen und Türen aus Holz, ich denke, drinnen siehts ähnlich aus. Das ist gut für uns. Mit dem Schuppen ists nun etwas schwerer, aber da is genug Platz, das kriegen wir hin.«

Isla entspannte sich, soweit die Umstände es zuließen. »Und wie gehen wir nun vor?«

Hannah gähnte. »Wir kümmern uns um das Haus, du um die Leute. War doch dein Plan.«

»Ja, aber ich meine … jetzt sofort?« Aufregung pulste durch Islas Adern. Ja, es war ihr Plan, und sie hatte genügend Zeit gehabt, um sich darauf vorzubereiten. Aber jetzt, wo es so weit war, erschien ihr alles so groß. So gefährlich. So unvorstellbar abwegig.

Hör auf damit! Wie gefährlich oder abwegig sind Traummani- feste und Dauerhypnose? Du hast die Chance, das alles zu be- enden, also beweg dich endlich!

Hannah schnaubte. »Natürlich nicht. Hab n Picknick mit- gebracht, und jetzt machen wirs uns erst mal gemütlich. Willst du lieber ein Gurkensandwich oder ein Cremetört- chen? Und dazu Tee?« Sie zeigte ihr einen Vogel. »Wenn du dich für kalte Füße entscheidest, dann sag es jetzt. Howie und ich werden fröhlich sein und tanzen, weil wir umsonst rausge- fahren sind, aber das ist dann eben so.« Sie deutete eine Ver- beugung an.

Sie hatte recht. »Also gut. Wie … wie lange haben wir wohl Zeit, wenn es erst einmal brennt?«

»Kommt drauf an, wies innen aussieht«, sagte Howie. »Viel Holz, viele Vorhänge? Dann gehts schneller, auch wenn n Feuer immer Zeit brauch, um sich zu entwickeln. Das Dach is aber stabil, bin nicht sicher, obs komplett abfackelt.«

»Das muss es auch nicht.« Isla knetete ihre Finger und über- legte. »Könnt ihr mir ein Zeitfenster geben, also einen Bereich des Hauses feuerfrei halten, obwohl ein anderer schon brennt? Sagen wir … zwanzig Minuten?«

»Was?« Dieses Mal hatte sie es sogar geschafft, Hannah zu verunsichern. »Ist das hier etwa eine Fetisch-Nummer?«

»Bestimmt nicht, glaub mir. Aber Jeremy und ich müssen mit Marduk verhandeln.«

Hannah schüttelte den Kopf. »Und der ist wo?«

»Im … hinteren Bereich«, log Isla, da ihr so schnell nichts anderes einfiel. »Wir setzen darauf, dass er auftaucht, wenn es brennt.«

»Wow. Wie bist du nur zu der Schlussfolgerung gekommen«, murmelte Hannah, wandte sich aber an Howie und redete auf ihn ein. Sie diskutierten, deuteten auf das Haus, schüttelten Köpfe und gestikulierten. Isla rieb ihre Hände gegeneinander, immer schneller, bis die Hitze an ihrer Haut riss. Hier wurde soeben der Plan ausgearbeitet, der alles in Gang setzen würde. Mit etwas Glück reagierte Marduk so, wie sie es sich erhoffte. Bald konnte alles vorbei sein!

Endlich drehten die beiden sich um, und Howie winkte Isla zu sich heran. »Okay. Du bekommst zwanzig Minuten, nicht mehr. Und du tust genau das, was ich dir sage.« Er klang abgrundtief ernst und sprach auf einmal deutlich und ohne Slang, sodass Isla, ohne nachzudenken, zustimmte. Obwohl seine dunklen Sachen abgetragen waren und sein Haar ohne große Sorgfalt höchstwahrscheinlich selbst geschnitten, strahlte er eine Autorität aus, der sich sogar die Austins gebeugt hätten. Dies war sein Schlachtfeld, und er kannte es gut genug, um zu wissen, dass er absoluten Gehorsam verlangen musste, um niemanden zu gefährden. »Wir gehen jetzt rein, und du zeigst mir genau, wo du dich in diesen zwanzig Minuten rumtreiben wirst und welche Bereiche frei bleiben müssen. Ich kenn dich nicht, aber Han liegt mir am Herzen, und sie hat ein Faible für dich. Das Letzte, was ich will, sind bescheuerte Rettungsaktionen, die sie in Gefahr bringen – oder mich. Ich hab gesagt, ich fackel die Bude hier ab, aber keine Menschen, und ich will nicht, dass da was auf meine Kappe geht. Auch nicht, was deinen speziellen Freund angeht.« Er schürzte die Lippen, was die Wangenknochen aus seinem schmalen Gesicht hervorstechen ließ. »Sind wir uns da einig?«

»Natürlich«, beeilte sich Isla zu sagen. »Ich möchte doch auch nicht, dass jemandem etwas geschieht. Es soll nur ein Denkzettel sein.«

»Gut. Los geht's.« Er kniete sich auf den Boden, zog eine schwarze Tasche aus dem Gebüsch und schulterte sie, ehe er sich in Bewegung setzte. Isla folgte ihm mit klopfendem Herzen, und Hannah schloss zu ihnen auf. Es war alles gesagt, die Zeit für Worte war vorüber. Das Adrenalin ließ die Landschaft mit ungewohnter Leichtigkeit vorbeiziehen. Momentan wäre Isla überall lieber gewesen als hier, und gleichzeitig vibrierte sie bei dem Gedanken an das, was vor ihnen lag. Jetzt musste sie nur noch Marduk rechtzeitig im Manifest finden.

Jeremy öffnete ihnen die Tür, und Hannah blieb wie angewurzelt stehen. Howie drehte sich zu ihr um, und Jeremy sah Isla unsicher an.

»Heilige Scheiße«, murmelte Hannah. »Wenn du kein Austin bist, tanze ich beim nächsten Regen nackt durchs Dorf. Dazu noch ein Austin, der gründlich auf die Fresse bekommen hat.«

Jeremy verzog das Gesicht. »Erwischt. Ich bin Jeremy, Rubys Bruder. Schön, dich kennenzulernen. Du musst Hannah sein.«

»Heilige Scheiße«, wiederholte Hannah, grinste nun aber. »Wenn nach der Sache noch Zeit bleibt, interessiert mich, was genau hier los ist.«

»Einverstanden. Wenn das hier alles vorbei ist«, erwiderte Jeremy das Grinsen, begrüßte Howie mit einem Handschlag und suchte dann Islas Blick. »Wir sollten nicht mehr allzu lange warten.«

Howie betrat die Eingangshalle und schlug gegen eine Wandverzierung. »Das hier wird gut abfackeln. Ich muss wissen, welchen Bereich ihr erstmal feuerfrei halten wollt.«

»Dort.« Jeremy deutete auf die Tür, hinter der das Manifest lag.

»Und wo ist der Penner?« Hannah fühlte sich eindeutig nicht wohl, lehnte sich aber trotzdem an eine Wand.

Isla wechselte einen Blick mit Jeremy. »Irgendwo dahinter«, sagte sie, deutete auf die Tür zum Manifest und hoffte, dass Jeremy mitspielen würde. »Aber zuerst müssen wir Sybil in Sicherheit bringen.«

»Sybil?« Hannah stieß sich von der Wand ab. Sie klang alarmiert.

Isla biss sich auf die Lippe, dann fasste sie Hannahs Hand und zog sie mit sich. »Ich zeige es dir.«

Das Manifest hatte sich verändert. Es war wärmer geworden, und trotz der Dämmerung war es, als würden Sonnenstrahlen Islas Haut streicheln. Die Tür war nun von Rosenranken umrahmt, und in der Nähe breitete sich ein Blumenfeld in sämtlichen Rottönen aus. Der Strahl ihrer Taschenlampe zauberte ein wundervolles Pink, als er die Blüten streifte.

»Ruby«, sagte Jeremy und fasste Islas Hand. »Sie hat wieder mehr Kontrolle über ihren Traum.«

»Das ist ein gutes Zeichen.«

»Zumindest bedeutet es, dass Amels Konzentration geschwächt ist. Das könnte an Sybil liegen. Gut möglich, dass dein Plan aufgeht.«

»Bleibt zu hoffen, dass das auch beim letzten Teil der Fall ist«, murmelte Isla und sah einem Papagei hinterher.

Es hatte ihre gesamte Überredungskunst gebraucht, damit Hannah nicht augenblicklich nach Hause fuhr, nachdem sie Sybil gesehen hatte. Erst nachdem sie mehrmals darauf hingewiesen hatte, dass Sybil keine Geräte benötigte, die sie am Leben hielten, hatte Hannah nachgegeben. Isla war so weit wie möglich mit der Wahrheit herausgerückt, nur wusste sie in ihrer Version der Geschichte keine Erklärung, warum Marduk eine Komapatientin bei sich behielt, die vielleicht nie mehr aufwachen würde.

»Ich sag dir doch, der Kerl ist verrückt. Und was Sybil angeht: Sie wird im Schuppen in Sicherheit sein. Der Brand ruft doch eh früher oder später die Polizei«, hatte sie erklärt. »Und die wird ein Krankenhaus kontaktieren. Letztlich ist es für sie ohnehin viel besser, wenn man sich dort um sie kümmert. Dann ist sie nicht mehr in den Händen eines überehrgeizigen Irren, der hier weiß Gott was mit ihr anstellt.« Sie schämte sich fast dafür, wie überzeugend sie klang. Es war kein Kompliment zu wissen, dass man im Lügen immer besser wurde.

»Fällt dir noch was auf?«, riss Jeremy sie aus ihren Gedanken.

Isla sah sich um – und da bemerkte sie es: Sybils Schreie waren verklungen. »Sybil. Ob sie ihn gefunden hat?«

Er zuckte die Schultern, fasste seine Kette, zog den Saphiranhänger hervor und drehte ihn zwischen den Fingern. »Uns bleibt nicht allzu viel Zeit, um das herauszufinden.«

Bei der Erkenntnis, was das bedeutete, wurde ihre Kehle trocken: Sie würden Marduk gegenübertreten. Was auch immer geschah und wie es auch immer ausging, er würde fortan wissen, dass er auch Jeremy nicht mehr kontrollierte. In dieser hoffentlich letzten Konfrontation würden sie all ihre Trümpfe ausspielen müssen. Danach blieb ihnen nichts mehr. Sie hatte versucht, es Jeremy auszureden. In ihren Augen verspielten sie einen Trumpf, wenn er sich zu erkennen gab. Aber er wollte nichts davon hören, sie unter diesen Umständen auch nur einen Schritt im Manifest allein gehen zu lassen.

»Gut«, flüsterte sie und checkte ihre Uhr. »Versuchen wir es. Uns bleiben noch achtzehn Minuten.«

»Hoffen wir, dass deine Freunde wissen, was sie tun.« Jeremy führte sie weiter bis zu der steppenähnlichen Ebene, die sie bereits kannte. Es roch fast betäubend stark nach Rosen, darunter lag das Aroma von frischer Erde. »Bereit?«

»Bereit«, flüsterte sie. Ihre Lippen zitterten.

Er ließ sie los und holte tief Luft. »Amel? Sybil?«

Sein Ruf dröhnte durch die Dämmerung und wurde vom Geschnatter der Vögel beantwortet. Einige stoben aus dem nahen Dickicht auf und schwangen sich mit eleganten Flügelschlägen in den Himmel. Vereinzelte Rosenblätter regneten auf sie herab. Isla streckte die Hand aus und ließ eines darauf segeln. Es war dunkelrot und so samtig, dass sie darüberstreichelte.

Es löste sich augenblicklich auf.

Erschrocken sah sie zu Jeremy, und er wählte, ohne groß zu überlegen, den Weg zur Rechten. »Wir müssen uns beeilen.«

Sie liefen auf gut Glück los. Isla versuchte, mehr zu erkennen, und behielt die Uhr im Auge, während Jeremy weiter nach Amel rief. Als der Countdown noch knapp sechzehn Minuten zeigte, erhielten sie endlich Antwort.

Von Sybil.

Isla verstand die Worte nicht, erkannte aber den Hass in ihrer Stimme. Nur klang er jetzt kälter als zuvor. Gefestigter.

»Dort entlang«, sagte Jeremy und lief weiter, die Hand noch immer am Anhänger. Der Saphir gab ihm Halt, so wie er ihr.

Bitte, lass es genügen. Lass uns das hier durchstehen.

Isla wusste nicht, an wen sie die Bitte richtete, vielleicht an das Schicksal selbst. Sie kontrollierte noch einmal die Zeit – fünfzehn Minuten – und stolperte über eine Wurzel. Ihre Hand wurde aus Jeremys gerissen, sie verlor die Taschenlampe, ging hart zu Boden und kam auf Knien und Händen auf. Stöhnend griff sie nach der Lampe, stemmte sich mit einem Schmerzlaut in die Höhe, wollte den Dreck an ihrer Hose abwischen … und stutzte. Im Licht schimmerten die Flecken auf der Handfläche wie Wein. An ihren Fingern klebte nicht nur Erde.

»Jeremy.« Sie hielt ihm die Hand entgegen. »Das ist Blut.«

Er ging in die Knie und bat sie, den Weg zu beleuchten. »Ja, hier ist eine Spur. Sie verläuft … dort.«

Isla wurde flau im Magen – das entwickelte sich nicht so, wie sie gehofft hatte. Aber ihnen blieb kaum Zeit, und diese Blutspur war der einzige Anhaltspunkt. »Also los.«

»Bist du sicher?«

Das Blut jagte ihr eine Heidenangst ein, doch noch schlimmer war die Vorstellung, sich heute geschlagen geben zu müssen. »Ja.«

Sie hasteten weiter. Die dunklen Flecken waren im Schein der Lampe nur schwach zu erkennen, und irgendwann versickerte ihr Glanz im zunehmend bewachsenen Untergrund. Isla glaubte, jede Sekunde im Nacken zu spüren, und trotz allem war sie unendlich froh, als Jeremy stehen blieb. »Dort. Dort sind sie.«

Sie trat neben ihn und richtete sich so weit wie möglich auf. Jetzt mussten sie sich nicht mehr verstecken. Im Gegenteil. Sie waren hier, um das nie wieder tun zu müssen.

Die Umgebung wurde in Samtlicht getaucht, das keinen Ursprung zu haben schien. Marduk und Sybil standen sich gegenüber wie zwei Kämpfer in einer Arena, die nur auf den Gongschlag warteten. Sybils weißes Kleid war am Saum dreckverschmiert, aber abgesehen davon sah sie aus wie zuvor. Genauso wütend, genauso ätherisch. Genauso rachsüchtig.

Das Blut stammte von Marduk. Er hielt sich eine Schulter, zwischen seinen Fingern ragte ein Ast hervor. Isla konnte sich beim besten Willen nicht vorstellen, wie Sybil das bewerkstelligt hatte, aber letztlich war sie eine wütende Superheldin aus Rubys Fantasie. Marduk dagegen nur ein Mensch, der soeben auf mehreren Ebenen lernen musste, was echte Schwäche war. Obwohl er hoch aufgerichtet dastand, wirkte er in seinem zerknitterten und blutbefleckten Hemd wie der Verlierer in diesem Spiel.

Er hob den Kopf. Sein Gesicht verzerrte sich, und Isla konnte die zahlreichen Empfindungen kaum zählen. Da waren Erstaunen und Verzweiflung, aber auch Wut, Liebe, Hoffnung und Erleichterung. Die Gefühle verschmolzen miteinander, löschten sich gegenseitig einen Atemzug lang aus und erschufen ein weiteres: Erkenntnis.

»Jeremy«, flüsterte er so tonlos, dass er mehr Geist war als Mensch. »Du warst es.« Er klang nicht im Geringsten von dem überzeugt, was er da sagte.

Isla setzte einen Schritt vorwärts. »Nein, Marduk. Ich war es.« Ihre Stimme zitterte kaum.

Sie war nicht sicher, ob er sie anblickte. Vielmehr sah er durch sie hindurch. »Wie habt ihr sie gefunden?«

Sybil schnaubte. Sie trat näher an ihn heran, ohne Angst oder Scheu. Obwohl er um einen halben Kopf größer war, schien er angesichts ihrer Wut zu schrumpfen. Klare, kalte Wut, die wirklich den Anschein machte, als wäre sie über lange Jahre hinweg geschürt worden.

Sybil hob eine Hand und berührte seine Wange. Ihre Gestalt flackerte und stabilisierte sich wieder. Entweder er bemerkte es nicht, oder er dachte nicht darüber nach. Vielleicht war aber auch der Schock zu groß.

Marduk stand eindeutig unter Schock. Seine Selbstsicherheit war geschrumpft, sein Hang zur Kontrolle unter seinen Gefühlen verborgen. Dies war nur noch die Hülle des Mannes, den Isla kennengelernt und der sie gefangen gehalten hatte. Niemand würde glauben, dass er über das Leben anderer Menschen bestimmen wollte. Er starrte Sybil an, die Lippen klafften eine Winzigkeit auseinander, bewegten sich. Er murmelte etwas.

Sybil schnaubte noch mal. »Das hast du dir gewünscht, nicht wahr? Dass wir wieder zusammen sind?« Sie strich über seinen Hals und presste die Handfläche flach gegen den Stock in seiner Schulter. »Glaubst du wirklich, ich kann deine Gegenwart ertragen? Ja? Da täuschst du dich, Amel. Ich finde sie abstoßend. Jede Sekunde in deiner Nähe weckt in mir den Wunsch, mir die Haut vom Körper zu schälen. Oder besser noch dir.«

Hasserfüllte Worte. Das war nicht nur die Sybil aus ihrer Geschichte, nicht nur Rubys Fantasie. Marduks Grausamkeit hatte sie bereits beeinflusst. Auf zutiefst zynische Weise richtete sich der dunkle Teil seines Ichs gegen sich selbst.

Marduk ächzte, doch abgesehen davon reagierte er nicht, selbst als mehr Blut aus der Wunde floss. Der Stock bewegte sich, es knirschte, und Isla krümmte sich innerlich, als sie begriff, dass da Fleisch riss. Marduks Lider flatterten, doch abgesehen davon stand er still, den Kopf erhoben, ohne den Blickkontakt mit Sybil zu brechen. »Es ist mir gleichgültig, was du mir antust«, sagte er, der unterdrückte Schmerz nur zwischen den Worten hörbar. »Ich habe so lange nach einer Möglichkeit gesucht, dich wiederzusehen. Du bist noch nicht tot, Sybil, aber du musst aufwachen, verstehst du?« Er schwankte und stützte sich an einem Baumstumpf ab. »Du musst einen Weg finden, in deinen Körper zurückzukehren. Er wartet auf dich, unversehrt. Dann wirst du auch sehen, was ich für dich getan habe. Du wirst verstehen.«

Ihr Gelächter verhöhnte ihn. »Ich lege aber keinen Wert darauf, dich zu verstehen, Amel. Warum sollte ich das tun? Du hast mich eingesperrt. Was sollte ich da verstehen?«

Seine Schultern begannen zu zittern. »Dein Körper liegt im Koma, Sybil. Du musst zu ihm zurückfinden. Ich werde dir helfen, so gut ich kann. Es gibt einen Weg, es muss ihn einfach geben, damit wir wieder zusammen sein können! Wenn nicht in der realen Welt, dann hier.«

Sybil legte den Kopf schräg. »Damit wir wieder zusammen sein können«, wiederholte sie. »Eher stecke ich mir täglich den Finger in den Hals, ganz ganz ehrlich.« Sie fasste den Stock in Amels Schulter, überlegte und zog ihn mit einem einzigen Ruck heraus.

Amel sank in die Knie, als hätte sie ihm zusätzlich sämtliche Kraft entrissen.

Isla presste eine Hand vor den Mund. Obwohl sie es nicht wollte, starrte sie auf die Wunde, aus der das Blut in trägen Schüben quoll. In dieser Welt hatten die Fantasien eines Menschen wirklich die Macht, einen anderen umzubringen. Sie selbst hatte Sybil mit Rubys Hilfe hier zum Leben erweckt. Das Spiel mit der Manipulation hatte sich ins Gegenteil verkehrt, und alles, was Marduk widerrechtlich erschaffen hatte, richtete sich nun gegen ihn.

Es geschah ihm nur recht. Er hatte das Mitleid nicht verdient, das in ihr aufflammen wollte.

Marduk keuchte, ignorierte seine Schulter und stemmte sich wieder auf die Füße. Er war stärker, als Isla vermutet hatte. Zumindest körperlich – seine Augen verrieten, dass sein Geist erste Wunden davongetragen hatte. »Wir sind wieder zusammen. Wir sind wieder zusammen.« Seine Worte wurden stetig leiser. Zurück blieb ein Murmeln, das an einen Wahnsinnigen erinnerte.

Isla und Jeremy wechselten einen Blick. Marduk war offensichtlich auf dem besten Weg, den Verstand zu verlieren. Er schien bereit, alles in die Hände der Frau zu legen, die er jahrelang gesucht hatte. Sah er nicht, dass Sybil die erste Gelegenheit nutzen würde, um ihn ein für alle Mal zu zerstören?

Sybils Gesichtszüge wurden erneut durchsichtig, aber dieses Mal war es nicht nur Sybil. Die gesamte Welt flackerte, in der Ferne grollte etwas, und ganz in der Nähe brach etwas zusammen. Ein Baumstamm vielleicht, aber dem Geräusch nach konnte es auch durchaus größer gewesen sein.

»Wie sieht es mit der Zeit aus?«, flüsterte Jeremy Isla zu.

Sie sah auf die Uhr und erschrak. »Elf Minuten.«

Jeremys Kiefer mahlten. »Bleib auf Abstand.« Er lief los, auf Marduk und Sybil zu. Zwei Augenpaare wandten sich ihm zu – das eine ungehalten und neugierig, das andere drohend und voller Schmerz.

»Hör zu, Amel«, sagte Jeremy, und Isla betrachtete, wie er seine Finger krümmte und wieder lockerte. Er war längst nicht so ruhig, wie er sich gab. »Diese Welt löst sich auf. Du hast es auch bemerkt. Aber auch deine Welt löst sich auf. Die außerhalb des Manifests. Dein verdammtes Haus steht in Flammen, und bald wird von ihm nichts mehr übrig sein außer einem Haufen Asche.«

Der Hochmut kehrte zurück in Marduks Gesicht, dann schien er zu begreifen, was Jeremy soeben gesagt hatte. »Wovon redest du?«

»Du hast mich verstanden, du elender Dreckskerl. Alles, wofür du gearbeitet hast, wird gerade zerstört. Es verbrennt. Dein Haus mit den verdammten Zimmern und den verdammten Schlössern darin. Mit all den Unterlagen und Forschungsergebnissen. Jeder winzige Fleck, verstehst du? Bald wird nichts mehr da sein. Auch sie nicht.« Er deutete auf Sybil.

Sie verschränkte die Arme und lehnte sich an einen Baumstamm, sichtlich gebannt von dem verbalen Schlagabtausch der beiden. Dass ihr Körper in Gefahr war, interessierte sie nicht.

Marduk fand einen Teil seiner Selbstsicherheit wieder. »Du lügst.« Hinter ihm löste sich eine Baumgruppe auf, und dieses Mal kehrte sie nicht zurück.

Isla sah sich um. Noch stand das Manifest, aber es war so instabil wie nie zuvor. Es lag entweder an Amels schwindender Konzentration oder aber daran, dass Sybil seine Hoffnungen zerstörte. Er hatte Rubys Traum modifiziert, besonders stark hier, in der Nähe seiner Tür zum Manifest.

Jeremy lachte. »Du glaubst mir nicht? Wirf einen Blick durch die Tür, und du kannst den Rauch riechen. Vielleicht sogar die Flammen sehen. Womöglich gibt es auch nichts mehr, zu dem du zurückkehren kannst. Sieh dich doch um!«

Wie zur Antwort krachte irgendwo ein Ast zu Boden. Tiere stoben auf, ein Vogel kreischte und flatterte in die Luft, nur um mitten im Flug zu erstarren und zu verschwinden.

»Scheint, als sagt der Junge die Wahrheit.« Sybil leckte sich die Lippen. »Und, mein Geliebter?« Sie spie das Wort aus. »Wie fühlt es sich an, voll und ganz zu versagen?«

Amel sah sie an, bat sie stumm, ihm endlich zu vertrauen. Dann blinzelte er. »Du bluffst«, sagte er zu Jeremy. »Du hast nicht mal das Rückgrat, um dich zu befreien. Ganz zu schweigen davon, mir jetzt und hier zu entkommen.«

Jeremy hob die Augenbrauen. »Es ist deine Entscheidung, nichts zu tun. Damit gibt es keinen Körper mehr, in den sie zurückkehren kann.« Eine Kopfbewegung in Sybils Richtung.

Sie nahm es gelassen. »Besser tot, als von ihm mit Worten überschüttet zu werden, die mich an verfaultes Obst erinnern«, sagte sie und fuhr sich durch das Haar. Dann flackerte sie und verschwand.

»Sybil! Nein!« Marduk stürzte zu der Stelle, an der sie gestanden hatte, die Arme vorgestreckt. Das Blut hatte mittlerweile beinahe seine gesamte Seite getränkt. Er achtete nicht mal darauf. »Was hast du getan?« Er fuhr zu Jeremy herum und packte ihn am Kragen. »Du bist ein Nichts, ein Niemand! Du besitzt nicht einmal einen Namen, solange ich dir keinen gebe! Du tust, was ich dir sage! Und du antwortest, wenn ich dir eine Frage stelle. Was hast du mit ihr gemacht?«

Sybil tauchte wieder auf, eine Hand in die Hüfte gestemmt, und betrachtete die beiden Männer, als wären sie Teil einer Theatervorstellung.

Jeremy packte Marduks Arm und bog ihn zur Seite. Marduk brüllte auf und ließ ihn los. Im selben Moment holte er mit der anderen aus. Der Schwung war durch die Schulterwunde nicht sehr kräftig, und Jeremy wich aus. Über ihm knirschte es, und mit einem Blick nach oben sprang er zurück. Etwas Dunkles brach aus den Baumkronen, traf in einer wahren Explosion am Boden auf und wirbelte Erdbrocken, Moos und kleine Äste in die Höhe. Isla wandte sich ab und schützte ihr Gesicht mit einem Arm. Jemand hustete, und als sich die Luft wieder klärte, sah sie, was vor ihnen lag: ein Bilderrahmen, verziert mit reichlich Blattgold. Er war so groß, dass Isla hineingepasst hätte.

»Was …« Marduk trat an den Rahmen heran, sah sich um und streckte nach einigem Zögern die Hand aus.

Isla warf einen Blick auf die Uhr. »Jeremy! Sieben Minuten!«

Weitere Bäume flackerten und verschwanden. Nicht alle tauchten wieder auf. Krachen und Donnern setzten rund um sie ein und zeugten vom Zusammenbruch dieser Welt.

Jeremy sah von Marduk zu Isla – den Bilderrahmen beachtete er nicht weiter. Dafür verzog er das Gesicht, als er über ihre Schulter zum Waldrand blickte. Sie ahnte, was er sah: Weitere Teile dieser Welt wurden zerstört. Mittlerweile war sie sicher, dass nur Marduks Verwirrung dafür verantwortlich sein konnte. Bisher hatte sich das Manifest niemals auf diese Weise aufgelöst. Zudem spürte sie nicht den geringsten Schmerz.

Jeremy schüttelte den Kopf. »Ach verdammt.« Er drehte sich wieder um, holte aus und verpasste Amel einen so heftigen Fausthieb, dass der zur Seite geschleudert wurde. Augenblicklich rollte er sich auf den Bauch und versuchte aufzustehen. Isla hörte ihn Sybils Namen flüstern und sah sich um.

Sie war nicht mehr da.

Noch während sie die Gegend absuchte, wellte sich der Boden. Es war, als würde jemand ein Bild bewegen. Mit ohrenbetäubendem Lärm brach ein breiter Streifen der Landschaft weg. Einfach so, ohne Erdstücke, die in die Luft flogen, ohne Staub oder andere Hinweise.

Fassungslos starrte Isla auf die Stelle, in der nun ein Krater klaffte, breiter als der unterirdische See. Er lag zwischen ihnen und der Tür zum Haus, und von ihrer Position aus konnte sie nicht sehen, wie lang er war.

Im nächsten Moment war Jeremy bei ihr. »Schnell!« Er zog sie in die Richtung der Ebene.

Isla schüttelte den Kopf und blieb stehen. »Das ist die falsche Richtung! Jeremy, hast du den Krater gesehen? Wir müssen drumherum laufen.« Wind zerrte an ihren Haaren und ihrer Kleidung. Wo war der so plötzlich hergekommen? Er wirbelte ihr Blätter und kleinere Äste entgegen. Mit einem Aufschrei duckte sie sich und wich einem größeren Stück Holz aus.

Jeremy zog sie an sich und gewährte ihr mehr Sicherheit, als sie in dieser Umgebung zu hoffen gewagt hätte. »Du musst zurück«, sagte er. »Die Zeit läuft uns davon, und wir wissen nicht, was geschieht, wenn er die Kontrolle über das Manifest verliert.«

»Wovon redest du?« Noch immer versuchte sie, sich ihm zu widersetzen, aber er war deutlich stärker als sie.

Seine dunklen Augen funkelten dicht vor ihren. »Wir wissen nicht, ob wir noch zurückkönnen. Oder ob die Zeit reicht, um einen Weg um diesen Krater herum zu finden. Aber wenn du jetzt aufbrichst, kannst du es bis zur Saphirtür schaffen!«

»Ohne dich? Du bist wahnsinnig!«

Er schüttelte sie leicht. »Denk an Ruby! Jemand muss bei ihr sein, wenn seine Kontrolle erlischt. Keiner von uns weiß, was das mit ihr anstellen wird. Und es sieht ganz danach aus, als ginge dein Plan auf.« Etwas Dunkles raste aus dem Himmel auf sie zu. Blitzschnell warf sich Jeremy über Isla. Sie spürte den Aufprall, fühlte, wie Jeremy bebte, hörte sein schmerzerfülltes Keuchen und klammerte sich an ihm fest.

Er löste sich langsam von ihr, und erschrocken sah sie, dass er an der Stirn blutete. Wie konnte sie ihn hier zurücklassen? Verzweifelt schüttelte sie den Kopf. »Ihr wird es gut gehen«, rief sie gegen den Wind an. »Ich muss aber …«

»Isla.« Er griff nach ihren Händen und sah ihr in die Augen. Die Menge der Gefühle darin raubte ihr den Atem. Er musste nicht aussprechen, was er für sie empfand. Es machte sie unwahrscheinlich glücklich und traurig zugleich. Sie wollte ihm sagen, dass sie ebenso fühlte. Dass sie in seiner Nähe oftmals glaubte, schweben zu können. Aber sie wusste auch, dass jetzt die falsche Zeit dafür war. Zumal Jeremy in diesem Punkt nicht nachgeben und sie notfalls niederschlagen würde, um sie vor der Saphirtür abzulegen. Sie kannte niemanden, der mehr Ernst und Verantwortungsgefühl in sich trug. So sehr sie es auch wollte, sie konnte ihm nicht widersprechen. Weil er recht hatte. Jemand musste bei Ruby sein, wenn das Manifest zusammenbrach. Sie wusste nicht, wie genau es mit ihr verbunden war, oder auf wie viele Weisen. Vielleicht würde sie es nie verstehen.

Eines aber wusste sie genau: Ruby war ihre oberste Priorität.

»Du weißt nicht, was du da von mir verlangst«, sagte sie, und die Tränen, die ihre Augen noch verschonten, hatten ihre Stimme bereits erreicht.

Er schenkte ihr ein Lächeln, das keinen Menschen auf der Welt überzeugt hätte, und strich über ihre Wange. Auch er wollte sie nicht gehen lassen. In diesen Sekunden bewegte sich Isla nicht, und sie atmete auch nicht, aber dafür lebte sie mehr als in jedem Augenblick zuvor. Jeremy schützte sie gegen den Sturm und erweckte sie hier im Manifest zum Leben, indem er sie ganz einfach küsste. Es lag so viel in seinem Kuss, zahlreiche Geschichten und Fragen, ein Einblick in seine Seele ... und zuletzt ein Versprechen.

Nun weinte sie doch. Keiner von ihnen wusste, ob er es würde halten können.

»Wir sehen uns wieder.« Eine Sturmböe ließ ihn schwanken. Die Natur verschärfte ihre Warnung. »Ich ...«

Jeremy brach ab und riss sie beiseite, als ein weiterer Schatten auf sie zuwirbelte.

Isla blinzelte. »Jeremy, Vorsicht!« Es war Marduk.

Sein Gesicht war zu einer Fratze verzerrt. Er streckte beide Hände vor, als wollte er ihnen die Augen auskratzen. Obwohl alles so schnell ging, sah Isla das Blut an seinen Fingern.

Jeremy warf sich ihm entgegen, doch er wich erstaunlich behände aus. Kaltes Lachen drang durch die Luft und mischte sich auf schrecklich passende Weise mit dem Sturm. Marduk zog etwas hinter seinem Rücken hervor. Eine Eisenstange? Wo hatte er die her?

Er holte aus und traf Jeremys Schulter. Dann sprang er, und Isla verstand, dass nicht Jeremy sein Ziel gewesen war.

Sie war es.

Marduk packte sie an den Haaren und riss ihren Kopf zurück. Sie schrie auf und versuchte, sich zu befreien. Ihr Fuß traf zweimal nacheinander sein Knie. Er knickte ein und ließ sie dabei nicht los, aber sein Griff lockerte sich. Das genügte, um sich zu drehen, das Knie zu heben und es ihm mit voller Kraft zwischen die Beine zu rammen.

Schmerz zog durch ihren Oberschenkel und ähnelte einem elektrischen Schlag – Isla wollte nicht wissen, wie Marduk sich fühlte. Er krümmte sich und fiel zu Boden, rollte sich aber blitzschnell herum. Im nächsten Moment war er schon wieder auf den Beinen. Er zitterte am gesamten Körper und kämpfte wie Isla mit dem Sturm.

Hastig balancierte sie ihren Stand aus. Sie musste ihre Angst beiseiteschieben und schneller sein als er. Es war ihre einzige Chance.

Leider spielte der Sturm seine eigenen Spielchen. Eine Böe ließ sie taumeln und trieb sie auf Marduk zu. Sie wich ihm einmal aus, beim zweiten Mal pressten sich seine Finger gegen ihre Wange, einer hakte sich schmerzhaft in ihr Ohr. Sie versuchte, ihn abzuschütteln. Ihn zu beißen. Dabei kam ihr Gesicht seinem so nahe, dass sie den Schaum vor seinem Mund sehen konnte. Und das unkontrollierte Zittern seiner Pupillen. Er handelte nicht mehr rational, aber genau das machte ihn noch gefährlicher. Alles, was ihn antrieb, war sein aus Hass und Rachsucht geborener Instinkt. Und der hatte mit traumwandlerischer Sicherheit den Menschen gefunden, der seinen Untergang auf den Weg gebracht hatte.

»Du«, keuchte er und drückte ihren Kopf weiter zurück, bis ein Wirbelknochen in ihrem Nacken knackte. »Du …«

Eine Gestalt baute sich neben ihnen auf, und Islas Beine wollten vor Erleichterung nachgeben.

Jeremy packte Amels Kinn mit einer Hand, die andere rammte er ihm in den weit geöffneten Mund. Weißgeschäumter Speichel rann an seinen Fingern hinab, dann brach ein Knochen in Amels Kiefer. »Verschwinde, Isla!«

Sie gehorchte, brachte sich außer Reichweite und ließ sich fallen. Schnell rollte sie sich auf den Bauch und zog den Kopf zum Schutz gegen den Wind zwischen die Schultern.

Jeremy hatte Marduk zu Boden geschickt, stand neben ihm und hätte mit Leichtigkeit gehen können. Er musste Marduk nicht mehr besiegen, das besorgte gerade der Verfall der Welt, die er miterschaffen hatte.

Aber er bewegte sich nicht.

»Jeremy!« Isla wusste nicht, ob er sie nicht hören wollte oder der Wind ihr einen Strich durch die Rechnung machte. Sie begriff nicht, was Jeremy vorhatte. Warum brachte er sich nicht in Sicherheit? Die Zeit wurde knapp!

Sie schrie noch einmal auf, als er sich neben Marduk auf die Knie fallen ließ. Den ersten Schlag sah sie kaum kommen, den zweiten nahm sie am Rande wahr, und dann ließ Jeremy einen Hagel an Fausthieben auf Marduk niedergehen. Er biss die Zähne zusammen, und vor ihren Augen verwandelte er sich in eine Kreatur des Manifests, getrieben von Rachsucht und düsteren Erinnerungen.

Sie versuchte es noch einmal, rief ihm zu, dass ihnen die Zeit weglief. Er ignorierte es, packte Marduk und riss ihn in die Höhe, bis beide wieder auf den Beinen waren. Mit einem einzigen heftigen Hieb schickte er ihn zurück zu Boden, nur um ihn wieder aufzurichten.

Was tust du?

Marduks Gesicht glänzte von Blut ebenso wie Jeremys Hände. Jeremy schrie ihn an, zerrte ihn in die Höhe und stieß ihn zurück. Isla konnte nicht hören, was er sagte, aber sie wusste, dass sie ihn in diesen Augenblicken verloren hatte. Noch nie zuvor hatte sie ihn derart außer Kontrolle erlebt. Und damit auch blind für alles andere.

Marduk ging erneut auf die Knie, direkt neben der Stange, die er zuvor verloren hatte. Es schien Stunden her zu sein.

»Jeremy, pass auf!«

Dieses Mal hörte er sie, doch er war zu langsam: Marduk stieß ihm das vordere Ende wie einen Speer in den Magen. Jeremy krümmte sich, blieb aber stehen. Marduk schwang die Stange noch einmal, aber Jeremy gelang es, sie mit beiden Händen abzuwehren und ihm zu entreißen. Er schleuderte sie von sich, und sie löste sich mitten im Flug auf.

Neben ihnen wölbte sich der Boden, explodierte in einer Fontäne aus Erde und Gesteinsbrocken und schickte einen schmerzhaften Hagel nieder. Ein Loch von der Größe eines Autos klaffte neben den Männern, aus seinem Inneren rauschte es so laut, dass Isla es trotz des Sturms hörte. Wie ein Strudel sog es alles in der Nähe an: Äste, Blätter, sogar kleine Tiere und einen Schuh. Isla schrie und stemmte sich vorwärts, vom Zentrum des Sogs weg. Immer wieder griff sie nach Bäumen, Wurzeln oder Steinen, um sich weiterzuziehen. Etwas schlitterte auf sie zu, groß genug, um sie mitzureißen. Ein Zebra. Isla erwischte einen Blick aus weit aufgerissenen, pechschwarzen Augen, dann verschwand das Tier wie alles andere in dem Abgrund.

Marduks Welt verschlang sich selbst.

Isla stapfte weiter vorwärts und fühlte sich so schwer wie selten in ihrem Leben – und gleichzeitig so zerbrechlich. Sie erreichte eine Wurzel, die wie ein Skelett in die Höhe ragte, und klammerte sich daran fest. Sie musste wissen, was mit Jeremy war.

Er und Amel kämpften hinter einem Felsvorsprung von der Größe eines LKWs. Der Stein hielt sie vom Sog fern, aber es war nur eine Frage der Zeit, bis einer von ihnen den anderen aus der Deckung schleuderte und damit dem Abgrund preisgab. Jeremy schickte Marduk zu Boden, warf sich auf ihn und presste sein Gesicht in den Dreck. Steine prasselten aus dem Himmel auf sie nieder, trafen sie an den Köpfen und Armen. Jeremy blutete aus mehreren Schnitten im Gesicht.

Seltsamerweise wehrte sich Marduk nicht, lediglich seine Hände ballten sich zu Fäusten. Auf einmal bewegte sich der Stein neben ihnen und erhob sich in die Luft. Nein, er wuchs! Isla strich sich die Haare aus dem Gesicht. Sie hatte sich nicht getäuscht: Der Brocken wurde zu einem Felsen, dann zu einer meterhohen Wand aus Stein. Sie erzitterte, schimmerte, glänzte – und die Konturen einer Tür schälten sich heraus. Gleichzeitig verlor der Sturm an Intensität.

Marduk hatte nicht aus Schwäche stillgehalten, sondern seine letzten Kräfte mobilisiert.

»Jeremy!« Er reagierte noch immer nicht, und Islas Mut sank. Sie konnte nichts für ihn tun, ihm nicht helfen. Aber sie konnte auch nicht gehen. Nicht jetzt.

Die Tür hatte sich vollends materialisiert: alt, schief und aus Holz gefertigt, das an unzähligen Stellen splitterte, dagegen konnten auch die schwarzen Nietenbeschläge nichts ausrichten. An den Ecken waren Farbreste zu erkennen.

Marduk bewies unerwartete Kraft und sprang auf. Er packte Jeremy, ohne hinzusehen, und zog ihn auf die Tür zu. Er wusste, dass er sie würde öffnen können – er hatte seine restliche Konzentration darauf verwendet, sie zu erschaffen.

»Nein!« Isla schrie und weinte gleichzeitig. Sie hatte keine

Idee, wohin diese Tür führte. Vielleicht wusste das nicht mal Marduk selbst.

Er hörte sie. Seine grauen Augen leuchteten selbst über die Distanz zu ihr herüber. Er hob eine Hand, deutete zunächst auf Isla, dann auf sich. Ein Versprechen, dass sie diese Welt nicht ohne ihn verlassen würde. Er ließ Jeremy im selben Moment los, als der seine Faust auf sein Handgelenk schmetterte, und lief auf Isla zu.

Jeremy reagierte so schnell wie selten zuvor. Er warf sich herum, erwischte Marduk an der Schulter, schlang beide Arme von hinten um seinen Oberkörper und holte gleichzeitig mit einem Bein aus. Ein Tritt, und die Tür flog auf.

Erneut begann die Erde unter ihnen zu wanken, ein Teil der Umgebung flackerte, und Isla spürte das Ziehen tief in ihren Knochen.

Es war so weit. Das Manifest löste sich vollends auf. Marduk verlor den letzten Rest Kontrolle. Es sah ganz danach aus, als hätte er sich mit der Erschaffung der Tür überschätzt.

Entsetzt starrte sie nach vorn, wollte Jeremy warnen, ihn aufhalten, aber es war zu spät: Er hatte einen Ellenbogen um Amels Hals geschlungen und zerrte ihn zurück. Auf die Tür zu.

»Jeremy! Nein!«

Marduk wehrte sich und schlug um sich, aber ihm war deutlich anzusehen, dass seine Kräfte erloschen. Zunehmend schlaff hing er in Jeremys Griff. Zusammen erreichten sie die Tür, und Jeremy hob den Kopf.

Er musste sie nicht suchen. Er wusste genau, wo sie stand.

Durch eine Welt aus Chaos und Zerfall sah er Isla an. Die Wildheit war verschwunden und einem Frieden gewichen, der fehl am Platz war unter all dem Blut in seinem Gesicht. Darunter, viel tiefer, lag noch etwas anderes, und die Intensität ließ ihre Kehle eng werden. Er hatte es ihr schon einmal gesagt: Nach all den Jahren der Trance war sie zu ihm durchgedrungen und hatte ihn ins Leben zurückgeholt. Jetzt las sie diese Botschaft so deutlich, als würde Jeremy neben ihr stehen und ihr die Worte zuflüstern, die sie sich nicht getraut hatte, ihm zu gestehen.

Langsam hoben sich seine Mundwinkel. Er schenkte ihr ein Lächeln, das etwas in ihr schmelzen ließ. Dann ließ er sich rücklings fallen … und die Mauer rund um die Tür brach zusammen. Jeremy und Marduk verschwanden hinter Stein, Holz und geplatzten Träumen.

Und die Tür löste sich auf.

Isla wusste nicht, wie lange sie auf die Stelle starrte, voller Hoffnung, dass sie zurückkehren würde. Das Krachen um sie herum nahm sie zwar wahr, aber es klang so weit weg, als gehörte es nicht zur selben Welt wie sie. Ihre Gedanken zerbrachen ebenso wie die Landschaft, bröckelten und zerfielen, ohne jemals die Chance zu bekommen aufzuerstehen. Etwas prallte auf ihr Gesicht, auf ihre Arme und Beine, und als sie den Kopf wandte, fand sie Erde, Laub und Blut.

Das Ziehen in ihrem Körper wurde zu einem Reißen. Dann kam die Taubheit. Als Erstes befiel sie ihre Fingerspitzen. Isla schüttelte ihre Hände und bemerkte, wie weiß sie waren. Kein Blut mehr, das zirkulierte – und endlich begriff sie, dass Jeremy nicht zurückkehren würde. Er hatte Marduk von ihr ferngehalten und war mit ihm durch eine Tür gegangen, von der niemand wusste, wohin sie führte.

Niemand in dieser Welt wusste, wo Jeremy nun war.

Niemand in dieser Welt wusste, ob er noch lebte.

Du kümmerst dich um Ruby.

Durch ihre Tränen glaubte sie, Jeremy stünde neben ihr und bat sie zu tun, was er von ihr verlangt hatte. Sie sah seine Augen direkt vor sich. Die Pupillen strahlten und wurden heller, als würde jemand Sahne in tiefschwarzen Kaffee gießen.

Rubys Augen.

Isla schluchzte auf und rannte los. Zum Glück spürte sie ihre Beine noch, aber jeder Schritt schickte Myriaden von Nadelstichen ihre Waden entlang. Sie rannte quer über die Ebene, an Zerstörung und Löchern im Boden vorbei. Das Rauschen kehrte zurück, aber nun war es das Blut in ihren Ohren. Isla sah Tierkadaver und entwurzelte Bäume unter einem Himmel, in dem fahles Licht flackerte. Ganze Bereiche des Manifests glichen einem Farbwirbel, der sich stetig dunkler färbte.

Mittlerweile begleiteten die Schmerzen jeden ihrer Schritte. Endlich erreichte sie den Tunnel. An der Gabelung stürzte sie zum ersten Mal, spürte aber nichts. Als sie sich umständlich aufrappelte, sah sie das Blut an ihren Knien.

Weiter, Isla. Weiter!

Als sie den See erreichte, wimmerte sie vor Erleichterung. Die Brücke mit dem Geländer aus stilisierten Vögeln war noch da, nur klafften jetzt faustgroße Löcher darin. Aber sie hielt, als sich Isla mit zittrigen Bewegungen an das andere Ufer zog.

Die Schwärze verschwamm und drückte auf ihre Haut. Fast, sie hatte es fast geschafft, und doch konnte es zu spät sein. Isla murmelte Rubys Namen, dann Jeremys, die Namen ihrer Familienmitglieder und ihrer Freunde, und schleppte sich so Schritt um Schritt vorwärts. Sie roch Metall und Wasser, keine Rosen mehr, und ihr Herz überschlug sich vor lauter Angst, dass jeder Atemzug ihr letzter sein und sie sich mit dem Manifest auflösen würde. Irgendwann wusste sie nicht mehr, ob ihr schwarz vor Augen war oder ob die Welt, durch die sie stolperte, aufgehört hatte zu existieren. Ihr gesamter Körper brannte, als würde er in Flammen stehen. Zumindest verbrannte die Taubheit mit ihm.

Blaues Licht schimmerte in der Ferne und schenkte ihr Kraft, um die letzten Meter zu überstehen. Es kam näher und näher, nicht mehr als ein Schimmer, und plötzlich bemerkte sie, dass sie ihre tauben Finger gegen etwas Hartes presste.

Sie hatte die Saphirtür erreicht.

27

Weder spürte Isla die Wärme, noch hatte sie einen Blick für das Licht übrig. In dem Moment, in dem sie durch die Tür in das ihr so vertraute Zimmer kroch und kurz davorstand zusammenzubrechen, war alles anders.

Sie war nicht allein. Vor ihr stand Ruby, hellwach, im Nachthemd und mit einem Blitzen in den Augen, das sie noch nie zuvor gesehen hatte. Die Kleine war nicht im Geringsten erstaunt, dass Isla aus einer Tür in ihrer Wand kroch, die normalerweise nicht da war und die sie selbst nur aus einem ihrer Bücher kannte. Ebenso wenig kommentierte sie Islas Äußeres, den Zustand ihrer Haare und Kleidung oder die Verletzungen und das Blut.

»Du bist da«, sagte sie nur, dann ließ sie sich neben Isla auf den Boden fallen, schlang beide Arme um sie und hielt sie fest. »Du bist zurück.«

Isla bewegte sich nicht. Schock, Trauer, Verzweiflung, Hoffnung, Erleichterung, Entsetzen und Schuld, sie spürte alles auf einmal und doch nichts davon richtig. Eine Taubheit lagerte über den Gefühlen und hielt sie von ihr ab, wie eine Schicht aus Eis auf ihrer Haut. Trotz allem liefen ihr Tränen über das Gesicht.

Sie schaffte es, eine Hand auf Rubys Haar zu legen, aber dann verließ sie die Kraft, um darüberzustreichen. Sie wusste, dass sie sich zu schwer auf das Mädchen stützte, und dass es ihre Pflicht war, sich um die Kleine zu kümmern. Ihr eine Erklärung zu liefern, die nicht ihre gesamte Welt erschütterte.

Aber sie konnte nicht. Stattdessen weinte sie, erst stumm, dann leise.

Sie hatte keine Ahnung, wie lange sie auf dem Boden hockte. Nach einer Weile begann ihr Handrücken zu kribbeln. Es erreichte ihre Fingerspitzen, als Ruby sich vorsichtig losmachte und Isla so zart über die Wange wischte, als hätte sie Angst, ihr wehzutun.

Die Geste erinnerte schmerzlich an Jeremy – und sie hob die Starre auf.

Jeremy!

Islas Knie brannten, als sie sich umdrehte und die Wand betrachtete. Fast glaubte sie, einen Nachhall der Saphirtür zu sehen, so hell, als hätte jemand ihre Umrisse mit gefärbtem Wasser auf die Tapete gezeichnet.

»Nein«, keuchte sie. »Nein.« Sie streckte eine Hand aus. Ihre Finger berührten das Weiß, und sie fühlte … nichts. Nichts bis auf Glätte. »Bitte nicht. Bitte komm zurück.« Aber sie wusste, dass es nicht möglich war. Ruby war wach, das Manifest war zerstört, und alle, die sich darin aufgehalten hatten, mit ihm. Ihr einziger Trost bestand darin, dass es eine Tür in Jeremys Nähe gegeben hatte. Er und Marduk hatten es womöglich auf die andere Seite geschafft. Nur wo waren sie jetzt?

»Jeremy«, flüsterte sie.

»Jeremy?«, kam das Echo von Ruby. Sie machte große Augen. Ihre kleinen Hände griffen nach Islas, noch warm vom Schlaf.

Isla versuchte ein Lächeln. »Ja, Kätzchen«, sagte sie, und ihre Stimme brach. Jetzt hatte sie keine Kraft mehr, um die

Wahrheit weiter vor Ruby zu verbergen. »Jeremy, dein Bruder. Erinnerst du dich an ihn?«

Rubys lange Wimpern bewegten sich so schnell wie Schmetterlingsflügel. Zuerst wirkte sie unsicher, dann nickte sie mit aller Ernsthaftigkeit, die ein kleines Mädchen aufbringen konnte. »Ja«, sagte sie und sah zu dem Teddybären auf ihrem Bett. Sie krauste ihre Nase und rieb mit einem Zeigefinger darüber. Ihr Blick verlor sich, blieb aber so strahlend und wach, dass Isla trotz allem innerlich jubelte. Ruby erinnerte sich.

Inmitten all der Trauer spürte sie, wie ihr etwas sehr, sehr Schweres von der Seele fiel. Sie streckte beide Arme aus und schwankte, als sich Ruby mit einem leisen Schrei hineinwarf. Ihre Ruby, die nach Orangenshampoo und Zuckerwatte roch und von der sie niemand mehr würde fernhalten können. Nicht Amel, nicht die Austins.

Isla küsste Rubys Schläfe. »Ich habe ihn kennengelernt, Kätzchen«, flüsterte sie. »In der Welt hinter der Saphirtür und dem Korridor ohne Wiederkehr.« Es war das Natürlichste der Welt, ihr davon zu erzählen, und sie spürte, wie Ruby nickte. Sie glaubte ihr. Natürlich glaubte sie ihr. Es gab keinen Grund, es nicht zu tun.

»Was, bitte, soll das hier?«

Isla fuhr so abrupt in die Höhe, dass sie sich den Kopf am Holzmobile stieß. Die Fische daran schlugen gegeneinander und führten einen wilden Tanz auf. Neben ihr brummte Ruby verschlafen, setzte sich auf und rieb sich die Augen. Dann streckte sie beide Arme und gähnte laut. Isla hatte sie nicht so aufgeweckt erlebt, seit sie auf Silverton arbeitete. Normalerweise war das Mädchen am Morgen still, fast nachdenklich und vor allem geschwächt von einer Nacht, die ihr keine Erholung geschenkt hatte.

Auf Rubys Wangen schimmerte es rosa. Der Anblick war so entzückend und neu, dass Isla ihre Sorge um Jeremy für den Hauch einer Sekunde fast vergessen hätte.

Ebenso wie Victoria, die noch immer in der Tür stand, die Hände in die Hüften gestemmt, und mit einer Mischung aus Empörung und verhaltener Verwirrung auf Isla herabblickte. In ihrem hochgesteckten Haar schimmerten Perlen mit denen auf ihrer Handtasche um die Wette. »Ich warte noch immer auf eine Erklärung, Miss Hall.«

Isla rieb sich über das Gesicht und zuckte zusammen, als sie eine verschorfte Stelle berührte. Kurz fragte sie sich, ob die Hausherrin eventuell die Wunden in ihrem Gesicht oder an den Armen meinte.

»Ich muss gestern Abend eingeschlafen sein«, sagte sie so ruhig wie möglich und hoffte, dass Ruby sich nicht verplappern würde.

Die dachte nicht daran, sondern saß stumm neben ihr und nickte – die Miniaturversion einer Schauspielerin.

Sie täuschten Victoria mit Leichtigkeit, aber Victoria wollte ja auch getäuscht werden. Alles andere hätte nur bedeutet, dass sie sich auf der Stelle näher mit ihrer Tochter hätte befassen müssen. Ihre Aufmachung verriet, dass dafür keine Zeit blieb. Isla schätzte, dass Victoria auf dem Weg zu einer Bekannten war, um dort einen gesellschaftlich höchst wichtigen Kaffee zu sich zu nehmen.

»Eingeschlafen. So. Was ist mit Ihrem Gesicht passiert? Und viel wichtiger, mit Ihrer Aufmachung? Sie wissen schon, dass Sie Ruby als Vorbild dienen sollen.«

»Ich bin gestürzt und wollte Ruby nicht warten lassen.«

»Gestürzt. Nun. Wir müssen uns über die zentralen Aspekte Ihrer Tätigkeit unterhalten, Miss Hall«, sagte sie. »Und über Grenzen. Sie sind für meine Tochter verantwortlich, aber Sie sind noch immer eine Angestellte. Kennen Sie Angestellte, die in den Betten ihrer Arbeitgeber übernachten?«

»Nein, Madam.«

Ruby bewegte den Kopf ruckartig von einer Seite auf die andere, sodass ihre Haare flogen. Kein *Nein*, sondern ein Spiel, das sie viel zu lange nicht mehr gespielt hatte.

Victoria war deutlich verwirrt. »Da sehen Sie, was Sie mit dieser unangemessenen Nähe anrichten. Ruby, hör bitte mit den Albernheiten auf, Schatz. Mach dich fertig, dann gibt es Frühstück. Und dein Unterricht wartet auf dich.« Noch einmal musterte sie Isla, als wäre sie eine Einbrecherin. »Ich nehme doch an, dass Sie in der Lage sind, diesen den Vorgaben angemessen durchzuführen, nachdem Sie sich zurechtgemacht haben?«

Isla wusste nicht, von welchen Vorgaben Victoria redete, und sie bezweifelte, dass Victoria es wusste. Aber jetzt ging es nur darum, sie schnellstmöglich loszuwerden, und dazu war grenzenloser Gehorsam die beste Methode. »Natürlich. Ich entschuldige mich noch einmal und werde die Unterlagen wie gewohnt abarbeiten.« Sie arbeitete die Unterlagen nie ab. Aber Victoria wollte genau das hören.

»Gut. Was ist nur heutzutage mit den Angestellten los?« Sie zögerte, aber Islas Anwesenheit in Rubys Bett hielt sie davon ab, näher zu treten und ihrer Tochter einen Kuss zu geben. »Schätzchen, ich bin heute Abend zurück, dann lese ich dir vor.«

»Ist gut«, zwitscherte Ruby hell, gehorsam und verträumt zugleich, so wie nur Kinder es konnten.

Victoria tastete nach ihrer Frisur und war kurz darauf verschwunden. Die Tür ließ sie offen stehen.

Isla lauschte ihren Schritten und wartete, bis sie im Untergeschoss verklungen waren. Die Haustür schlug und schenkte ihnen endlich das Gefühl, allein und sicher zu sein.

Ihr Blick fiel auf die Wand.

Reiß dich zusammen.

Sie wandte sich an Ruby. Die Kleine kicherte. »Ups«, sagte sie und hielt sich einen Zipfel ihrer Bettdecke vor den Mund. Die Ereignisse der Nacht schienen sie nicht nachträglich schockiert zu haben, ganz im Gegenteil. Ruby sah aus, als würde sie jeden Moment aufspringen, um auf ihrem Bett herumzutoben. Isla hoffte inbrünstig, dass sie noch eine Weile damit warten konnte. Ihr Kopf schmerzte noch ein wenig mehr als ihr Körper. Allmählich wurde das zur Gewohnheit.

Vielleicht ist es aber auch nun ein für alle Mal mit dieser Gewohnheit vorbei.

Sie streckte die Arme aus, und Ruby kuschelte sich hinein. »Wie hast du geschlafen, Kätzchen?«

Ruby spielte mit Islas Haaren. »Ich habe gut geschlafen«, sagte sie. »Es war nicht dunkel. Und gar nicht kalt.«

Zunächst dachte Isla, Ruby redete von der Temperatur oder ihrer Bettdecke – bis sie begriff. Vorsichtig löste sie sich von dem kleinen Bündel in seinem Spitzennachthemd.

»Du redest von deinen Träumen, oder?« Sie forschte in dem süßen Gesicht. Keinerlei Anzeichen von Blässe oder zu großem Ernst. Vor ihr saß ein kleines Mädchen mit genug Energie, um durch den Tag zu rennen, zu lachen und zu spielen.

Genau so, wie es sein sollte.

Ruby hielt Islas Strähne fest wie einen besonderen Glücksbringer. Dieses Mal lag nichts Albernes in der Art, wie sie ihren Kopf schüttelte. »Ich bin auch gar nicht mehr müde.«

»Und …« Isla zögerte. »Und Jeremy? Weißt du noch, dass wir uns heute Nacht über Jeremy unterhalten haben? Oder warum ich dort vorn auf dem Boden gelegen habe?«

Ruby wickelte die Strähne um ihren Finger und schielte zu ihrem Regal, wo das Buch stand, aus dem ein Teil der Welt hinter der Saphirtür stammte. *Der Korridor ohne Wiederkehr.* »Ja.«

Im Erdgeschoss rumpelte etwas.

Isla sah auf die Uhr an ihrem Handgelenk und fuhr zusammen, da sie an die letzten Male denken musste, als sie das getan hatte. »Wenn ich nicht möchte, dass deine Eltern mich doch noch nach Hause schicken, muss ich mich rasch fertig machen. Und du dich auch.« Es war erstaunlich, wie sehr Routine half, Schockmomente zu überwinden.

»Ja gut«, sagte Ruby leise und ließ das Haar los.

Zögernd stand Isla auf und drehte sich noch einmal um. »Ruby? Wir reden später über heute Nacht, ja? Ich muss dir sehr viel erzählen. Und du mir vielleicht auch. Wenn du möchtest.«

Ruby zupfte an ihrem Nachthemd. »Von den Träumen. Ja«, sagte sie, sprang aus dem Bett und rannte zum Fenster. »Ja! Sieh mal, Isla. Vögel!«

Isla entschied, dass ein paar Minuten mehr ihren Zeitplan nicht durcheinanderbringen würden. Sie stellte sich neben Ruby an das Fenster. Zusammen betrachteten sie zwei Sperlinge, die auf einem Ast herumhüpften.

In Isla brodelte es auf so viele unterschiedliche Weisen. Sie konzentrierte sich auf die guten, auf die positiven Gefühle, auch wenn es ihr unendlich schwerfiel.

Sie hatte es geschafft. Ruby war wie verwandelt, und das konnte nur eines bedeuten: Ihre Kleine war frei, endlich frei. Sie hatte ihre Träume zurück und stand nicht länger unter Marduks Einfluss. In den wenigen Minuten des jungen Tages war sie ein völlig anderes Mädchen geworden – eines, das lachte und vor mühsam zurückgehaltener Energie überquoll. Auch jetzt tippten ihre Finger gegen die Fensterscheibe, als sie versuchte, die Vögel auf sich aufmerksam zu machen.

Etwas in Isla wünschte sich, Ruby zu nehmen und herumzuwirbeln, um noch einmal das Kichern zu hören, das in Silverton viel zu lange verstummt gewesen war. Aber es gab noch die andere Welt.

Marduks Hypnose war beendet. Bedeutete das, er war tot? War er dem Manifest nicht mehr rechtzeitig entkommen oder doch noch durch die Tür aus altem Holz und Nieten getreten? Falls ja, was war dann geschehen? Sie wusste nicht, was sich auf der anderen Seite befand. Sie wusste nicht …

Mit aller Kraft hinderte sie ihre Gedanken daran, zu Jeremy zu springen. Sie musste sich zusammenreißen. Um Rubys willen. Später in ihrem Zimmer würde sie sich die Zeit nehmen, um zu trauern.

An diesem Tag kamen sie mit dem Unterricht langsamer voran als sonst. Ruby gab sich Mühe mit den Aufgaben, ließ sich aber leichter ablenken als sonst – von einem Blatt, das gegen das Fenster geweht wurde, dem Duft der Rosen oder dem Wind. Kein Wunder, schließlich war sie wieder vollkommen sie selbst. Farben und Geräusche mussten ihr so intensiv vorkommen wie schon seit Langem nicht mehr.

Isla war dankbar, dass auch Alan das Haus verlassen hatte.

Den Austins würde sie sich später stellen, wenn sie sich eine passende Geschichte zurechtgelegt und sie vor allem mit Ruby durchgesprochen hatte. Ihr Herz schlug allein bei dem Gedanken daran schneller. Sie wusste, sie würde Ruby alles erzählen: von der Welt hinter der Saphirtür, von Amel und Sybil. Und von Jeremy.

Ein Rumpeln im Haus schreckte sie auf. Ruby neben ihr hielt in der Bewegung inne, die Hand mit dem Stift erhoben.

Islas Herz stolperte. »Alles ist gut, Kätzchen. Schreib du nur weiter, ich sehe nach, was umgefallen ist. Wahrscheinlich haben deine Eltern ein Fenster offen gelassen, und es war der Wind.« Sie glaubte ihre Erklärung keine Sekunde lang, und nachdem Ruby sich wieder auf ihr Schreibheft konzentrierte, nahm sie den nächstbesten Gegenstand, um sich zu verteidigen: die Enzyklopädie, in der sie manchmal zusammen blätterten. Nicht die beste Waffe, vor allem, da das Buch schwer und sperrig war, aber besser als nichts. Lautlos zog sie die Tür hinter sich zu und schlich den Gang entlang in Richtung Eingangshalle.

Es klirrte noch mal.

Nur noch wenige Schritte bis zur Halle. Isla atmete durch die Nase, um sich nicht zu verraten. Ihr Herz raste so sehr, als wäre sie wieder im Manifest, auf der Flucht vor Marduk.

Was sollte sie tun, wenn er hier war? Es war kein Problem, Silvertons Adresse herauszufinden. Menschen wie die Austins versteckten nicht, wo sie wohnten, besonders, da es sich um einen vorzeigbaren Besitz handelte. Islas Arm begann zu zittern, und sie wechselte das Buch in die andere Hand.

Die Bewegung kam zu schnell – jemand stürzte aus der Halle auf sie zu. Isla unterdrückte einen Schrei und warf den

Wälzer. Der Angreifer wich aus, packte sie am Kragen und stieß sie so fest gegen die Wand, dass ihr die Luft wegblieb. »Wie schön, dass du schon hier bist!«

Es war Hannah.

Isla blinzelte, keuchte und hörte auf, sich zu wehren. Sie war erleichtert, und zugleich schämte sie sich bis in die Knochen. Hannah und Howie hatte sie nach allem, was geschehen war, vollkommen vergessen. Warum hatte sie nur nicht an die beiden gedacht, irgendwann seit dem Aufstehen? Es zeigte wieder einmal, wie sehr sie das alles mitgenommen hatte.

Die Erleichterung ließ ihre Knie weich werden. Ruby und sie waren sicher. Niemand war in Silverton eingebrochen, um sie anzugreifen oder Ruby etwas zu stehlen, das er bereits zu lange besessen hatte.

Der Griff an ihrem Hals lockerte sich nicht, und als Isla endlich den Kopf hob, bemerkte sie, dass Hannah vor Wut kochte. Sie konnte es ihr nicht verübeln. »Ich kann dir alles erklären.«

Hannah sah aus, als wollte sie Isla anspucken. »Das wär echt grandios. Vielleicht hab ich einfach noch nicht genug Erfahrung damit, dass mich jemand losschickt, um eine Bude abzufackeln, um mich dann mit meiner neuen Komafreundin allein zu lassen. Aber weißt du, ich hab mir kein Loch in den Bauch gefreut. Vor allem nicht, als die Bullen aufgetaucht sind. Oder weil du und Mister Austin junior es vorgezogen habt, zu einem Schäferstündchen zu verschwinden. Oder weil es noch einige Sachen gibt, die ich nicht verstehe. Howie übrigens auch nicht, aber ich hab ihm gesagt, ich klär das. Er schlägt Mädels ja selten, aber manchmal …« Sie ballte die freie Hand und bewegte sie vor Islas Gesicht hin und her.

485

Isla richtete sich trotz Druck an ihrer Kehle auf. Wie hatte sie nicht nur Hannah, sondern auch Sybil vergessen können – die echte Sybil? »Du meine Güte, Hannah«, flüsterte sie. »Es tut mir so leid. Wie geht es Sybil? Was habt ihr getan? Ich kann dir alles erklären …« Sie stöhnte auf, als Hannah ihre Hand drehte und den Stoff an ihrem Hals so zusammenzog, dass sie nun wirklich Probleme mit dem Atmen bekam.

Mit einer heftigen Bewegung ließ sie Isla los. »Verdammt noch mal, Isla, wir haben die halbe Nacht auf euch gewartet!«

»Ich verstehe, dass du wütend bist. Du hast jedes Recht dazu.« Isla stützte sich mit beiden Händen auf den Knien ab und rang nach Luft. »Ich erkläre es dir, versprochen. Alles. Aber erst … bitte sag mir, was passiert ist.«

»Was soll passiert sein?« Hannahs Hand schoss in Islas Richtung, stoppte aber mitten in der Luft. »Das Ding ist komplett abgefackelt, das ist passiert. War ne alte Hütte, brannte wie Zunder. Wir haben euch die zwanzig Minuten gegeben, wie besprochen, und Howie hat alles getan, die verdammte Tür und den Bereich drum herum freizuhalten.«

Isla wusste, dass sie nichts sagen konnte, was auch nur halbwegs passend gewesen wäre. Hannah war zu Recht wütend, und manch anderer an ihrer Stelle hätte mehr getan, als sie gegen die Wand gedrückt und angeschrien. Aber gerade das machte sie stutzig. Dies war Hannah, und auch wenn sie sich sonst halbwegs beherrschen konnte, hätte sie ihr zumindest eine saftige Ohrfeige für ihr Verschwinden verpasst. Jetzt bemerkte sie auch die Unsicherheit auf Hannahs Gesicht. Die Wut überlagerte sie, löschte sie aber nicht gänzlich aus. Irgendwas stimmte nicht. »Es tut mir so leid, Hannah. Ich kann es nur wiederholen. Ich …«

»Und was ist mit dem Junior?« Es klang trotzig, aber auch wie ein Angriff. »Warum taucht da plötzlich ein weiterer Austin in Brookwick auf?«

Isla sah sich um. Ruby sollte das Ganze nicht mitbekommen – noch nicht. »Er hat keinen Kontakt mehr zu seinen Eltern. Mehr noch, sie dulden ihn nicht mehr hier. Es hat Streit gegeben.«

»Ist mir egal, ob die da oben Streit haben, Orgien feiern oder sich gegenseitig die Köpfe einschlagen.« Sie wollte noch etwas sagen, überlegte es sich dann aber anders und musterte Isla von oben bis unten. Dann tippte sie sich gegen die Schläfe und sah fast wieder aus wie sie selbst. »Was war da los, Isla?«

»Welchen Teil der Nacht meinst du genau?«

Hannahs Nasenflügel bebten. Sie sah plötzlich verstört aus. »In dem Haus. Wir haben auf die Tür geachtet, hinter der ihr verschwunden seid, und dass der Weg nach draußen frei ist. Keine Flammen, kein Rauch, hat Howie immer gesagt. Aber dann … dann war die Tür weg.«

Verdammt!

Isla zählte innerlich bis drei und hob einen Mundwinkel. »Wahrscheinlich war da doch zu viel Rauch, Hannah.« Der Spott gelang ihr erstaunlich gut.

»Verarsch mich nicht. Da war eine Tür, dann war da keine Tür mehr. Und du und der Junior, ihr wart verschwunden.«

»Eine Tür, dann keine Tür? Ich bitte dich, wie soll denn so was möglich sein?« Isla schüttelte den Kopf. »Bist du sicher, dass es dir gut geht? Oder habt ihr vorher etwas getrunken oder geraucht?«

»Ich sagte, du sollst mich nicht verarschen.«

»Ich mach mir nur Sorgen. Und glaub mir, es tut mir so

unglaublich leid, dass ich euch da allein gelassen habe. Bitte sag das auch Howie. Ich mach das wieder gut, ich verspreche es. Jeremy und ich sind durch die Hintertür. Wir haben geglaubt, Marduk zu sehen, und sind einfach losgerannt und ihm gefolgt. Oder wen wir auch immer für Marduk gehalten haben. Ich weiß nicht mehr, wie lange wir gelaufen sind, aber irgendwann bin ich gestolpert.« Sie hob die Arme, ließ sie wieder fallen, bemühte sich um einen ratlosen Ausdruck und fragte sich, ob sie gerade zu dick auftrug. »Ich muss ohnmächtig gewesen sein und bin erst kurz vor Silverton wieder aufgewacht. Jeremy hat mich hergebracht, und dann bin ich schon auf Victoria getroffen. Sie hat mich ziemlich in die Mangel genommen. Und Ruby … Ruby sollte von alldem nichts mitbekommen.«

»Ah ja, welch spannende Geschichte«, sagte Hannah trocken. »Und wo ist der gute Jeremy nun?«

Isla schüttelte den Kopf, und ehe sie es verhindern konnte, schossen ihr die Tränen in die Augen. »Er ist …«

Ich weiß nicht, wo er ist. Ich weiß nicht mal, ob er noch lebt. Aber es zerreißt mich, da ich mir genau diese Frage jede Minute stelle.

»Er ist gefahren.« Sie schluckte hart gegen die Tränen an und wandte sich ab, als hätte sie ein Geräusch gehört. »Aber sag mir, was noch passiert ist. Nach dem Brand, mit der Frau. Sybil. O mein Gott, Hannah, hätte ich es gewusst … ich hatte wirklich nicht vor, euch mit der ganzen Sache allein zu lassen. Haben die Behörden … die Feuerwehr …?«

Hannah verengte die Augen. »Irgendwer hat sie wirklich und zum Glück auf den Brand aufmerksam gemacht. Wir haben gewartet, bis sie angerückt sind. In sicherer Entfernung, versteht sich, wir waren nicht wild darauf, mit den Jungs zu plaudern und die besten Techniken auszutauschen. Sie haben eure Sybil gefunden und mitgenommen.«

»Gott sei Dank«, murmelte Isla. »Gott sei Dank.« Einer der zahlreichen Brocken fiel von ihrem Herzen. Bisher hatte sie nicht geahnt, wie schwer die Sache mit Sybil auf ihr gelastet hatte. Sie war trotz allem eine unschuldige Frau, und wenn ihr etwas geschehen wäre … nein, darüber durfte sie nicht nachdenken.

»Dein Gott spielt dabei nicht mit. Kannst Howie danken, dass nichts den Bach runtergegangen ist. Hat noch ein paar Stunden gewartet und ist mit dem Auto die Gegend abgefahren, aber dann sind wir zurück. Die Alte hat mich heute früh trotzdem dabei erwischt, dass ich zu spät gekommen bin.«

Nun begriff Isla, was Victoria zuvor mit *Was ist nur heute mit den Angestellten los* gemeint hatte. »Ich kann mich nur noch einmal entschuldigen.«

»Falsch, Madame. Du schuldest mir und Howie was, einen Gefallen, flach in die Hand. Abgesehen davon kann ich das Wort *Entschuldigung* nicht mehr hören. Was hab ich davon?«

Das war nur fair. »Ich schulde euch beiden etwas, ja.«

»Hannah!« Der Ruf kam vom anderen Ende des Flurs. Ruby winkte, rannte los und warf sich mit so viel Schwung in Hannahs Arme, dass beide schwankten. »Guten Morgen!« Sie strahlte erst Hannah an, dann Isla. »Ich bin mit meinen Aufgaben fertig.«

Zum ersten Mal seit langer Zeit hatte es Hannah die Sprache verschlagen. »Hey, Zwerg.«

Ruby ließ sie wieder los und wandte sich an Isla, ganz Begeisterung und Charme. »Du hast gesagt, du erzählst mir eine

Geschichte, wenn alle Aufgaben richtig sind. Ob wir die noch vor dem Mittagessen schaffen?«

»Ja, Isla«, sagte Hannah und verschränkte die Arme vor der Brust. »Erzähl uns etwas.«

Isla sah von dem Hausmädchen zu der Kleinen, die sich einen so großen Platz in ihrem Herzen gestohlen hatte. Und auf einmal wusste sie, dass sie jetzt, an diesem Ort, genau so richtig war, wie diese Geschichte es sein würde. Sie streckte eine Hand nach Ruby aus, wartete, bis die verschwitzt-warmen Finger sich in ihre legten, und nickte Hannah zu. Ihre Augen brannten noch immer, aber das durfte nun so sein. Sie würde alles erzählen, und sie würde nichts auslassen. Ab sofort gehörten ihre Tränen dazu. »Also gut. Ich erzähle euch eine Geschichte.«

Epilog

Das Nachtlicht erzeugte kleine, dunkle Vögel, die mit den Holzfischen des Mobiles um die Wette wackelten. Manche landeten auf der Tapete, andere auf Rubys Kissen. Die Lampe war neu, Alan hatte sie von einer Geschäftsreise mitgebracht – zumindest deklarierte er seine Abwesenheit als solche. Isla und Hannah stimmten darin überein, dass die Geschäfte im Bett einer anderen Dame stattgefunden hatten. Aber es interessierte sie wenig, oder, wie Hannah sagte: *Das Gekreische geht doch eh erst los, wenn er statt ner Lampe ne Krankheit mit nach Hause bringt.*

Die beiden Vögel auf Rubys rechter Wange streckten die Flügel und verzerrten sich zu formlosen Gestalten, als Ruby sich regte. Ihre Pupillen hatten sich bereits die ganze Zeit über bewegt, und manchmal hatte sie im Schlaf gezuckt oder gelächelt, um dann wieder still zu liegen.

In jenen ruhigen Phasen erinnerte sie an das Mädchen, das sie schon immer hätte sein sollen. Oder an Sybil. Noch immer spürte Isla das Echo des riesigen Steins in ihrem Magen, wenn sie an die schwarzhaarige Frau dachte. Zum Glück war alles gut gegangen. Sie hatte durch Andy erfahren, dass sie in ein Krankenhaus gebracht worden war.

»Mehr habe ich leider trotz einer endlosen Portion Vitamin B und vielgerühmtem Charme nicht herausfinden können«, hatte er gesagt. »Aber falls ich das tun soll, musst du mir genauer erzählen, worum es hier eigentlich geht und wer Schneewittchen wirklich ist.«

Isla hatte sich dagegen entschieden. Sie hatte für ihren Geschmack genug Geschichten erfahren und erzählt. Es blieb nur noch eine, an der sie wirklich interessiert war. Streng genommen waren es zwei, doch da sie seit Wochen nichts von Amel Marduk gehört hatte, begann sie, sich wieder sicher zu fühlen. Nur am Abend, wenn sie die Vorhänge in Rubys Zimmer schloss, warf sie noch immer einen langen Blick nach draußen, obwohl sie ahnte, dass Marduk schlau genug war, um unterzutauchen. Schließlich hatte man, so die offizielle Version, die vor längerer Zeit verschwundene Sybil Manning an den Brandruinen seines Hauses gefunden. Seitdem war die Polizei auf der Suche nach ihm – Victoria hatte sogar behauptet, sein Gesicht auf einem Ausdruck an einem Laternenpfahl in der Stadt gesehen zu haben.

Im Grunde war auch Marduks Geschichte damit abgeschlossen. Es blieb noch eine.

Ruby murmelte im Schlaf, ein Zeichen dafür, dass sie jeden Moment aufwachen würde. Isla stand auf und ließ sich auf der Bettkante nieder. Sie musste sich zurückhalten, um Ruby nicht sanft an der Schulter zu rütteln. Es kam ihr wie eine Ewigkeit vor, bis das Mädchen endlich die Augen aufschlug und sie anblickte. Ein Lächeln glitt über das Gesicht, das Isla so sehr liebte, dann setzte Ruby sich auf. »Ich hab es geschafft, geschafft, geschafft. Dieses Mal hat es geklappt!« Sie klatschte in die Hände, leise und verhalten. In den vergangenen Wochen hatten sie beide darauf geachtet, bei ihren geheimen Treffen so wenig Lärm wie möglich zu erzeugen.

Islas Herz machte einen Satz, und sie hätte es ihm am liebsten gleichgetan. »Erzähl es mir genauer, Kätzchen. Was ist passiert?«

Ruby schlug die Bettdecke weg, als würde allein der Gedanke an ihren Traum ausreichen, um sie zu wärmen. »Ich war wieder an der Tür, Isla, an der alten aus Holz mit all den Metallknöpfen!« Sie strahlte so breit, dass Isla ihre neue Zahnlücke sehen konnte, auf die Ruby ziemlich stolz war.

»Und dann?« Sie flüsterte.

»Dieses Mal habe ich es geschafft, sie aufzudrücken, und dann habe ich den Kopf durchgesteckt und geguckt, was dahinter ist.«

Poch poch poch.

Islas Herz donnerte, ihr Mund war trocken. Ruby hatte die Tür, hinter der Jeremy verschwunden war, gefunden und geöffnet. So viele Wochen hatte sie auf diesen Augenblick gehofft, und nun war er endlich da. Trotzdem hatte sie Angst, die nächste Frage zu stellen. »Was war dahinter?«

Rubys Hände wirbelten durch die Luft, dann griff sie nach Jem und drückte ihn fest an sich. »Ein Bahnhof! Ein Bahnhof mit Zügen und ganz viel Rauch, und da war auch ein Schild.«

Isla hustete. Ihr Brustkorb hob und senkte sich, und sie presste beide Fäuste so fest zusammen, dass ihre Handflächen pochten. »Weißt du noch, welche Buchstaben es waren, meine Süße? Hast du dir merken können, was auf dem Schild stand?«

Ruby sah sie lange an, legte den Teddy beiseite, beugte sich vor, schlang beide Arme fest um Islas Hals und gab ihr einen Kuss auf die Wange. »Ja«, flüsterte sie in ihr Ohr. »Das habe ich.«

Danksagung

Träume und ihre Bedeutungen faszinieren mich schon lange. Ich habe gelernt, mich detailliert an meine Träume zu erinnern, im Laufe der Jahre viel über ihre Bedeutungen gelesen oder mich bei ganz wirren Exemplaren mit Freunden über sie amüsiert (oder gegruselt, je nachdem).

Daher möchte ich mich bei allen bedanken, die zusammen mit mir die Reise in Rubys Träume unternommen haben!

Darüber hinaus gibt es liebe Menschen, die sofort zur Stelle waren, um mir bei der *Saphirtür* unter die Arme zu greifen: Ein ganz großes Dankeschön geht an Simone, Sabine und Anna für ihr Feedback in jeder Hinsicht und so manche Nachtschicht *ohne* Träume. Ellen, ich fühle mich sehr geehrt, dass ich deinen Ex-Nachnamen verwenden durfte. Sean, Birgit und Tim, thanks for discussing text interpretation »between the lines«! Udo ein *takk* für stets offene Ohren. Der Freiwilligen Feuerwehr Recklinghausen besten Dank für die rasche Auskunft, obwohl ich den Eindruck gemacht haben muss, die halbe Stadt abfackeln zu wollen. Und nicht zuletzt ein riesiges Dankeschön an meinen Agenten, meine Lektorin und Namensvetterin bei Heyne für das Vertrauen sowie Kaltwetterliebhaberin Catherine für die Schlacht mit den Worten.

Antonia Neumayer

Glitzernd, gefährlich, geheimnisvoll

»Dieser Roman entwickelt einen unglaublichen Sog!« *Anne Freytag*

Als Kate im Hafen ihrer kleinen Heimatinsel im Orkney-Archipel die drei Fremden das erste Mal sieht, weiß sie, dass es Ärger geben wird. Die Männer sind gekommen, um ihren älteren Bruder Gabe mitzunehmen. Doch wohin und warum, verraten sie nicht. Kate schleicht sich auf den Kutter der Fremden, um Gabe zu retten. Doch dann taucht der geheimnisvolle Ian an Bord auf, ein Schuss fällt. Und plötzlich springt Kate an Ians Seite in die eiskalte Nordsee. Mitten hinein in ein Abenteuer, das alles, was sie bisher über ihre Familie und ihre Inselwelt wusste, ins Wanken bringt ...

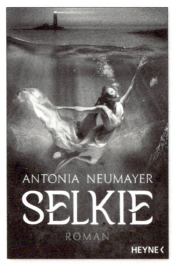

978-3-453-31799-4

Leseprobe unter **www.heyne.de**